U0455734

中国古典诗词校注评丛书

草堂诗馀 【汇校汇注汇评】

杨万里 编著

长江出版传媒｜崇文书局

中国古典诗词校注评丛书
编撰委员会

增修笺注妙选群英草堂诗馀

（宋）阙　名　原编
（元）何士信　增修

总　目

《草堂诗馀》版本叙录（代前言）

一

　　就流行的深入性、广泛性、持久性而言，《草堂诗馀》是中国文学史上"现象级"的作品集，它影响了中国人几百年的词学审美趣味。明末毛晋在跋《草堂诗馀》时说："宋元间词林选本几屈百指，惟《草堂》一编飞驰。几百年来，凡歌栏酒榭丝而竹之者，无不拊髀雀跃。及至寒窗腐儒挑灯闲看，亦未尝欠伸鱼睨。不知何以动人一至此也。"《草堂诗馀》何以如此流行？此前王世贞曾给出了答案："《花间》以小语致巧，《世说》靡也。《草堂》以丽字取妍，六朝隃也。即词号称'诗馀'，然而诗人不为也。何者？其婉娈而近情也，足以移情而夺嗜。"（《艺苑卮言》）在"以议论为诗，以才学为诗"的宋代，唐诗的抒情传统在宋词中得以保持和延续；而《草堂诗馀》中"采采流水，蓬蓬远春"的格调，正体现了宋词的基本风格。所以说，《草堂诗馀》承载着唐诗的抒情范式和抒情传统。它被宋代以后的元明人所激赏，也在情理之中了。在文学朝着越来越知性但无趣，或越来越通俗但无深情的方向疾驰时，《草堂诗馀》替我们保存了一个久违的、曾经很熟悉的文学世界。在这个文学世界里，诗人的创作起因是天人合一的感兴（伤春悲秋、触景生情、睹物思怀等），创作的主题是爱情、亲情、友情、闲情、大地之情，创作的语言精巧华丽、"婉娈而近情"，作品的意境是"采采流水，蓬蓬远春"，其文学效果是"移情而夺嗜"。总之，这是一个情感丰富而具体可感的自然世界，不免引起我们时时回顾。

二

《草堂诗馀》是南宋坊间编选的一部词集。其成书时间,《四库全书总目》卷一九九以为编成于南宋庆元(1195—1200)以前,依据是王楙(1151—1213)庆元年间所写的《野客丛书》中已提到此书。王楙原话是:"《草堂诗馀》载张仲宗《满江红》'蝶粉蜂黄都褪却',注:'蝶粉蜂黄,唐人宫妆。'"按:"蝶粉蜂黄"为周邦彦《满江红》(昼日移阴)词中语①,王楙说此词为张仲宗作,实误。王楙虽然将周邦彦词误记为张元幹(字仲宗)词,但他已提到《草堂诗馀》,确可为《草堂》在庆元以前产生的重要证据。日本学者中田勇次郎进一步指出:王楙《野客丛书》有嘉泰二年(1202)自序,且该书记事下及宁宗初年,故《草堂诗馀》的成书,在嘉泰二年之后②。吴熊和先生也认为:《草堂诗馀》收词,最迟止于嘉泰初③。按:考《草堂诗馀》已收史达祖词,并未注明"新添""新增"等字样,可知史达祖之词已入原编。史达祖约死于公元1208年,故我认为:《草堂诗馀》的成书不早于该年④。此时上距南宋纪元之始已八十一年,下距南宋灭亡七十一年。舍之(施蛰存)先生说:"余尝考高宗绍兴时尚无'诗馀'之名,故疑此书当出于孝宗乾道(1165—1173)、淳熙(1174—1188)之

---

①今传宋元以来周邦彦词集均有此词,故此词为清真所作确定无疑。

②(日)中田勇次郎《〈草堂诗馀〉版本研究》,载《大谷大学年报》第4辑(1951年7月)。下引中田氏观点皆出此文。

③《吴熊和词学论集》第120页、杭州大学出版社1999年版。

④这个判断成立的前提是:坊间所编《草堂诗馀》不收生者之词。剔除《草堂诗馀》中那些"新添""新增"的作者,从年代来排,史达祖是最后的词人。《草堂》原编者将史达祖作为唯一活着的词人收入的可能性极小。

时."①将成书时间又提前了不少,可备一说。

陈振孙《直斋书录解题》②卷二十一"词曲类"载:"《草堂诗馀》二卷……皆书坊编集者。"是知《草堂诗馀》最初只两卷③,由书坊编集而成,未必有词话。否则,陈振孙不至于将这样一个重要信息漏掉而不加以记载;又据王楙上文所引记载,可知它有简注,但较简略。其中收词多少,一般都认为以元明时期类编本为基础,除去其中标明"新添""新增"者,这大概就是书坊所编《草堂诗馀》二卷所收词的数目了。这个数目,一般认为在263到269之间④。

其后,似乎是随着该书的销路向好,书坊纷纷翻印此书,进而出现了为之增修、为之笺注者。今传两种元刻本有"新增""新添"字样,可知到此时为止,《草堂》至少经过了两次修改。词增加到378首(统计两种元刻本收词),注释较过去更为繁富。于是分前后集,每集分卷上卷下,变成四卷本,分类编排,其分类不出如下范围:

前集 春景类:初春、早春、芳春、赏春、春思、春恨、春闺、

---

①舍之《历代词选集叙录·草堂诗馀》,《词学》第二辑(1983年10月)。元人王潜《金华黄先生文集》卷三提到曾见胡仔(1110—1170)所编《草堂诗馀》,内收东坡《百字令》。黄氏所见本显为书坊伪托。

②陈振孙结束江西、福建、浙江等地方官任期,回临安做国子监司业是在1238年,《直斋书录解题》成书当不早于此年。

③现存《草堂诗馀》早期刻本,如元泰宇书堂本、元双璧陈氏本、明洪武遵正书堂本、明春山居士荆聚校刊本,虽然作前后集,每集分上下卷,但其版心仍是"卷上"(前集)、"卷下"(后集);而明嘉靖十七年陈钟秀刊本则只分上下卷,更近古貌。

④中田勇次郎认为是263首(《〈草堂诗馀〉版本研究》第189页),吴世昌认为是269首(《罗音室学术论著·第二卷·词学论丛》第137页),刘少雄认为是265首(《〈草堂诗馀〉的版本、性质和影响》抽印本第3页)。

送春；夏景类：初夏、避暑、夏夜、首夏、夏宴、适兴、村景、残夏；秋景类：初秋、感旧、旅思、秋情、秋别、秋夜、晚秋、秋怨；冬景类：小冬、冬雪、雪景、小春、暮冬。

后集 节序类：元宵、立春、寒食、上巳、清明、端午、七夕、中秋、重阳、除夕；天文类：雪月、雨晴、晓夜、咏雨；地理类：金陵、赤壁、西湖、钱塘亭；人物类：隐逸、渔父、佳人、妓女；人事类：宫词、风情、旅况、警悟；饮馔器用类：茶酒、筝笛、渔舟、庆寿、吉席、赠送、感旧；花禽类：花卉、食鸟、荷花、桂花。

符合以上版本基本特征的《草堂诗馀》，可称为"分类本"。宋元版本都是分类本，其书名有题为《名贤词话草堂诗馀》者、有题《增修笺注妙选群英草堂诗馀》者，试分述如下：

（一）名贤词话本

1.《增广笺注名贤草堂诗馀》。晁瑮（1507—1560）《晁氏宝文堂书目》卷上载："《增广笺注名贤草堂诗馀》，宋刻。"晁氏是明代嘉靖时期的大藏书家（据说还是宋代藏书家晁公武的后代），他不至于会将元版认作宋版，此处提到的宋刻本，应是可信的。此版今不存。

2.《新刊古今名贤草堂诗馀》六卷。署"皇明进士知歙县事四会南津李谨纂辑，歙县教谕秀州曾丙校次，歙丞饶余刘时济梓行"。书首有嘉靖己酉（1537）李谨序，书末有刘时济跋。是书分天时、地理、人物、人事、器用、花鸟六类，共收词 360 首，明嘉靖十六年（1537）刻印。南京图书馆藏。王国维《庚辛之间读书记·读〈草堂诗馀〉记》曰："《新刊古今名贤草堂诗馀》，此疑宋旧题，四卷……分类编次之本，当以此本为最善矣。"按：王国维此处所记四卷，当是"六卷"之误。

3.《精选名贤词话草堂诗馀》二卷。明嘉靖十七年（1538）闽沙陈钟秀校刻。上卷时令（春夏秋冬），起张子野《燕台春》（丽日千门），终张国安《忆秦娥》（云垂幕），共一百八十二阕；下卷分节序、怀古、人物、人事、杂咏五类，起胡浩然《喜迁莺》（谯楼残月），终苏轼《卜算子》（缺月挂疏桐），共一百八十一阕，无"新添""新增"字样。附录岳飞《满江红》《小重山》、范仲淹《渔家傲》、文天祥《沁园春》四词，全书总计 367 首。国家图书馆、台北"国家图书馆"等藏。清光绪丙申（1896）王鹏运四印斋据宁波天一阁抄本重刻之，王鹏运在重刻跋文中称此本"足征《草堂》真本"，即此书乃宋本《草堂》面目。王国维《庚辛之间读书记·读〈草堂诗馀〉记》曰："陈本故有注，王氏重刊时已删去大半。"另外，王鹏运还补足了未署名的作者。可见王鹏运重刻陈钟秀本时，对原本面貌多有改动。王重民《中国善本书提要》谓："《精选名贤词话草堂诗馀》二卷，四册。十行，（行）二十二字，卷内题'闽沙太学生陈钟秀校刊'。按：此本编次与何士信本不同，笺注亦较何本简略，然两相比较，知必删节何末注语而成者。陈宗谟序（嘉靖十七年）。"

（二）增修笺注本

4.《增修笺注妙选群英草堂诗馀》前集二卷、后集二卷，元至正癸未（1343）庐陵泰宇书堂刻本。前集分春景类、夏景类、秋景类、冬景类，后集分节序类、天文类、地理类、人物类、人事类、饮馔器用类、花禽类等十一大类，总共分六十六小类（见前所列）。今仅存前集二卷，后集用明洪武本配全。日本京都大学文学部狩野文库藏，台北"中央研究院"历史语言研究所有影抄本。此书前有狩野博士藏书印，目录后有"至正癸未新刊，庐陵泰宇书堂"牌记。目录前后均有"类选群英诗馀总目"一行字，与正文标"增修笺注妙选群英草堂诗馀"不同。前集卷上有"名贤词话"一栏。前集收词177首，内有"新增""新添"等字样。半页十二行，版已剜敝，中多缺页(有脱落，见下辛卯本解说)。日本清水茂有《群英诗馀解说》，底本即据此，见《京都大学汉籍善本丛书》第九卷第一期，京都同朋舍1980年印行。

5.《增修笺注妙选群英草堂诗馀》前集二卷、后集二卷，元至正辛卯(1351)双璧陈氏刊本。目录后有"至正辛卯孟夏双璧陈氏刊行"牌记，题"妙选笺注群英诗馀"，次行低五格有"建安古梅何士信君实编选"一行，为各本所无。内有"沈明卿""季振宜藏书""听雨楼韩氏藏"等印。国家图书馆藏，台北"中研院"历史语言研究所藏有微影。前集收词205首，后集收词170首，总计375首。与至正癸未本(前集)相比，则知癸未本脱落如下33首：(自叶道卿以下缺17首)《贺圣朝》(满斟绿醑留君住)、《凤凰阁》(遍园林绿暗)、《天仙子》(《水调》数声持酒听)、《卜算子》(有意送春归)、《祝英台近》(剪酴醿)、《高阳台》(红入桃腮)、《玉楼春》(日照玉楼花似锦)、《江神子》(天涯流落思无穷)、《木兰花令》(都城水绿嬉游处)、《永遇乐》(风暖莺娇)、《烛影摇红》(香脸轻匀)、《风流子》(东风吹碧草)、《望湘人》(厌莺声到枕)、《洞仙歌》(雪云散尽)、《瑞鹤仙》(悄郊原带郭)、《西平乐》(稚柳苏晴)、《多丽》(想人生)；(自周美成起以下缺16首)《点绛唇》(高柳蝉嘶)、《尾犯》(夜雨滴空阶)、《庆春宫》(云接平冈)、《金菊对芙蓉》(梧叶飘黄)、《拜星月慢》(夜色催更)、《更漏子》(玉炉香)、《千秋岁引》(别馆寒砧)、《风流子》(亭皋木叶下)、《宴清都》(地僻无钟鼓)、《华胥引》(川原澄映)、《何满子》(怅望浮生急景)、《蝶恋花》(庭院碧苔红叶遍)、《解蹀躞》(候馆丹枫吹尽)、《玉蝴蝶》(望处云收雨断)、《氐州第一》(波落寒汀)、《疏帘淡月》(梧桐细雨)。当然，癸未本(前集)有而辛卯本无者亦有三首：周美成《渔家傲》(几日轻阴寒恻恻)、黄昇(叔旸)《长相思》(天悠悠)、康伯可《满庭芳》(霜幕风帘)。癸未本另有三词下注"新添"二字,而辛卯本中无此注,当是传刻时脱落所致。《增订四库简明目录标注》云"韩氏有元刊本",《季沧苇书目》载"《类选群英诗馀》,二本",均指辛卯本。

何士信事实无考,据此书,仅知他为福建建安人,字君实。《草堂》所引词话及增添之词,均及庆元以后。所引《花庵词选》更是成书于1250年,在宋亡前不久。古梅,查《建瓯县志》不是古地名,且按当时刻书署名惯例,应是何士信的自号。民国三十一年(1942)宣纸印本《文禄堂访书记》卷五载:"《类编群英诗选》前后集二卷,元何士信撰。元至正陈氏刻本,半叶十三行,行二十三字,注双行三十字,小黑口,目后有'至正辛卯孟夏双璧陈氏刊行'十二字牌记。有'神品''季振宜藏书''茂苑沈禹文''沈明卿''听雨楼韩氏藏书'印。"综合以上资讯可知,元至正辛卯孟夏,双璧陈氏刊行了《增修笺注妙选群英草堂诗馀》前后集二卷和《类编群英诗选》前后集二卷两书。巧的是,两书的递藏者也相同①。《类编群英诗选》前后集二卷未知今藏何处?何士信为元人,且为《草堂》的增修笺注者之一(而非原编者),至此有了明确证据。

6.《增修笺注妙选群英草堂诗馀》前集二卷、后集二卷,明洪武壬申(1392)遵正书堂刊本。半页十三行,行大字二十三字,小字二十九字、三十字不等。全书收词凡367首,其中标明"新添"者83阕,"新增"者23阕。国家图书馆藏,北京大学藏本有抄配。遵正书堂与泰宇书堂均为江西书坊,从版式及收词情况来判断,洪武

---

①《文禄堂访书记》本卷还记录了洪武本《增修笺注妙选群英草堂诗馀》前集二卷、后集二卷,对版刻信息记录也很丰富,并称"不著编辑名氏"。据此,此处记载《类编群英诗选》前后集二卷,元何士信撰"有错的可能性极小。

本、癸未本、辛卯本为一个版本系统。吴昌绶《双照楼景刊宋金元明本词正编》据之影印，1958 年中华书局上编所又据双照楼本排印，删其笺注和词话。

7.《增修笺注妙选群英草堂诗馀》前集二卷、后集二卷，成化十六年(1480)刘氏日新堂刊本。收词与分类同辛卯本。国家图书馆、台北"中央图书馆"藏。按：刘氏日新堂开设于元代，其书坊至明犹存。叶德辉《书林清话》卷四云："刘叔简，名锦文，所设坊曰'日新堂'，刻书甚多。"国家图书馆所藏《书传大全通释》十卷卷首一卷卷三下有"书林三峰刘氏日新堂重刊"标记，国家图书馆藏《朱子全书》总目后有"至正元年辛巳日新堂刊行"牌记，美国国会图书馆所藏《四书辑释大成》三十六卷凡例后有"至正壬午夏五日日新堂刊行"牌记。均可与叶氏之言印证。

8.《增修笺注妙选群英草堂诗馀》前集二卷、后集二卷，明嘉靖末安肃荆聚春山居士校刊大字本。半页九行，行大小均十八字。荆聚本系从洪武本(367 首)出，但缺谢无逸《江神子》(杏花村馆酒旗风)、鲁仲逸《惜馀春慢》(弄月馀花)、周美成《瑞鹤仙》(悄郊原带郭，有目无词)三首耳。前集版心作"卷上"，后集版心作"卷下"。《直斋》所载《草堂诗馀》二卷，殆即卷上、卷下二卷欤？有"名贤词话"一行。上海图书馆藏，《四部丛刊初编》本据此影印。

9.《新锲妙选群英草堂诗馀》上下卷。卷上收词 217 首(内新添 48 首，新增 1 首)，下卷收词 155 首(内新添 31 首，新增 1 首)，总计 372 首，比洪武本多 5 首。但排列顺序及新增、新添等字样大体与洪武本一致。卷上标题下有"书林余氏沧泉堂重刊"一行，卷末有"万历壬寅孟冬，书林余氏秀峰粹行"十四字二行牌记。半页九行，行二十一字。版心注"草堂诗馀卷上(下)"。书内有旧藏者朱墨圈记。明万历三十年(1602)余秀峰沧泉堂刊本，日本神田喜一郎藏。

10.《草堂诗馀》三卷,李东阳所抄《南词》本。李东阳(1447—1516),字宾之,号西涯,湖南茶陵人。如《南词》确系出自李东阳之手,则此三卷本为嘉靖年间前后之书,故归入分类本之列(增修笺注或名贤词话)。彭氏知圣道斋旧藏有清钞本《南词》,清末归董康诵芬室(董氏曾据之选抄十三种十六卷,今藏国家图书馆)。民国初年,此本遂归日本大仓氏。今存四十一种五十卷,见日本《大仓文化财团汉籍善本目录》。唯吴昌绶于光绪乙巳(1905)正月题诵芬室钞本《南词》云:"坊贾钞撮,嫁名西涯,不足据也。篇末之语,亦见汪序(汪森《词综序》)。鲍(廷博)刻《蜕岩词》案语,即已引西涯《南词》,可见由来已旧。"此三卷本未见,未知是否完本。姑系于此。

11.《增修笺注妙选群英草堂诗馀》,明祝枝山小楷书本。祝允明(1460—1526),号枝山。《增订四库简明目录标注》:"明祝枝山小楷书本,锡山华氏旧藏。"承学友刘军政先生相告,曾亲见此书,惜已不知确切馆藏地(南京图书馆或常熟图书馆)。

12.《篆诗馀》(原题《阳春白雪》),二册,残。前册为篆文,后册为楷书,共收词96首。此为明宗室高唐王朱厚烁(? —1547,号贷翁,嘉靖二十二年封王)所书篆文《草堂诗馀》前集卷上。按:郑振铎《跋嘉靖本篆文阳春白雪》云:"近在杭州石渠阁得残本《阳春白雪》二册,为明嘉靖间宗室高唐王所刊,诧为罕见。"又云:"此本篆文一卷,凡六十八号(即六十八页)……书名别作《篆诗馀》。"刘少雄先生亲贻书笔者说:"郑振铎所见嘉靖本篆文《阳春白雪》,别名《篆诗馀》。我曾校对郑氏所抄目录,全见于分类本《草堂》前集卷上,只是次序略有不同而已。因此可以断定所谓《阳春白雪》者,其名应是误植,其实乃是《草堂》的一个残本。"国家图书馆藏。

13.《草堂诗馀》前集二卷、后集二卷,分类同《增修笺注妙选群英草堂诗馀》。嘉靖三十三年(1554)杨金刻本,收词 484 阕,南京图书馆、国家图书馆、葛思德东方图书馆等藏。杨金序曰:"旧集分为上下卷,今仍之,刻于睦之郡斋。时嘉靖甲寅春日当涂杨金识。"

14.《新刊增修笺注妙选群英草堂诗馀》二卷,题钟惺辑。明末慎节堂刻本(此据刘军政《明代〈草堂诗馀〉批评论》录入)。

"增修笺注"本与"名贤词话"本之间的关系,特别是时间上可能存在的先后关系,引起了学者们的注意。早在王鹏运重刻陈钟秀本时,他通过对比"增修笺注"本,就提出:"(词话本)足征《草堂》真本。"①王国维认为《新刊古今名贤草堂诗馀》"此疑宋旧题"②。换句话说,他们都认为名贤词话本更接近《草堂诗馀》的原貌。赵万里也认为陈钟秀刊本《精选名贤词话草堂诗馀》二卷"虽经后人羼乱,未尽失真"③。由简到繁,符合版本流传的一般规律。但是也有人提出不同看法。王重民认为词话本"必删节何本(引者按:指何士信"增修笺注"本)注语而成者"④,即词话本是删节类编本而来的。书贾为射利而删节市面上流行之书,历史上并不鲜见。但是,我们注意到:《增修笺注妙选群英草堂诗馀》每集开卷都会另起一行标明"名贤词话",而《精选名贤词话草堂诗馀》则一般不标"增修笺注"。故我倾向于认同王国维的看法,即"名贤词话"本更接近于祖本面貌。"增修笺注"最初应是对"名贤词话"本的重新编排。据

①四印斋本《草堂诗馀》跋。

②王国维《庚辛之间读书记·读〈草堂诗馀〉记》,《王国维遗书》,上海古籍书店 1983 年重印本。

③赵万里《元刻元印本增修笺注妙选草堂诗馀题记》,《校辑宋金元人词·引用书目》,1931 年排印本。

④王重民《精选名贤词话草堂诗馀二卷提要》,《中国善本书提要》第 682 页,上海古籍出版社 1983 年版。

整理者的看法,何士信重排此书是因为他可能参考了南宋陈元龙《详注周美成词片玉集》的结果。"增修笺注"本以周邦彦词居首,增修、增添之词亦以周词为最,详细的注释也与《片玉集》的注一致(时有删改)。尔后,"增修笺注"本与"名贤词话"本并行不废,并在流传的过程中两者之间走向了互相参考。前揭晁氏《书目》中提到的《增广笺注名贤草堂诗馀》一名,似乎就综合了"增修笺注"和"名贤词话"两方面的信息。中田勇次郎即认为:今传类编本就是宋代分类注释本和名贤词话本二者相互影响的产物。

附带提及以增修笺注本为基础的节录本。

15.《草堂诗馀别录》一卷。明吴文节公(讷)圈点,张绖评点。该书从《增修笺注妙选群英草堂诗馀》前集、后集各点录三十九首,附以张绖自评,称所选皆高丽平和之调,去其猥杂不粹者。明嘉靖十七年(1538)刻本,宁波天一阁藏。上海图书馆藏黎仪校录本,乃嘉业堂故物。《中国词学大辞典》第275页称:"唯选词所据《草堂诗馀》,与今传者皆不同,可为校勘参考。"

(三)分调本

明嘉靖二十九年(1550),上海顾从敬打乱《草堂诗馀》的分类编排方式,又据其它宋本《草堂诗馀》增补七十馀首(共收词443首),以词调字数的多寡为标准,将词调分为小令、中调、长调三类,名曰《类编草堂诗馀》,四卷,卷一小令,卷二、卷三中调,卷四长调。是为"分调本"。

16.《类编草堂诗馀》四卷。卷内题"武陵逸史编次,开云山农校正"。按小令、中调、长调分编,间采词话。较此前分类编次之本多七十馀首,总数达443首。"武陵逸史"即顾从敬,详后文。明嘉靖二十九年刻本。是本馆藏较多。

17.《类编草堂诗馀》四卷。万历年间昆石山人校辑本。以顾从敬《类编草堂诗馀》四卷为基础,增注故实。上海图书馆藏本有叶景葵跋。

18.《类编草堂诗馀》四卷。万历年间昆石山人校辑,致和堂重印本。国家图书馆、山西文物局藏。

19.《类编草堂诗馀》四卷。高阳韩愈臣校正,明末古吴博雅堂刻本。辽宁省图书馆、日本京都大学等藏,上海图书馆藏本有佚名批评,并抄补缺页。

20.《类编草堂诗馀》四卷。武陵逸史编,隐湖小隐订,明末毛晋汲古阁《词苑英华》本。

21.《类编草堂诗馀》四卷。韩愈臣校正,明末经业堂刻本。

22.《类编草堂诗馀》四卷。清乾隆十七年(1752)因树楼洪振珂覆刻《词苑英华》本(少《秦张二先生诗词合璧》一种)。《四部备要》据之重排。

23.《类编草堂诗馀》四卷。《四库全书》本。

24.《类编草堂诗馀》四卷。清吴门寒松堂重印《词苑英华》本(少《诗馀图谱》《秦张二先生诗词合璧》两种)。

按:顾从敬事迹无存,但字号身世可考。何良俊序称:"是书为顾子汝所刻,顾子乃上海名家,为东川先生之子,是书据顾氏所藏宋本增补七十馀调。"沈际飞评正《草堂诗馀·发凡》云"正集裁自顾汝所手",则知顾从敬字汝所,上海人,东川先生之子。东川先生即上海顾定芳(1489—1554),精通医术,以荐召为太医院御医。定芳之祖顾英,明天顺三年(1459)举人,官至广南知府。致仕归,筑南溪草堂,赋诗弈棋自适,年七十五卒,有《草堂集》。父顾澄,成化中输粟千万石赈饥民。据嘉庆《松江府志》卷五十三记载,顾定芳有六子：顾从礼，字汝由，工书①；顾从德，字汝修；顾从义，字汝和，善书能诗，书尤为文徵明、王世贞父子所重。《松江府志》所载顾定芳六子姓名不全，赖何良俊此序，知顾定芳六子中尚有一子名从敬字汝所。《朱邦彦集》称顾定芳有子名从仁字汝元，嘉靖二十六年卒。六子已考知五子姓名，仅一子无考，殆亦早卒。顾氏为上海名家诚不虚。是书标"武陵逸史编次"，则知顾从敬字汝所，号武陵逸史。清代上海顾观号武陵山人，疑即用同一故事。《万卷精华楼藏书记》云："《类编草堂诗馀》四卷，明杭州顾从敬家藏宋本重刊以行。"《四库总目提要》亦云"杭州顾从敬所刊"，皆误。上海顾氏，世代名家，家富藏书，能诗善书者多，而且也是有名的藏印世家。美国国会图书馆所藏万历年间刻《集古印谱》，题"武陵顾从德汝修校"，下书口刻"顾氏芸阁"四字，沈明臣序曰："上海顾氏称世家，三世以博雅传。自御医公世安氏搜购始，及光禄君汝由、鸿胪君汝修、大理君汝和、（光）禄子天锡，历祖孙父子兄弟绵远矣！"顾从德自署武陵，则顾从敬署"武陵逸史"毫不奇怪。顾氏似乎与《草堂诗馀》有"渊源"关系，顾从敬曾祖顾英曾筑南溪草堂，著有《草堂集》，顾从敬又类编《草堂诗馀》，理在其中乎？

顺便补充讨论一个问题：有没有 443 首左右的宋本《草堂诗馀》？何良俊序顾本时称顾从敬以家藏宋本《草堂诗馀》重编以行，宋本比当时市面通行多七十馀调。如上所述，今存分类本《草堂诗馀》收词一般在 360 到 378 首之间。而何良俊所说顾从敬藏有收词达 443 首的分类本《草堂诗馀》，可信乎？有些材料或可参考。明代高儒《百川书志》卷十八记载："《草堂诗馀》四卷。《通考》云：书坊所编。各有注释引证，皆五代及宋人之作也。分五十九题，凡

---

① 1997 年，因城市建设，顾从礼墓在今上海市中心地段打浦桥被发现。其遗体存放在上海自然博物馆。

四百阕。"《百川书志》成书于公元 1540 年,早于顾从敬《类编草堂诗馀》。王楙《野客丛书》所载《满江红》"蝶粉蜂黄都褪却"词不见于类编本,而首见于顾氏分调本。杨慎《词品》卷四"高宾王"条云:"旧本《草堂诗馀》选其《玉蝴蝶》一首,书坊翻刻欲省费,潜去之。予家藏有旧本,今录于此,以补遗略焉。"高观国的《玉蝴蝶》一词也不见于此前元明各种类编本。据一般推测,杨慎自嘉靖三年(1524)被杖逐,直至去世(1559),一直贬居云南,以当时交通及书籍流通状况而论,他在晚年阅读到顾从敬本《草堂诗馀》(1550 年成书)的机会极微;即使能读到,也不可能将几年前出版的新书当"旧本",他所指的"旧本"极可能就是宋本。综上所述,何良俊谓顾从敬家藏宋本比当世流行本多七十馀调,其言或不诬也。

顾氏大胆改编增补出来的分调本,适应了词已变成"律诗之一种"这个现实,受到文人欢迎,遂大行于世。以它为基础的评点本纷纷出现,大文人如杨慎、汤显祖、李攀龙、唐顺之、李廷机、陈继儒等等,均参与过点评(中间可能有的是依托)。现将以顾从敬分调本为基础的点评本列举如下(分调本一:点评本):

25.《类编草堂诗馀》四卷。题"唐顺之解注,田一隽辑本",明万历十二年(1584)书林张东川刻印,张氏并跋。有黄裳(小雁)诸印,徐乃昌印、延礼士印等。上海图书馆藏。此书实为顾氏分调本的翻刻而加以评注者。

26.《重刻类编草堂诗馀评林》六卷。题"翰林院荆川唐顺之解注,翰林院钟台田一隽精选,翰林院九我李廷机批评"。明万历十六年(1588)福建书林勉斋詹圣学刻印。殆在张东川刻本基础上加李廷机评语后,重编为六卷梓行。卷一为小令,卷二、卷三、卷四为中调,卷五、卷六为长调;有评注的词大约是 319 首。中山大学、南京图书馆等藏。

27.《评点草堂诗馀》五卷。卷内题"西蜀升庵杨慎评点①,吴兴之中闵映璧校订",前有"洞天真逸升庵杨慎撰"的草书体《草堂词选序》,此序实移植杨慎《词品序》。卷一、卷二为小令,实为顾本卷一小令;卷三中调,相当于顾本卷二中调;卷四长调,相当于顾本卷三长调。不过杨评本止于苏东坡《水龙吟·杨花》,而顾本则止于周美成《忆旧游·春恨》;卷五长调,相当于顾本卷四长调。另,杨评本比顾本多一首长调周美成《西平乐·春思》。书中除杨慎评语外,并无其它注释及词语。明万历间朱墨套印《词坛合璧》本。国家图书馆、上海图书馆、台北"中央图书馆"、北京大学、复旦大学、日本内阁文库、(日)神田喜一郎等藏。《词坛合璧》在明清有多种覆刻本和重印刻本。

28.《评点草堂诗馀》五卷。清光绪十三年(1887)山阴宋泽元辑刊《忏花庵丛书》本(覆印闵映璧本)。

29.《新锓朱批注释草堂诗馀评林》四卷。明李廷机批评,明天启五年(1625)周文耀朱墨套印本,安徽省图书馆藏。

以上诸书均以顾从敬本为基础而评点者,或词序大致不变而分卷有异,或词序不变、稍有增减而卷数不变。更多的情况是以顾从敬本收词为基础,打乱顾本顺序,重新以春夏秋冬四季为序分类,唯分卷稍有差异。试列举如下(分调本二:改编并点评本):

30.《新刻注释草堂诗馀评林》六卷,署"翰林九我李廷机批评,

①此处"杨慎评点",疑是书贾伪托。杨慎编著有《草堂诗选》《词品》,皆以宋本《草堂诗馀》为基本资料,似乎不必再弄一本以顾氏重编本为基础的《评点草堂诗馀》。且如正文所述,杨慎远在云南,其风烛残年评点顾本的可能性微乎其微。《评点草堂诗馀》五卷应是书商依托杨慎之名而来者。笔者自1996年作硕士论文《〈草堂诗馀〉研究》时即持此论。早年白敦仁先生有《杨升庵评点草堂诗馀校后杂谈》一文,发表在《天府新论》1990年第3期,笔者至今未拜读,不知曾提到这一点否? 今人论杨慎词学者,多引此书为例,实不敢苟同。

翰林院启东翁正春校正,书林郑世豪宗文书堂刊行",明万历二十三年(1595)刻印,上海图书馆藏。该书比较明显的特征除了挂名"李廷机批评"之外,其收词编排与此前的分类本(以何士信本为代表)、分调本(以顾从敬本为代表)皆不同。本书亦以类编排,然仅分春夏秋冬四季,卷一、卷二、卷三为春景,卷四为夏景,卷五为秋景,卷六为冬景;每卷内再按相同主题或题材排列,如重阳词、咏月词、中秋词、七夕词等;页眉有评语一栏,皆李廷机评语,或评妙语,或申典故,或明章法。词后所附词话与分类编本无异,惟时有李廷机评语继其后。全书起自胡浩然《喜迁莺》(谯门残月),终于朱希真《鹧鸪天》(检尽历头冬又残),共 436 首词。可见,《新刻注释草堂诗馀评林》六卷是以顾从敬分调本《类编草堂诗馀》收词为基础,重新以春夏秋冬四季分类编排的。因此,该书实际是综合了此前分类本与分调本的特色。明万历三十六年(1608)起秀堂重刻《新刻注释草堂诗馀评林》六卷,署"翰林九我李廷机批评,翰林院启东翁正春校正,书林龙峰徐宪成梓行",日本内阁文库藏(有林罗山手校)。

31.《新锓订正评注便读草堂诗馀》七卷,署"秣陵思白董其昌评订,古闽心蕊曾六德参订",明万历三十年(1602)建阳书林乔山堂刘氏刻印,国家图书馆藏。万历二十八年,建阳书林乔山舍刘氏刻《评注便读草堂诗馀》六卷(未见,此据陈国代、徐俐华《建阳书林乔山堂刘龙田刊刻书考略》一文),两年后,乔山书舍修订再版此书。今从书中所载评语内容来看,此书前六卷实以郑世豪宗文书堂《新刻注释草堂诗馀评林》六卷一书为母本,唯第六卷最后三词与第七卷(兼收明人之词)为后者所无,乃书贾新增,以示区别耳。"便读"云云,有节选之意。

32.《新锓李太史注释草堂诗馀旁训评林》六卷,扉页题"钟伯敬先生选，旁训草堂诗馀，友花梓行"，卷一、卷二端首题"新锓李太史注释草堂诗（馀）旁训评林，太史九我李廷机注释，太史启东翁正春批评，书林梓行"。卷三至卷六端首题"新锓李太史注释草堂诗馀旁训评林，翰林九我李廷机批评，翰林院启东翁正春校正，闽书林云竹郑世豪宗刊行"。全书书末有"万历乙未孟春吉旦郑云竹梓"牌记。今藏日本尊经阁。

33.《新锓李太史注释草堂诗馀旁训评林》七卷，卷一至卷六端首题署同尊经阁藏本卷一卷二；第七卷乃收唐诗，该卷卷端题"书林霖宇詹圣泽梓行"。全书末又有木牌记曰："皇明万历庚子夏吉詹霖宇梓。"南京图书馆藏，有墨笔批语。与前述郑世豪所刊《新刻注释草堂诗馀评林》相较，此处三书收词相同，评注相同，同分六卷（分七卷本乃是书坊好事，增补一卷唐诗者），收词次序相同（唯卷一末与卷二排列次序有异，为书坊所乱）。很显然，《新锓李太史注释草堂诗馀旁训评林》是《新刻注释草堂诗馀评林》的重刻本，属同一版本。

34.《新刻李于鳞先生批评注释草堂诗馀隽》四卷，署"古歙吴从先宁野甫汇编，公安袁宏道中郎甫增订，仁和何伟然欲仙甫参校，师俭堂萧少衢依京板刻"。前有"己未仲冬临川毛伯丘兆麟题于听月轩斋头"一行。全书收词436首，以春夏秋冬四景排列，同郑世豪《新刻注释草堂诗馀评林》本，唯本书分四卷及书中评语，与郑世豪本不同。明万历四十七年（1619）师俭堂刻本，上海图书馆、南京图书馆藏。按：美国国会图书馆藏明泰昌元年（1620）《皇明文集》八卷后此书一年，题"石公袁宏道精选，毛伯丘兆麟参补、宁野吴从先解释"。卷面有"师俭堂萧少渠领绣"一行，卷末有"师俭堂萧少衢依京板刻"一行，盖少渠与少衢通用，亦可知萧少衢、毛伯丘、吴从先关系密切。

35.《新刻题评名贤词话草堂诗馀》六卷,题"济南李于鳞攀龙补遗,四明眉公陈继儒校正,书林泰垣余文杰绣梓"。封面有"分类草堂诗馀狐白,余泰垣梓行"两行。首页何良俊序,序后有"龙飞万历岁次乙卯孟秋月谷旦自新斋余泰垣重梓以广其传云"一句。卷一春景61首,卷二春景78首,卷三春景85首,卷四夏景62首,卷五秋景92首,卷六冬景52首,共430首。此书以四季划分卷数,各类已分属四季内。首页空一栏写评语(评语全抄自《新刻注释草堂诗馀评林》六卷),栏下刻正文。国家图书馆、上海图书馆等藏。按:此书虽以"名贤词话"标题,但与陈钟秀二卷本《精选名贤词话草堂诗馀》相比,两书收词不同者达80首,也与顾从敬分调本收词多有不同,但总体上是以顾本而非陈钟秀本为基础改编的。

除了点评、重新编排顾本之外,还有在顾本基础上增补词作的情况(分调本三:增补本):

36.《草堂诗馀》八卷。巾箱本,共七册,明万历辛丑(1601)西陵来行学校刊。日本名古屋市蓬左文库藏。该书有来行学自序,全文用骈体,语言华丽,模仿《花间集》欧阳炯序。序中提到:"《诗馀》一篇,汇集千首……於是五松主人燃脂瞑缮,弄墨晨书。"此八卷本《草堂诗馀》号称近千首,显然已增补顾本。明人印书,好为夸诞之语以吸引买家,来行学曾刊行《宣和印史》,自序称"耕于石箐山畔,桐棺裂,得朱筒一函,内蜀锦重封《宣和印史》一卷,素丝玉轴,朱印墨书。盖南渡以来,好事家所宝以自殉者"。虚虚实实,令人疑惑。《草堂诗馀四集》正集卷一晏叔原《玉楼春·离别》词注云:"诸本落此,唯来颜叔本犹存,今补入。"来行学,字颜叔,号五松主人,杭州人。

37.《类编草堂诗馀》三卷。顾从敬原编,胡桂芬重辑,明万历三十五年(1607)黄作霖刻印,国家图书馆藏。是书以顾本为基础,改为时令、名胜、花卉、禽鸟、宫闱、人事、杂咏七类,收词达 564 阕(此数字据刘军政学友《明代〈草堂诗馀〉批评论》)。黄作霖《类编草堂诗馀跋》:"金溪胡公捻辖逾年,山海告宁,百废俱举。铃阁之暇,辄进诸生商确文艺,间出所编《诗馀》,令相厘正之,受而卒业。则景物缕分,短长鳞次,因门附类,端绪不淆,视昔请刻,体裁独当,而一宗顾汝所选,金元靡习,悉摈而不收。"

38.《草堂诗馀》十六卷、《杂说》一卷。此书又名《古今词统》十六卷、《杂说》一卷,《诗馀广选》十六卷、《杂说》一卷。题"(明)卓人月汇选□□(明)徐士俊参详"。以《草堂诗馀四集》为主,汇辑增删,自隋至明,凡 467 家,329 调,2030 首词。后附明徐士俊、卓人月合撰《徐卓晤歌》一卷。崇祯间印行,多有馆藏。赵万里跋《古今词统》云:"此书后印者,改题《草堂诗馀》,并剜加'陈继儒眉公评选'一行,不足据。"

以顾从敬本分调本为基础,不但有改编本、增补本,还有以续编方式形成的合集本(分调本四:合集本):

39.《类编草堂诗馀》四卷、《续辑》四卷,正集顾从敬编次,续集为明秣陵一真子所编,明末刻本。山东省图书馆藏。

40.《新刻分类评释草堂诗馀》六卷、《新刻分类评释续草堂诗馀》二卷,前六卷为李廷机评释,后二卷为明陈仁锡评释。万历间李良臣东壁轩刻本,华东师范大学图书馆、辽宁省图书馆等藏。

41.《类编草堂诗馀》四卷、《卷首》一卷、《续选类编草堂诗馀》二卷,正集"宋武陵逸史编,明武陵顾从敬编次,明高阳韩愈臣校正"。《续选》长湖外史原辑,天羽居士参阅,依小令、中调、长调为次。卷首一册,内容有何仁锡序、何良俊序、毛先舒稚黄《词韵括略》、沈谦去矜《韵谱》、无名氏《词学论稿》(收自宋杨守斋至清查香山诸人论词要旨),册尾有"康熙上元甲子仲春金闾天禄阁订校正"

一行。正文编次与唐顺之解注本无二。词中无笺释,唯词后偶引词话。卷一小令159首,卷二中调87首,卷三长调99首,卷四长调97首,共432首。此书乃据明沈际飞本正、续集而来,特在整书之前加一册序跋等文字。清康熙二十三年(1684)金昌天禄阁刊本。清华大学藏,上海师范大学藏本有"汉鹿斋藏书"印。按:明代有金闾世裕堂曾刊《词坛合璧》。世裕与天禄义近,又同出一地方,殆某世族分掌之书坊。

42.《类选笺释草堂诗馀》六卷、《续集》二卷、《类选笺释国朝诗馀》五卷(三集十三卷),正集顾从敬类选,陈继儒重校、陈仁锡参订;续选钱允治笺释、陈仁锡校阅;《国朝诗馀》钱允治辑,陈仁锡释。封面题"陈眉公重校注释正续草堂诗馀",正集前有三序:万历四十二年(1614)陈仁锡序,同年钱允治序(《合刻类编笺释草堂诗馀序》,陈元素书)、嘉靖二十九年(1550)何良俊序。万历四十二年翁少麓刊本,国家图书馆、上海图书馆、北京大学、上海师范大学、台北"中央图书馆"等藏。

43.《镌古香岑批点草堂诗馀四集》(四集十七卷)。《正集》六卷,云间顾从敬类选,吴郡沈际飞评正。卷一小令134首,卷二小令、中调共97首,卷三中调56首,卷四、卷五、卷六长调共158首。全书总计446首。《续集》二卷,昆陵长湖外史类辑,姑苏天羽居士评笺,卷上95首,卷下92首,共187首。《别集》四卷(历朝词选)娄城沈际飞类评,东鲁秦士奇订定,收词462首。《新集》五卷(明词选)钱允治原编,吴郡沈际飞评选。《正集》前有:陈仁锡撰、秦士奇所书之序;西陵来行学颜叔隶书体《草堂诗馀原序》;吴门鸥客沈际飞天羽父《序草堂诗馀四集》;鹿城沈瓒馨孺氏行草《跋》;古香岑《发凡》九条。《正集》内有何良俊序,封面有"唐宋诗馀选正集"字;《续集》有豫章黄河清原序,有"宋元诗馀选续集、翁少麓梓行"一行;《别集》有沈际飞序;《新集》有钱允治原序,共十二册。天启、崇祯年间翁少麓刊本,上海图书馆、台北"中央图书馆"、台北史语所、台大研究图书馆、大谷大学、葛思德东方图书馆等有藏。

44.《镌古香岑批点草堂诗馀四集》,明万贤楼自刻本。国家图书馆等藏。

45.《镌古香岑批点草堂诗馀四集》,明崇祯间童涌泉刊本。上海图书馆等藏。

46.《草堂诗馀合集》,明潘游龙编,清康熙刻本。按:明崇祯年间所刻《精选古今诗馀醉》十五卷,原题"荆南潘游龙字鳞长选、内江范文光参,海宁胡正言校"。范文光序云:"楚友潘子鳞长,文学菁藻,妙选词令。"是知潘游龙字鳞长,楚地人,明末清初人,妙于选词。

47.《类编草堂诗馀》五卷、《补遗》二卷、《词馀》一卷,朝鲜抄本。卷首标题下有"武陵顾从敬编次,高阳韩愈臣校正"二行字。《补遗》二卷,收唐五代到明词437首,按小令、中调、长调编次,编者不详。《词馀》一卷收散曲,详见中田勇次郎《〈草堂诗馀〉版本研究》。

见于著录而今不存或不见的重要版本,也可列举如下一些:

1. 王楙《野客丛书》首载《草堂诗馀》之名,且时间最早。详见本文开头文字。

2. 陈振孙《直斋书录解题》著录本。《直斋书录解题》云:"《草堂诗馀》二卷……书坊编集者。"陈振孙淳祐九年(1249)致仕,《解题》当成于此时前后。他看到的《草堂》,不知与王楙所见本差别若何? 或为同一本? 可以肯定的是,它们均早于《增修笺注妙选群英草堂诗馀》数十年。

3. 明叶盛《篆竹堂书目》著录:"《草堂诗馀》,一册。"按:叶盛生于 1420 年。

4. 明陈第(1541—1617)《世善堂书目》著录本。《草堂诗馀》七卷。

5. 明高儒《百川书志》著录本。《百川书志》云:"《草堂诗馀》四卷。《通考》云:坊间所编。各有注释引证,皆五代及宋人之作也。分五十九题,凡四百阕。"按:《百川书志》成书于 1540 年,所著录的《草堂》,必为《增修笺注妙选群英草堂诗馀》前后集一类刊本。"凡四百阕"云云,大概而言之也,非确数。

6. 清乾隆三十年精刻本。题"《类编草堂诗馀》四卷,明顾从敬编,陆乘笏校"。见《天津直隶图书馆目》。又有马廉旧藏本,见中田勇次郎《〈草堂诗馀〉版本研究》。

7. 清河仲子校刊本。原江苏省国学图书馆藏,据顾本校刊。

8. 清王兰泉评本。见《增订四库简明目录标注》。

9. 顾汝成校本。见《孝慈堂书目》。

10. 清宛平查氏隐书楼本。题《草堂诗馀》三卷,宋何士信辑。见傅增湘《藏园群书经眼录》。

三

最后,介绍本书校勘整理的情况。本书旨在为读者提供一个比较完整权威的整理本,故这次整理,主要工作围绕着以下三点进行:一是校定全部词作正文,二是校核词中注文,三是收集评点及相关研究资料。关于第一项工作,本书以《原国立北平图书馆甲库善本丛书》影印元至正辛卯双璧陈氏刻本《增修笺注妙选群英草堂诗馀》为底本,参校本有:元至正癸未本(前集)、明洪武本、明嘉靖陈钟秀刊本、明嘉靖杨金刊本、明安肃荆聚刊本以及宋嘉定年间陈元龙《详注周美成词片玉集》。明嘉靖顾从敬分调本及其改编本都未入校,理由是顾本改动剧烈,对分类笺注本的《草堂诗馀》而言,顾本的版本校勘意义不大。第二项工作最辛苦,得益于电脑检索工具的运用,我几乎将本书中词句的所有注释都核对了一遍,成果体现在词后校记中。第三项工作也颇费时间,虽然有一些现成的条件可以利用。集评收集范围以完整的、针对《草堂诗馀》的点评为主,不收针对单独作品(虽然它在《草堂诗馀》中)的历代评论,本书的任务是整理类编本《草堂诗馀》,不是对某首作品的评论史的整理。书后附有序跋、书目、评论等资料,以便读者作进一步探索研究之用。

在此我要特别表达对江苏第二师范学院邓子勉教授的感谢。"青青子衿,悠悠我心",我与邓教授结识十馀年,因相同的学术领域和学术兴趣而成为好友。邓教授除了多次帮助我查找或赠送《草堂诗馀》的资料外,还赠送给我一套《明词话全编》,该书是我整理本书时重要的参考书籍,省我翻检之劳不少。邓教授成人之美的善举是不能忘却的。清人评论《草堂诗馀》的资料,主要参考孙克强教授的《清人词话》一书,特此说明并致谢。

杨万里

二〇一七年八月二十五日

类选群英诗馀总目

至正辛卯孟夏
双璧陈氏刊行

类选群英诗馀总目毕

妙选笺注群英诗馀目录

建安古梅 何士信 君实 编选

前集上卷①

春景

①"前集"二字原无，系整理者补。原书前后集分置两册，每册有目录，各分上下卷，全书共四卷。今合并两册之目录，为区别而补"前集""后集"字样。下同，不另注。

②首句原无，系整理者加。全书同。

③晚色，原作"晚兔"，据正文校订文字补。

1

①此目原无，据正文补。

前集下卷

春景

---

①此词原缺，据至正癸未本补。

秋景

• 秋望

7

①此词原无，据至正癸未本补。
②此词原无，据至正癸未本补。

后集上卷

节序　上

·元宵②

---

①此词原无，据至正癸未本补。
②正文作"上元"。

节序 下

•端午

天文① 上

·月

天文 下 附:寒、暑、夜、晓

·咏雪

·咏雨

·晴景

·星

---

①正文作"天文气候"。

②正文作"月词"。

后集下卷

人物

人事　上

18

附录

增修笺注妙选群英草堂诗馀卷上　前集

名贤词话

春景

瑞龙吟 新添　春情①

周美成

章台路。《汉书》：张敞走马于章台街，下即路也②。还是褪粉梅梢，试花桃树。愔愔坊陌人家，定巢燕，归来旧处。柳恽诗：玉户夜愔愔。杜诗：频来语燕定新巢。　　○黯凝伫。因念个人痴小，乍窥门户。苏子美常云：痴小失所记，倚柱愔愔更有情。侵晨浅约宫黄，障风映袖，盈盈笑语。李贺诗：宫人面屬黄。梁简文诗：约黄能效月。　　○前度刘郎重到，唐《刘禹锡集》云：自朗州承召过玄都观，后复主客郎中，重游玄都。唯见兔葵燕麦动摇春风耳，再题诗云：种桃道士知何处，前度刘郎今独来。访邻寻里，同时歌舞。惟有旧家秋娘，声价如故。杜牧《杜秋娘诗序》：杜秋有宠于景陵，后赐归故乡。予过金陵，感其穷且老，因为之赋诗。吟笺赋笔，犹记燕台句。李义山诗序：柳枝，洛中里娘也。年十七，涂妆绾髻，未尝竟已。余从昆让山比柳枝居，他日春阴，让山咏二《燕台》诗，柳枝问曰：谁人为是？让山曰：此吾少年叔耳。柳枝乃手断其带，结让山为赠叔乞诗。明日，余策马出其巷，柳枝丫鬟靓妆抱立扇下风障一袖，指曰：若叔，何深望之，愿与郎俱。余因诺之。后不果留，但怅望耳。有诗云：长吟远下燕台句，惟有花香染未消。知谁伴、名园露饮，东城闲步。杜诗：名园依绿水。《笔谈》：石曼卿露顶而饮。杜牧佐沈传师幕在江西时，张好好以善歌入籍。一年，镇宣城复置好好宣籍。又二年，沈著作以双鬟纳之。又二年，往东城纵步，复见之。事与孤鸿去。杜牧诗：恨如春草多，事逐孤鸿去。探春尽是，伤离绪。官柳低金缕。杜甫诗：官柳着行新。温庭筠诗：不似垂杨惜金缕。归骑晚,纤纤池塘飞雨。断肠院落,一帘风絮。张景阳诗:飞雨洒朝兰。晏元献诗:梨花院落溶溶月,柳絮池塘淡淡风。

花庵词客云:按,美成此词,自"章台路"至"归来旧处",是第一段。自"黯凝伫"至"盈盈笑语",是第二段。此谓之双拽头,属正平调。自"前度刘郎"以下,即犯大石,系第三段。至"归骑晚"以下四句,再归正平。今诸本皆于"吟笺赋笔"处分段者,非也。

【校】

①春情,据杨金本添。

②《汉书·张敞传》:"敞无威仪,时罢朝会,过,走马章台街。"臣瓒注:"在章台下街也。"

【集评】

杨慎《词品》:唐制,妓女所居曰坊曲,《北里志》有南曲、北曲,如今之南院、北院也。宋陈敬叟词"窈窕青门紫曲",周美成词"小曲幽坊月暗"。

又:"惜惜坊曲人家",近刻《草堂诗馀》改作"坊陌",非也。谢皋羽《天地间气集》载孟鲠《南京》诗云:"惜惜坊曲傍深春,活活河流过雨浑。花鸟几时充贡赋,牛羊今日上丘原。犹传柳七工词翰,不见朱三有子孙。我亦前生梁楚士,独持心事过夷门。"

《新刻李于鳞先生批评注释草堂诗馀隽》:前二段轻描春色,下一段追思往事,对景伤怀。 又:借景写情,俱有意。 又:犹记燕台,谁伴名园?必有所指,玩之有味。 又:有溶月淡风之度。 又:此诗负才抱志,不得于君,流落无聊,故托此以自况,读者当领会词表。

《重刻类编草堂诗馀评林》:铺叙春之景象,意思极到。

《新刻注释草堂诗馀评林》卷一:唐人作宫词,或赋事、或抒怨、或寓风刺。或其人负才抱志,不得于君,流落无聊,故托以自况耳。

沈际飞《草堂诗馀·正集》:美成别词有"小曲幽坊月暗","陌"字非。

蓦山溪

黄山谷

鸳鸯翡翠，小小思珍偶。山谷此词本有所感，鸳鸯翡翠乃成双之物，故郑氏笺诗，言其止则相偶，飞则为双，性驯偶也。李华《长门怨》亦云：弱体鸳鸯席，啼妆翡翠林。眉黛敛秋波，黄思恭《昭君怨》：眉黛雪沾残。《文选·舞赋》：目流睇而横波。注：斜视如水波之横流也。尽湖南、山明水秀。娉娉袅袅，恰似十三馀，杜诗：隔户杨柳弱袅袅，恰似十五女儿腰。春未透。花枝瘦。正是愁时候。　　○寻芳载酒。肯落谁人后。只恐远归来，绿成阴、韦应物诗：闲院绿阴生。青梅如豆。心期得处，每自不由人，长亭柳。《白氏六帖》：五里一短亭，十里一长亭。君知否。千里犹回首。杜诗：回首见旌旗。

《雪浪斋日记》云：山谷此词云"春未透，花枝瘦，正是愁时候"，极为学者称赏。秦湛处度尝有小词云："春透水波明，寒峭花枝瘦。"盖法此也。

【集评】

张綖《草堂诗馀别录》：原有点，今删。按山谷此词语意高雅，诚为可录，但通篇所咏，皆少年风情之作。后段率用杜牧之湖州赠妓诗意，至"千里回首"，情极不薄矣。不可为训，似宜删去。又按山谷序小山词集云："若乃少年美士，近知酒色之娱，苦节瘰儒，晚悟裙裾之乐。鼓之舞之，使晏安舞鸩毒而不悟，是则叔原之罪哉！"今观此词，其去鼓舞鸩毒者几何？大抵宋制许用官妓，故士大夫多有此作，以通一时之兴。虽东坡之词，致堂称其"一洗绮罗香泽之气，摆绸缪宛转之态"，而其留连声妓之作，亦复不少。滥觞者，不特一秦少游也。本朝革去歌妓，复严为之禁，真得盛世严肃之礼，养士人正大之习，过前代远矣。但两京各处犹设妓院，若悉除其籍，岂不为完美之事哉！

《新刻李于鳞先生批评注释草堂诗馀隽》：上叙早春花初发，下叙别春酒不空。　又："春未透，花枝瘦"，寓意幽远。　又：柳拆长亭，有更进一杯之缱绻。　又：有感而发，语中意味隽永，自是脍炙人口。

《新刻注释草堂诗馀评林》卷一：山谷此词有感而作，鸳鸯翡翠，言其止则相偶，飞则为双，性驯故也。

沈际飞《草堂诗馀·正集》说美人随说芳景，说芳景随说美人，得比体之妙。　又：形容眉目尽矣。有思有愁，未透方瘦，能曲畅少女心情。又："不由人"三字妙，曲中多用之，近曲云"不由人"，不增一字便不通。

花心动

阮逸女

仙苑春浓，杜诗：庭春入眼浓。又：春光日自浓。小桃开，枝枝已堪攀折。李诗：谁云敢攀折。乍雨乍晴，轻暖轻寒，渐近赏花时节。《开元遗事》：长安春时，盛于游赏，士女斗花，戴插以多者为胜①。柳摇台榭。杜诗：风榭柳微舒。《记·月令》：仲夏居台榭。注：无木谓之台②，有木谓之榭。东风软，李诗：东风扇淑气。帘栊静，《选·诗》：牛女升月照帘栊。幽禽调舌。断魂远、闲寻翠径，顿成愁结。○此恨无人共说。还立尽黄昏，寸心空切。杜诗：欻使寸心倾。强整绣衾，独掩朱扉，簟枕为谁铺设。夜长宫漏传声远，杜《早朝大明宫》③：五夜漏声催晓箭。纱窗映、银缸明灭。李：青缸明灭照悲啼。梦回处，梅梢半笼淡月。

花庵词客云：阮逸女女④工于文词，惟此曲传于世。

【校】

①此处引文，乃撮合《开元天宝遗事》"游盖飘青云"及"斗花"两条而来。

6

②仲夏居台榭，按：宋张虙《月令解》卷五："（仲夏）可以处台榭。"有土，原作"阁者"，据下文《满庭芳》（晓色云开）注谓"有土谓之台，有木谓之榭"改。"有土"与"有木"，正好对应。又，朱熹《楚辞辩证》卷下《天问》篇注释，"阁者"作"无木"。"无木"不是"台"的条件，应以"有土"为是。

③《早朝大明宫》，全称是《奉和贾至舍人早朝大明宫》。

④第二个"女"字疑衍。

【集评】

《新刻李于鳞先生批评注释草堂诗馀隽》：上叙花香鸟语，下尤写出独坐黄昏景色。　又：春光丽，奈春愁不解何？　又：衷情对谁诉，只在梦中过。　又：咏花动处，句句香闻，阮逸亦曾抱闺怨而欲作解语花矣。

（托名）杨慎《评点草堂诗馀》：最是可怜时。

《重刻类编草堂诗馀评林》：以景即事，词语精切，素怀幽恨，见之言外。

《新刻注释草堂诗馀评林》卷一：按景修词，无限恨寄之于楮上矣。又：次段尤委婉有味。

《草堂诗馀·正集》：非妇人身历而口道之，央不亲切。　又：神境。

鱼游春水

秦楼东风里。杜诗：秦城楼阁烟花里，汉主山河锦绣中。燕子还来寻旧垒。章孝标《燕》诗：旧垒老巢泥已落，今年故向社前归。寒犹峭，坡诗：春风料峭羊角转。红日薄侵罗绮。杜诗：深红净罗绮①。嫩草方抽碧玉茵，谢万《春游赋》：靡翠草以成茵。媚柳轻拂黄金缕②。李诗：柳色黄金嫩。莺啭上林，上林，汉苑名。僧齐己《莺》诗：暖风催出啭乔林。鱼游春水。《选·补亡诗》：鱼游清沼。江淹《别赋》：春水绿波。

○几曲阑干遍倚。李诗：沉香亭北倚阑干。又是一番新桃李。李诗：天春三月时，千门桃与李。佳人应怪归迟。李：当笑尔归迟。梅妆泪洗。宋武帝寿阳公主人日卧含章檐下，梅花落额，后人效为梅花妆。**凤箫声绝沉孤雁**，《史记》：箫史，秦人，善吹箫。穆公有女，字弄玉，亦好吹箫，遂以妻焉。时共登楼吹箫，作凤鸣，感凤凰从天而降，迎之升仙，莫知所止。《前·苏武传》：天子射上林中得雁，其雁足上得子卿帛书。**望断清波无双鲤**。《选·诗》：客从远方来，遗我双鲤鱼。呼童烹鲤鱼，中有尺素书。**云山万重**③，李：云山万重隔。**寸心千里**。

《复斋漫录》：政和中，一中贵人使越州回，得词于古碑阴。无名无谱，不知何人作也。录以进御，命大晟府填腔，因词中语，赐名"鱼游春水"云。

《古今词话》：东都防河卒于汴河上掘地得石刻，有词一阕，不题其目。臣寮进上，上喜其藻思绚丽，欲命其名，遂摭词中四字名曰"鱼游春水"，令教坊倚声歌之。词凡九十四字，而风花莺燕动植之物曲尽之。此唐人语也，后之状物写情，不及之矣。二说未详孰是。

【校】

①今本杜诗无此句。

②缕，泰宇本作"蕊"。

③重，原作"里"。"云山万里，寸心千里"不符词人用语习惯，且注释文字正好有"万重"字，可见原文是"万重"。又参见《集评》引张綖语。因改。

【集评】

张綖《草堂诗馀别录》："云山万里"二句，当是"万重"，与前"莺啭上林"方叶。

《新刻李于鳞先生批评注释草堂诗馀隽》："嫩草""媚柳"联，锦心绣口之词。　又：清句，还从"不见鱼雁书，关山万里远"意中脱出。　又：俱是流羽泛商之雅调，当令游鱼活泼水面。

(托名)杨慎《评点草堂诗馀》：前说景，后说情，一一兼至。

《新刻注释草堂诗馀评林》卷一：唐人词调，嚼徵含宫，泛商流羽，为大雅元音，非今之险句聱牙以为工者比。　又：新词摘取其中秀句为题，若此者最多。

沈际飞《草堂诗馀·正集》："抽茵""拂缕"句，大雅元音，《词话》疑其为唐人处。　又：吴刻落"新"字，则止八十八字，非。　又："凤箫""孤雁"未黏对。"望断清波"未工，前云"鱼游"，后曰"无鲤"，未顺。尽若此，不足重矣。

望海潮 春情①

秦少游

梅英疏淡，冰澌溶泄，东风暗换年华。金谷俊游，铜驼巷陌，杜：金谷铜驼非故乡。注：金谷园、铜驼陌皆在蜀中。新晴细履平沙。杜：新晴锦绣文。又：地阔平沙岸。长记误随车。正絮翻蝶舞，韩《雪》诗：随车翻素缟，逐马散银杯。芳思交加。柳下桃蹊，《李广传赞》：桃李不言，下自成蹊。乱分春色到人家。杜：春色到江亭②。

〇西园夜饮鸣笳。《选·诗》：清夜游西园，飞盖相追随。又：鸣③笳翼高盖，迭鼓送华辀。有华灯碍月，飞盖妨花。见上句注。兰苑未空，《楚词》：既滋兰之九畹。行人渐老，重来是事堪嗟。烟暝酒旗斜。陈充诗：烟店酒旗何处开。但倚楼极目，杜：行藏独倚楼。又：极目总无波。时见栖鸦。杜：夜来归鸟尽，啼杀后栖鸦。无奈归心，杜：归心折大刀。暗随流水到天涯。杜：各在天一涯。

【校】

①春情，据杨金本补。

②杜甫原诗全句为："无赖春色到江亭。"

③鸣，《文选》卷三十九作"凝"，李善注云："徐引声谓之凝。"

【集评】

《新刻李于鳞先生批评注释草堂诗馀隽》：上言遨游广野，春色入山家。下言沉酣旅舍，归心随流水。 又：借桃李缀梅花，风光百媚。 又：停杯骋望，有无限归思隐跃言先。 又：自梅英吐年花说到春色乱分处，兼以华灯飞盖酒旌，一寓目尽是旅客增怨，安得不归思如流耶？

《重刻类编草堂诗馀评林》：以词说尽梅之青（疑作"清"）芬疏影，幽香素质，极其高妙，更无堪比。　又：可人风味，在此语意，古诗所谓"若同桃李发，岂肯到山家"，殊绝。

《新刻注释草堂诗馀评林》卷六：可人风味，在此数语，古诗"若同桃李发，宜肯到山家"之句意同。

沈际飞《草堂诗馀·正集》：春光满楮，与梅无涉。

满庭芳 春情

王通叟①

晓色②云开，春随人意，杜：随意陇头云。骤雨才过还晴。古台旁榭，《记·月令》：仲夏之月，可以处台榭。注：无木谓之台，有木谓之榭。飞燕蹴红英。杜：燕蹴飞花落舞筵。舞困榆钱自落，丁晋公《梨花》诗：狂风知价掷榆钱。榆钱即榆荚也。秋千外、绿水桥平。《古今艺术》：秋千，北方戎戏，以习轻巧者。杜诗：野水平桥路。东风里，李：东风扇淑气。朱门映柳，低按小秦筝。《风俗通》：筝，秦声也。形如瑟。

○多情。行乐处，《选》鲍昭《远行乐词》：春风太多情。珠钿翠盖，《唐韵》：钿金华饰。《选·甘泉赋》：流翠盖以电烛③。金辔红缨。渐酒空醽醁，《选·吴都赋》：酌醽醁④。注：酒名。花困蓬瀛。豆蔻梢头旧恨，千年梦、屈指堪惊。凭栏久，疏烟淡日，微映百层城。杜：山城仅百层。

【校】

①"春情""王通叟"五字据杨金本补。张綖《草堂诗馀别录》作秦少游。
②晓色，原作"晚兔"，据杨金本改。有版本或作"晚色"。
③《文选》卷七《甘泉赋》原句为："流星旄以电烛兮，咸翠盖而鸾旗。"
④酌醽醁，按：《文选》卷五《吴都赋》原句为"飞轻轩而酌醁醽"。从词

韵角度看，当以"醑醽"为是。

【集评】

张綖《草堂诗馀别录》："晓色"旧本讹为"晚兔"，此本作"晚色"，亦非。"古台旁榭"乃"高台芳树"。"醽醑"原本作"金枻"，此出后人改良。"千年梦"当是"十年"，用"十年一觉扬州梦"之句，千年岂可"屈指"耶？

《新刻李于鳞先生批评注释草堂诗馀隽》：上叙景色繁华，下见人当及时行乐。　又："秋千外""东风里"，字工奇巧。　又："疏烟淡日"，此时此情，还堪远眺否？　又：就暗中描出春色，林峦清明，滴就远处，描出春情，城郭隐如无。

(托名)杨慎《评点草堂诗馀》：景胜于情。　又：《花庵词选》作"色"极是，今人作"兔"不通。　又：吴融诗"满庭芳草易黄昏"，词名本此。

《新刻注释草堂诗馀评林》卷一：述晴春景物繁丽，见人须及时行乐也。

沈际飞《草堂诗馀·正集》："兔"字不通（晓色，一本作"兔"，一本作"见"），张世文改为"见"，今从《词选》，"色"字为优。　又：悠澹语，不觉其妙而自妙。（东风里、朱门映柳，低按小秦等）据诸本首云"晚色"，末云"淡月"，《词选》首云"晓色"，末云"淡日"。细味词中"玉辔红缨"等，岂晚来事？悉从《词选》。　又："微映百层城"，景亦不少，寂寞句，感慨过之。

玉楼春

宋子京

东城渐觉风光好。李白诗：白水绕东城。谢元晖：风光草际浮。皱縠波纹迎客棹。绿杨烟外晓云轻，红杏枝头春意闹。〇浮生长恨欢娱少。僧义光《春日感寓》诗：浮生自笑日蹉跎。杜：可惜欢娱地，都非少壮时。肯爱千金轻一笑。李白诗：一笑双白璧，再歌千万金。方干诗：倍偿金价不一笑。为君持酒劝斜阳，且向花间留晚照。

《遁斋闲览》：张子野郎中以乐章名擅一时，宋子京尚书奇其才，先往见之，遣将命者曰："尚书欲见'云破月来花弄影'郎中。"子野屏后呼曰："得非'红杏枝头春意闹'尚书耶？"遂出，置酒尽欢。盖二人所举，皆其警策也。

《古今诗话》亦云：子野尝作《天仙子》词云："云破月来花弄影。"士大夫多称之。张初谒见欧公，迎谓曰："好'云破月来花弄影'。"恨相见之晚也。

【集评】

《新刻李于鳞先生批评注释草堂诗馀隽》：上是风前描景色，下是花间泛酒杯。 又："红杏枝头"，泂一语价值千金矣。 又：子野谓其独擅词坛，欧阳修相见之晚，非语语矣。

《新刻注释草堂诗馀评林》卷一：词中"绿杨""红杏"二句，果擅骚坛，子野称之不虚也。

《新刻注释草堂诗馀评林》卷二：唐开元间，长安子弟春游，载油幕帐具随行郊苑台榭之处，遇阴雨则覆之，尽欢而归。

沈际飞《草堂诗馀·正集》：香倩无比，安得不倾动一时。

锦缠道

燕子呢喃，《掇遗》载：王榭到乌衣国，既归，见梁上双燕呢喃下视。景色乍长春昼。温庭筠诗：吴波不动楚山碧，花压阑干春昼长。睹园林、万花如绣。海棠经雨胭脂透。杜：林花带雨胭脂落。柳展宫眉，辛赟逊诗：直待和风始展眉。翠拂行人首。　　○向郊原踏青，杜诗：江边踏青罢。恣歌携手。李陵诗：携手上河梁，游子暮何之。醉醺醺、尚寻芳酒。问牧童，遥指孤村道，杏花深处，那里人家有。杜牧《清明》诗：借问酒家何处有，牧童遥指杏花村。

《古今词话》：此词"海棠经雨胭脂透"一句，最善形容景物，至下段用问酒杏花村事，曲尽郊外春游之情，工于词者也。

【集评】

《新刻李于鳞先生批评注释草堂诗馀隽》：上是行看海棠雨，下是酒问杏花村。　又：经雨胭脂，春景如画。　又：游遍郊原春色来。　又："寻芳问酒"总是业，写游春景象，如在锦绣丛中。

（托名）杨慎《评点草堂诗馀》：句倩甚。　又：翻旧话，更醒。

《重刻类编草堂诗馀评林》：轻清。

《新刻注释草堂诗馀评林》卷一：昔虞松踏青，谓："握月担风，且留后日；吞花卧酒，不可过时。"　又：《古今词话》云："此词'海棠经雨胭脂透'一句最善形容景物，至下段用问酒杏花村事，曲尽郊外春游之情，工词者也。"

沈际飞《草堂诗馀·正集》："燕子"为海棠写生。　又：旧话亦工。又：诸本作"寻芳酒，问牧童，说不去"，《词谱》羡"问"字，又不必。

玉漏迟 春景①

宋子京

杏香飘禁苑，《文选·西都赋》：御游则有禁苑②。须知自古，皇都春早。韩文公诗：最是一年春好处，绝胜烟柳满皇都。燕子来时，绣陌渐熏芳草。郑谷《杏花》诗：双燕却来时。《选·诗》：长安开绣陌。蕙圃夭桃过雨，弄碎影、红筛清沼。深院悄。绿杨影里，莺声低巧。僧齐己《莺》诗：避人双入绿杨深。　○早是赋得多情，更对景临风，镇辜欢笑。数曲栏干，故人谩劳登眺。天际微云过尽，程颢诗：不须愁日暮，天际是轻阴③。乱峰锁、一竿斜照。归路杳。东风泪零多少。

【校】

①春景,据泰宇书堂本补。

②今《文选·西都赋》无此句。比较接近的句子是:"西郊则有上囿禁苑。"

③此是程颢《明道》诗,"程颢"二字据补。

【集评】

《新刻李于鳞先生批评注释草堂诗馀隽》:上叙禁苑中景色,下忆故人来时情。　又:新声同莺声,展转百媚。　又:忆故人情绪,一字堪一泪。又:读此如游皇都春色里,对故人卜归期。敲落灯花,不动玉漏几许。

(托名)杨慎《评点草堂诗馀》:"乱峰锁,一竿斜照",景语也;"东风泪零多少",情语也。

《重刻类编草堂诗馀评林》:此词意在禁苑中作,方有此语,非郊野之景色。　又:燕语莺啼,美景良辰,人情乐意,尽归于此。

《新刻注释草堂诗馀评林》卷一:此词意在禁苑中作,方有此语,非郊野之景色。　又:燕语莺啼,花红柳林,自是关人情意。

沈际飞《草堂诗馀·正集》:"熏芳"二字迭用,正佛经"奇草芳花,逆风闻熏"语。　又:"乱峰锁,一竿斜照""烟中列岫青无数,雁背斜阳红欲暮",妙景掩映斗室中。

渡江云 新添　春情①

周美成

晴岚低楚甸,《挥麈》:宋迪《潇湘八景》有《山市晴岚》。谢玄晖诗:凤翔陵楚甸。暖回雁翼,阵势起平沙。宋迪《潇湘八景》有《平沙雁落》。骤惊春在眼,借问何时,委曲到山家。杜甫:庭春入眼浓。琏不器《春风》诗:可怜委曲来山舍。涂香晕色,盛粉饰、争作妍华。千万丝、陌头杨柳,渐渐可藏鸦。李白:陌头杨柳黄金色。孟郊:杨柳织别愁,千条万条丝。《广乐记》诗:杨柳可藏鸦。　　　○堪嗟。清江东注,画舸西流,陈后山诗:清江画舸照新晴。指长安日下。王勃《序》:望长安于日下。愁宴阑、风翻旗尾,潮溅乌纱。今朝正对初弦月,杜诗:云掩初弦月。傍水驿,深舣蒹葭。沉恨处,时时自②剔灯花。吴融《剪刀赋》:莺春嘹晓③,画眉而频剔灯花。

【校】

①春情,据杨金本补。

②自,宋本《详注周美成词片玉集》作"频"。下引注文亦有"频剔灯花"之句。

③宋本《详注周美成词片玉集》注文中引作"莺声嘹晓"。泰宇书堂本作"莺声到晓"。

【集评】

《新刻李于鳞先生批评注释草堂诗馀隽》:上是寻春佳际,下是对景伤春之怀。　　又:春到山家,花香鸟语。　　又:拜月燃灯,喜愁万状,亦描得活泼之趣。　　又:艳丽轻巧,堪称绕梁遏云之调。

《新刻注释草堂诗馀评林》卷一:《格物志》:"衡阳有回雁峰,雁至此不过,春暖乃回。"　又:对景伤春之怀,见于次段。

沈际飞《草堂诗馀·正集》:做(后疑有脱字)。(晴岚低楚甸,暖回雁翼阵势,起平沙)　又:"委曲""渐渐"四字内,意景只管生出来。　又:昌甚。(愁宴阑风翻旗尾,潮溅乌纱)

浣溪纱

　　水涨鱼天拍柳桥。云鸠拖雨过江皋。韦应物诗:微雨歇芳园,春鸠鸣何处。江淹《杂体》:幸及风云霁,青春满江皋。一番春信入东郊。　　○闲碾凤团消短梦,《归田录》:茶莫贵于龙凤团,八饼重一斤。静看燕子垒新巢。杜：语燕定新巢①。又移日影上花梢。杜荀鹤诗：日高花影重。

【集评】
《新刻李于鳞先生批评注释草堂诗馀隽》：上是传春色已到，下是记景影将过。　又："云鸠拖雨""日影""花梢"景在目前。　又：闲辗静看，亦适之如之、不逐纷华胸次。

《重刻类编草堂诗馀评林》：见春日之闲静在此词意。

《新刻注释草堂诗馀评林》卷一：初春景物繁丽，自是可人。

沈际飞《草堂诗馀·正集》：此等景径画不出。

浣溪纱 春游

欧阳永叔

湖上朱桥响画轮。韩诗：湖上新亭好。李诗：金鞍曜朱轮。溶溶春水浸春云。碧琉璃滑净无尘。杜诗：波涛万里碧琉璃。　　　　○当路游丝萦醉客，杜：游丝白日净①。隔花啼鸟唤行人。日斜归去奈何春。

【校】
①杜甫《题省中院壁》诗："落花游丝白日静。"

【集评】
《新刻李于鳞先生批评注释草堂诗馀隽》：叙万里晴天且醉且行景，上下融合。　又："萦醉客""唤行人"，自是游春图。　又：寥寥数语，画出春光，不尽其笔，望都绿矣。

（托名）杨慎《评点草堂诗馀》："奈何春"三字新而远。　又：此是永叔丽语。（"当路游丝"句）

《新刻注释草堂诗馀评林》卷二：融景赋诗，古人胸次，何等活泼泼地。

沈际飞《草堂诗馀·正集》：人谓永叔不能作丽语，如"隔花"句、"海棠经雨"句，非丽语耶？"奈何"二字春色撩人。

浣溪纱 <small>春景</small>

小院闲窗春色深。重帘未卷影沉沉。倚楼无语理瑶琴。

〇远岫出云催薄暮。<small>唐诗：远岫朝云出。杜诗：乱云低薄暮。</small>细风吹雨弄轻阴。梨花欲谢恐难禁。

【集评】

张綖《草堂诗馀别录》：六一《浣溪沙》，原无点，今录。后段三句似佳，结语尤曲折婉约有味。若嫌巧细，词与诗体不同，正欲其精工，故谓秦淮海以词为诗，尝有"帘幕千家锦绣垂"之句，录莘老见之，云又落小石调矣。

《新刻李于鳞先生批评注释草堂诗馀隽》：上是托琴传幽思，下是对花难遣情。　又：不明是闺中愁、宫中愁情景。　又：少妇深情，却被周君浅浅勘破。

（托名）杨慎《评点草堂诗馀》：景语丽语。（"远岫出云"句）

《新刻注释草堂诗馀评林》卷一：写出贵妇心情，在此数语。

沈际飞《草堂诗馀·正集》：雅练。　又："欲谢""难禁"，淡语中致语。

踏莎行 <small>赏春</small>

黄鲁直

临水夭桃，<small>杜：短短桃花临水岸。</small>倚墙繁李。长杨风掉青骢尾。长杨，宫名。刘贡父诗：户外青骢响玉蹄。坐中有酒可酬春，更寻何处无愁地。　　○明日重来，落花如绮。芭蕉渐着山公启。山公，山简也，字季伦，人尝歌之曰：山公去何远。启，书也，芭蕉方卷之际，如抽书之状，有《芭蕉诗》云"心似倒抽书"是也。欲笺心事寄天公，教人长寿花前醉。

　　山谷云：予亲书此词遗祝有道云："诸乐府虽有赏叹其词，而未深解其义味者，故并奉寄。"

【集评】

　　《新刻李于鳞先生批评注释草堂诗馀隽》：上有把酒忘愁之情，下有对花问天之语。　　又：写景可以赏月，写情可以赏心。　　又：人生有几韶光美，掷尽金樽拚醉眠。

　　（托名）杨慎《评点草堂诗馀》：山谷词每多名理之言，令人惺悟。

　　《重刻类编草堂诗馀评林》：此词极得赏眷之旨，生意无穷，令人赏难有味。

　　《新刻注释草堂诗馀评林》卷二：人生有几韶光美，倒尽金樽拚醉眠。正此意。　　又：山谷老客尝书其词遗祝有道，亦心赏之也。

　　沈际飞《草堂诗馀·正集》：旧注以长杨为宫名，不知是春中景物。以山公为山简，不知是山涛。今删正。"樽酒""酬春"二句，山谷有悟，余亦慨慷，谓腐语者，矮人见也。　　又："笺"字从上句来，作"将"字浅。　　又：对字似雅，于上句未快。

踏莎行 春旅

秦少游

　　雾失楼台，月迷津渡。桃源望断无寻处。陶潜《桃花源记》：晋太康中，武陵人捕鱼，从溪行，忽逢桃林夹岸，无复杂果。前行，林尽水源，有小口，豁然开朗。黄发垂髫，自云其先世避秦至此。**可堪孤馆闭春寒，杜鹃声里斜阳暮。**《成都记》：蜀望帝死，其魄化为鸟，名杜鹃，一名子规，一名杜宇，其声哀悲，不忍听之也。李义山诗：望帝春心托杜鹃。杜诗：子规枝上月三更①。　　　　○**驿寄梅花，**《梅花诗》：折梅逢驿使，寄与陇头人。**鱼传尺素。**《乐府辞》：客从远方来，遗我双鲤鱼。呼童烹鲤鱼，中有尺素书。**砌成此恨无重数。郴江幸自绕郴山，为谁流下潇湘去。**

《冷斋夜话》云：少游到郴州作此词，东坡绝爱其尾两句，自书于扇，曰："少游已矣，虽万人何赎。"

范元实《诗眼》云：余诵淮海小词云"杜鹃声里斜阳暮"，山谷曰："此词高绝，但既云'斜阳'，又曰'暮'，即重出也。"欲改"斜阳"为"帘栊"。余曰："既言'孤馆闭春寒'，似无'帘栊'。"山谷曰："亭馆虽未必有'帘栊'，有亦无害。"余曰："此词本模写牢落之状，若曰'帘栊'，恐损初意。"山谷曰："极难得好字，当徐思之。"然余因此晓句法不当重叠。

【校】

①此为唐代崔涂《春夕》诗句，非杜甫诗。

【集评】

张綖《草堂诗馀别录》：坡翁绝爱此词结尾两句，自书于扇，云："少游已矣，虽万人何赎。"释天隐《注三体唐诗》，谓此二句实自"沅湘日夜东流去，不为愁人住少时"变化，然毛诗"瑟彼泉水，亦流于琪"，已有此意，少游盖出诸此。又《王直方诗话》载黄山谷谓此词"斜阳暮"意重，欲易之未得其字。今《郴志》遂作"斜阳度"。愚谓此亦何害，而病其重也。李太白诗"瞻彼落日暮"，即"斜阳暮"也。刘禹锡"乌衣巷口夕阳斜"，杜工部"山木苍苍落日曛"皆此意。别如韩文公《纪梦》诗"中有一人壮非少"、《石鼓歌》"安置妥帖平不颇"之类尤多，岂可亦谓之重耶？山谷尝无此言，即诚出山谷，亦一时之言，未足为定论也。

《新刻李于鳞先生批评注释草堂诗馀隽》：上言孤馆春寒之旅况，下言音律难付江水流。　又：春寂，而旅思更寂矣。有梅堪折，耐驿使不逢何？又：东坡最爱此词，为之称赏无已。

（托名）杨慎《评点草堂诗馀》：古人有谓"斜阳暮"三字重出，然因斜阳而知日暮，岂得为重出乎？末二句与"衡阳犹有雁传书，郴阳和雁无"同意。

《重刻类编草堂诗馀评林》：写旅怀雅逸可爱，此少游在郴州作，此词东坡爱之。

《新刻注释草堂诗馀评林》卷二：《冷斋夜话》云："少游到柳州作此词，东坡绝爱尾两句，书于扇曰：'少游已矣，虽万人何赎？'"

沈际飞《草堂诗馀·正集》：山谷云："此词高绝，但'斜阳暮'为重出。"欲改"斜阳"为"帘栊"，范元实曰："看'孤馆闭春寒'，似无'帘栊'。"山谷曰："亭传虽未必有，有亦无害。"范曰："此词本横写牢落之状，若曰'帘栊'，恐损初意。"余以"斜"属日，"暮"属时，未为重复。坡公云"回首斜阳暮"、美成云"雁背斜阳红欲暮"可证，唐诗中"风暖朝日寝""青山万里一孤舟"，亦不以为复。　又：少游坐党籍，安置郴地，谓郴江与山相符，而不能不流，自喻最凄切。

如梦令 春景

门外绿阴千顷。韦应物诗：闲院绿阴生。两两黄鹂相应。杜：两个黄鹂鸣翠柳。睡起不胜情，行到碧梧金井。李白诗：金井落梧桐①。人静。人静。风弄一枝花影。杜荀鹤②：风暖鸟声碎，日高花影重③。

【校】

①按：李白无此诗，宋李纲《梁溪集》卷三十《夜月独坐二绝句》有"静闻金井落梧桐"诗句。

②杜，依本书惯例，杜指杜甫，然此诗非杜甫作，乃杜荀鹤作，今特为注明。下文《千秋岁》词注亦引杜荀鹤此诗。

③"日高"一句,据泰宇书堂本、遵正书堂本补。

【集评】

张绰《草堂诗馀别录》:此虽小令,妙绝今古,惜逸作者之名。

《新刻李于鳞先生批评注释草堂诗馀隽》:因鸟声唤醒,步看花弄影,一意贯下。 又:几语写尽满腔春意。 又:优游自得,此境界还疑是梦中悟来。

(托名)杨慎《评点草堂诗馀》卷一:此词创自唐庄宗自度曲,词中有"如梦"二字,好难以名词。唐词多缘题所赋,尔后渐变,与题远矣。 又:只有风弄影,正模出静景。("睡起不胜情"以下数句)

《重刻类编草堂诗馀评林》:见绿阴而闻鸟声,正是景物相应处。

《新刻注释草堂诗馀评林》卷一:据所闻所见,而春意满腔矣。按:《便读》于此处下还有《阳春曲》词云:"门掩映,人寂静,风弄一枝花影。"

沈际飞《草堂诗馀·正集》:"不胜情"三字包裹前后。

如梦令

莺嘴啄花红溜。燕尾点波绿皱。指冷玉笙寒,李后主词:小楼吹彻玉笙寒。吹彻小梅春透。曲名有《小梅花》。依旧。依旧。人与绿杨俱瘦。

【集评】

《新刻李于鳞先生批评注释草堂诗馀隽》:中间仅仅数语,自有抚景伤怀无限处。 又:用字妍巧,寓意咏长。 又:闻笛怀人,恍似梦中得来句。

(托名)杨慎《评点草堂诗馀》卷一:意想妙甚,然春柳恐未必瘦。("依旧"数句) 又:翻李后主"小楼吹彻玉笙寒"句。("冷玉笙寒"句)

《重刻类编草堂诗馀评林》:点景造微入妙。

《新刻注释草堂诗馀评林》卷一:点景修词,如"溜""皱""透"字,俱新巧。

沈际飞《草堂诗馀·正集》：琢句奇峭。　　又：春柳未必瘦，然易此字
不得。

忆王孙

　　萋萋芳草忆王孙，《文选》刘安《招隐》云①：王孙游兮不归，芳
草生兮萋萋。柳外楼高空断魂。杨徽之《寒食》诗：池迥台高易断
魂。杜宇声声不忍闻。《华阳风俗录》：鸟有杜鹃者，其大如鹊而羽
乌，其声哀而吻有血，春至则鸣。罗邺诗：声声啼血向花枝。欲黄昏，
雨打梨花空闭门。魏野诗：黄昏微雨空惆怅。白居易《长恨歌》：梨
花一枝春带雨。

【校】

　　①刘安《招隐士》诗见《文选》卷三十三，此作《招隐》，误。下文《金明
池》词注同此误。

【集评】

　　《新刻李于鳞先生批评注释草堂诗馀隽》：此有杜宇声、梨花雨，装点百
媚。　　又："不忍闻""深闭门"，便吐思忆衷情。　　又：词谨数语，意实多方，
读者自得之言外。

　　(托名)杨慎《评点草堂诗馀》卷一：空闭门，望不到也，无聊之豪思。
(欲黄昏，雨打梨花深闭门)

　　《重刻类编草堂诗馀评林》：梨花，院名，故有"空闭门"之说。　　又：杜
宇，一名子规，蜀帝所化，有劝农之意，其声哀，故有"不忍闻"。

　　《新刻注释草堂诗馀评林》卷一：梨花，院名，故有"空闭门"之说。
又：杜宇，一名子规，蜀帝所化，声啼有劝农之意。

　　沈际飞《草堂诗馀·正集》：一句一思。因楼高曰空，因闭门曰深。

又:重元共有春夏秋冬四词,今遗其一。

柳梢青 春情①

　　岸草平沙。吴王故苑,柳袅烟斜。雨后寒轻,风前香软,春在梨花。李遵《进梨花表》:洁花开处,擅②美春林。　　〇行人一棹天涯。酒醒处、残阳乱鸦。温飞卿诗:鸦背夕阳多。秦少游:斜阳外,寒鸦数点。门外秋千,《古今艺术》:秋千,北方戎戏也。墙头红粉,坡词:墙里秋千墙外道,墙外行人,墙里佳人笑。深院谁家。

【校】
①春情,二字据杨金本补。
②擅,泰宇书堂本作“占”。

【集评】
　　杨慎《词品》:《草堂》词《柳梢青》“岸草平沙”一首,僧仲殊作也。今刻本往往失其名,故特著之。宋人小词,僧徒惟二人最佳,觉范之作类山谷,仲殊之作似《花间》,祖可、如晦俱不及也。

　　《新刻李于鳞先生批评注释草堂诗馀隽》:上是觅春芳雅处,下是忆春桃幽情。　　又:咏□春开花,而思尤在解语花矣。　　又:梨花春在谁家庭院? 何等对景传情!

　　(托名)杨慎《评点草堂诗馀》:此词僧仲殊作,误作少游,非。

　　《重刻类编草堂诗馀评林》:对景物而思故人。

　　《新刻注释草堂诗馀评林》卷一:对景物而思故人有如此者。

　　沈际飞《草堂诗馀·正集》:“在”字妙。“残阳乱鸦”着色,疑有化工,他词“斜阳外,寒鸦数点”,亦出色。

金明池 春游

琼苑金池，青门紫陌，青门，长安东城门也。王粲《猎赋》^①：倚紫陌而并征。似雪杨花满路。韩诗^②：杨花榆荚无才思，惟解^③漫天作雪飞。云日淡、天低昼永。过三点两点细雨。吴融诗：三点五点映山雨，一枝两枝临水花。好花枝、半出墙头，似怅望、芳草王孙何处。《选》刘安《招隐（士）》：王孙游兮不归，芳草生兮萋萋。更水绕人家，杨微之诗：流水人家穿作径。桥当门巷，燕燕莺莺飞舞。《诗》：燕燕于飞，下上其音。山谷诗：莺莺求朋友，忧患同一枝。　　〇怎得东君长为主。把绿鬓朱颜，《选》宋玉《招魂》：美人既醉，朱颜酡些。一时留住。佳人唱、金衣莫惜。韩熙载诗：满额鹅黄金缕衣，翠翘浮动玉钗垂。从教水溅^④罗襦湿，疑是巫山行雨归。才子倒、玉山休诉。晋嵇康醉倒，如玉山之将颓。况春来、倍觉伤心，念故国情多，新年愁苦。纵宝马嘶风，红尘拂面，也则寻芳归去。刘禹锡《玄都观里桃》诗：紫陌红尘拂面来，无人不道看花回。

【校】

①《猎赋》，当作《羽猎赋》。

②据《渊鉴类函》卷三百七十三，此诗乃唐裴庆馀作。《苕溪渔隐丛话》后集卷十八"五季杂纪"条同载裴氏此诗，乃和韩熙载"风柳摇摇无定枝"一诗而作，注词者偶误记耳。

③惟解，泰宇书堂本作"惟有"。

④溅，泰宇书堂本作"上"。

【集评】

《新刻李于鳞先生批评注释草堂诗馀隽》：上指出雨中春意，下写及时行乐,无限风光处。　　又:怅望何处？只在燕飞莺舞中。　　又:金衣唱,玉山倒,乐也陶陶,不知人世更几何。　　又:点缀春光如雨花错落,至佳人才子共庆同春,尤令人神游十二峰,为之玩不释手。

《重刻类编草堂诗馀评林》:此言春光明媚,景物鲜妍,游人恣意。　　东君谓司春之帝,恐不能常为主,物换人非,春已去矣,当追寻宴乐,不可错过。

《新刻注释草堂诗馀评林》卷二:春光九十今过半,于花鸟见之。　　又:东君谓青帝,恐不能常为主,须及时行乐可也。

沈际飞《草堂诗馀·正集》:花神现身时分。　　又:人生有几韶光美,倒尽金樽拚醉眠。朱淑真云:"愿教青帝长为主,莫遣纷纷点翠苔。"奏作曼声,琳琅振耳。

晓夜

海棠春 春晓①

流莺窗外啼声巧。韦苏州诗:流莺日日啼花间②,能使万家春意闲。睡未足,把人惊觉。翠被晓寒轻,宝篆沉烟袅。　　○宿醒未解,晋刘伶妻使伶断醉酒,伶祝曰:天生刘伶,以酒为名。一饮一石,五斗解醒。宫蛾报道。别院笙歌会早。试问海棠花,昨夜开多少。

【校】
①春晓,杨金本作"春情"。
②流莺日日啼花间,韦应物《听莺曲》诗全句为:"不及流莺日日啼花间。"
【集评】
《新刻李于鳞先生批评注释草堂诗馀隽》:上是半梦半醒时,下是闻莺问花景。　　又:窗醒承睡未足来,何等妨落。　　又:流莺唤醒睡海棠,解醒情景恍在一盼中。

《重刻类编草堂诗馀评林》:作春晚之词,无渝于此,字字见春晓,且布景清顺,只"昨夜开多少"一句,总见晓意。

《新刻注释草堂诗馀评林》卷一:古诗:"半欲天明半未明,醉闻花气睡闻莺。"亦此意。

沈际飞《草堂诗馀·正集》:再睡,不几负花耶? 时本以"宿醒未解"作一句,大误。　　又:媚杀。

西江月 春夜

苏东坡

照野弥弥浅浪,横空暧暧微霄。障泥未解玉骢骄,唐王济善解马性,尝乘一马,着连干障泥,前有水,终不肯渡,济曰:此必是惜干障泥。使人解去,便济。李(白)诗:临流不肯渡,恐湿①锦障泥。我欲醉眠芳草。郑谷《草》诗:香轮莫碾青青破,留与游②人共醉眠。　　○可惜一溪明月,莫教踏碎琼瑶。琼瑶,喻月色。解鞍欹枕绿杨桥,杜宇数声春晓。

东坡自序云:春夜行薪水中,过酒家饮酒醉,乘月至一溪桥上,解鞍少休。及觉已晓,乱山葱茏,不谓人世也。书此词桥上。

【校】

①恐湿,今通行本《李白诗集》均作"似惜"。

②游,泰宇书堂本作"佳"。

【集评】

张綖《草堂诗馀别录》:此词亦无甚奇,要见古人风致如此耳。

《新刻李于鳞先生批评注释草堂诗馀隽》:上言夜色微明可掬,下言月光清虚易度。　又:夜光不寐,只为月色恼人处。　又:春月还不如秋月,故咏夜光未甚爽朗。

《重刻类编草堂诗馀评林》:此坡老春夜休息于桥之词,又是别样风味,与诸作殊。

《新刻注释草堂诗馀评林》卷二:此坡老春夜休息于桥。词又是别后风味,与诸作不同。

沈际飞《草堂诗馀·正集》:豪上。　又:卓荦。　未解障泥有故。

渔家傲 春夜

王介甫

平岸小桥千嶂抱。揉蓝一水萦花草。《选》:秋水似揉蓝。茅屋数间窗窈窕。尘不到。时时自有春风扫。唐诗:自有清风为扫门。　○午枕觉来闻语鸟。欹眠似听朝鸡早。欧阳公诗:笑杀汝阴常处士,十年骑马听朝鸡①。忽忆故人今总老。古诗:惆怅玉关人已老。贪梦好。茫茫忘了邯郸道。唐开元中,吕翁得神仙术,行邯郸道中,息邸舍,隐囊而坐,俄见少生卢生自叹穷困。翁以枕授生曰:子枕吾枕,当荣适如志。生枕而寐,梦登进士第,累迁至户部尚书,后以事贬谪,忽欠伸而觉。翁坐其傍,主人炊黍尚未熟也。

《雪浪斋日记》云:荆公此词,略无尘土思。

黄玉林《词选》云:半山老人此词,极能道闲居之趣。

【校】

①常,原作"种","十年骑马"原作"也来马上",据欧阳修《早朝感事》诗改。

【集评】

张绖《草堂诗馀别录》:无点录。此词写景幽胜,笔力甚高,"欹眠似听朝鸡早"言午枕欹眠听鸟,如此闲逸,更似听朝鸡早乎? 见于"却忆故人"以下三句,皆是听朝鸡早者也。

《新刻李于鳞先生批评注释草堂诗馀隽》:上是春风到草庐,下是鸟声惟干梦。　又:惟有春风,不世情意。　又:一枕清梦,自谓羲皇上人。又:语语描出渔家傲,真有乾坤一粟之胸襟。

(托名)杨慎《评点草堂诗馀》:大有警悟。　又:达人。

《新刻注释草堂诗馀评林》卷一:《玉林词选》与《雪浪斋日记》评之确矣,又何言。　又:《雪浪斋日记》云:"荆公此词略无尘土思。"　又:《玉林词选》云:"半山老人此词极能道闲居之趣。"

沈际飞《草堂诗馀·正集》:极能道闲居之趣。　又:荆公执拗新法,铲灭正人,浑是邯郸一梦,至此推枕而觉矣。

玉楼春 春景①

晏同叔

绿杨芳草长亭路。年少抛人容易去。薛能《惜春》诗:无计延春日,何能留少年。楼头残梦五更钟,花底离愁三月雨。　　　○无情不似多情苦。坡词:笑渐不闻声渐悄,多情却被无情恼。一寸还成千万缕。天涯地角有穷时,白居易诗:春来何处不周游,地角天涯遍始休。只有相思无尽处。

《诗眼》云:晏叔原见蒲传正,云:"先公平日小词虽②多,未尝作妇人语。"传正云:"'绿杨芳草长亭路,年少抛人容易去',岂非妇人语乎?"晏曰:"公谓'年少'为何语?"传正曰:"岂不谓其所欢乎?"晏曰:"因公言,遂晓乐天诗两句'欲留所欢待富贵,富贵不来所欢去'。"传正笑而悟其言之失。然此语意甚为高雅。

【校】
①春景,二字据杨金本补。

②小词虽，泰宇书堂本作"少年言"。

【集评】

张綖《草堂诗馀别录》：此是词家本色，"残梦五更钟""离愁三月雨"已佳，着"楼头""花底"四字尤妙。

《新刻李于鳞先生批评注释草堂诗馀隽》：上是闺中相对景，下是闺中相思情。　又："五更钟""三更月"，两入神。　又：相思无尽，直吐衷情矣。又：春景春情，句句逼真，当倾倒白玉楼矣。

（托名）杨慎《评点草堂诗馀》：末二句与秦少游《阮郎归》词"衡阳犹有雁传书，郴阳和雁无"同一结想。

《重刻类编草堂诗馀评林》：此词调高语峻。

《新刻注释草堂诗馀评林》卷一：此亦春闺之词，谓非妇人语，可乎？传正所答叔原是也。《诗眼》云：（引者按：以下文字，与词末所附《诗眼》文字同，略）

沈际飞《草堂诗馀·正集》：爽快决绝，他人含糊不是。　又：昔人言近指远，岂好作妇人语？

千秋岁

秦少游

柳边沙外，城郭轻寒退。花影乱，莺声碎。杜荀鹤诗：风暖鸟声碎，日高花影重。飘零疏酒盏，离别宽衣带。杜诗：艰难带减围。人不见。碧云暮合，《文选》：日暮碧云合，佳人殊未来。空相对。

○惜昔西池会，鸳鸯同飞盖。王筠诗：扁舟泛西池，鸳鸯同翠盖。携手处，今谁在。李陵诗：携手上河梁。《滕王阁诗》：阁中帝子今何在。日边清梦断，镜里朱颜改。春去也，落红万点。杜：飘红万点正愁人。愁如海。

《后山诗话》云：王平甫之子尝云："今语例袭陈言，但能转移耳。世称此词'愁如海'为新奇,不知李后主《虞美人》词已云'问君还有几多愁,恰似一江春水向东流'。但以'江'为'海'耳。"

《冷斋夜话》云:少游小词奇丽,咏歌之,想见其神清在绛阙道山之间。余兄思禹使余赋《崔徽头子词》[1],因次韵曰:"半身屏外,睡觉唇红退。春思乱,芳心碎。空余簪髻玉,不见流苏带[2]。谁与问,今人秀韵谁宜对。湘浦曾同会。手弄青罗盖,疑是梦中尤在。十分春易尽,一点情难改。多少事,却随恨远连云海。"[3]

【校】

①头子词,当作"鼓子词",或因"头"与"鼓"二字繁体相近似而致误。

②流苏带,泰宇书堂本作"流水去"。

③按:此条文字不见于今流行本《冷斋夜话》,见于《苕溪渔隐丛话》前集卷五十所引。

【集评】

《新刻李于鳞先生批评注释草堂诗馀隽》:上因春思人情已切,下因人惜春思转狂。 又:□情。 又:故人在云望,直令人愁肠海样深。 又:人不见,今何在?种种是一日三秋之思。

(托名)杨慎《评点草堂诗馀》:此词少游谪虔时所作,后人慕"花影乱,莺声碎"之句,建莺花亭。

《新刻注释草堂诗馀评林》卷一:此搜红拾翠之词,诵者莫不啧啧,馀香留齿颊矣。

兰陵王 春情[1]

张仲宗

卷珠箔。朝雨轻阴乍合。栏干外,烟柳弄晴,芳草侵阶映红药。杜诗:映阶碧草自春色。谢朓《直省中》诗:红药当阶翻。东风如许恶。吹落梢头嫩萼。屏山掩,屏山,谓枕屏也。沉水倦熏,

《香谱》：以黑沉水为上品。赵令畤诗：尽日水沉香一缕。中酒心情怕杯勺。　　　○寻思旧京洛。韩诗：光宠照京洛②。古帝王所都之邑。正年少疏狂，杜诗：欲填沟壑惟疏放，自笑狂夫老更狂。歌笑迷着。障泥油壁催梳掠。障泥事见前注。温飞卿词：油壁车轻金犊肥。曾驰道同载，上林携手，灯夜初过早共约。又争信飘泊。○寂寞。念行乐。任粉淡衣襟，音断弦索。元稹诗：月高弦索鸣③。周美成词：燕子楼空，暗尘锁，一床弦索。琼枝璧月春如昨。怅别后华表，那回双鹤。《续搜神记》：辽东城门有华表柱，有白鹤集其上，言诗曰：有鸟有鸟丁令威，去家千年今来归。城郭如故人民非。何不学仙冢累累。相思前事，除梦魂里、暂忘却。王介甫诗：借问道人何所梦，但言浑忘不言无④。

【校】

①春情，据杨金本补。

②今韩集无此诗。

③元稹《连昌宫辞》全句为："夜半月高弦索鸣。"

④此句原作"借问道人何所"，据泰宇书堂本补足。

【集评】

《新刻李于鳞先生批评注释草堂诗馀隽》：上是酒后，见春光中是约后误佳期。下是相思，乃梦中。　又：以可人春光为愁人意。　又：有约飘泊，与无约全同矣。　又：人生行乐耳，何须一着胸中。　又：此词虽分三段，意实一贯。道及春光易逝，果是人世梦中，安得多错去？

《新刻注释草堂诗馀评林》卷三：春光最可人，亦最愁人，细嚼此词可见。　又：繁华转瞬如一梦耳，何必以区区得失交战于胸中乎？

沈际飞《草堂诗馀·正集》：灵机。　又："催梳掠"三字妙。词分三段，意通一贯，末句势振，曰"暂忘"，究何能忘之。"除是向醉里时刻"作"前事除梦魂里"，既多一字，况梦魂可忘，何以为思？

帝台春 春情①

李景元

芳草碧色，萋萋遍南陌。江淹《别赋》：春草碧色，春水绿波。送君南浦，伤如之何。萋萋，事见前注。飞絮乱红，也似知人，春愁无力。忆得盈盈拾翠侣，杜：佳人拾翠春相问。共携赏、凤城寒食。到今来，海角逢春，天涯行客。　　○愁旋释。还似织。泪暗拭。又偷滴。李山甫诗：暗垂珠泪滴蚕筐②。谩遍倚危栏，尽黄昏，也只是、暮云凝碧。《文选》：日暮碧云合，佳人殊未来。拚则而今已拚了，忘则怎生便忘得。又还问鳞鸿，试重寻消息。鳞鸿，鱼雁也。

【校】
①春情，据杨金本补。
②蚕筐，或作"蚕箱"。

【集评】
《新刻李于鳞先生批评注释草堂诗馀隽》：上自写其逢春忆别，下直吐其□情重会。　又：因暮春起远别之思。　又：写具掷之易而忘之难，何等婉切。　又：口角传出相思调，尽是佳人几回肠。

《重刻类编草堂诗馀评林》："飞絮乱红"句，就见春恨之意。　又：形容妇人之情状，恨之极，恨极相似耳。

《新刻注释草堂诗馀评林》卷三：按寒食节，民俗禁火，以吊子推。插柳拾翠，斗鸡走狗为乐，此其时也。　又：末掉数言善形容妇人声口。

沈际飞《草堂诗馀·正集》：曲至。（暖絮乱红，也似知人，春愁无力）又："黄昏碧云"，已不堪矣，何况下个"尽"字、"只"字。　又："拚则"二句，恒语，浅语，不许恒人、浅人拈得。若"暗拭""偷滴"后不禁呼号。

倦寻芳

王元泽

露晞向晓，帘幕风轻，小院闲昼。翠径莺来，惊下乱红铺绣。倚危楼，登高榭，杜：行藏独倚楼。《月令》：仲夏可以处台榭。注：有木者谓之榭。海棠着雨胭脂透。杜：林花着雨胭脂落。算韶华，又因循过了，清明时候。坡诗：寒食清明都过了，一瓶春水自煎茶。

〇倦游燕、风光满目。好景良辰，谁共携手。恨被榆钱，买断两眉长斗。丁晋公《梨花诗》：春风知价掷榆钱。忆得高阳人散后。晋山简每至高阳习家池饮，大醉而归。人歌曰：山公时一醉，酩酊无所知。日暮倒载归，倒着白接篱。遂名池为高阳也。落花流水古诗：落花有意随流水，流水无心恋落花。仍依旧。这情怀，对东风、尽成消瘦。

【集评】

杨慎《词品》：王雱，字符泽，半山之子。或议其不能作小词，乃援笔作《倦寻芳》词一首，《草堂》词所载"露晞向晓"是也，自此绝不作。

张綖《草堂诗馀别录》：无点录。此荆公子王雱所作。雱自不为词，有诘之者，援笔挥此。录之以著其敏。雱尝作《尔雅》，项平甫称其足以名家，视扬子云、许叔重无多逊也。乃知典乐道废，虽有美质，终鲜成材。荆公哭雱诗有云："一日凤鸟去，千里梁木摧。"称许不类，愚不知其何说也。

《新刻李于鳞先生批评注释草堂诗馀隽》：上点出无限春光，下结忆故人，幽思有味。　又：棠锦榆钱，鸣莺游燕，落花流水，在在写景，语语传情。又：此另是一种芳词，诵之馀香满齿颊矣。

《新刻注释草堂诗馀评林》卷一：此以棠锦榆钱、娇莺倦燕点出无限风光，又以落花流水动幽思结之，何等有味。

沈际飞《草堂诗馀·正集》：遣句艳巧。　又：直用子京句，差一"着"字。

又："榆钱"两句可谓卖力。史邦卿"做冷欺花，将烟困柳"，殆尤甚焉。然俱险丽出俗。　　又：或议元泽不能作小词，援笔为之，居然名流，后绝不作。

眼儿媚 春情①

杨柳丝丝弄轻柔。魏野《柳诗》：蓝染丝丝翠色匀。烟缕织成愁。海棠未雨，梨花先雪，一半春休。　　○而今往事难重省，归梦绕秦楼。秦楼事见前注。相思只在，丁香枝上，豆蔻梢头。

【校】

①春情，据杨金本补。

【集评】

《新刻李于鳞先生批评注释草堂诗馀隽》：上是春光已半，下是相思有在。　　又：未雨先雪，枝上梢头，最醒语。　　又：相思应上"愁"字，乃会针门一线，妙手。

（托名）杨慎《评点草堂诗馀》：元泽词不多，此其得意者。　　又：到底愁来无着处。

《重刻类编草堂诗馀评林》：新奇高妙，善于词曲者。

《新刻注释草堂诗馀评林》卷一：新奇高妙，善于词曲者。

沈际飞《草堂诗馀·正集》：补青莲句"烟如织"之妙。　　又："未雨""先雪""枝上""梢头"，皆两字法。

怀旧

青门引 春情①

张子野

乍暖还轻冷。风雨晚来方定。庭轩寂寞近清明，残花中

34

酒，又是去年病。　　　○楼头画角风吹醒。吕缊诗：晓风传画角。
入夜重门静。《易·系辞》：重门击柝，以待暴客。那堪更被明月，隔
墙送过秋千影。王禹偁诗：月转秋千影渐斜。

【校】

①春情，据杨金本补。

【集评】

《新刻李于鳞先生批评注释草堂诗馀隽》：上是病酒，故态犹在；下是月
明，夜静深思。　　又：酒病中可当月送秋千。　　又：胸次超脱，启口自是
不凡。

《重刻类编草堂诗馀评林》：末二句妙，人所以有"张三影"之称。

《新刻注释草堂诗馀评林》卷三：张三影胸次超脱，启口自是不凡。

沈际飞《草堂诗馀·正集》：怀则多触，触则愈怀，未有触之至此极者。

浪淘沙 感旧①

李后主

帘外雨潺潺，春意阑珊。罗衾不暖五更寒。梦里不知身
是客，一饷贪欢。一饷谓一食之顷。　　　○独自莫凭栏，无限江
山。别时容易见时难。流水落花春去也，天上人间。杜诗：天
上秋期近，人间月影清。白居易②《长恨歌》：天上人间会相见。

《西清诗话》云：南唐后主归朝后，每怀江国，且念嫔妾散落，郁郁不自
聊，遂作此词，含思凄婉，未几下世。

【校】

①感旧，据杨金本补。

②白居易，原作李白，今改。

张綖《草堂诗馀别录》:"罗衾不暖"朱笔改作"不奈",盖以与下"寒"字意重。窃意"暖"字恐是用力活字,谓"罗衾"不能暖此五更之寒,如今人谓以汤温酒为暖酒,古词"午窗睡起暖金卮",《礼记》"暖之以日月"是也。

《新刻李于鳞先生批评注释草堂诗馀隽》:上叙旅客思乡之远,下叙别后会见之难。 又:客梦果如此。 又:"天上人间",不经人道语。 又:此词乃思唐故国,着无限江山意,结意"春去也",悲悼万忧,为之泪不收许久。

(托名)杨慎《评点草堂诗馀》:后主《玉楼春》宫词忒富贵,此极凄惨,醒亦梦耳。

《重刻类编草堂诗馀评林》:因思故国而发,此词凄惋悲悼,已知其不久于人世矣。

《新刻注释草堂诗馀评林》卷二:因思故国而发,此词凄惋悲悼。

沈际飞《草堂诗馀·正集》:梦觉语,妙。那知半生富贵,醒亦是梦耶?又:末句不可言,伤哉!

浪淘沙 春情①

欧阳永叔

把酒祝东风。且共从容。垂杨紫陌洛城东。杜:野寺垂杨里。韩:尘埃紫陌春。总是当年携手处,游遍芳丛。 〇聚散苦匆匆。此恨无穷。今年花胜去年红。可惜明年花更好,知与谁同。

【校】
①春情,据杨金本补。

【集评】
《新刻李于鳞先生批评注释草堂诗馀隽》:上忆旧同游之处,下想来春同赏之人。　又：过接处殊无穿凿痕。　又：意自"明年此会知谁健"中来。

《重刻类编草堂诗馀评林》：末二句与老杜"明年此会知谁健"意思相似。

《新刻注释草堂诗馀评林》卷三：此二句与老杜"明年此会知谁健"意同。

沈际飞《草堂诗馀·正集》：虽少含蕴，不失为情语。

青玉案 春情①

一年春事都来几，杜：溪边春事幽。早过了、三之二。坡词：春色三分，一分尘土，二分流水。绿暗红嫣浑可是②。绿杨庭院，暖风帘幕，有个人憔悴。　　○买花载酒长安市，《唐多令》：欲买桂花重载酒，终不似，少年游。《饮中八仙歌》：长安市上酒家眠。又争似、家山见桃李。不枉③东风吹客泪。相思难表，李：雨乡千里梦相思。梦魂无据，惟有归来是。

【校】

①春情，据杨金本补。

②是，泰宇书堂本作"事"。

③枉，原作"往"。据泰宇书堂本改。

【集评】

《新刻李于鳞先生批评注释草堂诗馀隽》：上言景繁华而人憔悴，下言空相思不如实相见。　又：暮春易过思情转，曲尽情怀。　又：春深景物繁华，最能动人情意，欧阳公备言之矣。

（托名）杨慎《评点草堂诗馀》：离思黯然，道学人亦作此情语。

《新刻注释草堂诗馀评林》卷三：春深景物繁华，最能动人情意，欧阳公备言之矣。

沈际飞《草堂诗馀·正集》：问向前，犹有几多春，三之一。　又："有个人憔悴"，下文都在此句生出。　又：煞落。

蝶恋花

俞克成

梦断池塘惊乍晓。《谢灵运传》：惠连十岁能属文，族兄灵运嘉赏之。尝于西堂思诗，竟日不就，忽梦惠连，即得"池塘生春草"之句，大以为[①]工，常谓此语有神助。百舌无端，故作枝头闹。顾况诗：百舌五更头。报道不禁寒料峭。坡诗：春寒料峭羊角转[②]。未教舒展闲花草。

〇尽日帘垂人不到。张舜民《调笑令》云云。老去情疏，底事伤春恼。杜：伤春怯杜鹃。相对一樽归计早。玉山不减巫山好。嵇康醉倒，如玉山之颓。

【校】

①为，原作"有"，据泰宇书堂本改。

②转，原作"传"，据《东坡集》改。

【集评】

《新刻李于鳞先生批评注释草堂诗馀隽》：上是托鸟音以起怀，下是借春色以思人。　又：有鸟声惊新梦之憾。　又：结语有竹林七贤风度。又：此样词调如驾车就熟路，无纤毫窒碍，一气滚来，妙，妙。

《重刻类编草堂诗馀评林》：此词因春景感物而怀旧，至于"相对一樽归计早"，见在宦旅之意，而怀故里也。

《新刻注释草堂诗馀评林》卷三：此样词调如驾里车就熟路，无纤毫窒碍，一气滚来，妙，妙。

沈际飞《草堂诗馀·正集》：一气滚来，圆圆熟熟。

蝶恋花

海燕双来归画栋。帘影无风，《文选》：风帘入双燕。花影频移动。半醉海棠春睡重。唐明皇尝召太真妃，妃被酒新起，帝曰：此乃海棠花睡未足耳。绿鬟堆枕香云拥。　　○翠被双盘金缕凤。忆得前春，有个人人共。花里莺声时一弄。韩诗：无心花里鸟，更与尽情啼。晋王徽之闻桓伊善笛，使人谓曰：试为我一弄。日斜惊起相思梦。韦苏州《听莺》诗：谁家懒妇惊残梦。

【集评】

《新刻李于鳞先生批评注释草堂诗馀隽》：上托海棠睡不足意，下寓"打起黄莺儿"词。　又：借解语花为事。　又：可恨黄莺惊了相思梦。　又：不露一旧事，不吐一感，词浑含流利，□堪心事。

（托名）杨慎《评点草堂诗馀》：句调自艳。　又：为海棠写照。（"海棠"句）

《新刻注释草堂诗馀评林》卷三：此亦有感而言，辞气流利，足爽人口。

沈际飞《草堂诗馀·正集》：正在阿堵。　又：前首以惊梦并以伤春转起，以惊梦转，大概一机局，而笔远过于前。

春意

声声令①

章质夫②

帘移碎影，香褪衣襟。旧家庭院嫩苔侵。杜诗：苔藓侵门

古③。东风过尽,暮云锁,绿窗深。怕对人、闲枕剩衾。　　○
楼底轻阴。春信断,怯登临。《楚词》:登山临水送将归。断肠魂梦
两沉沉。花飞水远,便从今。莫追寻。又怎禁、蓦地上心。

【校】

①春意,泰宇书堂本作"春思",杨金本作"春情"。令,泰宇书堂本同,
洪武遵正堂本作"慢"。

②章质夫,原缺,据洪武本补。《新刻李于鳞先生批评注释草堂诗馀
隽》作俞克成。

③今传《杜甫诗集》无此诗。

【集评】

《新刻李于鳞先生批评注释草堂诗馀隽》:上述庭院中景色,下对时感
慨无方。　　又:"闲枕剩衾",终难对人言,故梦魂亦莫追寻,何等惆怅。
又:感事兴怀,得王逸少赋兰亭情思。

(托名)杨慎《评点草堂诗馀》:艳而媚,可方李易安。　　又:最是没摆布
处。("花飞水远"句)

《重刻类编草堂诗馀评林》:乃伤旧日宦家,今已消败,以此思更着实。

《新刻注释草堂诗馀评林》卷二:《兰亭记》云:"情随事迁,感慨系之矣。
向日欣荣,已为陈迹,不能不兴怀也。"

沈际飞《草堂诗馀·正集》:"闲枕剩衾"对入"怕"字才妙,如云"怕对闲
枕剩衾",意索然矣。　　又:实是禁不得,所谓鹘突相思。跌宕出滋味来。

谒金门

愁脉脉。杜牧诗:脉脉无言度几春。目断江南江北。韩熙载
诗:我本江北人,今作江南客。再去江北游,举目无相识。烟树重重芳
信隔。小楼山几尺。　　○细草孤云斜日。杜:夕阳黄细草①。

一向弄晴天色。帘外落花飞不得。东风无气力。顾云诗：乞与
东风残气力。

【校】

①今本《杜甫诗集》无此句。

【集评】

杨慎《词品》：陈子高名克，天台人。有《赤城词》一卷，甚工致流丽。
《草堂》词"愁脉脉"一篇，子高词也，今刻失其名。

《新刻李于鳞先生批评注释草堂诗馀隽》：描出闺中少妇，神情自肖。
又：有上翠楼眼界，怀春之女，吉士可诱。

（托名）杨慎《评点草堂诗馀》：一致流丽。　又：此词乃陈克子高所作，
非俞克成也。

《重刻类编草堂诗馀评林》：发春思之意，句句皆佳。

《新刻注释草堂诗馀评林》卷二：善描写闺妇形状者。

沈际飞《草堂诗馀·正集》：湿未，飞雨也；红飞，风雨也。飞不得，亦可
言风，以条风绝景，风生也，非春晚乎？

忆秦娥 春情①

康伯可

春寂寞。长安古道东风恶。东风恶。胭脂满地，杏花零
落。杜：林花着雨胭脂落。罗隐《杏花诗》：暖气潜催次弟春，梅花已谢杏
花新。半开半落闲园里，何异荣枯世上人②。　　○臂销不奈黄金
约。《选》：皓腕约金环。天寒尚怯春衫薄。《柘枝词》：蹙袖春衫薄。
春衫薄。不禁揾泪，为君弹却。

【校】

①春情，据杨金本补。

②此处引诗后两句据泰宇书堂本补。

【集评】

《新刻李于鳞先生批评注释草堂诗馀隽》:上是风落花残景象,下是春寒服薄情思。 又:画种种春怨,便见种种忧思。 又:词淡而意浓,气和而味雅,恍若素娥对语。

《重刻类编草堂诗馀评林》:满地胭脂,零落杏花,对景怀恶,自多伤感。

《新刻注释草堂诗馀评林》卷二:风落花残,春寒服薄,闺阁忧思有不堪处者。

沈际飞《草堂诗馀·正集》:一篇煞语,不复有余,亦奇。 又:约,一作"杓",误。杓,乃酒器。(臂销不耐黄金约)

玲珑四犯 新添

周美成

秾李夭桃,是旧日潘郎,亲试春艳。自别河阳,长负露房烟脸。晋潘安仁为河阳令,多栽桃李,人号曰河阳一县花。李义山:红露花房白蜜脾。憔悴鬓点吴霜,念想梦魂飞乱。叹画栏玉砌都换。才始有缘重见。 ○夜深偷展香罗荐。刘禹锡诗:锦衣①罗荐承轻步。暗窗前、醉眠葱蒨。浮花浪蕊都相识,韩诗:浮花浪蕊镇长有。谁更曾抬眼。休问蒨色旧香,但认取、芳心一点。又片时一阵,风雨恶,吹分散。皮日休《桃花赋》:狂风猛雨,一阵红去。

【校】

①锦衣,诸本同,刘禹锡《刘宾客文集》卷二十七《泰娘歌》作"锦茵"。

【集评】

《新刻李于鳞先生批评注释草堂诗馀隽》:上叙别后难逢意,下叙未蒙青眼语。　又：别恐不得见，见又恐别，此景与谁言？　又：前说梦魂，后总芳心，春定有尽，而春思无尽。

《重刻类编草堂诗馀评林》：以桃李为比兴，起春之思，又以喻佳人之情思，一心怀春意，而一旦发遣，并见词末。

《新刻注释草堂诗馀评林》卷二：周君满腔子都是春意，故能吐词写景到此。

沈际飞《草堂诗馀·正集》：有层节，凄痛自骂。

燕春台 新添　春情①

张子野

丽日千门，谢灵运诗：白日丽江皋。紫烟双阙，杜诗：紫禁正耐烟花绕。琼林又报春回。殿合风微，当时去燕还来。五侯池馆屏开。汉成帝即位，尊王后为太后，以王凤为大司马、大将军，王潭、王商、王立、王根、王逢五人同日封侯，谓之五侯。外戚贵盛，莫之与比。探芳菲走马，重帘人语，鳞鳞车幰，远近轻雷。唐都人士女，正月半乘车走马郊中，为探春宴会。　○雕筋霞澹，醉幕云飞，楚腰舞柳，魏野《柳》诗：楚腰若使浑相似，饿杀宫娥学不成。宫面妆梅。寿阳公主事，见前卷注。金猊夜暖，《香谱》：香兽，以涂金为狻猊之状，空其中以燃香，使香自口出。罗衣暗裛香煤。洞府人归，笙歌灯火楼台。唐诗：笙歌归院落，灯火下楼台。下蓬莱、犹有花上月，清影徘徊。

【校】
①春情，据杨金本补。

【集评】
《新刻李于鳞先生批评注释草堂诗馀隽》：上叙士女探春宴会，下叙灯光院景色。　又：用五侯一典，尽见繁华家势矣。　又："犹有花工日影"，最是无限风光。　又：人间富贵家，拟作天上神府，玩此词，如登春台而泛张子槎矣。

（托名）杨慎《评点草堂诗馀》：以楚腰宫面形容美人，亦以花喻之，见人间富贵行乐，文见于言外。

《重刻类编草堂诗馀评林》：以楚腰宫面形容美人，亦以花喻之，见人间富贵行乐，又见于言外。

《新刻注释草堂诗馀评林》卷一：春景之繁华，人间之富丽，俱见此词。又：词令上品。

沈际飞《草堂诗馀·正集》：工致。　又：清贵，挽得住。

贺新郎 春情　新添

李玉

篆缕销金鼎。古词：瑞脑销金兽。醉沉沉、庭阴转午，唐诗：槐夏午阴凉。画堂人静。芳草王孙知何处，见前注。惟有杨花糁径。杜诗：糁径杨花铺白毡。渐玉枕、腾腾春醒。帘外残红春已透，镇无聊、殢酒厌厌病。古词：长是每年三月，病酒厌厌。云鬓乱，未忺整。　　○江南旧事休重省。遍天涯、寻消问息，断鸿难倩。月满西楼，唐诗：雁归南浦人初静，月满西楼酒半醒①。凭栏久，依旧归期未定。又只恐、瓶沉金井。李白诗：银瓶汲水沉金井②。嘶骑不来，古词：郎马频嘶竟不来。银烛暗，枉教人、立尽梧桐影。谁伴我、对鸾镜。

《玉林词话》云：李君之词虽不多见，然风流蕴藉尽于《贺新郎》一词矣。

【校】

①此为五代夏宝松诗，"人初静"多作"砧初断"。

②今通行本《李白集》无此句。

【集评】

张綖《草堂诗馀别录》：无点录。此词如"月满西楼凭栏久，依旧归期未定"及"嘶骑不来银烛暗，枉教人、立尽梧桐影。谁伴我、对鸾镜"，颇似流丽高雅，寓意托怀，无嫌闺院。

《新刻李于鳞先生批评注释草堂诗馀隽》：上有芳草生王孙之思，下又是银瓶欲断绝之意。 又：厌厌之病果是癙酒中来否？梧桐影立尽，何等空仁无聊之至。 又：李君之词虽不多见，然风流蕴藉，尽于《贺新郎》一词耳。

《重刻类编草堂诗馀评林》："惟有杨花糁径"句殊有风味。

《新刻注释草堂诗馀评林》卷三：《诗选》："芳草生兮萋萋，王孙游兮不归。" 又："素鲠引银瓶，银瓶欲断绳"，亦此意。 又：《玉林词话》云："李君之词虽不多见，然风流蕴藉，尽于《贺新郎》一词耳。"

沈际飞《草堂诗馀·正集》：李君止一词，风情耿耿。 又：字有象。要看"枉"字。

祝英台近 春晚 新添

辛幼安

宝钗分，《长恨歌》：钗留一股合一扇，钗擘黄金合分钿。桃叶渡。《金陵怀古》：晋王献之爱妾名桃叶，献之歌以送之云：桃叶复桃叶，渡江不用楫。但道无所苦，若虽弟迎接①。"不用楫"谓横波急也。烟柳暗南浦。怕上层楼，十日九风雨。断肠点点飞红，都无人管，倩谁唤、流莺声住。 ○鬓边觑。试把花卜归期，才簪又重数。罗帐灯昏，哽咽梦中语。杜诗：今夕知何夕，灯愁锦帐中。又：梦觉灯生晕。是他春带愁来，春归何处。又不解、带将愁去。

【校】

①"但道""若虽弟迎接",今流行本《玉台新咏》卷十《桃叶歌》分别作"但渡""我自迎接汝"。他本或作"我自来迎接",文字似较优。

【集评】

《新刻李于鳞先生批评注释草堂诗馀隽》:上有归咎风雨催春意,下有春愁万状难解处。 又:点点飞红,却悟莺啼血。 又:愁来愁不去,只是伤春情多。 又:以心中愁怀归于春上,极有风致,但王公不管人憔悴耳。

(托名)杨慎《评点草堂诗馀》:无可埋怨处。

《重刻类编草堂诗馀评林》:此词因春晚布景,俱以心中愁怀归于春上,极有风致。

《新刻注释草堂诗馀评林》:此以心中愁怀归于春上,极有风致,但天公不管人憔悴耳。

沈际飞《草堂诗馀·正集》:妖艳。 又:唐诗:"莫作商人妇,金钗当卜钱。"不能擅美。 又:怨春问春,口快心灵,非关剿袭。

梁桥《冰川诗式》卷二"诗馀":诗馀,即香奁、玉台之体,言闺阁之情,乃艳词也。作者虽多,要之,贵发乎性情,止乎礼义。今于《草堂诗馀》中录数首以为法式。《祝英台近·春晚》(辛幼安)(下引原词,略)

念奴娇 春情 新添

李易安

萧条庭院,又斜风细雨,《渔父辞》:斜风细雨不须归。重门须闭。宠柳娇花寒食近,种种恼人天气。险韵诗成,扶头酒醒,别是闲滋味。征鸿过尽,万千心事难寄。 ○楼上几日春寒,帘垂四面,玉栏干慵倚。被冷香销新梦觉,不许愁人不起。清露晨流,新桐初引,多少游春意。日高烟敛,更看今日晴未。

花庵词客云：前辈常称易安"绿肥红瘦"为佳句，余亦谓此篇"宠柳娇花"之语亦甚奇俊，前此未有道之者。

【集评】

《新刻李于鳞先生批评注释草堂诗馀隽》：上是心事难以言传，下是新梦可以意会。　又：心事有万千，岂征鸿可寄？　又：新梦不知梦何事，想是惜春情结。　又：心事托之新梦，言有寄而情无方，玩之自有意味。

（托名）杨慎《评点草堂诗馀》：情景兼至，名媛中自是第一。　又：二语绝似六朝。（"被冷香销"句）

《新刻注释草堂诗馀评林》卷三：齐人呼寒食为冷节，家家折柳插门。

沈际飞《草堂诗馀·正集》："宠柳娇花"，又是易安奇句，后人窃其影，似犹惊目。　又：真声也，不效颦于汉魏，不学步于盛唐，应情而发，能通于人。　又：有首尾。

风入松 春晚　新添

康伯可

一宵风雨送春归。欧公词：雨横风狂三月暮。绿暗红稀。画楼整日无人到，与谁同捻花枝。古诗：手捻花枝记月痕①。门外蔷薇开也，枝头梅子酸时。　　○玉人应是数归期。翠敛愁眉。塞鸿不到双鱼远，谓书信少也。叹楼前、流水难西。新恨欲题红叶，见后卷注。东风满院花飞。

【校】

①此宋人李椿《有约》诗，见《宋诗纪事》卷七十。

【集评】

《新刻李于鳞先生批评注释草堂诗馀隽》：上有怨风雨催春归意，下有祈音信赴流水意。　又：思欲题红叶，中心如怨如慕。　又：思其人而不得见，自�!焉如捣，情状最为惨切。

《重刻类编草堂诗馀评林》：前以春光伤感，后以人事伤情，都打在春晚题上，以"新恨欲题红叶"，又见妇人伤春之意。

《新刻注释草堂诗馀评林》卷三：昔《箕仙送春吟》云："怨风怨雨捴皆非，风雨不来春自归……我亦欲归归未得，杖头空挂一蓑衣。"

沈际飞《草堂诗馀·正集》：此调前后段字数皆同，诸作于前后段第四句或皆六字，或皆七字。此后迭作七字，前段不宜七字，旧谱有"好"字，今从之。　又："流水难西"，一篇警策处。　又：花飞满院非不佳，第风雨红稀正包得。

金人捧露盘 新添　感怀①

曾纯甫

记神京、繁华地，旧游踪。正御沟、春水溶溶。坡诗：隋②堤三月水溶溶。平康巷陌，长安中平康巷，妓女所居，时谓此巷为风流薮泽。绣鞍金勒跃青骢。宋子京词：绣毂雕鞍狭路通。欧词：玉勒雕鞍游冶处，楼高不见章台路。解衣沽酒醉弦管，柳绿花红。　○到如今、余霜鬓，嗟前事、梦魂中。但寒烟、满目飞蓬。王介甫云：六朝旧事随流水，但寒烟衰草凝绿。雕栏玉砌，李后主词：雕栏玉砌应犹在。空馀三十六离宫。《选·西都赋》：离宫别馆，三十六所。塞笳惊起暮天雁，寂寞东风。

《玉林词选》云：公东都故老，及见中兴之盛者，词多感慨。庚寅春，奉使过京师，作《金人捧露盘》《忆秦娥》等曲，萋然有黍离之悲。如邯郸道上望丛台有感，作《忆秦娥》云："风萧瑟，邯郸古道伤行客。伤行客，繁华一瞬，不堪思忆。　丛台歌舞无消息，金尊玉管空陈迹。空陈迹，连天草树，暮云凝碧。"亦有感慨，故并录之。

48

【校】

①感怀,二字据杨金本补。

②隋,诸本作"随",径改。

【集评】

张𬘘《草堂诗馀别录》:无点录。桀纣之亡不过沉湎肤色,此词前叙神京繁华风俗,足以见宋亡之故矣。后段悲痛隽永,有《黍离》之风焉。

《新刻李于鳞先生批评注释草堂诗馀隽》:上叙寻芳载酒之乐,下有触目伤心之感。 又:解貂换酒,亦当是长啸苏门者辈。 又:三十六宫春似海,今日空馀,最有深味。 又:此间最有感慨,而一片慕古心肠横溢毫楮。

《重刻类编草堂诗馀评林》:感慨之词。

《新刻注释草堂诗馀评林》卷三:谢灵运每言良辰、美景、赏心、乐事四者难并,以故高人逸士寻芳载酒,未尝落后。

沈际飞《草堂诗馀·正集》:上段繁华,下段寂寞,句句对录。公东都故老,及见中兴之盛者,故词多感慨。 又:真寂寞。

石州慢 初春①感旧 新添

张仲宗

寒水依痕,杜诗:寒水依痕浅②。春意渐回,沙际杜诗:春从沙际归③。烟阔。溪梅晴照生香,冷蕊数枝争发。天涯旧恨,试看几许消魂,江淹《别赋》:黯然消魂,惟别而已。长亭门外山重迭。不尽眼中青,怕黄昏时节。 ○情切。画楼深闭,想见东风,暗消肌雪。李询词:缕金衣透雪肌香。辜负枕前云雨,见楚襄王高唐事注。樽前花月。李询词:想佳人、花下对明月。心期切处,更有多少凄凉,殷勤留与归时说。到得再相逢,恰经年离别。

【校】

①初春,杨金本作"春情"。

②今杜集无此句。

③杜甫《阆水歌》："更覆春从沙际归。"

【集评】

《新刻李于鳞先生批评注释草堂诗馀隽》：上有所思而隔于远，下有所晤而望之切。　又：何事怕黄昏，口角传春，有百媚情。　又：春相逢，情只在枕前花前，何等婉切。　又："怕黄昏时节""恰经年离别"，一误一心。

（托名）杨慎《评点草堂诗馀》：石州，唐西边六州之一，故以名词。

《重刻类编草堂诗馀评林》：感时恨别，惆怅孤零，往事流年，尽见之矣。

《新刻注释草堂诗馀评林》卷三：感时恨别，惆怅飘零，往事流年，尽瞒之矣。

沈际飞《草堂诗馀·正集》：时刻于"沙际"作句，非。　又："隔溪山不断，遮不断愁来"注脚。○留说往年上语阁，下开唐人绝句意。质语，提笔便难。

水龙吟 春游摩诃池　新添

陆务观

摩诃池上追游路，红绿参差春晚。韶光妍媚，海棠如醉，桃花欲暖。挑菜初闲，《荆楚记》：寒食挑菜，如今人春日生菜。禁烟将近，《周礼》：司农氏仲春以木铎徇火禁于国中。一城丝管。看金鞍争道，杜曰①：花边宝马跃金鞍②。香车飞盖，争先占、新亭馆。

○惆怅年华暗换。坡词：又不道、流年暗中偷换。黯销魂、雨收云散。镜奁掩月，钗梁折凤，秦筝斜雁。古词：玉柱斜飞雁。身在天涯，乱山孤迭，危楼飞观。叹春来只有，杨花和恨，向东风满。

【校】

①杜曰，《四部丛刊》本作"社日"。

②《杜诗详注》卷十一《严公仲夏枉驾草堂兼携酒馔》诗此句作"花边立马簇金鞍"。

【集评】

张绖《草堂诗馀别录》：前段写景亦精丽，后段"身在天涯，乱山孤迷，危楼飞观"甚高妙。"叹春来只有、杨花和恨，向东风满"亦佳句也。愚检放翁《渭南集》，不见此词，而"乱山孤迷"二句有见之诗句者，当是其作。又，词中称秦少游为名家，一卧古藤，雅道寂寞。陆放翁生时，母梦少游投胎，故名游而字务观。今观斯词，宛然淮海家法也，岂曰"鹰鸠之隔"哉！

《新刻李于鳞先生批评注释草堂诗馀隽》：上是占春胜游景，下是惜春光易度。　又：上下情景相生，游赏中多少感慨。　又：飞盖争光，掩月拆凤，俱极意模写，色色如见。

《重刻类编草堂诗馀评林》：妆点春光景物，曲尽其妙。　又：此见春游竞赏处。

《新刻注释草堂诗馀评林》卷二：汉诏令民间禁火，云为介子推，且子胥沉江，未闻有绝水之士，令人不得寒食，犯者刑之。

沈际飞《草堂诗馀·正集》：调本方，意贵圆，陆、秦春章，诸君擅之。又：三句凄锦哀玉。（镜奁掩月，钗梁折凤，筝弦零雁）　又：春恨满怀，先言春艳满眼，找出一句恨来，蔗不陪蘖。

蓦山溪 春半　新添

张东父

青梅如豆，欧公词：青梅如豆柳如眉。断送春归去。小绿间长红，看几处、云歌柳舞。偎花识面，对月共论心，携素手，采香游，踏遍西池路。　○水边朱户。曾记销魂处。小立背秋千，欧词：泪眼问花花不语，乱红飞过秋千去。空怅望、娉婷韵度。杨花扑面，香糁一帘风，寇平叔词：春风不解禁杨花，蒙蒙乱扑行人面。情脉脉,酒厌厌,注见前。回首斜阳暮。

【集评】

杨慎《词品》:张震,字东父,号无隐居士,蜀之遂宁人也。孝宗朝为谏官,有直声。孝宗称其知无不言,言无不当,光宗朝以数直言去位。时称:"王十朋去,省为之空;张震去,台为之空。"一代名臣也。而其词婉媚风流,乃知赋梅花者不独宋广平也。其《蓦山溪》"青梅如豆"一首,《草堂》入选,而失其名氏。

《新刻李于鳞先生批评注释草堂诗馀隽》:上携朋共踏春光,下夜饮共赏春暮。 又:"识面""论心"语,何处得来? 又:"脉脉""厌厌",无限景趣。 又:春半景色都描尽笔端,而一段明媚佳趣,令人鼓舞无方。

《新刻注释草堂诗馀评林》卷一:摹写春半之景宛在目中,而词藻烂然,人人快睹。

沈际飞《草堂诗馀·正集》:"小绿间长红",确乎春半。 又:"偎花"二句,暗可可味。 又:前段殊不俗,几为腐儒抹倒。 又:东父以直声荐台中,时称"王十朋去,省空;张震去,台空"。顾风流旖旎,信乎赋梅花者不独宋广平也。

曹学佺《蜀中广记》卷一百四"诗话记第四":张震,字东父,号无隐居士,蜀之遂宁人也。孝宗朝为谏官,有直声。孝宗称其知无不言,言无不当,光宗朝以数直言去位。时称:"王十朋去,省为之空;张震去,台为之空。"一代名臣也。而其词婉媚风流,乃知赋梅花者不独宋广平也。其《蓦山溪》"青梅如豆"一首,《草堂》入选,而失其名氏。

酹江月 春恨① 新添

辛幼安

野棠花落,又匆匆过了、清明时节。划地东风欺客梦,一枕银屏寒怯。曲岸持觞,垂杨立马,此地曾经别。楼空人去,旧游飞燕归说。坡词：燕子楼空，佳人何在，空锁楼中燕。　　○闻道绮陌东头，行人曾见，帘底纤纤月。旧恨春江流不尽，新恨云山千迭。料得明朝，尊前重见，镜里花难折。也应惊问，近来多少华发。唐褚遂良《帖》：是达观之华发萧然。此词作对刊。

【校】

①春恨，杨金本作"春情"。

【校】

①春恨，杨金本作"春情"。

【集评】

《新刻李于鳞先生批评注释草堂诗馀隽》：上言春去人在无限愁，下言旧恨新恨最难诉。　又：春光已尽，幽思动人。　又：重相见来，旧恨新恨都消。　又：如二八娇娥婀娜百媚，令人一见，神醉魂飞，信是词中第一色。

（托名）杨慎《评点草堂诗馀》：纤丽语，脍口之极。

《新刻注释草堂诗馀评林》卷二：时值清明，九十春光过了太半，自是动人幽恨。

沈际飞《草堂诗馀·正集》：按："欺"字妙。　又："一枕"句纤妍。又：吞江水云山言恨，天才骏发。

摸鱼儿 春晚　新添

辛幼安

更能消、几番风雨。匆匆春又归去。惜春长怕花开早，何况落红无数。春且住。见说道、天涯芳草无归路。韦庄词：独上小楼春欲暮，望断①玉关芳草路。怨春不语。算只有殷勤，画檐蛛网，尽日惹飞絮。　　○长门事，准拟佳期又误。柳公权诗：不念前时误主恩，已甘寂寞守长门。今朝却得君王顾，重入椒房拭泪痕。娥眉曾有人妒。千金纵买相如赋，脉脉此情谁诉。君莫舞。君不见、玉环飞燕皆尘土。杨贵妃小字玉环。又李白词：借问汉宫谁得似，可怜飞燕倚新妆。谓玉环、飞燕虽一时侍宠，今皆化为尘土。闲愁最苦。休去倚危栏，斜阳正在，烟柳断肠处。

《鹤林玉露》云：词意殊怨。"斜阳烟柳"之句，其与"未须愁日暮，天际乍轻阴"者异矣。使在汉唐②时，宁不贾种豆种桃之祸哉。愚闻寿皇见此词颇不悦，然终不加罪，可谓至德也已。又《题江西造壁》词："郁孤台下清江水，中间多少行人泪。西北是③长安，可怜无数山。青山遮不住，毕竟东流去。江晚正愁予，山深闻鹧鸪。"盖南渡之初，金人追隆祐太后御舟至欲此词④造口，不及而还。幼安因此起兴。"闻鹧鸪"之句，谓恢复行不得也。此曲与⑤。

【校】

①望断，今通行本《韦庄集·木兰花》词作"愁望"。

②唐，诸本作"书"，误，今改。

③是，诸本同，今通行本作"望"。

④金人，癸未本作"虏人"。"欲此词"三字诸本同，疑衍。今《鹤林玉露》甲集卷一无此三字。

⑤此曲与，三字未完，诸本同。

【集评】

《新刻李于鳞先生批评注释草堂诗馀隽》：上是写暮春于言外，下又是宫中春怨之词。　又："落红无数"真有惜春归之意。　又：因春晚而伤旧事，诵之令人有感。　又：玉环、飞燕，美人已尘土，何等感慨。　又：就春晚追思，春华易度，一字差堪一泪。

《重刻类编草堂诗馀评林》：作春晚之词，有送春意。　又：因春晚而伤旧事，诵之令人有感。

《新刻注释草堂诗馀评林》卷三：留春之意，溢于言外。　又：因晚春而伤旧事，诵之令人有感。

沈际飞《草堂诗馀·正集》：李涉诗："野寺寻花春已迟，背岩惟有两三枝。明朝携酒犹堪赏，为报春风且莫吹。"辛用其意。○稼轩中年被劾，凡十六章，自况凄楚。"斜阳""烟柳"，词意怨甚，与"未须愁日暮，天际乍轻阴"者异矣，设在汉唐时，不几贾种豆种桃之祸哉！闻寿皇见之颇不悦，终不加罪。怜其才耶？

鹧鸪天 <small>春行即事　新添</small>

辛幼安

着意寻春懒便回。何如信步两三杯。山才好处行还倦，诗未成时雨早催。<small>杜甫[1]诗：片云头上黑，应是雨催诗。</small>　　○携竹杖，更芒鞋，朱朱粉粉野蒿开。谁家寒食归宁女，笑语柔桑陌上来。<small>晏同叔词：巧笑东邻女伴，采桑径里逢迎。</small>

【校】

①杜甫，原作"杜牧"，双照楼影印洪武本作"韩愈"，皆误，今据《杜甫诗集》改。

【集评】

《新刻李于鳞先生批评注释草堂诗馀隽》：上是诗酒豪兴，下有邂逅佳人之味。　又：轻施粉黛，不减虢国夫人。　又：诗翁酒客，更值怀春之女，此界何等风光。

（托名）杨慎《评点草堂诗馀》：绝似唐律。（"山才好处"句）　又：景事俱真。（"谁家"句）

《新刻注释草堂诗馀评林》：卷二词浅意深，可谓素位而行，不役役于非望之福者。

沈际飞《草堂诗馀·正集》：对句逼唐。　又：诗翁酒客与怀春之女相值，何等风光。

蓦山溪 春晴① 新添

易彦祥

海棠枝上，留得娇莺语。双燕几时来，并飞入、东风院宇。梦回芳草，绿遍旧池塘，见西堂梦草事。梨花雪，_{杜：梨花白雪}香。桃花雨。_{李贺诗：桃花乱落如红雨。}毕竟春谁主。　　○东郊拾翠，襟袖沾飞絮。宝马趁雕轮，乱红中、香尘满路。十千斗酒，相与买春闲，_{李白《将进酒》：陈王昔日宴平乐，斗酒十千恣欢谑。}吴姬唱，秦娥舞。拚醉青楼暮。

【校】

①春晴，杨金本作"春情"。

【集评】

杨慎《词品》：易祓，字彦祥，长沙人，宁宗朝解褐状元。《草堂》词《蓦山溪》"海棠枝上，留取娇莺语"，其所作也。

《新刻李于鳞先生批评注释草堂诗馀隽》：前段见春光明媚，可以适情；后段乃乘时游衍，歌舞之趣。　又：为雨中花，惜主情深。　又：有吴姬秦娥歌舞，十千沽酒莫辞频。　又：最善铺叙，最善点缀，词中魁也。

《重刻类编草堂诗馀评林》：前段有见春光之明媚，可以适人之情；后段有游春之情，见景而生，以歌舞而结之，甚有乐处，铺叙极好。

《新刻注释草堂诗馀评林》卷三：前段见春光明媚，可以适情；后段乃乘时游衍，而以歌舞结之，善铺叙。

沈际飞《草堂诗馀·正集》："海棠未雨，梨花先雪，一半春休"句意相敌，侯稍悬耳。

水龙吟 春恨 新添

陈同甫

闹花深处层楼,画帘半卷东风软。春归翠陌,平莎茸嫩,垂杨金浅。迟日催花,淡云阁雨,轻寒轻暖。古词:轻暖□寒,正是赏花天气。恨芳菲世界,游人未赏,都付与、莺和燕。　　○寂寞凭高念远,向南楼、一声归雁。金钗斗草,李白词:百草巧求花下斗,只赌①青丝勒马,风流云散。罗绶分香,翠绡封泪,几多幽怨。正销魂,又是疏烟淡月,子归声断。杜诗:蝴蝶梦中家万里,子归枝上月三更。

【校】

①本句缺字。查《李白诗集》,知全句为:"只赌珠玑满斗。"

【集评】

张綖《草堂诗馀别录》:无点录。以龙川之豪,降而为此调,所谓能赋梅花不独宋广平。

《新刻李于鳞先生批评注释草堂诗馀隽》:上叙春光色色可人,下叙春恨绵绵难遣。　又:柳绿花红,莺啼燕舞,自是芳非堪赏。　又:春深恨更深,争奈子规啼月,尤为恼人。　又:春光如许,游赏无方,但愁恨难消,不无触物生情。

《重刻类编草堂诗馀评林》:"正销魂",那堪"又是疏烟淡月"之景,听子规之声,恨之又恨。

《新刻注释草堂诗馀评林》卷二:柳绿花红,莺啼燕语,春光自是可人。又:京师端午有斗百草之戏,妇人踏青,亦以此为乐。

沈际飞《草堂诗馀·正集》:"阁"字好。(云"阁"一作"闲",误)　又:有能赏而不知者,有欲赏而不得者,有似赏而不真者,人不如莺也,人不如燕也。　又：怨也风流。

梁桥《冰川诗式》卷二"诗馀"：诗馀，即香奁、玉台之体，言闺阁之情，乃艳词也。作者虽多，要之，贵发乎性情，止乎礼义。今于《草堂诗馀》中录数首以为法式。《水龙吟·春恨》（下引原词，略）

胡应麟《少室山房类稿》卷一百六《题陈同父〈水龙吟〉后二则》：陈同父绝不能诗，今集存者仅二绝一长歌，知其未尝事声律也。集末载诗馀数十阕，而《草堂》所选《水龙吟》词，特佳甚，而集不存，古今制作佳者不必传，传者不必佳，大都有幸不幸耶。　又：此怀所惧，作者殊足情致，与同父他词不类。周公谨《野语》载陈尝狎一妓，欲娶之，蕲落籍于唐与正，唐以言间妓好，遂弗终，陈因是大憾。构唐朱元晦，卒起严蕊之狱，此词之作，岂即其时耶？所狎妓或即蕊，故与正不肯为落籍耶？今《紫阳集》载论劾与正封事几万言，所谓"行首严蕊，稍以色称"，紫阳笔也。蕊亦能词，见《野语》甚详。以一妇人色致诸名士纷纷聚讼，为千古口舌端，令人喷饭不已。

归朝欢 春游① 新添

马庄父　古洲

听得提壶沽美酒。山谷《演雅》：提胡芦，沽美酒。鸟名②。人道杏花深处有。见杜牧诗事。杏花狼藉鸟啼风，十分春色今无九。麝煤销永昼。青烟飞上庭前柳。画堂深，不寒不暖，正是好时候。　　○团圆宝月凭纤手。古词：宝扇重寻明月影。暂借歌喉招舞袖。真珠滴破小槽红，《将进酒》③：小槽酒滴真珠红。香肌缩尽纤罗瘦。投分须白首。黄金散与亲和旧。疏广、受乞骸骨归，太子赐金五十斤，上加二十斤。既归，日具酒食待族人。宾客数问其家金尚有几斤，趣卖以供具。且衔杯，壮心未落，风月长相守。

【校】

①春游，杨金本作"春情"。

②提胡芦，沽美酒。非山谷诗句，乃梅圣俞《四禽言诗》中句子。《山谷诗集·演雅》诗中相类似句子为："提壶犹能劝沽酒。"原注："提壶，鸟名。"

③此为李贺《将进酒》诗句。

【集评】

杨慎《词品》：马庄父，字子严，号古洲，建安人。有经学，多论著，填词其馀事也。《草堂》词选其春游《归朝欢》一首，馀如《月华清》云："怅望月中仙桂，问窃药佳人，与谁同岁。"《贺圣朝》云："游人拾翠不知远，被子规呼转。"《阮郎归》结句云："三三两两叫船儿，人归春也归。"《元夕词》云："玉梅对妆雪柳，闹蛾儿象生娇颤。"可考见杭都节物。

《新刻李于鳞先生批评注释草堂诗馀隽》：上是问酒家以寻春，下是散黄金以结客。 又：如问牧童，挹春芳景。 又：风月胸怀，尽多裘马意气。又：光风霁月，如一倾千杯、一掷千金之人，胸中眼界，当另具一乾坤矣。

(托名)杨慎《评点草堂诗馀》：纤丽中又甚潇洒。

《重刻类编草堂诗馀评林》：春游闲散，忘却世态之意。

《新刻注释草堂诗馀评林》卷二：古人胸怀磊落，如光风霁月，故能及时游衍，不屑屑于利禄有如此。

沈际飞《草堂诗馀·正集》：平易中有旨法。 又：《金茎》《兰畹》选句。又：胸怀卓荦。

丹凤吟 新增　春情①

周美成

迤逦春光无赖，翠藻翻池，黄蜂游阁。朝来风暴，飞絮乱投帘幕。生憎暮景，倚墙临岸，杏靥夭邪，榆钱轻薄。坡诗：未利夭邪来请降②。欧公：池馆榆钱夜雨新。昼永思惟傍枕，睡起无憀，残照犹在庭角。　　○况是别离气味，坐来便觉心绪恶。痛引浇愁酒。坡：浇愁有半瓶。奈愁浓如酒，无计销铄。唐韩琮：暖风迟日浓如酒。那堪昏暝，蔌蔌半檐花落。见前注③。弄粉调朱柔素手，问何时重握。《古今诗话》：李皋④谓徐仲雅曰：公均诗如女，弄粉调脂。此时此意，长怕人道着。

斗百花 新增

柳耆卿

煦色韶光明媚。轻霭低笼芳树。池塘浅蘸烟芜，帘幕闲垂风絮。春困厌厌,抛掷斗草工夫,冷落踏青心绪。《荆楚记》：斗百草之戏。杜诗：江边踏青罢。终日扃朱户。　　○远恨绵绵,白乐天《长恨歌》：此恨绵绵无绝期。淑景迟迟难度。年少傅粉,依前醉眠何处。深院无人,黄昏乍拆秋千,空锁满庭花雨。

【集评】

《新刻李于鳞先生批评注释草堂诗馀隽》：上是无心于斗草踏青,下是有情在深院黄昏。　又：以种种春光剔出种种春恨,高妙。　又：写其寻芳无意,相思有在,几堪惆怅。

《重刻类编草堂诗馀评林》：以春景华丽中取出恨来,意外更有何恨。

《新刻注释草堂诗馀评林》卷二：以春景华丽中剔出恨来,尤见高妙。

沈际飞《草堂诗馀·正集》：屡读元词,以三迭取胜,如"东风摇曳垂杨线,游丝牵惹桃花片,珠帘掩映芙蓉面""枯藤老树昏鸦,小桥流水人家,古道西风瘦马"等句,应是此篇迭法。空翠,第难为前句"终日扃朱户"。

西江月 新添

前人

凤额绣帘高卷,兽环朱户频摇。两竿红日上花梢。春睡厌厌难觉。　　○好梦狂随飞絮,闲愁浓胜香醪。浊酒曰醪。不成雨暮与云朝。见前襄王事注。又是韶光过了。

【集评】

《新刻李于鳞先生批评注释草堂诗馀隽》：起语颇富丽,末结觉淡弱无味。　又：对此春光宜饮酒。　又：春日春光宜饮酒,不宜虚度。

(托名)杨慎《评点草堂诗馀》：卫万诗："只今惟有西江月,曾照吴王宫里人。"　又：怨甚,可惜。

《新刻注释草堂诗馀评林》卷二：此词启语亦颇富丽，末结殊觉淡弱无味矣。

沈际飞《草堂诗馀·正集》："凤额"二句笨，甚幸。结情婉，俗眼谓起处富丽，结处单弱，何以服柳君之心。　又："狂"作"往"，"飞"作"风"，误。

浪淘沙慢 新添　忆别①

周美成

昼阴重，霜凋岸草，雾隐城堞。杜诗：雾隐平郊②树。南陌脂车待发。《左传》：巾车脂辖。东门帐饮乍阕。西汉疏广为太傅，兄子受为少傅，在位五岁，广上疏乞骸骨，上许之。公卿大夫故人邑子设祖道，供帐东都门外，送者车数百辆。正拂面、垂杨堪揽结。李白赋：醉愁心于垂杨③，随柔条以斜结。掩红泪、玉手亲折。《丽情集》：灼灼④与裴质书，以软绡聚红泪为寄。杜甫：象床玉手乱殷红。念汉浦、离鸿去何许，经时信音绝。杜挚⑤：离鸿失所望。　　　○情切。望中地远天阔。向露冷风清，无人处、耿耿寒漏咽。嗟万事难忘，惟是离⑥别。东坡云李珏曰：人世万事，惟别离最难。翠尊未竭。凭断云留取，西楼残月。罗带光鲛绡衾迭。连环解、旧香顿歇。怨歌永、琼壶敲尽缺。武帝每歌，以如意打玉唾壶，玉壶尽缺。恨春去、不与人期，弄夜色，空馀满地梨花雪。《丽情集》：无双歌庭下，梨花雪四垂。

【校】

①忆别，二字据杨金本补。

②平郊，原作"半郊"，诸本同。用"半"字造成三仄调，误，今据杜集改。

③杨，原作"阳"，据泰宇书堂本改。今《李太白文集·惜馀春赋》正作"垂杨"。

④灼灼，原缺，据《丽情集》补。

⑤杜挚，原作"杜"。按本书体例，"杜"指杜甫，恐误，此实为杜挚《赠毋邱俭》诗。今据《古诗纪》卷二十七补出。

⑥离，泰宇书堂本作"轻"。

【集评】

《新刻李于鳞先生批评注释草堂诗馀隽》：上叙别后音书断，下叙旅邸景色奢。　又：别后景，别后情，种种堪挹。　又：写出一番清丽，令人惕然。　又：古人饯别，不以物，不以酒，独以诗者何？良以物有尽而诗言无尽，酒有穷而诗味无穷，诵之宜额之言外。

《重刻类编草堂诗馀评林》：情意两见，别思悠悠，不见伤感意，含蓄浑厚。

《新刻注释草堂诗馀评林》卷三：古人饯送行者，或以物，或以酒。然物有尽，而文之意无尽，酒有穷而言之味无穷，故送别以赠言为尚。　又：结句清丽，令人惕然。

沈际飞《草堂诗馀·正集》：不累藻，不掩情，读去平平，莫之能訾。又：幽情。若云"断云""残月"，致减矣。思绪冥纷。

忆旧游 新添　秋思①

周美成

记愁横浅黛，泪洗红铅，门掩秋宵。柳诗：门掩候中秋。坠叶惊离思，听寒蛩夜泣，乱雨潇潇。凤钗半脱云鬓，窗影烛花摇。渐暗竹敲凉，疏萤照晓，两地魂销。韩愈：两地无②千里。江淹赋：黯然销魂。　　　　○迢迢。问音信，道径底花阴，时认鸣镳。也拟临朱户，叹因郎憔悴，羞见郎招。《丽情集》崔氏与张生诗：自从别后减容光，万转千回懒下床。不为傍人羞不见，为郎憔悴却羞郎。旧巢更有新燕，杨柳拂河桥。宋之问诗：旦别河桥杨柳风，夕卧伊川桃李月。但满眼京尘，东风竟日吹露桃。

【校】

①秋思，二字据杨金本补。按：此词虽放春景类，实道秋思，杨金本所添不误。

②无，原作"先"，诸本同。今据韩愈《送李员外陈长分司东都》诗改。

【集评】

《新刻李于鳞先生批评注释草堂诗馀隽》：上言夜景凄凉态，下言相见羞愧情。 又：魂消两地，不尽风光之趣。 又："为郎憔悴却羞郎"，亦羞相见之意。 又：前言"坠叶""寒蛩"点秋宵景况，何以谓之春恨？后段又有"新燕""东风"句，意者二段错简乎？不应乃尔。

《新刻注释草堂诗馀评林》卷三：前言"坠叶""寒蛩"，点秋宵景况，何以谓之春恨？后段又有"新燕""东风"句，意者二段错简乎？不应乃尔。

沈际飞《草堂诗馀·正集》："记愁"一起下个"记"字，后来下个"更"字，"新燕""东风"是题旨，有以"门掩秋宵"，明说是秋。"寒蛩""疏萤""秋宵"物类，而疑错简，则虚字何往。 又：散活尖酸，过崔氏语。

春情

瑞鹤仙

欧阳永叔

脸霞红印枕。睡觉来、冠儿还是不整。屏间麝煤冷。但眉山压翠，韩诗：天宇浮修眉，浓绿画新就。今俗妆有远山眉者。泪珠弹粉。李：茫茫泪如珠①。堂深画永。燕交飞、风帘露井。谢朓诗②：风帘入双燕。又杜甫诗：露井冻银床。恨无人，与说相思，李白诗：更报长相思。近日带围宽尽。宋沈约字休文，武帝立，累迁光禄大

64

夫。初，久③处端揆，有志台司而帝终不用。乃求外出，以书陈情于徐④俛，言己老病，百日数旬，革带常应移孔，以手握臂，率许月小半分，欲谢事求归老之秋。　　○重省。残灯朱幌，淡月纱窗，那时风景。韩诗：萧萧风景寒。阳台路远。云雨梦，便无准。《文选》宋玉《高唐赋》：昔先王游高唐，昼寝，梦一妇人曰：妾巫山之女也，为高唐之客，闻君游高唐，愿荐寝席。王因幸之。去而辞曰：妾在巫山之阳，高丘之阻，朝为行云，暮为行雨。朝朝暮暮，阳台之下。待归来，先指花梢教看，却把心期细问。问因循、过了青春，怎生意稳。

【校】

①李白《古有所思》诗原句为："抚心茫茫泪如珠。"

②谢脁诗，原作"谢"，今补足以免生误会。

③久，原作"幼"，据《梁书》卷十三《沈约本传》改。

④徐俛，原作"萧俛"，据《梁书》卷十三《沈约本传》改。

【集评】

张绖《草堂诗馀别录》："重省"以下三句既妙绝，"阳台路远"以下如行云流水，略不觉其为韵语，正非欧公无此妙，但欧集不录，岂子棐讳而云之耶？

《新刻李于鳞先生批评注释草堂诗馀隽》：上是触物相思之切，下是愬梦待归之殷。　又：思深而貌自瘦，不觉吐尽真肠。　又：阳台梦幻，何时得尽，真意溢言外。　又：永叔此词摹写伤春之怀委婉清新，可以奏之丝竹，不减唐人风致。

（托名）杨慎《评点草堂诗馀》：人谓永叔不能作情语，此词煞甚情至。

《新刻注释草堂诗馀评林》卷三：永叔此词摹写伤春之怀，委婉清新，可以奏之丝竹，不减唐人风致。　又：末掉意溢言外。

沈际飞《草堂诗馀·正集》：词以弄月嘲风为主，声复出莺吭燕舌之间，不近乎情，不可邻于郑卫，则甚景而带情、骚而存雅。不在兹乎？　又：委婉深厚不悲，随口念过，汉魏遗意。辛幼安《祝英台近》词可窥。

薄幸

淡妆多态。更的的、频回盼睐。杜诗：的的近南溟。便认得、琴心先许，与绾合欢双带。《前·司马相如传》：卓王孙有女文君，新寡，相如以琴心挑之，使文君夜奔相如。白居易《柘枝词》：紫衫微卷合欢花。记画堂、风月逢迎，轻颦浅笑娇无奈。韩愈诗：客子歌无奈。向睡鸭炉边，翔鸳屏里，羞把香罗偷解。　　○自过了收灯后，都不见、踏青挑菜。《荆楚记》：端午日踏百草。今人斗百草之戏也。又寒食挑菜，如今人春日食①生菜。几回凭双燕，丁宁深意，往来翻恨重帘碍。约何时再。正春浓酒暖，人闲昼永无聊赖。杜诗：韦曲花无赖。恹恹睡起，《湛露》诗：厌厌夜饮。犹有花梢日在。

【校】

①食，原无，据《荆楚岁时记》补。

【集评】

《新刻李于鳞先生批评注释草堂诗馀隽》：上写娇羞无赖之态，下又状出无赖态如见。　　又：如对娇羞，百媚在眼前，"春浓酒暖，人闲昼永"，洵是无聊赖情景。　　又：凡闺情之词，淡而不厌，哀而不伤，此作当之。

《新刻注释草堂诗馀评林》卷三：凡闺情之词，在于淡而不厌，哀而不伤，是作得之。

沈际飞《草堂诗馀·正集》：识英雄俊眼儿，争知栽了业根。　　又："无奈"是娇之神，"向睡鸭"二句与"待翡翠"二句皆通。坡翁只将春睡赏春情是也。一派闲情，闲里着忙。

清平乐

赵德麟

春风依旧。崔护诗:桃花依旧笑东风①。着意隋堤柳。隋炀帝自板渚引河达于淮河,谓之御河。河畔筑御道,植以柳。搓得鹅儿黄欲就。荆公诗:弄日鹅黄袅袅垂。天气清明时候。　　○去年紫陌青门。今宵雨魄云魂。断送一生憔悴,韩文公诗:断送一生惟有酒。只消几个黄昏。

【校】

①东风,诸本同,然当作"春风",以此处引诗正要解释"春风依旧"也。

【集评】

《新刻李于鳞先生批评注释草堂诗馀隽》:上叙清明佳节,下承有追忆夜不能寐意。　又:真写出春风依旧景,"春色恼人眠不得"差堪拟此。又:对景伤春,至"断送一生"语,最为悲切。

《重刻类编草堂诗馀评林》:到(当作"对")景而有伤之意,"断送一生",顿成憔悴。

《新刻注释草堂诗馀评林》卷一:对景伤春,而言"断送一生",最为悲切。

沈际飞《草堂诗馀·正集》:"能消几个黄昏",怕语之有情者,能守正紧紧。

阮郎归 春情①

李后主

东风吹水日衔山。《记·月令》:孟春之月,东风解冻。李白诗：青山犹衔半边日。春来长是闲。落花狼藉酒阑珊。笙歌醉梦间。李白诗：风光去处满笙歌。韩文公诗：莫将世事忧身事，须教人间比梦间。　　　○春睡觉，晚妆残。宫词：妆罢倚阑干，泪频妆复残。无人整翠鬟。留连光景惜朱颜。黄昏人倚栏。李白诗：沉香亭北倚栏干。

【校】
①春情，二字据杨金本补。

【集评】
《新刻李于鳞先生批评注释草堂诗馀隽》：上写其如醉如梦，下有黄昏独坐之寂寞。　　又：似天台仙女伫望归期，神思为阮郎飘荡。

《重刻类编草堂诗馀评林》：此词想后主去国之后所作，所以"无人整翠鬟"。

《新刻注释草堂诗馀评林》卷一：李后主著作颇多，而此尤为杰出者。

沈际飞《草堂诗馀·正集》：意绪亦似归宋以后。

阮郎归 春景①

欧阳永叔

南园春半踏青时，风和闻马嘶。杜：穿花令马嘶②。青梅如豆柳如眉，日长蝴蝶飞。　　○花露重，李白诗：白露湿花时③。草烟低。杜：水烟通径草。人家帘幕垂。秋千慵困解罗衣。《古今艺术》：秋千，北方戎戏也。李白诗：何由一相见，灭烛解罗衣。画堂双燕飞。

【校】
①春景，二字据杨金本补。

②穿花今马嘶,诸本同,然义实不通。杜甫《中丞严公雨中垂寄见忆一绝奉答二绝》诗云:"拄杖穿花听马嘶。"

③湿花时,诸本同,然今通行本李白《寄远(其十一)》句曰:"白露湿青苔。"

【集评】

《新刻李于鳞先生批评注释草堂诗馀隽》:上踏青时春光可掬,下归燕是托物比兴。 又:"花露""烟低",诗中画景无过此。 又:得意语不在多,寄情语不在显。

《新刻注释草堂诗馀评林》卷一:《岁时纪》:"唐人于上巳日曲江头禊饮、踏青。"

沈际飞《草堂诗馀·正集》:景物口远。 又:帘垂则燕栖,栖则在梁,妥甚。

浣溪沙

雨过残红湿未飞。王建《宫词》:树头树底觅残红。珠帘一带透斜晖。游蜂酿蜜窃香归。 ○金屋无人风竹乱,李诗:贮之黄金屋。夜簟尽日水沉微。一春须有忆人时。

【集评】

《新刻李于鳞先生批评注释草堂诗馀隽》:上以蜂归而人未归意,下以忆春重以忆人心。 又:惟真不归,是以忆切。 又:词新意雅,大袭今人一套语,顿是出谷好音。

《新刻注释草堂诗馀评林》卷三:词新意雅,不践人间蹊径。

沈际飞《草堂诗馀·正集》:软而灵。

春意

玉楼春 春情①

温飞卿

家临长信往来道。乳燕双双拂烟草。油壁车轻金犊肥，流苏帐晓春鸡报。《倦游录》：流苏者，乃盘线绘组之球，五色错为之，同心而下垂者也。　　○笼中娇鸟暖犹睡，《文选》：习习笼中鸟。杜：沙暖睡鸳鸯。帘外落花闲不扫。杜：花径不曾缘客扫。衰桃一树近前池，似惜容颜镜中老。李白诗：坐愁红颜老。

苕溪渔隐曰：飞卿作此晚春曲，殊有富贵佳致。

【校】

①春情，二字据杨金本补。

【集评】

《新刻李于鳞先生批评注释草堂诗馀隽》：上言春光正奢之景，下言春色易衰之情。　　又：流苏帐暖，娇鸟犹睡，但惜春容易老耳。　　又：飞卿作此晓春曲，殊有富贵佳致，赏者当自玩之词表。

（托名）杨慎《评点草堂诗馀》：即何籕《春闺》词"门掩青春老"，有无限感慨。

《重刻类编草堂诗馀评林》："油壁""车轻"二句，有富贵气象。

《新刻注释草堂诗馀评林》卷三："车轻""帐晓"二句，有富贵态。

沈际飞《草堂诗馀·正集》：实是唐诗，而柔艳近情，词而非诗矣，晚唐之所以为晚唐也。　　又：虽有衰老字面，殊自宝贵。

满江红 春晚①

张仲宗

春水连天,桃花浪、几番风恶。杜《春水》诗:三月桃花浪,江流复旧痕。云乍起、唐诗:别路云初起。远山遮尽,晚风还作。绿遍芳洲生杜若,《选·庚信诗》:流水桃花色,春洲杜若香。楚帆带雨烟中落。杜诗:春帆细雨来。认向来、沙觜共停桡,伤飘泊。　　○寒犹在,衾偏薄。肠欲断,愁难着。李白诗:美人不来空断肠。倚蓬窗无寐,引杯孤酌。杜诗:看剑引杯长。马周悠然独酌②寒食清明都过了,东坡诗:寒食清明都过了,石泉槐火一时新。可怜辜负年时约。想小楼、日日望归舟,杜诗:眼前今古意,江汉一归舟。人如削。

【校】

①春晚,杨金本作"春情"。

②此句引文出自《旧唐书》卷七十四《马周传》。

【集评】

杨慎《词品》:张仲宗三山以送胡澹庵及寄李纲词得罪,忠义流也。其词最工,《草堂诗馀》选其"春水连天"及"卷珠箔"二首,脍炙人口。他如"帘旌翠波飐,窗影残红一线"及"溪边雪霭藏云树,小艇风斜沙觜路",皆秀句也。词中多以"否"呼为"府",与"主"字、"舞"字同押,盖闽音也。如林外以"锁"为"扫",俞克成以"我"为"袄",与"好"同押,皆鸠舌之音,可删,不可取也。曹元宠亦以"否"呼为"府"。

《新刻李于鳞先生批评注释草堂诗馀隽》:上言风帆飘泊之象,下言归舟在望之思。　　又:楚帆乘风助□短。　　又:归舟不到,正是愁人时节。又:前后俱在帆上写情景,想所思之人当是江湖浪客。

(托名)杨慎《评点草堂诗馀》:极婉转藻丽,脍炙媚艳。　　又:景语如画。("楚帆"句) 又:唐人小说《冥音录》载曲名有《上江虹》,即《满江红》也。

《重刻类编草堂诗馀评林》:全是暮春景象。 又:因景物而感旧。

《新刻注释草堂诗馀评林》卷三:春事阑珊,自是愁人时节。

沈际飞《草堂诗馀·正集》:风雨欲来。 又:"认向来沙觜",妙得旅情。 又:"削"字好,"人如削"句好。

满江红 暮春

苏轼①

东武南城,新堤固、涟漪初溢。《伐檀》诗:河水清且涟猗。隐隐遍、长林高阜,卧红堆碧。枝上残花吹尽也,与君试向江边觅。问向前、犹有几多春,三之一。叶道卿《贺圣朝》词:三分春色,二分愁闷,一分风雨。 ○官里事,何时毕。风雨外,无多日。相将泛曲水,满城争出。君不见兰亭修禊事,当时座上皆豪逸。到如今、修竹满山阴,空陈迹。晋王羲之《三月三日兰亭记》:永和九年,暮春之初,会于会稽山阴之兰亭,修禊事也。此地有崇山峻岭,茂林修竹,又有清流激湍,引以为流觞曲水,畅叙幽情。是日也,天朗气清,惠风和畅云云。俯仰之间,以为陈迹。

【校】

①苏轼,原作"晁无咎",今据宋本《东坡词》、黄昇《花庵词选》、元延祐本《东坡乐府》改。

【集评】

《新刻李于鳞先生批评注释草堂诗馀隽》:上留春之意绪无方,下是吊古之感慨不尽。 又:春色留三,立春,暮景也。 又:追及兰亭修禊往事,无限兴嗟。 又:因春暮怀及王逸少诸贤燕集,洵一时之盛会,而今安在哉？

（托名）杨慎《评点草堂诗馀》：感慨。

《重刻类编草堂诗馀评林》：三分春色止留一分，非春暮而何？高妙。

《新刻注释草堂诗馀评林》卷三：三分春色止留一分，非春暮而何？

沈际飞《草堂诗馀·正集》：三分春色止留一分，春诚暮已。　　又：单引一事，叹尽千秋。

临江仙 春情①

绿暗汀洲三月暮，落花风静帆收。垂杨低映木兰舟。李峤《汾阴行》：木兰为楫桂为舟。半篙春水滑，一段夕阳愁。李白：月光欲到长门殿，别作深宫一段愁。《选》：花坞夕阳迟。　　　○灞水桥东回首处，《开元天宝遗事》：长安东灞陵有桥，迎来送往皆至此，人呼为销魂桥。美人亲上帘钩。青鸾无计入红楼。行云归楚峡，飞梦到扬州。

【校】

①春情，据杨金本补。

【集评】

《新刻李于鳞先生批评注释草堂诗馀隽》：上叙春水夕阳多情景，下写楚峡扬州深心神。　　又：写暮春景，寓伤春情，何等浑融。　　又：铺叙暮春情景，不但在落花茂叶具之，至末"行云"一句，更含蓄有情。

（托名）杨慎《评点草堂诗馀》：倩语。（"半篙春水"句）

《重刻类编草堂诗馀评林》：铺叙春暮之景，不但在落花见之，至"行云归楚峡，飞梦到扬州"。

《新刻注释草堂诗馀评林》卷三：铺叙春暮之景，不但在残花落叶见之，至末"行云"二句，更含蓄有情。

沈际飞《草堂诗馀·正集》："半篙"二句，不第情深，句法亦唐人许可。

蝶恋花

苏东坡

花褪残红青杏小。燕子来时，郑谷《杏花》诗：双燕却来时。绿水人家绕。杨徽之诗：流水人家穿竹径。枝上柳绵吹又少。天涯何处无芳草。唐诗：在处有芳草。　　○墙里秋千墙外道。墙外行人，墙里佳人笑。笑渐不闻声渐悄。多情却被无情恼。

《古今词话》：予得此词真本于友人处，极有理趣。"绿水人家绕"，非"绕"字，乃曰"人家晓"。"晓"字与"绕"字盖宵壤也。

【集评】

张綖《草堂诗馀别录》："燕子来时，绿水人家绕"二句高妙有奇趣，后段"墙里""墙外"之句，无甚意思。

《新刻李于鳞先生批评注释草堂诗馀隽》：上叙燕子芳草生意，下探佳人笑语动人。　　又：种种春来生意，总不如娇羞一笑值千金。　　又：杏花结子春深后，谁能多情又复来？

（托名）杨慎《评点草堂诗馀》："晓"字胜于"绕"字，"晓"字有味，"绕"字呆。可悟字法。

《新刻注释草堂诗馀评林》卷三：古诗："杏花结子春深后，谁解多情又复来。"

沈际飞《草堂诗馀·正集》：用"绕"字，若"晓"字少着落。（底本：绿水人家绕，一作"晓"）　　又："枝上"二句断送朝云，一声《何满子》，肠断李延年，正若是耳。○行人多情，佳人无情。　　又：《词下林谈》：子瞻在惠州时，青女初至，落木萧萧，凄然悲秋，命朝云歌此词。朝云歌喉将转，泪满衣襟。诘其故，答曰："奴所不能歌，是'枝上柳绵'句也。"子瞻笑曰："吾正悲秋，而汝又伤春矣。"后朝云遂亡。子瞻终身不复听此词。

蝶恋花

晏同叔

帘幕风轻双语燕。晏殊诗：帘幕中间燕子飞。午醉醒来，柳絮飞撩乱。心事一春犹未见。余花落尽青苔院。李白诗：落花寂寂委青苔。　　○百尺朱楼闲倚遍。杨亿诗：危楼高百尺。薄雨浓云，抵死遮人面。消息未知归早晚。杜诗：去住彼此无消息。斜阳只送平波远。

【集评】

张綖《草堂诗馀别录》：无点录。"薄雨浓云"二句奇，结亦隽永。

《新刻李于鳞先生批评注释草堂诗馀隽》：上叙心事伤春不自见，下拟归期早晚未可知。无非春怀种种处。

（托名）杨慎《评点草堂诗馀》：景真。（"斜阳"句）。

《重刻类编草堂诗馀评林》：理趣高妙，自然生出，时光在人眼目。

《新刻注释草堂诗馀评林》卷三：晏同叔，乃叔原之父，皆擅才名，所谓有是父有是子也。

沈际飞《草堂诗馀·正集》：得未见心事何，"余花落"句，并不寻常。又："未见""未知"比耦妙。　　又："斜阳送波远"，望之澹然，其中甚切，不许速领，必数过之。

蝶恋花

欧阳永叔

庭院深深深几许。杨柳堆烟，帘幕无重数。金勒雕鞍游冶处，杜诗：白马嚼啮黄金勒。李白诗：花月醉雕鞍。楼高不见章台路。《初学记》：秦有章台路。　　○雨横风狂三月暮。门掩黄昏，潘阆《宫词》：花落黄昏空掩门。无计留春住。薛能《惜春诗》：无计延春日，何能留少年。泪眼问花花不语，乱红飞过秋千去。

易安居士序：欧阳公作《蝶恋花》，有"深深深几许"之句，予酷爱之。用其语作"庭院深深"数阕，其声即旧《临江仙》也。

【集评】

《新刻李于鳞先生批评注释草堂诗馀隽》：上骋望不堪极目处，下留春无限伤心泪。　　又：首句叠用三个"深"字，最新奇。　　又：问花留春，真是计无少施。　　又：写出当年游冶，真。后段形容暮春光景殆尽。

（托名）杨慎《评点草堂诗馀》：叠用字法，妙。

《重刻类编草堂诗馀评林》：后段更高，暮春之时，形容殆尽。

《新刻注释草堂诗馀评林》卷三：首句迭用三个"深"字，最新奇。　　又：后段形容春暮光景殆尽。

沈际飞《草堂诗馀·正集》：诗中一句连三字者，刘驾"树树树梢啼晓莺""夜夜夜深闻子规"；复有一句迭三字者，吴融"一声南雁已先红，槭槭凄凄叶叶同"。欧公"深深深"三字方驾刘、吴。　　又：易安居士序：欧阳公作《蝶恋花》，有"深深深几许"之句，予酷爱之。用其语作"庭院深深"数阕，其声即《临江仙》也。○末句参之点点飞红两句，一若关情，一若不关情，而情思俱举，荡漾无边。

浣溪沙 春暮

周美成

楼上晴天碧四垂。杜：晴天卷片云。楼前芳草接天涯。劝君莫上最高梯。　　○新笋看成堂下竹，落花都上燕巢泥。

郑谷《燕》诗:落花径里得泥香。忍听林表杜鹃啼。

【集评】

《新刻李于鳞先生批评注释草堂诗馀隽》:上是愁看草色碧,下是怕听鸟声喧。 又:九十春光去矣,何以为情? 又:草色连天□,鸟声送春归,是九十春将尽,安得不感时兴思?

《新刻注释草堂诗馀评林》卷三:鸟啼花落,九十春光去矣。

沈际飞《草堂诗馀·正集》:粗鄙。 又:沾泥花不韵矣。"上燕巢"翻成韵处。

如梦令 春晚

池上春归何处。满目残花飞絮。韩文公诗:柳巷还飞絮。孤馆悄无人,梦断月堤归路。无绪。无绪。帘外五更风雨。

【集评】

《新刻李于鳞先生批评注释草堂诗馀隽》:前一词意致深远,后一词(指下一首)辞语壮丽。 又:五更风雨,是夜不能寐处。

(托名)杨慎《评点草堂诗馀》:孤馆听雨,较洞房雨声自是不胜情之词,一喜一悲。

《新刻注释草堂诗馀评林》卷三:二词(另为下一首)俱有意致。

沈际飞《草堂诗馀·正集》:帘外风雨愈恼乱。

如梦令 春晚①

李易安

昨夜雨疏风骤。浓睡不消残酒。卢《茶歌》:日高丈五睡正浓。试问卷帘人，却道海棠依旧。知否。知否。应是绿肥红瘦。

苕溪渔隐云：近时妇人能文词，如李易安颇知佳句，如云"绿肥红瘦"，只此语甚新。又《九日》词："帘卷西风，人似黄花瘦。"此言亦妇人所难到也。

【校】

【集评】

张缄《草堂诗馀别录》：韩偓诗云："昨夜三更雨，今朝一阵寒。海棠花在否？侧卧卷帘看。"此词尽用其语点缀，结句尤为委曲精工，含蓄无穷之意焉。可谓女流藻思者矣。

《新刻李于鳞先生批评注释草堂诗馀隽》：风雨另从睡里度，肥瘦更问谁人知。　又：语新意隽，更有丰情。　又：写出妇人声口，可与朱淑真并擅词篇。

（托名）杨慎《评点草堂诗馀》：此词较周词更婉媚。　又：甚新。（绿肥红瘦）

《新刻注释草堂诗馀评林》卷三：李易安词华，可与朱淑真埒。

沈际飞《草堂诗馀·正集》："知否"二字迭得可味。"绿肥红瘦"创获自妇人，大奇。

武陵春 新添

李易安①

风住尘香花已尽，日晚倦梳头。物是人非事事休。欲语泪先流。　　○闻说双溪春尚好，《文选》：明月双溪水，清风八咏楼。也拟泛轻舟。只恐双溪舴艋舟，载不动、许多愁。

【校】

①作者名原缺，据嘉靖十七年张𫄧《草堂诗馀别录》、嘉靖二十九年顾从敬刻本《类编草堂诗馀》补。

【集评】

张𫄧《草堂诗馀别录》：有点删。易安名清照，尚书李格非之女，适宰相赵挺之子明诚，尝集《金石录》千卷，比诸六一所集更倍之矣。所著有《漱玉集》，朱晦庵亦亟称之。后改适人，颇不得意。此词"物是人非事事休"正咏其事。水东叶文庄谓李公不幸而有此妇（引者按：李公之女？赵公之妇？）。词固不足录也。结句稍可诵，朱淑真"可怜禁载许多愁"祖之。岂女辈相传心法耶？

《新刻李于鳞先生批评注释草堂诗馀隽》：上是追思往事而难言，下是添积新愁而莫诉。　又：未语先泪，此愁莫能载矣。　又：景物尚依旧，人情不似初，言之于邑，不觉泪下。

（托名）杨慎《评点草堂诗馀》：秦处度《谒金门》词云"载取暮愁归去""愁来无着处"，从此翻出。

《重刻类编草堂诗馀评林》：物是人非，睹物宁不伤感？

《新刻注释草堂诗馀评林》卷三：物是人非，睹物宁不伤感？

沈际飞《草堂诗馀·正集》：与"载取愁归去"相反，与"遮不断愁来路""流不到楚江东"相似，分帜词坛，孰辨雄雌？

怨王孙

梦断漏悄。愁浓酒恼。宝枕生寒，翠屏向晓。杜：翠屏宜晚对。门外谁扫残红。夜来风。《选·落花诗》：落尽万株红，无人系晚风。　　○玉箫声断人何处。《列仙传》：萧史者，秦穆王府人，善吹箫。秦穆公女弄玉吹箫作凤鸣，后随凤去。春又去。忍把归期负。此情此恨此际，拟托行云，问东君。杜诗：东君日回暖律上①。

【集评】

《新刻李于鳞先生批评注释草堂诗馀隽》：风扫残红，何等空寂。　又：一结无限情恨，犹有意味。　又：写情与景，俱形容春暮时光，词意俱到。

《新刻注释草堂诗馀评林》卷三：形容春暮，词意俱到。　又：结语尤有味。

沈际飞《草堂诗馀·正集》：通篇四换韵，有兔起鹘落之致。　又："春又去"，接递妙。

青玉案

贺方回①

凌波不过横塘路。《洛神赋》：凌波微步，罗袜生尘。但目送、芳尘去。晋王嘉《拾遗记》：石虎起楼四十丈，杂宝异香为屑，风作则扬之，名曰芳尘。锦瑟年华谁与度。杜：醉卧佳人锦瑟傍。月楼花院，绮窗朱户。惟有春知处。古诗：交疏结绮窗。韩诗：黄帘绿幕朱户闭。

○碧云冉冉蘅皋暮。彩笔空题断肠句。杜诗：雕章五彩笔如杠，梅花满枝空断肠②。试问闲愁知几许。一川烟草，杜：水暖通草径。或曰：川岂有草乎？应之曰：杜甫江白草纤纤、无名江上草。岂得无草乎？满城风絮。梅子黄时雨。杜：四月熟黄梅。生梅熟时多雨。

《潘子真诗话》：世称方回所作"梅子黄时雨"为绝唱，盖用寇莱公语也。寇云："杜鹃啼处血成花，梅子黄时雨如雾。"

【校】

①作者名原缺，据钟振振《东山词校注》补。

②此非杜甫诗,乃高适《人日寄杜二拾遗》诗中句也。高诗云:"柳条弄色不忍见,梅花满枝空断肠。"另,"雕章五彩笔如杠"不知所出。

【集评】

张綖《草堂诗馀别录》:无点录。方回以此词得名,号贺梅子,山谷云:"解道江南断肠句,只今惟有贺方回。"

《新刻李于鳞先生批评注释草堂诗馀隽》:上念及暮春已云景,下想到首夏方来时。　又:怀春之情不可令人知。　又:无人知处,正在怀春之时。　又:送春归,迎夏至,种种多情,真是人莫测。

(托名)杨慎《评点草堂诗馀》:情景欲绝。

《新刻注释草堂诗馀评林》卷三:吴自江口沿淮筑堤,谓之横塘。楼台花木之盛,天下莫比。

沈际飞《草堂诗馀·正集》:知我者,其天乎?一般口气。　又:迭写三句闲愁,真绝唱。山谷尝称云:"解道江南断肠句,只今惟有贺方回。"寇平仲有云:"杜鹃啼处血成花,梅子黄时雨如雾。"潘子真以为贺用寇语,抑知前人久已有之。

点绛唇

红杏飘香,李贺《梨花》诗:曲水飘香去不回。柳含烟翠拖金缕。王禹偁《柳诗》:丹禁拖金缕。水边朱户,门掩黄昏雨。魏野诗:黄昏微雨堪惆怅。　　○烛影摇红,一枕伤春绪。归不去。凤楼何处,秦穆公女弄玉登楼吹箫感凤来。芳草迷归路。刘安《招隐士》诗:王孙游兮不归,芳草生兮萋萋。

【集评】

《新刻李于鳞先生批评注释草堂诗馀隽》:上是黄昏独坐景,下是芳草弛思处。　又:雨打梨花深闭门。　又:再入天台路不通。　又:写出坐黄昏、望芳草，千娇百媚，自有倾国倾城之态。

《新刻注释草堂诗馀评林》卷三：暮春景物，最是愁人，此作得之矣。

（托名）杨慎《评点草堂诗馀》：江淹词"明珠点绛唇"，词名本此。

柳梢青

子规啼血。<small>寇莱公诗：杜鹃啼处血成花。</small>可怜又是，春归时节。满院东风，海棠铺绣，梨花飞雪。　○丁香露泣残枝，诮未比、愁肠寸结。自是休文，多情多感，不干风月。<small>沈休文事，见本卷《瑞鹤仙》注。</small>

【集评】

《新刻李于鳞先生批评注释草堂诗馀隽》：上借春暮奇花以送春，下托寸肠风月以鸣愁。　又：杜鹃啼血为春归。　又：不干风月，愁肠可掬。又：当鸟啼花落春归之候，高人对此，宁不动怀？

《重刻类编草堂诗馀评林》：海棠盛，梨花正是暮春时候，宁不惜春之归。

《新刻注释草堂诗馀评林》卷三：当鸟啼花落春归之候，高人对此，宁不动怀？

沈际飞《草堂诗馀·正集》：实语。

贺圣朝 留别^①

叶道卿

满斟绿醑留君住。莫匆匆归去。<small>杜诗：相逢虽衮衮，告别莫匆匆。</small>三分春色，二分愁闷，一分风雨。　○花开花谢，都来几日。且高歌休诉。杜诗：回首且高歌②。知他来岁，牡丹时候，相逢何处。

【校】

①留别，二字据杨金本补。

②杜甫《峡中览物》诗全句为："形胜有馀风土恶，几时回首一高歌。"

【集评】

《新刻李于鳞先生批评注释草堂诗馀隽》：上筹度春光多寡，下期待会晤岁月。　又：春光无几，在人及时行乐耳。　又：不饮酒，高就一度，春光有几何？

《重刻类编草堂诗馀评林》：春色止三分，而二分愁闷，一分风雨，人何不及时行乐乎？

《新刻注释草堂诗馀评林》卷三：春色止三分，而二分愁闷，一分风雨，在人何及时行乐乎？

沈际飞《草堂诗馀·正集》：按此词多参差不同，旧谱羡"日"字，正之，恐从《眼儿媚》调，新谱以"日"字连下读，又不成句。词选于两段末作五字句，换头作八字，叶，可从。　又：东坡有"二分尘土，一分流水"之句，各道得我辈心死。

凤凰阁 怀春

遍园林绿暗，浑如翠幄。陆士衡诗：密叶成翠幄。下无一片是花萼。杜诗：一片花飞减却春。可恨狂风横雨，忒煞情薄。尽底把、韶华送却。　〇杨花无奈，是处穿帘透幕。岂知人意正萧索。李白诗：世路如秋风，相逢尽萧索。春去也，这般愁、没处安着。怎奈向、黄昏院落。

【集评】

《新刻李于鳞先生批评注释草堂诗馀隽》：上言风雨送尽韶华，下言萧索难遣黄昏。 又：恨风雨向黄昏，伤怀缕之万状。 又：伤春词，堪与《愁秋赋》并写寥寂。

《重刻类编草堂诗馀评林》：前段因春之尽而伤，后段因人意而伤春意，人心两得见之。

《新刻注释草堂诗馀评林》卷二：因天时而伤人事，是作得之。

沈际飞《草堂诗馀·正集》：杨花无奈，断处逢生。 又：婉转凝绝。

天仙子 送春

张子野

《水调》数声持酒听。《水调歌头》，曲名。午醉醒来愁未醒。送春春去几时回。韩诗：吏人休报事，公作送春诗。临晚镜。伤流景。往事后期空记省。 ○沙上并禽池上暝。云破月来花弄影。重重翠幕密遮灯，风不定。人初静。明日落红应满径。

《古今诗话》：有客谓张子野曰："人皆谓公'张三中'，即心中事、眼中泪、意中人也。"公曰："何不目之为'张三影'。"客不晓，公曰："'云破月来花弄影''娇柔懒起，帘压卷花影''柳径无人，坠飞絮无影'，此余平生所得意。"

《高斋诗话》：子野尝有诗云："浮萍断处见山影。"又长短句云："云破月来花弄影。"又云："隔墙送过秋千影。"并脍炙人口，世谓"张三影"。

按：《苕溪渔隐》云：细味三说，当以《古今诗话》所载"三影"为胜。

【集评】

张綖《草堂诗馀别录》：无点录。说见李世英《蝶恋花》下。白乐天《三游洞记》云:"云破月出,光景含吐。"子野"云破月来"之句盖出诸此。

《新刻李于鳞先生批评注释草堂诗馀隽》:上是送春即期春归,下是春阑夜静深情。　又:说到临镜伤景情最深。　又:此词只在弄影上,脍炙人口。　又:张三影诗名传千古,观此词,真可天仙子,非人间凡物可以轻拟也。

(托名)杨慎《评点草堂诗馀》:"云破月来花弄影",景物如画,画亦不能至此,绝倒,绝倒。

《重刻类编草堂诗馀评林》:词意以听《水调》之曲而醒,午睡而作送春之词,天已晚,将就晚中所见景物铺叙,又说明日落红满径,妆点春归,佳甚,更无馀味。

《新刻注释草堂诗馀评林》卷三:按张子野作乐府词,有三中三影,果奇句,为(脱"骚"字)坛绝唱,至今诵之,快耳赏心。

沈际飞《草堂诗馀·正集》:"云破月来"句,心与景会,落笔即是,着意即非,故当脍炙。

卜算子 春情①

僧皎如晦

有意送春归,无计留春住。薛能诗:无计延春日,何能留少年。毕竟年年用着来,何似休归去。　○目断楚天遥,《文选》:目断行云。不见春归路。风急桃花也似愁,点点飞红雨。李贺《将进酒》:桃花乱落如红雨。

【校】
①春情,二字据杨金本补。

【集评】
《新刻李于鳞先生批评注释草堂诗馀隽》:上有留春不忍送归意,下有悲春如桃花泪雨情。　又:悲春多泪,借桃花以状人。　又:词是送春,意实留春,是之谓意在词表。

(托名)杨慎《评点草堂诗馀》:老秃也自伤春,故作情语。

《新刻注释草堂诗馀评林》卷三:送春之词,此作至矣。

沈际飞《草堂诗馀·正集》:善谑,送春词中,此为第一。

余象斗《新刻芸窗汇爽万锦情林》卷三《觅莲记传》:莲自生归之后,意绪沉沉,百不经虑,惟翻阅书本,检考诗词。几上有《草堂诗馀》,信手揭之,见《卜算子》词云:"有意送春归,无计留春住。毕竟年年用着来,何似休归去。目断楚山遥,不见春归路。"掩卷叹曰:"是词能道吾心中语。"改其末韵云:"绣阁佳人也是愁,暗泪飘红雨。"是时莲之表妹邵庆娘,乃母姑之女也,幼常居处,甚相得,以冬间于归,恐久不得会,特至候莲,莲父留之。故莲虽知生之已至,而不敢窥园者数日。生亦自来以久,不获一见,心亦疑之。且莲以汝和之事为戒,生以绣凤之试为嫌,彼此两存形迹,但令童往觇,亦不识庆娘,不敢交一语而返。

祝英台近 送春

剪酴醾、移红药,深院教鹦鹉。《明皇杂录》:天宝中,鹦鹉养宫中,号雪衣娘。又,明皇封鹦鹉为绿衣使者。消遣宿酲,欹枕熏沉炷。自从载酒西湖,探梅南浦,久不见、雪儿歌舞。 ○恨无据。因甚不展眉头,凝愁过百五。《荆楚岁时记》:冬至后百五日为寒食。双燕多情,难寄断肠句。《选》:袖中有短书,欲寄双飞燕。可怜泪湿青绡,怨题红叶,落花乱、一帘风雨。唐诗:流水何太急,深宫尽日闲。殷勤谢红叶,好去到人间。

高阳台

红入桃腮,青回柳眼,韶华已破三分。人不归来,空教草怨王孙。平明几点催花雨,梦半阑、欹枕初闻。问东君,因甚将春,老却闲人。　　〇东郊十里香尘,旋安排玉勒,整顿雕轮。趁取芳时,去寻岛上红云。朱衣引马黄金带,算到头、总是虚名。莫闲愁,一半悲秋,一半伤春。

【集评】

《新刻李于鳞先生批评注释草堂诗馀隽》:前段言春光易老,下言当及时行乐,勿为名利束缚。　又:埋怨王孙芳草处。　又:愁秋赋,却把来当伤春调。　又:对此春光不行乐,徒入虚浮名利场。伤哉!伤哉!

《重刻类编草堂诗馀评林》:见春光之盛,而起情人不归,末句犹有情思。"东郊十里"句又有游春之意,"朱衣引马"又叹虚名虚利,又当忘其愁而追欢耳。

《新刻注释草堂诗馀评林》卷二:前段见春光之易老,次段言春游之可乐,不知寻乐,而役役于虚名薄利,则戚耳。

沈际飞《草堂诗馀·正集》:萧骚激楚绝世。　又:世昧中人或图功名,或治生产,尽正经事,奈天地间好风月、好山水了不相涉,是枉了一生。〇带悲秋。　又:齐说来始快。或问莫愁之法,曰一放心世外,便乐不可言。

玉楼春 春睡　新添

欧阳炯

日照玉楼花似锦,楼上醉和春色寝。绿杨风送小莺声,残梦不成离玉枕。韦苏州《听莺曲》:谁家懒妇惊残梦。　　〇堪爱晚来韶景甚,宝柱秦筝方再品。《初学记》:筝乃蒙恬所造,故曰秦筝。僧贯休诗云:刻成筝柱雁相俟。青娥红脸笑来迎,又向海棠花下饮。

【集评】

《新刻李于鳞先生批评注释草堂诗馀隽》：上是莺声破残梦，下是更饮海棠花。 又：梦魂却被黄莺呼，亦是海棠睡，不足酣赏。 又：曾向花间几回醉，十千沽酒不辞频。

《重刻类编草堂诗馀评林》：前一段言睡之浓又被莺唤醒，后一段见笑乐处相迎游赏意。 又：(笔者按：词末朱笔批)清新妙绝。

《新刻注释草堂诗馀评林》卷二：如此词，所谓美景、良辰、赏心、乐事，四美具矣。

沈际飞《草堂诗馀·正集》：把人惊觉，直而有致；残梦不成，婉而多风。

江神子 春别 新添

苏子瞻

天涯流落思无穷。既相逢。却匆匆。白乐天《琵琶行》：同是天涯流落人，相逢何必曾相识。携手佳人，和泪折残红。为问东风馀几许，韩诗：春余几许时。春纵在，与谁同。 ○隋堤三月水溶溶。背归鸿。去吴中。回望彭城，清泗与淮通。寄我相思千点泪，流不到，楚江东。

【集评】

《新刻李于鳞先生批评注释草堂诗馀隽》：有不忍别之衷情。 又：相思泪流不到，最见逼真。 又：写出伤别之情，恳切笃至。

(托名)杨慎《评点草堂诗馀》：结句从李后主"恰似一江春水向东流"转出，更进一步。

《重刻类编草堂诗馀评林》：伤别之词，至矣尽矣。

《新刻注释草堂诗馀评林》卷三：伤别之意，至矣尽矣。 又：末掉二句尤妙。

沈际飞《草堂诗馀·正集》：一字一光景。 又：东坡绝爱少游"为谁流下潇湘"，本脱化出"流不到楚山东"。

木兰花令 春晚^①　新添

贾子明

都城水绿嬉游处。仙棹往来人笑语。红随远浪泛桃花，雪散平堤飞柳絮。韩：柳巷还飞紫。　　○东君欲共春归去。一阵狂风和骤雨。碧油红旆锦障泥，斜日画桥芳草路。

花庵词客云：公平生惟赋此一词，极有风味。

【校】

①春晚，杨金本作"春情"。

【集评】

《新刻李于鳞先生批评注释草堂诗馀隽》：上有三月，有暮春景；下叙斜日难留，有风味处。　又：贾生只此赋，最见丰韵可人。　又：写出晚景，色色堪描。

《新刻注释草堂诗馀评林》卷二：花庵词客云："公平生惟赋此一词，极有风味。"

沈际飞《草堂诗馀·正集》：狂风骤雨，风味不乏。

永遇乐 春情　新添

解方叔

风暖莺娇，杜荀鹤诗：风暖鸟声碎，日高花影重。露浓花重，谢灵运诗：花上露犹泣^①。天气和煦。院落烟收，垂杨舞困，无奈堆金缕。唐词：杨柳风轻，展尽黄金缕。谁家巧纵，青楼弦管，惹起梦云情绪。楚襄王高唐梦神女事，详见前注。忆当时、文衾绣枕，未尝暂孤鸳侣。古乐府：文彩双鸳鸯，裁为合欢被。《诗》：锦衾阑兮。又，角枕粲兮。　　○芳菲易老，故人难聚。到此翻成轻误。阆苑仙遥，鸾笺纵写，何计传深诉。青山绿水，古今长在，惟有旧欢何处。空赢得、斜阳暮草，淡烟细雨。

【校】

①今传《谢灵运集》不见此诗句。

【集评】

张綖《草堂诗馀别录》：无点录。造语精工，结语蕴藉。

《新刻李于鳞先生批评注释草堂诗馀隽》：上闻管起兴，其语婉；下对景怀人，其思切。　又：弦遂动，梦云情，宁无锦衾角枕之想。　又：思旧欢，在何处？照应上□马情。　又："春风永巷闭娉婷，长使青楼误得名。"是诗之谓欤？

《重刻类编草堂诗馀评林》："谁家"以下几句，正见春情意思。　又：此段又生一意，感古伤今，反结春情上。

《新刻注释草堂诗馀评林》卷二：首二句最新稚。　又：春风永巷闭娉婷，长使青楼误得名。

沈际飞《草堂诗馀·正集》：佳丽。　又：语意妥溜无奇，二三等文字。又：似秦词"但有当时皓月"照人意，笔力差远。

烛影摇红 春恨　新添

王晋进①

香脸轻匀，黛眉巧画宫妆浅。炀帝宫中角画长蛾眉，司宫吏日给螺子黛五斛。风流天赋与精神，全在娇波转。古词：盼盼秋波。秋波，目也。早是萦心可惯。高孝绰歌：日暮萦心曲。更那堪、频频顾盼，几回得见。见了还休，争如不见。　　○烛影摇红，夜阑饮散春宵短。《长恨歌》：春宵苦短日高起。当时谁解唱《阳关》，王维诗:劝君更尽一杯酒,西出阳关无故人。离恨天涯远。无奈云收雨散。凭阑干、东风泪眼。海棠开后,燕子来时,黄昏庭院。潘阆《宫词》:花落黄昏空掩门。

【校】

①王诜,字晋卿(此处作"晋进",误)。本词作者别作周邦彦,见《能改斋漫录》卷十六;又误作柳永,见《菊坡丛话》卷二十六。

【集评】

《新刻李于鳞先生批评注释草堂诗馀隽》:上是懒整宫妆意,下是愁添黄昏时。 又:玉辇不游幸,新妆付与谁? 又:不露相思调,愁语吟里弹。又:几许深情,空在欲言不言之间。

(托名)杨慎《评点草堂诗馀》:相见不相亲,如何不相见。 又:正是不胜情时候。("海棠"句)

《新刻注释草堂诗馀评林》卷二:整日蛾眉从懒画,终一翠簟未曾过。宫中之怨于此可见。

沈际飞《草堂诗馀·正集》:"几回得见,见了还休",痛乎哉,九死易耳。○天放生论,美人晤对,何如遥对? 同堂未若各院,隔水问花,碍云阻竹时,是真正对面,至"牵衣连坐",俗不可当矣。视晋卿之言何如? 又:恨意悉。

风流子 初春① 新添

秦少游

东风吹碧草,年华换、行客老沧洲。见梅吐旧英,柳摇新绿,恼人春色,还上枝头。古词:春色恼人眠不得②。寸心乱,北随云黯黯,东逐水悠悠。《咏史诗》:夕阳东去水悠悠。斜日半山,暝烟两岸,数声横笛,一叶扁舟。 ○青门同携手,前欢记、浑似梦里扬州。谁念断肠南陌,回首西楼。算天长地久,有时有尽,奈何绵绵,此恨无休。《长恨歌》:天长地久有时尽,此恨绵绵无绝期。拟待倩人说与,生怕伊愁。

【校】

①初春,杨金本作"春情"。

②此为王安石《夜直》诗,见《王荆公诗注》卷四十五。

【集评】

张綖《草堂诗馀别录》:有点删。通篇语太熟,稍近陈,结句虽有意致,亦是常语。

(托名)杨慎《评点草堂诗馀》:以下四词,俱堪伯仲。(引者按:另三词即张文潜"亭皋木叶下"、周美成"枫林凋晚叶"、周美成"新绿小池塘")

《重刻类编草堂诗馀评林》:"行客老沧洲"句似有感慨意。 又:以下触景而增感叹,以春光而发心事。

《新刻注释草堂诗馀评林》卷一:触景伤怀,言言新巧,不步人间蹊径,词令上品也。

沈际飞《草堂诗馀·正集》:东风甚乱。东西南北悉为愁场。 又:缭绕耳目闻。"怕伊愁",是以欲说还休也。曰"拟待倩人",不婉。

望湘人 春思① 新添

贺方回

厌莺声到枕,花气动帘,醉魂愁梦相半。被惜余薰,见前注。带惊剩眼。王介甫词:平昔愁宽带眼②。又详见沈约陈情事。几许伤春春晚。泪竹痕鲜,舜二妃葬舜于九嶷山,洒泪于竹,竹成斑痕。佩兰香老,《楚词》:纫秋兰以为佩。湘天浓暖。记小江、风月佳时,屡约非烟游伴。 ○须信鸾弦易断。陶诗:上弦惊别鹤,下弦离孤鸾。奈云和再鼓,曲终人远。《礼·大司乐》:云和之瑟,冬至日于圜丘之地上奏之。钱起《湘灵鼓瑟》诗:曲终人不见,江上数峰青。认罗袜无踪,旧处弄波清浅。《洛神赋》:凌波微步,罗袜生尘。青翰棹舣,白苹洲畔。寇准诗:江南春尽离肠断,苹满江洲人未归。尽目临皋飞观。不解寄、一字相思,幸有归来双燕。

【校】
①春思,杨金本作"春情"。
②今传《王安石集》不见此句。

【集评】

张綖《草堂诗馀别录》:"非烟"当是"禁烟"。结句倒语法,"幸有归来双燕",乃不解寄一字相思耶?

《新刻李于鳞先生批评注释草堂诗馀隽》:上忆风前月下之欢,下祝飞雁归燕之信。 又:风骨内含,锋芒外隐,掷地当有金声。 又:追忆故人湘江尾,相思尽寄一口中。 又:词虽婉丽,意实转辗不尽,诵之□之,如奏清庙朱弦,一唱三叹。

(托名)杨慎《评点草堂诗馀》:婉娈可喜。

《重刻类编草堂诗馀评林》:词语清亮,思中又思,抚景伤情,含蓄春意,不见悲切。 又:此段(指下片)写心中旧事,以古人事迹安排。

《新刻注释草堂诗馀评林》卷二:此等词章,优柔婉丽,意味无穷。风骨内含,精芒外隐,如清庙朱弦,一唱三叹。

沈际飞《草堂诗馀·正集》:莺自声而到枕,花何气而动,帘何称葩藻?"厌"字嶙峋。曲意不断,折中有折。 又:厌莺而幸燕,文人无赖。

洞仙歌 初春① 新添

李元膺

雪云散尽,放晓晴庭院。杨柳于人便青眼。辛稼逊《柳》诗:才闻暖律先偷眼②,直待和风始展眉。更风流多处,一点梅心、相映远。约略_嚬轻笑浅。　　　　○一年春好处，_{韩退之诗：最是一年春}_{好处，绝胜烟柳满皇都。}不在浓芳，小艳疏香最娇软。到清明时候，百紫千红花正乱。_{韩诗：百般红紫斗芳菲。古诗：万紫千红暗剪}_{裁。}已失春风一半。早占取韶光，共追游，但莫管春寒，醉红自暖。

公自序云：一年春物，惟梅柳间意味最深。至莺花烂熳角^③，则春已衰迟，使人无复新意。予作《洞仙歌》使探春者歌之，不至有后时之悔耳。

【校】

①初春，杨金本作"春情"。

②才闻暖律先偷眼，原作"才闻暖气先开眼"，据《全唐诗》改。

③"角"字疑衍。

【集评】

张綖《草堂诗馀别录》：此词用尽杨巨源"诗家清景在新春"及韩退之"最是一年春好处"诗意。

《新刻李于鳞先生批评注释草堂诗馀隽》：上是春光缀心上，下是春游觅时光。　又：梅心映远，一字一珠。　又："春寒醉红自暖"，得阳谷初回趣。　又：收春光于胸中宇宙，诚歌出洞里仙矣。

（托名）杨慎《评点草堂诗馀》：人生得乐须及时，可悟此意。

《重刻类编草堂诗馀评林》：以梅柳妆点新春，正见春色以百紫千红，又见春光之盛。一春之景物尽在胸中，所见岂待游赏而行歌乎？

《新刻注释草堂诗馀评林》卷一：此公借天地胸襟，收尽江南春色矣。

瑞鹤仙 春游 新添

周美成

悄郊原带郭。_{《舆^①地志》：山阴南湖，萦带郊郭。}行路永，客去车尘漠漠。沈约诗:高轩②尘未减,珠履故无声。斜阳映山落。敛余红、犹恋孤城栏角。凌波步弱。见前注。过短亭、何用素约。《白氏六贴》:五里一短亭,十里一长亭。有流莺劝我,重解绣鞍,缓引春酌。杜诗:清夜沉沉动春酌。　　○不记归时早暮,上马谁扶,醒③眠朱阁。古诗:阿谁扶上马,不记下楼时。惊飙动幕。扶残醉,绕红药。韩诗:傍砌看红药。叹西园、已是花深无地,东风何事又恶。任流光过却。犹喜洞天自乐。

【校】

①舆,据引文,知出《舆地志》,因补。

②高轩,据《岁时杂咏》卷三十九录沈约《冬后丞相第诣世子车中作》诗,作"高车",是。"高轩"误。

③醒,洪武本作"醉"。

【集评】

《新刻李于鳞先生批评注释草堂诗馀隽》:上是莺唤求友意,下是不醉无归意。　又:"流莺劝我",其荒物胸次乎?　又:半醉半醒,不尽以还阳春。　又:自斟自酌,独往独来,其庄漆园乎?其邵尧叟乎?其葛天无怀氏乎?

《重刻类编草堂诗馀评林》:点景入画。

《新刻注释草堂诗馀评林》卷二:点景入画,令人赏心夺目。

沈际飞《草堂诗馀·正集》:流莺相劝,目空海内人物。　真醉人情事。末句周郎才尽。

西平乐 春思　新添

周美成

稚柳苏晴,故溪歇雨,川迥未觉春赊。驼褐寒侵,欧阳公诗:轻寒漠漠侵驼褐,小雨斑斑作燕泥①。正怜初日,轻阴抵死须遮。叹事逐孤鸿尽去,见前注。身与塘蒲共晚,李贺诗:身与塘蒲晚。争知向此,征途区区②,伫立尘沙。追念朱颜翠发,曾到处、故地使人嗟。　　○道连三楚,天抵四野。乔木依前,临路欹斜。重慕想、东陵晦迹,《史记》:邵平者,故东陵侯,秦破,平为布衣,种瓜卖。彭泽归来,左右琴书自乐,松菊相依,陶潜为彭泽令,不乐,赋《归去来辞》曰:乐琴书以消忧。又曰:三径就荒,松菊犹存。何况风流鬓未华。多谢故人,亲驰郑驿,《史记》:郑当时为太子宾客,置驿马诸郊,请谢宾客。时倒融尊,《后汉》:北海孔融拜太中大夫,职闲,宾客日盈其门。常叹曰:座上客常满,樽中酒不空,吾无忧矣。劝此淹留,韩诗:劝我此淹留。共过芳时,翻令倦客思家。陆士衡诗:余本倦游客。毛友诗:半生为客饱思家。

【校】

①小雨斑斑作燕泥,原作"小落尼",诸本同,今据欧阳修《文忠集》卷十三《下直》诗补。

②区区,《详注周美成词片玉集》作"迢递"。

【集评】

《新刻李于鳞先生批评注释草堂诗馀隽》:前段缀景铺词,后段伤今思古。　又:"事逐孤鸿"一□,堪为浮生一难。　又:引用东陵、彭泽令,尽有思家逸趣。　又:笔端纵横,词调赡雅,自与王、李、柳、秦并擅诗宗。

(托名)杨慎《评点草堂诗馀》:致语。

《新刻注释草堂诗馀评林》卷二:前段缀景铺辞,后段伤今思古。纵横变化,曲中宫商,周之词华,可与王、李、柳、秦并驱中原矣。

沈际飞《草堂诗馀·正集》:奇练。　又:佳联。(叹事逐孤鸿尽去,身与塘蒲共晚)○浮生碌碌,何人不为孤鸿、塘蒲也?故地那堪追念。　又:"郑驿""融尊",工。恁样真。

多丽 春景 新添

想人生，美景良辰堪惜。向其间、赏心乐事，古来难是并得。《滕王阁记》：四美具，二难并。注云：四美者，美景良辰赏心乐事是也。二难者，宾主俱贤是也。况东城、凤台沁苑，泛晴波、浅照金碧。露洗桐华，烟霏丝柳，《周书》曰：清明之日桐始华。唐词云：烟锁柳丝长。绿阴摇曳，荡春一色。画堂迥、玉簪琼佩，高会尽词客。一本于此分段。清欢久、重燃绛蜡，别就瑶席。　　○有翩若轻鸿体态，《教坊记》：乐者舞之容①，或象惊鸿，或如飞燕。婆娑，舞态也。暮为行雨标格。朝云暮雨事，详见前注。逞朱唇、缓歌妖丽，似听流莺乱花隔。慢舞萦回，娇鬟低亸，腰肢纤细困无力。忍分散、彩云归后，何处更寻觅。白乐天云：彩云易散琉璃碎。休辞醉，明月好花，莫谩轻掷。

花庵词客云：曼卿之词不多见，如此篇，亦可谓才情富艳矣。其"露洗华桐"四句，又所谓玉中之拱璧，珠中之夜光，每一观之，抚玩无斁。

【校】

①容，原作"衮"，据《教坊记》改。又"乐者舞之容"一句，唐段安节《乐府杂录》、宋《太平御览》《记纂渊海》皆作"舞者乐之容"。

【集评】

《新刻李于鳞先生批评注释草堂诗馀隽》：用四美二难兼丽，不减唐王勃。　　又：西施醉舞娇无力，笑倚东风白玉床。　　又：才情富丽矣，其"露洗华桐"四句，又所谓玉中之蜡璧，珠中之夜光，观者心赏目夺。

《重刻类编草堂诗馀评林》：咏春之景象，极其精透，诵之令人自得其乐。

《新刻注释草堂诗馀评林》卷一：花庵词客云："冠卿之词不多见，如此篇，亦可谓才情富艳矣。其'露洗华桐'四句，又所谓玉中之珙璧，珠中之夜光者,心赏目夺。”

沈际飞《草堂诗馀·正集》:冠卿才情富艳,一词可见,“露洗华桐”四句,又玉中之拱璧,珠中之夜光。“绿阴摇曳,荡春一色”,共八字,别作亦有七字合一句者。一本于“词客”分段,非。 又:生动。(“慢舞”句)

江神子 春思 新添

谢无逸

杏花村馆酒旗风。杜牧诗:借问酒家何处有,牧童遥指杏花村。水溶溶。飏残红。野渡舟横,韦应物诗:野水无人渡,孤舟尽日横。杨柳绿阴浓。望断江南山色远,人不见,草连空。 ○夕阳楼外晚烟笼。粉香融。淡眉峰。记得年时,相见画屏中。只有关山今夜月,杜诗:月傍关山几处明。千里外,素光同。谢希逸《月赋》:隔千里兮共明月。

《复斋漫录》云:无逸尝于黄州关山杏花馆驿题此词,过者索笔于馆卒,卒颇苦之,因以泥涂之。其为人赏重可知。

【集评】

《新刻李于鳞先生批评注释草堂诗馀隽》:上相思不相见,下又是千里望婵娟情况。 又:西方美人,哪堪翘首? 又:有月共一轮之思绪,语隽永。 又:句句活泼,真似谢灵运“池塘春草”之妙。

《新刻注释草堂诗馀评林》卷二:此词清新典雅,脍炙人口。

惜馀春慢 春情 新添

鲁逸仲

弄月馀花,于良史诗:掬水月在手,弄花香满衣。团风轻絮,古词：千丝万缕惹春风。露湿池塘春草。谢惠连。莺莺恋交，《诗》：嘤其鸣矣，求其友声。燕燕将雏，《诗》：燕燕于飞。又古词：燕子引雏飞。惆怅睡残清晓。还似初相见时，携手旗亭，古诗：携手别河梁。酒香梅小。向登临长是，伤春滋味，泪弹多少。　　〇因甚却、轻许风流，终非长久，又说分飞烦恼。罗衣瘦损，绣被香销，那更乱红如扫。门外无穷路歧，天若有情，和天须老。念高唐归梦，见楚襄王赋高唐事注。凄凉何处，水流云绕。

【集评】

《新刻李于鳞先生批评注释草堂诗馀隽》：上是伤春寄莺燕，下是归梦托梦云。　　又：伤春暗弹泪，何等婉切。　　又：梦入高唐，云雨情浓。　　又：描写妇人幽思，笔笔道尽，亦风流人豪也。

（托名）杨慎《评点草堂诗馀》："天若知，和天也瘦"，即此意。

《新刻注释草堂诗馀评林》卷三：描写妇人无限幽思，寄之笔舌，真风流人豪也。

沈际飞《草堂诗馀·正集》：流美。　　又：非悔假悔，妙。"和天也瘦"。"天若有情天亦老"，实李长吉句，独行千古。石曼卿巡对之"月如无恨月常圆"，排比无力，则为李之臣仆。

渔家傲[①]春恨　新添

周美成

几日轻阴寒恻恻。东风急处花成积。醉踏阳春怀故国。《洪驹父诗话》：长安少女踏春阳，何处春阳不断肠。归未得。黄鹂久住如相识。戎昱诗：黄莺久住如相识，欲去频啼四五声。　　〇赖有蛾眉能暖客。长歌屡劝金盏侧。歌罢月痕来照席。杜甫诗：罢琴惆怅月照席。贪欢适。帘前重露成涓滴。杜诗：重露成涓滴，稀星

99

乍有无。

【校】

①此词原缺，据元至正泰宇书堂本补。

【集评】

《新刻李于鳞先生批评注释草堂诗馀隽》：上踏青而有故国之怀，下举杯而有可人之劝。　又：收阳春于酒杯，何等胸次。　又：怀故乡，劝故人，更借二八娇娥，宁不尽春恨消尽乎？

（托名）杨慎《评点草堂诗馀》：怀旧之思，读之凄然。

《重刻类编草堂诗馀评林》："醉踏阳春怀故国"，此乃真恨耳；"长歌屡劝金杯侧"，此乃消恨耳。

《新刻注释草堂诗馀评林》卷三：踏青而有故国之思，举杯而有可人之劝，向恨春归，而今消之耳。

沈际飞《草堂诗馀·正集》："黄鹂"句聪俊，可仿"似曾相识燕归来"。又："暖"字应上"轻寒"。"赖有蛾眉"，不寒而暖，人自知之。或以为"缓"字亦可。（底本：能暖。一作"缓"，一作"爱"）

增修笺注妙选群英草堂诗馀卷下　前集

名贤词话

春景
春怨

二郎神 春怨

徐干臣

闷来弹鹊，又搅碎、一帘花影。<small>杜荀鹤诗：风暖鸟声碎，日高花影重。</small>谩试着春衫，还思纤手，<small>《选》诗：薦袖春衫薄。古诗：纤纤出素手。</small>薰彻金虬烬冷。动是愁端如何向，更怪得、新来多病。<small>杜诗：多病所需惟药物，微躯此外更何求。</small>嗟旧日沈腰，<small>《宋书·沈休文传》：武帝立，累迁光禄大夫。初，久^①处端揆，有志台司，而帝终不用，乃求外出。以书陈情于徐俛^②言：己老病，百日数旬，革带尝应移孔，以手握臂，率计月小半分。欲谢事求归老之秋。有词云：莫怪沈腰易瘦。</small>而今潘鬓，<small>《秋兴赋》：班之彪以丞升兮，素发飘以垂领。</small>怎堪临镜。　　○重省。别时泪渍，罗襟<small>《洛神赋》：罗袂以掩涕兮，泪流襟之浪浪。</small>犹凝。料为我厌厌，日高慵起，长托春醒未醒。雁足不来，<small>《苏武传》：天子射上林中，得雁，足系帛书。</small>马蹄难驻，门掩一庭芳景。空伫立，尽日栏干倚遍，<small>李诗：解释春风无限恨，沉香亭北倚栏干。</small>昼长人静。<small>温庭筠诗：吴波不动楚山晚，花压阑干春昼长。</small>

《苕溪渔隐》云：马蹄难驻，"驻"字作"去"字，语意乃佳。

《古今诗话》："闷"字深有意义，鹊本喜声，为其无凭乃闷而弹之。

【校】

①久，原作"幼"，据《宋书·沈约本传》改。

②徐俛，原作"萧俛"，据《宋书·沈约本传》改。

张綖《草堂诗馀别录》："马蹄难驻"，胡苕溪谓"驻"字改作"去"字，语意方佳。此浅见也。马蹄所以难去者，正以难驻耳。

《新刻李于鳞先生批评注释草堂诗馀隽》：上有愁不可解之病，下有怨不得见之人。 又：因愁生病，愁多病转多。 又：尽日倚栏干，此时此情为谁诉？ 又：描出春愁种种，尽是病端；描来春闺寂寂，尽是愁府。

《新刻注释草堂诗馀评林》卷二：摹写春闷之怨，无逾此词。 又：次段犹得妇人女子口。

沈际飞《草堂诗馀·正集》："问"字意义深，鹊本喜声，为其无凭，故闷而弹之。 又：诗人惯将此等无指实处说来，确然。 又：一宛唱，如归风信鸽，平时阔绝，徒然面对。 "去"字对"来"字，从"去"字，愈（疑为"意"字之讹，或疑后有脱文）。

念奴娇

沈公述

杏花过雨，杜诗：过雨乱红蕖。渐残红零落，胭脂颜色。杜诗：林花着雨胭脂落。又唐诗：却嫌脂粉涴颜色。流水飘香人渐远，唐李贺诗：曲水飘香去不归。杜诗：暗水流花径。难托春心脉脉，韩文公诗：年少逐春心①。杜牧之诗：脉脉无言度几春。恨别王孙，《楚词》：王孙游兮不归，芳草生兮萋萋。墙阴目断，《选》：目断行云。手把青梅摘。李白诗：郎骑竹马来，绕床弄青梅。金鞍何处，绿杨依旧南陌。苏少卿诗：青骢马系绿杨阴。《前汉·食货志》阡陌注：南北曰阡，东西曰陌。 ○消散云雨须臾，宋玉《高唐赋》：朝为行云，暮为行雨。李诗：云雨巫山枉断肠。多情因甚，又轻离轻拆。李白诗：春风太多情。又：寄声西北鸿，赠尔慰离拆。燕语千般，僧齐已《莺》诗：晓来枝上千般语。争解说、些子伊家消息。杜诗：去住彼此无消息。厚约深盟，除非重见，见了方端的。而今无奈，韩文公诗[2]：客子歌无奈。寸肠千恨堆积。

【校】

①韩愈原诗全句为："既无年少逐春心。"

②"公诗"二字据诗意补。

【集评】

《新刻李于鳞先生批评注释草堂诗馀隽》：上是适春而思离别，下是触物而期会晤。　又：正别后，思及初别先，切真情语。　又：多情无可问，欲见难见，真愁肠百结。　又：缕缕真是别后情，种种俱是思时语，言尽而意犹未尽。

（托名）杨慎《评点草堂诗馀》：情脉脉，有谁语？

《重刻类编草堂诗馀评林》：铺叙春怨之词，极其富丽，可诵，可诵。

《新刻注释草堂诗馀评林》卷二：对此春光明媚，未见有别离之恨。

沈际飞《草堂诗馀·正集》：摘梅探柳，情绪自多。　又：既多情，又轻离拆，"因甚"字妙。　又：深体味。　又：甚得全局。

锦堂春 春情①

赵德麟

　楼上萦帘弱絮，墙头碍月低花。年年春事关心事，肠断欲栖鸦。《选·诗》：啼杀后栖鸦。　　○舞镜鸾衾翠减，《异苑》：罽宾国王获一鸾，悬镜照之，鸾乃舞。啼珠凤蜡红斜。重门不锁相思梦，随意绕天涯。

《苕溪丛话》：赵德麟"重门不锁相思梦，随意绕天涯"。徐师川"门外重重迭迭山，遮不断、愁来路"。二词造语不同，其意绝相类。

①春情,二字据杨金本补。

【集评】

《新刻李于鳞先生批评注释草堂诗馀隽》:上微露一段伤心事,下方尽吐其相思情。 又:春争几许,尽在相思梦中。 又:相思梦何如,重门锁不住,最是逼真。

《新刻注释草堂诗馀评林》卷二:此词多有独造之语。

沈际飞《草堂诗馀·正集》:休文梦中不识路,何以慰相思,反其指而用之,情思缠绵动人。 又:《词选》作《乌夜啼》,旧续谱亦混,新谱正之。

画堂春 新添

落红铺径水平池。弄晴小雨霏霏。杜诗:寒雨下霏霏。杏花憔悴杜鹃啼。无奈春归。《蜀记》:昔有姓杜名宇号望帝者,死化为子规鸟,一名鹃。蜀人遂于鹃字加杜姓,谓之杜鹃。又直谓之杜宇。又《华阳风俗录》:杜鹃其大如鹊而羽乌,声哀而吻有血,土人云:闻其初声,必有别离之苦,惟田家候其声鸣以兴农事,盖其鸣时,正春归之际。 ○柳外画楼独上,凭栏手捻花枝。放花无语对斜晖。此恨谁知。

【集评】

《新刻李于鳞先生批评注释草堂诗馀隽》:上有惜春归之短叹,下有怀春恨之长愁。 又:春归无奈,深情可掬。谁知此恨,何等幽思。 又:写出闺怨真情,俱在末语迫真。

(托名)杨慎《评点草堂诗馀》:不知心恨谁。

《重刻类编草堂诗馀评林》:描写闺中春怨之思,宛然在目。

《新刻注释草堂诗馀评林》卷二:描写闺中春怨之情,宛然在目。

沈际飞《草堂诗馀·正集》:此恨亦知不得。

画堂春 春怨

秦少游①

东风吹柳日初长。雨余芳草斜阳。杏花零落燕泥香。睡损红妆。古诗：娥娥红粉妆。　　○香篆暗销鸾凤，画屏萦绕潇湘。暮寒轻透薄罗裳。无限思量。

《古今词话》：少游《画堂春》"雨余芳草斜阳，杏花零落燕泥香"之句，善于状景物。至于"香篆暗销鸾凤，画屏萦绕潇湘"二句，便含蓄无限思量，意思此其有感而作也。

【校】
①此词作者一作黄庭坚，见《山谷词》。

【集评】
《新刻李于鳞先生批评注释草堂诗馀隽》：上点缀春光最媚，下含蓄衷情无限。　又：句句写景如画。　又：言少而意甚多。　又：以奇才运奇调，堪称奇章。

（托名）杨慎《评点草堂诗馀》：情景兼至。

《新刻注释草堂诗馀评林》卷二：少游敏思捷才，人谓其顷刻开花果尔。

沈际飞《草堂诗馀·正集》：杏花零落香，"为怜流去落红，衔将归画梁"，秦以一句出蓝。萦绕潇湘，画中之画。"宝篆烟销鸾凤，画屏云锁潇湘"，亦妙。

鹧鸪天 春闺

枝上①流莺和泪闻。新啼痕间旧啼痕。杜诗：啼垂旧血痕②。

107

一春鱼雁无消息，《文选·古乐府》：客从远方来，遗我双鲤鱼。呼童烹鲤鱼，中有尺素书。又《赠张徐书》：寄书云间雁，为我西北飞。杜：去住彼此无消息。**千里关山劳梦魂。** ○**无一语，对芳樽。** 杜诗：定知相见日，烂熳倒芳樽。**安排肠断到黄昏。** 李：美人不来空断肠。林和靖《梅》诗：暗香浮动月黄昏。**甫能炙得灯儿了，雨打梨花深闭门。**《长恨歌》：梨花一枝春带雨。杜：愁时早闭门。

《古今词话》：此词形容愁怨之意最工，如后迭"甫能炙得灯儿了，雨打梨花深闭门"，颇有言外之意。

【校】

①枝上，或作"枕上"，如《新刻注释草堂诗馀评林》卷二。

②此句原作"啼血旧血痕"，泰宇书堂本作"带血旧血痕"。今据《杜诗详注》卷四《得舍弟消息二首》改。

【集评】

《新刻李于鳞先生批评注释草堂诗馀隽》：上是音信杳然意，下是深夜独对景。　又："新痕间旧痕"，一字一血，然而句有言外无限深思。　又：形容闺中愁怨，如少妇自吐肝胆语。

(托名)杨慎《评点草堂诗馀》：无限含愁，说不得。

《新刻注释草堂诗馀评林》卷二：此词叙春闷之怨最为委婉。

沈际飞《草堂诗馀·正集》：尖。　又："安排肠断"三句，十二时中无闲矣。深于闺怨者。　又：末用李词，古人爱句，不嫌相袭。

浣溪沙 春闺

青杏园林煮酒香。佳人初试薄罗裳。柳丝摇曳燕飞忙。 魏野《柳》诗：风缕绿丝齐。　○**乍雨乍晴花易老，** 阮氏词：乍雨乍晴，轻暖轻寒，渐近赏花时节。**闲愁闲闷日偏长。为谁消瘦减容**

光。唐诗:水边消瘦为谁愁。

【集评】

张綖《草堂诗馀别录》:有点删。起句有兴致,馀语常。

《新刻李于鳞先生批评注释草堂诗馀隽》:上写出春景在目,下描来闺情如见。　又:薄裳初试,有意味。　又:容光消瘦,真堪怜也。　又:眼前语致口头语,便是诗家绝妙词。

(托名)杨慎《评点草堂诗馀》:"乍雨乍晴"二语,见道不独情景之真。

《重刻类编草堂诗馀评林》:人情景事,两见之矣,词外更无闲意。

《新刻注释草堂诗馀评林》卷二:丘文庄云:"眼前语致口头语,便是诗家绝妙词。"诚然也。

沈际飞《草堂诗馀·正集》:"隙月窥人小""天涯一点青山小""一夜青山老",俱妙在叶字,"乍雨乍晴"句妙,不在叶字,而在"乍"字。

踏莎行 春怨

寇平叔

春色将阑,莺声渐老。红英落尽青梅小。张舜民《调笑令》:红英落地无人到,此度刘郎去路迷。韩诗:落英千尺堕,游丝百丈飘。施肩吾诗:落尽万株红,无人系晚风。画堂人静雨蒙蒙,屏山半掩余香袅。　　○密约沉沉,离情杳杳。李:应是①别离情。菱花尘满慵将照。《白氏六帖》:魏武帝有菱花镜。倚楼无语欲魂销,江淹《别赋》:黯然销魂,惟别而已。长空黯淡连芳草。《西都赋》:芳草被堤。

【校】

①应是,诸本同。《李太白文集》卷十二《口号》诗作"应见"。

【集评】

《新刻李于鳞先生批评注释草堂诗馀隽》:上有所触而景寂,下有所思而神弛。　　又:雨中人静,春思自生。　　又:无语魂销,神情不觉飞跃。
又:江南草,树上莺,俱是愁人景色。

(托名)杨慎《评点草堂诗馀》:和(小径红稀)二词皆春词之婉媚藻
丽者。

《新刻注释草堂诗馀评林》卷二、《淮南子》云:"暮春三月,江南草长,杂
花生树,群莺乱啼。"正是愁人时节。

沈际飞《草堂诗馀·正集》:"魂销"多一韵。尚留春景一句,在后句中
不尽。

谒金门 春怨①

冯延巳

风乍起,宋玉《风赋》:风生于地,起于青苹之末。吹皱一池春
水。江淹《别赋》:春水绿波。闲引鸳鸯芳径里,手挼红杏蕊。

○斗鸭栏干独倚,唐陆龟蒙有斗鸭阑。李白诗:沉香亭北倚阑干。
碧玉搔头斜坠。《长恨歌》:翠翘金雀玉搔头。终日望君君不至,举
头闻鹊喜。

《雪浪斋日记》:《南唐词集》云:冯延巳作《谒金门》"风乍起",李中主
云:"吹皱一池春水,干卿何事?"对曰:"未若陛下'细雨梦回清漏永,小楼吹
彻玉笙寒'也。"

【校】
①春怨,杨金本作"春闺"。

【集评】
张綖《草堂诗馀别录》:无点录。语有古意,不甚着声臭。

《新刻李于鳞先生批评注释草堂诗馀隽》:上言水里鸳鸯可掬,而下是
思君不见空为喜。　　又:触鸳鸯而起望远意思,何等绵延。　　又:"千回揽

镜千回泪,一度凭栏一度愁"便是此意。

(托名)杨慎《评点草堂诗馀》:二词(按:含上韦庄词)起语同一意调。

《新刻注释草堂诗馀评林》卷二:"千回览镜千回泪,一度凭栏一度愁。"亦此意。

沈际飞《草堂诗馀·正集》:起语与前词同一况味。闻鹊报喜,须知春中还有疑在。唯动生感,天下有心人,何处不关情? 乃云"干卿何事"!

长相思 春情①

红满枝。绿满枝。杜:花开满故枝。宿雨厌厌睡起迟。《湛露》诗:厌厌夜饮。闲庭花影移。　　○忆归期。数归期。韩诗②:眉间黄色已归期。梦见虽多相见稀。相逢知几时。

【校】

①春情,据杨金本补。

②韩诗,原作"依诗",诸本同。据引诗,知为韩愈《郾城晚饮赠副使马侍郎及冯李二员外》诗,因改。

【集评】

张綖《草堂诗馀别录》:无点录。语淡思深,故为可录。

《新刻李于鳞先生批评注释草堂诗馀隽》:上是春色恼人处,下是佳期未定是何时。　又:月移花影,何等春光,梦中多见,争奈会晤之难逢。又:玩此词,字字珠玑,声声津出,相思之调短,而相思之情甚长。

《重刻类编草堂诗馀评林》:梦多见稀,正是闺中之语,相逢知几时,又发相思之意。

《新刻注释草堂诗馀评林》卷二:值此春光满目,而怀人会晤难期,不能不戚戚也。

沈际飞《草堂诗馀·正集》:哀而不伤。

八六子 春情①

秦少游

倚危亭。恨如芳草，萋萋刬尽还生。《文选》：王孙游兮不归，芳草生兮萋萋。念柳外青骢别后，刘贡父诗：户外青骢响玉蹄。水边红袂分时，怆然暗惊。　　○无端天与娉婷。夜月一帘幽梦，春风十里柔情。鲍昭《行条词》②：春风大多情。怎奈向、欢娱《文选》：朝野③多欢娱。渐随流水，李诗：歌声逐水流。素弦声断，《晋·陶潜传》：有素琴一张，弦徽不具也。翠绡香减，那堪片片飞花弄晚，杜诗：一片花飞减却春。蒙蒙残雨笼晴。《东山》诗：零雨其蒙。正销凝。黄鹂又啼数声。李白诗：碧树鸣黄鹂。

【校】

①春情，据杨金本补。

②鲍昭《行条词》，诸本同。当是"鲍照《行乐词》"之误，然所引诗句，不见于今传本《鲍明远集》。

③朝野，原作"朝朝"，《艺文类聚》卷五十五引张协《咏史》诗曰："昔在西京时，朝野多欢娱。"据改。

【集评】

张綖《草堂诗馀别录》：语缓而意至，结句尤优雅蕴藉。朱淑真诗"欲将郁结心头事，付与黄鹂叫几声"，便不成语。

《新刻李于鳞先生批评注释草堂诗馀隽》：上忆别多情之语，下难会深思之情。　又：别后分时，忆来情多。　又："花弄晚""雨笼晴"，又是一番景色一番愁。　又：全篇句句写个愁意，句句未曾露个"愁"字，正合"诗可以怨"。

（托名）杨慎《评点草堂诗馀》：周美成词"愁如秋后絮，来相接"，与"恨如芳草，划尽还生"，可谓极善形容。

《重刻类编草堂诗馀评林》：一篇怨到底，尚未见一怨，圭角可谓老作。又："飞花弄晚"见□妙。

《新刻注释草堂诗馀评林》卷二：全篇写怨，未曾露出一"怨"字，词令上乘也。

沈际飞《草堂诗馀·正集》：恨如划草还生，愁如春絮相接，言愁愁不可断，言恨恨不可已。　又：长短句偏入四六，《何满子》之外复见此。

眼儿媚

楼上黄昏杏花寒。杜牧《燕》诗：长是江楼使君伴，黄昏长是倚栏干。斜月小栏干。一双燕子，谢玄晖诗：风帘入双燕。两行归雁，画角声残。杜牧《闻角》诗：惊起暮天沙上雁，海门斜去雨三行。○绮窗人在东风里，《选·古诗》：交疏结绮窗。李：东风扇淑气。无语对春闲。也应似旧，盈盈秋水，山谷诗：新妇矶头眉黛愁，女儿浦口眼波秋。淡淡春山。谓佳人眉如淡扫春山也。

【集评】

《新刻李于鳞先生批评注释草堂诗馀隽》：上叙燕雁鸣春景，下叙水山怀春情。　又：对景兴思，一唱三叹。　又：画出秋居春山图。　又：写景欲鸣，写情如见，词意两到。

《重刻类编草堂诗馀评林》：对春景寥落而有所思，故作此词。

《新刻注释草堂诗馀评林》卷一：对春景寥落而有所思，故作此词。

沈际飞《草堂诗馀·正集》：闺休小词，惟此篇见于世，英妙隽远，百不为多，一不为少。

桃源忆故人 春情①

碧纱影弄东风晓。李诗:东风扇淑气。一夜海棠开了。枝上数声啼鸟。妆点知多少。　　○妒云恨雨腰肢袅。眉黛不忺重扫。郑谷诗:眉黛着时频。薄幸不来春老。羞带宜男草。宜男,草名。

【校】

①春情,据杨金本补。

【集评】

《新刻李于鳞先生批评注释草堂诗馀隽》:忆故人,还为误佳期也。

又:词调清新,诵之自脍炙人口,玩之双羁绊人情。

《新刻注释草堂诗馀评林》卷二:此等词调,清新俊逸,诵之自爽人口。

沈际飞《草堂诗馀·正集》:海棠开了,下转出啼鸟妆点,极溢不窘。

又:末句慧。("薄幸不来"句)

春恨

浣溪沙

李璟①

手卷真珠上玉钩。李白诗:真珠高卷对帘钩。杜:风帘自上钩。依前春恨锁重楼。风里落花谁是主,陈谢贞诗:风定花犹落。思悠悠。李诗:极目心悠悠。　　○青鸟不传云外信,汉武帝好神仙,乃筑灵台设祭,西王母感得,王母与帝将仙桃下至汉宫妃。王母欲下,先有青鸟一双衔书报帝。帝与王母相见,后升云驾而去。胡曾诗:青鸟西沉陇树秋。《摭遗》:青鸟去时云路断。丁香空结雨中愁。回首绿波三峡暮,接天流。杜:词源倒流三峡水。

《温叟诗话》:李璟①有曲"手卷真珠上玉钩",或改为"珠帘"。舒信道有曲云"十年马上春如梦",或改云"如春梦"。非所谓知音。

【校】

①璟,原作"景",诸本同,据《南唐二主词》改。

【集评】

《新刻李于鳞先生批评注释草堂诗馀隽》:上言落花无主之意,下言回首一方之思。 又:舒曲,春如梦,最有味。 又:解时情作至法字,何等含情。 又:写出春事阑珊,最是恼人天气。

沈际飞《草堂诗馀·正集》:"落花"一事,而用意各别,亦各妙。

浣溪沙

风压轻云贴水飞,乍晴池馆燕争泥。李尧夫《燕》诗:江上飞高雨乍晴。沈郎多病不胜衣。沈约事见前注。 〇沙上未闻鸿雁信,欧阳公诗:惊起暮天沙上雁。竹间时有鹧鸪啼。李诗:苦竹南枝鹧鸪啼。此情惟有落花知。

【集评】

《新刻李于鳞先生批评注释草堂诗馀隽》:上是惜郎病,深情最隐;下是假落花,知己难言。 又:良多病,花自知情,有难显言者。 又:"乍雨乍晴花自落,闲愁闲闷日偏长"二语,似可评此。

(托名)杨慎《评点草堂诗馀》:自与人知不得。("此情惟有"句)

沈际飞《草堂诗馀·正集》:首句化腐为新。 又:味远。

浣溪沙

一曲新词酒一杯，敏捷诗千首，飘零酒一杯。去年天气旧亭台。夕阳西下几时回。　　○无可奈何花落去，似曾相识燕归来。小园香径独徘徊。

《渔隐丛话》：晏元献公赴杭州，道过维扬，憩大明寺，冥目徐行，使侍吏诵壁间诗板，戒其勿言爵里姓名。终篇者无几。又俾别诵一诗云："水调隋宫曲，当年亦九成。哀音已亡国，废沼尚留名。仪凤终陈迹，鸣蛙只废声。凄凉不可问，落日下荒城。"徐问之，江都尉王琪诗也。召至同饭，又同步游池上。春晚已有落花，晏云："每得句书墙壁间，或弥年未尝强对，且如'无可奈何花落去'，至今未能也。"王应声曰："似曾相识燕归来。"此辞置馆[1]。

【校】

[1]此辞置馆，诸本同，然语意不通。本段文字亦见于胡仔同时的吴曾《能改斋漫录》卷十一，"此辞置馆"作"自此辟置。又荐馆职，遂跻侍从矣"。

【集评】

《新刻李于鳞先生批评注释草堂诗馀隽》：上有酌酒狂欢之雅兴，下有问花听鸟之幽怀。　　又："花落去""燕归来"，无限景趣。　　又：只口头几语，令人把玩不尽。

（托名）杨慎《评点草堂诗馀》："无可奈何"一语工丽，天然奇偶。

《新刻注释草堂诗馀评林》卷三："燕归来""花落去"，虽出自口头话，而意趣隽雅。

沈际飞《草堂诗馀·正集》："油壁车轻金犊肥"二句，歌行丽对也；"细雨梦回鸡塞远""青鸟不传云外信""无可奈何花落去"六句，律诗俊语也，然自是天成一段词，看诗不得。

卜算子

秦处度

春透水波明,寒峭花枝瘦。极目烟中百尺楼,杜:极目总无波。杨文公诗:楼危高百尺。人在楼中否。 ○四和袅金凫,四和谓香金凫,谓香鸭也。双陆思纤手。双陆,棋也。《选》:纤纤出素手。拟倩东风浣此情,情更浓如酒。

【集评】

《新刻李于鳞先生批评注释草堂诗馀隽》:上是楼在人何在之思,下是情浓酒不浓之味。 又:思"人在楼中",正"情浓似酒"。 又:有凝妆上翠楼之景,更有教夫婿觅封侯之绪。

《新刻注释草堂诗馀评林》卷三:古之美女多于翠楼凝妆刺绣,故云。

沈际飞《草堂诗馀·正集》:山谷词"春未透,花枝瘦",极为学者称赏,盖法此。"人在否"从"宛在水中央"悟出。

谒金门

鸳鸯浦。春涨一江花雨。柳子厚诗:春浦①涨桃花。隔岸数声初过橹。韩诗:香风隔岸闻。杜诗:柔橹轻鸥外。晓风生碧树。

○舟子相呼相语。《诗》:招招舟子。杜诗:相呼相近水中鸥。载取暮愁归去。杜诗:载得暮愁归②。寒食江村芳草路。杜诗:寒食江村路。愁来无着处。

【集评】

《新刻李于鳞先生批评注释草堂诗馀隽》：上在一江花雨中取景，下在江村芳草里添愁。 又：二段熔成一片，浑然无瑕，光彩妙妙。 又："浓如野外连天草，飞似空中惹地丝。门掩落花春去后，窗涵明月酒醒时。"似此词调。

（托名）杨慎《评点草堂诗馀》：既云"载取愁归去"，又云"愁来无着处"，到底愁难解也。用意婉转，顿挫之妙。

《新刻注释草堂诗馀评林》卷二：《古愁吟》："浓如野外连天草，乱似空中惹地丝。门掩落花春去后，窗涵明月酒醒时。"

沈际飞《草堂诗馀·正集》：欲载愁，愁又无着，意绪纡回悄恍。

谒金门

空相忆。杜诗：见酒须相忆①。无计与传消息。天上嫦娥人不识，《后汉书》注：姮娥奔月，谓身为蟾蜍。又杜诗：莫教明月去，留着醉姮娥。寄书何处觅。　　○春睡觉来无力。《长恨歌》：侍儿扶起娇无力，始是新承恩泽时。不忍把伊书迹。满院落花春寂寂。王维诗：落花寂寂啼山鸟。又杜诗：寂寂春将晚。断肠芳草碧。李白诗：今成断肠草②。

【校】

①相忆，原作"相隐忆"，诸本同。今据杜甫《泛江送魏十八仓漕……范郎中季明》诗删"隐"字。

②断肠草,今通行本《李太白诗集·妾薄命》诗作"断根草"。

【集评】

《新刻李于鳞先生批评注释草堂诗馀隽》:上言相思之情无由传,下言断魂只在春寂寂。　又:欲识嫦娥心中情,只在落花满院。　又:如王母宴中,群仙舞山香一曲,花皆落。此调亦不人间多得者。

《重刻类编草堂诗馀评林》:落花寂寂,芳草断肠,此春恨也。

《新刻注释草堂诗馀评林》卷二:昔西王母宴群仙,有舞者戴砑光帽、簪花舞山香一曲,花皆落。

沈际飞《草堂诗馀·正集》:"天上"句粗恶。　又:"把伊书迹"四字颇妙。　又:"落花寂寂",淡语之有景者。

谒金门

春雨足。《诗·信南山》:益之以霡霂,既优既渥①,既沾既足。注:春小雨也。染就一溪新绿。柳外飞来双羽玉。杜甫《鸥》诗:却思双玉羽。弄晴相对浴。杜:天晴喜浴兔。　　○楼外翠帘高轴。倚遍栏干几曲。云淡水平烟树簇。寸心千里目。杜:欲使寸心倾。选宋玉《招魂》注:眇然远视,目极千里。

【校】

①渥,原作"握",诸本同。据《诗经·信南山》改。

【集评】

张綖《草堂诗馀别录》:无点录。前段佳,后段亦隽永。

《新刻李于鳞先生批评注释草堂诗馀隽》:上有双羽玉之深恩,下有骋千里之远神。　又:因春起恨,恨从春生。　又:有倚遍栏干无由消千里之恨。词以达情为多,词不多。

(托名)杨慎《评点草堂诗馀》:丽语。(染就一溪新绿)　又:景真如画。

（"云淡水平"句）

《重刻类编草堂诗馀评林》：倚遍栏干，无由消千里之恨。

《新刻注释草堂诗馀评林》卷二：倚遍阑干，无由消千里之恨。

沈际飞《草堂诗馀·正集》："染就"句丽。说得双羽有情。《鱼游春水》"云山万重，寸心千里"，亦自妙。此以上文布置，找一"目"字，意思完全，韵脚警策。

生查子 春情①

晏叔原

金鞍美少年，杜诗:花边立马簇金鞍②。又诗:潇洒美少年。去跃青骢马。刘贡父诗:天外青骢响玉蹄。牵系玉楼人，翠被春夜寒。《选》:翡翠未被烂齐光。　　○消息未归来，杜诗:去住彼此无消息。寒食梨花谢。《岁时记》:冬至后一百五日谓之寒食。无处说相思，背立秋千下。秋千，北方戎戏。

【校】

①春情，据杨金本补。

②花边立马簇金鞍，原作"后边簇马立金鞍"，诸本同，今据杜甫《严公仲夏枉驾携酒馔》诗改。

【集评】

张綖《草堂诗馀别录》：虽少年语，尽有佳思俊逸，颇类太白。唐人有诗云："侍妇倚妆奁，故故惊人睡。那知本未眠，背面偷垂泪。懒卸凤头钗，羞入鸳鸯被。时复见残灯，和烟坠金穗。"与此词格相同，意致亦佳，未知孰胜也。

《新刻李于鳞先生批评注释草堂诗馀隽》：上言春夜最是恼人，下言相思无从自解。　又：玉楼春寒夜，相思千秋下。刺心疏眉之词。　又：春寒夜雨秋千下,自是闺中景,自是闺中情,种种可掬。

（托名）杨慎《评点草堂诗馀》：查,古"槎"字,即张骞乘槎事。　又：可怜人度可怜宵。

《新刻注释草堂诗馀评林》卷二：春寒夜雨秋千下,正是闺中之恨。

《重刻类编草堂诗馀评林》：春寒夜雨秋千下,正是有恨之情。

沈际飞《草堂诗馀·正集》：味在言外。

探春令　春情①

绿杨枝上晓莺啼,僧齐己《莺》诗：避人双入绿杨深。报融和天气。被数声、吹入纱窗里。又惊起娇娥睡。　　○绿云斜軃金钗坠。《阿房宫赋》：绿云扰扰,梳晓鬟也。张祜客淮南,幕中赴宴,时杜紫微为支使。南座有属意之处,索骰子赌酒,牧微吟曰：骰子逡巡里手拈,无因得见玉纤纤。祜应之曰：但知假道金钗落,彷佛还应露指尖。惹芳心如醉。为少年湿了,鲛绡帕上,都是相思泪。

【校】

①春情,据杨金本补。

【集评】

《新刻李于鳞先生批评注释草堂诗馀隽》：上是莺声催晓梦,下明言相思心如醉。　又：亦是"打起黄莺儿"意。　又：果为少年相思,明情何妨？又：相思梦,睡不成；相思泪,拭不尽。种种俱是真情吐露,一字一衷肠矣。

《新刻注释草堂诗馀评林》卷二：惊回午梦一黄鹂,正此意。

沈际飞《草堂诗馀·正集》：即"打起黄莺儿,莫教枝上啼"意。　又：眠不成,泪不极,声情殆尽。

如梦令

　　楼外残阳红满。春入柳条将半。《柳》诗:青入柳条新。桃李不禁风,回首落英无限。肠断。肠断。人共楚天俱远。杜:楚客今肠断①。又:长歌楚云碧②。

【校】
①此句不见今《杜甫诗集》。
②楚云,诸本作"楚去",无义,今臆改。又,此句不见今《杜甫诗集》。

【集评】
　　《新刻李于鳞先生批评注释草堂诗馀隽》:语如梦中语,怀实醒来情。晏君断肠词也。　又:对景伤春,说此间尽见矣。　又:因阳春景色而思故人心情,人远而思更远矣。
　　《重刻类编草堂诗馀评林》:落英无恨,正见恨处,又兼肠断楚天远,恨之又恨。
　　《新刻注释草堂诗馀评林》卷三:对景伤春,于此词见之。
　　沈际飞《草堂诗馀·正集》:出语大方。

浣溪沙

　　锦帐重重卷暮霞。屏风曲曲斗红牙。恨人何事苦离家。
　　○枕上梦魂飞不去,觉来红日又西斜。唐诗:梦魂不知远,飞过①大江西。又韩愈诗:云水沧茫日向西。满庭芳草衬残花。

【校】
①飞过,原作"非过",今据《隐居通义》卷十一改。按:本联引诗《隐居

通义》作"梦魂不怕险,飞过大江西"。

【集评】

《新刻李于鳞先生批评注释草堂诗馀隽》:上叹其离家之苦,下叹其梦见之难。 又:日斜花残,此景堪对难舍,惆怅万状。

《新刻注释草堂诗馀评林》卷二:李诗:"罗帏绣幕围春风。"

沈际飞《草堂诗馀·正集》:诗云"梦魂不知远,飞过大江西",此云"飞不去",绝妙翻法。

浣溪沙

水满池塘花满枝。《文选》:白水满春塘。杜诗:黄四娘家花满蹊,千朵万朵压枝低。乱香深里语黄鹂。杜诗:两个黄鹂鸣翠柳。东风轻软弄帘帏。　　○日正长时春梦短,坡词:世事短如春梦。燕交飞处柳烟低。古词:双双飞燕柳边轻。玉窗红子斗棋时。

【集评】

《新刻李于鳞先生批评注释草堂诗馀隽》:上言巧鸟鸣芳,轻风送暖;下言梦人春深,其消日永。 又:花鸟争春,俱付之梦中乎?怅怅悼之。又:羡世景之华,叹世事之短,闺情也,实道情也。

(托名)杨慎《评点草堂诗馀》:秦少游词"整顿着残棋,沉吟应劫迟",与此句若翻出。

《新刻注释草堂诗馀评林》卷二:古诗云:"燕子日长惟破梦,杨花风起更愁人。"

沈际飞《草堂诗馀·正集》:是春闺好光景,与春怨不同。

123

菩萨蛮

南园满地堆轻絮。李白诗:南园绿草飞蝴蝶。杜诗:轻轻花絮飞。愁闻一霎清明雨。雨后却斜阳。杏花零落香。杨徽之《寒食诗》:路经疏雨落花村①。　　　○无言匀睡脸,杜牧之《题桃花夫人庙》诗云云。枕上屏山掩。时节欲黄昏。无聊独倚门。潘阆《宫词》:花落黄昏空掩门。

【校】

①杨徽之,原作"元微之";"路经疏雨"原作"路径微雨",诸本同,据《宋诗纪事》卷二杨微之《寒食寄郑起侍郎》诗改。另,《渊鉴类函》卷四十"杜鹃四"引余靖《子规》诗有句曰:"疏烟明月树,微雨落花村。"

【集评】

《新刻李于鳞先生批评注释草堂诗馀隽》:上是春雨愁人景象,下是春夜恼人情思。　又:"杏花落香",写泪雨态。　又:"黄昏倚门",真无聊语。又:景物萧条,独居幽思,发得凄惨万状,如闺中寄语。

(托名)杨慎《评点草堂诗馀》:西域女人编发垂髻如中国佛像璎珞,曰菩萨鬘,词名本此。　又:寒食词。

《重刻类编草堂诗馀评林》:曲尽闺中之意。

《新刻注释草堂诗馀评林》卷二:暮春景物消条,独居幽思,于是为切。

沈际飞《草堂诗馀·正集》:芟《花间集》者,额以温飞卿《菩萨蛮》十四首,此其一也。隽逸之致,追步太白。

点绛唇 春闺

春雨蒙蒙,淡烟深锁垂杨院。暖风轻扇,落尽桃花片。

○薄幸不来，前事思量遍。无由见。泪痕如线。杜诗:伏枕泪双痕①。界破残妆面。

【校】

① 双痕，原作"思痕"，诸本同，今据《杜甫诗集·九日五首》改。

【集评】

《新刻李于鳞先生批评注释草堂诗馀隽》:上有春色正浓之景，下欲见不得见之憾。　又:语委婉而情自迫切。　又:此词怨形于口，最是妇人声口，语简而意自奢。

《重刻类编草堂诗馀评林》:前布春闺之景，后写闺中之情，善体妇人口气者。

《新刻注释草堂诗馀评林》卷二:词句委曲有味，可谓善体妇人声口者。

沈际飞《草堂诗馀·正集》:善叙。

点绛唇

莺踏花翻，乱红堆径无人扫。杜诗:花径不曾缘客扫。杜鹃来了。梅子枝头小。　　○拨尽琵琶，总是相思调。方干诗:琵琶弦促千般调。知音少。《列·汤问》:伯牙鼓琴，志在高山，钟子期曰:峨峨然若太山。志在流水，子期曰:洋洋然若江河。子期死，伯牙以世无知音也。暗伤怀抱。门掩青春老。

【集评】

《新刻李于鳞先生批评注释草堂诗馀隽》:上是春闺中景色，下是闺妇春愁不尽处。　又:叙春光描如画，写春情如怨如慕。　又:知音说与知音听，不是知音莫与弹。如出妇女声口，语语迫真。

(托名)杨慎《评点草堂诗馀》:可怜，可怜。(门掩青春老)

《新刻注释草堂诗馀评林》卷二：前布春闺之景，后写闺中之情。善形容妇人声口。

沈际飞《草堂诗馀·正集》：起句、结句俱难得，填词每以此取胜。

小重山

赵德仁

楼上风和玉漏迟。崔液诗：玉漏铜壶且莫催。秋千庭院静，落花飞。《古今艺术》：秋千，北方戎戏。杜：风花①高下飞。午窗才起暖金卮。白乐天诗：玉液黄金卮。匀面了，栏畔看春池。杜：春池赏不稀。　　○何事苦颦眉。郑谷诗：眉黛有时颦。碧云春信断，尽来时。鸳鸯游戏镇相随。云雾敛，新月挂天西。《记·祭义》：月生于西。

【校】

①风花，原作"风能"，诸本同，今据杜甫《寒日》诗改。

【集评】

《新刻李于鳞先生批评注释草堂诗馀隽》：上是随春光而有乐，下是触景物而有思。　　又：看清池，便觉生意无方，即接以有所思而颦双者，何等委婉。　　又：妙在新妆翠楼之上，忽见杨柳，悔教觅侯之意。闺女大抵尔尔。

《重刻类编草堂诗馀评林》：春思心事，两见怨意。　　又：末二句思致精妙。

《新刻注释草堂诗馀评林》卷二：《古今艺术》："秋千，北方戎戏，以习轻巧。"杜牧诗："女郎撩乱打秋千。"

沈际飞《草堂诗馀·正集》：晨昏叙转，幽闲轻俊。

醉春风

陌上清明近。行人难借问。风流何处不归来,闷闷闷。回雁峰前,戏鱼波上,_{回雁峰在今衡州}。试寻芳信。　　〇夜永兰膏烬。春睡何曾稳。枕边珠泪几时干,恨恨恨。惟有窗前,过来明月,照人方寸。_{《列子·仲尼篇》:吾见子心矣,方寸之地虚矣。}

【集评】

《新刻李于鳞先生批评注释草堂诗馀隽》:上有不见鱼雁信之思,下是对月忆故人之意。　　又:闷人不归,人□解闷。　　又:恨月空照,月照恨来。又:鱼沉雁杳,好把行人叫,永夜深愁,安当明月。

（托名）杨慎《评点草堂诗馀》:致幽。（"惟有"句）

《重刻类编草堂诗馀评林》:写尽闺中情,至矣尽矣。

《新刻注释草堂诗馀评林》卷二:古诗云:"斗鸡走狗当年事,惆怅临风忆古人。"可为此评。

沈际飞《草堂诗馀·正集》:三"闷"字、三"恨"字,奇。　　又:无可奈何,付之明月,有心人何以相慰。"过来"两字中悲喜无量。

夏景

隔浦莲

周美成

新篁摇动翠葆。_{《唐·仪卫志》:天子有羽葆华盖。}曲径通深窈。_{唐诗:竹径通幽处。}夏果收新脆,金丸落飞鸟。_{李贺《刺年}

少》^①：背把金丸落飞鸟。浓霭迷岸草。蛙声闹。骤雨鸣池沼。杜诗：骤雨落河鱼。　　○水亭小。韩愈诗：空凉水上亭。浮萍破处，檐花帘影颠倒。杜诗：灯前细雨檐花落。纶巾羽扇，晋谢万常着白纶巾见简文帝。又《晋志》：顾荣伐陈敏，以白羽扇挥之，贼众大败。醉卧北窗啼晓。晋陶渊明为彭泽令，解印绶，赋《归去来辞》，尝言夏月虚闲，高卧北窗之下，清风飒至，自谓羲皇上人。屏里吴山梦自^②到。惊觉。依前身在江表。后秦王猛谓符坚曰：谢安、桓冲^③皆江表伟人。

《苕溪渔隐》云：美成此词云"浮萍破处，檐花帘影颠倒"。按杜少陵诗"灯前细雨檐花落"，美成用"檐花"二字，与出处意不相合，方知用字之难如此。

【校】

①刺年少，原作"诗年少"，今据清王琦等《三家注评李长吉歌·诗外集·嘲少年》改。按：三家注本题下原注：《嘲少年》亦作《刺年少》。

②梦自，原作"梦柯"，诸本同，据陈元龙《详注周美成词片玉集》、《景定建康志》卷三十七"乐府"、《乐府雅词》卷中、《花庵词选》卷七改。

③桓冲，原作"桓中"，据《晋书》改。

【集评】

《新刻李于鳞先生批评注释草堂诗馀隽》：处处是写夏日景象，种种是描夏日情怀。　　又：此景是"青草池塘处处蛙"。　　又：不减江左风流。又：备纪夏中景色，至谭醉梦境，自谓羲皇上人，更何逊谢、桓伟人。

《新刻注释草堂诗馀评林》卷四：韩好弹，以金为丸，捕打飞鸟，一日所失十余，时人为之语曰："若饥寒，逐金丸。"争拾取之。　　又：此以桓、谢自方。

沈际飞《草堂诗馀·正集》：果如丸，巧喻。　　又："浮萍"句，小而致。○杜诗"灯前细雨檐花落"。檐前细雨映灯花，为花尔，后人改"檐前细雨灯花落"，直致无味矣。美成词用檐花，苕溪云与出处意不合，乃知用字之难。及见词选作"帘花檐影"，可以无疑。

贺新郎 初夏①

叶梦得　石林居士

睡起流莺语。韦苏州诗：流莺日日啼花间。掩苍苔、陈充《落花》诗：已谢苍苔容点缀。房栊向晓，乱红无数。李贺《将进酒》：况是青春日将暮，桃花乱落如红雨。吹尽残花无人问，惟有垂杨自舞。渐暖霭、初回轻暑。宝扇重寻明月影，《文选》班婕妤诗：裁为合欢扇，团圆似明月。暗尘侵、尚有乘鸾女。《龙城录》：八月望日，明皇游月宫，见素娥千余人，皆皓衣乘白鸾。惊旧恨，镇如许。　　○江南梦断衡皋渚。岑参诗：洞房昨夜春风起，遥忆美人湘江水。枕上片时春梦中，行尽江南数千里。浪粘天、葡萄涨绿，《襄阳歌》：遥看汉水鸭头绿，恰似葡萄初发醅。半空烟雨。古词：余花落处，满地和烟雨。无限楼前沧波意，李白诗：离恨满沧波。谁采苹花寄取。柳子厚诗：春风无限潇湘意，欲采苹花不自由。但怅望、兰舟容与。柳子厚诗：骚人遥驻木兰舟。又《九歌》：聊逍遥兮容与。万里云帆何时到，李白诗：云帆遥望不相见。送孤鸿、目断千山阻。《选》：目断孤鸿。又韩诗：千山隔兮万山阻。谁为我，唱金缕。裴庆馀诗：满额鹅黄金缕衣，翠翘浮动玉钗垂。从教水溅罗襦湿，疑是巫山行雨时。

【校】

①初夏，杨金本作"夏意"。

【集评】

《新刻李于鳞先生批评注释草堂诗馀隽》：上叙夏气初到时候，下叙怀人百结念头。　又："宝扇重寻"一句，便见和风布暖。　又："万里云帆"又是思迩人甚远。　又：即首夏写出一篇心事，令人读之，不觉尘鞅顿释，而词华飘逸，差是造凤楼手。

《重刻类编草堂诗馀评林》：以初夏之日，写出一篇心事，无穷意味，令人诵之，心得之乐，自然解虑忘忧。

《新刻注释草堂诗馀评林》卷四：即初夏之景，写出一篇心事，令人诵之，尘鞅顿释。　又：词华飘逸，造凤楼手亦不是过也。

沈际飞《草堂诗馀·正集》：残花吹尽，垂杨自舞，蔑不伤情。一意一机，自语自话，草木花鸟，字面迭来，不见质实，受知于蔡元长，宜也。

念奴娇 夏日避暑①

僧仲殊

故园避暑，杜诗：故园松桂发。又：袁绍至夏会客大饮，号河朔避暑饮。爱繁阴翳日，柳宗元诗：是时春向暮，桃李生繁阴。流霞供酌。杜诗：细细酌流霞。竹影筛金泉漱玉，韩联句云：竹影金锁碎，泉声玉琮琤。红映薇花帘箔。白乐天诗：紫薇花对紫薇郎。素质生风，唐文宗诗：薰风自南来，殿阁生微凉②。香肌无汗，绣扇长闲却。班婕好《怨歌行》：裁为合欢扇，团圆似明月。又云：弃捐箧笥中，恩情中道绝。双鸾栖处，绿筠时下风箨。王子年《拾遗记》：蓬莱有浮筠之干，茎青叶紫，有青鸾集其上。　　○吹断舞影歌声，李白《独酌》诗：我歌月徘徊，我舞影零乱。阳台人去，有当年池阁。宋玉《高唐赋》：朝朝暮暮，阳台之下。佩结兰英凝念久，屈原《离骚》：纫秋兰以为佩。言语精神依约。燕别雕梁，滕白《燕》诗：真珠高卷语雕梁。鸿归紫塞，杜诗：萧萧紫塞③雁。音信凭谁托。争知好景，为君长是萧索。坡诗：一年好景君须记，正是橙黄橘绿时。李白诗：古路如秋风，相逢尽萧索。

【校】
①题目，杨金本作"夏意"。

②此为柳公权诗,见《旧唐书·柳公权本传》。

③紫塞,原作"恨塞",据杜甫《七月三日亭午……二十一曹长》诗改。

【集评】

《新刻李于鳞先生批评注释草堂诗馀隽》:上抚景适情,得其自然之趣;下追古感今,托其有怀之思。 又:筛金漱玉,便可长啸天地间,而凉生两腋。 又:好景长萧索,托意幽深,读者宜玩之词外。 又:一觞一咏,高兴更高于河溯;且歌且舞,幽思独幽于阳台。

(托名)杨慎《评点草堂诗馀》:凄然,与"阳台人去"句相应。

《重刻类编草堂诗馀评林》:词意谓避暑之乐,得其所哉,正在茂林修竹之下,脱巾露顶,一觞一咏,抚景忘忧,即事题诗,得其自然快活,长啸于天地间,何必会饮于河朔也? 又:后段(指下片)吹(疑作"追")思古人之风,又生今人之感,托意幽深,见于词外。

《新刻注释草堂诗馀评林》卷四:当茂林修竹之下,脱巾露顶,一觞一咏,抚景题诗,得其自然之乐,长啸于天地间,何必会饮于河朔也? 又:后段追思古人之风,又生今人之感,托意幽深,见于词外。

沈际飞《草堂诗馀·正集》:锻炼"竹影金锁碎,泉声玉琮琤"二语为一语,无骨气。

潇湘逢故人慢 初夏①

王和甫

薰风微动,《家语》:南风之薰兮。方榴花弄色,萱草成窝。《说文》:忘忧,草也。翠帏敞轻罗。李贺诗:罗帏绣幕围香风。试冰簟初展,几尺湘波。韩《谢赠簟》诗:八尺含风漪。疏檐广厦,《前(汉书)·王吉传》:广文之下。称潇湘、一枕南柯。《异闻传》:淳于棼宅南有古槐,醉梦入槐安国,见王,王曰:吾南柯郡,屈卿为守。及寤,见古槐直上南枝,即南柯郡也。引多少、梦魂归绪,洞庭雨棹烟蓑。 ○

131

惊回处，闲昼永，更时时、燕雏莺友相过。正绿影婆娑。况庭有幽花，杜诗：幽花欹满树。池有新荷。《六帖》：池荷初贴水。青梅煮酒，幸随分、赢取高歌。功名事、到头终在，岁华忍负清和。《选》：首夏犹清和。

【校】

①初夏，杨本作"夏意"。

【集评】

《新刻李于鳞先生批评注释草堂诗馀隽》：上言夏日清风入梦，下言庆赏夏光意。　　又：首夏熏风道出，如在座中。　　又：新荷青梅，俱四月节，景用恰当。　　又：字字俱在夏之初上着神，诵之不觉风生两腋。

《重刻类编草堂诗馀评林》：即初夏之景，以适清闲之趣。　　又："青梅煮酒"句，自得优游。

《新刻注释草堂诗馀评林》卷四：即初夏之景，以适幽闲之趣。　　又：青梅煮酒，用曹孟德征张绣时事。

沈际飞《草堂诗馀·正集》：亦清亦和，文与景得。"罗"字断句共五韵五十一字，谱以"轻罗试"作句，非。　　又：不妄功名耶？功名在，到头济恁事。

洞仙歌 夏夜

苏子瞻

冰肌玉骨，自清凉无汗。《庄·逍遥游》：藐姑射之山，有神人焉，肌肤若冰雪，绰约若处子。杜诗：清凉破炎毒。水殿风来暗香满。绣帘开、一点明月窥人，杜《月》诗：关山同一点。人未寝、欹枕钗横鬓乱。　　○起来携素手，《文选》：纤纤出素手。又李陵诗：携手上河梁，游子暮何之。庭户无声，李白诗：回风送天声①。时见疏星渡河汉。试问夜如何，杜诗：明朝有封事，试问夜如何。夜已三更，金波淡、玉绳低转。《文选》谢脁诗：金波丽鳷鹊，玉绳低建章。但屈指、西风几时来，又不道、流年暗中偷换。柳子厚诗：从此忧来②非一事，岂容华发待流年。

东坡自序云：仆七岁时见眉州老尼，姓朱，忘其名，年九十馀，自言尝随其师入蜀主孟昶宫中。一日大热，（蜀）主与花蕊夫人夜起，避暑摩诃池上，作一词，朱具能③记之。今四十年，朱已死久矣，人无知此词者，独记其首两句。暇日寻味，岂《洞仙歌令》乎？为足之云。

《漫叟诗话》云：杨元素作《本事曲》，记东坡《洞仙歌》词谓：钱塘有一老尼，能诵后主诗首章两句，后人为足其意，以之且词。余尝见一十人④能诵全篇云："冰肌玉骨清无汗，水殿风来暗香暖。帘开明月独窥人，欹枕钗横云鬓乱。起来琼户启无声，时见疏星渡河汉。屈指西风几时来，只恐流年暗中换。"

《苕溪渔隐》云：《漫叟诗话》所载《本事曲》云：钱塘一老尼能诵后主诗首章两句，与东坡《洞仙歌序》全然不同，当以序为正也。

【校】

①天声，原作"无声"，诸本同，据《李太白文集》卷一《古风五十九首》改。

②忧来，原作"发来"，诸本同，据《柳河东集注》卷四十二《岭南江行》诗改。

③具能，原作"其能"，据《东坡乐府》改。

④以上两句，原文如此。诸本同。

【集评】

杨慎《词品》：杜诗"关山同一点"，"点"字绝妙，东坡亦极爱之，作《洞仙歌》云"一点明月窥人"，用其语也；《赤壁赋》云"山高月小"，用其意也。今书坊本改"点"作"照"，语意索然。且"关山同一照"，小儿亦能之，何必杜公也？幸《草堂诗馀》注可证。

《新刻李于鳞先生批评注释草堂诗馀隽》：上言见月有不寐之怀，下言卜夜有抚时之叹。 又：月窥人处，自是眠不得时。 又：随问随答，冷之风情,最堪摸觅。 又:有翩翩羽化之调,毫不乐人间烟尘气,坡仙之名,责任殊不虚附。

(托名)杨慎《评点草堂诗馀》:"点"字妙,从"树点千家小"。"点"字用法,"山高月小"即"一点明月窥人"。

《重刻类编草堂诗馀评林》:此词妙绝古今,若天启神授者。

《新刻注释草堂诗馀评林》卷四:坡公,其食土炭者耶?何其吐露无烟火气乃尔。

沈际飞《草堂诗馀·正集》:清越之音,解烦涤苛。 又:自高则诚《琵琶记》采入赏夏,遂觉耳热。喜留得"一点明月窥人"句,初致未损。 又:末引《温叟诗话》眉评:士人所诵,可以《玉楼春》歌之。

胡应麟《少室山房笔丛》卷六"丹铅新录二":案:《草堂诗馀》苏子瞻《洞仙歌》云:"冰肌玉骨,自清凉无汗。水殿风来暗香满。绣帘开、一点明月窥人,人未寝,欹枕钗横鬓乱。 起来携素手,庭户无声,时见疏星渡河汉。试问夜如何?夜已三更,金波淡、玉绳低转。但屈指、西风几时来?又不道、流年暗中偷换。"杜诗非"点"字,余已详辨《诗薮》中。第杨引坡词"一点明月窥人"乃"绣帘开一点"。"点"字句绝者,读本词,杨之误不辨自明。

雨中花 夏景①

王逐客

百尺清泉声陆续。韩诗:清泉洁尘襟。映潇洒、碧梧翠竹。面千步回廊,重重帘幕,晏殊诗:楼台侧畔杨花过,帘幕中间燕子飞。小枕欹寒玉。 ○试展鲛绡看画轴。《述异记》:南海中有鲛人②,室水居如鱼,不废机轴。见一片、潇湘凝绿。待玉漏穿花,银河垂地,李:帝遣银河一派垂。月上栏干曲。

《漫叟诗话》云:余尝观上词,不用浮瓜沉李之事,而天然有尘外凉思,其词语非触热者之所知。

【校】

①夏景，杨本作"夏意"。

②鲛人，原作"发人"，据《类说》卷八"鲛室"条改。

【集评】

《新刻李于鳞先生批评注释草堂诗馀隽》：上言帘幕欹枕之态，下言曲栏待月之思。 又：如红雨润花，有色色争妍之态。 又：不用浮瓜沉李之事，而有尘外凉思，非触热者之所知也。

《新刻注释草堂诗馀评林》卷四：《温曳诗话》云："余尝观此词，不用浮瓜沉李之事，而天然有尘外凉思，其词语非触热者之所知也。"

沈际飞《草堂诗馀·正集》：不用浮瓜沉李等事，而凉思飒飒自来，非触热者所知。

临江仙 夏意①

欧阳永叔

柳外轻雷池上雨，雨声滴碎荷声。小楼西角断虹明。栏干倚处，李白诗：沉香亭北倚栏干。待得月华生。陶渊明诗：月华临静夜②。 ○燕子飞来窥画栋，《滕王阁诗》：画栋朝飞南浦云。玉钩垂下帘旌。凉波不动簟纹平。韩诗：水纹浮枕簟。水晶双枕，傍有堕钗横。《太真外传》：上皇登沉香亭，诏妃子，妃子时卯酒未醒，醒后残妆鬓乱钗横。

【校】

①夏意，据杨金本补。

②按：据《艺文类聚》《文苑英华》《玉台新咏》等记载，此诗为沈约《咏月》诗。

【集评】

《新刻李于鳞先生批评注释草堂诗馀隽》：上叙首夏清和之景，下叙宫中华丽之乐。　又：雨声花声，景色入眸。　又：枕傍钗横，情思悠远。
又：此词写四月夏光，而以闺情点缀，最堪玩赏。

《重刻类编草堂诗馀评林》：以夏景即事，大雷时雨荷花，正是四月天和
之景，又形容宫中富人清高，词犹富丽。

《新刻注释草堂诗馀评林》卷四：此以轻雷、时雨、荷花点出四月清和之
景，又叙宫中华丽之可乐也。

沈际飞《草堂诗馀·正集》：雨忽虹，虹忽明，夏景尔尔，拈笔不同。
又：玩末句，风韵直当凌厉，秦、黄一金钗，曷足以偿之？

夏初临

泛水新荷，杜诗：圆荷浮绿水①。舞风轻燕，杜诗②：轻燕受风斜。
园林夏日初长。唐文宗诗：我爱夏日长。庭树阴浓，雏莺学弄新
簧。小桥飞入横塘。跨青苹、绿藻幽香。杜诗：萍藻③舒翠缕。
朱栏斜倚，霜纨未摇，衣袂先凉。《怨歌行》：新裂齐纨素，皎洁如霜
雪。裁为合欢扇，团圆似明月。　　　　○歌欢稀遇，怨别多同，路遥
水远，烟淡梅黄。杜：四月熟黄梅。轻衫短帽，相携洞府流觞。
《兰亭记》：又有清流激湍，引以为流觞曲水。况有红妆。醉归来、宝
蜡成行。选诗：娥娥红粉妆。拂牙床。纱厨半开，月在回廊。

【校】

①《杜甫诗集》无此句。相似的诗句有《为农》诗："圆荷浮小叶，细麦落
轻花。"

②杜诗，原作"诗"，据下引诗补。

③萍藻，今传杜甫《大明寺泉眼》诗均作"弱藻"。

【集评】

《新刻李于鳞先生批评注释草堂诗馀隽》：上是布景在夏日之中，下是寄怀在月夜之表。　又：莺学篁、桥入塘，化工笔也。　又：月照西廊，此景对谁言？　又：胸次与造物相游衍地，故布景写怀，俱有活泼之趣。

《新刻注释草堂诗馀评林》卷四：刘公胸次悠然，与造化同游衍，故其吐词乃能活泼泼地，布景寓怀俱精到。

沈际飞《草堂诗馀·正集》：信笔处有天机。

声声慢 夏意①

梅黄金重，雨细丝轻，《选·张景阳诗》：密雨如散丝。园林雾烟如织。殿阁风微，唐文宗联句：薰风自南来，殿阁生微凉②。帘外燕喧莺寂。池塘彩鸳戏水，谢灵运诗：池塘生春草。古诗：文彩双鸳鸯。露荷翻、千点珠滴。杜：荷珠碎却圆。闲昼永，称潇湘竿叟，烂柯仙客。晋王质入山樵采，遇洞口二老对弈，遂置柯斧而观之。局罢而斧柯烂。　〇日午槐阴低转，赵师民诗：槐夏午阴凉。茶瓯罢、清风顿生双腋。卢仝《茶歌》：一椀喉吻润。二椀破孤闷。三椀搜枯肠，惟有文字五千卷。四椀发轻汗，平生不平事，尽向毛孔散。五椀肌骨清。六椀通仙灵。七椀吃不得也，但觉两腋习习清风生。碾玉盘深，朱李静沉寒碧。魏文帝：浮甘瓜于清泉，沉朱李于寒水。朋侪闲歌白雪，卸巾纱、樽俎狼藉。有皓月、照黄昏，眠又未得。李白诗：月明欲素愁不眠③。

【校】

①夏意，据杨金本补。

②此为柳公权诗。见前《念奴娇》（故园避暑）校注。

③月明欲素愁不眠，原作"月明与素秋不眠"，诸本同。据《李太白文

集》卷五《长相思》改。

【集评】

《新刻李于鳞先生批评注释草堂诗馀隽》：上有一局消永日之棋，下有半榻伴明月之怀。　又："金重""丝轻"自是入画，更于夏日思山中之乐。又：永昼、长夜之思，岂其神游广寒宫语也？　又：勘破世界如浮云，而徜徉于松萝泉石之间，自谓羲黄上人。

《重刻类编草堂诗馀评林》：词工意深。　又：此段又咏日午晴色，脱巾高歌，白雪之调，尽一日之欢，行人生之乐。

《新刻注释草堂诗馀评林》卷四：细嚼此词，乃勘破浮云世态，而徜徉于松萝泉石之间者，高人也。

沈际飞《草堂诗馀·正集》：清爽。　又："喧""寂"恰好。

满庭芳　夏意[①]　新添

周美成

风老莺雏，雨肥梅子，杜诗：红绽雨肥梅。午阴嘉树清圆。刘梦得诗：日午树阴正。《左传·昭公二年》：李氏有嘉树焉。地卑山近，衣润费炉烟。杜甫诗：爽携卑湿地。又：衫裹翠微润。又：浥浥炉烟初泛夜。人静乌鸢自乐，小桥外，新渌溅溅。杜甫诗：人静乌鸢乐。《木兰词》：但闻黄河水溅溅。凭栏久，黄芦苦竹，拟泛九江船。乐天《琵琶行》：住近湓江地低湿，黄芦苦竹绕宅生。杜甫诗：闻道巴山里，春船正好行，都将百年兴，一望九江城。　　○年年。如社燕，飘流翰海，来寄修椽。西汉霍去病登临翰海。杜诗：茅茨寄短椽。且莫思身外，长近尊前。杜甫诗：莫思身外无穷事，且尽尊前有限杯。憔悴江南倦客，不堪听、急管繁弦。歌筵畔，先安簟枕，容我醉时眠。李白诗：我醉欲眠君[②]且去。

【校】
①夏意,据杨金本补。

②君,今通行本《李太白文集·山中与幽人对酌》诗作"卿"。

【集评】

《新刻李于鳞先生批评注释草堂诗馀隽》:上言人景俱寂之象,下言憔悴难遣之怀。 又:起二语炼字全在"老""肥"处吐景。 又:万种愁情醉里消,此词解到此。 又:出口成词,平平铺叙,自有一种闲雅,不当以凡品目之。

《新刻注释草堂诗馀评林》卷四:出口成词,平平铺叙,自有一种闲雅,不当以凡品目之。 又:末掉数句尤脱尘。

沈际飞《草堂诗馀·正集》:千炼。 又:"衣润费炉烟",景语也,景在"费"字。 又:浅而得情。

浣溪沙

日射欹红蜡蒂香。风干微汗粉襟凉,碧绡对卷簟纹光。^韩诗^①:水纹浮枕簟。 ○自剪柳枝明画合,戏抛莲菂种横塘。《唐韵》:菂,芙蕖中子。长亭无事好思量。《白氏六帖》:五里一短亭,十里一长亭。

【校】
①韩诗,原作"韦诗",诸本同。此实韩愈《新亭》诗句也。

【集评】

《新刻李于鳞先生批评注释草堂诗馀隽》:上言夏日炎炎困人象,下言幽思隐隐对谁谈。 又:如浣纱女吐衷肠。 又:夏天风日在□困人,况在长亭无事,自尔思生百种。

《重刻类编草堂诗馀评林》:无事好思量,此乃未尽心中之事,即景思情是也。

《新刻注释草堂诗馀评林》卷四：长夏天气，困人忧思，最切。

沈际飞《草堂诗馀·正集》："粉襟"句画出佳人。　又："好思量"，比相思字更为流美。

浣溪沙

翠葆参差竹径成。谢朓诗：翠葆随风，金戈动日。五采羽名为葆，言竹如此。新荷跳雨泪珠倾。梵崇云：绿荷擎雨看跳珠。曲栏斜转小池亭。　　〇风约帘衣归燕急，水摇扇影戏鱼惊。杜甫诗：鱼吹细浪摇歌扇。柳梢残日弄微晴。

【集评】

《新刻李于鳞先生批评注释草堂诗馀隽》：上是新荷出池之象，下是残日弄晴之象。　又："水摇""柳梢"二语堪称绝唱。　又：竹园翠盖，荷跳明珠，燕舞春风，鱼吹细浪，美景可人，宛然在目。

《重刻类编草堂诗馀评林》：参差不齐之荷与笋之将成，布夏景之盛。

《新刻注释草堂诗馀评林》卷四：竹团翠盖，荷跳明珠，燕舞轻风，鱼吹细浪，美景可人，宛然在目睫矣。

沈际飞《草堂诗馀·正集》：景物一一不谬。

好事近 初夏

叶暗乳鸦啼，风定老红犹落。《南史》陈谢贞诗：风定花犹落。蝴蝶不随春去，入熏风池阁。柳公权诗：熏风自南来，殿阁生微凉。

140

〇休歌金缕劝金卮，裴庆馀诗：满额鹅黄金缕衣，翠翘浮动玉钗垂。纵教水溅罗衣湿，知是巫山行雨归。白居易诗：玉夜黄金卮。酒病煞如昨。帘卷日长人静，任杨花飘泊。

【集评】

（托名）杨慎《评点草堂诗馀》："老红犹落""不随春去"，不似初夏。

《重刻类编草堂诗馀评林》：以深院帘垂昼景长布景，"风定老红犹落"，生意出奇。

《新刻注释草堂诗馀评林》卷四：对景兴怀，寄之笔舌，而音律铿锵，不怕周郎顾者。

沈际飞《草堂诗馀·正集》：逼真初夏。

小重山

花过园林清荫浓。琅玕新脱笋，绿丛丛。唐元稹《种竹》诗：一一青琅玕①。语声只在小池东。闲欹枕，直面芰荷风。杜诗：江天足芰荷。　　〇斜日敞帘栊。《选》诗：落日隐檐楹，升月②照帘栊。轻尘飞不到，画堂空。一樽今夜与谁同。人如玉，《白驹》诗：生刍一束，其人如玉。相对月明中。种放《咏柳》诗：夜深潇洒月明中。

【校】

①青琅玕，原作"青琅耳"，诸本同。据《元氏长庆集》卷二《种竹》诗改。

②升月，原作"升日"，诸本同。据《艺文类聚》卷四、《太平御览》卷三十一改。

【集评】

《新刻李于鳞先生批评注释草堂诗馀隽》：上写出新夏景象逼真，下吐来对月怀思最宛。　　又：竹兮荷兮，夏光堪赏，其如玉人不在何？　　又：落箨翻风,景象固佳,对月饮酒,神情谁遣?

《重刻类编草堂诗馀评林》:前段以竹初落箨入初夏景,轻快可爱。"直面芰荷风"一句,初夏就在襟怀中来。

《新刻注释草堂诗馀评林》卷四:以竹初落箨,荷已翻风,描出初夏景象,何等精当。

沈际飞《草堂诗馀·正集》:前段以竹初落箨入初夏景,轻快可爱。"直面芰荷风"一句,初夏就在襟怀中来。

阮郎归 夏意①

苏东坡

绿槐高柳咽新蝉。陆士衡诗:寒蝉鸣高柳。薰风初入弦。《家语》:舜作五弦之琴,歌《南风》之诗曰:南风之薰兮。碧纱窗下水沉烟。棋声惊昼眠。　　○微雨过,小荷翻。榴花开欲燃。杜诗:山青花欲燃。玉盆纤手弄清泉。《选》诗:纤纤出素手。琼珠碎又圆。杜:棹拂荷珠碎又圆②。

【校】

①夏意,据杨金本补。

②又圆,今通行本《杜甫诗集》作"却圆"。

【集评】

《新刻李于鳞先生批评注释草堂诗馀隽》:上有虞圣抚琴之度,下有周子临池之风。　　又:棋声惊午梦,素手弄新荷。　　又:景中写情,情在笔先。景犹楮上,色色如画。

(托名)杨慎《评点草堂诗馀》:"咽"字下得妙。

《重刻类编草堂诗馀评林》:以"榴花开欲燃"喻初夏之时,似乎未当,榴花燃时正在五月,初夏乃四月时也,但以兴趣如此,譬喻之词也。

《新刻注释草堂诗馀评林》卷四：新蝉小荷，皆初夏之景，但榴花在五月，而四月亦或有之，词令上乘也。

沈际飞《草堂诗馀·正集》：榴花不独五月，炎州十月榴始花。又衡山祝融峰下法华寺石榴，春秋皆发，勿以此花疑非初夏也。

贺新郎 夏景①

东坡

乳燕飞华屋。杜诗：鸣鸠乳燕青春深。陶潜诗：华屋非蓬居。悄无人、槐阴转午。赵师民诗：槐夏午阴凉。晚凉新浴。手弄生绡白团扇，晋中书令王珉与嫂婢有情，珉好执白团扇，婢作《白团扇歌》以赠珉。扇手一时似玉。晋王衍盛美，才貌明映若神，每执玉柄麈尾玄谈，与手同色。渐困倚、孤眠清熟。帘外谁来推绣户。枉教人、梦断瑶台曲。又却是，风敲竹。唐李益诗：开门风动竹，疑是故人来。
○石榴半吐红巾蹙。白居易《石榴》诗：山榴花似结巾红。待浮花浪蕊都尽，伴君幽独。韩诗②：浮花浪蕊镇长有，才开还落瘴雾中。秾艳一枝细看取，芳心千种似束。又恐被、秋风惊绿。若待得君来向此，花前对酒不忍触。共粉泪，两簌簌。

《古今诗话》云：苏子瞻守钱塘，有官妓秀兰，天性黠慧，善于应对。湖中有宴会，群妓毕至，惟秀兰不来。遣人督之，须臾方至。子瞻问其故，具以发结沐浴，不觉困睡。忽有人叩门声，急起而问之，乃乐营将催督也。非敢怠忽，谨以实告。子瞻亦怒之③。坐中侯车，属意于兰，见其晚来，志恨未已，责之曰："必有他事，以此晚至。"秀兰力辩不能止侪之怒。是时榴花盛开，秀兰以一枝藉手告侪，其怒愈甚，秀兰收泪无言。子瞻作《贺新凉》以解之，其怒始息。子瞻之作皆纪目前事，盖取其沐浴新凉，曲名《贺新凉》也。后人不知之，误为《贺新郎》，盖不得子瞻之意也。子瞻真所谓风流太守也，岂可与俗吏同日语哉。又有一阕云："日日深杯酒满，朝朝小圃花开。自歌

143

自舞拘无碍。　　青史几番春梦,红尘多少奇才。不须计较与安排,领取而今现在。"

【校】

①夏景,据杨金本补。

②韩诗,原作"韦诗",诸本同。此实韩愈《杏花》诗,见《五百家注昌黎文集》卷三,据改。

③亦怒之,文意不通,三字疑有误。

【集评】

张继《草堂诗馀别录》:有点删。二词(指本词与上词"绿槐"一首)在东坡非其至。

《新刻李于鳞先生批评注释草堂诗馀隽》:上是午梦难成之抑郁,下是新花共赏之襟期。　又:敲门唤起瑶台梦,恼人!恼人!　又:邀朋酌酒,新枝最堪爱惜。　又:坡公此词冠绝古今,苕溪之论诚矣。杨湜谓其为风流太守,岂虚语哉!但其以"贺新郎"当改作"贺新凉"更迫真。

《重刻类编草堂诗馀评林》:盛夏之时景物繁茂,"槐阴""晚凉"句正当其时。　又:"瑶台曲""风动竹",此用古人。"秾艳一枝香"喻石榴,"千重似束"喻千花,言此时惟榴花盛,独盛于夏,千花皆将尽。

《新刻注释草堂诗馀评林》卷四:坡公此词冠绝古今,苕溪之论诚矣。杨湜谓其为风流太守,岂虚语哉!但其以《贺新郎》当改为《贺新凉》,乃系臆见,似未可从也。　又:末句更新奇。又《古今词话》云(引者按,文字见词末所附,此略)　又:苕溪渔隐云:野哉,杨湜之言,真可入笑林。东坡此词冠绝古今,托意高远,宁为一娼而发?"帘外谁来推绣户,枉教人梦断瑶台曲,又却是,风敲竹",用古诗"帘卷风动竹,疑是故人来"之句,今乃云"忽有人扣门声,急起而问之,乃乐营将催督",此可笑者一也;"石榴半吐红巾蹙,待浮花浪蕊都尽,伴君幽独。秾艳一枝细看(脱"取"字),芳心千重似束",盖初夏之时,千花零落,惟榴花独艳,因为幽闺之情,今乃云"石榴花盛开,秀兰以一枝藉手告倅",此可笑者二也;此词腔调寄《贺新郎》,乃古曲名也,今乃云"取其沐浴新凉,曲名《贺新凉》,后人不知之,误为《贺新郎》",此

144

可笑者三也。《词话》中可笑者甚众,姑举其尤者,第东坡此词深为不幸,横遭点污,吾不可无一言以雪其耻。 又:九我云:"苕溪之说近是。"

沈际飞《草堂诗馀·正集》:恍惚轻僄。本咏夏景主,换头单说个花,高手作文,语意到处即为之,不当限以绳墨。榴花开,榴花谢,以芳心共粉泪,想象咏物妙境。 又:凡作词,或其深衷,或即时事,工与不工,则作手之本色,自莫可掩。《贺新凉》一解,苕溪正之,诚然,而为秀兰,非为秀兰,不必论也。两家纷然,子瞻在泉,不笑其多事耶?

千秋岁 夏景① 新增

谢无逸

楝花飘砌。蔌蔌清香细。梅雨过,唐诗:梅子黄时雨②。萍风起。宋玉《风赋》:风起青苹之末。情随湘水远,梦绕吴峰翠。琴书倦,鹧鸪唤起南窗睡。 ○密意无人寄。幽恨凭谁洗。修竹畔,疏帘里。唐诗:疏帘看弈棋。歌馀尘拂扇,舞罢风掀袂。晏叔原词:舞残杨柳楼心月,歌罢桃花扇底风③。人散后,一钩淡月天如水。柳诗:新月一钩吐。刘禹锡《秋声赋》:碧天如水兮。

【校】

①夏景,据杨金本补。

②《岁时广记》卷一"花信风"条引《东皋杂录》曰:"唐人诗云:楝花开后风光好,梅子黄时雨意浓。"

③舞残、歌罢,通行本《小山词》《花庵词选》作"舞低""歌尽"。

【集评】

张绂《草堂诗馀别录》:无点录。语意俊逸,具有馀韵。

《新刻李于鳞先生批评注释草堂诗馀隽》:上是困人天气懒琴书,下是赏夏时光懒歌舞。 又:自长日以至深松,倦诗倦书,式歌式舞。 又:俱写夏日光景，而一段幽情不言而已。隐隐跃跃。

（托名）杨慎《评点草堂诗馀》：结句清旷，令人心地生凉。

《新刻注释草堂诗馀评林》卷四：此言独处深闺，昼长人倦，触目感心，自有不能释然者。

沈际飞《草堂诗馀·正集》：四语如连环，妙！妙！　又：曰"密意""幽恨"，到"天如水"，暑热中幽凉境，逐情迁，与情随境转者别。

阮郎归 初夏[①] 新增

曾纯甫

柳阴庭馆占风光，呢喃清昼长。《摭遗》：王榭自乌衣国归，至家，梁上燕呢喃下视，乃悟燕子国。碧波新涨小池塘。周词：新绿小池塘。双双蹴水忙。唐词：新水双双来去燕。　　○萍散漫，絮飘扬。轻盈体态狂。《列女传》：赵飞燕体轻，故名飞燕。为怜流去落红香，衔将归画梁。

《绝妙词选》云：上苑初夏，公侍宴池上，有双飞新燕掠水而去，得旨赋之。

【校】
①初夏，杨金本作"咏燕"。

【集评】
《新刻李于鳞先生批评注释草堂诗馀隽》：上言燕子蹴水之忙，下言燕子归梁之态。　又：咏出燕子于飞之态，戏水上梁，在之堪赏。　又：言言点景，有敲金戛玉之声，且全篇皆借燕寓情。

（托名）杨慎《评点草堂诗馀》：艳丽。（"为怜流去"句）

《重刻类编草堂诗馀评林》：此词字字句句都归初夏，妙绝！妙绝！

沈际飞《草堂诗馀·正集》：怜香惜艳，燕尤不俗，"落花都上燕巢泥"，根出在此。 又:"归"与"去"互照。

法曲献仙音 感怀[1] 新添

周美成

蝉咽凉柯,燕飞尘幕,王介甫《墙西树》诗:渺渺凉蝉咽欲休。晏元献诗:帘幕中间燕子飞。漏阁签声时度。陈纪《鸡人词》:漏传签于殿中者,今投签于阶上,使锵然有声。漏签乃筹箭也。倦脱纶巾,困便湘竹,桐阴半侵朱户。向抱影凝情处。时闻打窗雨。《文选》云:落落穷巷中,抱影守空庐。韩偓诗:欲明花更寒,东风打窗雨。　○耿无语。叹文园、近来多病,情绪懒,尊酒易成间阻。杜甫诗:文园多病后。又:何时一樽酒。缥缈玉京人,想依然、京兆眉妩。云翘夫人云:蓝桥便是神仙宅,何必崎岖上玉京。汉张敞守京兆,为妻画眉,长安传为京兆眉妩。翠幕深中,对徽容、空在纨素。待花前月下,见了不教归去。梅尧臣[2]《花娘歌》:月下花前不暂离,暂离已见银河远。

【校】

①感怀,据杨金本补。

②梅尧臣,原作"梅花神",诸本同。按:《花娘歌》乃梅尧臣作,见《宛陵集》卷十。据改。

【集评】

《新刻李于鳞先生批评注释草堂诗馀隽》:上言首夏困人景物,下言致思感慨之极。 又:写初夏景,真是困人天气。 又:望夫不在,故以画眉怀想。 又:月下花前,寄情处正堪惆怅。 又:景物在首夏处,描出如见,而一段大吃一惊慨思致,宛然可掬。

(托名)杨慎《评点草堂诗馀》:即《望江南》,白乐天改《忆江南》,但《法曲》作三叠,《望江南》两叠耳。

《重刻类编草堂诗馀评林》:此段(指上片)以初夏景物即事,有困人天气之思。此段(指下片)因时景而致思,感叹之词也。

《新刻注释草堂诗馀评林》卷四:前段以初夏景物有困人之意,后则致思感叹之辞也。

沈际飞《草堂诗馀·正集》:钻心。   又:"不教归去",痴心语,实快心语。

过秦楼 新添

周美成

水浴①清蟾,叶喧凉吹,李商隐云:风叶共成喧。唐太宗诗:凉吹肃离宫。巷陌马声初断。闲依露井,笑扑流萤,惹破画罗轻扇。孟蜀花蕊夫人诗:银蜡秋光冷画屏,轻罗小扇扑流萤。玉阶夜色凉如水,卧看牵牛织女星②。人静夜久凭栏,愁不归眠,立残更箭。叹年华一瞬,人今千里,梦沉书远。   〇空见说、鬓怯琼梳,容销金镜,李白诗:明明金鹊镜③,了了玉台前。渐懒趁时匀染。梅风地溽,虹雨苔滋,王勃云:虹销雨霁。杜甫诗:楚雨石苔滋。一架舞红都变。谁信无憀,为伊才减江淹,《南史》:江淹少宿于冶亭,梦人授五色笔,因而有文章。后梦郭璞取其笔,自此为诗无美句,人称才尽。情伤荀倩。《世说》:荀奉倩妻曹氏有艳色,妻尝病热,奉倩尝以冷身熨之,妻亡,叹曰:佳人难再得。人吊之,不哭而伤神。无几,奉倩亦亡。但明河影下,还看稀星数点。

【校】

①水浴,原作"京浴",据《详注周美成词片玉集》《花庵词选》改。

②此诗为王建《宫词》组诗之一,又或称为杜牧作,见《苕溪渔隐丛话》

后集卷十四。

③明明金鹊镜，原本作"明朝金镜里"，诸本同。然不合诗律，今传《李白诗集》皆不作此。此据瞿蜕园、朱金城《李太白集校注》卷二十五《代美人愁镜二首》改。

【集评】

《新刻李于鳞先生批评注释草堂诗馀隽》：上是月明夜静景无聊，下是佳人才子思无尽。　又：此时此景，对谁语也？此引江淹、荀倩，有才子恋佳人之怀相。　又：此俱是嗟我怀人，睹月夜益起思念，虽曰夏景，其实乃春怀情况也。

《新刻注释草堂诗馀评林》卷四：月明夜寂，自有一种清况。嗟我怀人，不能成寐，亦本然事。　又：末结有味。

沈际飞《草堂诗馀·正集》：弄致。　又：章句字作家，拈来都合。

侧犯 新添

前人

暮霞霁雨，小莲出水红妆靓。何逊诗：雾夕①莲出水。风定。看步袜江妃照明镜。张文潜《莲花》诗：水宫仙子斗新妆，轻步凌波蹑明镜。飞萤度暗草，秉烛游花境。古诗云：何不秉独游。人静。携艳质、追凉就槐影。杜诗：忆昔②好追凉。　　○金环皓腕，雪藕清泉莹。《文选·美女篇》：攘袖见素手，皓腕约金环。杜甫诗：佳人雪藕丝。谁念省。满身香、犹是旧荀令。李端《赠郭驸马》诗：熏香荀令偏怜小。盖荀令则年十五拟国婚之选，不欲连姻帝室，乃远遁长沙，寻不获。见说胡姬，酒垆寂静。王琰《新咏》云③。辛延年《羽林郎》诗：昔有霍家奴，姓冯名子都。依倚将军势，调笑酒家胡。胡姬年十五，春日独当垆。长裾连理带，广袖合欢襦。《左传注》：胡姬乃齐景公妾也。烟锁漠漠，藻池苔井。谢玄晖：生烟纷漠漠。杜诗：青苔生古井④。

【校】

①雾夕，原作"雾多"。按：何逊《看伏郎新婚诗》曰："雾夕莲出水，霞朝日照梁。""雾夕""霞朝"正相属对，"雾多"不合诗律，今据《何水部集》改。

②忆昔，原作"意昔"，诸本同，今据杜甫《羌村三首》改。

③此处下引内容无，诸本同。疑有缺文。

④今传杜集无此诗句。

【集评】

《新刻李于鳞先生批评注释草堂诗馀隽》：上是仿古人秉烛夜游之兴，下是见胡姬缠头醉酒之风。　又：赏夏不减赏春之兴。　又：酒垆胡姬，可当卓文君否？　又：将景中点古人故事，照应得好。

（托名）杨慎《评点草堂诗馀》：此数语，绝似《选》诗。

《重刻类编草堂诗馀评林》：将景中点古人故事，照应得好。有平中之奇，人人爽目。

《新刻注释草堂诗馀评林》卷四：将景中点古人故事，照应得好。有平中之奇，人人爽心夺目。　又：垒土为堕，以居酒瓮为垆。

沈际飞《草堂诗馀·正集》："风定"以下闵刻俱作五字，可笑。　又："飞萤"二句，《选》诗；"携艳质"句，元曲。　又：句亦香。　又："静"字韵重。

贺新郎 新添　夏景①

赵文鼎

昼永重帘卷。古词：帘卷画堂人寂静。乍池塘、一番过雨，芰荷初展。古词：一番雨过池塘，十里芰荷香②。竹引新梢半含粉，杜诗：新梢才出墙。又：院竹半含箨。绿荫扶疏满院。过花絮、蜂稀蝶懒。窗户沉沉人不到，伴清幽、时有流莺啭。凝思久，意何限。　○玉钗坠枕风鬟颤。见前注。湛虚堂、壶冰莹彻，簟波零乱。鲍照：清如玉壶冰③。古词：展霜簟湘波生细波④。自是仙姿

150

清无暑，月影空垂素扇。古词：宝扇重寻明月影。破午睡、香销余篆。一枕湖山千里梦，正白苹烟棹⑤归来晚。苏养直《清江曲》：白苹满棹归来晚，秋满芦花两岸霜。云弄碧，楚天远。

【校】

①夏景，据杨金本补。

②此联诗不见记载，相近的诗作如黄庭坚《鄂州南楼书事四首》有句曰："四顾山光接水茫，凭栏十里芰荷香。"

③清如玉壶冰，原作"阴清明如玉壶冰"，诸本同。据《鲍明远集》卷三《代白头吟》改。

④此句费解。下一首周美成《塞翁吟》有句曰："蕲州簟展双纹浪。"柳永《夏云峰》词注有"湘簟展清波"之句。又柳永《大圣乐》词注："双纹生细波。"

⑤"棹"字原缺，据杨金本补。

【集评】

《新刻李于鳞先生批评注释草堂诗馀隽》：上叙时光清幽景象，下叙梦魂层转情怀。　又：恨在蜂蝶不来，流莺空啭，何等幽思。　又：一枕千里，梦里神游十二峰矣。　又：一气呵成，如倾河浃之水；五音叶出，如奏钧天之乐。点景写怀，曲尽其妙矣。

《新刻注释草堂诗馀评林》卷四：此词点景寓怀，一笔写成，无少牵强，而曲中宫商，可入丝竹者也。

沈际飞《草堂诗馀·正集》：练达。○一清无暑。

塞翁吟 新添

周美成

暗叶啼风雨，李贺云：木叶啼风雨。窗外晓色珑璁。李贺云：鸡人唱罢①晓珑璁。散水麝，小池东。乱一岸芙蓉。蕲州簟展双纹浪，轻帐翠缕如空。梦远别，泪痕重。淡铅脸斜红。　　　　○仲仲。嗟憔悴、新宽带结，羞艳冶、都销镜中。《诗》：忧心忡忡。萧邻诗：纤腰非学柳，宽带为思君。有蜀纸、堪凭寄恨，韩偓有《寄恨》诗云：蜀纸虚留小字红。等今夜、洒血书词，剪烛亲封。韩愈云：刳肝以为纸，洒血以书词。毛达可妻诗：剪烛亲封锦字书。菖蒲渐老，早晚成花，教见薰风。

【校】

①鸡人唱罢，原作"鸡鸣罢唱"，诸本同。据李贺《昌谷集》卷一《河南府试十二月乐词（九月）》诗改。

【集评】

《新刻李于鳞先生批评注释草堂诗馀隽》：上是景写深夏之奢，下是书寄长恨之惨。　又："宽带结""镜中销"，俱写出不尽愁恨，笔舌难转。又：对景兴怀，屡欲寄声传情，描出一段相思隐情，一字一血。

《重刻类编草堂诗馀评林》：前段布景生情，后段有忆故人之情，"菖蒲渐老"句愈见夏景精神，人未能有道。

《新刻注释草堂诗馀评林》卷四：对景兴怀，寄之笔舌，而音律铿锵，不怕周郎顾者。

沈际飞《草堂诗馀·正集》：后段累累谆谆，真字字更长漏永，声声衣宽带松。

夏云峰 新添

柳耆卿

宴堂深。轩槛雨，轻压暑气低沉。花洞彩舟泛斝，坐绕清浔。楚台风快，楚襄王与宋玉登台，有风飒然而至，曰：快哉此风。湘簟冷、永日披襟。古词:湘簟展清波。坐久觉、疏弦脆管,换新音。　　○越娥蕙态兰心。逞妖艳、泥欢邀宠难禁。筵上笑歌间发,舄履交侵。《史记》:淳于髡曰:男女同席,舄履交错。醉乡归处,古词:醉乡天广大。须尽兴、满酌高吟。向此免、名缰利锁,虚费光阴。

【集评】

《新刻李于鳞先生批评注释草堂诗馀隽》:上是托丝以消永日,下是倾杯以畅达怀。　　又:何以消此长夏,托琴樽以自畅,可也。　　又:此词以夏日消闲宴乐,发挥胸中清兴,醉舞狂歌,无拘无束之意。

(托名)杨慎《评点草堂诗馀》:泥欢亦作泥惧。俗谓柔言索物曰泥,犹软缠也。

《重刻类编草堂诗馀评林》:此词以夏日消闲宴乐,发挥胸中清兴,醉舞狂歌,无拘无束之意。

《新刻注释草堂诗馀评林》卷四:此词以夏日消闲宴乐,发挥胸中清兴,醉舞狂歌,无拘无束之意。

沈际飞《草堂诗馀·正集》:"槛"字一作"槛"。"时"字诸本缺,误。又:即景琢句,清新。柔言。索物曰泥,谚所谓软缠也,诗家"忽忽穷愁泥杀人""泥他沽酒拔金钗""脉脉春情更泥谁""昼泥琴声夜泥书""银灯影里泥人娇",一作泥,又作妮。今山东目婢曰小妮子,其语亦古矣。

诉衷情近 新添

前人

景阑昼永,渐入清和气序。古诗:首夏犹清和。榆钱飘满闲阶,莲叶嫩生翠沼。遥望水边幽径,山掩孤村,是处园林好。○闲情悄,绮陌游人渐少。少年风韵,自觉随春老。追

153

前好。帝城信阻，天涯目断，暮云芳草。伫立空残照。

【集评】

《新刻李于鳞先生批评注释草堂诗馀隽》：上叙夏日山水佳处，下叙爽气情怀难遣。　又：清和爽气，安得不动怀人之思。　又：夏光好，山山水水觉清和，嗟我怀人，隔断云草，对景伤情，词意俱到。

（托名）杨慎《评点草堂诗馀》：写景真，有感慨。

《重刻类编草堂诗馀评林》：（引者按：眉端朱笔批："好"字韵重。乃转录沈际飞评语，见下）

《新刻注释草堂诗馀评林》卷四：对首夏清和之景，嗟我怀人，自不能遏置也。

沈际飞《草堂诗馀·正集》：道其常，自韵。　又："好"字韵重。（指"追前好"）

过涧歇 新添

柳耆卿

淮楚。旷望极，千里火云烧空，吴融《苦热行》[①]：火云焰焰烧天红。尽日西郊无雨。《易》：密云不雨，自我西郊。厌行旅。数幅轻帆旋落，舣棹兼葭浦。避畏景，《左传》：夏日可畏。《纂要》：夏日畏景。两两舟人夜深语。　○此际争可，便恁奔利名。九衢尘里，衣冠冒炎暑。回首江乡，月观风亭，水边石上，幸有散发披襟处。晋有八达：胡毋辅、谢鲲、阮放、毕卓、羊曼、桓彝、光逸、阮孚之徒，尝散发裸袒，闭户酣饮[②]。张景阳曰：袖簪解朝衣，散发归海隅。束发为从官，散发为羁官。披襟，即宋玉谓"有风飒然而至，开襟而当之"。

154

【校】

①吴融《苦热行》，诸本同。按：本诗作者，《文苑英华》《唐文粹》《乐府诗集》《全唐诗》均作王毂。又"火云"诸书均作"火旗"。

②按：此处注文原作"胡毋补、谢琨、毕卓，相寻、阮孚"，今据《晋书》卷四十九《隐逸传》补全并作改正。

【集评】

《新刻李于鳞先生批评注释草堂诗馀隽》：上言夏日有可畏之势，下言风月可吞纳之怀。 又：因避炎而有乘凉之兴，亦是豪放不羁之处。 又：当夏日之可畏，而有散发披襟、吟风弄月之怀，杰出尘寰者。

《重刻类编草堂诗馀评林》：以夏日即事，见炎日可畏，而有散发披襟、吟风（脱"弄"字）月之怀，杰出人表。 又：（眉端朱笔批）按《词谱》，换头第一句为四句，与晁补之异。

《新刻注释草堂诗馀评林》卷四：当夏日之可畏，而有散发披襟、吟风弄月之怀，杰出尘寰者。

沈际飞《草堂诗馀·正集》：忽然凉生。 又：后段都似夜深中语，脉理极联。 又：挥汗冒暑，深拱大揖，诚不如散发披襟之为乐也。况乎昏夜乞哀，以此身为桎梏者哉！ 又：一作"奔利名，九衢城里"。（底本：奔名竞利）

女冠子 新添　夏意①

柳耆卿

淡烟飘薄。莺花谢、清和院落。树阴翠、密叶成幄。麦秋霁景，《选·诗》：密叶成翠幄。《月令·孟夏》：是月也，麦秋至。夏云忽变奇峰，古诗：夏云多奇峰。倚寥廓。波暖银塘，涨新萍绿鱼跃。想端忧多暇，陈王是日，嫩苔生阁。谢庄《月赋》：陈王初丧，应刘端忧多暇。青苔生阁，芳尘凝榭。 ○正铄石天高，流金昼永，

《楚辞》：十日代出，流金铄石。楚榭光风转蕙，《选·诗》：光风记蕙兰②。披襟处、波翻翠幕。以文会友，沉李浮瓜**文帝书：浮甘瓜于清流，沉朱李于寒水。**忍轻诺。别馆清闲，避炎蒸、岂须河朔。**魏文帝《典论》：刘松、袁绍常以三伏之际，昼夜酣饮，以避一时之暑，故河朔相传为避暑饮。**但樽前随分，雅歌艳舞，尽成欢乐。

【校】

①夏意，据杨金本补。

②光风记蕙兰，王逸《文选注》卷二十九宋玉《招魂注》："光风转蕙，泛崇兰兮。"

【集评】

《新刻李于鳞先生批评注释草堂诗馀隽》：上是夏日炎烈之景，下是山阴畅饮之怀。　又：写出炎气迫人，宜其邀友纳凉。　又："懒摇白玉扇，裸袒青林中。脱巾挂石壁，浮瓜洒松风"，亦可谓得避暑之趣者。

《重刻类编草堂诗馀评林》：此段（指上片）述盛夏之景。

《新刻注释草堂诗馀评林》卷四：李诗："懒摇白玉扇，裸袒青林中。脱巾挂石壁，浮瓜洒松风。"亦可谓得避暑之趣者。

沈际飞《草堂诗馀·正集》："淡烟"二句似选。　又：耆卿词如"霜风凄紧，关河冷落，残照当楼"等甚佳，顾不选。而选其"愿妳妳、兰心蕙性""以文会友""寡信轻诺"之酸文，不知何见？

大圣乐 初夏 新添

千朵奇峰，半轩微雨，晓来初过。渐燕子、引教雏飞，**见前注。**菡萏暗熏芳草，池面凉多。浅斟琼卮浮绿蚁，展湘簟，双纹生细波。**见前注。**轻纨举，动团圆素月，《怨歌行》：**轻裂齐纨素，皎洁如霜雪。裁为合欢扇，团圆似明月。**仙桂婆娑。　　○临风对月恣乐，便好把、千金邀艳娥。幸太平无事，击壤鼓腹，携酒高歌。《通历》：帝尧之时，有老人击壤于路曰：吾日出而作，日入而息，凿井而饮，耕田而食，帝何力于我哉。庄子云：赫胥氏之时，民居不知所为，行不知所之，含哺而嬉，鼓腹而游。富贵安居，功名天赋，争奈皆由时命呵。休眉锁，问朱颜去了，还更来么。

【集评】

《新刻李于鳞先生批评注释草堂诗馀隽》：上叙首夏景色繁华，下作素位乐天志趣。　又：步步是赤帝初临风趣。　又：如康衢击壤老人，不识不知景象。　又：又如彭泽采菊，诗翁不愧不作襟期。　又：写出夏光端不减春光之奢，欣言游夏，亦不逊游春之兴，且有及时行乐、帝乡非吾愿之趣。

《重刻类编草堂诗馀评林》：此词自言得其清闲安居而乐，不以功名富贵而累其心，又谓人生老去，不能再来。

《新刻注释草堂诗馀评林》卷四：素位而行，不以功名富贵累其心者，而后能为此言。　又：大顺大化，于此可见。

沈际飞《草堂诗馀·正集》：文人之颏。　又：安得东君长为主，把朱颜绿鬓一时留住。〇俗子读之回头矣。咦！勿与彼读，落便宜也。

秋景

满江红 秋望[1]

赵元稹

惨结秋阴，西风送、丝丝雨湿。《桑柔》诗注：西风谓之大风。《选》张景阳《杂诗》：密雨如散丝。凝望眼、征鸿几字，暮投沙碛。《唐韵》：碛，水渚有石者。李白诗：英风振砂碛[2]。欲往乡关何处是，水云浩荡连南北。李白诗：摇艳[3]桂水云。又[4]：河堤绕绿水，桑柘连水尽⑤。杜诗:是身如浮云⑥,安可限南北。**但修眉、一抹有无中,遥山色**。韩《南山》诗:天宇浮修眉,浓绿⑦画新就。杜诗:巫峡寒空半有无⑧。

○**天涯路,江上客。肠已断**,李白诗:矫首相思空断肠。**头应白**。杜:郁郁丹青已白头。**空搔首**《诗》:搔首踟蹰。**兴叹,莫年离隔**。莫与暮同。杜诗:道路只今多离隔。**欲待忘忧除是酒**,晋顾荣谓张翰曰:惟酒可以忘忧。又陶潜诗:泛此忘忧物。**奈酒行欲尽愁无极。便挽将、江水入樽罍**,《唐韵》云:罍,酒樽也。**写胸臆**。杜诗:异县逢故人⑨,初欣写胸臆。

【校】

①秋望,杨金本作"秋思"。按:底本中词题或置于词牌前,或置于其后,今统一置词牌后,不一一出注。

②李白《行行且游猎》:"猛气英风振砂碛。"

③摇艳,原作"摇盍",据李白《禅房怀友人岑伦南游……书情寄之》诗改。

④又,原无,今据注文体例加,因所引诗不属上诗也。

⑤连水尽,诸本同。瞿蜕园、朱金城《李太白集校注》卷九《赠清漳明府侄聿》诗作"连青云"。

⑥杜诗:是身如浮云,原作"南天不见了二云园林",诸书同,然意思混乱,不知所云,且与下句失联,今据杜甫《别赞上人》诗补。

⑦浓绿,原作"光绿",据韩愈《南山》诗改。

⑧杜甫《反照》诗全句为:"反照开巫峡,寒空半有无。"

⑨故人,今通行本杜甫《别赞上人》诗作"旧友"。

【集评】

《新刻李于鳞先生批评注释草堂诗馀隽》:上是望中极目无际处,下是愁里开楯强排情。 又:山色有无中,不知空眼几穿。 又:惟酒可以忘忧,洵是无极之愁。 又:描出思望之情,婉然在目,而一段愁肠,不饮先醉。由尽离绪,千肠吐毕。

（托名）杨慎《评点草堂诗馀》：一幅李营丘秋景。　　又：阮籍语："心中垒块，须以酒浇之。"

《重刻类编草堂诗馀评林》："征鸿"几字，即望中之思。　　又："修眉一抹有无中"，乃望之无际处。　　又："天涯"已下皆托意。

《新刻注释草堂诗馀评林》卷五："征鸿"几字，即望中之思。　　又："修眉一抹有无中"，乃望中之无际处。　　又："天涯"以下皆托意。

沈际飞《草堂诗馀·正集》：句句是望，一幅李营丘秋意。　　又：翻用欧词"山色有无中"。　　人云"山如眉"，此独不然。　　又：无酒便是水，快事，苦事。

忆秦娥 秋思

李太白

箫声咽，秦娥梦断秦楼月。《列仙传》：萧史善吹箫，能至孔雀白鹤。秦穆公女弄玉亦好吹箫，遂妻之。数年，吹似凤声，凤凰止其屋。公为作凤台，一旦夫妻皆随凤去。今古相传以为秦楼。《秦楼月》，《忆秦娥》之异名。秦楼月，年年柳色，灞陵伤别。　　　　○乐游原上清秋节，咸阳古道音尘绝。音尘绝，西风残照，汉家陵阙。

花庵词客云：太白此词及《菩萨蛮》一词，为百代词曲之祖。

【集评】

《新刻李于鳞先生批评注释草堂诗馀隽》：上有秦楼皓月之梦想，下有古道斜阳之心思。　　又：思忆中有追慨，情绪法律清楚。　　又：语语是忆秦娥，意味宛切迫真，堪为百代词调之宗。

胡应麟《少室山房笔丛》卷四十一"庄岳委谈下"：今诗馀名《望江南》外，《菩萨蛮》《忆秦娥》称最古，以《草堂》二词出太白也。近世文人学士或以为实，然余谓太白在当时，直以风雅自任，即近体盛行，七言律鄙不肯为，宁屑事此？且二词虽工丽，而气衰飒，于太白超然之致，不啻穹壤。藉令真出青莲，必不作如是语。详其意调，绝类温方城辈，盖晚唐人词嫁名太白，若怀素草书李赤《姑熟》《耳原》。二词嫁名太白有故，《草堂》词，宋末人编，青莲诗亦称《草堂集》，后世以二词出唐人，而无名氏，故伪题太白以冠斯编也。杨用修《词品》又有《清平乐》词二阕，尤浅俚，俱赝作也。

《重刻类编草堂诗馀评林》：词曲之祖。

《新刻注释草堂诗馀评林》卷五：花庵词客云："太白此章，为百代词曲之祖。"

沈际飞《草堂诗馀·正集》：太白此词有林下风气，《忆秦娥》词故是闺房之秀。　又：新本落后段迭句，非。

风流子 秋怨

周美成

枫林凋晚叶，杜诗：玉露凋伤枫树林。关河迥，楚客惨将归。《楚辞》宋玉赋曰：悲哉！秋之为气。登山临水兮送将归。望一川暝霭，雁声哀怨，半规凉月，人影参差。文莹诗：半规残月高高照。又，杜牧诗：月上白璧门，桂影凉参差。酒醒后，泪花销凤蜡，杜诗：花催蜡炬销。《南史》：王僧绰采蜡烛泪作凤。风幕卷金泥。李后主词：曲栏珠箔，惆怅卷金泥。砧杵韵高，唤回残梦，吴高晓付砧杵声尽①。绮罗香减，牵起余悲。　○亭皋分襟地，柳恽诗：亭皋木叶下。杜甫诗：还对欲分襟②。难拚处，偏是掩面牵衣。魏文帝《别诗》：妻子牵衣袂，泪落沾襟抱。何况怨怀长结，重见无期。江淹赋：怨此衰抱，见此秋期③。想寄恨书中，银钩空满，晋索靖能草书，宛若银钩。断肠声里，玉箸还垂。李义山《赠妓》诗：断肠声里唱阳关④。《白氏六帖》云：魏甄后面白，双泪垂如玉箸也。多少暗愁密意，唯有天知。

【校】

①此句不可解。

②还对欲分襟，原作"还欲对分禁"，据杜甫《夏日扬长宁宅送崔侍御常正字入京得深字》诗改。

③怨此衰抱，见此秋期。今通行本《江文通集》卷一《灯赋》作："怨此愁抱，伤此秋期。"

④断肠声里唱阳关，原作"断肠乃里唱玉关"，据李商隐《赠歌妓二首》改。

【集评】

《新刻李于鳞先生批评注释草堂诗馀隽》：上是秋色秋声解人耳，下是相思相见告天心情。　又：砧杵回残梦，绮罗起馀怨，此景此情，堪与谁知？问天已已。　又：以愁景而动愁思，则触目惘心，真是风流欲诉无人会，留与情风明月知。

（托名）杨慎《评点草堂诗馀》：丽。

《重刻类编草堂诗馀评林》：见秋月之怨，月中"人影参差"句殊有风味，道人不能道者。

《新刻注释草堂诗馀评林》卷五：秋声秋色入耳触目，多能动人愁思。

沈际飞《草堂诗馀·正集》："砧杵""寄恨"四句扇对，魂芳魄艳。　又：不得已而问天。○兼金石倚彩之美，长篇未易。

雨霖铃 秋别

柳耆卿

寒蝉凄切。《记·月令》：孟秋之月，白露降，寒蝉鸣。对长亭晚，骤雨初歇。《白氏六帖》：五里一短亭，十里一长亭。都门帐饮无绪，《文选》：蔼蔼东都门，群公祖二疏①。方留恋处，兰舟催发。《汾阴行》：木兰为楫桂为舟。执手相看泪眼，竟无语凝噎。念去去、千里烟波，苏养直②诗：长占烟波弄明月。暮霭沉沉楚天阔。　　○多情自古伤离别。更那堪，冷落清秋节。今宵酒醒何处，杨柳岸、晓风残月。此去经年，李白：别来已多年。应是良辰好景虚设。便纵有、千种风情，更与何人说。

【校】

①二疏，原作"语疏"，诸本同。误。《汉书》载疏广、疏受叔侄同日请辞，告老还乡，公卿大夫故人邑子设祖帐于东都门外，车数百辆。今据《文选》卷二十张协《咏史诗》改。

②苏养直，原作"苏子美"，诸本同。按：所引诗实苏养直《清江曲》诗，见《诗话总龟》卷四、《苕溪渔隐丛话》前集卷五十三。

【集评】

《新刻李于鳞先生批评注释草堂诗馀隽》：上有临别不忍别之深情，下有欲见不得见之雅慕。 又：一别各天，神情飞驰。 又：此夕何处，请光对谁？ 又：千里烟波，惜别之情已骋；千种风情，期见之愿又赊，真所谓善传神者。

（托名）杨慎《评点草堂诗馀》：此词只是"酒醒何处"二句千古脍炙人口，柳词遂为第一，与秦少游"酒醒处，残阳乱鸦"同一景事，而柳犹胜。

《重刻类编草堂诗馀评林》：古人所谓"去去客千里，迢迢天一涯"，正见于此。

沈际飞《草堂诗馀·正集》："今宵"二句，耆卿作词宗，实甫为曲祖，求其似之，少游"酒醒处、残阳乱鸦"。○唐词"帘外晓莺残月"至矣。宋人让唐诗，而词多不让。○倾吐妙。

御街行 怀旧

范希文

纷纷堕叶飘香砌。夜寂静，寒声碎。唐明皇制《秋声高》一曲，每奏之，则秋风徐来，庭叶交坠。真珠帘卷玉楼空，天淡银河垂地。□□《瀑布》诗：天遣银河一孤垂。年年今夜，月华如练，谢朓诗：
澄江静如练。长是人千里。　　○愁肠已断无由醉，酒未到，
先成泪。残灯明灭枕头欹，谙尽孤眠滋味。都来此事，眉间
心上，无计相回避。

【集评】

《新刻李于鳞先生批评注释草堂诗馀隽》：上是孤夜而怀人千里，下是
孤眠而对酒万愁。　　又：月光如昼，洞深于酒，情景两到。　　又：来时何速
去何迟，半在胸中半在眉。门掩落花春在后，宵涵明月酒醒时。

《重刻类编草堂诗馀评林》：此词以秋日怀旧，尽说夜间景象，又至"残
灯明灭"以下却在怀旧上，且见新情。

《新刻注释草堂诗馀评林》卷五·《古愁吟》："来时何速去何迟，半在胸
中半在眉。门掩落花春去后，窗涵明月酒醒时。"亦此意。

沈际飞《草堂诗馀·正集》：不让"莺声碎"句。　　又："天淡"句空灵。
又：朱良规曰："天之风月，地之花柳，人之歌舞，缺一不成三才。"公勋德重
望，不讳情致。又韩魏公有《点绛唇》词"乱红飘砌，滴尽珍珠泪"，其勋德情
致皆然。　　又："眉间"二句类易安而少逊。

苏幕遮 感旧

范希文

碧云天，《文选》：日暮碧云合。黄叶地。杜诗：湘潭一叶黄。秋
色连波，波上寒烟翠。山映斜阳天接水，芳草无情，《文选》：芳
草生兮萋萋。更在斜阳外。　　○黯乡魂，追旅思。《文选》：旅思
倦摇摇，孤游昔已屡。夜夜除非、好梦留人睡。明月楼高休独倚，
赵嘏《早秋》诗：残星几点雁横塞，长笛一声人倚楼。酒入愁肠，化作相
思泪。

【集评】

《新刻李于鳞先生批评注释草堂诗馀隽》：上托芳草以怀芳卿，下是梦里相寻，酒中相思，无限深情。　又：秋水长天一色景，明月杯独举，更动相思。　又："斜阳""芳草"最入乡魂旅思，观其对月伤怀，舍杯拭泪，安得言？言痛切乃尔。

（托名）杨慎《评点草堂诗馀》：酒是消愁，如何反作愁？　又：《唐书》吕元济上书：比见方邑相率为浑脱队舞，骏马胡服，名曰苏幕遮。词名本此。

《重刻类编草堂诗馀评林》："乡魂""旅思"处以（脱"下"字）数句，词意宛切。

《新刻注释草堂诗馀评林》卷五："乡魂""旅思"处以下数句，词意宛切。

沈际飞《草堂诗馀·正集》："芳草更在斜阳外""行人更在春山外"，两句不厌百回读。○人但言睡不得尔，除非好梦留人，反言愈切。　又："欲解愁肠除是酒，奈酒至愁还又"，似此注脚。

渔家傲 秋思

塞下秋来风景异，韩：萧萧①风景寒。衡阳雁去无留意。杜：万里衡阳雁，今年又北归。四面边声连角起。《文选·答苏武书》：边声四起。千嶂里，长烟落日孤城闭。　　○浊酒一杯家万里，《选·绝交书》：浊酒一杯。燕然未勒归无计。《后·窦建德传》：宪击匈奴，破之，遂登燕然，刻石勒功，纪汉威德。羌管悠悠霜满地。人不寐，《柏舟》诗：耿耿不寐。将军白发征夫泪。《后·班超传》：超为都护将军，久在绝域，年老倦游。录令狐挺《题相思河》诗：只应自古征人泪。

《东轩笔录》云：范希文守边日，作《渔家傲》乐歌数阕，皆以"塞下秋来"为首句，颇述边镇之苦。永叔常呼为"穷塞主"词。及至王尚书素守平凉，

164

永叔豪作《渔家傲》一阕以送之,其卒章曰:"战胜归来飞捷奏。倾置酒。玉阶遥献南山寿。"且谓王尚书曰:"此真元帅之事也。"

【校】

①萧萧,原作"潇潇",据杜甫《谢自然》诗改。

【集评】

《新刻李于鳞先生批评注释草堂诗馀隽》:上写其在边之景象,下述其守边之心神。　又:塞下曲,胡中笳,亦如此迫切。　又:曲尽秋塞之情,诵之令人兴悲。

(托名)杨慎《评点草堂诗馀》:此是塞上曲,少悲壮,似未善。

《重刻类编草堂诗馀评林》:曲尽秋塞之情,诵之令人自悲。

《新刻注释草堂诗馀评林》卷五:曲尽秋塞之情,诵之令人兴悲。

沈际飞《草堂诗馀·正集》:希文道德未易窥,事业不可笔记。　又:"燕然未勒"句悲愤郁勃,穷塞主安得有之?○实历苦语,昔宋儒有自翰林左迁,至谒当辖,退而叹曰:"今日廷参,始觉自是县令。"盖不左迁,不知县令之苦也。

采桑子 秋怨

李后主

辘轳金井梧桐晚,几树惊秋。昼雨和愁,百尺虾须在玉钩。苏易简诗:虾须半卷天香散。琼窗春断双蛾皱,回首边头。欲寄鳞游,九曲寒波泝不流。

【集评】

《新刻李于鳞先生批评注释草堂诗馀隽》:上秋愁不绝浑如雨,下情思欲诉寄与鳞。　又:写景写情,词简意切。　又:观期愁情欲寄处,自是一字一泪。

《新刻注释草堂诗馀评林》卷五：辘轳，井上汲水之器。虾须，帘也。

沈际飞《草堂诗馀·正集》：何关鱼雁山水，而词人一往寄情，煞甚相关。秦、李诸人多用此诀。

南柯子

僧仲殊

十里青山远，潮平路带沙。坡诗：雨过潮平江海宽。数声啼鸟怨年华。又是凄凉时候、在天涯。《文选》：相去千万里，各在天一涯。　　○白露收残月，杜诗：露从今夜白，月是故乡明。清风散晚霞。绿杨堤畔闹荷花。记得年时沽酒、那人家。

【集评】

《新刻李于鳞先生批评注释草堂诗馀隽》：上是思游子在天涯之远，下是忆往来酌人家之酒。　　又：凄凉景色，还忆得沽酒人家。　　又：追思远人，追忆往事，委婉真切，堪当一悲秋赋。

（托名）杨慎《评点草堂诗馀》：真是初唐律句。（"白露"句）

《重刻类编草堂诗馀评林》：写秋日之景寥落悲凉，诵之自是不堪。

《新刻注释草堂诗馀评林》卷五：值秋景之凄凉，天涯游子自是不堪。

沈际飞《草堂诗馀·正集》："白露"二句，初唐律诗。　　又："沽酒那人家"，情思都在里面。

浣溪沙 秋思

李中主

菡萏香销翠叶残。《尔雅》：芙蕖，荷也。其茎迦，其叶蕸，其本蔤，其华菡萏,其实莲,其根藕。西风愁起绿波间。还与韶光共憔悴,不堪看。屈原《离骚》辞[1]:行吟泽畔,颜色憔悴。　　〇细雨梦回鸡塞远,小楼吹彻玉笙寒。多少泪珠何限恨,倚阑干。李白诗:解释春风无限恨,沉香亭北倚栏干。

《雪浪斋日记》:荆公问山谷云:"作小词,曾见李后主词否?"答:"曾看。"荆公曰:"何处最好?"山谷以"一江春水向东流"对。荆公曰:"未若'细雨梦回鸡塞远,小楼吹彻玉笙寒'。又'细雨湿流光'最好。"

《南唐词集》云:冯延巳作《谒金门》"风乍起",李中主云:"吹皱一池春水,干卿何事?"对曰:"未若陛下'小楼吹彻玉笙寒'也。"

【校】

①按:"行吟泽畔,颜色憔悴"是《史记》卷八十四《屈原贾生列传》中语,非《离骚》中语。

【集评】

《新刻李于鳞先生批评注释草堂诗馀隽》:上是不堪独对西风之意,下是正宜自倚曲槛之思。　又:人随秋老,秋到人愁。　又:思逐思生,句从思得,正少之许差胜多之许。

(托名)杨慎《评点草堂诗馀》:绮丽委婉,后主词此为第一。

《重刻类编草堂诗馀评林》:字字佳,含秋思极妙。

《新刻注释草堂诗馀评林》卷五:布景生思,因思得句,可人处不在多言。

沈际飞《草堂诗馀·正集》:"塞远""笙寒"二句,字字秋矣。少游"指冷玉笙寒,吹彻小梅春透",翻人秦词,不相上下。

长相思 秋怨

一重山。两重山。山远天高烟水寒。杜诗:露[1]下天高秋水

167

清。相思枫叶丹。谢灵运诗：早霜②枫叶丹。菊花残。杜诗：菊花从此不须开。菊花残。塞雁高飞人未还。一帘风月闲。

【校】

①露，原作"路"，诸本同。据杜甫《秋夜客舍》（一作《夜》）诗改。

②早霜，谢灵运《晚出西射堂》诗作"晓霜"。

【集评】

《新刻李于鳞先生批评注释草堂诗馀隽》：因隔山水而起各天之思，为对枫菊而思后人之归。 又："丹叶枫""风月闲"，愁在辞表。 又：怨从思中生，思长而怨不露，是长于诗得。

《重刻类编草堂诗馀评林》：句句有怨字意，但不露圭角，可谓善形容者。

《新刻注释草堂诗馀评林》卷五：句句含怨字意，不露圭角，可谓善形容者。

沈际飞《草堂诗馀·正集》：艳。

菩萨蛮 闺怨

秦少游

蛩声泣露惊秋枕，罗帏泪湿鸳鸯锦。独卧玉肌凉，残更与恨长。 ○阴风翻翠幌，雨涩灯花暗。杜诗：灯花何太喜。毕竟不成眠，李白诗：月明欲素不成眠①。鸦啼金井寒。杜诗：夜寒金井索②。

【校】

①不成眠，李白《长相思》诗作"愁不眠"。

②杜诗无此句，相近的诗句有《赠特进汝阳王二十韵》："砚寒金井水。"

【集评】

《新刻李于鳞先生批评注释草堂诗馀隽》：上独卧之恨与更共长，下不成之眠随灯自照。　又：惟其恨长，是以眠为不成。　又：点缀处最见铁门一线，洵是天孙妙手。

《重刻类编草堂诗馀评林》：点缀极精。

《新刻注释草堂诗馀评林》卷五：点缀极精，可式，可式。

沈际飞《草堂诗馀·正集》："凉"字妙。　又：毕竟不成眠，斩截痛快。

菩萨蛮 秋闺

金风薅薅惊黄叶。高楼影转银蟾匝。梦断绣帘垂。杜诗：朱帘秀柱围黄鹤。注：黄鹤楼也。昭阳殿织珠为帘，风至则鸣，如行雨之声。月明乌鹊飞。魏武帝《短歌行》：月明星稀，乌鹊南飞。绕柱①三匝，何枝可依。　〇新愁知几许。欲似丝千缕。雁已不堪闻。砧声何处村。杜诗：月明何处砧。

【校】

①柱，通行本作"树"。

【集评】

《新刻李于鳞先生批评注释草堂诗馀隽》：上叶飘鸦飞，触月而伤怀；下雁韵砧声，入耳而起恨。　又：色色入愁，声声致憾。　又：如风声、雁声、砧声，俱是动秋闺之思。

《重刻类编草堂诗馀评林》：以风声、雁声、砧声，足以动秋闺之思。

《新刻注释草堂诗馀评林》卷五：闻风声、雁声、砧声，足以动秋闺之思。

沈际飞《草堂诗馀·正集》：伏枕黄叶无清扬耳，用两"惊"字，无情生情。

捣练子

心耿耿，《诗》：耿耿不寐，如有隐忧。泪双双。皓月清风冷透窗。桃源夫人《月》诗：皓彩盈虚碧。《晋·陶潜传》：高卧北窗之下，清风飒至，自谓羲皇上人。人去秋来宫漏永，夜深无语对银缸。东坡《宴西湖》诗：银缸画烛照湖明。《唐韵》：缸，灯也。

【集评】

《新刻李于鳞先生批评注释草堂诗馀隽》：秋夜寂寂，秋闺隐隐，最慰堪怜人。　又：泪随心生，凄其之景，已见至夜深无语，则幽思之情更切矣。

明·田一隽《草堂诗馀评林》卷一：春闺景物富丽，秋闺景物凄凉。此词思之涵咏悲切。

（托名）杨慎《评点草堂诗馀》卷一：李后主有《咏捣练子》词，即《咏捣练》，乃唐词本体也。　又：紧独无语，谁与共语？（人去秋来宫漏永，夜深无语对银釭）整理者按：括号中的文字，即杨慎评语的针对文字。下同，不另注。

《重刻类编草堂诗馀评林》卷一：春闺景物富丽，秋闺景物凄凉，其词思之，涵泳悲切。（同前书卷一"小令"）

《新刻注释草堂诗馀评林》卷五：秋闺夜景，凄其幽思之情更切。

沈际飞《草堂诗馀·正集》：斜月斜风，秋方不同。只一句含无尽意，且从寻常中领，手眼最高。

小重山 秋思[①] 新添

汪彦章

月下潮生红蓼汀。钱昭度诗：黄蜂语罢海潮生。残霞都敛尽，韦应物诗:残日②照高合。四山青。柳梢风急堕流萤。杜诗:青柳槛前梢。韦应物诗:流萤度高阁。随波去,点点乱寒星。　　　　○别语记丁宁。如今能间隔,几长亭。《白氏六帖》:十里一长亭。夜来秋气入银屏。宋玉《九辩》:悲哉秋之为气也。梧桐雨,还恨不同听。《长恨歌》:秋雨梧桐叶落时。

【集评】

《新刻李于鳞先生批评注释草堂诗馀隽》:上写流萤乱星之秋景,下思梧桐听雨之闺情。　又:月水一色,萤星错落,此时若同听雨,何恨之有。又:秋夜之景,深闺之情,都被笔端点破。

《重刻类编草堂诗馀评林》:此词俱发秋夜闺中之情,句句停当。

《新刻注释草堂诗馀评林》卷五:秋夜闺中之情,一笔发尽。

沈际飞《草堂诗馀·正集》:丹青圣手。　又:梧桐雨有恨,独听者恨不同听,趣味倍笃。

点绛唇 秋思①

高柳蝉嘶,《选》诗:寒蝉鸣高柳。采菱歌断秋风起。郭璞《江赋》:采菱歌以叩舷。又,武帝词:秋风起兮白云飞。晚云如髻。韦应物诗:高髻云鬟宫样妆②。湖上山横翠。　　　　○帘卷西楼,《滕王阁记》:朱帘暮卷西山雨。过雨凉生袂。天如水。李白《秋声赋》:碧天如水兮。画楼十二。有个人同倚。《选》鲍照诗:凤楼十二重。赵紫微诗:长笛一声人倚楼。

花庵云:此词"画楼十二,有个人同倚"之句,曲尽闺情。

①秋思,据杨金本补。

②此诗作者或作刘禹锡。

【集评】

杨慎《词品》:叔党名过,东坡少子,《草堂》词所载《点绛唇》二首"高柳蝉嘶"及"新月婵娟"皆叔党作也。是时方禁坡文,故隐其名,相传之久,或以为汪彦章,非也。

《新刻李于鳞先生批评注释草堂诗馀隽》:上有凝妆上翠楼之眼界,后有闻笛倚栏杆之情怀。 又:凝望湖山,而倚画楼同人者何在?宜为兴思至再。 又:楼上之见之闻闻,较之闺中之见之闻闻,自是另一番景色,自是另一番情思。

(托名)杨慎《评点草堂诗馀》:以下二词,乃东坡次子苏叔党过所作,是时方禁东坡文,故隐其名。 又:奇。(湖上山横翠)

《重刻类编草堂诗馀评林》:蝉嘶菱歌,所闻;晚云山翠,所见。但闺中闻见多少,后段见心事。

《新刻注释草堂诗馀评林》卷五:蝉嘶菱歌,所闻;晚云山翠,所见。据闺中闻见,未免伤怀。

沈际飞《草堂诗馀·正集》:写来不俗。

尾犯 秋怨

柳耆卿

夜雨滴空阶,出《选》诗。孤馆梦回,情绪萧索。一片闲愁,丹青难邈。秋渐老、蛩声正苦,夜将阑、灯花旋落。最无端处,总把良宵,只恁孤眠却。 〇佳人应怪我,别后寡信轻诺。《老子》曰:轻诺者必寡信。记得当初,剪香云为约。甚时向、深闺幽处，按新词、流霞共酌。《论衡》曰：曼卿好道，去家三年而反，曰：仙人保②上天，饮我流霞一杯，多日不饥。再同欢笑，肯把金玉珠珍博。

【校】

【集评】

《新刻李于鳞先生批评注释草堂诗馀隽》：上述秋夜孤眠之最难度，下忆深闺旧欢之情最深。　又：蛩声灯花，照彻孤眠，如此良宵何？　又：别后思歌笑于难再，洵一刻千金矣。　又：秋老夜阑，展转不寐，追忆流霞共酌，此情难再，佳人宁我怪哉？

《重刻类编草堂诗馀评林》：写素怀幽怨之情，无出于此，蛩声夜阑，愈见怨意。　又：愁怨之词，以佳人为怨，柳公风流，情见于此。

《新刻注释草堂诗馀评林》卷五：写素怀幽怨无出于此，蛩声夜阑，愈见怨意。

沈际飞《草堂诗馀·正集》："貌"字于义合（貌，一作"邈"，误），"邈"字于韵合。按新谱，"貌"字宜叶，卜各反，"邈"字非。按词韵，"貌"字作转韵，亦通。　又：直写胸臆。

庆春宫 秋思① 新添

前人

云接平冈，山围寒野，路回渐转孤城。衰柳啼鸦，惊风驱雁，杜诗：天风吹断柳，啼杀后栖鸦②。山谷诗：惊风鸿雁不成行。动人一片秋声。倦途休驾，淡烟里、微芒见星。尘埃憔悴，生怕黄昏，离思牵萦。　　○华堂旧日逢迎。花艳参差，香雾飘零。韩愈诗：花艳大堤娟。杜诗：香雾云鬟湿。弦管当头，偏怜娇凤，夜深簧暖笙清。眼波传意,恨密约、匆匆未成。许多烦恼,只为当时,一饷留情。

【校】

①秋思,据杨金本补。

②按:此节引杜甫《遣怀》诗中两句,非原本一联上下句也。

【集评】

《新刻李于鳞先生批评注释草堂诗馀隽》:上是秋声入耳忆别离之情,下是秋色凝思期约之语。 又:用一片秋声应上啼鸦驱雁。 又:密约在耳,而佳期莫赴,宁能自已? 又:为故人而心猿意马,驰绊无方,况期约勤渠,自尔伤景伤情。

《重刻类编草堂诗馀评林》:词因秋色凄凉而兴故旧之情,无非到离情绪,会少离多,幽期密约之意耳,何有于怨乎? 又:秋怨中兼怀旧。

《新刻注释草堂诗馀评林》卷五:词因秋色迎眸,秋声入耳,追忆故人别离情绪,幽期密约之意耳,何有于怨乎?

沈际飞《草堂诗馀·正集》:蘸着些儿麻上来。口香。便是崔、张两家题跋。姑苏台半生贴肉,不及若耶溪头之一面情,固不可以久暂时日论。"一饷留情",博许多烦恼。叶绿深重,何能脱离? 我意如笼鸟瓶花,得失随时,到底来,各各但奔前程,大家不致耽误。

金菊对芙蓉 秋思① 新添

康伯可

梧叶飘黄,万山空翠,断霞流水争辉。正金风西起,海燕东归。凭栏不见南来雁,望故人、消息迟迟。木犀开后,不应误我,好景良时。 ○只念独守孤帏。把枕前祝付,一旦分飞。上秦楼游赏,秦女事见前注。酒殢花迷。谁知别后相思苦，消为伊、瘦损香肌。花前月下，黄昏院落，见前注。珠泪偷垂。

【校】

①秋思，据杨金本补。

【集评】

《新刻李于鳞先生批评注释草堂诗馀隽》：上有误佳期之惆怅，下有泣黄昏之情怀。　又：因金风而起故人之思。　又：逢花月益切相思之苦。又：相思相见知何日，此景此情为谁言？诗可以怨，于此信矣。

《重刻类编草堂诗馀评林》：秋光秋景，见于目中，其于怨词含蓄在景物之中，思致高远。　又：此处怨思愈增。（"黯相望"句）

《新刻注释草堂诗馀评林》卷五：描写秋景，宛在目中，幽闺之怨，溢于言外。

沈际飞《草堂诗馀·正集》：艳发。　又：浅急在曲下，人亦不尽黜。

拜星月慢 秋思① 新添

周美成

夜色催更，清尘妆露，小曲幽坊月暗。竹槛灯窗，识秋娘庭院。秋娘注见《瑞龙吟》。笑相遇，似觉琼枝玉树，暖日明霞光烂。《古离别》：愿一见颜色，不异琼树枝②。晋谢玄云：如芝兰玉柱，生于庭阶。水眄兰情，总平生稀见。《韩琮集》：吴鱼岭雁无消息，水盼兰情别来久③。　○画图中、旧识春风面。杜诗云：画图省识春风面。谁知道、自到瑶台畔。眷恋雨润云温，苦惊风吹散。念荒寒、寄宿无人馆。重门闭、败壁秋虫叹。怎奈何、一缕相思，隔溪山不断。

【校】

①秋思，据杨金本补。

②树枝，原作"柱枝"，据《江文通集》卷四《古离别》改。

③岭雁，原作"秋雁"，据《才调集》卷八韩琮《春愁》诗改。"水盼"，或作"水誓"。

【集评】

《新刻李于鳞先生批评注释草堂诗馀隽》：上相遇间恍如琼玉生光，下相思处浑如溪山隔断。 又：写出庭院之遇，宛若秋娘在目。 又：瑶台眷恋，尽是相思不绝处。 又：叙期邂逅之际，一见颜色，令人春风满面，云雨兴思，又为溪山阻隔，写情在逼切。

（托名）杨慎《评点草堂诗馀》：曼，古"慢"字，因晋纽滔母孙氏《箜篌赋》"乐操则寒条反荣，哀曼则晨花朝灭"，凡词名有"慢"字，同此义。

沈际飞《草堂诗馀·正集》：虫曰"叹"，妙。○客邸真可怜。○一饷三生，一缕万端，工于进泪。

《新刻注释草堂诗馀评林》卷五：杜牧序：秋娘有宠于景陵，后赐归故乡。予过金陵，因感其穷，为之赋诗。"同时歌舞，惟有旧（家秋）娘，声价如故。"

更漏子 秋思① 新添

温庭筠

玉炉香，红蜡泪，《选·诗》：蜡烛泪流思底事。岑参诗：红泪金烛盘。偏照画堂秋思。眉翠薄，鬓云残，夜长衾枕寒。《长恨歌》：翡翠衾寒谁与共。 ○梧桐树，三更雨，《长恨歌》：秋雨梧桐夜落时。不道离情正苦。一叶叶，一声声，空阶滴到明。《选·诗》：夜雨滴空阶。

《苕溪丛话》云：温庭筠《湖阴曲》警句云："吴波不动楚山远，花倚栏干春昼长。"庭筠工于乐府，极为绮靡，《花间集》可见矣。其《更漏子》一词，尤为佳作。

【校】

①秋思，据杨金本补。

【集评】

《新刻李于鳞先生批评注释草堂诗馀隽》：上言长夜有所思而景寂，下言秋雨有所触而清深。　又：长夜寂寂，那堪雨彻夜寒。　又：夜永衾寒，雨声滴碎乡心矣，恍然一更漏子。

（托名）杨慎《评点草堂诗馀》：飞卿此词亦佳，总不若子野"深院锁黄昏，阵阵芭蕉雨"更妙。

《新刻注释草堂诗馀评林》卷五：夜永衾寒，雨声滴碎乡心矣。

沈际飞《草堂诗馀·正集》：子野句"深院锁黄昏，阵阵芭蕉雨"，似足该括此首，弟观此，始见其妙。

千秋岁引 秋思① 新添

王介甫

别馆寒砧，岑参诗：寒砧有乡愁。孤城画角。高适诗：城中画角两三声②。一派秋声入寥廓。东归燕从海上去，燕子春社自北而来，至秋社向东而归。南来雁向沙头落。武帝《秋风辞》：草木黄落兮雁南归。又宋迪《潇湘八景》：平沙落雁。楚台风，《宋玉传》：楚王游于兰台，有风飒至，王乃披襟以当之，曰：快哉此风。庾楼月，晋庾亮在武昌，与诸佐吏殷浩之徒，乘夜月共上南楼。宛如昨。　○无奈被些名利缚。无奈被他情担阁。可惜风流总闲却。当初谩留华表语，《续搜神记》：辽东城门有华表柱，有白鹤集其上，言曰：有鸟有鸟丁令威，去家千年今来归。城中如故人民非。何不学仙冢累累。而今误我秦楼约。秦女吹箫见前注③。梦阑时，酒醒后，思量着。

【校】

①秋思，据杨金本补。

②城中画角两三声，《高常侍集》卷八《送浑将军出塞》诗作："城头画角三四声。"

③秦女吹箫见前注，原作"见秦女吹箫前注"，据文意调整。

【集评】

《新刻李于鳞先生批评注释草堂诗馀隽》：上有吟清风、弄明月之想，下有赴红楼、醉翠馆之怀。 又：楚王披襟，庾公卜夜，亦此洒脱。 又：倘得兰花入梦，何须浮名虚情。 又：不着一愁语，而寂寂景色，隐隐在目，洵一幅秋光图，最堪把玩。

（托名）杨慎《评点草堂诗馀》：荆公此词大有感慨，大是见道语，既勘破乃尔，何执拗新法，铲灭正人哉？ 又：梦阑酒醒，正是鸡鸣平旦时。 又：思量什么？

《重刻类编草堂诗馀评林》：公秋思中轻轻说去，不用力说，说得秋光景物宛在目中。后段将情叙为思又不见思，意在言外。

《新刻注释草堂诗馀评林》卷五：观此词说得秋光景物宛在目中，援古证今，不见愁思，意在言外。

沈际飞《草堂诗馀·正集》：旧谱并入《千秋岁》，误。 又：清壮。又：介甫有游仙之意，悟矣！悟矣！必待梦阑酒醒思量着，又何迟也。又：媚出于老，流动出于整齐，其笔墨自不可议。

风流子 新添

张文潜

亭皋木叶下，《选》：洞庭波兮木叶下。重阳近、又是捣衣秋。白居易《秋霁》诗：月明①砧杵动，家家捣秋练。奈愁入庾肠，庾信《愁赋》：闭户②欲驱愁，愁终不肯去。久妆欲避愁，愁已知人处。老侵潘鬓，见前注。谩簪黄菊，花也应羞。楚天晚，白苹烟尽处，红蓼水边头。芳草有情，夕阳无语，雁横南浦，杜诗：别浦雁宾秋。人倚西楼。赵嘏诗：残星几点雁横塞，长笛一声人倚楼。　　○玉容知安否。香笺共锦字，两处悠悠。空恨碧云离合，《选》：日暮碧云合，佳人殊未来。青鸟沉浮。向风前懊恼，芳心一点，寸眉两叶，禁甚闲愁。情到不堪言处，分付东流。《咏史》诗：夕阳西下水东流③。

【校】

①月明，《白氏长庆集》卷十《秋霁》诗作"月出"。

②闭户，原作"闭之"，诸本同。据《庾开府集笺注》卷一《愁赋》改。

③按：此句诗，一出自唐人崔涂《巫山旅别》，见《全唐诗》卷六百七十九；一出自宋人汪晫《康范诗集·静观堂十偈》诗，题目皆不是《咏史》。

【集评】

《新刻李于鳞先生批评注释草堂诗馀隽》：上言秋光色色可人，下言秋怀种种莫诉。　又："庾肠""潘鬓"，新而巧处；"有情""无语"，又巧而新处。又：离合沉浮，意自难言。　又：从来与秋怀□亦多矣，独此词诵之意叠叠，诚所云下笔倒倾之浹矣。

《重刻类编草堂诗馀评林》：庾信《愁赋》云："闭之欲驱愁，愁之不肯去。久收欲避愁，愁已知人老。"

《新刻注释草堂诗馀评林》卷五：此见秋况之愁人。　又：浣花溪畔居人多造笺纸，或曰香笺，或曰鸾笺。

沈际飞《草堂诗馀·正集》：俏。　又：铺景朗倩。　又：不禁愁，可知愁多耳，反言乃透。"分付东流"，情荡而无极矣。

宴清都 新添

周美成

地僻无钟鼓。杜诗：地僻无网罟。残灯灭，夜长人倦难度。寒吹断梗，风翻暗雨，洒窗填户。李贺云：弃之如断梗。乐天《讽谏》

云①，宿空床，秋夜长。夜长无寐②天不明。耿耿残灯背壁影，萧萧暗雨洒窗户。断梗，落木也。**宾鸿谩说传书，算过尽、千俦万侣。**《礼记·月令》云：鸿雁来宾。《汉书》：汉使诣单于曰：天子于上林射雁，得雁，足有苏武帛书。**始信得、庾信愁多，江淹恨极须赋。**庾信事见前注。江淹作《恨赋》③：试问平原，芳草萦骨，拱木敛魂，人生到此，天道宁论？仆本恨人，心惊不已。直念古者伏恨而死。　　○**凄凉病损文园，徽弦乍拂，音韵先苦。**《史记》：司马相如与文君归成都，时有消渴疾。后拜为孝文园令。既病，免，家居茂陵而亡也。**淮水夜月，金城暮草，梦魂飞去。**刘禹锡诗：淮水东边旧时月，夜深还过女墙来。西汉赵充国愿至金城上方，略近西楚地也。言旧游之处，见其夜月与暮草而伤魂也。**秋霜半入清镜，**侯老彭④诗：两鬓秋霜一镜中。**叹带眼、都移旧处。**事见前注。**更久长、不见文君，归时认否。**

【校】

①此诗为白居易《上阳白发人·悯怨旷》诗。

②无寐，原作"无睡"，据白居易《上阳白发人·悯怨旷》诗改。

③恨赋，原作"恨极赋"，据《文选注》卷十六江淹《恨赋》改。

④侯老彭，未详何人。

【集评】

《新刻李于麟先生批评注释草堂诗馀隽》：上引古以写雁信之沉李，下对镜以叹颜容之老迈。　又：有"不见鱼雁信，关山万里远"之思。　又：抚镜伤颜，有鬓生两毛之慨叹。　又：因夜长难度，遂添庾信之愁，直抱江淹之恨，此时此情，韶光易度，霜鬓易斑，抚景生叹，无如此痛切，无如此宛转。

《重刻类编草堂诗馀评林》：以愁思尽托于相如为词。

《新刻注释草堂诗馀评林》卷五：此词只平平铺叙秋夜之景，而一种闲雅，自不可及。　又：援名人以自喻。

沈际飞《草堂诗馀·正集》："千俦万侣"上用个"算"字，妙。　又：无疑生疑，以求其议。

华胥引 新添　秋思①

周美成

川源澄映，烟月溟蒙，去舟似叶。韩愈诗：川源共澄映。又：清湘一叶舟②。岸足沙平，蒲根水冷留雁唼。宋王《九辩》云：凫雁皆唼梁藻兮。别有孤角吟秋，刘禹锡《秋声赋》：万叶吟秋。对晓风鸣轧。红日三竿，醉头扶起寒怯。东坡诗：酒醒门外日三竿。　　〇离思相萦，渐看看、鬓丝堪镊。杜诗：休镊鬓毛斑。舞衫歌扇，何人轻怜细阅。张正见《怨歌》诗：舞衫飘③冶袖，歌扇掩团纱。点检从前恩爱，凤笺盈箧。愁剪灯花，夜来和泪多迭。

【校】

①秋思，据杨金本补。

②按韩愈《湘中酬张十一功曹》诗，本句为："共泛清湘一叶舟。"

③飘，原作"收"，据《海录碎事》卷十六、《记纂渊海》卷七十八改。

【集评】

《新刻李于鳞先生批评注释草堂诗馀隽》：前段写秋景清旷可人，后段作幽闺寂寞愁人。　　又：有醒起看红状。　　又：剪灯花，岂有约不来？又：自晨起以至夜阑时，是有所思处。

（托名）杨慎《评点草堂诗馀》：转思转愁，此际实难为情。

《重刻类编草堂诗馀评林》：前段写秋景，后段述思情。

《新刻注释草堂诗馀评林》卷五：前段写秋景之清旷有可人处，后段述幽闺之寂寞见愁人处。

沈际飞《草堂诗馀·正集》：叶几个险韵，难得。　　又：细心巧笔。

何满子 <small>秋思[1] 新添</small>

怅望浮生急景，《文选·舞鹤赋》：急景凋[2]年。凄凉宝瑟余音。《礼·乐记》[3]：清庙之瑟，一唱而三叹，有遗音矣。楚客多情偏怨别，碧山远水登临。目送连天衰草，刘禹锡诗：连天见青草。胡曾诗：茫茫衰草没章华。夜阑几处疏砧。《古词》：深院净，小庭空。断续寒砧断续风。无奈夜长人不寐，数声和月到天明[4]。　　○黄叶无风自落，秋云不雨长阴。杜诗：浮云蔽秋晓[5]。天若有情天亦老，摇摇幽恨难禁。惆怅旧欢如梦，觉来无处追寻。

【校】
①秋思，据杨金本补。
②舞鹤，原作"白鹤"；凋，原作"雕"，均据《文选注》卷十四《舞鹤赋》改。
③《礼·乐记》，原作"诗"，据唐孔颖达《礼记注疏》卷三十七改。
④天明，诸本同，然不协韵。今通行本作"帘栊"，则韵协，下文《疏帘淡月》词注同引本诗，正作"帘栊"。
⑤今传《杜甫诗集》无此诗句。

【集评】
《新刻李于鳞先生批评注释草堂诗馀隽》：上是砧杵入耳，下是风雨伤情。　又：夜阑疏砧，语淡趣隽。　又：无风自舞，不雨长阴，语不经人道。又：从初别上神思，以数别后情绪，叶舞空阴，却在在是惆怅情，最为有味。

（托名）杨慎《评点草堂诗馀》："天若有情天亦老"，此等语谁人敢道？

《重刻类编草堂诗馀评林》：秋色秋怨，尽在景物中生出来，且有伤今感古之情。以"秋云不雨长阴"在人情上见之，比而已矣。

《新刻注释草堂诗馀评林》卷五：秋色秋怨，尽在景物中生出来，且有伤今思古之意。次段归结人情上，尤有味。

沈际飞《草堂诗馀·正集》：叶落云阴，秋景真。　又："天亦老"，可见情是有不得的，顾无情又成何物？巨源痛人多情，岂劝人无情？

蝶恋花 <small>新添</small>

晏叔原

庭院碧苔红叶遍。<small>韩诗：正直万株红叶满。</small>黄菊开时，已近重阳宴。日日露荷凋绿扇。粉塘烟水明如练。<small>谢朓诗：澄江静如练。</small>　○试倚凉风醒酒面。<small>古诗：东风吹面酒初醒①。</small>雁字来时，<small>山谷诗：雁字一行书上霄。</small>恰向层楼见。几点护霜云影转。<small>韩偓诗：云护雁霜笼淡月。</small>谁家芦管吟秋怨。<small>《唐韵》：胡人卷芦叶而吹，曰胡笳。杜牧诗：风引胡笳怨思长。</small>

【校】

①南宋葛绍体《东山诗选》卷下《溪上》诗句曰："柳风吹面酒初醒。"

【集评】

《新刻李于鳞先生批评注释草堂诗馀隽》：上有目遇之而成色景象，下有耳得之而成声风情。　又：黄菊近重阳之时，一闻芦管声，又令人声声欲断，悲喜随情转，于秋何尤。

《重刻类编草堂诗馀评林》：通章并见深秋物色，至于"试倚凉风醒酒面"，倒又见襟怀洒落，而得秋光、秋景、秋色、秋声之旨趣，今人不及于此。

《新刻注释草堂诗馀评林》卷五：高秋景物，目遇之而成色，耳得之而为声，可喜可悲，在人情何如耳。

沈际飞《草堂诗馀·正集》：七句深至，末说到秋怨，今人作文，闲上布题，而以题外一句收之，势乃陡绝，正法此也。

解蹀躞 新添

周美成

候馆丹枫吹尽，韩诗：府西①三百里，候馆同鱼鳞。面旋随风舞。坡诗：面旋落英飞玉蕊。夜寒霜月，飞来伴孤旅。还是独拥秋衾，梦余酒困都醒，满怀离苦。　　○甚情绪。深念凌波微步。见前注。幽房暗相遇。泪珠都作，秋霄枕前雨。此恨音驿难通，待凭征雁归时，带将愁去。

【校】

①韩诗，原作"杜诗"；府西，原作"府州"，诸本同，今据韩愈《酬裴十六功曹巡府西驿途中见寄》诗改。

【集评】

《新刻李于鳞先生批评注释草堂诗馀隽》：上是独抱孤衾对月眠，下是暗拭泪珠待月归。　又：寒月伴孤眠，此景为谁说？泪珠如雨，此愁哪能常云。　又：秋中景，客中情写出，为眼中诗画。至眠月待雁，一段无聊旅况，尤堪于邑。

《重刻类编草堂诗馀评林》：旅中写秋思，本是凄凉，又增愁恨，可谓人与韶光同意，尽在此词。

《新刻注释草堂诗馀评林》卷五：秋景萧条，兼之旅邸寂寞，天时人事有难乎其为情者。

沈际飞《草堂诗馀·正集》：首句新谱作七字，非。　又：有"还是"二字，遂委折。　又：春江都是泪，秋雨都是泪，泪何多矣！文人之舌，地老天荒。

玉蝴蝶 新添

望处云收雨断，凭栏悄悄，目送秋光。晚景萧疏，堪动宋玉悲凉。见《风流子》注。水风轻、𬞟花渐老，月露冷、梧叶飘黄。明道诗：风向白𬞟洲渚生。古诗：风高露井无梧叶①。遣情伤。故人何在，烟水茫茫。杜牧诗：孤城吹角水茫茫。　　〇难忘。文期酒会，几孤风月，屡变星霜。海阔山遥，未知何处是潇湘。念双燕、难凭远信，李陵诗：袖中有短书，愿寄双飞燕。指暮天、空识归航。唐诗：天下必归舟②。黯相望。断鸿声里，立尽斜阳。

【校】

①此为刘贡父诗，见《全芳备祖》后集卷十八。

②原文如此。按古诗有"天际识归舟"，李白或杜甫诗有"江汉一归舟"，李商隐诗有"归舟天外有"等句。

【集评】

《新刻李于鳞先生批评注释草堂诗馀隽》：上段为故人不在而伤怀，下段对斜阳立尽而骋望。　　又：思入烟水茫茫处，则暮天归航，安得不断肠。又：发幽思于律吕之中，运巧思于斧凿之外，正而平，和而雅，比诸刻琢精巧者顿殊。

（托名）杨慎《评点草堂诗馀》：景中情语。

《重刻类编草堂诗馀评林》：前段寒秋之词，至"遣情伤"以下数句皆思中之意耳。　　又：此思归想望之词。

《新刻注释草堂诗馀评林》卷五：发幽思于律吕之中，运巧思于斧凿之外，正而平，和而雅，比诸刻琢句意而求精丽者，岂不伟哉！

沈际飞《草堂诗馀·正集》：练雅和时。　　又：不复爱温庭筠词"过尽千帆皆不是,斜晖脉脉水悠悠,肠断白苹洲"。

氐州第一 新添

周美成

波落寒汀,村渡向晚,遥看数点帆小。乱叶翻鸦,惊风破雁,东坡诗:丹枫翻鸦伴水宿。杜诗:惊风吹鸿鹄。天角孤云缥缈。东坡云:烟云缥缈郁①孤台。官柳潇疏,甚上挂、微微残照。景物关情,川途换日,顿来催老。　　○渐解狂朋欢意少。奈犹被、思牵情绕。座上琴心,《史记》:司马相如往卓王孙家,一座尽倾。时王孙女文君新寡,相如以琴心挑之。机中锦字,晋窦滔妻苏氏能属文,苻坚时,滔坐徙流沙,苏氏为回文七言诗,织锦上以寄滔。辞甚清婉,此机中锦字也。觉最萦怀抱。也知人、悬望久,蔷薇谢、归来一笑。欲梦高唐,楚襄王梦神女事,见前注。未成眠、霜空已晓。

【校】

①郁,原作"没",诸本同,今据《东坡诗集·虔州八境图八首》(之七)改。

【集评】

《新刻李于鳞先生批评注释草堂诗馀隽》:上写出春光明媚堪酌,下吐出秋怀展转相思。　又:翻鸦破雁,语出天孙,巧媚可人。　又:座上琴,机中锦,此时梦难成,其何能缱?　又:先叙景物易老,情怀莫缱;继述卓氏听琴,苏氏织锦,乃知夜梦不成,亦有巫山神女朝云暮雨之思,玩之,玩之。

《重刻类编草堂诗馀评林》:点缀秋光,极为绮丽。

《新刻注释草堂诗馀评林》卷五:点缀秋光,极为绮丽。　又:末掉如风卷浮云,包括殆尽。　又:钟台云:"窦滔之妻苏氏织锦回文,因其词清切,其意凄惋,故选录之,其辞曰(略)。"

沈际飞《草堂诗馀·正集》:"翻鸦""破雁"句可见。色色描就。　又:应不信"寂寞恨更长"语。

疏帘淡月 寓《桂枝香》词　新添

张宗瑞

梧桐雨细。《长恨歌》:秋雨梧桐叶落时。渐滴作去声秋声,被风惊碎。润逼衣箦,线袅蕙垆沉水。古词①:香残蕙炷。《香谱》有黑沉水。悠悠岁月天涯醉。一分秋、一分憔悴。紫箫吹断,古词:紫箫声断,倚楼人独。素笺恨切,夜寒鸿起。　○又何苦、凄凉客里。草堂春绿,竹溪空翠。落叶西风,吹老几番尘世。从前谙尽江湖味。听商歌、归兴千里。露侵宿酒,疏帘淡月,照人无寐。《古词》:深院净,小庭空。断续寒砧断续风。无奈夜长人不寐,数声和月到帘栊。

【校】

①词,原作"诗",然引文实晏殊《踏莎行》词中的句子,因改。

【集评】

杨慎《词品》:张宗瑞,鄱阳人,号东泽,词一卷,名《东泽绮语债》。其词皆倚旧腔,而别立新名,亦好奇之过也。《草堂》词选其《疏帘淡月》一篇,即《桂枝香》也。予爱其《垂杨碧》一篇,即《谒金门》,其词云:"花半湿,睡起一窗晴色。千里江南空咫尺,醉中归梦直。　前度兰舟送客,双鲤沉沉消息。楼外垂杨如此碧,问春来几日。"

《新刻李于鳞先生批评注释草堂诗馀隽》:上言因秋而起憔悴之心,下言见月而怀无寐之叹。　又:一分憔悴,片语片心。　又:淡月照人,自是眠不得情况。　又:秋宵旅邸,况其动游子故土之思,亦本然事,此词遂为传情乃尔。

《重刻类编草堂诗馀评林》：写尽旅中之事，客怀乡思形于词。

《新刻注释草堂诗馀评林》卷五：秋宵旅邸，凄其动游子故土之思，亦本然事。

沈际飞《草堂诗馀·正集》：案："丝""雕""孔"作去声。　又："衣润费炉烟"同工。（衣簟线袅，蕙炉沈水，悠悠岁月天涯醉，一分秋、一分憔悴）又：续谱亦无"负"字，习矣不察。　又："落叶"二语仙理禅宗。

霜叶飞 秋思[①] 新添

周美成

露迷衰草。疏星挂，王荆公词：但寒烟衰草凝绿。凉蟾低下林表。素娥青女斗婵娟，李商隐诗：青女素娥俱耐冷，月中霜里斗婵娟。正倍添凄悄。渐飒飒、丹枫撼晓。谢灵运诗[②]：晓霜枫叶丹。横天云浪鱼鳞小。白乐天：伊水细浪鳞甲生。见皓月相看，又透入、清晖半饷，特地留照。　○迢递望极关山，波穿千里，度日如岁难到。凤楼今夜听西风，奈五更愁抱。想玉匣、哀弦闭了。无心重理相思调。念故人、牵离恨，屏掩孤鼙，泪流多少。

【校】

①秋思，据杨金本补。

②谢灵运诗，原作"唐诗"。按：所引诗句实谢灵运《晚出西射堂》诗，因改。

【集评】

《新刻李于鳞先生批评注释草堂诗馀隽》：上见月长增故人之思，下听风俗添故人之泪。　又：月下有怀，风趣悠然。　又：流不尽相思泪，故人情深矣。　又：拜月之深情，有吟风之雅度，意随笔到，滚滚不竭。

《重刻类编草堂诗馀评林》：词意有月下之思而及故人耳，极有风度可爱。

《新刻注释草堂诗馀评林》卷五：词意有月下之思而及故人耳，极有风度可爱。　又：自"想玉匣哀弦"以下重增思致。

沈际飞《草堂诗馀·正集》：看"凉蟾低下"句，不须"皓月"三句。　又：曼声冶容。

蕙兰芳引 新添

前人

寒莹晚空，点青镜、断霞孤鹜。《滕王阁记》：落霞与孤鹜齐飞。对客馆深扃，霜草未衰更绿。谢玄晖诗：春草秋更绿。倦游厌旅，但梦绕、阿娇金屋。汉武帝幼时，景帝问：儿欲得妇否？长公主指其女曰：阿娇好否？武帝对曰：若得阿娇，当以金屋贮之耳。想故人别后，尽日空疑风竹。李益诗：开门风动竹，疑是故人来。　○塞北氍毹，江南图障，是处温燠。更花管云笺，犹写寄情旧曲。音尘迢递，但劳远目。谢庄《月赋》：美人迈兮音尘阙。今夜长，争奈枕单人独。

【集评】

《新刻李于鳞先生批评注释草堂诗馀隽》：上恍惚而心有所思，下寂寞而夜难寐。　又：意得之指墙花影来。　又：夜长人独，直吐真情。　又：此词俊逸与常山率然首尾相应，佳作佳作。

《重刻类编草堂诗馀评林》："梦绕阿娇金屋"，喻怀美人之句；"空疑风竹"，喻故人之句；"枕单人独"，喻自己之怀。

《新刻注释草堂诗馀评林》卷五：此词俊逸，如常山率然首尾相应，佳作，佳作。

沈际飞《草堂诗馀·正集》：一部《西厢》，只此句（想故人别后，尽日空疑风竹）直吐，真情亦老。

长相思^① 新添

黄叔旸

天悠悠。水悠悠。月印金枢晓未收。<small>木元虚《海赋》：大明掀</small>
<small>辔于金枢之穴。</small>笛声人倚楼。　　〇芦花秋。<small>刘禹锡诗：故垒萧萧</small>
<small>芦荻秋。</small>蓼花秋。<small>古词：红蓼花繁，黄芦叶乱。</small>催得吴霜点鬓稠。<small>李</small>
<small>贺诗：吴霜点归鬓。</small>香笺莫寄愁。

【校】

①此词原缺，据至正癸未泰宇书堂本补。

【集评】

《新刻李于鳞先生批评注释草堂诗馀隽》：上有登楼闻笛之情思，下有
题笺寄愁之惆怅。　又：闻笛传在在情绪。　又：字字是秋怀，诚词短而意
甚长。

《重刻类编草堂诗馀评林》：以天、水、月为意，与"月影带河流"同意，怀
字在霜鬓上见之。

《新刻注释草堂诗馀评林》卷五：此词只三十馀字，字字悲秋，大家
作手。

沈际飞《草堂诗馀·正集》：较"月明"句胜。

冬景

木兰花令 春怀^①　新添

徐昌图

沉檀烟起盘红雾，一剪霜风吹绣户。汉宫花面学梅妆，<small>宋</small>

武帝女寿阳公主人日卧于含章檐下,梅花落公主额上,成五出之花,挑之不去。后宫人效之,为梅花妆。**谢女雪诗裁柳絮。**《世说》:谢安雪日内集儿女讲论文义,俄而雪骤,公欣然曰:白雪纷纷何所似? 兄子胡儿曰:撒盐空中差可拟。兄女曰:未若柳絮因风起。公大笑为乐。兄女道韫,王凝之妻也。　　　○**长垂天幕孤鸾舞,旋炙银笙双凤语。**潘岳《笙赋》:写皇翼以插羽②,摹鸾音而厉声。**红窗酒病对寒冰,冰觉相思无梦处。**相思梦,见前卷注。

【校】

①春怀,据杨金本补。

②写皇翼以插羽,原作"将凤翼以采羽",诸本同,据《文选注》卷十八潘安仁《笙赋》改。

【集评】

杨慎《词品》:徐昌图,唐人。冬景《木兰花》一词缛丽可爱,今入《草堂》之选,然莫知其为唐人也。

《新刻李于鳞先生批评注释草堂诗馀隽》:唯有云风,故听得天外鸣声,夜夜拥寒衾,自与梅花同瘦。　又:品梅咏雪典实,最切冬景。至相思无梦,神情万觉无聊。　又:以梅妆柳絮点冬景,可谓善形容者,"旋炙银笙",见寒之极处。"酒病对寒冰",又何寂寞也。

《新刻注释草堂诗馀评林》卷六:以梅枝柳絮故事点冬景,可谓善形容者,"旋炙银笙",见寒之极处。"酒病对寒冰",又何寂寞也。

沈际飞《草堂诗馀·正集》:寒气如逼,末意出人。

天香 新添

王充①

霜瓦鸳鸯,风帘翡翠,长恨歌:鸳鸯瓦冷霜华重,翡翠衾寒谁与共。**今年早是寒少。矮钉明窗,侧开朱户,断莫乱教人到。重**

冷未解，云共雪、商量不少。_{古词：云情雨意商量雪②。}青帐垂毡要密红，放围宜小。　　○呵梅弄妆试巧。_{见前注。}绣罗衣、瑞云芝草。伴我语同语，笑时同笑。已被金樽劝酒，又唱个新词故相恼。尽道穷冬，元来恁好。

【校】

①王充，据泰宇书堂本补。

②按：此句不知所出，比较接近的句子有南宋黄公度《知稼翁集》卷上《至日题江山驿》诗句"云容山意商量雪"，或《知稼翁集》卷下《乙亥岁除渔梁村》诗中重复运用此句。"古词"云云不确。

【集评】

《新刻李于鳞先生批评注释草堂诗馀隽》：上有云情雨意与雪共商量，下有罗衣金樽伴我同笑语。　又：霜冷风侵毡帐，宜尽瑞雪芝草，最祥意象。　又：鸳鸯瓦上，翡翠帘中，不任歌酒，何以道穷冬恁好耶。读者宜自得神情。

（托名）杨慎《评点草堂诗馀》：一派俚俗之谈，全不成调。

《重刻类编草堂诗馀评林》：《长恨歌》云："鸳鸯瓦冷霜华重，翡翠衾寒谁与共？"正此之谓。

《新刻注释草堂诗馀评林》卷六：古诗："棱棱冻结鸳鸯瓦，凛凛寒侵翡翠衾。"可为此景评。

沈际飞《草堂诗馀·正集》：村气。（矮钉明窗，侧开朱户，断莫乱教人到）　又：新谱因"窗"字缺"缝"字误，遂以此句为七字，不察之甚。"红窗"犯"明窗"宜改。　又：有兴会。

白苎 _{新添}

柳耆卿

绣幕垂，画堂悄，寒风淅沥。遥天万里，黯淡同云幂

192

幂。渐纷纷、六花零乱散空碧。《韩诗外传》：凡草木花多五出，雪花独六出。如射宴瑶池，把碎玉、零珠抛掷。林峦望中，高下琼瑶一色。古词：正千里琼瑶未经①扫。严子陵钓台，《后汉》：严光字子陵，光武即位，除谏议大夫。不出，乃耕于富春山。后名其处为严陵濑焉。上有钓台，乃子陵旧钓处。归路迷踪迹。　　○追惜。燕然画角，宝钿珊瑚，是时丞相，虚作银城换得。当此际、偏宜访袁安宅。《袁安传》：大雪丈余，洛阳令身出按行，见民家皆除雪出，至袁安门，无有行路，谓安已死，令人除雪。入户，见安僵卧。问何不出，安曰：大雪，人皆饿死，不宜干人。醺醺醉了，任他钗舞困，玉壶频侧。又是东君，暗遣花神，先报南国。昨夜江梅，漏泄春消息。

【校】

①经，原缺，诸本同，据陈莹中《咏雪》词补。陈瓘字莹中号了翁，两宋之交人，其词不得谓"古词"也。

满庭芳①新添

康伯可

霜幕风帘，闲斋小户，素蟾初上雕笼。玉杯醽醁，还与可人同。古鼎沉烟篆细，李玉词：篆缕销金鼎②。玉笋破、橙橘香浓。东坡词：报道金钗坠也，十指露、春笋纤长。坡诗：新橙透甲香。梳妆懒，脂轻粉薄，约略淡眉峰。　　○清新歌几许，低随慢唱，语笑相供。道文书针线，今夜休攻。莫厌兰膏更继，明朝又、纷冗匆匆。酩酊也，冠儿未卸，先把被儿烘。

【集评】

《新刻李于鳞先生批评注释草堂诗馀隽》:上有传杯焚香凝妆之情趣,下有咏歌燃灯扫榻之幽情。 又:不加粉黛,自有秀色可餐处。 又:高歌畅饮,不醉不休。 又:饮酒高歌,卜昼而继之以卜夜,而末段有寒衾独抱之景趣,描写逼真。

《重刻类编草堂诗馀评林》:引东坡词云:"香雾唤人惊半破,清泉流面恰初尝,吴姬三日手犹香。"

《新刻注释草堂诗馀评林》卷六:引东坡词云:"香雾噀人惊半破,清泉流面怯初尝,吴姬三日手犹香。"富丽有味。

沈际飞《草堂诗馀·正集》:虽不如痴亚仙废书剔目,煞强似腐德耀举案齐眉。粗服乱头都好。

梅花引 新添 冬怀①

万俟雅言

晓风酸。晓霜干。一雁南飞人度关。客衣单。客衣单。千里断魂,空歌行路难。 ○寒梅惊破前村雪。唐诗:前村深雪里,昨夜一枝开。寒鸡啼破西楼月。唐诗:鸡声茅店月。酒肠宽。酒肠宽。家在日边,晋明帝幼聪哲。长安使来,元帝问曰:汝谓日与长安,孰近? 对曰:长安近,不闻人从日边来? 不堪频倚栏。

【集评】

《新刻李于鳞先生批评注释草堂诗馀隽》:上叹客路艰难,下游前村,登西楼,有遥望家山之意。　又:寒梅破雪,寒溪破月,开人未尝开之口　又:以客中人写客中景,叙客中情,言言逼真。

（托名)杨慎《评点草堂诗馀》:野店寒鸡,冻梅残雪,妆点旅思。　又:雅言精于音律,自号词隐,观此可见。

《重刻类编草堂诗馀评林》:冬景中设客中事极富,即景喻人,两得其旨。

《新刻注释草堂诗馀评林》卷六:冬景中搬出客中事,极当,即景喻人,两得其旨。

沈际飞《草堂诗馀·正集》:"客衣单",即"寒到君边衣到无"之意,重一句,怆然。　又:冬夜宜酒,客邸宜酒,酒肠宽,酒肠宽,忽下,篇中奇爽。

重叠金 冬怀① 新添

黄叔旸

南山未解松梢雪。西山已挂梅梢月。说似玉林人。人间无此情。　○此身元是客。少住娱今夜。拍手凭栏干。霜风吹鬓寒。

【校】
①冬怀,据杨金本补。

【集评】
《新刻李于鳞先生批评注释草堂诗馀隽》:上有三清可人之景色,下叹光阴易度,寓及时行乐之意。　又:松梢雪,梅秋月,此景对谁言?　又:松耶?梅耶?月耶?堪称三友,而一般清意味,料得少人知。

（托名)杨慎《评点草堂诗馀》:此词绝不染些子烟火。

《重刻类编草堂诗馀评林》:以雪月喻人物,浑涵冬意,末句略见大意。

《新刻注释草堂诗馀评林》卷六:雪梅月之景,自是清雅可人。　又:钟台云:"此词小令皆载冬景类,因选遗失,故今并附之。"

沈际飞《草堂诗馀·正集》：清绝。

渔家傲 冬怀

六一居士

十月小春梅蕊绽。《初学记》：冬日其暖如春，故谓之小春。红炉暖阁新妆遍。杜：炉存火似红。《梦华录》：十月朔，有司进暖炉炭。民间置酒作暖阁，试炉重。锦帐美人贪睡暖。羞起懒。玉壶一夜冰澌满。鲍明远诗：清如玉壶冰。《风俗通》：冰流日澌。　○楼上四垂帘不卷。天寒山色偏宜远。风急雁行吹字断。红日晚。江天雪意云撩乱。《潇湘八景》：江天暮雪。

【集评】

《新刻李于鳞先生批评注释草堂诗馀隽》：上小阳天气温和，正负长睡。下初冬风声凉冽，差堪远玩。　又：红炉暖阁，美人贪睡，隆冬景也，但风吹雁字，似秋矣。　又：贪睡暖帘不卷，只是初冬寒气迫人耳，又写出小春江空，在在可画。

《重刻类编草堂诗馀评林》：冬景布出人意中事，自然兴趣，不必妆束，结束亦高。

《新刻注释草堂诗馀评林》卷六：《西京杂记》："建亥之月，谓之正阴，阴虽用事，而阴不孤立，此月纯阴，疑于无阳，故谓之阳月。"

沈际飞《草堂诗馀·正集》：山不近而远，而风致犹可掬，作诗词者，那能舍却山水。

桃源忆故人

秦少游

玉楼深锁薄情种。天上有白玉楼。清夜悠悠谁共。羞见枕衾鸳凤。闷则和衣拥。　　○无端画角严城动。杜诗:城阙秋生画角哀。惊破一番新梦。窗外月华霜重。沈约诗①:月华临静夜。听彻梅花弄。李白《笛》诗:笛奏梅花曲。俞亮《角》诗:榆叶沙城冷,梅花水国偏。

【校】

①沈约诗,原作"陶诗",然此实沈约诗。据《文选注》卷三十一沈休文《应王中丞思远咏月一首》改。

【集评】

(托名)杨慎《评点草堂诗馀》:自是凄冷。

《重刻类编草堂诗馀评林》:形容冬夜景色人情处、夜深处,极(疑脱"其工巧"三字)。

《新刻注释草堂诗馀评林》卷六:形容冬夜景色人情处,极其工巧。

沈际飞《草堂诗馀·正集》:元人脱出多情种。　　又:彻髓。

点绛唇 新添

汪彦章

新月娟娟,柳子厚《月》诗:娟娟如娥眉。夜寒江静山衔斗。斗,北斗也。《选》:澄江静如练。起来搔首。《诗》:搔首踟蹰。梅影横窗瘦。见前注。　　○好个霜天,杜:天宇清霜净。闲却传杯手。杜甫诗①:传杯不放杯。又韩愈诗②:杯行到君莫③停手。君知否。乱鸦啼后,杜诗:啼杀后栖鸦。归兴浓如酒。

【校】

①杜甫诗,原作"韩愈诗",据引诗,知为杜甫《九日》诗也,见《杜诗详注》卷二十。因改。

②"韩愈诗"三字原无。据《五百家注昌黎文集》卷三《赠郑兵曹》诗补。

③君莫，原作"手不"，据《五百家注昌黎文集》卷三《赠郑兵曹》诗改。

【集评】

《新刻李于鳞先生批评注释草堂诗馀隽》：上是当幽夜而有愿见之思，下是当隆寒而有共饮之慕。　又：山衔斗，君知否？此语又一腔别调。又：望见于梅花影里，期归于乱鸦之后，真切，真切。

（托名）杨慎《评点草堂诗馀》：冬月最幽，"夜寒"句景真。

《重刻类编草堂诗馀评林》：前布冬夜之事，后言早起之事，并无愁思。

《新刻注释草堂诗馀评林》卷六：此乃"月落乌啼霜满天"景。

沈际飞《草堂诗馀·正集》：诗句。　又："传杯"与"如酒"相映。

满路花 新添　冬怀①

周美成

金花落烬灯，韩愈诗：囊里挑金粟②。郑谷诗：静灯微落烬。银铄鸣窗雪。庭深微漏断，行人绝。风扉不定，竹圃琅玕折。杜诗：风扉掩不定。杜荀鹤诗：岩谷唯闻折竹声。苏子由诗：绿竹琅玕色。玉人新间阔，晋裴楷容仪俊爽，时谓之玉人。《西（前）汉（书）》：间者，阔焉，久不闻问。着甚惊情，苏子美诗：翠香脱落加情惊③。更当恁地时节。

○无言欹枕，陈荐《燕子楼》诗：风清玉簟闲欹枕。帐底流清血。《韩子》：卞和抱玉，泣于楚山下，泪尽，继之以血也。愁如春后絮，来相接。杜牧诗：楚岸柳何穷，别愁纷若絮。知他那里，争信人心切。除共天公说。不成也还，似伊无个分别。

【校】

①冬怀，据杨金本补。

②今通行本《韩愈集》无此句。

③今《苏舜卿集》无此诗句。

《新刻李于鳞先生批评注释草堂诗馀隽》：上是别玉人后情绪有托，下是入长夜来缱绻莫诉。　又：灯残有焰，雪盛无声，欹枕寒窗，而一种愁绪惟无可说。

（托名）杨慎《评点草堂诗馀》：相思之极，设身结想，真道人意中事。

《重刻类编草堂诗馀评林》：此词冬夜即事伤怀，每见思想之意也。"愁如春后絮，来相接"，言愁在明年春后，又非一冬之愁，其词悠扬，咏叹有味，句句可观。

《新刻注释草堂诗馀评林》卷六：古诗："灯残偏有焰，雪盛却无声。"似此景。"欹枕小方床，寒宵故意长。"同其凄楚。

沈际飞《草堂诗馀·正集》：起语炼。　又：一信了，有何意味，说得成，一发没味了。"知他"几语如食橄榄，多回味。

少年游 新添

周美成①

并刀如水，杜诗：焉得并州快剪刀。吴盐胜雪，李白诗：吴盐如花皎如雪。纤手破新橙。古诗：纤纤出素手。锦幄初温，山谷诗：十年辞锦幄。兽烟不断，相对坐调笙。　　○低声问向谁行宿，城上已三更。马滑霜浓，杜诗：直愁②骑马滑。又：霜浓木石滑。不如休去，直自少人行。

【校】

①作者名原题"前人"，据《详注周美成词片玉集》补。

②直愁，原作"只愁"，诸本同，据杜甫《放船》诗改。

【集评】

《新刻李于鳞先生批评注释草堂诗馀隽》：上言锦幄兽烟在家之乐，下言问更策马行路之难。　又：状出风霜中途飘飘行人逸，情景惆怅。　又：行路难，隆冬而行路尤难。写景写情，在在传神。

（托名）杨慎《评点草堂诗馀》：岂不夙夜畏行多露。

《重刻类编草堂诗馀评林》：说尽冬景行路意思，展转有味。

《新刻注释草堂诗馀评林》卷六：写尽冬景行路意思，展转有味。

沈际飞《草堂诗馀·正集》：冬景大不寂寞。　又：低声数语，妮妮婉婉，足以移情而夺嗜。

红林檎近①新添

前人

风雪惊初霁，谢惠连②诗：幸及风雪霁。水乡增暮寒。树杪堕毛羽，檐牙挂琅玕。才喜门堆巷积，可惜迤逦销残。渐看低竹翩翩。清池涨微澜。　○步屧晴正好，宴席晚方欢。梅花耐冷，亭亭来入冰盘。对前山横素，愁云变色，放杯同觅高处看。

【校】

①本词原缺，据元至正泰宇书堂本补。

②谢惠连，原作"谢灵运"，据《文选注》卷三十一、《江文通集》卷四改。

【集评】

《新刻李于鳞先生批评注释草堂诗馀隽》：前拟霜雪入寒之景象，后泛杯盘共赏之襟期。　又："才喜""可惜"，俱在虚字传情。　又：放杯看梅，有品题小春之意。　又：科初景须以"青女传霜信""小春梅蕊绽"等语为至，此以风雪冷言似太早。

《重刻类编草堂诗馀评林》：叙冬初之意，物象并佳。若"梅花耐冷"一句用得太早，虽有亦不胜也，诗人托兴之词，固自知也。

《新刻注释草堂诗馀评林》：秋冬初景，须以"青女传霜信""小春梅蕊绽"等语为佳,此以风雪奈冷言似太。

沈际飞《草堂诗馀·正集》:四句初唐五言,他无可喜。("风雪惊"句)

红林檎近 新添 冬雪

前人

高柳春才软,冻梅寒更香。暮雪助清峭,玉尘散林塘。何逊:谁言非玉尘。那堪飘风递冷,故遣度幕穿窗。似欲料理新妆。李白词:可怜飞燕倚新妆。呵手弄丝簧。唐宫女诗云:金刀呵手裁。　○冷落词赋客,萧索水云乡。舒亶诗:故园正在水云乡。谢惠连《雪赋》:梁王游于兔园,召邹生,延枚皋、相如,授简于司马曰:抽子秘思为赋之。援毫授简,风流犹忆东梁。望虚檐徐转,回廊未扫,夜长莫惜空酒觞。

【集评】

《新刻李于鳞先生批评注释草堂诗馀隽》:上梅前缀香有凝妆弄簧之趣,下客中遣兴有饮酒赋诗之怀。　又:"哪堪""故遣"正在虚字传神。又:骚客评章,更为雪花增价。　又:三分雪白,一段梅香,十分春意矣。不吟诗酌酒,宁不俗了人乎?

(托名)杨慎《评点草堂诗馀》:可比《雪》赋。

《重刻类编草堂诗馀评林》:以柳梅妆点,有梅雪精神之景。后段入诗人赋客,犹有古人风韵,不忘吟诗酌酒之兴。

《新刻注释草堂诗馀评林》卷六:三分雪白,一段梅香,十分春意归肺腑矣。古人对此吟诗酌酒,良有以也。

沈际飞《草堂诗馀·正集》:"高"字有力,"才"字有思,言雪时柳高而未歌也,诗之兴体。

女冠子 新添　咏雪①

　　同云密布。撒梨花、柳絮飞舞。楼台诮似玉，向红炉暖阁院宇。深庭广排筵会，听笙歌犹未彻，渐觉轻寒，透帘穿户。乱飘僧舍，密洒歌楼，酒帘如故。郑谷《雪》诗：乱飘僧舍茶烟湿，密洒歌楼酒力微。　　○想樵人、山径迷踪路。料渔人、收纶罢钓归南浦。路无伴侣。见孤村寂寞，招飐酒旗斜处。南轩孤雁过，呖呖声声，又无书度。见腊梅、枝上嫩蕊，两两三三微吐。

【校】
①咏雪，据杨金本补。

【集评】
　　《新刻李于鳞先生批评注释草堂诗馀隽》：前写琼悄飞空开筵以共赏。后描旅邸无伴见梅而目斜。　又："撒梨"似胜"撒盐"，而"舞玉"终不若"舞絮"。　又："想"字、"斜"字虚括，"雁声""梅影"双是实景。　又："晓树故开花意思，夜窗添起月精神。"此之语，可想象此词景趣。

　　《重刻类编草堂诗馀评林》：此词全把唐人诗句演成一篇，词曲妙哉。此段（指下片）词意迥出尘俗，与"晓树放开花意思，夜窗添起自精神"之句，托意深邃。

　　《新刻注释草堂诗馀评林》卷六：此词全以唐人诗句演成一篇，绝妙。又：与"晓树故开花意思，夜窗添起月精神"之句同其深邃。

　　沈际飞《草堂诗馀·正集》："想"字、"料"字，景生。　又：酒旗斜，酒帘如故，失检点。　又："见"字重。

望远行 新添 冬雪

柳耆卿

长空降瑞，《左传》：丰年之瑞雪盈尺。寒风剪，淅淅瑶花初下。乱飘僧舍，密洒歌楼，见前注。迤逦渐迷鸳瓦。好是渔人，披得一蓑归去，江上晚来堪画。郑谷诗：江上晚来堪画处，渔人披得一蓑归。满长安，高却旗亭酒价。《雪》诗：雪满①长安酒价高。〇幽雅。乘兴最宜访戴，泛小棹、越溪潇洒。晋王子猷雪夜乘舟访戴安道。越溪，剡溪也。皓鹤夺鲜，白鹇失素，出谢惠连《雪赋》云云。千里广铺寒野。须信幽兰歌断，同云收尽，《诗》：上天同云，雨雪纷纷。别有瑶台琼榭。放一轮明月，交光清夜。

【校】

①"雪满"二字原缺，诸本同，据郑谷《云台编》卷下《辇下冬暮咏怀》诗补。

【集评】

《新刻李于鳞先生批评注释草堂诗馀隽》：上言雪花飞空之景，色色堪描；下言夜与乘舟之时，在在生色。　又："乱飘""密洒"，晚江景色画图也。又：瑶台琼树，形容端不减谢蕙连。　又：咏琼悄飘飘，差似柳絮随风，而雪中景，景中人，人中夜，兴尽为写破。至一段雪光与月光交映处，尤觉无方，景色俱呈眼前。

《重刻类编草堂诗馀评林》：用谢惠连"庭列瑶阶，林挺琼树，皓鹤夺鲜，白鹇失素"之句形容雪之白，更无馀味。

《新刻注释草堂诗馀评林》卷六：此以雪中之景，景中之人互言，词令上乘也。　又：用谢惠连"庭列瑶阶，林挺琼树"等句形容雪之白。

沈际飞《草堂诗馀·正集》：兴趣可举香山、浪仙、沧浪诸子。　又：吞剥惠连《雪赋》了。

　　梁桥《冰川诗式》卷二"诗馀"：诗馀，即香奁、玉台之体，言闺阁之情，乃艳词也。作者虽多，要之，贵发乎性情，止乎礼义。今于《草堂诗馀》中录数首以为法式。《望远行·冬雪》（柳耆卿）下引原词，略

早梅芳 新添

周美成

　　花竹深，房栊好。夜阒无人到。隔窗寒雨，向壁孤灯弄馀照。易：窥其户，阒其无人。李贺诗：向壁灯垂花。泪多罗袖重，意密莺声小。正魂惊梦怯，门外已知晓。　　○去难留，话未了。早促登途道。风披宿雾，露洗初阳射林表。乱愁迷远览，苦语萦怀抱。谩回头，更堪归路杳。

【集评】

　　《重刻类编草堂诗馀评林》：以冬景发挥，而感叹之词见于言外。　　又：此处有送别之情。

　　《新刻注释草堂诗馀评林》卷六：发挥冬景，而感叹之意溢于言外。

　　沈际飞《草堂诗馀·正集》：晓得袖因泪重，声因意小，老于个中人。又：离愁纷来，方寸为乱。

望梅 新添

柳耆卿

　　小寒时节。正同云暮惨，劲风朝冽。信早梅、偏占阳和，向日处，凌晨数枝先发。时有香来，望明艳、遥知非雪。王介甫

诗:遥知不是雪,为有①暗香来。想玲珑嫩蕊,弄粉素英,旖旎清彻。

　　○仙姿更谁并列。有幽光照水,疏影笼月。且大家、留倚栏干,《梅花》诗:还仗高楼莫吹笛,大家留取倚栏干。斗绿醑飞看,锦笺吟阅。桃李春花,料比此、芬芳俱别。见和羹大用,《书》:若作和羹,尔惟盐梅。莫把翠条谩折。

【校】

①为有,原作"村有",据《王荆公诗注》卷四十《梅花》诗改。

【集评】

《新刻李于鳞先生批评注释草堂诗馀隽》:上描写梅光酷肖斗雪精神处,下桃李争芳总不如和羹大用。　又:隐形小人,虽以配君子意。　又:此言雪有三分白,却输梅一段香,而桃红李白又不若调羹真味,其品骂梅花处,端不减林和靖评章。

(托名)杨慎《评点草堂诗馀》:八字已足尽梅花矣。("有幽光"句)

《重刻类编草堂诗馀评林》:形容梅处,极其精炼。

《新刻注释草堂诗馀评林》卷六:形容梅处,极其精炼,大家手笔也。又:以桃李比小人,以梅比君子。

沈际飞《草堂诗馀·正集》:梅雪争春,何用?　又:八字谱尽梅花。(弄粉素英,旖旎清彻)桃李,小人也;梅,君子也。填词即绮靡,而三百微婉之旨存焉。

增修笺注妙选群英草堂诗馀卷上　后集

名贤词话

节序
上元

瑞鹤仙 上元应制　新添

康伯可　顺庵

瑞烟浮禁苑。正绛阙春回，新正方半。冰轮桂华满。溢花衢歌市，芙蓉开遍。王禹玉诗：雪消华月满仙台，万烛当楼宝扇开。龙楼两观。见银烛、星球有烂。卷珠帘、古词：凤楼帘卷鳌山对[①]。尽日笙歌，盛集宝钗金钏。　　〇堪羡。绮罗丛里，古词：十里绮罗春富贵[②]。兰麝香中，正宜游玩。风柔夜暖。花影乱，笑声喧。东坡《上元侍饮》诗：薄雪初销野未耕，卖薪买酒看升平。吾君勤俭昌忧拙，自是丰年有笑声。闹蛾儿《金门事节》：上元夜，造火蛾儿。满路，成团打块。簇着冠儿斗转。喜皇都、旧日风光，太平再见。见上注。

《玉林词话》云：伯可渡江初有声乐府，受知秦申王。王荐于高宗皇帝，以文词待诏金马门。凡中兴粉饰治具及慈宁归养、两宫欢集，必假伯可之歌咏，故应制之词为多。按：此词进入，太上皇帝极称赏"风柔夜暖"以下数句，至于末章，赐金甚厚。

【校】

①此为北宋僧觉范(惠洪)《青玉案》词句，见《花庵词选》卷九，该处引文不完整，原句为："凤楼帘卷，陆海鳌山对。"

②此句不详出处。相近似的句子有宋汪晫《康范诗集》所附汪梦斗跋中记七言律诗有句"百紫千红春富贵"，或《成都文类》卷九所收宋田况《四月十九日浣花溪》诗句"十里绮罗青盖密"。

【集评】

《新刻李于鳞先生批评注释草堂诗馀隽》：上是笙歌宴集，下是游玩太平。　又：尽是银花合而铁树开矣。　又：组织无痕，巧出天孙妙手。又：神游竟天舜阳之中。　又：早家见月，能闲坐，何处愁灯不看，未堪为此咏画图。

《重刻类编草堂诗馀评林》：真是上元景象。

《新刻注释草堂诗馀评林》卷一：《元夕》诗云："玉漏铜壶且莫催，玉关金锁彻夜开。谁家见月能闲坐，何处悬灯不看来。"

沈际飞《草堂诗馀·正集》："冰轮桂华满溢"为句，然必以"满"字叶，以"溢"字当在下。体面好，不见本事。　又：高宗都杭，伯可思汴，故为钦宗赏。

宝鼎现 上元

康伯可①

夕阳西下，暮霭红隘，香风罗绮。韩翃《公子行》：罗绮争扶夜醉归②。乘丽景、华灯争放，《西京杂记》：元日燃九华灯于南山，照见百里。浓焰烧空连锦砌。睹皓月、浸严城如昼，花影寒笼绛蕊。渐掩映、芙蕖万顷，迤逦齐开秋水。　　○太守无限行歌意。苏味道《上元夜》诗：行歌尽落梅。拥麾幢、光动珠翠。韩愈诗：不令见麾幢。《短箫歌》：长箫高张照珠翠。倾万井、歌台舞榭，瞻望朱轮骈鼓吹。李白诗：门有车马宾，金鞍拥③朱轮。控宝马、耀貔貅千骑。《书·牧誓》④：如虎如貔，如熊如罴。《文选》：古者诸侯千乘。今太守，古诸侯也，故太守出拥千骑。银烛交光数里。似乱簇、寒星万点，拥入蓬壶影里。　　○宴阁多才，环艳粉、瑶簪珠履。注见前。恐看看、丹诏催奉，宸游燕侍。《后汉志注》：汉仪，天子玉玺皆以武都紫泥封，丹书、丹诏皆取此也。《诗丛话》⑤：正直宸游望远空。便趁早、占通宵醉。《洗兵马行》：鹤驾通宵凤辇备。**缓引笙歌妓。**李白诗：兰蕙相随皆妓女，风光去处满笙歌。**任画角、吹老寒梅，**李白《从军行》：笛奏梅花曲。今角声多吹此。**月满西楼十二。**《文选·鲍照诗》：凤楼十二时。

【校】

①题目及作者名，据杨金本、《全宋词》补。

②《全唐诗》韩翃诗不见此句。

③拥，今通行本李白《门有车马客行》诗作"耀"。

④牧誓，原作"太誓"，诸本同，据孔颖达《尚书注疏》卷十改。

⑤诗丛话，疑即《渔隐丛话》，今《渔隐丛话》后集卷十八收此句。此句最早见《江南野史》卷七。

【集评】

《新刻李于鳞先生批评注释草堂诗馀隽》：先作月夜花开，次千门灯火，末结出乘时行乐之意。　又：灯光月夜，花影百媚争春。　又：如暗尘随马，游蓬壶苑矣。　又：且歌且舞，如醉巫山十二峰中。　又：芬芳袭人，如携来满袖香烟，遍紫陌游人伊谁不赏目熏心？

《新刻注释草堂诗馀评林》卷一："春回璧月华灯夜，人在蓬壶阆苑中。"又：古词云："御楼烟暖，鳌山彩结。凤辇初回宫阙。千门灯火，九街风月。"

倾杯乐

柳耆卿

禁漏①**花深，**唐僧灵彻得莲花漏，乃取铜叶制器，状如莲花。**绣工日永，**晋魏间，宫中以红绣线量日影，冬至后日长一线。**蕙风布暖。**《选》宋玉《招魂》：光风转蕙泛崇兰。**变韶景、都门十二，元宵三五，**三五，谓十五日也。**银蟾光满。连云复道凌飞观。**复道见前。《高帝纪》：高帝居南宫，从复道上见诸将，偶语。注：上下有道故谓复，即重屋也。观亦楼也。《选·诗·琴赋》：飞观高楼。曹植《杂诗》：飞观百尺楼。耸皇居丽，佳气瑞烟葱倩。翠华宵幸，《选·南都赋》：望翠华之葳蕤。是处层城阆苑①。　〇龙凤烛、交光星汉。对咫尺鳌山开雉扇。《左·僖九年》：天威不违颜咫尺。《五经异义》：天子之城千雉。鳌山，灯山也，结彩为之。《列·汤问》：海中有五山，根无所连者，帝使巨鳌十五举首戴之。会乐府两籍神仙，梨园四部弦管。唐玄宗集梨园弟子，得三千人，为《霓裳羽衣曲》。向晓色、都人未散。盈万井、山呼鳌抃。愿岁岁，天仗里、常瞻凤辇。杜：鹤驾通宵凤辇备。

【校】

①漏，张綖《草堂诗馀别录》作"苑"。

【集评】

张綖《草堂诗馀别录》：有点删。词亦流畅，但稍似近秽，元宵词佳者甚多，此可以削。

《新刻李于鳞先生批评注释草堂诗馀隽》：上写皇居如阆苑，下山呼祀圣，有君民共乐意。　又：语语皆是都门元宵，景色堪描。　又：宴紫都人士共乐，共诉圣寿无疆。　又：如少妇踏歌舞袖，声调入云，翩跹映月。

（托名）杨慎《评点草堂诗馀》：此当时应制词。

《重刻类编草堂诗馀评林》：铺叙上元景物，极其精透。

《新刻注释草堂诗馀评林》卷一：按唐睿宗元夕，于安福门外作灯轮，高十丈，衣以锦绮，然五万灯，竖之如花树。宫女千数，衣罗绮，耀珠翠，又简少妇千馀人，于灯轮下踏歌三日，令朝士能文都作歌，声调入云。

沈际飞《草堂诗馀·正集》：设色綦工于意，何有驵侩家店面铺排耳？

梁桥《冰川诗式》卷二"诗馀"：诗馀，即香奁、玉台之体，言闺阁之情，乃艳词也。作者虽多，要之，贵发乎性情，止乎礼义。今于《草堂诗馀》中录数首以为法式。《倾杯乐·上元应制》（柳耆卿）（下引原词，略）

绛都春 上元①

丁仙现

融和又报。乍瑞霭霁色，皇州春早。谢朓诗：春色满皇州。翠幰竞飞，玉勒争驰都门道。鳌山彩结蓬莱岛。向晚色、双龙衔照。绡楼台上，彤芝盖底，《西京赋》：芝盖九葩。《甘泉赋》翳华芝注：盖名。仰瞻天表。　　○缥缈。风传帝乐，《长恨歌》：仙乐风飘处处闻。庆三殿共赏，群仙同到。迤逦御香，飘满人间闻嬉笑。贾至②：衣冠身惹御炉香。须臾一点星球小。渐隐隐、鸣梢声杳。游人月下归来，洞天未晓。

【校】

①上元，据杨金本补。

②贾至，原作"杜"，此实贾至《早朝大明宫》诗句，杜甫有《奉和贾至舍人早朝大明宫》诗，王维亦有《和贾舍人早朝大明宫之作》诗。因改。

【集评】

《新刻李于鳞先生批评注释草堂诗馀隽》：上是无穷胜景，下是庆赏灯光。　又：千葩霁色，万点春江，俱□此笔所装饰。　又：灯光彻夜，胜赏未已，有一刻千金声价。

（托名）杨慎《评点草堂诗馀》：天家灯夜，自是富贵。

《新刻注释草堂诗馀评林》卷一：苏味道诗："火树银花合，星桥铁锁开。暗尘随马去，明月逐人来。游妓皆秾李，行歌尽落梅。金吾不禁夜，玉漏莫频催。"

沈际飞《草堂诗馀·正集》：秀句难得。（须臾一点星球小）

解语花 上元①

周美成

　　风销焰蜡。杜：花催蜡炬销。露浥烘炉，花市光相射。桂华流瓦。纤云散，耿耿素娥欲下。张正见诗：耿耿长河曙，泛滥宿云浮。月下嫦娥落②，风惊织女秋。衣裳淡雅。看楚女、纤腰一把。杜：楚女腰肢亦可怜。箫鼓喧，人影参差，满路飘香麝。　　○因念帝城放夜。《新记》③曰：京城街衢，有金吾晓暝传呼，以禁夜行。惟正月十五夜敕金吾驰禁，前后各一日，谓之放夜。望千门如画，杜：驻马望千门。嬉笑游冶。钿车罗帕。相逢处、自有暗尘随马。苏味道诗：暗尘④随马去。年光是也。惟只见、旧情衰谢。清漏移，飞盖归来，从舞休歌罢。

【校】

①上元，据杨金本补。

②按："月下"一句前仍有一联："天路横秋水，星桥转夜流。"

③按：下引文字，实出自唐韦述《西都杂记》。

④苏味道，原作"苏道"；暗尘原作"暗陈"，诸本同，今据《艺文类聚》卷四改。

【集评】

　　张綖《草堂诗馀别录》：无点录。来教谓《草堂》词多取周美成诸公丽语，如诗尚晚唐，亦何贵也。信如尊论。愚按：美成词正为不能丽耳。夫丽者，岂有纨绮珠翠乎？不假铅华而光彩射人，意态殊绝者，天下之丽也。故西施衣毛褐而国人称美，秦兰服敝襦而陶谷心醉。今美成多取古人丽语饾饤成篇，种种皆备，而本地网洒之风，隽永之味，独其所少，如富室女服饰甚盛，欠天然妩媚耳。但其人长于音律，所作谐声歌，叶弦管，无所沾滞，故为词家所宗。先辈尝称其为词人之甲乙者，以此也。独元宵此词不类诸作，"桂华流瓦。纤云散、耿耿素娥欲下"，语意奇；"衣裳淡雅。看楚女纤腰一把"，亦俊逸；"年光是也。惟只见、旧情衰谢"，又感慨沉着。"瓦"字、"雅"字、"帕"字、"也"字，皆不觉用韵，诚佳作也。

《新刻李于鳞先生批评注释草堂诗馀隽》：上是佳人游玩，下是灯下相逢，一气呵成。　又：才子佳人，一时胜会，千载奇逢，洵是解语花，倾国倾城声价矣。

《重刻类编草堂诗馀评林》：词意无非灯月交辉，佳人歌唱，才子游观之乐，一时清兴恣而已。　又：用苏味道"暗尘随马去，明月逐人来"之句，词意高古。

《新刻注释草堂诗馀评林》卷一：灯月交辉，佳人歌舞，才子游玩，亦一时之胜。　又：用苏味道诗"暗尘随马去，明月逐人来"，词意古雅。

沈际飞《草堂诗馀·正集》：昔人咏节序，付之歌喉者，类是率俗。为应时纳祜计，即清明"折桐花烂漫"、端午"默林乍歌"、七夕"炎光谢律"，以词家调度，亦皆未至，下作措句精妍，且见时节风物之感。

万年欢 上元①

胡浩然

灯月交光，孟元老《上元记》：华灯宝炬，月色交光。渐轻风布暖，先到南国。罗绮娇容，十里绛纱笼烛。花艳惊郎醉目。有多少、佳人如玉。春衫袂，整整齐齐，内家新样妆束。

○欢情未足。更阑谩勾牵旧恨，萦乱心曲。周词：无限事，萦心曲。怅望归期，应是紫姑频卜。暗想双眉对蹙。断弦待、鸾胶重续。《十洲记》：凤麟洲以凤喙麟角作胶，名续弦胶，能续断弦。宋陶谷词：若得鸾胶续断弦，是何年。休迷恋，野草闲花，凤箫人在金谷。凤箫事，见秦楼下注。

①上元,据杨金本补。

【集评】

《新刻李于鳞先生批评注释草堂诗馀隽》:"醉郎目""人如玉",诗中画笔。 又:"心曲"飞,因转思"凤箫人",亦乐小淫风化也。 又:如醉万花春谷,一醒出烟霞世界,浑似秦楼吹入,不昧灵窍。

(托名)杨慎《评点草堂诗馀》:结语韵。

《重刻类编草堂诗馀评林》:以上元灯烛之景,因见才子佳人游乐,以美人适兴动荡其心,而形于此曲。

《新刻注释草堂诗馀评林》卷一:以上元日灯烛之景,因见才子佳人游乐,以动荡其心,而形于其曲。

沈际飞《草堂诗馀·正集》:不甚恶,杂之词中,似乎击缶韶外,良可异也。

传言玉女 上元①

　　一夜东风,李:东风扇淑气。不见柳梢残雪。杜:青柳槛前梢。御楼烟暖,对鳌山彩结。箫鼓向晚,凤辇初回宫阙。千门灯火,九逵风月。《尔雅》:九达谓之逵。　　　　○绣阁人人,乍嬉游、困又歇。艳妆初试,把珠帘半揭。娇羞向人,手捻玉梅低说。相逢长是,上元时节。

【校】
①上元,据杨金本补。

【集评】
《新刻李于鳞先生批评注释草堂诗馀隽》:上是灯月交辉景,下是娇羞寄好音。 又:灯火千门开不夜。 又:上元有逢,寄语阿谁。 又:安得玉女下银河,听不尽金玉尔音,莫教松梅梦里过。

《重刻类编草堂诗馀评林》:上元之景止是灯烛而已,绣阁人人,此言妇人之游乐。

《新刻注释草堂诗馀评林》卷一:"笙歌声沸长春地,星月光回不夜天",可为此评。

沈际飞《草堂诗馀·正集》:如见深闺小妇,举止羞涩,语言柔脆,不由人动情矣。

女冠子

李汉老

帝城三五。灯火花市盈路。天街游处。此时方信,凤阙都民,奢华豪富。纱笼才过处。喝道转身,一璧小来且住。见许多、才子艳质,携手并肩低语。　　○东来西往谁家女。买玉梅争戴,缓步香风度。北观南顾。见画烛影里,神仙无数。引人魂似醉,不如闻早,步月归去。这一双情眼,怎生禁得,许多胡觑。

【集评】

《新刻李于鳞先生批评注释草堂诗馀隽》:上是才子游街,下是佳人陌遇,情景俱到。　又:缓步香风,感人魂似醉,真诗中画,画中诗也。　又:灯宵繁华,更咏出才子佳人两两输情,如传口中语,语中□,不尽春光争妍之态。

《重刻类编草堂诗馀评林》:"这一双情眼",更见风味。

《新刻注释草堂诗馀评林》卷一:吴台今古繁华地,偏爱元宵灯火戏。春前腊后未开晴,已向街头作灯市。

沈际飞《草堂诗馀·正集》:成何话。　又:疏狂好。

汉宫春 上元①

云海沉沉，峭寒收建章，雪残鸹鹊。汉武帝建章、长乐宫，皆合道相属。谢朓诗：金波丽鸹鹊。注：殿名。华灯照夜，万井禁城行乐。春随鬓影，映参差、柳丝梅萼。见立春类注。丹禁杳，鳌峰对耸，三山上通寥廓。向伯恭《上元词》：紫禁烟花一万重。鳌山宫阙隐晴空。玉皇端拱彤云上，人物嬉游陆海中。　　○春衫绣罗香薄。步金莲影下，三千绰约。齐东昏侯凿金为莲花，贴地，令潘妃行其上，曰：此步步生莲花也。冰轮桂满，皓色冷浸楼阁。霓裳帝乐，奏升平、天风吹落。留凤辇、通宵宴赏，见前注。莫放漏声闲却。

花庵词客云：此词伯可在慈宁殿元夕被旨作。

校】
①上元，据杨金本补。

【集评】

《新刻李于鳞先生批评注释草堂诗馀隽》：上半写金吾不禁之夜，下半写佳人歌舞之乐。　又：九枝灿烂，疑是元鳌驾山来。　又：摆柳腰，遏云调，恨不通宵宴。　又：城光不夜，更奏出钧天新声，人人都在广寒宫里。

（托名）杨慎《评点草堂诗馀》：《霓裳羽衣》，中秋曲也，用之上元，似未妥。

《重刻类编草堂诗馀评林》：此言美女歌辞之状。

《新刻注释草堂诗馀评林》卷一：汉执金吾禁夜行，惟正月十五夜敕金吾弛禁，前后各一日。　又：花庵词客云："此词伯可在慈宁殿元宵被旨作。"

沈际飞《草堂诗馀·正集》：应付生活。　又：《霓裳羽衣》，中秋曲也，

218

用之上元,未妥。

汉宫春 上元前一日立春

京仲远

暖律初回。又烧灯市井,元微之诗:灯火家家市①。卖酒楼台。谁将星移万点,月满千街。轻车细马,隘通衢、蹴起香埃。今岁好,土牛作伴,立春捻土象牛以送寒。挽留春色同来。

○不是天公省事,要一时壮观,特地安排。何妨彩楼鼓吹,古诗:一望笑声连鼓吹②。绮席樽罍。良宵胜景,语邦人、莫惜徘徊。休笑我、痴顽不去,年年烂醉金钗。

【校】
①今《全唐诗》作白居易诗。
②此南宋朱淑贞《元夜》诗。

【集评】
《新刻李于鳞先生批评注释草堂诗馀隽》:上元前一日立春,上鞭春牛,下饮春酒。 又:"星移""月满",夺阳春矣。 又:春日醉人多,信然,信然。 又:咏此若饮醇醪,不觉令人自醉也。□汉宫传蜡烛,长与君共卜夜,如何?

(托名)杨慎《评点草堂诗馀》:上元前一日,立春光景,状不像。

《重刻类编草堂诗馀评林》:此词古雅豪迈,诵之意味悠然。

《新刻注释草堂诗馀评林》卷一:《梦华录》:"立春日,有司为坛祭,先农官吏具彩杖环击土牛者三,所以示劝农之意。"

沈际飞《草堂诗馀·正集》:"星移""月满",形灯夕雅壮。 又:粗佳,发意有意趣。

庆春泽 上元①

刘叔安

灯火烘春，《上元》诗：灯火下楼台。楼台浸月，良宵一刻千金。苏东坡诗：春宵一刻直千金。锦步承莲，莲步事，见前注。彩云簇仗难寻，蓬壶影动星球转，丁仙现词：须臾一点星球小。映两行、宝珥瑶簪。恣嬉游，玉漏声催，未歇芳心。　　○笙歌十里夸张地，古诗：笙歌归院落。古诗：十里绮罗春富贵②。记年时行乐，憔悴而今。客里情怀，伴人闲笑闲吟。小桃未静刘郎老，把相思、细写瑶琴。怕归来、红紫欺风，三径成阴。

【校】

①上元，据杨金本补。

②此句不详出处。相近似的句子有宋汪晫《康范诗集》所附汪梦斗跋中记七言律诗有句"百紫千红春富贵"，或《成都文类》卷九所收宋田况《四月十九日浣花溪》诗句"十里绮罗青盖密"。

【集评】

杨慎《词品》：刘叔安，名镇，号随如。元夕《庆春泽》一首入《草堂》选，又有《阮郎归》云："寒阴漠漠夜来霜，阶庭风叶黄。归鸦数点带斜阳，谁家砧杵忙。　　灯弄幌，月侵廊，熏笼添宝香。小屏低枕怯更长，和云入醉乡。"亦清丽可诵。其咏茉莉云："月浸阑干天似水，谁伴秋娘窗户。"评者以为不言茉莉，而想象可得，他花不能承当也。又春宴云："庭花弄影，一帘香月娟娟。"有富贵蕴藉之味。伐元宵、伐春二词皆奇，南渡填词巨工也。

《新刻李于鳞先生批评注释草堂诗馀隽》：上段铺叙上元景，下段转入感慨情。　　又："烘春""浸月"虚字传灵。　　又：殊惜春光易迈意。　　又：起语巧夺化工，结意深入九洞。富丽典雅，俱见此词。

《重刻类编草堂诗馀评林》：铺叙上元景物极其富丽。　又：因景节而生慨叹。（指下片）

《新刻注释草堂诗馀评林》卷一：《乐书》曰："汉家上元日祠太乙，以昏刻祀到晓。"　又：此词铺叙景物极富丽。

沈际飞《草堂诗馀·正集》："烘"字、"浸"字有情。○坡诗"春宵一刻直千金"。何如元宵。　又：年光是也，惟只见旧情衰谢。　又：小桃红紫尚早。

陈继儒《读书镜》卷三：刘叔安，名镇，号随如。元夕《庆春泽》一首，入《草堂》选。又有《阮郎归》云："寒阴漠漠夜来霜，阶庭枫叶黄。归鸦数点带斜阳，谁家砧杵忙。　灯弄幌，月侵廊。熏笼添宝香。小屏低枕怯更长。和云入醉乡。"亦清丽可诵。

鹧鸪天　上元①

向伯恭　芗林居士

紫禁烟花一万重。杜诗：紫禁正耐烟花绕。鳌山宫阙隐晴空。玉皇端拱彤云上，人物嬉游陆海中。　　○星转斗，驾回龙。五侯池馆醉春风。见前集注。而今白发三千丈，李白诗：白发三千丈。愁对寒灯数点红。

【校】

①上元，据杨金本补。

【集评】

张綖《草堂诗馀别录》：陈简斋摘此词一句作联云："孤臣霜发三千丈，紫禁烟花一万重。"天然的对。结句云："稍喜长沙向延阁，疲兵敢犯犬羊锋。"盖向公目击宣和之盛，心切靖康之耻，此其所以奋不顾身者欤？

《新刻李于鳞先生批评注释草堂诗馀隽》：上写上元景象，末寓感慨深意。　　又："转斗""回龙"语,何等苍老。　　又:星球万点簇春红,自是千金世界。

（托名）杨慎《评点草堂诗馀》:郑嵎诗:"春游鸡鹿塞,家在鹧鸪天。"今词名本此。

《重刻类编草堂诗馀评林》:此词富丽,正是上元景象,末寓感慨之意,又见人逐韶华,更变不能。　　又:(笔者按:眉端朱笔批)妙,清高。(愁对寒灯数点红)

《新刻注释草堂诗馀评林》卷一:此词富丽,写尽上元景象,末寓感慨之意。

沈际飞《草堂诗馀·正集》:唐人应制诗多不工,志在铺张巨丽也。宋人元夕除夜词亦然,元人以才情属曲,以气概属词,故曲盛而词亡。　　又:忽得末二句,清迈。

烛影摇红 上元①

张材甫

双阙中天,凤楼十二春寒浅。唐玄宗正月望夜,移杖上阳宫,建灯楼十二间,饰以珠玉。其灯为龙凤虎豹踊跃状。去年元夜奉宸游,曾侍瑶池宴。玉殿珠帘尽卷。拥群仙、蓬壶阆苑。五云深处,万烛光中,《六帖》:开元正月望日,叶法师造虹桥,与明皇观广陵寺灯火之盛。人见仙人于五色云中。揭天丝管。　　○驰隙流年,《庄子》:忽焉无异骐骥之驰过隙。恍如一瞬星霜换。今宵谁念泣孤臣,材甫亲目靖康之变。前迷追忆徽庙元宵之盛,有感于世变,故自讲泣孤臣也。回首长安远。可是尘缘未断。谩惆怅、华胥梦短。《列子》:黄帝昼寝,梦游华胥氏之国。既觉,怡然自得,天下大治如华胥氏之国。满怀幽恨,数点寒灯,几声归雁。

222

【集评】

张綖《草堂诗馀别录》:凡悲愤之词,发之激烈,少春容之意。此词之悲过于痛哭矣,而音调谐婉,结语含蓄,无穷言外之情,当与曾纯甫《金人捧露盘》同看。二词尾句皆以雁言,岂以雁能往来夷夏,暗用苏子卿上林事乎?康顺庵《咏鸽》诗云:"何如养取南来雁,沙漠能传二帝书。"

《新刻李于鳞先生批评注释草堂诗馀隽》:上述往事,下叹来年,神情一呼一吸。 又:追叙侍宴陪游,如一瞬梦幻,因而感时伤怀,点点声声,笔端吐□。 又:此抚景写情,俱见其荣光易度,梦醒无几,真画出风前烛,红影在目。

(托名)杨慎《评点草堂诗馀》:结句甚有感慨, 又:材甫名伦,南渡故老,词多应制。有黍离之思,特甚悲感。

《重刻类编草堂诗馀评林》:此段词意,上元侍宴,见其灯烛管弦富丽,极其盛处,乐在其中。 又:此段见光阴迅速如梦,梦中追及旧事,幽怀素恨,触景伤情,两见之矣。

《新刻注释草堂诗馀评林》卷一:此见灯烛管弦之盛,光阴迅速如梦,追及往事,宁不伤怀?

沈际飞《草堂诗馀·正集》:材甫亲目靖康之变,前段追忆徽庙,后直指目前,哀乐各至。

烛影摇红

吴大年

梅雪初消,丽谯吹罢单于晚。《庄子》:魏有丽谯。注:谓城楼吹角之所也。使君千炬起班春,歌吹香风暖。十里珠帘尽卷。古词:扬州十里小红楼,尽卷上珠帘一半。人正在、蓬壶阆苑。卖薪买酒,立马传觞,升平重见。见东坡前注。　　○谁识遨头,去年曾侍传柑宴。《诗话》:上元夜登楼,贵戚宫人以黄柑遗近臣,谓之传柑宴。至今衣袖带天香,贾至诗:衣冠身惹御炉香①。行处氤氲满。已是春宵苦短。《长恨歌》:春宵苦短日高起。更莫遣、欢游意懒。细听归路,璧月光中,玉箫声远。

【校】

①贾至,原作"杜";御,原作"玉";"衣冠"两字原缺。按:此实贾至《早朝大明宫》诗句,全句为"衣冠身惹御炉香"。杜甫有《奉和贾至舍人早朝大明宫》诗,王维亦有《和贾舍人早朝大明宫之作》诗。因补改。

【集评】

张綖《草堂诗馀别录》:有点删。说在柳耆卿《倾杯乐》词。

《新刻李于鳞先生批评注释草堂诗馀隽》:上叙元宵乐事,下追述陪驾,有感慨。　又:写上元景如千葩□树,述往事传柑□节,又似广寒月阙中来。　又:铺叙景色,追述荣光,恍似空中烛,灼□无方。

(托名)杨慎《评点草堂诗馀》:张词感旧,吴词欢新,各有所指。

《新刻注释草堂诗馀评林》卷一·汤云崖诗:"三五良宵月正明,士民游乐庆升平。马头夹道金莲拥,鳌背连山火树生。舞榭暖云飘翠袖,歌台繁吹动琼笙。熙熙万象融和里,共沐恩光贺圣廷。"

沈际飞《草堂诗馀·正集》:张词感旧,吴词奇新,笔下颇似昆仲。

喜迁莺 闰元宵

吴子和

银蟾光彩。喜稔岁闰正,元宵还再。乐事难并,佳时罕遇,依旧试灯何碍。花市又移星汉,莲炬重芳人海。尽勾引,遍嬉游宝马,香车喧隘。　　○晴快。天意教、人月更圆,偿足风流债。媚柳烟浓,岑参诗:杨柳万条烟。夭桃红小,杜:山桃发小红①。景物迥然堪爱。巷陌笑声不断,襟袖余香仍在。待归也,便相期明日,踏青挑莱。王观词:结伴踏青去好。朱淑贞诗:生菜乍挑宜卷饼。

【校】

①今通行本杜甫《雨晴》诗有句:"山梨结小红。"

【集评】

《新刻李于鳞先生批评注释草堂诗馀隽》:上欲其再试灯宵,下欲其重寻灯景。 又:依旧试灯,是再庆元宵。 又:更期踏青,是春游后会。又:俱在正月闰上觅情景,似出谷娇莺,声声展哄。

《新刻注释草堂诗馀评林》卷一:《书》曰:"以闰月定四时成岁。"《易》曰:"归奇于扐以象闰。"故三岁一闰,五岁再闰,十九岁七闰。

沈际飞《草堂诗馀·正集》:好在意意闰正。 又:隽。

立春

喜迁莺

胡浩然

谯门残月。听画角晓寒,《梅花》吹彻。见《宝鼎现》注。瑞日烘云,和风解冻,《月令》:孟春东风解冻。青帝乍临东阙。暖响土牛箫鼓,夹路珠帘高揭。《梦华录》:立春前造土牛于门外,是日有司为坛以祭先农,官吏各具彩杖环击土牛者二。古词:箫鼓向晚。又古词:扬州十里小红楼,尽卷①上珠帘一半。最好是,戴彩幡春胜,钗头双结。见前《临江仙》词注。 ○奇绝。开宴处、珠履玳簪,俎豆争罗列。舞袖翩翩,杜诗:舞袖拂花钿②。

歌喉缥缈，压倒柳腰莺舌。劝我应时纳祜，还把金炉香爇。
愿岁岁、这一厄春酒，《诗》：为此春酒，以介眉寿。长陪佳节。
曹松《立春》诗：玉烛传佳节。

双溪老人云：浩然此词，先纪节序，次述宴赏，末归应时纳祜，尤有归宿。

【校】

①扬州、卷，原作"钱塘""揭"，据《隐居通议》卷十改。
②《杜甫诗集》无此句。比较相近的句子有杜甫《乐游园歌》"拂水低徊舞袖翻"。

【集评】

《新刻李于鳞先生批评注释草堂诗馀隽》：先记节序，次述宴赏未归，应时纳祜有馀。　又："烘云""解冻"，语出天然，词经百炼。　又："压倒柳腰莺舌"句，自是阳春白雪调。　又：词虽曲折，意实联翩，□□□立春景色，自是娇莺百啭。

《重刻类编草堂诗馀评林》：此词先记节序，次述宴赏，末归应时纳祜，尤有归宿。

沈际飞《草堂诗馀·正集》：双溪老人取其首纪节序，次述宴赏，末归应时纳祜，为有局。局谐而品陋，双溪所不知。

《新刻注释草堂诗馀评林》卷一：《风俗通》："立春日，士大夫家剪彩为小幡，谓之春幡，悬于佳人头，或缀于花枝。又剪为春蝶、春钱、春燕为戏。"

临江仙 立春①

贺方回

巧剪合欢罗胜子，钗头春意翩翩。《荆楚岁时记》：立春日，悉剪彩为燕以戴之。郑毅夫云：汉殿斗簪双彩燕，并知春色上钗头。艳歌浅笑拜嫣然。愿郎宜此酒,行乐驻华年。 〇未至文园多病客,《史记》:司马相如与文君归成都,尝有消渴疾。后拜为孝文园令。既病免,家居茂陵焉。幽襟凄断堪怜。旧游梦挂碧云边。人归落雁后,思发在花前。见词后注。

《复斋漫录》:方回词有《雁后归》词,乃山谷守当涂,方回过之,人日席上作腔。本《临江仙》,山谷以方回用薛道衡诗,故易以《雁后归》云。今仍其旧。

唐刘悚《传记》:隋薛道衡聘陈,为《人日》诗,首云:"入春才七日,离家已二年。"南人嗤之。及云"人归落雁后,思发在花前",乃曰:"名下无虚士。"

【校】

①立春,据杨金本补。

【集评】

张缢《草堂诗馀别录》:江文通曰"日暮碧云合,美人殊未来"之句,亦即名世矣。秦淮海用作词云:"人不见,碧云暮合空相对",冯云月用作词云"丽人何处,往事暮云万叶。"今观冯句当胜秦,俱不如方回,此词"旧游梦挂碧云边"更为出奇。

《新刻李于鳞先生批评注释草堂诗馀隽》:先以立春故事铺叙,后以人情客意结之,俱见体制妙处。 又:上用罗胜典实,下引文园病客,□典无方。 又:宜酒乐年,亦弓介眉寿之意,而"雁后""花前"语,又是羽化登仙境界矣。

(托名)杨慎《评点草堂诗馀》:此等句在天地间有限。("人归落雁"句)

《重刻类编草堂诗馀评林》:只以罗胜子、钗头、彩燕就为立春日之故事,并不以景物铺叙,又是一家文法,后以人情客意为词,正是以景托物耳,思之有趣。

《新刻注释草堂诗馀评林》卷一:首以罗胜子、钗头、彩燕就为立春日之故事,而不以景物铺叙,又是一家文法,后以人情客意结之。

沈际飞《草堂诗馀·正集》:娇媚逼来,读者神醉。 又:十字在天地间

有限。（人归落雁后，思发在花前）

玉楼春 立春①

毛泽民

　　小园半夜东风转。吹破冰池云母面。晓披阊阖见朝阳，_{杜诗：阊阖开黄道。阊阖，天门也。}知向碧阶添几线。　　○小烟
弄柳晴光暖。残雪禁梅香尚浅。殷勤洗拂旧东君，多少韶华
都借看。

【校】

①立春，据杨金本补。

【集评】

《新刻李于鳞先生批评注释草堂诗馀隽》：一名《木兰花》。上是迎朝
阳景。

《重刻类编草堂诗馀评林》：洗拂旧东君，则有迎新东君之意，作立春题
有体。

《新刻注释草堂诗馀评林》卷一：《天文志》："柄回寅天下春，日行东陆，
故谓之东君。"

沈际飞《草堂诗馀·正集》：才是立春。　又："禁梅"妙。

小冲山 立春①

李汉老

　　谁劝东风腊里来。不知天待雪，恼江梅。东郊寒色尚徘
徊。双彩燕，飞傍鬓云堆。_{彩燕事，见前注。}　　○玉冷晓妆

台。宜春金缕前,《荆楚岁时记》:立春日贴"宜春"字于门。王沂公《立春帖门》云:北陆凝阴尽,千门淑气新。年年金殿里,宝字贴宜春。拂香腮。红罗先绣踏青鞋。卢公范《馈饰仪》:三月三日,上踏青鞋履。春犹浅,欧阳公词:玉京此处春犹茂②。花信更须催。《东皋杂录》:江南自初春至初夏,五日一番风候,谓之花信风。梅花风最先,楝花风最后。凡二十四番以为寒绝。徐师川云:一百五日寒食雨,二十四番花信风。

【校】

①立春,据杨金本补。

②此句不见欧阳修《文忠集》,亦不见于《六一词》。

【集评】

《新刻李于鳞先生批评注释草堂诗馀隽》:先彩燕傍飞,后绣鞋踏青,剪裁成法。　又:立春日事,游春日景,描出在在如画。　又:色色丽,步步娇,山灵宁不为之阔目。

(托名)杨慎《评点草堂诗馀》:句句是立春时景,更不转一闲意,不着一套语,自是老手。

《重刻类编草堂诗馀评林》:彩燕,立春日用之,青鞋,游春用之。作立春之意,又顾游春之乐,点缀可爱。

《新刻注释草堂诗馀评林》卷一:《青帝赋》:"震宫初动,木德惟行,龙精戒旦,凤历司春。"彩燕,立春日用,青鞋,游春日用之点缀,可爱。

沈际飞《草堂诗馀·正集》:风风雅雅,下字亦自不凡。　又:预为游春计,好点缀。

蝶恋花 元日立春

辛幼安　稼轩

谁向椒盘簪彩胜。整整韶华,争上春风鬓。东坡《元日立春》①诗：堆盘红缕细茵陈，巧雨椒花两斗新。又《次曾仲锡元日见寄韵》：萧索东风两鬓华，年年幡胜剪宫花。往日不堪重记省。为花长抱新春恨。　　○春未来时先借问。晚恨开迟，早又飘零近。今岁花期消息定。只愁风雨无凭准。

【校】

① 苏轼《东坡全集》卷五此诗题目作《元日过丹阳明日立春寄鲁元翰》。

【集评】

《新刻李于鳞先生批评注释草堂诗馀隽》：上段记往春，下段卜来自，俱是元日里争妍。　　又：为花恨春，为春惜花，千敲百炼。　　又：双双布势，叠叠遣调，真有舞蝶穿花之度。

（托名）杨慎《评点草堂诗馀》：梁元帝诗"翻阶蛱蝶恋花情"，故句。

《重刻类编草堂诗馀评林》：椒属玉衡星，元日饮椒柏酒，令人有寿，故以椒盘为与。杜诗云："守岁阿戎家，椒盘已献花。"正此意也。

《新刻注释草堂诗馀评林》：椒属玉衡星，元旦饮椒柏酒，令人有寿，故以椒盘为祝。杜诗云："守岁阿戎家，椒盘已献花。"正此意也。

沈际飞《草堂诗馀·正集》："椒盘""彩胜"之外，不纯用时事，甚脱。又：为花恨春，为春惜花，说开一步，所以脱俗。

琐窗寒 寒食

周美成

暗柳啼鸦，单衣伫立，小帘朱户。桐花半亩，静锁一庭愁雨。滴空阶、更阑未休，《渔隐诗话》：嘉祐中，有渔人于江心网得片石，有绝句：雨滴空阶晓，无心换夕香。井桐花落尽，一半在银床。故人剪烛西窗语。李商隐诗：何当共剪西窗烛，却话巴山夜雨时。似楚江瞑宿，风灯零乱，杜诗：风起春灯乱，江鸣夜雨悬。少年羁旅。

○迟暮。嬉游处。杜诗:自伤迟暮眼。正店舍无烟,禁城百五。
《连昌宫》:初过寒食一百六,店舍无烟宫树绿。旗亭唤酒,付与高阳
俦侣。李贺诗:旗亭下马解秋衣,且买宜阳一壶酒。汉郦食其谒高祖,衣
儒冠,沛公谢之曰:未暇见儒。食其按剑叱曰:吾高阳酒徒,非儒也。沛公
起入。想东园、桃李自春,小唇秀靥今在否。到归时、定有残
英,待客携樽俎。李贺诗:秾眉笼小唇。又:晓①奁妆秀靥。

【校】

①晓,原作"晚",据李贺《昌谷集》卷二《恼公》诗改。按:此词注释删减
自《陈元龙详注周美成词片玉集》同词注释。

【集评】

《新刻李于鳞先生批评注释草堂诗馀隽》:上描旅思最无聊,下描酒兴
最无涯。　又:寒窗独坐,对此禁烟时光,呼卢浮白,宁多逊高阳生哉。

《重刻类编草堂诗馀评林》:以三月之景物,叙寒食之节。　又:店舍无
烟,方见清明禁火事。

《新刻注释草堂诗馀评林》卷一:《周礼》:"司煊(当作"烜")氏仲春以木
铎修火禁于国中。"　又:银床,井栏也。　又:引宫词切当。(正店舍无烟,
禁城百五。《连昌宫词》)

沈际飞《草堂诗馀·正集》:霎然有声。　又:点题。(正店舍无烟,禁
城百五)

应天长 寒食①

周美成

条风布暖,《易纬》云:立夏条风至。霏雾弄晴,池塘遍满春
色。正是夜堂无月,沉沉暗寒食。梁间燕,前社客。似笑我、
闭门愁寂。乱花过,隔院芸香,满地狼藉。　○长记那回

时，邂逅相逢，郊外驻油璧。<small>温飞卿词：油璧车轻金犊肥。</small>又见汉宫传烛，飞烟五侯宅。<small>见《三台词》注。</small>青青草，迷路陌。<small>《古乐府》：青青河畔草。</small>强载酒、细寻前迹。市桥远，柳下人家，犹自相识。<small>杜：市桥官柳细。</small>

【校】

①寒食，据杨金本补。

【集评】

《新刻李于鳞先生批评注释草堂诗馀隽》：上半叙景色寂寥，下半与人世睽绝。 又：燕语梁间，客到社前，生意活泼。 又："人家不相识"，有遗世独立风标。 又：不用介子推典实，但意俱不求名，不徼功，似有埋光剖彩之卓识，玩行（下缺）。

（托名）杨慎《评点草堂诗馀》：国朝大衄，乐府用此。

《重刻类编草堂诗馀评林》：词工意深。

《新刻注释草堂诗馀评林》卷一：《风俗通》："寒食日不动烟火，但办熟餐，城市画鸭相遗，斗鸡为戏。"

沈际飞《草堂诗馀·正集》：一本无"条风……正是"十六字，一本无"条风……寒食"廿五字，非。

玉楼春 寒食①

谢无逸　溪堂

弄晴数点梨花雨。门外画桥寒食路。杜鹃飞破草间烟，蛱蝶惹残花底雾。　〇东君着意怜樊素。<small>白乐天有二妾，樊素善歌，小蛮善舞。尝有诗曰：樱桃樊素口，杨柳小蛮腰。</small>一段韶华都付与。妆成不管露桃嗔，舞罢从教风柳妒。

①立春,据杨金本补。

【集评】

张綖《草堂诗馀别录》:首二句甚佳,不落色界,通篇词亦工致,但后段与前语不类。怀悦《观妓》诗"舞回凉月欺杨柳,装(妆)罢春风笑海棠",正祖谢公。结语乐天"樱桃""杨柳"之句虽为远祖,俗哉。

《新刻李于鳞先生批评注释草堂诗馀隽》:上叫鸟以鸣仲春之景,下借花以怜仲春之情。 又:"破草""残花"尽入化工;"桃嗔""柳妒"尤神妙矣。又:从来无此二清语,堪出州叶,赏其佳调为快。

(托名)杨慎《评点草堂诗馀》:词中如"飞破""惹残",用字之妙;如"露桃嗔""风柳妒",对仗之工。

《重刻类编草堂诗馀评林》:梨花雨、杜鹃飞,写寒食之景,切当,切当。

《新刻注释草堂诗馀评林》卷一:天时人事,俱见此词,"露桃嗔""风柳妒",尤新奇有味。

沈际飞《草堂诗馀·正集》:苍翠侵人,"飞破""惹残",极推敲之致。又:"桃嗔""柳妒"对仗整齐。

诉衷情

僧仲殊

涌金门外小瀛洲。_{杭州有涌金门。}寒食更风流。红船满湖歌吹,花外有高楼。 ○晴日暖,淡烟浮。恣嬉游。三千粉黛,十二阑干,一片云头。

《玉林词选》云:仲殊之词多矣,佳者固不少,而小令为最。小令之中,《诉衷情》一调又其最。盖篇篇奇丽,字字清婉,高处不减唐人风致也。

【集评】

张綖《草堂诗馀别录》:无点录。此词温雅蕴藉,佳品也,当取。

《新刻李于鳞先生批评注释草堂诗馀隽》：上段情兴欲飞，下段时光可挹。　又：寒食调（词）独此有不囿于俗。　又：衷情欲诉无人会，留午淡烟晴日动。

《重刻类编草堂诗馀评林》：此头虽以寒食布湖中之景，游子佳人乐之也。

《新刻注释草堂诗馀评林》卷一：去冬节一百五日为寒食，城市禁火，以秋千斗鸡为戏。

沈际飞《草堂诗馀·正集》：末句匪夷所思。（三千粉黛，十二阑干，一片云头）

醉蓬莱　上巳日有怀许下西湖

叶少蕴

问春①风何事，断送繁红，便拚归去。牢落征途，笑行人羁旅。一曲阳关，断云残霭，做渭城朝雨。王维诗：渭城朝雨浥轻尘，客舍青青柳色新。劝君更尽一杯酒，西出阳关无故人。欲寄离愁，绿阴千嶂，黄鹂空语。　○遥想湖边，浪摇空翠，管弦风高，乱花飞絮。曲水流觞，有山翁行处。翠袖朱栏，故人应也，弄画船烟浦。会写相思，尊前为我，重翻新句。

【校】

①春，张綖《草堂诗馀别录》作"东"。

【集评】

张綖《草堂诗馀别录》：无点录。此词多佳句，即起句亦好。

《新刻李于鳞先生批评注释草堂诗馀隽》：上用阳关送别典，下引兰亭修禊事。　又：更进一杯，聊劝故人。　又：酒冷诗成，何多逊逸少风？又："故人"隐与"阳关"照应，不忍别离之意溢于言外。

《重刻类编草堂诗馀评林》：此数句（上片首句起）有惜春归之意。又：引送春之词。　又：曲水流觞，引山阴兰亭之乐。

《新刻注释草堂诗馀评林》卷一：不忍别春之意溢于言外。　又：曲水流觞，引山阴兰亭乐事。

沈际飞《草堂诗馀·正集》：起头何许精力。　又：大凡离情，入王右丞尊矣。　又：潇洒。

春云怨 黄钟商

冯伟寿　云目

春风恶劣。把数枝香锦，和莺吹折。雨重柳腰娇困，燕子欲扶扶不得。软日烘烟，干风收雾，芍药荼蘼弄颜色。帘幕轻阴，图书清润，日永篆香绝。　○盈盈笑靥宫黄额。试红鸾小扇，丁香双结。团凤眉心倩郎贴。教洗金罍，共看西堂，醉花新月。曲水成空，《兰亭记》，事见前集注。丽人何处，杜《丽人行》：三月三日天气新，长安水边多丽人。往事暮云万叶。

【集评】

杨慎《词品》：冯伟寿，名艾子，号云目，词多自制腔。《草堂》词选其"春风恶劣，把数枝香锦，和莺吹折"一首。又《春风袅娜》，其自度曲也："被梁间双燕，话尽春愁。朝粉谢，午花柔。倚红阑故与，蝶围蜂绕，柳绵无数，飞上搔头。凤管声圆，蚕房香暖，笑挽罗衫须少留。隔院兰馨趁风远，邻墙桃影伴烟收。　些子风情未减，眉头眼尾，万千事、欲说还休。蔷薇刺，牡丹球。殷勤记省，前度绸缪。梦里飞红，觉来无觅，望中新绿，别后空稠。相思难偶，叹无情明月，今年已见，三度如钩。"殊有前宋秦、晁风艳，比之晚宋酸馅味、教督气不侔矣。馀句如"笑呼银汉入金黥"，临邛高耻庵列为丽句图云。

《新刻李于鳞先生批评注释草堂诗馀隽》：上是傍花随柳景象，下是抚古伤今情绪。　又：春暮奇葩，争妍百媚。　又：兰亭胜会，而今安在哉？又：□上巳景，思修禊人，无穷寄慨。

《新刻注释草堂诗馀评林》卷一：《汉志》："三月上巳，官民皆禊饮于东流水，袚除宿垢也。"自魏后，但用三月三，不复用上巳也。

沈际飞《草堂诗馀·正集》：矫警。　又：时物到此，反难抵挡他。○"扶不得"，眼细。　又：标致。　又：何事不有下稍，岂关风雨？结语呜咽。

三台 清明应制

万俟雅言

见梨花初带夜月，晏元献公：梨花院落溶溶月。海棠半含朝雨。内苑春、不禁过青门，御沟涨、潜通南浦。东风静、细柳垂金缕。唐人词：杨柳风轻[①]，展尽黄金缕。望凤阙、非烟非雾。好时代、朝野多欢，遍九陌、太平箫鼓。乍莺儿百啭断续，燕子飞来飞去。近绿水、台榭映秋千，斗草聚、双双游女。　　○饧香更、《宝典》：研杏仁为酪，以饧沃之。酒冷踏青路。会暗识、夭桃朱户。唐彦谦诗：草草踏青人。向晚骤、宝马雕鞍，注见前。醉襟惹、乱花飞絮。正轻寒轻暖漏永，韩偓《寒食夜》[②]：恻恻轻寒剪剪风。半阴半晴云暮。王晋卿词：乍雨乍晴寒食路。禁火天、已是试新妆，韦应物诗：雨中禁火空斋冷。岁华到、三分佳处。清明看、汉宫传蜡炬。散翠烟、飞入槐府。韩翃诗：春城无处不飞花，寒食东风御柳斜。日暮汉宫传蜡烛，轻烟散入五侯家。敛兵卫、阊阖门开，住传宣、又还休务。

【校】

①轻，原缺，据《全唐诗》卷八百九十八张泌《蝶恋花》词补。按：此词又

作晏殊词，又作欧阳修词。

②韩偓，原作"卫渥"；寒食，原作"寒城"，诸本同。今据《万首唐人绝句》卷五十韩偓《寒食夜》、《全唐诗》卷六百八十三韩偓《夜深》（原注：一作《寒食夜》）诗改。

【集评】

《新刻李于鳞先生批评注释草堂诗馀隽》：上是季春景象，下是东作政务。　又：叙到游女秋千，不但向花生春。　又：描写寒暖轻阴晴半，半入"闾阖""传宣"，最为步武。　又：铺叙有条，如收拾天下春归肺腑状。

（托名）杨慎《评点草堂诗馀》：首二句纤媚可爱。

《新刻注释草堂诗馀评林》卷一：《秦岁时纪闻》："斗鸡走狗，禁烟前后。"又唐制：每岁清明，令内园官于殿前钻火，先得进上者，赐绢十疋。

沈际飞《草堂诗馀·正集》：绣句。（见梨花初带夜月，海棠半含朝雨）又：杂沓少伦，过接唤应，虚字少力。　又：没收拾。

蝶恋花 春情①

赵德麟　安定郡王

欲减罗衣寒未去。不卷珠帘，人在深深处。红杏枝头花几许。啼痕止恨清明雨。欧词：红杏开时，一霎清明雨②。　　○尽日水沉香一缕。宿酒醒迟，恼破春情绪。飞燕又将归信误。小屏风上西江路。

【校】

①春情，据杨金本补。

②此词亦作欧阳修词，见《乐府雅词》卷上。

【集评】

《新刻李于鳞先生批评注释草堂诗馀隽》：上借言泪雨红杏，下借言不归飞燕。　又:借春光误佳期,隐见词衷。　又:托可写兴,托燕传情,怀春几许衷肠。

《重刻类编草堂诗馀评林》:布景生情,至于啼痕,止恨清明,两方见人子思亲处,善能安排,洞中绝妙。

《新刻注释草堂诗馀评林》卷一:布景生情,至于啼痕,方见人子思亲意。　又:善安排,词中绝律。

沈际飞《草堂诗馀·正集》:开口澹冶松秀。　又:末路情景,若近若远,低徊不能去。

水龙吟 和章质夫韵

刘叔安　随如

弄晴台馆收烟候,时有燕泥香坠。宿醒未解,单衣初试,腾腾春思。前度桃花,去年人面,见前集注。重门深闭。记彩鸾别后,青骢归去,长亭路,芳尘起。　○十二屏山遍倚。任苍苔、点红如缀。黄昏人静,暖烟吹月,一帘花碎。芳意婆娑,绿阴风雨,画桥烟水。笑多情司马,留春无计,湿青衫泪。白乐天:就中谁独泣最多[①],江州司马青衫湿。

【校】

①就中谁独泣最多,今通行本作"就中泣下谁最多"。

【集评】

《新刻李于鳞先生批评注释草堂诗馀隽》:上想去岁游春景,下恐入夜怀春情。　又:"前度桃花"语,念情刘郎,意司马之情,此中难解文君寄趣处。　又:语语传情,色色布景,如入万花春谷,令人应接不暇,佳甚。

《新刻注释草堂诗馀评林》卷一:按坡公在黄州《梦》诗云:"寒食清明都过了,石泉槐火一时新。"梦中曰火,固新矣,泉何以新,盖俗以清明日淘井。

沈际飞《草堂诗馀·正集》："点""缀"两字分别。○清绮。

端午

喜迁莺

　　梅霖初歇。正绛色海榴，争开佳节。角黍包金，《风土记》：端午日进角黍。香蒲砌玉，是日饮菖蒲酒。是处珠筵罗列。斗巧尽输年少，玉腕彩丝双结。舣彩舫，见龙舟两两，波心齐发。

　　○奇绝。难画处、激起浪花，翻作湖间雪。画鼓轰雷，东坡诗：腰鼓百面如春雷。红旗掣电，夺罢锦标方彻。望中水天日暮，犹自珠帘高揭。《滕王阁记》：珠帘暮卷西山雨。棹归晚，载荷香十里，东坡《游法华山》诗：归涂十里尽荷风。一钩新月。柳《宿岩下》诗：新月一钩①吐。

【校】
①一钩，《柳河东集》卷四十二《再到界围岩水帘宿岩下》诗作"玉钩"。
【集评】
《新刻注释草堂诗馀评林》卷四：《荆楚记》："屈原以是日溺于汨罗江，楚人以舟拯之，今竞渡，乃其遗俗。"

　　沈际飞《草堂诗馀·正集》：一篇空峭处。　又：说龙舟絮可窜。　又："荷香""新月"句稍破宿晕。

齐天乐

　　疏疏几点黄梅雨，古诗：梅子黄时雨。佳时又逢重午。角黍包金，香蒲泛玉，风物依然荆楚。《风土记》：端午烹鹜，以菰叶裹粘米,谓之角黍。衫裁艾虎,更钗袅朱符,臂缠红缕。《岁时记》:端午以艾为虎形,或剪彩为小虎,粘艾叶以戴。文章简公帖子云:花阴转午清风细,玉燕钗头艾虎轻。《抱朴子·五问》:辟兵之道,答曰:以五月五日作赤灵符着心前。欧阳公帖子:五兵消以德,何用赤灵符。今,谓之钗头符。《风俗通》:五月五日以五彩丝系臂者,辟鬼及兵。一名长命缕,一名续命缕,一名辟兵缯。扑粉香绵,唤风绫扇小窗午。 　　○沉湘人去已远,劝君休对景,感时怀古。《续齐谐记》:屈原以五月五日投汨罗江而死,楚人哀之。慢啭莺喉,轻敲象板,胜读离骚章句。荷香暗度。渐引入陶陶,醉香深处。卧听江头,画船喧韵鼓。章简公帖子:丝竹渐高桡鼓急,瑶津亭下竞凫车。

【集评】

《新刻李于鳞先生批评注释草堂诗馀隽》:上缀端阳佳节景象,下抒汨罗吊忠情怀。 　又:包金泛玉谁之从? 端午缀景生情。 　又:此要极古吊录,乃云休对景胜读《离骚》,是反言以见意。 　又:叙端午典实,词周意匠。下是深吊屈原忠愤意,隐词□,为得风人口吻。

《重刻类编草堂诗馀评林》:一切是用端午风俗故事。 　又:此段追思屈原意。

《新刻注释草堂诗馀评林》卷四:汉制,令郡国进枭,五月五日为羹,赐百官,取去凶人之义也。 　又:此又吊灵均之忠愤意。

沈际飞《草堂诗馀·正集》:平实无佳。 　又:吊灵均者云:“今日独醒无用处,为君痛饮读《离骚》。”不读亦为灵均,思之,思之。

贺新郎 端午①

刘方叔

翠葆摇新竹。周词:新篁摇动翠葆。正榴花、枝头叶底,斗红争绿。王安石《榴花》诗:万绿枝头红一点,动人春色不须多。谁在纱窗

240

停针线,闲理竹西旧曲。杜牧诗:谁知②竹西路,歌吹是扬州。又还是、兰汤新浴。《青箱记》:兰汤备浴传荆楚,水马浮江吊屈原。手弄合欢双彩索,《风土记》:以五色彩丝为百索。笑偎人、福寿低相祝。金凤舛,艾花矗。　　○龙舟噗水飞相逐。记当年、怀沙旧恨,至今遗俗。雨过平芜浮天阔,画舸凌波尽簌。沸十里、笙歌声续。李白诗:兰蕙相随皆妓女,风光去处满笙歌。好是蟾钩随归棹,任欢呼、船重成颓玉。晋嵇康醉,如玉山之将颓。犹未忍、罩银烛。

【校】

①端午,据杨金本补。

②谁知,原作"斜阳",据《杜牧全集》卷三《题扬州禅智寺》诗改。

【集评】

《新刻李于鳞先生批评注释草堂诗馀隽》:上备纪端午日盛事,下吊古忠魂情景。　又:种种是记事之典实。　又:寥寥是吊古之情极。　又:纪端午事最详,面吊古风味殊殊先辈,可谓词赋之最工者。

《重刻类编草堂诗馀评林》:抚景吊古,风味顿殊于先辈,可谓善词赋者。　又:此段(指下片)是追屈原忠魂事。

《新刻注释草堂诗馀评林》卷四:悬艾泛蒲,浴兰斗草,系缕竞渡,皆端午日事,至今从之。　又:抚景吊古,风味顿殊,于先辈可谓美词赋者。

沈际飞《草堂诗馀·正集》:固耳目睹记者无有可刺。　又:"笑偎人""低相祝"六字娇媚,将"福寿"二字添风味。

贺新郎　端午①

刘潜夫　后村

深院榴花吐。画帘开、彩衣纨扇,午风清暑。儿女纷纷新结束，杜：世上儿女徒纷纷。时样钗符艾虎。刘昭日：桃印本汉制，以止恶气。今端午以彩绘篆符为钗头符以相遗。《荆门记》：午节人皆采艾为虎为人，挂于门以辟邪气。早已有、游人观渡。《荆楚记》：屈原午日投汨罗江而死，后人以舟楫救之，遂俗成竞渡也。老大逢场慵作戏，任白头、年少争旗鼓。溪雨急，浪花舞。　　○灵均标致高如许。灵均，屈原也。忆生平、既纫兰佩，《楚词》：纫秋兰以为佩。又怀椒醑，《离骚》：奠桂酒兮椒浆。谁信骚魂千载后，波底垂涎角黍。古词：角黍包金，菖蒲切玉②。又说是、蛟馋龙怒。把似而今醒到了，料当年，醉死差无苦。聊一笑，吊千古。

【校】

①端午，据杨金本补。

②《增补武林旧事》卷三、《山堂肆考》卷十一谓此为吴充(子和)《喜迁莺》词句。此句又见于杨无咎《逃禅词·齐天乐》词，原调下注曰："和周美成词。"

【集评】

《新刻李于鳞先生批评注释草堂诗馀隽》：上是游人观竞渡事，下是后人吊往古心。　又：雨急花舞，自是眼前胜概。　又：怀古人之死为可惜，无限情伤。　又：写景难，写情景尤难之难。

(托名)杨慎《评点草堂诗馀》：此一段议论，当为三闾千古知己。

《重刻类编草堂诗馀评林》："儿女"句皆时俗。　又：谓楚大夫忠节之高。(灵均标致高如许)

《新刻注释草堂诗馀评林》卷四：《月令》："日月会工鹑首之次，律中蕤宾，五月五日为天中节。"　又：俗传所投角黍为蛟龙夺食，似无稽。

沈际飞《草堂诗馀·正集》："亭"一作"新"，"新"一作"时"，"陌"一作"白"，俱误。　又：翩翩。　又：驳世俗见闻，洗灵均心事，于词坛有创立之功。淳祐辛丑八月御笔署刘某文名久著，史学尤精，特赐同进士出身，殆不作也。○新谱落"聊"字，遂谓末句作五字，大误后人。

贺新郎

思远楼前路。思远楼在温州，与西山相对。望平堤、十里湖光，画船无数。绿盖盈盈红粉面，叶底荷花解语。《天宝遗事》：太液池千叶莲开，明皇与妃子共赏。帝指妃谓左右曰：何如此解语花耶。斗巧结、同心双缕。尚有经年离别恨，一丝丝、总是相思处。相见也，又重午。　　○清江旧事传荆楚。叹人情、千载如新，尚沉菰黍。且尽樽前今日醉，谁肯独醒吊古。《渔父辞》：众人皆醉我独醒。泛几盏、菖蒲绿醑。两两龙舟争竞渡，古词：见龙舟两两，波心齐发。奈朱帘、暮卷西山雨。《滕王阁诗》：画栋朝飞南浦云，朱帘暮卷西山雨。看未足，怎归去。

【集评】

张綖《草堂诗馀别录》：有点删。后村午日《贺新郎》有云："把似而今醉倒了，当料醉死差无苦。聊一笑，吊千古。"语甚高妙，其气度颇似东坡，实自扬子云反骚、贾长沙吊屈意来。此词甚佳，亦可以不录矣。

《新刻李于鳞先生批评注释草堂诗馀隽》：上是系相思于一丝之中，下是吊忠魂于千载之下。　又：见荷思人，顿忆莲花似六郎。　又：一宽松环境吊千古，亦是醒眼看醉人。　又：意浓而复浓于词，体妍而并妍于度，寸衷千古。

《重刻类编草堂诗馀评林》：写五日之景。（上片首句始）。　又：楚人以角黍沉江以祭屈平，至今千馀载，其俗尚存。

《重刻类编草堂诗馀评林》：写五日之景。（上片首句始）。　又：楚人以角黍沉江以祭屈平，至今千馀载，其俗尚存。

《草堂诗馀·正集》：致情紧切，非他词织事等。○"当年醉死差无苦，且尽樽前今日醉"，若相承而出。诗云："更使屈原知此趣，当年不作独醒人。"

南柯子 端午①

山与歌眉敛,波同翠眼流。游人都上十三楼。不羡竹西歌吹、古扬州。注见前。 ○菰黍连昌歜,《风土记》:五月五日以菰叶裹粘米,楚祭屈原之余风。又,俗饮菖蒲酒。《左》:飨有昌歜。注:菖蒲也。琼彝倒玉舟。谁家水调唱歌头。《明皇杂录》:明皇好《水调歌头》,胡羯犯京,上欲迁幸,犹登花萼楼置酒,四顾凄怆,使其中人歌《水调》毕,因倚视楼下:有工歌而善《水调》者乎?有一少年自言工歌,亦善《水调》,遂歌曰:山川满目泪沾衣,富贵荣华得几时。不见只今汾水上,惟有年年秋雁飞。上闻之,凄然曰:谁为此调?左右曰:宰相李峤。上曰:真才子也。不待曲终。《水调曲》颇广,谓之歌头,岂非首章之一解乎。声绕碧山飞去、晚云留。《博物志》:秦青善讴,每击节而歌,声振林木,响遏行云。

【校】

①端午,据杨金本补。

【集评】

《新刻李于鳞先生批评注释草堂诗馀隽》:曲写时事,中叙歌声唱彻山云,令人耳顺。 又:起句"歌眉敛""翠眼流",便见卓绝。 又:《采莲歌》当《离骚赋》,响彻水濒。 又:苏公之词非写景物而已,且引古人以涉时事,远见近闻皆到,岂浅衷薄识者所能道耶?

(托名)杨慎《评点草堂诗馀》:端午词多汨罗事,此独不涉,所谓善脱套者。 又:有无限感慨,坡公此词必有所为而作。

《重刻类编草堂诗馀评林》:苏公之词,非写景物而已,且引古人以涉时事,远见近闻皆到。

《新刻注释草堂诗馀评林》卷四：苏公之词，非写景物而已，且引古人以涉时事，遗见近闻皆到，岂浅衷薄识者所能道耶？

沈际飞《草堂诗馀·正集》：援引古事，不为古用。

七夕

鹊桥仙

纤云弄巧，飞星传恨，银汉迢迢暗度。杜：银汉会双星。金风玉露一相逢，李密诗：金风荡佳节。杜：玉露团清影。僧清江诗：七夕景迢迢，相逢只一宵。便胜却、人间无数。欧阳公《七夕》诗：莫云天上休相见，犹胜人间去不回。　　○柔情似水，佳期如梦，罗隐[①]《七夕》诗：惆怅佳期又一年。忍顾鹊桥归路。《风俗记》：织女七月七日当渡河，使鹊为桥。两情若是久长时，又岂在、朝朝暮暮。宋玉《高唐赋》：朝为行云，暮为行雨，朝朝暮暮，阳台之下。

按：七夕歌以双星会少别多为恨，少游此词谓两情若是久长，不在朝朝暮暮，所谓化臭腐为神奇，宁不省人心目。

【校】
①罗隐，原作"隐罗"，诸本同，径改。

【集评】
《新刻李于鳞先生批评注释草堂诗馀隽》：上是虽怜天上佳期少，下是还胜人间欢会多。　　又：相逢胜人间，会心之语。　　又：两情不在朝暮，破格之谈。　　又：七夕歌以双星会少别多为恨，独少游此词谓"两情若是久长时"二句，化陈腐，最能醒人心目。

《新刻注释草堂诗馀评林》卷五：按：七夕歌以双星会少别多为恨，独少

245

游此词谓"两情若是久长时"二句，化陈腐，最能醒人心目。

沈际飞《草堂诗馀·正集》：七夕以双星会少别多为恨，独谓情长不在朝暮，化臭腐为神奇。　又：此词苏本刻在续集，误。

二郎神 七夕①

柳耆卿

炎光谢。过暮雨、芳尘轻洒。乍露冷风清庭户，爽天如水，注见前集。玉钩遥挂。应是星娥嗟久阻，叙旧约、飙轮欲驾。极目处、微云暗度，耿耿银河高泻。《长恨歌》：迟迟钟鼓初长夜，耿耿星河欲曙天。　　○闲雅。须知此景，古今无价。运巧思、穿针楼上女，《荆楚岁时记》：七夕，妇人结彩楼，穿七孔针，陈瓜果于庭中乞巧。抬粉面，云鬟相亚。钿合金钗私语处，《长恨歌》：唯将旧物表深情，钿合金钗寄将去。钗留一股合一扇，钗擘黄金合分钿。但令心似金钿坚，天上人间会相见。临别殷勤重寄词，词中有誓两心知。七月七日长生殿，夜半无人私语时。算谁在、回廊影下。愿天上人间，占得欢娱，年年今夜。

【校】

①七夕，据杨金本补。

【集评】

《新刻李于鳞先生批评注释草堂诗馀隽》：上有感于银河会合处，下有思于回廊欢娱年。　又：自怜天上佳期少，更恨人间巧态多。　又：今夜欢娱问谁在？　又："人间钿合三山隔，飞上灵槎一水通。"天上可通，人间难合，又是一番远思新语。

（托名）杨慎《评点草堂诗馀》：不作十分艳语，自是清纤可喜。

《重刻类编草堂诗馀评林》：齐武帝起层观，七夕，宫人多登之穿针，故名其楼。　　又：古诗所谓："人间钿合三山隔，飞上灵槎二（当作'一'）水通。"

《新刻注释草堂诗馀评林》卷五：齐武帝起层观，七夕，宫人多登之穿针，故名其楼。　　又：古诗所谓："人间钿合三山隔，天上灵槎一水通。"

沈际飞《草堂诗馀·正集》：谱作"炎光谢"。　　又："过"不通。　　又：清纤。　　又：忻喜忧愁、跂望怀思之情毕至。

贺新郎

宋谦父　壶山

灵鹊桥初就。《七夕歌》：神官召集役灵鹊，直渡银河云①作桥。记迢迢、重湖风浪，去年时候。岁月不留人易老，万事茫茫宇宙。但独对、西风搔首。巧拙岂关今夕事，奈痴儿、骏女流传谬。添话柄，柳州柳。柳宗元知柳州，作《乞巧文》。　　○道人识破灰心久。只好风、凉月佳时，疏狂如旧。休笑双星经岁别，杜诗：银汉会双星。谢惠连诗：云汉有灵匹，弥年阙相从。人到中年已后。云雨梦、楚襄王高唐梦诗，见前注。可曾常有。雪藕调冰花熏茗，杜诗：公子调冰水，佳人雪藕丝。正梧桐、雨过新凉透。且随分，一杯酒。

【校】

①云，原作"横"，张耒（文潜）《柯山集》卷三《七夕歌》改。

【集评】

张綖《草堂诗馀别录》：此词如"岁月不留人易老，万事茫茫宇宙。但独对、西风搔首"，语亦高雅。若"人到中年已后。云雨梦、可曾常有"，则村夫子俚语耳。然通篇质实近情，有乐天之遗风，老年人谓之，可以适兴。

《新刻李于鳞先生批评注释草堂诗馀隽》：上辟柳柳州乞巧作文之谬，

下迹道人随分饮酒之怀。　又：七岁（夕）月易度，弄巧不几成拙乎？　又：美景良辰，不宜虚度。　又：驳柳州《乞巧文》，乃破世俗机关，而以杯酒自适，可谓葛天无怀，宋君品从可知矣。

（托名）杨慎《评点草堂诗馀》：此词与刘潜夫端午词并看。　又：足破千古。（"巧拙"句）　又：达者之意。（下片）

《重刻类编草堂诗馀评林》：此以七夕为旨，道尽人间委曲，又见世间儿女乞巧为虚，可为一笑。　又：道人以下言人当临景对符过，好风良夜，歌咏以乐情，更何有物外乾坤？

《新刻注释草堂诗馀评林》卷五：古诗："双星今日贪欢乐，那得工夫赐巧丝。"可见柳州作文之谬也。　又：次段言美景良辰，不宜虚度。

沈际飞《草堂诗馀·正集》：大盲开眼矣。　又：潜夫端午词有嗣响。○古诗："双星今夜贪欢乐，那得工夫赐巧思。"正起谦父之论。○中年已前经岁之别，不要轻觑了。○人生精力一日减一日，意兴一年减一年，时乎时乎不再来，欲挥朝云之涕。

鹊桥仙 新添

谢勉仲

钩帘借月，染云为幌，花面玉枝交映。凉生河汉一天秋，问此会、今宵孰胜。　　○铜壶尚滴，烛龙已驾，《淮南子》：烛龙在雁门北，蔽于委羽之山，不见日。《七夕歌》：匆匆万事说不尽，玉龙已驾随羲和。泪浥西风不尽。《七夕歌》：便将泪作雨滂沱，泪痕有尽愁无歇。明朝乌鹊到人间，试说向、青楼薄幸。

【集评】

《新刻李于鳞先生批评注释草堂诗馀隽》：上是银河一渡今宵会，下是鹊桥一别西风归。　又：问今宵岂是人间会晤？　又：寄语乌鹊，为醒世语。　　又：借天上有情语，傲人间薄幸人，又是题外生意。

《重刻类编草堂诗馀评林》：感慨之词，无出于此。

《新刻注释草堂诗馀评林》卷五："鹊桥一别西风隔，天上人间总是愁"，可为此评。

沈际飞《草堂诗馀·正集》：矫警。　　又：借天上多情，被人间薄幸，题外意妙。

中秋

水调歌头

东坡

明月几时有，把酒问青天。李白诗：青天有月来几时，我今停杯一问之。不知天上宫阙，今夕是何年。韩文公诗：今夕是何朝。我欲乘风归去，卢仝《茶歌》：蓬莱山，在何处，玉川子，乘此清风欲归去。唯恐琼楼玉宇，高处不胜寒。《明皇杂录》：八月十五日夜，叶静能邀上游月宫，将行，请上衣裘而往。及至月宫，寒凛特异，上不能禁。静能出丹二粒进，上服之。起舞弄清影，何似在人间。杜诗：人间月影清。

〇转朱阁，低绮户，照无眠。李白诗：月明欲素愁不眠①。不应有恨，何事长向别时圆。唐诗：月如无恨②月长圆。人有悲欢离合，月有阴晴圆缺，此事古难全。但愿人长久，千里共婵娟。《文选》谢庄《月赋》：隔千里兮共明月。李白《忆旧游》诗：婵娟美女初月辉。

东坡自序云：丙辰中秋，欢饮达旦，大醉，作此篇，兼怀子由。

苕溪渔隐云：先君尝云：柳词"鳌山彩结蓬莱岛"当云"彩缔"，坡词"低绮户"当云"窥绮户"。二字既改，其词益佳。

苕溪云：中秋词自东坡《水调歌头》一出，余词尽废。然其后亦岂无佳调？如晁次膺《绿头鸭》一词，殊清婉，但樽俎间歌喉以其篇长，惮唱，故湮没无闻焉。其词云："晚云收，淡天一片琉璃。烂银盘、来从海底，皓色千里澄辉。莹无尘、素娥澹伫，净可数、丹桂参差。玉露初零，金风未凛，一年无似此佳时。向坐久、疏星时度，乌鹊正南飞。瑶台冷，阑干凭暖，欲下③迟迟。　念佳人，音尘隔后，对此应鲜相思。最关情、漏声正永，暗断肠、花影潜移。料得来宵，清光未减，阴晴天气又争知。共凝恋、如今别后，还来年期。人纵健，清樽素月，长愿相随。"

【校】

① 愁不眠，原作"秋不眠"，诸本同。据《李太白文集》卷五《长相思》改。
② 无恨，原作"无限"，诸本同，据《类说》卷五十六"石曼卿对"条改。
③ 下，原作"正"，诸本同，据《渔隐丛话》后集卷三十九改。

【集评】

张綖《草堂诗馀别录》："我欲乘风归去，唯恐琼楼玉宇，高处不胜寒。起舞弄清影，何似在人间"，盖言居朝之忧，悄不如在外之潇散也。与韩退之"天门九扇相当开，上界真人足官府。岂如散仙鞭笞鸾凤，终日相追陪"同意。旧闻神庙见之，以为爱君。固然也，尚未究其意之所在耳。　又：换头"转朱阁，低绮户，照无眠"，胡苕溪欲改"低"字作"窥"字，且云："此字无改其意，益佳。"愚谓此正未得坡翁语意耳，盖深三言用力处全在末句"照"字上，谓此月色转朱阁、低绮户而照我无眠也。"绮户"深邃，非月之低不能照，正妙在"低"字。若改为"窥"字，则与"照"同意，殊失本旨，略无意致矣。昔坡翁尝谓陶渊明"采菊东篱下，悠然见南山"，妙在"见"字，昭明改作"望"字，遂使一篇索然，谓其为小儿强作解事。苕溪妄改坡字，得无似之乎？

《新刻李于鳞先生批评注释草堂诗馀隽》：上是问月弄月之怀，下是别情离情之惨。　又：用"不胜寒"最切坡公实事。　又：安得长久共婵娟，无限寄慨。　又：此词都下传唱，内侍录呈，神宗独吟"琼楼玉宇不胜寒"，曰："苏轼终是爱君。"仅移汝州。

（托名）杨慎《评点草堂诗馀》：此等词，翩翩化作羽仙，岂是烟火人道得只字？　又：中秋词古今绝唱。

《重刻类编草堂诗馀评林》：东坡此词一出，馀词尽废，妙绝古今。又：东坡此词都下传唱，内侍录呈，神宗读至"琼楼玉宇不胜寒"，上曰："苏轼终是爱君。"量移汝州。

沈际飞《草堂诗馀·正集》：谪仙再来。　　又："高处不胜寒"，轲氏"一暴十寒"之"寒"也。神宗读而叹曰："苏轼终是爱君。"可谓悟矣，仅移汝州。何哉！○苕溪改丁词"鳌山彩结蓬莱岛"为"彩缔"，苏词"低绮户"为"窥绮户"，似稳。然"窥"与"照"何异？　　又：谢无逸、寇平仲亦云"千里共月"，谢、寇兴悲，坡老增忻。

念奴娇 中秋① 新添

凭高眺远，见长空万里，云无留迹。桂魄飞来光射处，冷浸一天秋碧。玉宇琼楼，乘鸾来去，人在清凉国。《龙城录》：八月望日，唐明皇游月宫，寒气逼人，露下沾衣，见大府榜曰广寒清虚之府。少前，见素娥十余人，皆皓衣，乘白鸾，舞于大桂树下。江山如画，望中烟树历历。　　○我醉拍手狂歌，举杯邀月，对影成三客。李白诗：举杯邀明月，对影成三人。起舞徘徊风露下，今夕不知何夕。《诗》：今夕何夕。便欲乘风，翩然归去，何用骑鹏翼。水晶宫里，一声吹断横笛。

【校】

①中秋，据杨金本补。

【集评】

《新刻李于鳞先生批评注释草堂诗馀隽》：上叙江山在望中胜景，下叙风月入怀中襟期。　　又：望中烟树如画，诚诗中画语也。　　又：邀月乘风，乾坤不知上下矣。　　又：胸次悠然，有吐纳江山、醑酌风月之怀。翩翩然羽化登仙境界。

《新刻注释草堂诗馀评林》卷五：坡公襟怀寥廓，与上下同流，故其吐词清雅飘逸，至今诵之，令人翩翩然有羽化登仙之态。

沈际飞《草堂诗馀·正集》：襟期寥旷。（桂魄飞来光射处，冷浸一天秋碧） 又：《水调歌头》中道过语，乃不见胜。

念奴娇 新添

叶少蕴　石林居士

洞庭波冷，望冰轮初转，沧海沉沉。万顷孤光云阵卷，长笛吹破层阴。汹涌三江，银汉无际，遥带五湖深。酒阑歌罢，至今鼍怒龙吟。　　〇回首江海平生，漂流容易散，佳会难寻。缥缈高城风露爽，独倚危槛重临。醉倒清樽，嫦娥应笑，犹有向来心。广寒宫殿，事见前注。为余聊借琼林。

【集评】

张綖《草堂诗馀别录》：无点录。词气迭宕不可遗，且此调属角音，少平韵者。

《新刻李于鳞先生批评注释草堂诗馀隽》：上是酌酒豪兴之奢，下是对月风情之适。 又："鼍怒龙吟"，酒狂故态。 又：嫦娥笑我倒清樽。又：咏出十五夜月清光可爱，犹古今人共赏者。

（托名）杨慎《评点草堂诗馀》：英英独照。

《新刻注释草堂诗馀评林》卷五：欧阳詹序："秋之于时，后夏先冬，八月中秋季始孟，终十五于夜，又月之中，清光可爱，古今人所共赏者。"

沈际飞《草堂诗馀·正集》：长篇句妙，若苏、黄、韩、李用笛事，几于活板。 又：下词大意不差，但换韵换字，岂以《念奴娇》本仄调耶？然《忆秦娥》调仄，而孙夫人独平；《柳梢青》调平，而贺方回独仄。调无相似者，平仄皆不妨耳。"破"字、"过"字换韵，误。

洞仙歌 新添

泗州中秋作，此绝笔之词也。

晁无咎

青烟幂处，碧海飞金镜。永夜闲阶卧桂影。露凉时、零乱多少寒螀，神京远，惟有蓝桥路近。蓝桥，神仙之所居也。○水晶帘不下，云母屏开，冷浸佳人淡脂粉。待都将许多明，付金樽，投晓共、流霞倾尽。杜诗：细细酌流霞。更携取、胡床上南楼，晋庾亮在武昌，诸佐吏殷浩之徒，乘秋夜往共登南楼，不觉亮至。亮曰：诸君少住，老子于此兴复不浅。便据明床，与浩等谈咏。看玉做人间，素秋千顷。

《苕溪丛话》云：凡作诗词，要当如常山之蛇，救首救尾，不可偏也。如晁无咎作中秋《洞仙歌》，其首云"青烟幂处"至"闲阶卧桂影"固已佳矣，其后云"待都将许多明，付与金樽"至"素秋千顷"，若此可谓善救首尾者也。至朱希真作中秋《念奴娇》则不知出此。其首云"插天翠柳，被何人、推上一轮明月。照我藤床凉似水，飞入瑶台银阙"，亦已佳矣，其后云"洗尽凡心，满身清露，冷浸萧萧发。明朝尘世，记取休向人说"，此两句全无意味，收拾得不佳，遂并本篇其气索然矣。

【集评】

张綖《草堂诗馀别录》：无点录。前段"永夜闲阶卧桂影。露凉时、零乱多少寒螀"既已佳矣，后段"待都将许多明，付金樽，投晓共、流霞倾尽。更携取，胡床上南楼，看玉做人间，素秋千顷"，尤为高旷神爽。

《新刻李于鳞先生批评注释草堂诗馀隽》：上神游蓝桥之路，下恨纳南楼之秋。　又：京远，蓝桥近近。　又：玉作人间秋，神光至此。　又：此词布尽秋光，前后照态如织锦然，真天孙手也。

《重刻类编草堂诗馀评林》：此词首尾字字句句如织锦一段布成景色，写尽中秋物色，人意兴趣极高，更无于此。

《新刻注释草堂诗馀评林》卷五：此词布尽秋光，前后照应如织锦然，真天孙手也。

沈际飞《草堂诗馀·正集》：无咎诗词当如常山之蛇，救首救尾。"青烟幂处"至"卧桂影"固已佳矣。后段"都将许多明，付以金樽"至"素秋千顷"，可谓善救首尾者也。朱希真《念奴娇》词"插天翠柳"至"瑶台银阙"，亦已佳。后段"洗尽凡心"至"休向人说"，收拾得无意味，并前边索然。"冷浸佳人""素秋千顷"等语，能绘其明。

重阳

金菊对芙蓉 _{新添}

辛幼安

远水生光，遥山耸翠，霁烟深锁梧桐。正零瀼玉露，淡荡金风。_{杜诗：皆传玉露秋。张景阳诗：金风扇素节。}东篱菊有黄花吐，_{陶诗：采菊东篱下。《礼记·月令》：菊有黄华。}对映水、几簇芙蓉。重阳佳致，可堪此景，酒酽花浓。　○追念景物无穷。叹少年胸襟，忒煞英雄。把黄英红萼，甚物堪同。除非腰佩黄金印，_{《晋·周顗传》：明年杀诸贼奴，取金印如斗大。}座中拥、红粉娇容。此时方称情怀，尽拚一饮千钟。

【集评】

张綖《草堂诗馀别录》：有点删。"黄金""红粉"之句，少年□语，识趣未高。

《新刻李于鳞先生批评注释草堂诗馀隽》：上言菊花吐东篱，下言酌芙蓉缀锦堂。　又："生光""耸翠"，真是诗中画。　又：金印比斗，志岂在小？又：菊妆晚景，实吐花当此，而追念拥红粉以称情，极称豪放不羁声。

（托名）杨慎《评点草堂诗馀》：与其有身后名，不如有生前一杯酒。若必如此，便是党太尉羊羔美酒行轻，岂不将军负此腹耶？　又：此等情况便陋，岂堪入选？（"除非"句）　又：更陋而卑。（"座中拥"句）

《重刻类编草堂诗馀评林》：《礼记·月令》云：菊有黄华。

《新刻注释草堂诗馀评林》卷五：按九为阳数，其日与月并应，故曰重阳。　又：古诗："人世难逢开口笑，菊花须插满头归。"

沈际飞《草堂诗馀·正集》：英爽。　又：与其有身后名，不如生前一杯酒，使必如此，特成得个党太尉销金帐中畅饮羊羔美酒，不宁耻耶？　又：亦自健脾，不必抹杀。

六么令 新添 仙吕

周美成

快风收雨，亭馆清残燠。池光静横秋影，岸柳如新沐。闻道宜城酒美，昨日新醅熟。轻镳相逐。冲泥策马，来折东篱半开菊。陶潜：采菊东篱下。　○华堂花艳对列，一一惊郎目。牧之为御史分司，李司徒闲居洛。一日开筵，杜引三爵，吟曰：华堂今日绮筵开，谁唤分司御史来。忽发狂吟惊满座，两行红粉一时回。梁武帝《襄阳歌》：大堤诸女儿，花艳惊郎目。歌韵巧共泉声，间杂琮琤玉。韩愈诗：泉声玉琮琤①。惆怅周郎已老，莫唱当时曲。《吴志》云：周瑜晓音乐，时人语曰：曲有误，周郎顾。幽欢难卜。杜诗：幽欢卜夜阑。明年谁健，更把茱萸再三嘱。杜诗：明年此会知谁健，好把茱萸仔细看。

【校】

①琮琤，原作"琮琤"，据《五百家注昌黎文集》卷八《城联句一百五十

韵》诗改。原注曰："淙,水声。琤,玉声。"

【集评】

《重刻类编草堂诗馀评林》："华堂"句乃言美人之姿色。

沈际飞《草堂诗馀·正集》："收雨""新沐""冲泥",从根生枝生叶。

又："泉声"句错落。　又:再三嘱以茱萸,嘱人也。或云花如何可嘱,未是解人。

水调歌头 重阳①

韩无咎　南涧

今日我重九,莫负菊花开。试寻高处,携手蹑屦上崔嵬。放目苍崖万仞。云护晓霜成阵。<small>古词:几点护霜云影转。</small>知我与君来。古寺倚修竹,<small>古诗:日暮倚修竹。</small>飞槛绝纤埃。　○笑谈间,风满座,酒盈杯。仙人跨海,休问随处是蓬莱。落日平原西望。鼓角秋深悲壮。<small>杜诗:五更鼓角声悲壮。</small>戏马但荒台。<small>《文选》:刘裕为宋公,在彭城,九月九日游项羽戏马台。</small>细把茱萸看,一醉且徘徊。

【校】

①重阳,据杨金本补。

【集评】

《新刻李于鳞先生批评注释草堂诗馀隽》:上言逢重九而登高远眺,下言酌茱萸而对景徘徊。　又:振衣千仞上,一樽倾倒醉蓬莱。　又:此词古雅豪迈,诵之顿觉爽朗,盖不羁之才、有养之士也。

(托名)杨慎《评点草堂诗馀》:杜老重阳诗,后来作者俱用其语,总不如东坡词"酒阑不必看茱萸,俯仰人间今古"二语绝倒。

《重刻类编草堂诗馀评林》:此词古雅豪迈,诵之顿觉爽朗,盖不羁之才、有养之士也。

《新刻注释草堂诗馀评林》卷五：此词古雅豪迈，诵之顿觉爽朗，盖不羁之才、有养之士也。

沈际飞《草堂诗馀·正集》：晏词"几点护霜云影"，转为南涧蓝本。

木兰花慢 重阳①

京仲远

算秋来景物，皆胜赏、况重阳。正露冷欲霜，轻烟不雨，玉宇开张。刘休玄诗：玉宇来清风。蜀人从来好事，遇良辰、不肯负时光。药市家家帘幕，酒楼处处丝簧。　　○婆娑老子兴难忘。庾亮云：老子于此，兴复不浅。聊复与平章。也随分登高，《风俗记》：九日登高，以禳灾厄。茱萸缀席，杜：缀席茱萸好。菊蕊浮觞。李诗：携觞酌流霞，搴菊泛寒蕊。明年未知谁健，笑杜陵、底事独凄凉。事见前注。不道频开笑口，年年落帽何妨。孟嘉为桓温参军，九日，温宴龙山。时佐吏吏并戎服，风至，吹嘉帽堕落，嘉不之觉。

【校】

①重阳，据杨金本补。

【集评】

(托名)杨慎《评点草堂诗馀》：用事庸，出语俗，何以为词入选？

《重刻类编草堂诗馀评林》：词上意深，诵之令人自乐。

沈际飞《草堂诗馀·正集》：第一字"羡"不得。（底本：算旧谱"算"作"羡"）　又：蜀人何无味无法？　又：按者卿词盖于蜀人"人"字、婆娑"娑"字、明年"年"字用韵，俱在二字句为妙。

南乡子 重阳①

苏东坡

霜降水痕收。杜诗：寒水各依痕。浅碧粼粼露远洲。酒力渐消风力软，飕飕。破帽多情却恋头。详见前词。　○诗酒若为酬。韩诗：嘉节迫吹帽。杜牧之诗：但将酩酊酬佳节。但把清樽断送秋。万事到头都是梦，潘阆诗：万事到头都似梦，休嗟百计不如人。休休。明日黄花蝶也愁。郑谷《九日菊》诗：节去蜂蝶愁不知，晓庭犹绕折残枝。自缘今日人心别，未必秋香一夜衰。

《三山老人语录》云：自来九日多用落帽事，独东坡云"破帽多情却恋头"，尤为奇特。

【校】

①重阳，据杨金本补。

【集评】

《新刻李于鳞先生批评注释草堂诗馀隽》：上是用破帽以当落帽，下是引送秋以期送酒。　又：不乐重九时漳，番然另开一洞天。　又：语中如破帽恋头、清樽送秋，俱是翻案法，最是脱俗。

（托名）杨慎《评点草堂诗馀》：东坡重阳词《柳梢青》词则云"酒阑不必看茱萸"，此词则云"破帽多情却恋头"，俱反前人之案，用来妙，是脱胎手。

《新刻注释草堂诗馀评林》卷五：《三山老人语录》云："自来九日多用落帽事，独东坡云破帽恋头，乃翻案法。"

沈际飞《草堂诗馀·正集》：自来九日多用落帽，东坡不落帽，醒目。又：东坡生沉去住，一生莫定，故开口说梦。如云"人间如梦""世事一场大梦""未转头时皆梦""古今如梦""何曾梦觉""君臣一梦，今古虚名"，屡读之，胸中鄙吝，自然消去。

鹧鸪天 重阳①

黄山谷

黄菊枝头破晓寒。人生莫放酒杯干。风前横笛斜吹雨，醉里簪花倒着冠。旧俗，重阳日插菊花饮酒。晋山翁倒着白接篱。

○身健在，杜：明年此日知谁健。且加餐。杜：加餐可扶老。舞裙歌板尽清欢。杜：兴来终日尽君欢。黄花白发相牵挽，杜《九日》诗：昔日黄花酒，今朝白发稠。付与时人冷眼看。

【校】

①重阳，据杨金本补。

【集评】

《新刻李于鳞先生批评注释草堂诗馀隽》：上是衔杯对菊雅况，下是尽欢饮酒情怀。 又：风前笛，醉里笛，景色凝眸。 又：身健加餐，冷眼看他世上人。 又：将名利关头勘破无遗，而种种见道名言溢于楮上。

（托名）杨慎《评点草堂诗馀》：此词全把老杜诗翻出，自妙。

《重刻类编草堂诗馀评林》："欹枕尽闻庭叶落，倚节闲看白云飞"，亦是此意。

《新刻注释草堂诗馀评林》卷五：此见道之言，勘破名利关头者。

沈际飞《草堂诗馀·正集》："横笛""簪花"，仙，仙。

西江月 重阳①

苏子瞻

点点楼前细雨，重重江外平湖。李白诗：平②湖注澄流。当年戏马会东徐，_{事见前。}今日凄凉南浦。　　○莫恨黄花未吐，且教红粉相扶。酒阑不必看茱萸，俯仰人间今古。_{杜诗：俯仰悲身世。}

【校】

①重阳，据杨金本补。

②原本"诗"与"平"字错位，径改。

【集评】

张綖《草堂诗馀别录》：《南乡子》末句"休休。明日黄花蝶也愁"，翻案郑谷诗句，而意殊衰飒。《西江月》尾句"酒阑不必看茱萸，俯仰人间今古"，翻案老杜诗句，则意度旷达，超越千古矣。

《新刻李于鳞先生批评注释草堂诗馀隽》：上就今日而思凄凉景，下就人间而叹俯仰情。　　又：当年今日，照来今古，字有脉。　　又：冷风冻雨又重九，泛菊囊萸自一觞，可为此评。

（托名）杨慎《评点草堂诗馀》：翻老杜案，便自超达。

《新刻注释草堂诗馀评林》卷五："冷风冻雨又重九，泛菊囊萸自一觞。"可为此评。

沈际飞《草堂诗馀·正集》：翻老杜句，超达。　　又：今看字与当年今日会。

醉花阴

李易安

薄雾浓云愁永昼，瑞脑喷金兽。_{金兽所以炷香。}佳节又重阳，宝^①枕纱厨，半夜秋初透。　　○东篱把酒黄昏后，_{陶渊明《饮酒》诗：采菊东篱下，悠然见南山。}有暗香盈袖。莫道不销魂，_{《文选》江淹《别赋》：黯然销魂，惟别而已。}帘卷西风，人似黄花瘦。

①按：本词中，"宝""秋""似"通行本分别作"玉""凉""比"。

【集评】

（托名）杨慎《评点草堂诗馀》：凄语。怨而不怒。

沈际飞《草堂诗馀·正集》：中山王文《木赋》："薄雾浓雾。"形容木之文理也。用修云易安本此，不必。　又：康词"比梅花瘦几分"，一婉一直，并时争衡。

除夕

东风齐著力

胡浩然

残腊收寒，三阳初转，已换年华。东君律管，迤逦到山家。处处笙簧鼎沸，会佳宴、坐列仙娃。花丛里、金炉满爇，龙麝烟斜。见前注。　○此景转堪夸。深意祝、寿山福海增加。玉觥满泛，且莫厌流霞。杜诗：细细酌流霞。幸有迎春寿酒，《诗》：为此春酒，以介眉寿。银瓶浸、几朵梅花。休辞醉，园林秀色，古诗：春到园林皆挺秀。百草萌牙。

【集评】

《新刻李于鳞先生批评注释草堂诗馀隽》：上送腊盛筵，且看金炉沉沉；下入春生意，莫辞玉觥泛泛。　又：笙簧沸，仙娃列，此满泛玉觥，自是春色无方处。　又：炉香霭处，尽是仙娃芳味，把酒问梅花，春色满园关不住矣。

《重刻类编草堂诗馀评林》：十一月为一阳，十二月为二阳，正月为三阳。

《新刻注释草堂诗馀评林》卷六：贾育吟："今岁今宵尽，明年明日来。寒随一夜去，春逐五更回。"可为此评。

沈际飞《草堂诗馀·正集》：词贵香而弱，雄放者次之，况粗鄙如许乎？然千古并传，不能删去。嗟乎！柏梁、金谷、兰亭带挈中乘人不少。　又："银瓶"句颇雅。

送入我门来 黄钟商调

胡浩然

荼垒安扉，灵馗挂户，《风俗通》：黄帝上古之时，有神荼、郁垒兄弟二人，性能执鬼。于度朔山桃树下简阅百鬼之无道者，缚以苇索，执以饲虎。张平子《东都赋》云：首以郁垒神荼副焉。明皇昼寝，梦一小鬼衣绛犊鼻，跣一足，履一足，腰悬一履，措一筠扇，盗太真绣香囊。上叱问之，小鬼奏曰：臣乃虚耗也。上怒，欲呼力士，俄见一大鬼，顶破帽，衣蓝袍，系角带，靸朝靴，径捉小鬼。先刳其目，然后擘而啖之。上问：尔为谁？奏云：臣终南山进士钟馗也。神傩烈竹轰雷。《神异经》：西方深山中有人长丈馀，犯人则病寒热，名曰山臊。人以竹著火中，烨朴有声而山臊惊惮。动念流光，四序式适回。须知今岁今宵尽，似顿觉、明年明日催。王谌《除夜》诗：今岁今宵尽，明年明日催。寒随一夜去，春逐五更来。向今夕，是处迎春送腊，罗绮筵开。　　〇今古遍同此夜，贤愚共添一岁，贵贱仍阶。互祝遐龄，山海固难催。石崇富贵篯铿寿，晋石崇富埒王公。铿，篯铿即彭祖，寿八百岁。更潘岳仪容子建才。潘岳美姿容，所至，掷果盈车。曹子建有七步成诗之才。仗东风尽力，一齐吹送，入此门来。

【集评】

《重刻类编草堂诗馀评林》：引上古之故事，叙今时之节序。　又：以古今贤愚、富贵、福寿、才貌点缀，妙巧，诵之敬服。

《新刻注释草堂诗馀评林》卷六：高适诗："故乡金（当作"今"）夜思千里，霜鬓明朝又一年。" 又：引上古之故事，叙今时之节序。 又：以古今贤愚、富贵、福寿、才容点缀，妙巧，诵之敬服。

沈际飞《草堂诗馀·正集》：两句是文人。（今宵尽似，顿觉明年明日催）又：醉司命打灰堆，视语污耳污目。 不知饯、潘、曹而今安在？何不道腊月三十日，一场懡□。

天文气候

念奴娇

黄山谷

断虹霁雨，《滕王阁记》：虹销雨霁。净秋空，山染修眉新绿。韩《南山》诗：天宇浮修眉，浓绿画新就。桂影扶疏，杜诗：斫却月中桂，扶疏万古同①。谁便道，今夕清辉不足。杜诗：万里共清辉。万里青天，嫦娥何处。王充《论衡》：后羿妻请不死之药。又，西王母因窃其药以奔月宫，是为姮娥。驾此一轮玉。寒光零乱，李白诗：我歌月徘徊，我舞影零乱。为人偏照醽醁。《龙城录》：魏左相能治酒，其名醽醁，名醁公。称：醽醁似兰生，翠醁过玉瀣。千日醉不醒，十年味不败。 ○年少随我追游，晚城幽径，绕张园森木。见词话注。共倒金荷家万里，难得樽前相属。老子平生，江南江北，最爱临风曲。南唐韩熙载诗：仆本江北人，今作江南客。再去江北游，江南有人忆。孙郎微笑，坐来声喷霜竹。古词：倚风三喷横竹。

《苕溪渔隐》云：山谷云：八月十七日与诸甥步自永安城，入张宽夫园待月。以金荷叶酌客。客有孙叔敏，善长笛，连作数曲，诸甥曰："今日之会乐矣，不可以无述。"公因作此曲记之。文不加点，或以为可继东坡赤壁之词云。

①按:杜甫诗集《一百五日夜对月》诗曰:"斫却月中桂,清光应更多。""扶疏万古同"乃唐张乔《华州试月中桂》诗中句,见《全唐诗》卷六百三十八。

【集评】

《新刻李于鳞先生批评注释草堂诗馀隽》:前段叙月包微明时之色,后段叙平生风骚之怀。 又:远望嫦娥,一天如碧。 又:临风曲吹,霜竹万籁俱鸣。 又:山谷乃风流人豪,才思天启,故其出口成文,有不期工而工者。岂若今人弄粉调脂如舞迓鼓流乎?

(托名)杨慎《评点草堂诗馀》:咏月词,惟此词与韩子苍词可伯仲,馀皆效颦而已。

《新刻注释草堂诗馀评林》卷五:山老乃风流人豪,才思天启,故其出口成文,有不期工而工者,岂若今人弄粉调脂如舞迓鼓流乎?

沈际飞《草堂诗馀·正集》:见十七夜月夜。 又:风流如昨。(醉倒金荷家万里,难得樽前相属。老子平生,江南江北,最爱临风曲) 又:孙叔敏,一作孙彦立。(底本末刻:八月十八日同诸生步自永安城楼,过张宽夫园待月,偶有名酒,因以金荷酌众客。客有孙叔敏,善吹笛,援笔作乐府长短句,文不加点) 又:工矣,何必加点。

念奴娇 上太守月词

范元卿

玉楼绛气,《异闻录·古镜记》:隋御史王度有宝镜。大业中,有胡僧云:宅上常有碧光连日,绛气属天,此宝镜气也。卷霞绡云浪,飞空蟾魄。人世江上惊照耀,杜《月》诗:江上同临照,乌鹊自多惊①。烟霭鳌峰千尺。陆海蓬壶,银葩星晕,点破琉璃碧。士笃诗:冲破碧琉璃。有人吟笑，紫荷香满晴陌。《韵语阳秋》云：近世作文，多以紫荷囊作侍从事使，不知其误。《晋·舆服志》云：入座，尚书则荷紫。以生紫为袷囊，缝之服外，在于左肩。所谓荷紫者，非芰荷之荷，乃负荷之荷也。人徒见《南史》"著紫荷囊"四字，遂作一句言之，殊不知《晋书》"荷紫"之义，亦未免有此矣。　　　○况是东府君侯，《唐书·李密传》：东壁图书之府。西清别骑，《甘泉赋》：或彷徨于西清。注：西清谓西厢清闲处。樽俎开华席。迤逦飞轮催杖屦，入对青藜仙客。王子年《拾遗记》：刘向校书天禄阁，夜有老父着黄衣、植青藜杖叩合而进，见向暗中诵书，乃吹杖端，烟然，因之见向。问其姓名，曰：我太乙之精。荆公诗曰：不知太乙游何处，定把青藜烛照公。襦袴歌谣，《汉·廉范传》：迁南阳太守，先，蜀多火灾，禁民夜作以防火。范但令储水为便。百姓歌之曰：廉叔度，来何暮。不禁火，民安作。昔无襦，今五袴。升平风露，拚取金莲侧。梅花吹动，李白《从军行》：笛奏梅花曲。满城依旧春色。

【校】

①《杜诗详注》卷十一《玩月呈汉中王》诗："关山同一照，乌鹊自多惊。"

【集评】

《新刻李于鳞先生批评注释草堂诗馀隽》：上段言天上月光之莹彻，下段言人间宴赏之欢娱。　又：清光月色，万里长空，浑如眼前一图画。又：豪贵之家，文墨之士，开宴共赏，种种赏心处。　　又：飞空碧琉璃，可虚负清光耶？故东府侯、青藜客飞觞醉月，自是可人。

《重刻类编草堂诗馀评林》：月之光彩，形容殆尽。　　又：见吟赏意。

《新刻注释草堂诗馀评林》卷五：俗言月中有玉兔、金蟆、素娥、丹桂之说，甚谬。惟朱子云："月中黑处，乃天地山河之影，其空处，海水影也。"斯言足以破千古之疑。

沈际飞《草堂诗馀·正集》：须知此词咏元夜日。　又：英特。　又：《韵语阳秋》云："近世作文多以紫荷囊作侍从专使，不知其误。"《晋书·舆服志》云："八座尚书则荷紫，以生紫为袷囊，缝之服外，在于左肩。"所谓荷紫者,非芰荷之荷也。乃负荷之荷也。人徒见《南史》"著紫荷囊"四字,遂作一句言之,未免有此。

念奴娇 月词

朱希真

插天翠柳,杜:高柳半天青。被何人、推上一轮明月。照我藤床凉似水,飞入瑶台银阙。瑶台,昆仑之异名。李白诗:瑶台雪花数千点。又:香合又瑶阙①。露冷笙箫,坡诗:至今微月夜,笙箫来绝山②。风清环佩,玉锁无人掣。闲云收尽,海光天影相接。

○谁信有药长生,杜《月》诗:捣药兔长生。素娥新炼就,飞霜液雪。击碎珊瑚,晋石崇富盛,以铁如意击碎珊瑚树。争似看、仙桂扶疏奇绝。《酉阳杂俎》言:月桂高百丈,人有斫伐,树创随合。洗尽凡心,满身清露,冷浸萧萧发。唐褚遂良《帖》:华发萧萧③。明朝尘世,记取休向人说。

【校】

①按:《李白诗集》无此句,相近似的诗句为"香阁凌银阙",见李白《登巴陵开元寺西阁赠衡岳僧方外》诗。

②绝山,今通行本《东坡诗集》多作"翠巘",见苏轼《杜沂游武昌以酴醾花菩萨泉见饷二首》。

③萧萧,原作"潇潇",诸本同,误,径改。

【集评】

《新刻李于鳞先生批评注释草堂诗馀隽》:上一段有月到天心之景象,下一段有月冷人心之情怀。 又:海光天影,非真爱月者不能咏此。 又:洗尽凡心,又悟到处处皆圆上云。 又:"皎皎金波天际流,一轮碾破碧空秋",此贞明之象,万古不磨语,可为此印证。

（托名）杨慎《评点草堂诗馀》：不成语。

《重刻类编草堂诗馀评林》：此段言月中奇物之贵，虽珊瑚不及仙桂之盛。　又：洗心涤虑之句，诵之令人自乐。

《新刻注释草堂诗馀评林》卷五：古诗："皎皎金波天际流，一轮碾破碧云秋。"此贞明之象，万古不磨也。

沈际飞《草堂诗馀·正集》：开奇口。　又：吴侬乃谓不成话。

念奴娇 中秋月

范元卿[①]

寻常三五，古诗：三五明月满。问今夕何夕，《诗·绸缪》：今夕何夕。婵娟都胜。李白诗：婵娟美如初月辉[②]。天阔云收崩浪静，深碧琉璃千顷。杜诗：江里碧琉璃[③]。银汉无声，杜诗：河汉声西流。冰轮直上，玉源夫人诗：冰轮碾太清，玉兔步碧虚。桂湿扶疏影。纶巾玉尘，晋谢万常着纶巾以见简文帝。王衍每提玉柄尘尾清谈，与手同色。庾楼无限清兴。晋庾亮在武昌，诸佐吏殷浩之徒，乘月夜往共登南楼，不觉亮至。亮曰：诸君少住，老子于此兴复不浅。便据胡床，与浩等谈咏。　○谁念江海飘零，李白诗：平生江海心。杜甫诗[④]：垂老见飘零。不堪回首，惊鹊南枝冷。魏武帝《短歌行》：月明星稀，乌鹊南飞。绕树三匝，无枝可依。万点苍山何处是，修竹吾庐三径。陶渊明诗：吾亦爱吾庐。《归去来辞》：三径就荒，松菊犹存。香雾云鬟，清辉玉臂，杜：香雾云鬟湿，清辉玉臂寒。醉了愁重醒。参横斗转，隋开皇中，赵师雄迁罗浮。一日，于松林间酒肆旁舍见美人，淡桩素服出迎。时残雪未消，月色微明。师雄与语，芳香袭人。因与共饮。久之，东方已白，起视，大梅花树下，月落参横。但惆怅而已。辘轳声断金井。杜：辘轳冻阶圮[⑤]。李：梧桐落金井，一叶飞银床。

【校】

①《四部丛刊》影印荆聚校刊本作“朱希真”。

②《李太白文集》卷十一《忆旧游寄谯郡元参军》诗有句曰：“翠娥婵娟初月辉。”

③今杜集无此句，比较近似的句子有“波涛万顷堆琉璃”，见《渼陂行》诗。

④杜甫诗，三字原无，据引诗补。此句非李白诗，乃杜甫《衡州送李大夫赴广州》诗句。

⑤冻阶阤，原作“东阶鹿”，诸本同，据杜甫《题衡山县文宣王庙新学堂呈陆宰》诗改。

【集评】

《新刻李于鳞先生批评注释草堂诗馀隽》：上有庾公登楼之雅兴，下有陶公醉月之胸襟。　又：琉璃千顷碧，银汉寂无声。　又：乌鹊南飞，自是月朗星稀之景况。　又：笔吐灵机，纸上生芰，非胸中慧月台彻，安得有此？

《重刻类编草堂诗馀评林》：此与“桂影扶疏认素秋”之句□意。　又：此皆自己之怀，借月色为兴，自然胸中洒落，得其自乐。

《新刻注释草堂诗馀评林》卷五：此公心境虚明，与秋月同其皎洁，故能吐露脱尘乃尔。

沈际飞《草堂诗馀·正集》：新清如秋月。　又：《容斋随笔》云：“梅花诗词多用参横，盖出《龙城录》赵师雄事。然以冬半视之，黄昏时参已见，至丁夜则西没矣，安得将旦而横如赵所云乎？东坡‘纷纷初疑月挂树，耿耿独与参横昏’，为最当。老杜‘城拥朝来客，天横醉后参’，以全篇考之，则初秋所作者。”

念奴娇

李汉老

素光练静，映秋山、杜诗：紫窗素月垂文练。又：吹笛秋山风月清。隐隐修眉横绿。见前注杜韩诗。鸂鶒楼高天似水，《选》谢朓诗：金波丽鳷鹊，玉绳低建章。李白《秋声赋》：碧天如水夕宵宵悠悠。碧瓦寒生银粟。东坡诗：冻合玉楼寒起粟。万丈斜晖，奔云涌雾，飞过卢仝屋。韩诗：玉川先生洛城里，破屋数间而已矣。更无尘气，满庭风碎梧竹。　　○谁念鹤发仙翁，《五代史》周桓公曰：吾老矣，鸡皮鹤发。当年曾共赏，紫岩飞瀑。对影三人聊痛饮，李白《月下独酌》诗：举杯邀明月，对饮成三人。《世说》：王孝伯曰：但痛饮，熟读《离骚》，便可作名士。一洗离愁千斛。《古诗》：百年莫惜千回饮，一醉能消万斛愁。斗转参横，见前注。翩然归去，万里骑黄鹄。杜诗：安能骑黄鹄①。满天霜晓，叫云吹断横玉。

《苕溪渔隐》云：李汉老此词，有"满天霜晓，叫云吹断横玉"之句，乃用崔鲁《华清宫》诗："银河漾漾月辉辉，楼碍天边织女机。横玉叫云清似水，满空霜逐一声飞。"或云"叫云"乃笛名。非也。

【校】

①今《杜甫诗集》未见此句。

【集评】

《新刻李于鳞先生批评注释草堂诗馀隽》：前段是登楼望月，后段是举杯邀月。　　又：似水生银，分明模写逼真。　　又：月夜闻笛，有一种清况。又："一更山吐月，玉镜侵波澜。正似西湘上，傍舍门外看。水气横江阔，香雾入楼寒。"坡老诗可评此词。

《新刻注释草堂诗馀评林》卷五：坡老咏月云："一更山吐月，玉镜浸波澜。正似西湖上，傍舍门外看。水气控江阔，香雾入楼寒。"　　又：月夜闻笛，自有一种清况。

沈际飞《草堂诗馀·正集》：中有类人语，奈何？（素光练净，映秋山隐隐，修眉横绿）　　又：真寒。（碧瓦寒生银粟）　　又：真清。（满庭风碎梧竹）又："叫云"句用崔鲁《华清官诗》："银河漾漾月辉辉，楼碍天边织女机。横玉叫云清似水，满天霜逐一声飞。"或云笛名，非也。又李诗："胡床紫玉笛，却坐青云叫。"

念奴娇 和前韵

　　素娥睡起，《龙城记》：八月望日，明皇游月宫，见素娥十余人，皆皓衣，乘白鸾。驾冰轮碾破，一天秋绿。冰轮见前注。醉倚高楼风露下，凛凛寒生肌粟。横管孤吹，龙吟风劲，《文选》马融《长笛赋》：近世双笛从羌起，羌人伐竹未及已。龙吟水中不见形，截竹吹之声相似。雪浪翻银屋。李白诗：江中白浪如银屋。壮游回首，会稽何限修竹。王羲之《兰亭序》：暮春之初，会于会稽山阴之兰亭，修禊事也。此地有崇山峻岭，茂林修竹。　　○今夜对月依然，樽前须快泻，山头鸣瀑。吸也清光倾肺腑，洗我明珠千斛。韩：籛弄明月珠。坡诗：我无明月十斛珠。只恐婵娟，明年依旧，衰鬓先成鹄。举杯相劝，为予且挂团玉。

【集评】

　　《新刻李于鳞先生批评注释草堂诗馀隽》：上是月下寒生两腋之态，下是尊前倾千斛之才。　　又：万里青天碾玉轮。　　又：狂影对明月，诗思正徘徊。　　又：其追忆兰亭胜会，有王逸少风度；又其举杯邀月，有李白问青天佳句矣。

　　《重刻类编草堂诗馀评林》："驾冰轮"句与古诗"万里青天碾玉轮"一意。　　又："今夜对月"句本"狂歌对明月，诗思正徘徊"句，意同。

　　《新刻注释草堂诗馀评林》卷五："驾冰轮"句，与古诗"万里青天碾玉轮"一意。　　又："今夜对月"句本"狂歌对明月，诗思正徘徊"说来。

　　沈际飞《草堂诗馀·正集》：首句冠群。　　又：放达汗漫，诵满百遍，可以上仙。

念奴娇

韩子苍

海天向晚，渐霞收余绮，波澄微绿。谢朓诗：余霞散成绮。江淹《别赋》：春草碧色，春水绿波。木落山高真个是，一雨秋容新沐。杜牧《晚晴赋》：雨晴秋容新沐兮。唤起姮娥，撩云拨雾，驾此一轮玉。桂华疏淡，韩《明月赋》：桂华吐辉。广寒谁伴幽独。张文潜《七夕歌》：犹胜姮娥不嫁人，夜夜孤眠广寒殿。　　○不见弄玉吹箫，见前注。樽前空对此，清光堪掬。杜诗：清光应更多①。雾鬓风鬟《异闻集》：柳毅见龙女，雾鬓云鬟。何处问，云雨巫山六六。巫山有十二峰。宋玉《高唐赋》：朝为行云，暮为行雨。珠斗斓斑，斗当为星斗之斗。《前汉·律历志》：五星如连珠。斓斑，《唐韵》：色不纯也。柳诗：被褐谢斓斑。银河清浅，《选·诗》：银河清且浅。影转西楼曲。古词：月转西楼十二。此情谁会，倚风三弄横竹。晋王徽之闻桓伊善笛，一日相逢于江次，谓伊曰：闻君善笛，请为我一奏。伊便为据胡床，三弄而去。

【校】

①多，原作"好"，据杜甫《一百五日夜对月》诗改。原诗押"波"韵，"好"字显误。

【集评】

杨慎《词品》：韩驹，字子苍，蜀山仙井人，今井研县也。其中秋《念奴娇》"海天向晚"一首亚于东坡之作，《草堂》已选雪词《昭君怨》云："昨日樵村渔浦，今日琼川银渚。山色卷帘看，老峰峦。锦帐美人贪睡，不觉天花剪水。惊问是杨花，是芦花。"

（托名）杨慎《评点草堂诗馀》：此词亚于东坡中秋词，馀词皆未之及。

《重刻类编草堂诗馀评林》：句意清彻，不让"桂花清带露，金气冷含风"

之句。　又:劝兴神情,并见于此。

《新刻注释草堂诗馀评林》:海天清彻,不让"桂花清带露,金气冷于风"之句。吹兴诗情,并见于此。

沈际飞《草堂诗馀·正集》:憨静。　又:类山谷矣。(唤起嫦娥,撩云拨雾,驾此一轮玉。桂华疏淡,广寒谁伴幽独)　又:"珠斗"三句转写秋光,人不会得。

曹学佺《蜀中广记》卷一百四"诗话记第四":韩驹,字子苍,蜀仙井人,今井研县也。其中秋《念奴娇》"海天向晚"一诗亚于东坡之作,《草堂》已选。咏雪作《昭君怨》云:"昨日樵村渔浦,今日琼川银渚。山色卷帘看,老峰峦。锦帐美人贪睡,不觉天花剪水。惊问是杨花,是芦花。"《笑林》云:"一达官肃客,其日偶然雪下,问曰:'是杨花?'客对曰:'杨花。'又曰:'是芦花?'亦对曰:'是芦花。'言不敢拂之也,子苍用事,盖有所本云。"

咏雪

丑奴儿令

康伯可

冯夷剪碎澄溪练,冯夷,河伯也。谢玄晖诗:澄江静如练。飞下同云。《诗》:上天同云,雨雪雰雰。着地无痕。柳絮梅花处处春。崔郁《雪》诗:不辨梅花与雪花。　○山阴此夜明如昼,晋王徽之居山阴,雪夜初霁,月色明朗,忽忆戴安。安时在剡,便乘船诣之。不前而反。人问其故,曰:乘兴而行,兴尽而反,何必见戴安道耶。月满前村。莫掩溪门。恐有扁舟乘兴人。事见上注。

花庵词客云:顺庵作此词,促养直赴雪夜溪堂之约。一本"澄溪"作"澄江","飞下同云"作"吹下纷纷","柳絮梅花处处春"作"柳絮杨花触处春"。

既用柳絮,又用杨花,是"关门闭户掩柴扉"也。"月满前村"作"月破黄昏",既曰"此夜",又"破黄昏"意亦重复。

【集评】

《新刻李于鳞先生批评注释草堂诗馀隽》:上借梅花柳花以咏雪中景,下卜山阴月夜以待雪中人。 又:彩华生春,端不减山阴夜兴矣。 又:有澄如练佳句,亦兴至而然,兴尽而止者也。

(托名)杨慎《评点草堂诗馀》:句句是雪,绝不露一"雪"字,与林君复咏草词同一局。

《重刻类编草堂诗馀评林》:前段浑然见雪之胜,后段以雪晴引王子猷事,以乘兴去、兴尽反,皆得自乐处。

《新刻注释草堂诗馀评林》卷六:此备言雪景之可乐,而举古人事以实之。

沈际飞《草堂诗馀·正集》:起语超。 又:梅花独处春,杨柳并用,是"关门闭户掩柴扉"也。 又:"月破黄昏"与"此夜"字义重复。

青玉案

陈莹中

碧空黯淡同云绕。同云见前注。渐枕上、风声峭。明透纱窗天欲晓。谓雪之明透上纱窗,如天将晓也。珠帘才卷,古诗:卷上珠帘总不如①。美人惊报,一夜青山老。谓雪遍山头,故云一夜青山老。

○使君命客金尊倒。杜:烂熳倒芳樽。正千里、琼瑶未经扫。欲压江梅春信早。韩:欺梅并压枝。十分农事,满城和气,管取来年好。谢惠连《雪赋》:盈尺则呈瑞于丰年。

【校】

①总不如,原作"一光",意义不明,今据《才调集》卷四杜牧《赠别》诗

改。又,古诗,原作"古词",非,径改。

【集评】

张綖《草堂诗馀别录》:有点删。结句粗直,乏隽永之味。

《新刻李于鳞先生批评注释草堂诗馀隽》:上言浮世不足当一吟,下言穷达初是别两途。 又:世情自变,吾性自定。 又:有外一化齐之胸次。又:证入大道,故胸中不染一尘,而笔下自吐出玄妙。

(托名)杨慎《评点草堂诗馀》:"一夜青山老",五字妙。

《重刻类编草堂诗馀评林》:妙在"美人惊报,一夜青山老"处,农事又言雪之为瑞作来年。

沈际飞《草堂诗馀·正集》:"青山"头白,故云老,"老"字若有神助。又:几不成语。

忆秦娥

云垂幕。阴风惨淡天花落。天花落。千林琼玖,满空鸾鹤。谓雪如琼玖之遍千林,鸾鹤之满空也。 ○征车渺渺穿华薄。路迷迷路增离索。增离索。杨子离群而索居。楚溪山水,碧湘楼合。

【集评】

张綖《草堂诗馀别录》:无点录。此朱文公所作,见《朱子大全》,结句含蓄不尽之意,最得词体。录之,不特以其大儒也。

《新刻李于鳞先生批评注释草堂诗馀隽》:上言雪花飞舞如琼玖。

《新刻注释草堂诗馀评林》卷六:路迷迷路,俱指雪上。

咏雨

满江红

斗帐高张①，寒窗静、潇潇雨意。《诗》：风雨潇潇，鸡鸣胶胶。南楼近、更移三鼓，古词：楼头尚有三通鼓。漏传一水。《说文》：漏，以铜盛水刻节，昼夜以为刻。点点不离杨柳外，声声只在芭蕉里。唐诗：一夜不眠孤客耳，主人窗外有芭蕉。也不管、滴破故乡心，唐诗：无端一夜空阶雨，滴破思乡万里心。愁人耳。《文选》：夜雨滴空阶，滴滴空阶里。空阶滴不入，滴入愁人耳。　　○无似有，游丝细。杜诗：落絮游丝别有情。聚复散，珍珠碎。杜诗：万丸②跳猛雨。天应分付与，别离滋味。破我一床蝴蝶梦，《庄子》：庄周梦蝴蝶，栩栩然蝴蝶也。输他双枕鸳鸯睡。古诗：客从远方来，遗我一端绮。文彩双鸳鸯，裁为合欢被。向此际、别有好思量，人千里。《选》谢希逸《月赋》：美人迈兮音尘阙，隔千里兮共明月。

【校】

①高张，李于鳞评点本、李廷机评点本、沈际飞评点本作"高眠"。

②万丸，原作"万珠"，据《全唐诗》《杜牧集》中《题池州弄水亭》诗改。

【集评】

《新刻李于鳞先生批评注释草堂诗馀隽》：上状雨滴愁心景如画，下思鸟触春情梦里过。　　又：点点滴入愁人心，声声塞满愁人耳。　　又：上写雨情，此模雨景，情景俱见逼真。　　又：从来咏雨词亦不少，惟此雨带愁来、愁随雨飞，情怀最见淋漓。

《重刻类编草堂诗馀评林》：词意以雨为思，写出一篇心事，皆示夜景情思句，动人愁肠，字字入人骨髓，正与古人"十年旧梦伤春老，一夜新愁逐雨来"之句迥出人表。

《新刻注释草堂诗馀评林》卷四：古人冰（疑作"咏"）雨云："十年旧梦伤春老，一夜新愁逐雨来。"

沈际飞《草堂诗馀·正集》：杨柳芭蕉助雨悲凄，其破人心耳可知也。又：天来妙语。（后阕）。

梁桥《冰川诗式》卷二"诗馀"：诗馀，即香奁、玉台之体，言闺阁之情，乃艳词也。作者虽多，要之，贵发乎性情，止乎礼义。今于《草堂诗馀》中录数首以为法式。《满江红·咏雨》（陈莹中）（下引原词，略）

洞仙歌 咏雨[①]

李元膺

帘纤细雨，殢东风如困。萦断千丝为谁恨。向楚宫一梦，乃楚襄王巫山梦事。多少悲凉，无处问。愁到而今未尽。

○分明都是泪，泣柳沾花，常与骚人伴孤闷。卢仝《茶歌》：七椀破孤闷。记当年，得意处，酒力方酣。怯轻寒、玉炉香润。温庭筠词：蒸篆玉炉香。又岂识、情怀苦难禁。对点滴檐声，夜寒灯晕。韩[②]：梦觉灯生晕。

【校】
①"咏雨"两字据杨金本补。
②韩，原作"杜"，诸本同，此实韩愈《宿龙宫滩》诗句，因改。

【集评】
《新刻李于鳞先生批评注释草堂诗馀隽》：上一番雨添一番愁，下对景追思，点点欲滴状。 又：愁情较雨意长。 又：思及得意年，还是愁在失意日。 又：助人愁闷，不管滴碎故乡心。

《重刻类编草堂诗馀评林》：咏雨之词，又以悲凉愁思及之，莫非天之以雨为愁而泣泪乎？以人情及之，莫非人之泣泪为雨乎？由是以雨为愁，以合人情,亦如愁思乎?喻之极高。

《新刻注释草堂诗馀评林》卷二:此以春雨恹恹为助人愁闷似也,较之不管滴碎故乡心、愁人耳,词意尤胜。

沈际飞《草堂诗馀·正集》:一起一收,实说雨。中间都说己意,有作法。又:泪珠都做秋宵枕前雨,颠之倒之,无不入妙。

绮罗香 春雨

史邦卿　梅溪

做冷欺花,将烟困柳,萧遇诗:水堤烟报柳。千里偷催春暮。尽日冥迷,愁里欲飞还住。惊粉重、蝶宿西园,郑谷《蝶》诗:微雨宿花房。喜泥润、燕归南浦。杜:芹泥随燕嘴。最妨他、佳约风流,钿车不到杜陵路。　○沉沉江上望极,还被春潮急,难寻官渡。唐韦(应物)诗:春潮带雨晚来急,野渡无人舟自横。隐约遥峰,和泪谢娘眉妩。眉妩事,见前注。临断岸、新绿生时,是落红、带愁流处。记当日、门掩梨花,古词:雨打梨花深闭门。剪灯深夜语。司空曙诗:孤灯寒照雨。又唐诗:笑剪灯花夜向阑。

【集评】

《新刻李于鳞先生批评注释草堂诗馀隽》:上是雨阻人登临佳兴,下是夜静无人空闭门。　又:误了风流佳约,而□真妒人哉!　又:"新绿""落红",此时此景,那堪孤灯独对?　又:语语淋漓,在在润泽。

(托名)杨慎《评点草堂诗馀》:此情别人状不出。

《新刻注释草堂诗馀评林》卷二:泡残柳絮香绵薄,瘦损梨花玉骨寒。又:春雨恹恹,俱人登临之兴,有如此者。　又:此词一本作《绮罗香》,未知孰是,候再考正。　又:《玉林词话》云:"'临断岸'以下数语,姜尧章称赏,谓梅溪之词,盖能融情景于一家,会句意于两得,其谓是欤?"

沈际飞《草堂诗馀·正集》：软媚。　　又：一曲之中句句高妙者少，但相搭衬副得去，于好发挥处用工取胜，"临断岸"以下融情景于一家，会句意于两得，姜尧章称赏之。○收纵联密，事事合题衬副，原不谓此曲。

晴景

春霁 春晴　新添

胡浩然

迟日融和，杜：迟日江山丽。乍雨歇东郊，嫩草凝碧。江淹赋：春草碧色。紫燕双飞，海棠相衬，妆点上林春色。黯然望极。困人天气古词：乍暖乍寒，正是困人天气。浑无力。又听得。园苑，数声莺啭柳阴直。唐诗：莺声巧啭绿杨阴。　　○当此暗想，故园繁华，俨然游人，依旧南陌。院深沉、梨花乱落，晏诗：梨花院落溶溶月。那堪如练点衣白。酒量顿宽洪量窄。算此情景，除非殢酒狂欢，恣歌沉醉，有谁知得。

【集评】

《新刻李于鳞先生批评注释草堂诗馀隽》：上叙半寒半暖天气好，下叙馀酒狂歌饮酒逞英豪。　　又：点缀春光，笔中造化。　　又：睥睨一时，傍若无人之襟期。　　又：吐词豪放，纵情歌酒，此君胸中别具乾坤，如在春风沂水中来。

《新刻注释草堂诗馀评林》卷二：此能收天下春归之肺腑者，不然，何其吐辞宏大典雅乃尔？

秋霁 秋晴　新添

陈后主①

　　虹影侵阶，乍雨歇长空，万里凝碧。孤鹜高飞，落霞相映，远状水乡秋色。《滕王阁》诗：落霞与孤鹜齐飞，秋水共长天一色。黯然望极。动水无限愁如织。又听得。云外数声，新雁正嘹唳。　　○当此暗想，画阁轻抛，杳然殊无，些个消息。漏声稀、银屏冷落，王建词：银烛秋光冷画屏。那堪残月照窗白。衣带顿宽犹阻隔。算此情苦，除非宋玉风流，共怀伤感，有谁知得。

【校】

　　①万树《词律》谓：陈后主于数百年前先为此词，而字句多学浩然，岂非奇事？校者按：此词当为无名氏作。

【集评】

　　杨慎《词品》：《草堂》词选《春霁》《秋霁》二首相连，皆胡浩然作也。格韵如一，尾句皆是"有谁知得"，而不知何等妄人于《秋霁》下添入陈后主名，不知六朝焉知此等慢调？况其中有"孤鹜""落霞"语，乃袭用王勃之序，陈后主岂能预知勃文而倒用邪？

　　张綎《草堂诗馀别录》：律诗至唐沈、宋始有，后主更在唐前，所歌者"璧月夜夜满，落霞朝朝新"，尚是古调，安得有此词乎？此恐是后人拟作，更俟考。果是陈后主之作，则"孤鹜高飞，落霞相映，远状水乡秋色"，王子安《滕阁序》语亦出此乎？味"画阁轻抛，杳然殊无些个消息"及"衣带顿宽犹阻隔"等句，非陈主语意。若李后主"故国不堪回首月明中"，追伤亡国，意自可见。

　　《新刻李于鳞先生批评注释草堂诗馀隽》：上状秋愁同秋景以共织，下写风情非风流不得知。　　又：落霞孤鹜齐飞，秋水长天一色。　　又：宋玉悲秋，方解秋中之悲。　　又："霁色晓融珠露白，清虹晚照练江澄"，可为此评。

279

（托名）杨慎《评点草堂诗馀》：此亦胡浩然作也，何等妄人添入陈后主名，六朝安得有此慢调？况孤鹜落霞，乃王勃序，后主岂预知而倒用之耶？

《重刻类编草堂诗馀评林》：望中感情兴思。　又：言宋玉伤秋之词。

《新刻注释草堂诗馀评林》卷五："霁色晓融珠露白，清江晚照练江澄"，可为此评。

沈际飞《草堂诗馀·正集》：《春霁》《秋霁》格韵尾句如一，后人妄加以陈后主名，不知六朝无此慢调，况王勃"落霞""孤鹜"语，后主岂预知而引用之耶？

星

醉蓬莱

柳耆卿

渐亭皋叶下，陇首云飞，素秋新霁。韩诗：时秋①积雨霁。华阙中天，锁葱葱佳气。《光武纪论》：望气者至南阳，望见春陵，郭曰：气佳哉，郁郁葱葱。嫩菊黄深，拒霜红浅，近宝阶香砌。玉宇无尘，金茎有露，《西都赋》：抗仙掌以承露，擢双立之金茎。碧天如水。

〇正值升平，万机多暇，夜色澄鲜，漏声迢递。南极星中，有老人呈瑞。杜：今宵南极外，甘作老人星。此际宸游，凤辇何处，度管弦声脆。太液波翻，太液，宫名。披香帘卷，《唐（书）·苏世长传》：侍宴披香殿。月明风细。

花庵词客云：耆卿为屯田员外郎，会太史奏老人星现。时秋霁，宴禁中，仁宗命左右词臣为乐章，曰侍属耆卿应制。耆卿方冀进用，作此词奏呈。上见首有"渐"字，色若不怿。读至"宸游凤辇何处"，乃与御制真宗挽词暗合，上惨然不悦。又读至"太液波翻"，曰："何不言'波澄'？"投之于地。自此不复擢用。

【集评】

《新刻李于鳞先生批评注释草堂诗馀隽》:前咏秋来水天一色之景,后咏观风月双清之怀。 又:"无尘""有露",语出天然之巧。 又:"声脆""波翻"亦花,描景迫真。 又:布宫殿庭阶之景,并月白风清之良,慨古伤今,极有风致,惜其奏呈不称旨,亦天也。

《重刻类编草堂诗馀评林》:词因星见而作,以秋夜之时,霁色清明,布宫殿庭阶之景色,月白风清之良夜,慨古伤今,极有风致,且托意高远,诵之敬服。

《新刻注释草堂诗馀评林》卷五:词因呈见而作,布宫殿庭阶之景,共月白风清之良,慨古伤今,极有风致,借其奏呈不称旨,亦天也。

沈际飞《草堂诗馀·正集》:文章遇不遇有数,存此词,不遇者也。高宗游聚星园,入一酒肆,见素屏俞国宝书《风入松》一阕,嗟赏之,诵至"明日重携残酒,来寻陌上花钿",曰:"未免酸气。"改为"残醉",即日予释褐。词之遇者也。然耆卿词转喉触讳,中间无一语形容老人星,自不见佳。明主具眼,尽诿之于数。

晓景

蝶恋花 晓行 新添

周美成

月皎惊乌栖不定。毕公叔《早行》诗:火远天俱白,烟深月欲黄。惊乌栖不定,拂下一林霜。更漏将残,辘轳牵金井。杜诗云:砚寒金井水。又六一公词:金井辘轳闻汲水。唤起两眸清炯炯。泪花落枕

281

红绵冷。李贺诗:九山静绿泪花红。　　○执手霜风吹鬓影。李贺诗:春风吹鬓影。去意徊徨,别语愁难听。楼上阑干横斗柄。韦应物诗:呼喔晨鸡鸣,阑干斗柄垂①。露寒人远鸡相应。

【校】

①"韦应物诗"四字原无,依体例增。据引诗,知为韦应物《和河南裴尹侍郎宿斋太平寺诣九龙祠祈雨二十韵》诗句,见《刘宾客文集》卷二十二。"斗柄垂"原作"横斗柄",不谐原韵,显误,据刘集改。

【集评】

《新刻李于鳞先生批评注释草堂诗馀隽》:前段是晓起朦胧之态,后段是临行缱绻之怀。　　又:不足景状如活。　　又:"露寒人远",思之又思,意溢词端。　　又:先曰红棉冷,后曰鸳鸯冷,俱用二字收□一节,意深一节,语不见。

(托名)杨慎《评点草堂诗馀》:旅行晓景,状得曲尽。

《新刻注释草堂诗馀评林》卷五:首句本曹孟德"月明乌飞"说来。

沈际飞《草堂诗馀·正集》:美成能为景语,不能为情语,能入丽字,不能入雅字,价微劣于柳。至若"枕痕一线红生玉"与"唤起两眸清炯炯",形容睡起之妙,良足动人。○鸡相应,妙在想不到,又晓行时所必到。闽刻谓"鸳鸯冷"三字妙,其不与谈词。

南乡子 新添

周美成

晨色动妆楼。《连昌宫辞》:晨光未出帘影黑,太真梳洗楼上头。短烛荧荧悄未收。自在开帘风不定,飕飕。池面冰澌趁水流。吴均(筠)诗:散漫下冰澌。　　○早起怯梳头。欲绾云鬟又却休。不会沉吟思底事,凝眸。两点春山满镜愁。

满庭芳 惜别①

秦少游

山抹微云，杜《月》诗：纵被微云掩。天连衰草，画角声断谯门。暂停征棹，聊共饮离樽。李诗：别离有相思，瑶瑟与金樽。多少蓬莱旧事，空回首、烟霭纷纷。斜阳外，寒鸦数点，流水绕孤村。杜：孤村春水生。 ○销魂。当此际，《选》江淹《别赋》：黯然消魂，惟别而已。《天宝遗事》：长安东灞陵有桥，呼为销魂桥。香囊暗解，罗带轻分。谩赢得、秦楼薄幸名存。秦楼事见前集注。此去何时见也，襟袖上、空染啼痕。杜：啼垂旧血痕。伤情处，韩：凄然自伤情。高城望断，杜：望极春城上。灯火已黄昏。

【校】

①"惜别"两字据杨金本补。

（托名）杨慎《评点草堂诗馀》：宜作"天粘哀草"，即"暮烟细草粘天远"之景，"粘"字极工，且有出处，今"天连哀草"，"连"字误甚。

《重刻类编草堂诗馀评林》：蓬莱旧事，少游之情思也，后又有"暗解""轻分"之句，东坡极喜此词。

《新刻注释草堂诗馀评林》卷六：蓬莱旧事，少游之情思也，后又有"暗解""轻分"之句，东坡极喜此词。　又《艺苑雌黄》云："程公辟守会稽，少游客焉，馆之蓬莱阁。一日，席上有所悦，自尔眷眷不能忘，因此长短句，所谓'多少蓬莱旧事，空回首，烟霭纷纷'是也。其词极为东坡所称道，取其首句，呼之为'山抹微云'君。中间有'寒鸦数点，流水绕孤村'之句，人皆以为少游自造此语，殊不知亦有所本。予在临安，见平江梅知录云隋炀帝诗：'寒鸦千万点，流水绕孤村。'少游用此语也。予又尝读李义山《效徐陵体赠更衣》云：'轻寒衣省便（一作'夜'），金斗熨沉香。'乃知少游词'玉笼金斗熨沉香'与夫'睡起熨沉香，玉腕不胜金斗'，其话（当作'语'）亦有来处。"又：苕溪云："晁无咎谓少游'斜阳外，寒鸦数点，流水绕孤村'，虽不识字人，亦知是天生好语，其褒之如此。"

沈际飞《草堂诗馀·正集》："粘"字工，且有出处，赵文鼎"玉关芳草粘天碧"，刘叔安"暮烟细草粘天远"，叶梦得"浪粘天蒲桃涨绿"，屡用之。又：晁无咎谓"寒鸦数点"二句，即不识字人，知是天然好语。苕溪云："无咎褒之，不曾见炀帝诗耳。"弇州云："语固蹈袭，人词尤当家。人之情，至少游而极。结句'已'字，情波几迭。"

行香子 新添

苏子瞻

北望平川。野水荒湾。共寻春、杜：寻春到野亭。飞步巉岩①。和风弄袖，魏文帝歌：孟春之月，和风初畅。香雾萦鬟。杜：香雾云鬟湿。正酒酣，人语笑，白云间。陶弘景诗：山中何所有，垄上多白云。只可自怡悦，不堪持寄君。　○飞鸿落照，相将归去，澹娟

娟、玉宇清闲。何人无事，宴坐空山。望长桥上，灯火乱，使
君还。

茗溪渔隐云：淮北之地平夷。自京师至汴口并无山，惟隔淮方有南山。
南山石崖上有东坡《行香子》词，后题云："与泗守过南山，晚归作。"字画是
东坡所书，小字，但无姓名。崇观间禁元祐文字，遂镌去之。余居泗上，打
得此碑词，至今尚存焉。

【校】
①巉岩：双照楼影印本作"孱颜"。

【集评】
《新刻李于鳞先生批评注释草堂诗馀隽》：上有登高远眺之乐景，下有
夕阳斜照之情怀。　又：有云生足下胸襟。诚是晚来景色如画。　又：咏
出晚照清光，如披一画图在目。

（托名）杨慎《评点草堂诗馀》：景界高旷孤渺，无人状得出。

《重刻类编草堂诗馀评林》：自然得天清地朗之句，铺叙绝妙，宛如晚景
图，永在目中。

《新刻注释草堂诗馀评林》卷二：形容晚景，宛如画图留在目中，词令上
品也。

沈际飞《草堂诗馀·正集》：高旷孤渺，即"灯火乱，使君还"语也，非纱
帽气。

夜景

临江仙 新添

李知几　方舟

烟柳疏疏人悄悄，韩诗：悄悄深夜语。画楼风外吹笙。李卫公

诗:桂殿夜凉吹玉笙。倚栏闻唤小红声。薰香临欲睡,坡诗:灯烬不挑垂暗蕊,香炉重拨尚余薰。坡词:宝香熏被成孤宿。玉漏已三更。崔液^①诗:玉漏铜壶且莫催。　　○坐待不来来不去,一方明月中庭。刘禹锡《生公讲堂》诗:一方明月可中庭。粉墙东畔小桥横。起来花影下,王介甫诗:春色恼人眠不得,月移花影上阑干。扇子扑飞萤。王建《宫词》:银烛秋光冷画屏,轻罗小扇扑流萤。天阶夜色凉如水,卧看牵牛织女星。

【校】

①崔液,原作"崔夜",据《太平御览》卷三十"正月十五日"改。

【集评】

《新刻李于鳞先生批评注释草堂诗馀隽》:上是笛入闺中之夜,下是月移庭中从人。　　又:夜静有人吹玉笛。　　又:月明无犬吠花村。　　又:夜阑人寂,月下闻笙,独居幽思,于是为切,此词真得之矣。

《新刻注释草堂诗馀评林》卷四:夜阑人寂,月下闻笙,独居幽思,于是为切,此词真得之矣。

沈际飞《草堂诗馀·正集》:明月忽来,欲睡不睡,了却一夜幽景。又:待不来,来不去,见庭片郑重。

曹学佺《蜀中广记》卷一百四"诗话记第四":李石,字知几,号方舟,蜀之资县人。文章盛传,有《续博物志》。小词亦风致,《草堂》选"烟柳疏疏人悄悄",其夏夜辞也。赠官妓有:"暖玉倚香愁黛翠,劝人须要人先醉。问道明朝行也未,犹自记,灯前背立偷垂泪。"好事者或改"偷"为"佯"。

南乡子 新添　冬怀^①

黄叔旸　玉林

万籁寂无声。《庄子》:子游曰:地籁则众窍是已,人籁则此竹是已,敢问天籁？子綦曰：夫吹万不同而使其自己也。衾铁棱棱近五更。魏鹤山诗：衾铁棱棱梦不成。香断灯昏吟未稳，见前坡诗词注。凄清。只有霜华畔月明。杜：秋宿②霜溪素月高。赵紫芝诗：禽翻竹叶霜初下，人立梅华月正高。　　○应是夜寒凝。恼得梅花睡不成。我念梅花花念我，关情。起看清冰满玉瓶。

【校】

①冬怀，据杨金本补。

②"秋宿"二字原缺，据杜甫《严氏溪放歌》诗补。

【集评】

杨慎《词品》：黄玉林，名昇，字叔旸，有散花庵，人称花庵云。尝选唐宋词，名曰《绝妙词选》，与《草堂诗馀》相出入。今《草堂》词刻本多误字及失名氏者，赖此可证。此本世亦罕传，予得录于王吏部相山子（名嘉宾）。玉林之词附录卷尾，凡四十首。《草堂》词选其二："南山未解松梢雪"及"枕铁棱棱近五更"是也。然非其佳者。其"月照梨花"一首云："画景方永，重帘花影。好梦犹酣，莺声唤醒。门外风絮交飞，送春归。　　修蛾画了无人问，几多别恨，泪洗残粉。不知郎马何处嘶，烟草萋迷鹧鸪啼。"此首有《花间》遗意。又《贺新郎》梅词云："自扫梅花下，问梢头、冷蕊疏疏，几时开也。间者阔焉今久矣，多少幽怀欲写。有谁是，孤山流亚。香月一联真绝唱，与诗人千载为嘉话。余兴味，付来者。　　清癯不恋雕阑榭，待与君、白发相欢，竹篱茅舍。幸甚今年无酒禁，溜溜小漕压蔗。已准拟，霜天雪夜。自醉自吟仍自笑，任解冠落佩从嘲骂。书此意，寄同社。"此词用文句入音律而不酸，宋词之体也。其馀若九日词"兰佩秋风冷，茱囊晓露新"、秋怀词"月印金枢晓未收"、夜凉词"冰雪襟怀，琉璃世界，夜气清如许"、暮春词"戏临小草书团扇，自拣残花插净瓶"。又"夜来能有几多寒，已瘦了梨花一半"，赠丁南邻云"待踸龟食蛤，相期汗漫，与烟霞会"，用卢敖事也，见《淮南子》。

《新刻李于鳞先生批评注释草堂诗馀隽》：上写素月深夜高悬之景，下托塞宫孤梅为友之怀。　　又：霜华伴月，自是夜静寂寂；托梅写出相思处，念兹在兹。　又：叙冬夜之景，在胸中流出，以梅花为故人，便见不孤。

《重刻类编草堂诗馀评林》：夜中之事，尽在胸中流出，以梅花为故人，便见不孤，另有情处。

沈际飞《草堂诗馀·正集》：幻思幻调。

地理宫室
金陵

西河 怀古

周美成

佳丽地。谢玄晖诗：江南佳丽地，金陵帝王州。南朝盛事谁记。山围故国绕清江，髻鬟对起。怒涛寂寞打孤城，风樯遥度天际。谢玄晖诗：天际识归舟。断崖树，犹倒倚。莫愁艇子曾系。空遗旧迹郁苍苍，雾沉半垒。夜深月过女墙来，赏心东畔临淮水。刘禹锡《金陵》诗：山围故国周遭在，潮打孤城寂寞回。淮水东边旧时月，夜深还过女墙来。《乐府诗》：莫愁在何处？住在石城西。艇子打两桨，催送莫愁来。韩偓诗：应是石城艇子来，两桨伊哑过花坞。郑谷诗：石城昔为莫愁乡，莫愁魂散石城荒。帆去帆来风浩渺，花开花谢春悲凉。《诗话总龟》云：赏心亭，丁晋公所作，秦淮绝致。　　〇酒旗戏鼓甚处市。欧阳公诗：西风酒旗市。想依稀、王谢邻里。燕子不知何世。入寻常、巷陌人家，相对如说兴亡，斜阳里。刘禹锡《乌衣巷》诗：朱雀桥边野草花，乌衣巷口夕阳斜。旧时王谢堂前燕，飞入寻常百姓家。

《渔隐丛话》云：王、谢是二姓，即王导、谢安之族所居，名乌衣巷。有曰乌衣之聚，不当作"谢"字，或者乃引刘斧《摭遗》所载：唐王榭航海遇风，抵一州，见乌衣国。王以女妻之。后榭思归，取飞云轩，令榭入其中，闭目少息。至其家视之，梁上双燕呢喃。后寄诗曰："误到华胥国里来，主人终日

288

独怜才。云轩漂去无消息,洒泪春风几百回。"女答曰:"昔日相逢冥数合,今时睽远是生离。来年纵有相思字,三月天南无雁飞。"此小说虚诞,何可信。

【集评】

《新刻李于鳞先生批评注释草堂诗馀隽》:上段是与金陵胜概所在,下段是抚古伤今不尽情。点缀金陵事实,还有王者气否? 又:旧时王榭堂前燕,飞入寻常百姓家。 又:情随事迁,感慨系之矣。向之所忻羡,俯仰之间,已为陈迹,犹不能不以之兴怀。

(托名)杨慎《评点草堂诗馀》:前半段写景如画,后半段感慨如诉。

《重刻类编草堂诗馀评林》:"髻鬟对起"言山如髻对对而起。 又:讽刺旧事,正在此语见之。("燕子"句)

《新刻注释草堂诗馀评林》卷四:《兰亭记》云:"情随事迁,感慨系之矣。向之所忻羡,俯仰之间,已为陈迹,犹不能不以之兴怀。" 又:王、谢当以渔隐之议为是,更有乌衣巷可证。

沈际飞《草堂诗馀·正集》:如此江山,还有王者气否? 介甫《桂枝香》独步不得。 又赏心亭在秦淮上,丁谓所建,故实而不协文义。 又:王、谢金陵事,吴彦高:"旧时王谢,堂前燕子,飞向谁家。"逊婉切。

毛晋《词苑英华》之《词海评林》卷三"长调"周美成《西河·金陵怀古》"佳丽地":按《诗馀》前段作"淮水"句止,后段作"酒旗"句起,未知孰是。

桂枝香 金陵怀古

王介甫

登临送目。《文选》宋玉《九辨》:登山临水兮送将归。正故国晚秋,天气初肃。《文选》:天高万物肃。潇洒澄江似练,谢玄晖诗:澄江静如练。翠峰如簇。征帆去棹残阳里,背西风、酒旗斜矗。彩舟云淡,杜诗:清江白日落欲尽,复携美人登彩舟。星河鹭起,李白

《凤凰台》诗：三山半落青天外，一水中分白鹭洲。**画图难足。**　　○
念自昔、豪华竞逐。恨门外楼头，悲恨相续。千古凭高对此，
谩嗟荣辱。罗邺《金陵登步》诗：凭高翻怅惚，今古一何殊。**六朝旧事**
随流水，吴、东晋、宋、齐、梁、陈并都金陵，是为六朝。**但寒烟、衰草凝**
绿。杜诗：江头宫殿锁千门，细柳新蒲为谁绿。**至今商女，时时尚歌，**
《后庭》遗曲。《南史·张贵妃传》：陈后主游宴后庭，其曲有《玉树后庭
花》，略曰：璧月夜夜满，琼树朝朝新。商女尝歌此。

　　《古今词话》云：金陵怀古，诸公寄词于《桂枝香》，凡三十馀首，独介甫
最为绝唱。东坡见之，不觉叹息曰："此老乃野狐精也。"

【集评】

　　《新刻李于鳞先生批评注释草堂诗馀隽》：上描写金陵山水，恍似画图。
下嗟咏六朝荣辱，浑如新曲。　　又：江似练，峰如簇，目前景色，在在堪描。
又：怀旧事，伤新声，无限寄慨。

　　《新刻注释草堂诗馀评林》卷五：许仲晦诗："玉树歌残王气终，景阳兵
合戍楼空。松楸远近千官冢，禾黍高低六代宫。石燕拂云晴亦雨，江豚吹
浪夜多风。英雄一去豪华尽，惟有青山似洛中。"

　　沈际飞《草堂诗馀·正集》：金陵怀古，诸公寄调于《桂枝香》，凡三十馀
首，介甫为绝唱。东坡见之叹息曰："此老乃野狐精也。"　　又："蠢"字妙。
又：宝巩诗："伤心欲问南朝事，唯见江流去不回。日暮东风春草绿，鹧鸪飞
上越王台。""六朝"句化此。○此篇乃东坡"明月几时有""冰肌玉骨"二篇，
又白石《暗香》云："旧时月色，算几番照我，梅边吹笛。"《疏影》云："苔枝缀
玉，有翠禽小小，枝上同宿。"皆清空中出意趣，无笔力者难为。

　　梁桥《冰川诗式》卷二"诗馀"：诗馀，即香奁、玉台之体，言闺阁之情，乃
艳词也。作者虽多，要之，贵发乎性情，止乎礼义。今于《草堂诗馀》中录数
首以为法式。《桂枝香·金陵怀古》（王荆公）（下引原词，略）

念奴娇 赤壁怀古

苏子瞻

大江东去,浪淘尽、千古风流人物。李:芳名动千古。谢安寄为①江左风流第一。故垒西边,人道是、三国周郎赤壁。《吴志》:周瑜字公瑾,为建威中郎将,吴中皆呼为周郎。曹操入荆州,刘琮举众降。曹公得其水军、船及步兵数十万。将士闻之皆恐惧。时刘备又新为曹公所破,因用鲁肃计,进驻夏口,遣诸葛亮诣权,欲谋同举。权遂遣瑜及程普等与备并力逆曹公于赤壁。瑜部将黄盖曰:今敌众我寡,难与持久,然曹操兵方进,船舰首尾相接,可烧而走也。乃取蒙冲斗舰数十艘,实以薪草、膏油灌其中,裹以帷幕,上建牙旗。书报曹公,诈以欲降。军吏皆延颈观望,指言盖降。放诸船同时发火,时风甚猛,悉延烧岸上营。顷之,焰烟张天,人马烧溺,死者甚众。曹公退去。乱石穿空,惊涛拍岸,卷起千堆雪。李白诗:涛白雪山来。江山如画,一时多少豪杰。 ○遥想公瑾当年,小乔初嫁了,瑜初攻皖,拔之。时获乔公二女,皆国色,策纳大乔,瑜纳小乔。策从容戏瑜曰:乔公二女,虽流离,得吾二人为婿,亦足矣。雄姿英发。《吴志》:权谓吕子明可次于公瑾,但言议英发不及之耳。羽扇纶巾,《蜀志》:诸葛亮纶巾羽扇。谈笑间、樯橹灰飞烟灭。李白《赤壁歌》:二龙争斗决雌雄,赤壁楼船扫地空。烈火初张照云海,周瑜于此破曹公。诸本多作"强虏灰飞烟灭"。按李白此歌,既曰"楼船扫地空",则用"墙橹"二字其义优于"强虏"。故国神游,多情应笑我,早生华发。人生如梦,李白诗:处世若大梦,胡为劳其生。一樽还酹江月。

苕溪渔隐云:东坡"大江东去"赤壁词,语意高妙,真古今绝唱。近时有人和此词题于邮亭壁间,不著姓氏。语虽粗豪,亦气概可喜。今并录之。词云:"炎精中否,叹人材委靡,都无英物。戎马长驱三犯阙,谁作连城坚壁。楚汉吞并,曹刘割据,白帽今如雪。书生钻破,旧编说甚豪杰。 天

291

意建我中兴,吾君神武,小鲁孙周发。海岳封疆惧效贼,狂虏何曾追灭。翠羽南巡,叩阍无路,徒有冲冠发。孤忠耿耿,剑锋冷浸秋月。"

【校】

①寄为,意思不通,当作"目为"。此乃南齐王俭评价谢安之语,见《南齐书》卷二十三《王俭传》。

【集评】

张绖《草堂诗馀别录》:赤壁周、曹之战,千古英雄遗迹也,东坡既作赋以吊曹公,复作此词以吊周瑜。赋后云"自其变者而观之,则天地曾不能以一瞬。自其不变者而观之,则物与我皆无尽也"。及此词结句"人生如梦,一樽还酹江月",其旷达之怀,直吞赤壁于胸中,不知区区周、曹何物。不如是,何以为雄视千古乎?

梁桥《冰川诗式》卷二"诗馀":诗馀,即香奁、玉台之体,言闺阁之情,乃艳词也。作者虽多,要之,贵发乎性情,止乎礼义。今于《草堂诗馀》中录数首以为法式。《念奴娇·赤壁怀古》(苏子瞻)(下引原词,略)

《新刻李于鳞先生批评注释草堂诗馀隽》:上追胜迹于当年,挥毫成画,下付旧事于流水,醉月携樽。 又:"穿空""拍岸",描写入画,而"一时豪杰",感慨寄于言外矣。 又:借周瑜、诸葛亮雄总付之一梦中了,最见迫切。又:千古人物,竟成一时豪杰,信人生如梦,不举杯邀月,枉了百年虚过。

(托名)杨慎《评点草堂诗馀》:古今词多脂软纤媚取胜,独东坡此词感慨悲壮,雄伟高卓,词中之史也。 又:铜将军,铁拍板唱公此词,虽优人谑语,亦是状其雄卓奇伟处。 又:固一世之雄也,而今安有哉。

《重刻类编草堂诗馀评林》:当时破曹于赤壁,故词意专以三国之迹言之。

《新刻注释草堂诗馀评林》卷六:周郎破曹公于赤壁,故词章以一国之迹言之。 又:王介甫词:"六朝旧事随流水,但寒烟、衰草凝绿。"一亦此意。("乱石"三句)

沈际飞《草堂诗馀·正集》:一名《百字令》,又与《无俗念》《壶中天慢》同。其名《赤壁词》《大江东去》《酹江月》,皆因东坡词。按诸调句有定数,句或无常，盖取其声之协调，不复拘句之离合。新谱分为九体，甚赘。

沈际飞《草堂诗馀·正集》：语语高妙闲冷，初不以英气凌人。　又：介甫"六朝旧事随流水，但寒烟衰草凝绿"，亦此旨。　又：李白《赤壁歌》云"楼船扫地空"，则"樯橹"二字优于"强虏"。○三国诸人竞成一时豪杰，吾辈不举杯酹月，何愚乎？　又：按东坡在黄，黄之赤壁，土本赤鼻矶也。东坡云"人道是"，亦传疑之意。今岳阳之下、嘉鱼之上有乌林赤壁，是公瑾遇战之所。杜牧《寄岳州李使君》诗"乌林芳草远，赤壁健帆开"可证。

西湖

酹江月　西湖和韵　新添

辛幼安

晚风吹雨，战新荷、声乱明珠苍璧。谁把香奁收宝镜，云锦周遭红碧。坡诗：贪看翠盖拥红妆，不觉湖边一夜霜。卷却天机云锦段，从教匹练写秋光。飞鸟翻空，游鱼吹浪，惯听笙歌席。坐中豪气，看君一饮千石。　　○遥想处士风流，处士谓林逋也。鹤随人去，已作飞仙客。《北山移文》：山人去兮夜鹤怨。茅舍竹篱今在否，松竹已非畴昔。欲往当年，望湖楼下，水与云宽窄。醉中休问，断肠桃叶消息。

【集评】

《新刻李于鳞先生批评注释草堂诗馀隽》：上叙西湖景，傍花随柳以酌酒；下追处士家，驾鹤腾云以兴怀。　又：有海阔天高之襟期。　又：有羽化登仙之风度。　又：玩此词，殊似五斗解醒，先生笔亦似遗世独立，先生文观者当玩之言表。

《重刻类编草堂诗馀评林》：此段（指上片）写西湖之景物。　又：次段

（指下片）述西湖处士林和靖放鹤出入为号，以尽词意。

《新刻注释草堂诗馀评林》卷五：此段（指上片）写西湖之景，次段述西湖处士林和靖放鹤出入为号，以尽词意。

沈际飞《草堂诗馀·正集》：字字敲打百响。　又：胜览。

游湖

贺新郎 <small>新添</small>

刘改之　龙洲

睡觉啼莺晓。醉西湖、两峰日日，买花簪帽。去尽酒徒无人问，惟有玉山自倒。<small>《襄阳歌》：玉山自倒非人推。</small>任拍手、儿童争笑。<small>《襄阳歌》：襄阳小儿齐拍手，拦街争唱白铜鞮。旁人借问笑何事，笑杀山翁醉似泥。</small>一骑乘风翻然去，避鱼龙、不见波声悄。歌韵远，唤苏小。<small>白居易诗：涛声夜入伍员庙，柳色春藏苏小家。</small>　○神仙路近蓬莱岛。<small>《列仙传》：谢自然泛海求蓬莱，一道士谓曰：蓬莱隔弱水三十万里，非飞仙不可到。</small>紫云深，参差树，有烟花绕。<small>杜诗：紫禁正耐烟花绕。</small>人世红尘西障日，<small>庾亮出据上流，拥强兵，趋向者多归之。王导内不能平，遇西风尘起，举扇自障曰：元规尘污人。褚彦回以腰扇障目。</small>百计不如归好。付乐事、与他年少。费尽柳金梨雪句，<small>李白宫词：柳色黄金嫩，梨花白雪香。</small>问沉香亭北何时召。心未惬、鬓先老。<small>明皇与贵妃在沉香亭赏牡丹，遣高力士召李白应制，赋《清平调》词云：名花国色两相欢，长得君王带笑看。解释春风无限意，沉香亭北倚阑干。</small>

【集评】

《新刻李于鳞先生批评注释草堂诗馀隽》：上叙西湖胜处，下望以才名应召，有老当益壮之意。　又：六桥杨柳，两岸桃花，歌舞几时休也。　又：

自负李谪仙遇唐明皇,壮志哪肯自灰。　　又:身在江湖,志在庙堂,刘公一行词堪当十上应制语矣。

(托名)杨慎《评点草堂诗馀》:达。　　又:末句大有意。("心未惬"句)

《重刻类编草堂诗馀评林》:一篇词意,点缀许多故事,见钱塘之古迹,感慨伤情,赏心乐事,尽见之矣。　　又:正得放荡山水之间意思。(人世红尘西障日,百计不如归好。付乐事、典它年少,费尽柳金梨雪句,问沉香亭北何时召。心朱惬、鬓先老)

《新刻注释草堂诗馀评林》卷二:此词缀拾许多故事,见西湖之胜甲于天下,歌舞无休,坡老作守,酣游于此,人嘲之曰:"十里荷花了公事。"或云:"非是公事湖中了,闻说官闲事也无。"

沈际飞《草堂诗馀·正集》:开怀。　　又:身在江湖,心在廊庙。○李青莲起布衣,入为供奉,龙舟移馔,兽锦夺标,天子调羹,贵妃捧砚,沉香亭乐章,舍青莲不可。晚虽流落,自是可人,故龙洲及之。

钱塘

望海潮 新添

柳耆卿

东南形胜,三吴都会,仁宗御制:地有湖山美,东南第一州。钱塘自古繁华。烟柳画桥,风帘翠幕,参差十万人家。云树绕堤沙。白居易诗:万株松竹青山上,十里沙堤明月中。怒涛卷霜雪,天堑无涯。市列珠玑,户盈罗绮竞豪奢。　　○重湖迭巘清佳。有三秋桂子,十里荷花。羌管弄晴,菱歌泛夜,嬉嬉钓叟莲娃。千骑拥高牙。乘时听箫鼓,笑赏烟霞。异日图将好景,归去凤池夸。

罗鹤林云:此词流播,金主亮闻歌,欣然有慕于"三秋桂子,十里荷花",

遂起投鞭渡江之志。近时谢处厚诗云："谁把杭州曲子讴，荷花十里桂三秋。那知卉木无情物，牵动长江万古愁。"余谓此词虽牵动长江之愁，然卒为金主送死之媒，未足恨也。至于荷艳桂香妆，点湖山之清丽，使士大夫流连于歌舞嬉游之乐，遂忘中原，是则深可恨耳。

【集评】

《新刻李于鳞先生批评注释草堂诗馀隽》：上言钱塘江万马浪，下言小西湖千骑游。　　又：苏公堤有桂子桃花，层层滚浪。　　又：浙江潮，乃伍子胥忠愤以激，至今观者犹及见其神灵不泯。上有解玉带镇山门之度，下有酹茱萸登峰顶之怀。　　又：一笑千秋，真坡公勘破浮尘矣。　　又：醉翁之意不在酒，在乎吹帽淋衫而已。　　又：用坡公赋归来，即以僧老木兰承接；用欧公倚平山，即以登临落帽照应。且词可谓古雅而意精切，拟之于欧、苏，可谓学步邯郸。

（托名）杨慎《评点草堂诗馀》：西湖之胜，历历如画。

《重刻类编草堂诗馀评林》：钱塘，邑名，在今杭州，属浙，为天下首邑，有西湖之水、苏公之堤，极其富丽，为士大夫夸奖品题游乐。

《新刻注释草堂诗馀评林》卷四：钱塘邑属今杭州，有西湖水、苏公堤，桂子荷花，极其富丽，士大夫尝游乐品题其间。

沈际飞《草堂诗馀·正集》："三吴"作"江湖"，误。　　又：仅疏畅。又：柳词流播，金主亮欣然有慕"三秋桂子，十里荷花"，起投鞭渡江之志。谢处厚诗云："谁把杭州曲子讴，荷花十里桂三秋。那知卉木无情物，牵动长江万古愁。"然牵动长江之愁，反为金主死地，未足恨也。至于荷艳桂香，士大夫流连歌舞嬉游之乐，遂忘中原，深可恨尔。

八声甘州 追和东坡韵　新添

晁无咎

谓东坡、未老赋归来，天未遣公归。向西湖两处，秋波一种,飞霭澄晖。又拥竹西歌吹,杜牧诗:谁知①竹西路,歌吹是扬州。僧老木兰非。一笑千秋事,浮世危机。　　○莫倚平山栏槛,是醉翁饮处,欧阳文忠公知滁州日,作亭琅邪山,自号醉翁,因以名亭。后守扬州,于僧寺建平山堂,甚得观览之胜。堂下手值柳数株。后数年,公在翰林,金华刘原父出守维阳,出家乐饮饯,亲作《朝中措》之词。江雨霏霏。送孤鸿挥手,相接眼中稀。念平生、相从江海,任飘蓬、杜:平生江海心。不遣此心违。登临事,更何须惜,吹帽淋衣。

【校】

① 谁知,原作"斜阳",据《杜牧全集》卷三《题扬州禅智寺》诗改。

【集评】

《新刻注释草堂诗馀评林》卷五:晁氏和东坡此词,典雅俊逸。可谓善学邯郸步者。

沈际飞《草堂诗馀·正集》:无咎判扬州,以文章名,郡守东坡称为风流别驾,和词应不独劣。○巧映。　又:本坡词"长记平山堂上,欹枕江南雨"。

天台

玉楼春 咏刘阮事

周美成

桃溪不作从容住。秋藕绝来无续处。当时无奈鸟声哀,今日重寻芳草路。《续齐谐记》:汉永平中,剡县有刘晨、阮肇入天台山采药,迷失道路。粮尽,望山头有桃,共取食之。下山得洞水,饮之。见有一杯流出,中有麻胡饭屑。二人相谓曰:去去不远矣。因过水,深四丈许。行一里,又度一山,出大溪,见二女绝色,唤刘、阮姓名,如有旧交,道:郎等

297

来何晚也。因邀过家，床帐帷幔非人世所有。又有仙客数人，将三万桃至，云来庆女婿。各出乐器作乐，二人就女家止宿，遂行夫妇之礼。住半年，天气常如二三月，百鸟哀鸣，求归甚切。女曰：罪根未灭，使君等如此。送从洞口去。乡里异之。自入山至归，已七代子孙矣。欲还女家，寻山路不获。

　　○烟中列岫青无数。雁背夕阳红欲暮。人如风后入江云，杜诗：半入江风半入云。情似雨余粘地絮。

　　按：东坡有《点绛唇》咏天台云："醉漾轻舟，信流直到花深处。尘缘相误。无计花间住。　烟水茫茫，回首斜阳暮。山无数。乱红如雨，不计来时路。"盖全用刘、阮天台事也。今并附于此。

【集评】

　　《新刻李于鳞先生批评注释草堂诗余隽》：上言再入天台寻仙侣，下言咫尺桃源路不通。　又：二士洞桃何不登仙耶？　又：仙源何处觅？想只在风后雨余。　又：有不识桃源路意况。　又：叙天台景色，得出刘、阮事，最切体制，堪东坡《点绛唇》词共咏。

　　(托名)杨慎《评点草堂诗余》："风后入江"，云散难聚。"雨余粘地"，絮牢不解。此等模拟极真切。　又：虽用刘、阮事，极蕴籍，二语大有惺语。

　　《重刻类编草堂诗余评林》：作天台词，以刘、阮故事入菁（疑作"讲"），更□实。

　　《新刻注释草堂诗余评林》：作天台词，以刘、阮事实入讲最为得体。刘、阮必仪表非常可度世者，惜其求归，拙矣。　又：按东坡有《点绛唇》词咏天台云："醉漾轻舟，信流直到花深处。尘缘相误，无计花间住。　但烟水茫茫，回首斜阳暮。山无数。乱红如雨，不计来时路。"盖全用刘晨、阮肇天台事也。

　　沈际飞《草堂诗余·正集》："当时"二语，同用刘、阮事，转有醒悟。又："风云入江散难聚，雨絮沾地牢不解"，即秋藕句意，而味之有无，迥别。

洞仙歌 垂虹桥

林外

飞梁压水，飞梁，桥也。《尔雅·释名》：桥，水梁也。虹影澄清晓。橘里渔村半烟草。叹今来古往，《淮南子·齐俗训》：往古来今谓之宙。物换人非，天地里、惟有江山不老。　　○雨巾风帽。郭林宗遇雨，其巾垫而折其角一。孟嘉宴龙山，风至，吹落嘉帽也。四海谁知我。一剑横空几番过。按玉龙、嘶未断，月冷波寒，归去也，林屋洞关无锁。韩诗：洞门无锁钥，俗客不曾来。认云屏烟障是吾庐，渊明诗：吾亦爱吾庐。任满地苍苔，年年不扫。杜诗：石田茅屋荒苍苔。

《古今词话》云：此词乃近时林外题于吴江垂虹亭，世或传以为吕洞宾所作者，非也。

【集评】

《新刻李于鳞先生批评注释草堂诗馀隽》：上俯仰古今，觉人生之易老；下隐逸洞门，谢世事于不知。　又：叹宇宙无限变迁，何等渗透。　又：有僻世之想，而风尘毫不染着。　又：□评诗□云"虹光映槛摇金电，烟气浮空拥玉龙"语，气象轩昂，真有藐乾坤于一粟，而身世都空矣。

（托名）杨慎《评点草堂诗馀》：此词传入宫中，误谓吕洞宾作，孝宗笑曰："洞天无锁"与"老"叶韵，则"锁"字（当音）"扫"，乃闽音也。问之，果闽人林外也。

《重刻类编草堂诗馀评林》：意逮词雄，真物外之作。

《新刻注释草堂诗馀评林》卷五："虹光映槛摇金电，烟气浮空拥玉龙"，句意何等冠冕宏大，可为此评。

沈际飞《草堂诗馀·正集》："雨中风帽"，的对。○《词品》云："宋林外

299

字岂尘,题此于垂虹桥。作道装,不告姓名,饮醉而去。人疑为吕仙,传入宫中。孝宗笑曰:'锁'字与'老'字叶,则'锁'音'扫',乃闽音也。后访之,林果闽人。"此词不工,不当入选。○一段洒然尘埃之想,亦有足观。

水阁

天仙子

沈会宗

景物因人成胜概。满目更无尘可碍。等闲帘幕小阑干,衣未解,心先快。明月清风如有待。杜诗:江山如有待。　　○谁信门前车马隘。别是人间闲世界。李白诗:别有天地非人间。杜:莺花随世界。坐中无物不清凉,山一带。水一派。流水白云长自在。

茗溪渔隐云:贾芸老旧有水阁在茗溪之上,景物清旷。东坡作守时,屡过之,题诗画竹于壁间。沈会宗又为赋小词云:"景物因人成胜概,满目更无尘可碍。等闲帘幕小栏干,衣未解,心先快。明月清风如有待。　谁信门前车马隘,别是人间闲世界。坐中无物不清凉,山一带,水一派。流水白云长自在。"其后水阁屡易主,今已摧毁久矣。遗址正与余水阁相近,同在一岸,景物悉如会宗之词。故余尝有鄙句云:"三间小阁贾芸老,一首佳词沈会宗。无限当时好风月,如今总属绩溪翁。"盖谓此也。

【集评】

《新刻李于鳞先生批评注释草堂诗馀隽》:上有风月之襟期,一尘不染;下有山水之逍遥,万象俱忘。　又:"衫未解,心行快",何等自得。　又:车马是闲世界,谁人有此解?　又:惟尘埃不入眼界,□风月山水,胸中别具一乾坤,而车马自隘矣。　又:"一丝牵动一潭星",惊人语也。　又:眠风而醉月,渔家乐,洵不可湲。 又:值秋宵之景,驾一叶扁舟于鸟渚鹤汀之中,潇洒脱尘,有嚣嚣然自得之意。

(托名)杨慎《评点草堂诗馀》:人中影,影中人,翩翩欲仙。 又:胸中无半点尘,方状得此等境界。

《新刻注释草堂诗馀评林》卷五:观苕溪所云贾阁沈词,昔时称胜之属于彼,世事反复,古今同然有如此者。

沈际飞《草堂诗馀·正集》:物因人胜,人为主,而景物傅之,大头脑,勿蹉看过。 又:此样清旷水阁,本等独难,其布置不烦。

毛晋《跋克斋词》:按《花庵》《草堂》二集俱不载沈端节,故其品行亦无从考。惟马端临云字约之,家于苕溪。岂即沈会宗同族耶?会宗词亦不多见,其脍炙人口者,惟咏买耘老苕上水阁一阕云:"景物因人成胜概(词略)"今读克斋词,风致亦甚相类,独长于咏物写景,又不堕郑卫恶习,殆梅溪、竹屋之流欤?(《宋名家词》)

增修笺注妙选群英草堂诗馀卷下 后集

名贤词话

人物

隐逸

满江红 幽居①

吕居仁

东里先生，家何在、山阴溪曲。晋王献字徽之，尝居山阴。对一川平野，杜诗：星垂平野阔。数椽茅屋。昨夜冈头新雨过，门前流水清如玉。抱小桥、回合柳参天，杜诗：乔木上参天。摇新绿。杜诗：茅斋八九椽。　○疏篱下，丛丛菊。陶诗：采菊东篱下。虚檐外，萧萧竹。李白诗：修修北窗竹。叹古今得失，是非荣辱。韩诗：弃置人间事，古来今独非。杜诗：吾老甘贫病，萦怀②有是非。又：忘情任荣辱。须信人生归去好，世间万事何时足。问此青春，酝酒何如，诗：为此春酒，以介眉寿。今朝熟。

苕溪渔隐曰：余性乐闲退，一丘一壑，盖将老焉。吕居仁所作此词，能具道阿堵中事，每一歌之，未尝不击节也。

【校】

①杨金本作"退居"。

②萦怀，今传杜甫《秋野五首》诗均作"荣华"，然"萦怀"义胜。

【集评】

张綖《草堂诗馀别录》："昨夜冈头新雨过，门前流水清如玉"，有逸趣。通篇词俱冲淡高远，太羹玄酒，别是一家滋味。

《新刻李于鳞先生批评注释草堂诗馀隽》：上有知止不殆，引流水以喻身世；下是抚古自叹，独抱醉以含独醒。　又：如游裴晋公绿野堂中，身世都忘。　又：此等襟怀，有万事无如杯在手矣。　又：观其门前任流水，万事付酒瓯,真于闲中今古可擘,醉里乾坤可破,非见道忘势者□手。

《重刻类编草堂诗馀评林》:非录野闲人忘却势力者不能道此。

《新刻注释草堂诗馀评林》卷五:非绿野闲人忘却势力者不能道。

又:末语与"万事年来付酒瓯"同意。

沈际飞《草堂诗馀·正集》:天下第一清供,几人知道?　又:结句尽现成,能具道阿堵中事。

摸鱼儿 退居

晁无咎

买陂塘、旋栽杨柳,依稀淮岸湘浦。东皋雨过新痕涨,陶渊明《归去来辞》:登东皋以舒啸。沙觜鹭来鸥聚。堪爱处,最好是、一川夜月光流注。无人自舞。任翠幄张天,柔茵藉地,酒尽未能去。　　○青绫被,休忆金闺故步。杜:诸公金闺彦。儒冠曾把身误。杜:儒冠多误身。弓刀千骑成何事,荒了邵平瓜圃。汉邵平,秦故东陵侯也,种瓜长安城门东。其瓜美,故今传东陵之瓜,盖自邵平始也。君试觑。满青镜、星星鬓影,昔《十八国春秋》:苻丕遗谢玄青铜镜。星星,白鬓也。今如许。功名浪语。便似得班超,万里封侯,归计恐迟暮。《后·班超传》:家贫,常为官佣书以俱养。久劳苦,尝辍业投笔叹曰:大丈夫无他志略,尤当效傅介子、张骞立功异域,以取封侯,安能久事笔砚间乎。其后诸相者曰:生燕颔虎额,当封侯万里之外。后使西域,封定远侯。

花庵词客云:晁无咎《摸鱼儿》真能道急流勇退之意。真西山极爱赏之。

【集评】

《新刻李于鳞先生批评注释草堂诗馀隽》:上是寻丘寻壑之乐,下是不为蜗名蝇利所制缚者。　　又：山林之中，足以自乐。　　又：举盖州（世）勋名不易，性也自适。

《重刻类编草堂诗馀评林》：意精词透，道人所不能道者。

《新刻注释草堂诗馀评林》卷三：孙仲益曰："轩冕之荣，造物于人，不甚爱惜，而一丘一壑，未尝轻以与人。"观晁公此词，亦得经丘寻壑之乐，而不为蜗名蝇利所制缚者。

沈际飞《草堂诗馀·正集》：故孙仲益云："轩冕之荣，造物于人，不甚爱惜，而一丘一壑，未尝轻与人。"　　又：道彻急流勇退之志，真西山酷赏之。

沁园春 退闲① 新添

幼安

三径初成，《归去来辞》：三径就荒，松菊犹存。鹤怨猿惊，《北山移文》：山人去兮夜鹤怨，蕙帐空兮晓猿惊。稼轩未来。甚云山自许，平生意气，衣冠人笑，抵死尘埃。意倦须还，身闲要早，岂为莼羹鲈鲙哉。张翰事，见前秋景注。秋江上，看惊弦雁避，骇浪船回。　　○东岗更茸茅斋。好都把轩窗临水开。要小舟行钓，先应种柳，疏篱护竹，莫碍观梅。秋菊堪餐，《离骚》：食秋菊之落英。春兰可佩，同上：纫秋兰以为佩兮。留待先生手自栽。沉吟久，怕君恩未许，此意徘徊。

【校】
①杨金本作"退居"。

【集评】
《新刻李于鳞先生批评注释草堂诗馀隽》：上言其归思，有位高身危之虑；下言其乐隐，有急流勇退之怀。　　又：学古人退休，有知几、鸿举之高。又：泉石自娱，惟恐不得遂其愿。　　又：有"当友古人"之志，超然利禄之表，

307

远深祸,故见几早,非徒烟露痼癖者流。

《新刻注释草堂诗馀评林》卷五:老子曰:"知足不辱,知止不殆。"可为致政投闲者之评。　又:尚友数古人,激流勇退之意。

沈际飞《草堂诗馀·正集》:"功名一鸡肋,世路九羊肠",张翰莼鲈有托而逃,稼轩识得。　又:拨蚁养鱼亦经纶,种柳观梅皆事业。　又:忠爱有余。

哨遍 归去来辞

苏子瞻

　　为米折腰,因酒弃家,口体交相累。归去来,谁不遣君归。觉从前皆非今是。露未晞。征夫指予归路,门前笑语喧童稚。嗟旧菊都荒,新松暗老,吾年今已如此。但小窗容膝闭柴扉。策杖看孤云暮鸿飞。云出无心,鸟倦知还,本非有意。　　○噫。归去来兮。我今忘我兼忘世。亲戚无浪语,琴书中有真味。步翠麓崎岖,泛溪窈窕,涓涓暗谷流春水。观草木欣荣,幽人自感,吾生行且休矣。念寓形宇内复几时。不自觉皇皇欲何之。委吾心、去留谁计。神仙知在何处,富贵非吾愿。但知临水登山啸咏,自引壶觞自醉。此生天命更何疑。且乘流、遇坎还止。并陶渊明《归去来辞》。

　　东坡自序云:陶渊明赋《归去来辞》,有其词而无其声。余治东坡,筑雪堂于上,人俱笑其陋,独鄱阳董毅夫见而悦之,有卜邻之意。乃取《归去来辞》稍加櫽括,使就声律,以遗毅夫。使家童歌之,时相从于东坡,释耒而和之,扣生而为之节,不亦乐乎。

【集评】

　　张綖《草堂诗馀别录》:坡翁出狱后,忧患之馀,思致其乐,自和狱中"春"字韵诗云"馀年乐事最关身",因以渊明《归去来词》按入《哨遍》,背负大瓢，行歌乞食田野中，回视曩时富贵，不啻春梦，趣不在词也。后人不悟此意，将凡古人文词俱隐括为词，如刻本《风雅遗音》，略无意致，殊为可厌。噫！效颦捧心，不类久矣。

《新刻李于鳞先生批评注释草堂诗馀隽》：上是词中"归去来"起意，下是词中"归去来"适情。　又：转换陶醉，如出一人之口，妙，妙。　又：志渊明之所志，可谓惟豪杰能识豪杰者。　又：胸次磊落，雅慕渊明，后《归去来辞》，只此一调。

（托名）杨慎《评点草堂诗馀》：《醉翁亭》、赤壁前后赋，当时俱括为词，俱淡泊无味，独此东坡归去词特胜，不特其音律之谐也。

《新刻注释草堂诗馀评林》卷三：坡老心慕渊明，此词故为之隐括，所谓惟豪杰而后识豪杰也，胸中磊落如此，二公盖有无入不自得者，旷世所稀见也。

沈际飞《草堂诗馀·正集》："谁不遣君归"，棒喝。　又：隐括浑似东坡特作者。　又：诗变而为骚，骚变而为词，皆可歌也。渊明以赋为词，故东坡云然。○《后山诗话》谓东坡以诗为词，如教坊雷大使之舞，极天人之工，要非本色。不知东坡自云平生不善唱曲，间有不入腔处，非尽如此也。见此，则东坡又善唱矣，后山何此况之下也？

渔父

鹧鸪天

黄鲁直

西塞山边白鹭飞。桃花流水鳜鱼肥。张志和《渔歌子》云：西塞山前白鹭飞，桃花流水鳜鱼肥。清箬笠，绿蓑衣。斜风细雨不须归。志和居江湖，自号玄真子。朝廷尚觅玄真子，何处如今更有诗。

○青箬笠，绿蓑衣，斜风细雨不须归。见上注。人间欲避风波险，一日风波十二时。

山谷自序云：李如篪云玄真子《渔父词》以《鹧鸪天》歌之，极入律，但少数句。因以玄真子遗事足之。宪宗昼像访之江湖不得，因令集其歌诗上之。玄真兄松龄惧其放浪而不返，和其《渔父》云："乐在风波钓是闲，草堂松桂已胜攀。太湖水，洞庭山，狂风浪起且须还。"此余续成之意。

【集评】

张綖《草堂诗馀别录》：此东坡词，误作鲁直。试观此词，足知唐宋诗人之别，"西塞山前白鹭飞，桃花流水鳜鱼肥。青箬笠，绿蓑衣，斜风细雨不须归。"此张玄真原词，自是一家语。"朝廷尚觅玄真子，何处如今更有诗""人间欲避风波险，一日风波十二时"，此东坡增之为调，又自是一家语。盖张不着意，苏太着意故也。

《新刻李于鳞先生批评注释草堂诗馀隽》：上寄思鳜鱼之美，下托言风波之险。　又：虑世路风波而思鳜鱼，意自贯彻。　又："江上往来人，尽爱鲈鱼美。只看一叶舟，出没烟涛里。"与此同尽渔家景趣。

（托名）杨慎《评点草堂诗馀》：即以张志和诗妆点几句，便是出蓝。

《重刻类编草堂诗馀评林》：道渔父者无过于此，虽有风云变态之状，亦不能及。

《新刻注释草堂诗馀评林》卷三：范希文赠钓者诗："江上往来人，尽爱鲈鱼美。君看一叶舟，出没烟涛里。"

沈际飞《草堂诗馀·正集》：世上风波不易，江上风波作意，可怜。又：《东坡集》有此词自序云："玄真子词，尝以《浣溪沙》歌之矣。李如篪有以《鹧鸪天》歌之，甚叶音律，但词少声多，因以宪宗访求玄真子文章，及其兄劝归之意足前后数句，未知谁是捉刀人。"

渔家傲 新添

谢无逸

秋水无痕清见底。杜：秋水清无底。蓼花汀上西风起。古诗：翛翛风动蓼花汀。一叶小舟烟雾里。韩文公诗：共泛潇潇一叶舟。兰棹舣，柳条带雨穿双鲤。　　○自叹直钩无处使。笛声吹散云山翠，鲙落霜刀红缕细，新酒美。醉来独枕蓑衣睡。吕洞宾诗：不脱蓑衣卧月明。

【集评】

《新刻李于鳞先生批评注释草堂诗馀隽》：上秋水泛舟，是烟波中钓叟。下新酒卧蓑，是江湖里散人。　又：观其"柳条带雨""直钩自叹"，志岂在鱼哉！　又：不独陆龟蒙、张志和当合为一人，即姜子牙之钓璜、严子陵之桐庐，殊天之辙。

（托名）杨慎《评点草堂诗馀》：渔家乐，形容曲尽。

《新刻注释草堂诗馀评林》卷五：古之藉渔而隐，如吕尚、严陵而下，陆龟蒙为江湖散人，张志和号烟波钓叟，皆得其乐者。

沈际飞《草堂诗馀·正集》：柳条穿鲤，霜刀落绘，冷中取热，渔父不落寞也。　又：古之渔隐大约感时愤事，胸中有大不得已焉者，岂在鱼哉？自叹直钩，老渔知心。

佳人

满庭芳

苏东坡

香靋雕盘，寒生冰箸，《开元遗事》：冬日雪霁，皆为冰，妃子取玩，帝问之，妃子曰：所玩冰箸也。画堂别是风光。主人情重，杜：主人情烂熳。开宴出红妆。腻玉圆搓素颈，《洛神赋》：延颈秀项，皓质呈露。柳耆卿词亦使此全句。藕丝嫩、新织仙裳。双歌罢，虚阑转月，余韵尚悠扬。　　○人间，何处有，司空见惯，应谓寻常。

坐中有狂客,恼乱愁肠。唐杜鸿渐司空镇洛时,刘禹锡为苏州刺史,过洛,杜出二妓为宴。酒酣,命妓进诗于刘。刘甚醉,就寝,中夜酒醒,见二妇人侍侧,惊问其故。对以席上作诗,司空因命侍寝。令诵其诗,曰:高髻云鬟宫样妆,秋风一曲杜韦娘。司空见惯浑闲事,恼断苏州刺史肠。报道金钗坠也,十指露、春笋纤长。张祜客淮南幕中,赴宴,时杜紫微为支使,南座有属良之意。索骰子赌酒,杜紫微吟曰:骰子逡巡里手拈,无因得见玉纤纤。祜应曰:但知报道金钗落,彷佛还因露指尖。亲曾见、全胜宋玉,想象赋高唐。楚襄王梦与巫山神女接目,以告宋玉,玉因为《高唐赋》。

《玉林词选》云:柳耆卿有《昼夜乐》词云:"秀香家住桃花径。算神仙、才堪并。层波细剪明眸,腻玉圆搓素颈,爱把歌喉当筵逞。遇天边、乱云愁凝。言语似娇莺,一声声堪听。　洞房饮散帘帏静。拥香衾、欢心称。金炉射鹿青烟,凤帐烛摇红影。无限狂心乘酒兴。这欢娱、渐入佳境。犹自怨邻鸡,道秋宵不永。"盖为赠妓作也。此词丽以淫,不当入选,东坡尝引用其语,故并此词录之。

【集评】

张綖《草堂诗馀别录》:有点删。乘兴率意之作,若无思致,不录可也。

《新刻李于鳞先生批评注释草堂诗馀隽》:上模其舞有馀思,下谴其坠钗又有深爱。　又:以美人侑觞,有平原雅况。　又:坠钗作乐,何曾减淳于生高怀。　又:种种风流情绪,且织成一篇词曲,字字句句见之,真如佳人歌舞于目中。

《重刻类编草堂诗馀评林》:种种风流情绪,且以当时诸公绮语织成一篇词曲,字字句句见之,真于佳人歌舞于目中。　又:杜韦娘是曲。(愁肠注,似未完)

《新刻注释草堂诗馀评林》卷四:种种风流情绪,且以当时诸公绮语织成一篇词曲,字字句句见之,真如佳人歌舞于目中。

沈际飞《草堂诗馀·正集》:以名公绮语织成,风华酣至。○窃疑通篇词气现成，"腻玉圆搓"一句独入做作，及观柳词有此。玉林谓东坡用之，则苏、柳固不可相为也。○古字"檐"作"檐"，又作"榍"，相如赋："步榍周流，长途中宿。"苏盖用其字。

意难忘

周美成

衣染莺黄。温庭筠《舞衣》诗云：偷得莺簧①锁金缕。爱停歌驻拍，劝酒持觞。低鬟蝉影动，元稹②《会真诗》：低鬟蝉影动，回步玉尘蒙。私语口脂香。方干《美人》诗：些些私语恐人知。杜诗：口脂面药随恩泽。檐露滴，竹风凉。拚剧饮淋浪。王令诗：好使渴来能剧饮。舒亶诗：空得淋浪酒满衣。夜渐深、笼灯就月，子细端相。端相，犹正视也。　　○知音见说无双。解移宫换羽，未怕周郎。《吴志》：周郎少精意于音乐，虽三爵之后，其有阙误，瑜必知之，必顾。故时人语曰：曲有误，周郎顾。长颦知有恨，贪要不成妆。些子事，恼人肠。试说与何妨。又怨伊、寻消问息，瘦减容光。崔氏诗：自从消瘦减容光。

【校】

①莺簧，原作"莺黄"，据明曾益《温飞卿诗集笺注》卷一《舞衣曲》诗改。校者按：莺簧，乐器也。

②元稹，原作"杜牧续张"，不知所云，据《元氏长庆集补遗》卷六《莺莺传》改。

【集评】

《新刻李于鳞先生批评注释草堂诗馀隽》：上是深夜对月之怀，下是愁肠恼人之态。　又：恍是月移花影上栏杆。　又：不是知音孰与弹？　又：形容佳人态度风情，极其工巧。　又：且曲中律，词令上品。

（托名）杨慎《评点草堂诗馀》：媚艳。（"私语"句）　又：孙夫人词"别离情绪,待归来,都怕告伤郎。又还休道。"即用此意,何等爱惜,何等深婉体贴。

《重刻类编草堂诗馀评林》:"口脂香",见佳人体态如在。　又:此一段(指下片)题佳人,形容态度风情极其工。

《新刻注释草堂诗馀评林》卷四:此乃形容佳人态度风情,极其工巧,且曲中音律,词令上品也。

沈际飞《草堂诗馀·正集》:绝世丰韵。　又:恩爱了一回,瞻瞩一回,生情实是这样。○"贪耍不成妆",娇痴触目。○即孙夫人"归来都告怕伤郎,又还休道"意思,何等体惜!何等机权!○钟氏曰:"写情叙事,实开元曲滥觞。"

忆秦娥　佳人[①]

香馥馥。《文选》苏(武)诗:馥馥我兰房。樽前有个人如玉。《诗》:野有死麕,有女如玉。《白驹》:其人如玉。人如玉。翠翘金凤,内家妆束。《长恨歌》:翠翘金雀玉搔头。娇羞爱把眉儿蹙。李白诗:娇歌半欲羞。逢人只唱相思曲。相思曲。一声声是,怨红愁绿。

【校】

①二字据杨金本补。

【集评】

《新刻李于鳞先生批评注释草堂诗馀隽》:一段见词新而意婉,非有所思,而胡为乃尔。　又:有人如玉,安得不起相思耶?　又:此词直写衷曲,种种俱是相思调,诵之神酣。

(托名)杨慎《评点草堂诗馀》:怨之极,举目皆是。

《重刻类编草堂诗馀评林》:前段喻佳人之美,极其达丽;后段喻佳人之态,极其婉状。

《新刻注释草堂诗馀评林》卷四：词意新婉，有所思而云然者。

沈际飞《草堂诗馀·正集》：节次妙。　又："颦眉为婿羞"，趣别。又："怨红愁绿""卧红堆绿"，皆警。

柳梢青

有个人人。海棠标韵，见杨妃海棠睡未足事注。飞燕轻盈。《前》：成帝赵飞燕体轻，能为掌上之舞。酒晕潮红，羞娥凝绿，一笑生春。《长恨歌》：回头一笑百媚生。　○为伊无限熏心。更说甚巫山楚云。见高唐云雨事注。斗帐香销，纱窗月冷，着意温存。

【集评】

《新刻李于鳞先生批评注释草堂诗馀隽》：上有如花倾国之美貌，下有窃玉偷香之深情。　又：借嫔妃妖娇色倾人。　又：香消月冷，终是高唐说。　又：以解语之花神注巫山，自是一字千金。

《重刻类编草堂诗馀评林》：以海棠喻佳人，借杨贵妃事。　又：此处足见妙巧。（为伊无限伤心，更说甚巫山楚云）

《新刻注释草堂诗馀评林》卷四：以海棠喻佳人，借杨妃事。　又："斗帐"三句尤新奇。

沈际飞《草堂诗馀·正集》：已得其貌。

小冲山 佳人[①]

宋丰之

花样妖娆柳样柔。眼波流不断，满眶秋。眼波见前注。窥人佯整玉搔头。娇无力，舞罢却成羞。《长恨歌》：侍儿扶起娇无力。　　　○无计与迟留。薛能《惜春》诗：无计延春日，何能留少年。满怀禁不得，许多愁。一溪春水送行舟。无情月，偏照水东楼。《选·七哀诗》：明月照高楼。

【校】

①题目据杨金本补。

【集评】

《新刻李于鳞先生批评注释草堂诗馀隽》：上写其一段娇羞之态，下描其千般思念之情。　又：窥人情绪，却被道破。　又：月非无情，人有不能为情。　又：风情雅致，曲尽佳人之态，末寓留恋意，犹妙。

（托名）杨慎《评点草堂诗馀》：描写欲尽。　又：思怨之极，翻觉月照东楼为无情矣。

《重刻类编草堂诗馀评林》：此词风情雅致，曲尽佳人之态，末寓留恋意，尤为妙绝。

《新刻注释草堂诗馀评林》卷三：此词风情雅致，曲尽佳人之态，末写留恋意，尤妙。

沈际飞《草堂诗馀·正集》：窥人若此，何其多情，东楼月果无情矣。

玉女摇仙佩 _{新添}

柳耆卿

　　飞琼伴侣，偶别珠宫，未返神仙行缀。《汉武帝内传》：西王母呼武帝共坐，许飞琼鼓《云和》之簧。唐许浑尝梦登山，有宫室陵云。既入，见数人方饮酒，招之，至暮不罢。赋诗曰：晓入瑶台露气清，座中惟有许飞琼。尘心未尽俗缘在，十里下山空月明。他日，复梦至其处，飞琼曰：子何故显予姓名人间乎？座上即改曰：天风吹下步虚声。飞琼曰：善也①。《秘要经》：仙宫中有蕊宫之阙。取次梳妆，寻常言语，有得几多姝丽。

拟把名花比。恐傍人笑我，谈何容易。细思算、奇葩艳卉，惟是深红浅白而已。争如这多情，占得人间，千娇百媚。

○须信画堂绣阁，皓月清风，忍把光阴轻弃。自古及今，佳人才子，少得当年双美。《左传》曰：贾大夫恶，娶妻美，其妻三年不言不笑。唐刺史书说有女美，择其宜归，告妻曰：常求佳婿，今得之矣。明日，帓②其族使观之。其婿装宽衣碧衣，瘠而长。既入③，族人皆笑呼碧鹳雀。此夫恶而妇美者也。《襄阳记》：诸葛孔明尝择妇而娶阿承丑女。俚谚曰：莫作孔明娶妇，正得阿承丑女。登徒子之妻蓬头挛耳，缺唇历齿，傍行踽偻，又疥且痔。登徒子悦之，生五子。此夫美而妇恶者也。自古及今少双美，似此之类。且任相偎倚。未消得、怜我多才多艺。愿妳妳、兰心蕙性，枕前言下，表余深意。为盟誓。《曲礼》：约信曰誓，涖牲曰盟。今生断不孤鸳被。古诗云：客从远方来，遗我一端绮。文彩双鸳鸯，裁为合欢被。

【校】

①善也，原作"善伴合也"，据《类说》卷五十一"许飞琼"条改。

②帓，原作"请"，据《新唐书》卷一百三十《裴宽传》改。

③既入，原作"无入"，诸本同，今据《新唐书》卷一百三十《裴宽传》改。

【集评】

杨慎《词品》：东坡云："人皆言柳耆卿词俗，如'霜风凄紧，关河冷落，残照当楼'，唐人佳处不过如此。"按其全篇云："对潇潇暮雨洒江天，一番洗清秋。渐霜风凄紧，关河冷落，残照当楼。是处红衰绿减，冉冉物华休。惟有长江水，无语东流。 不忍登高临远，望故乡渺渺，归思悠悠。叹年来踪迹，何事苦淹留。想佳人、妆楼凝望，误几回、天际识归舟。争知我、倚阑处，正恁凝眸。"盖《八声甘州》也。《草堂诗馀》不选此，而选其如"愿妳妳、兰心蕙性"之鄙俗，及"以文会友""寡信轻诺"之酸文，不知何见也？

《新刻李于鳞先生批评注释草堂诗馀隽》：前段以仙姬喻佳人，见天香国色之难睹，后段以古人方才子，见男才女貌之相宜。 又：以名花喻名女，一笑倾城而无情，亦是动人矣。　　又：郎才女貌从来难见，非作合自天，安得同心之语？咏佳丽都冶，恍似解语之花，况得仙郎，才堪倚马，两相配合，允宜结，矢心无日，金石不逾，然非缘定自天，人间安得有此？

（托名）杨慎《评点草堂诗馀》：问郎花好奴颜好？郎道不如花窈窕。将花揉碎掷郎前，请郎今夜伴花眠。

《重刻类编草堂诗馀评林》：喻佳人更比于仙女，又托名花，言佳人无异于仙女，过于比喻，且佳止以颜色为佳，未及心事，何如？

《新刻注释草堂诗馀评林》卷六：前段以仙姬喻佳人，见天香国色之难觏。次段以古人方才子，见男才女貌之相宜。　　又：此言人间夫妇作合自天，信非偶尔。

沈际飞《草堂诗馀·正集》："檀郎故相恼，只道花枝好"，宜乎发嗔。○候中退出般，不费些子力。　　又：俗。（愿妳妳、兰心蕙性）祝告天发愿，永无抛弃，何味，何味，今又来。

妓女

水龙吟 赠妓

秦少游

小楼连苑横空，下窥绣毂雕鞍骤。李白诗：花月①醉雕鞍。疏帘半卷，苏易简诗：虾须半卷天香散。单衣初试，《词话》：佳人初试薄罗衣。清明时候。破暖轻风，弄晴微雨，欲无还有。卖花声过尽，垂柳院落，红成阵，飞鸳鸯。　　○玉佩丁东别后，怅佳期、参差难又。名缰利锁，天还知道，和天也瘦。花下重门，李：花下一壶酒。柳边深巷，杜：归院柳边迷。不堪回首。念多情，但有当时皓月，照人依旧。

《高斋诗话》：秦少游在蔡州，与营妓娄婉字东玉者甚密。赠之词云"小楼连苑横空",又曰"玉佩丁东别后"是也。又赠妓陶心儿词《南歌子》云："玉漏迢迢尽,银河淡淡横。梦回宿酒未全醒。已被邻鸡催起,怕天明。　臂上妆犹在,襟间泪尚盈。水边灯火渐人行。天外一钩残月,带三星。"末句谓"心"字也。

【校】

①花月,原作"花下",据《李太白集校注》卷四《幽州胡马客歌》诗改。

【集评】

张綖《草堂诗馀别录》:有点删。此淮海赠妓娄东海之作,亦率易,无甚思致。惟"天还知道,和天也瘦"二句警异,亦自"天若有情天亦老"来。尝闻有人诵此二句于程政叔前,政叔正色云:"天岂可亵?"夫词人虽不可以律以绳墨,而天不可亵,实正论也。若长吉感慨兴废,固自不妨。

《新刻李于鳞先生批评注释草堂诗馀隽》:上段是清明气候,下段是怀人情思。　又:轻风微雨,写出暮春景色,有见目而不见人之憾,问天无不知。　又:按景缀情,最有解味,谓笔能开花,信然,信然。

(托名)杨慎《评点草堂诗馀》:首句一换头一句,俱隐妓女名"楼东玉"三字,甚巧。　又:情极之语,纤软特甚。

《重刻类编草堂诗馀评林》:赠妓之词,形容殆尽。　又:以景物铺叙,自然生意。

《新刻注释草堂诗馀评林》卷三:少游才捷,人谓其为顷刻开花,如此词按景铺叙,亦婉曲有畲味也。

沈际飞《草堂诗馀·正集》:第九句九字,"院落"二字相连,谱以"落红"二字相连,认作八字,词选作"院宇",更无义。〇天地也瘦起来,安得生致少游自扶其心? 杨用修曰:"前段歇拍句云:'红成阵,飞鸳鸯。'换头落句以词调拍眼论,'但有当时'一拍,'皓月照'一拍,'人依旧'一拍为是,太拘拘。"

黄训《黄潭先生读书一得》卷二《读草堂诗馀》:秦淮海,诗人也,撰《水龙吟》,有"天还知道,和天也瘦"句,变李贺"天若有情天亦老"者也。其辞淫,其情伤,殆亦诗人常态。伊川问之,正色曰:"上穹尊严,安得易而侮之?"秦面发赤。予谓伊川此语正则正矣,诗不云乎:"胡然而天也,胡然而帝也。"天也,帝也,比宣姜淫妇人,侮亦甚矣。诗不忌也,伊川不喜其句,不问可也,问而耻之,令人面赤,不已甚乎?左祖苏党之攻,有由来矣,此伊川不及明道处也。

玉楼春 妓馆

欧阳永叔

妖冶风情天与措。清瘦肌肤冰雪妒。《庄子》:肌肤若冰雪。百年心事一宵同,愁听鸡声窗外度。《幽冥录》:宋处宗窗下有长鸣鸡。　○信阻青禽云雨暮。汉武帝祭西王母,王母欲下,先遣青鸟衔书来。海月空惊人两处。强将离恨倚江楼,江水不能流恨去。

按:司马槱有赠妓一词,名《蝶恋花》云:"妾本钱塘江上住。花落花开,不管流年度。燕子衔将春色去,纱窗几阵黄梅雨。　斜插犀梳云半吐。檀板轻敲,唱彻《黄金缕》。望断行云无觅处,梦回明月在南浦。"又毛泽民有赠钱塘妓《惜分飞》词云:"泪湿阑干花着露,愁到眉峰碧聚。此恨平分取,更无言语空相觑。　断雨残云无意绪,寂寞朝朝暮暮。今夜山深处。断魂分付。潮回去。"大为东坡称赏,泽民由此得名。此二词,话语皆祖六一翁词意。

【集评】

《新刻李于鳞先生批评注释草堂诗馀隽》:上叙欢娱因鸡声唤散,下叙懊恨与流水俱长。　又:鸡鸣则情不能久留,故用一"愁"字。别后恨自此生来。　又:滩声妒合,流水寄恨,殊是翠馆红楼中迷花恋酒之态。

(托名)杨慎《评点草堂诗馀》:白乐天词云:"门前冷落鞍马稀,老大嫁作商人妇。"此是翻案。

《重刻类编草堂诗馀评林》:愁听鸡声,天则明矣,虽有迷花恋酒之情,不能久留,故用一"愁"字。

《新刻注释草堂诗馀评林》卷三:鸡即鸣,则东方白矣,虽有迷花恋酒之情,不能久留,故用一"愁"字,最巧。　又:按司马櫄有赠妓一词,名《蝶恋花》云:"妾本钱塘江上住。花落花开,不管流年度。燕子街将春色去,纱窗几阵黄昏雨。　斜插犀梳云半吐,檀板轻敲,唱彻黄金缕。望断行云无觅处,梦回明月生南浦。"　又:毛泽民有词赠钱塘江妓女,名《惜分飞》:"泪湿阑干花着露。愁到眉峰碧聚。此恨平分取。更无言语。空相觑。断雨残云无意绪。寂寞朝朝暮暮。今夜山深处。断魂分付。潮回去。"大为东坡称赏,泽民由此得名。此二词结语皆祖六一翁词意。

沈际飞《草堂诗馀·正集》:"不能流恨"想从天落,子瞻"流不到楚江东"、少游"为谁流下潇湘去",识见略同。

南乡子 题南剑妓馆　新添

潘庭坚

我怕倚阑干。阁下溪声阁外山。惟有旧时山共水,依然。暮雨朝云去不还。暮雨朝云,见《高唐赋》云云。　○应是蹴飞鸾。月下时时整佩环。月又渐低霜又下,赵天乐诗:禽翻竹叶霜初下,人立梅花月正高。更阑。折得梅花独自看。

【集评】

杨慎《词品》:潘昉,字庭坚,号紫岩,乙未何□榜及第第三人。美姿容,时有谚云:"状元真何郎,榜眼真郭郎,探花真潘郎也。"庭坚以气节闻于时,词止《南乡子》一首,《草堂》所选是也,首句"生怕倚阑干",今本"生"误作"我"。

沈际飞《草堂诗馀·正集》:"阁下溪声阁外山"句便止,已宛挚,况复足山水一句。　又:凄切。

人事上
宫词

临江仙 <small>新增</small>

鹿虔扆

金锁重门荒苑静,绮窗愁对秋空。翠华一去寂无踪。《长恨歌》:翠华摇摇行①复止,西出都门百余里。玉楼歌吹,声断已随风。同上:玉楼宴罢醉如春。　　〇烟月不知人事改,夜阑还照深宫。藕花相向野塘中。暗伤亡国,清露泣香红。

按:周美成《西河词》②云:"燕子不知何世。向③寻常,巷陌人家,相对如说兴亡,斜阳里。"亦是就"烟月不知人事改"句变化出来。

【校】
①行,原作"时",据《白氏长庆集》卷十二《长恨歌》改。
②西河词,原作"西词",据《详注周美成词片玉集》改。
③向,今通行本作"人"。

【集评】
张綖《草堂诗馀别录》:此词写感慨之意于蕴藉之词,谓之古作而意调谐和,谓之今词而语意高古,愈味愈佳,允为词式。

《新刻李于鳞先生批评注释草堂诗馀隽》:上宫中寂甚,只闻歌声入耳;下堂前改屡,因见露气伤心。　又:因重门深锁,顿起故人之悲,何等伤怀。又:不作宫中富丽景,只在亡国上伤情,最好,语在"烟月不知"并"泣香红"数言。

(托名)杨慎《评点草堂诗馀》:故宫黍离之思,令人黯然。此词比李后主《浪淘沙》词更胜。

《重刻类编草堂诗馀评林》:作宫词,俱用富丽之句,此词亦平淡,生发不来,妙在暗伤亡国处,情词两见。

　　沈际飞《草堂诗馀·正集》:周美成:"燕子不知何世。向寻常,巷陌人家,相对如说兴亡、斜阳里。"就"烟月不知"句变化出来。○结到藕花泣雾,伤感复伤感。

宫春

小重山 <small>新增</small>

和凝

　　春入神京万木芳。禁林莺语滑,蝶飞忙。晓桃凝露妒啼妆。红日永,风和百花香。　　　○烟锁柳丝长。御沟澄碧水,转池塘。<small>《选·诗》:垂杨荫御沟。</small>时时微雨洗风光。天衢远,<small>杜诗:献可天衢直。</small>到处引笙簧。

　　愚按:和凝为石晋宰相,有《喜迁莺》一词云:"晓月坠,宿云披,银烛锦屏帷。建章钟动玉缰低,宫漏出花迟。　　春态浅,来双燕,红日新长一线。丽妆欲罢转黄鹂,飞上万年枝。"此词与《小重山》词语意相类。至于《薄命女》一词云:"天欲晓,宫漏穿花声缭绕,窗里星光少。冷露寒侵帐额,残月光沉树杪。梦断锦帷空悄悄,强起愁眉小。"此词颇尽宫中幽怨之意。并附于此。

【集评】

　　《新刻李于鳞先生批评注释草堂诗馀隽》:上叙花香小语芳晨,下叙对雨闭门幽怨。　　又:花正香时,却恨激雨洗去,造物迨妒人哉!　　又:词只五十馀字,而宫闺之怨尽涵其中,大家作手也。

　　(托名)杨慎《评点草堂诗馀》:藻丽,有富贵气。

　　《重刻类编草堂诗馀评林》:此词破尽宫中忧怨之意,且妒啼妆,天衢远上见之。

323

《新刻注释草堂诗馀评林》卷四：词只五十馀字，而宫闱之怨尽涵其中，大家作手也。

沈际飞《草堂诗馀·正集》：凝为石晋宰相，词载《花间》者多。《花间》以小语致巧，全首观之，或伤促碎，此正不免。

小重山 宫词①

韦庄

一闭昭阳春又春。昭阳，宫殿名。夜寒宫漏永，梦君恩。卧思陈事暗销魂。罗衣湿，流血旧啼痕。李：珠泪湿罗衣。杜：啼垂②旧血痕。　　〇歌吹隔重闉。绕庭芳草绿，《选》刘安《招隐士》：芳草生兮萋萋。倚长门。李诗：月光欲到长门殿，别作深宫一段愁。万般惆怅向谁论。颙情立，宫殿欲黄昏。潘阆《宫词》：经年不见君王面，花落黄昏空掩门。

【校】

①题目据杨金本补。

②垂，原作"血"，据杜甫《得舍弟消息二首》诗改。

【集评】

张綖《草堂诗馀别录》：词以写情，情之所注，尤在初昏时，故词家多言黄昏。今人称诵赵德麟"断送一生憔悴，只消几个黄昏"，此直粗豪子语耳，岂有馀味？若"安排断肠到黄昏"，虽无馀味而有趣，不如秦淮海"时节欲黄昏，无聊独倚门"，语不迫而意至。王晋卿"海棠开后，燕子来时，黄昏庭院"，不说"憔悴""肠断""无聊"等语，而意自含蓄，尤胜韦端己。此词结句"凝情立，宫殿欲黄昏"，则又意淡而味渊永矣。　　又：陆务观尝怪晚唐诸人之诗纤丽委□，千篇一律，而其词独精工高雅，非后人所及，以为此事之不可解者。然其故可知也，盖唐人最长于咏情诗，则末流而失其真，词乃初变而存其义,此所非后人所及欤?

《新刻李于鳞先生批评注释草堂诗馀隽》:上是梦见□心情,下是空望夜意绪。　　又:卧思暗销魂,刺心语。　　又:"玉颜不及寒鸦色,犹带昭阳日影来",所谓怨而不怒,最为得体者。　　又:惆怅向谁论? 最堪怜。

(托名)杨慎《评点草堂诗馀》:此词可谓善于翻案。　　又:一作"新揾旧啼痕。"(红袂有啼痕)

《重刻类编草堂诗馀评林》:"夜寒宫漏永""卧思陈事暗销魂"之句,已见夜深矣,末云"宫殿欲黄昏",又见未晚,与前相反。

《新刻注释草堂诗馀评林》卷三:宫词有云:"玉颜不及寒鸦色,犹带昭阳日影来。"所谓怨而不怒,最为得体者。

沈际飞《草堂诗馀·正集》:章法同赵德仁,而宫闱稍异。　　又:"红袂有啼痕"与"罗衣湿"句,又秦词"新啼痕间旧啼痕"亦始诸此。

玉楼春 宫词①

李后主

晚妆初了明肌雪,春殿嫔娥鱼贯列。《易·剥卦》六五:贯鱼以宫人宠。笙箫吹断水云闲,重按霓裳歌遍彻。见月类注。
○临春谁更飘香屑,杜诗:香飘合殿春风转。醉拍阑干情未切。归时休照烛花红,杜诗:夜久烛花偏②。待放马蹄清夜月。

【校】

①二字据杨金本补。

②夜久烛花偏,原作"坐久烛花红",据《杜诗镜铨》卷十九《夏夜李尚书筵送宇文石首赴县联句》诗改。

【集评】

《新刻李于鳞先生批评注释草堂诗馀隽》:上叙凤辇出游之景,下叙銮與归肃之仪。　又：霓裳歌彻，明皇游宫曲。　又：清明月，有不轻游幸之意。　又：此驾幸之词，与宫人自叙不同。况主上行乐处，可不识体！

（托名）杨慎《评点草堂诗馀》：何等富丽侈纵，观此，那得不失江山？其《浪淘沙》怀旧一词，又极凄楚，宜其有此也。

《新刻注释草堂诗馀评林》卷三：人主叙宫中之乐事，自是亲切，不与他词同。

沈际飞《草堂诗馀·正集》：此驾幸词，不同于宫人自叙。○侈纵已极，那得不失江山。《浪淘沙》词，即极凄楚，何足赎也。　又："莫教踏碎琼瑶""待蹄清夜月"，总是爱月，可谓生瑜生亮矣。

闺情

解连环

怨怀难托。嗟情人断绝，信音辽邈。意妙手、能解连环，《战国策》：始皇遗齐君王后玉连环，曰：齐多智也，解此环否。以示群臣，不知解。君王后引椎破之，谢秦使曰：谨以解矣。似风散雨收，雾轻云薄。燕子楼空，暗尘锁、一床弦索。唐张建封节制武宁，好贤乐善。盼盼乃徐府奇色，公纳之燕子楼，三日乐不息。公薨，盼盼感激深恩，誓不他适。杜甫：暗尘生古镜。元稹诗：夜半月高弦索鸣。想移根换叶，尽是旧时，手种红药。　　○汀洲渐生杜若。谢朓诗：芳洲采杜若。注：杜若，香草名。料舟移岸曲，人在天角。东坡诗：故人各在天一角。记得当日音书，把闲语闲言，尽总烧却。水驿春回，望寄我、江南梅萼。吴陆凯与范晔善，自江南寄梅花诣长安与晔，并赠诗曰：折梅逢驿使，寄与陇头人。江南无所有，聊赠一枝春。拚今生、对酒对花，为伊泪落。

326

【集评】

《新刻李于鳞先生批评注释草堂诗馀隽》：上言燕楼中旧时事，下言书泪落今生人。　又：用张建封盼盼事情，最切最当。　又：结"拚花酒"句，意新词健。　又：形容闺妇衷情，有无限怀古伤今处。至末犹见词语壮丽，体度艳冶。

《重刻类编草堂诗馀评林》：燕子楼建自张建封，以妾盼盼居之。　又：以寄梅而发闺思，极有意味。

《新刻注释草堂诗馀评林》卷四：怀古伤今，言言雅练，若周君，可谓善形容闺中之情者。　又：燕子楼乃张所建。　又：末段词语健丽新奇。

沈际飞《草堂诗馀·正集》：新响。　又：近日街头歌市所云："闲话儿丢开也，照旧来走走。"○闲言语到味不烧，却又非情矣。　又：惨痛。

菩萨蛮 感怀①

李太白

平林漠漠烟如织，寒山一带伤心碧。暝色入高楼，有人楼上愁。杜诗：暝色延山径。　　○栏干②空伫立，宿鸟归飞急。何处是回③程？长亭更短亭。《白氏六帖》：五里一短亭，十里一长亭。

玉林云：太白此词，允为百代词曲之祖。

【校】
①两字据杨金本补。
②栏干，今通行本作"玉阶"。
③回，今通行本作"归"。

【集评】
《新刻李于鳞先生批评注释草堂诗馀隽》：上想高楼伤心如烟织，下计归程伫望似鸟飞。　又：寒心伤心，长亭短亭，巧若调簧。　又：写出少妇新愁，有"悔教夫婿觅封候"意。

（托名）杨慎《评点草堂诗馀》：太白清平调为世所传，此较胜之。

沈际飞《草堂诗馀·正集》："云如髻"可方"烟如织"。　又：古词妙处只是天然无雕饰。

《重刻类编草堂诗馀评林》：此乃词曲之祖。

《新刻注释草堂诗馀评林》卷六：《白氏六帖》："十里一长亭，五一短亭。"

胡应麟《少室山房笔丛》卷四十一"庄岳委谈下"："菩萨蛮"之名，当起于晚唐世。按《杜阳杂编》云："大中初，女蛮国贡双龙犀明霞锦，其国人危鬓（当作"髻"）金冠，璎珞被体，故谓之'菩萨蛮'。当时倡优遂制《菩萨蛮》曲，文士亦往往效其词。"《南部新书》亦载此事，则太白之世，唐尚未有斯题，何得预制其曲耶？又《北梦琐言》云："宣宗爱唱《菩萨蛮》词，令狐相国假温飞卿新撰密进之，戒以勿泄，而遽言于人，由是疏之。"案：大中即宣宗年号，此词新播，故人君喜歌之。余屡疑近飞卿，至是释然，自信具只眼也。即《草堂》称太白词。

陆云龙《叙》：《菩萨蛮》为《乌啼》《子夜》之变，盖青莲以绝代轶材，裂羁鞿，另辟词家一径，大都以精新绮丽为宗，故相沿英妙，淮海、眉山、周洞霄、康大晟，其品虽不得埒，以词论，不得劣也。至我明，郁离具王佐才，厕身帷幄，宜同稼轩，时露英雄本色，乃似柔其骨、丽其声、藻其思，务见菁华之色，则所尚可知已。其后名贤辈出，人巧欲尽，悉为奇险之句、幽窈之字，实缘径穷路绝，不得不另开一堂奥。试取《花间》《草堂》并咀之。《草堂》自更新绮者，特其中有欲求新而得误，似为吴歈作祖，予不敢不严剔之。诚以险有菁，俳不可为菁耳。具眼者倘亦不罪我而知我。

南乡子 春情[1]

孙夫人

晓日压重檐，斗帐春寒起未忺。天气困人梳洗懒，眉尖。淡画春山不喜添。韩《南山》诗：天宇浮修眉，浓绿画新就。　○闲把绣丝掯，认得金针又倒拈。陌上游人归也未，《选》：王孙游兮不归。厌厌。《诗》：厌厌夜饮。满院杨花不卷帘。惟其不卷帘，所以杨花满院。

【校】

①两字据杨金本补。

【集评】

《新刻李于鳞先生批评注释草堂诗馀隽》：上叙困人天气最肖，下叙心不在女工，万迫真。　又：懒洗梳装，倒拈金针，神鬼已飞腾了。　又：心有所思，不专女工，词真意切。

（托名）杨慎《评点草堂诗馀》：多情怕逐杨花絮，满院飘飘不卷帘。

《重刻类编草堂诗馀评林》："闲把绣丝掯，认得金针又倒拈"二句，此闺中之思情倦处，正是词家风味。

《新刻注释草堂诗馀评林》卷二：词意高妙，盖颠之倒之，心有所思，而不专于女工也。

沈际飞《草堂诗馀·正集》：欢字非韵。（底本："忺"一作"欢"，误。）又：可谓看朱成碧，形神颠倒矣。闺中往往历之，而谁能写之？

忆秦娥

花深深。杜诗：穿花蛱蝶深深舞①。一钩罗袜行花阴。行花阴。闲将柳带，试结同心。李白诗：横垂宝带同心结。　○耳边消息空沉沉。画眉楼上愁登临。《楚词》：登山临水兮送将归。愁登临。海棠开后，望到如今。

【集评】

杨慎《词品》:《草堂》词"花深深",按《玉林词选》,乃李婴之作。今以为孙夫人,非也。

《新刻李于鳞先生批评注释草堂诗馀隽》:上是折柳以结同心之雅,下是登楼以望归期之殷。　又:叶有同心之好,胡得同心之人?　又:不期其归来。　又:以闺中之语描闺中之情,宛若自出乎闺妇之口。

(托名)杨慎《评点草堂诗馀》:情自脉脉。　又:《玉林词选》云:"李婴之词,今为孙夫人。"

《重刻类编草堂诗馀评林》:重在"海棠开后"二句,最有思致。　又:(引者按:眉端朱笔批)清新。(闲将柳带,试结同心)

《新刻注释草堂诗馀评林》卷四:形容闺中之情最真切。

沈际飞《草堂诗馀·正集》:似后面还有许多意思,景物在,妙,妙。

烛影摇红

乳燕穿帘,谢朓诗:风帘入双燕①。乱莺啼树清明近。柳诗:山城过雨百花尽,榕叶满庭莺乱啼。隔帘时度柳花飞,杜:柳花闲度竹②。犹觉寒成阵。长记眉峰偷隐。脸桃红、难藏酒晕。唐诗:桃花笑脸红。背人微笑,半嚲鸾钗,轻笼蝉鬓。《古今注》:魏文帝宫人莫琼树始制今蝉鬓,望之缥缈如蝉,故号曰蝉鬓。　　　○别久啼多,眼应不似当时俊。满园珠翠逞春娇,没个他风韵。若见宾鸿试问。待相将、彩笺寄恨。杜:高文揶彩笺。几时得见,斗草归来,双鸳微润。

①入双燕,原作"双燕入",据《谢宣城集校注》卷四《和王主簿委哲怨情》诗改。下文周美成《风流子》词首句注释引文,正作"入双燕"。

②此为韩愈《闲游》诗中句子,见《五百家注昌黎文集》卷十,非杜甫诗。

【集评】

《新刻李于鳞先生批评注释草堂诗馀隽》:上是宫中装饰之盛,下是音信莫通为恨。　又:画出佳人娇媚态。　又:欲寄声以速归期,切哉。又:备道出闺中情思,诚红烛高照女中才,不减蔡文姬、谢道韫矣。

(托名)杨慎《评点草堂诗馀》:谓道汉宫人未老。

《重刻类编草堂诗馀评林》:"别久"二句,自有俊丽之趣。

《新刻注释草堂诗馀评林》卷二:孙夫人此词备道出闺中情思,且句句情切,不袭陈语,亦女中才子也。

沈际飞《草堂诗馀·正集》:"寒成阵"较"云成阵"灵些。　又:宋赋"别久"二语轻疑暗惜,随接下句,疑终不胜其作也,妙!妙!

卖花声 新添 春情①

康伯可

黛损远山眉。幽怨谁知。罗衾滴尽泪胭脂。见前集注。夜过春寒愁未起,门外鸦啼。古诗:唤婢打鸦儿,莫教枝上啼。啼时惊妾梦,不得到辽西。　○惆怅阻佳期。人在天涯。东风频动小桃枝。崔护诗:桃花依旧笑东风。正是销魂时候也,撩乱花飞。

按:伯可又有《卖花声》一阕云:"愁捻断钗金。远信沉沉。秦筝调怨不成音。郎马不知何处也,楼外春深。　好梦已难寻。夜夜余衾。目穷千里正伤心。记得当初郎去路,绿树阴阴。"亦是咏闺思,并附见于此。

【校】

①春情,两字据杨金本补。

《新刻李于鳞先生批评注释草堂诗馀隽》：上是夜长而愁亦长，下是花飞而魂亦飞。　又：恍似卓文君题《白头吟》情绪。　又：春寒兮鸟啼兮，花落片飞兮，自是闺中幽思无尽处。

《重刻类编草堂诗馀评林》：卓文君好画远山眉。　又："罗衾滴尽泪胭脂"思致情（当作"精"）巧。"幽怨谁知"与"销魂时候"正见闺情。

《新刻注释草堂诗馀评林》卷二：卓文君好画远山眉，故云春寒逼人。乌啼花落，闺中幽思无限。

沈际飞《草堂诗馀·正集》：厮合凑。　又：一名《卖花声》。三阕旧在《锦堂春》前，今订谱移入。

应天长 新添

康伯可

管弦绣陌，灯火画桥，尘香旧时归路。肠断萧娘，《丽情集》杨生赋崔娘诗：清润潘郎玉不如，中庭蕙草雪消初。风流才子多春思，肠断萧娘一纸书。旧日风帘映朱户。莺能舞，花解语。注见前。念后约、顿成轻负。缓雕鞚、独自归来，凭栏情绪。　　○楚岫在何处。香梦悠悠，花月更谁主。惆怅后期，空有鳞鸿寄纨素。枕前泪，周词：泪珠都作，秋宵枕前雨。窗外雨。唐诗：主人窗外有芭蕉。翠幕冷、夜凉虚度。未应信、此度相思，寸肠千缕。

【集评】

《新刻李于鳞先生批评注释草堂诗馀隽》：上言暮春莺花世界，下言深夜惆怅精神。　又：莺舞花语，韶光入画。　又：问花月谁主，真是相思千缕。　又：写出春光已过，此时此景，实难为情，言之婉切，最肖妇人声口，遂称入彀。

《重刻类编草堂诗馀评林》：花月谁主，言及人情物理变迁。

《新刻注释草堂诗馀评林》卷二：莺花三月，春光已过三之二矣，此时此夜，有难为情者。　又：与之之词，善体贴妇人声吻。

沈际飞《草堂诗馀·正集》：一本前段云："管弦喧绣陌，灯火照尘香。旧肠断，萧娘愁归路。缓雕辔，独自归来情绪。"未全文。　又：僮无败句。○还是惯家。

江城梅花引 新增

娟娟霜月冷侵门。怕黄昏。又黄昏。手捻一枝，独自对芳樽。酒又不禁花又恼，漏声远，一更更，总断魂。　　○断魂。断魂。不堪闻。被半温。香半薰。周词：宝香熏被成孤宿。睡也睡也，睡不稳，谁与温存。惟有床前，银烛照啼痕。一夜为花憔悴损。人瘦也，比梅花、瘦几分。

【集评】

《新刻李于鳞先生批评注释草堂诗馀隽》：上怕黄昏，强对芳樽。下睡不稳，瘦却几分。　又：看将"断魂"字承接，描出闺情，如怨如慕。　又：句句是闺中情，惟"断魂"与"睡不稳"句，见情伤极矣。为花憔悴，是自喻之辞。

（托名）杨慎《评点草堂诗馀》：语语凄婉，字字娇艳。　又：所谓可怜人度可怜宵。（"怕黄昏"句）　又：此数语俗。（"断魂"句）。

《重刻类编草堂诗馀评林》：句句是闺中之情，惟"断魂"与"睡不稳"句，见情伤极矣。为花憔悴，是自喻之词。

沈际飞《草堂诗馀·正集》："黄昏"二字，一篇主脑。两"半"字，凄惋不胜。○两个"睡"字，深于欲睡不睡之说。　又：人瘦花瘦，漫费商量，试命清喉霜夜歌之，不自知其涕之何从已。

风情

念奴娇

朱希真

别离情绪，李白诗：应见别离情。奈一番好景，一番愁戚。燕语莺啼人乍远，还是他乡寒食。桃李无言，见前注。不堪攀折，李白诗：谁云敢攀折，总是风流客。东君也自，怪人冷淡踪迹。

○花艳草草春工，酒随花意薄，疏狂何益。除却清风并皓月，脉脉此情谁识。杜牧诗：脉脉无言度几春。料得文君，重帘不卷，只等闲消息。杜：去住彼此无消息。不如归去，受他真个怜惜。

【集评】

《新刻李于鳞先生批评注释草堂诗馀隽》：上有伤景伤情之叹，下有自炫自媒之情。 又：别后风流，对谁为谁？ 又：谁识文君意，岂泛相如心。又：触景伤情，虽是妇人本来事，但至有狂奔之念，则中篝之不可扬也。

《重刻类编草堂诗馀评林》：似文君一段风情，犹可为耻。

《新刻注释草堂诗馀评林》卷三：见景伤怀，亦闺妇本然事。 又：以文君夜奔风情言之，丑也。

沈际飞《草堂诗馀·正集》：不怜惜，则为妒为悍；假怜惜，又为娼家圈套矣。难言哉！难言哉！厮守追欢，牵系隔别，万种殷勤，一番爱护，真亦偶遇，不容寻也。大放生，以不得真心为大幸，抑情之语，忍信之乎？

风流子

周美成

新绿小池塘。风帘动、碎影舞斜阳。谢玄晖：风帘入双燕。

羡金屋去来，旧时巢燕，委羽《燕》诗：乱巢金屋又谁争。刘禹锡诗：旧时王谢堂前燕。土花缭绕，前度莓墙。李贺：三十六宫土花碧。绣阁凤帏深几许，听得理丝簧。欲说又休，虑乖芳信，未歌先咽，愁近清觞。　　○遥知新妆了，开朱户、应自待月西厢。《丽情集》莺莺与张生诗：待月西厢下，迎风户半开。最苦梦魂，今宵不到伊行。问甚时说与，佳音密耗，寄将秦镜，偷换韩香。《晋书》：贾充①女悦韩寿美，背充②通焉，窃奇香以与寿。《乐府》云：盘龙明镜饷秦嘉，辟恶生香寄韩寿。美成全用此对。天便教人，霎时厮见何妨。

【校】

①充，原作"夜"，诸本同，据《晋书》卷四十《贾充传》改。
②充，原作"游"，诸本同，据《晋书》卷四十《贾充传》改。

【集评】

《新刻李于鳞先生批评注释草堂诗馀隽》：上叙出愁对时光之情，下叙出空为伫俟之状。　又："未歌先咽"二语最惨。　又：相思不得相见，当月当何极。　又：因愁而罢歌酒，纵有待月偷香之想，其如天各一方何？

（托名）杨慎《评点草堂诗馀》：一字一血。（上片）　又：可怜。（"天教"句）

《新刻注释草堂诗馀评林》卷四：情调欲歌先咽，意冲冲，从此各西东。愁人怕对黄昏，窗几外，疏雨滴梧桐。细思量，不如桃李，犹解嫁春风。

沈际飞《草堂诗馀·正集》："土花"对"金屋"，工。　又：末句驰骋，恣其望，申其郁。张玉田云："词欲雅而正，志之所之，一为物役，则失其雅正之音，耆卿、伯可不必论，虽美成有所不免，如'为伊泪落''寻消问息，瘦损容光''最苦梦魂霎时厮'（当作"最苦梦魂，今宵不到伊行"和"天便教人，霎时得见何妨"），淳厚尽变为浇风，已浅，胶柱鼓瑟之论。"

335

虞美人

落花已作风前舞。又送黄昏雨。_{魏野诗：黄昏微雨堪惆怅。}晓来庭院半残红。惟有游丝千丈、袅晴空。_{韩诗曰：游丝百丈飘。}

○殷勤花下重携手。更尽杯中酒。美人不用敛歌眉，我亦多情。_{《选》：春风太多情。}无奈酒阑时。

【集评】

《新刻李于鳞先生批评注释草堂诗馀隽》：上状狂风落风之景，下写杯酒携手之情。　又：落花飞舞意，杯酒更多情。　又：清新典雅，兴味无穷。

（托名）杨慎《评点草堂诗馀》：酒是消愁物，能消几个时。

《重刻类编草堂诗馀评林》：前段说的是风形状，后段说的是情之意，无过如是。

《新刻注释草堂诗馀评林》：前状风，后写情，清新典雅，其味无穷。

沈际飞《草堂诗馀·正集》：下场头话，偏自生情。生姿撷播，妙耳。又：旧于"多情"点句，非旨。

苏幕遮

陇云沉，_{杜：随意岭①头云。}新月小。_{柳诗：新月如玉钩②。}杨柳梢头，能有春多少。试着罗裳寒尚峭。帘卷青楼，占得东风早。　○翠屏深，香篆袅。流水落花，不管刘郎到。_{见前卷《咏天台山》词注。}三迭阳关声渐杳。_{唐王维诗：劝君更尽一杯酒，西出阳关无故人。}断云只怕巫山晓。_{见高唐。}

【校】

①岭，原作"陇"，据杜甫《南楚》诗改。校者按：杜诗写南楚，故"陇头"意不协，"岭"是也。

②今通行本《柳河东集》卷四十三《再至界围岩水帘宿岩下》诗作"新月玉钩吐"。

【集评】

《新刻李于鳞先生批评注释草堂诗馀隽》：上叙春风催别情，下叙骊歌写离恨。　又：东风早，虽是游子出阳关时，奈云雨羁情何？　又：词锋铄利，笔力纵横，才华当出沈、谢之右。

《重刻类编草堂诗馀评林》：风情处含蓄无边生意，以巫山云雨又结风情意。

《新刻注释草堂诗馀评林》卷三：词锋铦利，笔力纵横，才华当出沈、谢之右。

沈际飞《草堂诗馀·正集》："柳梢"句妙。　又：诸本多落"雨残"二字，《啸馀谱》不深究，遂列为第二体。

昼锦堂 新增

雨洗桃花，风飘柳絮，日日飞满雕檐。懊恨一春幽恨，尽属眉尖。愁闻双飞新燕语，更堪孤枕宿醒恹。云鬟乱，元稹诗：掠削云鬟旋妆束。独步画堂，轻风暗触珠帘。杜：肃肃风帘举①。

〇多厌。晴昼永，琼户悄，《明河篇》：画堂琼户悄②相宜。香销金兽慵添。自与萧郎别后，事事俱嫌。短歌新曲无心理，凤箫龙管不曾拈。《襄阳歌》：凤箫龙管行相催。空惆怅，长是每年三月，病酒恹恹。

①今杜集无此句。

②悄，今通行本宋之问《明河篇》诗作"特"。

【集评】

《新刻李于鳞先生批评注释草堂诗馀隽》：恐双燕笔人孤寂，何等凄楚。又：别后惆怅，忆病酒态前无聊。 又：愁闻燕语之自入神，但箫管歌曲，乃妓馆中事，恐于闺妇情绪未符。

《重刻类编草堂诗馀评林》：此段（指上片）俊逸。 又："短歌""心曲"二句虽是绮丽，似非闺情，乃妓馆中事。

《新刻注释草堂诗馀评林》卷二：花褪絮残新燕语，春事阑珊矣。 又：短歌新曲，虽是绮丽，似非闺情，乃妓馆中事。

沈际飞《草堂诗馀·正集》：事事俱嫌，神驰者所必至。○句丽，断不可入七言，则气运之别。○如此三月，只索病酒，直得灵犀一点，医可了病恹恹。

旅况

绕佛阁 新增

暗尘四敛。楼观迥出，高映孤馆。清漏将短。厌闻夜久，签声动书幔。桂华又满。闲步露草，偏爱幽远。《诗》：湛湛露斯，在彼农草。花气清婉。杜诗：花气浑如百和香。望中迤逦，城阴度河岸。 ○倦客最萧索，醉倚斜桥穿柳线。还似汴堤，梁虹横水面。苏子美诗：水面沉沉卧彩虹。看浪飐春灯，杜：风起春灯乱。舟下如箭。《慎子》云：河水初下龙门，其流如竹箭。此行重见。叹故友难逢，羁思空乱。两眉愁、向谁舒展。古诗：两条眉锁万年愁。

【集评】

《重刻类编草堂诗馀评林》：叙他乡故国之情，未往淹留之思，野路江村之景，羁旅栖迟之难，残灯落月之怀，萧索荒凉之凄楚，万里终年之隔别，尽见于此。

沈际飞《草堂诗馀·正集》：布虚景，拈实意，下如何？

阮郎归 旅怀①

秦少游

湘天风雨破寒初。灯残庭院虚。丽谯吹彻小单于。迢迢清夜徂。杜：空悲秋夜②徂。　　○人意远，旅情孤。杜：斟酌旅情孤。峥嵘岁又除。杜诗：旅食岁峥嵘。衡阳犹有雁传书。杜：万里衡阳雁，今年又北归。《选》诗：寄书云间雁。郴阳和雁无。

【校】

①题目据杨金本补。

②秋夜，今通行本杜甫《倦夜》诗作"清夜"。

【集评】

《新刻李于鳞先生批评注释草堂诗馀隽》：上言孤馆中独迎花气之芬芳，下言倦客里未适故友之情绪。　又：夜永寂寂，盼望欲奢。　又：客中景萧索，有夜访之思。　又："夏之日，冬之夜，独居幽思"，于是为切，况寓旅邸，其凄凉犹有所谓难堪者乎？

《重刻类编草堂诗馀评林》：诵此旅况之词，犹难为情，况身当其景者乎？

沈际飞《草堂诗馀·正集》：衡、柳皆楚湘地，故曰湘。

离别

尉迟杯 新增

周美成

隋堤路。渐日晚、密霭生深树。阴阴淡月笼沙，杜牧诗：烟笼寒水月笼沙，夜泊秦淮寄①酒家。还宿河桥深处。无情画舸，都不管、烟波隔南浦。等行人、醉拥重衾，载将离恨归去。唐郑仲贤②诗：亭亭画舸系寒潭，直到行人酒半酣。不管烟波与风雨，载将离恨过江南。　　　　○因念旧客京华，长偎傍、疏林小槛欢聚。冶叶倡条俱相识，李义山诗：冶叶倡条偏相识。仍惯见、珠歌翠舞。乐天《寄贾常州程湖州》③诗：珠翠歌钟俱绕身，青娥递舞俱争妙。如今向、渔村水驿，夜如岁、焚香独自语。有何人念我无憀，梦魂疑想鸳侣。

【校】

①寄，今通行本杜牧《泊秦淮》诗作"近"。

②校者按：郑文宝（952—1012），字仲贤，北宋初人。

③即《白香山诗集》卷二十七《夜闻贾常州崔湖州茶山境会想美欢宴因寄此》诗，此处所引，非一联，乃摘引诗中句子。

【集评】

《升庵先生文集》卷五十八：余弟姚安太守未庵憕，字用能，酒边诵一绝句云："'亭亭画舸系春潭，只待行人酒半酣。不管烟波与风雨，载将离恨过江南。'兄以为何人诗？"余曰："按《宋文鉴》，则张文潜诗也。"未庵取《草堂诗馀》周美成《尉迟杯》，注云"唐郑仲贤诗"。余因叹唐之诗人姓名隐而不传者何限，或张文潜爱而书之，遂以为文潜之作耳。

《新刻李于鳞先生批评注释草堂诗馀隽》：上是别来寒重恨更重，下是客中夜长而思更长。　又：满船离恨载不归。　又：更深人静，此景对谁言？　又：无限离恨，兼以如岁之夜，益增寂寂无语之情怀。

（托名）杨慎《评点草堂诗馀》：尉迟敬德饮酒，只用大杯，故以名曲。

《重刻类编草堂诗馀评林》：离情别恨，无过于此。　又：思别之意，又是一番新调。（"如今向渔村"句）

《新刻注释草堂诗馀评林》卷四：远游曰离，近出曰别，此词备言离别之苦。

沈际飞《草堂诗馀·正集》：等到醉时，画舸煞有情，而犹谓在情，情真哉！苏词"载一船离恨向西州"，秦词"载取暮愁归去"，又是一触发。

胡应麟《少室山房笔丛》卷二十"艺林学山二"：（前引杨慎诸语，见上条）按：唐诗人并无所谓郑仲贤者，恐《草堂》注误，此诗亦类文潜，当是其作，俟续考之。

凤凰台上忆吹箫 新增

李易安

香冷金猊，被翻红浪，起来慵自梳头。任宝奁尘满，日上帘钩。杜诗：落日在帘钩。生怕离怀别苦，多少事、欲说还休。新来瘦。非干病酒。不是悲秋。见前注。　○休休。这回去也，千万遍《阳关》，也则难留。念武陵人远，烟锁秦楼。见秦女吹箫事。惟有楼前流水，应念我、终日凝眸。凝眸处，从今又添，一段新愁。

【集评】

《新刻李于鳞先生批评注释草堂诗馀隽》：上衷情难诉而顿减容颜，下绻缱莫留而信添愁绪。　又：非病酒，不悲秋，都为苦别瘦。水无情于人，人却有情于水。　又：写其一腔忆别心神，而新瘦新愁，真如秦女楼头，声声有和鸣之奏。

（托名）杨慎《评点草堂诗馀》：欲说还休，与"怕伤郎，又还休道"同意。又：端的为着甚的。（"新来瘦"句）

《重刻类编草堂诗馀评林》：宛转见离情别意，思致巧成。

《新刻注释草堂诗馀评林》卷五：离愁无限，俱于此词见之。

沈际飞《草堂诗馀·正集》：懒说出，妙，瘦为甚的，尤妙。　又："千万遍"痛甚。转转折折，忏合万状，清风朗月，陡化为楚雨巫云，阿阁洞房，立变成离亭别墅，至文也。

夜飞鹊 _{新增}

周美成

河桥送人处，凉夜何期。斜月远堕馀辉。铜盘烛泪已流尽，李贺诗：铜盘腻烛黄。霏霏凉露沾衣。《西汉·淮南王传》：宫中生荆棘，露沾衣。相将散离会处，探风前津鼓，王介甫诗：月落闻津鼓。树杪参旗。华骢会意，纵扬鞭、亦自行迟。　　○迢递路回清野，人语渐无闻，空带愁归。何意重红满地，遗钿不见，杜诗：神女花钿落。斜径都迷。兔葵燕麦，见前集上卷《瑞龙吟》注。向残阳、影与人齐。但徘徊班草，王介甫《次韵留别》诗：班草数行衣上泪。又：行追西路聊班草①。班草，即如班荆之义也。唏嘘酹酒，极望天西。杨雄《方言》云：哀而不泣曰唏嘘，以酒浇地曰酹也。

【校】

①行追西路聊班草，原作"待追西路柳"，据王安石《临川文集》卷二十四《送赵燮之蜀永康簿》诗改。

《新刻李于鳞先生批评注释草堂诗馀隽》：上是欲别不忍别之感，下是别后无限情绪。　又："骅骝"也会歌骊意，可知伤别情多。　又：醉酒极望，何等惆怅于一方。　又："愁莫愁兮生别离"，分手不堪回首处，此情诉与谁人知？

《重刻类编草堂诗馀评林》：行迟，意有留连思。

《新刻注释草堂诗馀评林》卷三：古乐府："行行重行行，与君生别离。相去万余里，各在一天（当作"天一"）涯。道路阻且长，会面安可期。胡马依北风，越鸟巢南枝。"

沈际飞《草堂诗馀·正集》：今之务为欲别不别之状，以博人欢，避人议，而真情什无二三矣。能使华骝含意，非真情所潜格乎？物既如是，人何以堪？妆衬幽深，怎奈玉人不见。

江城子

秦少游

西城杨柳弄春柔。动离忧。李白诗：怀君不可见，望远增离忧。泪难收。李白诗：恻怆徒自悲，潺湲泪难收。犹记多情，曾为系归舟。碧野朱桥当日事，人不见，水空流。李诗：云帆望远不相见，日暮长江空自流。　○韶华不为少年留。恨悠悠。几时休。《选》：念别恨悠悠①。飞絮落花时候、一登楼。便做春江都是泪，流不尽，许多愁。

【校】

①《文选注》卷二十九李少卿《与苏武诗三首》之二此句作"念子怅悠悠"。

【集评】

张綖《草堂诗馀别录》：词人佳句，多是翻案古人语，如淮海此词"便做春江都是泪，流不尽，许多愁"，可谓警句，虽用李密数隋檄语，亦自李后主"问君能有几多愁，却似一江春水向东流"变化，名家如此类者不可枚举，亦一法也。

《新刻李于鳞先生批评注释草堂诗馀隽》：上忆离别时境界，下怀离别后情景。　又：只为人不见，转一番思。种种景，种种情，如怨如诉。　又：碧野朱桥，正是离别之处。飞絮落花，言其景。春江二句，言其情也。

（托名）杨慎《评点草堂诗馀》：此结语又从坡公结语转出，更进一步。

《重刻类编草堂诗馀评林》："碧野朱桥"，正是离别之处。天地□□巧是离别之景。"春江"二句，是离别之愁，但首句有杨柳，末又用柳絮，似有重处。

《新刻注释草堂诗馀评林》卷三："碧野朱桥"，正是离别之处。"飞絮落花"，言其景。"春江"二句，言其情也。　又：但用柳、又用絮，似迭床。

沈际飞《草堂诗馀·正集》：前结似谢，后结似苏，易其名，几不能辨。又：李后主"问君还有几多愁，恰似一江春水向东流"。少游翻之，文人之心，浚于不竭。

虞美人　离怀①

苏东坡

波声拍枕长淮晓。隙月窥人小。无情汴水自东流。李诗：舞影歌声散绿池，空馀汴水东流海。只载一船离恨向西州。扬州廨，王敦所创，开东西南三门，俗谓之西州。　　○竹溪花圃曾同醉。酒味多于泪。谁教风鉴在尘埃，晋王衍字夷甫，精神朗秀，风姿详雅，又有重名，时人许以风鉴。酝造一场烦恼送人来。

【校】

①题目据杨金本补。

344

《新刻李于鳞先生批评注释草堂诗馀隽》：上是离恨浦船载不起，下是离愁对酒泪更多。　　又：以虚景写实情，便忆离愁种种处。　　又：离情无限，故泪多于酒，与"离愁渐远渐无穷，迢迢不断如春水"同意。

沈际飞《草堂诗馀·正集》：与载取愁归同妙。　　又：酒多于泪，意进一层。

蝶恋花

春事阑珊芳草歇。客里风光，又过清明节。小院黄昏人忆别。见前注。落红处处闻啼鴂。《尔雅》：鴂，鸟名，关西曰巧妇，江东曰鶗鴂。春分鸣则众芳生，秋分鸣则众芳歇。　　〇咫尺江山分楚越。《左·僖九年》：天威不违颜咫尺。注：八寸曰咫。《庄子》：自其异者观之，肝胆楚越也。目断魂销，应是音尘绝。谢庄《月赋》：美人迈兮音尘阙。梦破五更心欲折。角声吹落梅花月。

【集评】

《新刻李于鳞先生批评注释草堂诗馀隽》：上触景生离愁之憾，下入梦起幽怨之思。　　又：落红处，梦梦心。　　又：扳语到。　　又：当鸟啼花落之时，自能动人离思之苦，况梦回月落，其情犹所不堪者。

《重刻类编草堂诗馀评林》：以春色体人意，辞语清朗，意思飘逸，但以角声吹落梅花月，似觉有离别之惨，又见高妙处。

《新刻注释草堂诗馀评林》卷三：当鸟啼花落之时，自能动人离思之苦，况梦回月落，其情尤所不堪者。

沈际飞《草堂诗馀·正集》：或疑"歇"字似趁韵，非也。唐刘瑶诗"瑶草歇芳心耿耿"，无字无出处。　　又：鸟啼花落、梦回月落，一境惨一境。又：角声落梅，云落梅月，便创。

345

玉楼春

晏叔原

秋千院落重帘暮。寂寞春闲扃绣户。墙头红杏雨馀花，门外绿杨风后絮。 ○朝云信断知何处。应作巫阳春梦去。见前高唐注。紫骝认得旧游踪，嘶过画桥东畔路。

【集评】

沈际飞《草堂诗馀·正集》："雨馀花""风后絮""入江云""粘地絮"，如出一手。 又：意寄紫骝，松倩。

踏莎行 春情①

欧阳永叔

候馆梅残，《礼·地官·遗人》：五十里一市，市有候馆。溪桥柳细，杜：市桥官柳细。草芳风暖摇征辔。离愁渐远渐无穷，迢迢不断如春水。 ○寸寸柔肠，盈盈粉泪，楼高莫近危栏倚。平芜尽处是春山，李：桑柘罗平芜。行人更在春山外。

【校】

①题目据杨金本补。

【集评】

杨慎《词品》：佛经云："奇草芳花能逆风闻熏。"江淹《别赋》"闺中风暖，陌上草熏"正用佛经语。《六一词》云"草熏风暖摇征辔"，又用江淹语。今《草堂》改"熏"作"芳"，盖未见《文选》者也。

《新刻李于鳞先生批评注释草堂诗馀隽》：上叙离愁如流水，下叙别望隔山遥。　又：春水写愁，春山骋望，极切极婉。　又：泪滴如春水，情叠似春山，离别多怀忆，一度相思一度难。

（托名）杨慎《评点草堂诗馀》：正是盼不见来时路。

《新刻注释草堂诗馀评林》卷三：《别调》有云："便做一江春水，都是泪，流不尽，许多情。"意同。

沈际飞《草堂诗馀·正集》：佛经："奇草芳花能逆风闻熏。"　又："春水""春山"，走对妙。○"望断江南山色远，人不见、草连空"，至一望无际矣。"尽处是春山，更在春山外"，转望转远矣。当取以合看。

一剪梅 新增

李易安

红藕香残玉簟秋。轻解罗裳，独上兰舟。云中谁寄锦书来，雁字回时，月满西楼。《古诗》：寄书云间雁。《选·诗》：裁诗月满楼。　　○花自飘零水自流。一种相思，两处闲愁。古词：一种相思两地愁。此情无计可消除，才下眉头，却上心头。

苕溪渔隐云：近时妇人能文词者，如赵明诚之妻李易安，长于词，有《漱玉集》三卷行于世。此词颇尽离别之情，当为拈出。

【集评】

《新刻李于鳞先生批评注释草堂诗馀隽》：上有雁来雁去之□望，下有愁眉愁心之深思。　又：多情不随雁字去，空教一种上眉头。　又：惟锦书雁字不得将情传去，所以一种相思眉头心头之难消。

（托名）杨慎《评点草堂诗馀》：离情欲泪。　又：读此始知高则诚、关汉卿诸人又是效颦。

《重刻类编草堂诗馀评林》：此词颇尽离别之情，语意飘逸，令人省目。

（同前书卷二"中朝"）

《新刻注释草堂诗馀评林》卷五：李易安有《漱玉集》，朱淑真有《彤管编》，并行于世，其才华可方驾齐驱者。

沈际飞《草堂诗馀·正集》：时本落"西"字，作七字句，非调。　又：是元人乐府妙句，关、郑、白、马诸君固效颦耳。

阳关引 新增

寇平仲

塞草烟光阔，杜：野润烟光薄。渭水波声咽。春朝雨霁轻尘敛，征鞍发。指青青杨柳，又是轻攀折。见前集上卷内注。动黯然，知有后会、甚时节。　　○更尽一杯酒，见前王维诗注。歌一阕。叹人生里，难欢聚，易离别。且莫辞沉醉，听取《阳关》彻。念故人，千里自此共明月。《月赋》：隔千里兮共明月。

苕溪渔隐云：王右丞绝句云："渭城朝雨浥轻尘，客舍青青柳色新。劝君更尽一杯酒，西出阳关无故人。"此《送元二使安西》告别之诗也。近世又歌入《小秦王》，更名《阳关曲》，盖用诗中语也。旧本《兰畹集》载寇莱公《阳关引》，其语豪壮，送别之曲，当为第一。亦以此绝句填入词云云。

【集评】

《新刻李于鳞先生批评注释草堂诗馀隽》：上是未别先有后会之期，下是既别复有隔天之想。　又：有折柳中亭之深情。　又：有"西出阳关无故人"意。　又：《阳关曲》，从来送别者无一不用其意，平仲此词名曰《阳关引》，堪称双绝。

《重刻类编草堂诗馀评林》：首尾皆用王维送别之语，铺缀自然绝妙。

《新刻注释草堂诗馀评林》卷四：王右丞阳关绝句，古今人多用其语意，不特一平仲也。

沈际飞《草堂诗馀·正集》：首二句惨人。　又："指"字妙。　又：王右丞《送元二使安西》绝句宋时歌入《小秦王》，更名《阳关曲》，用诗中语也，送别当为第一。莱公以王句填成此词，语语悲壮，亦复第一。"自此"二字更惨人。　又：千里外，素光同，同佳。

虞美人

李后主

春花秋月何时了，往事知多少？小楼昨夜又东风，《月令》：东风解冻。故国不堪回首月明中。柳诗：夜深潇洒月明中。　　　○雕栏玉砌应犹在，只是朱颜改。问君都①有几多愁？恰似一江春水向东流。

《雪浪斋日记》云：荆公问山谷云："作小词，曾看李后主词否？"云："曾看。"荆公云："何处最好？"山谷以"一江春水向东流"为对。荆公云："未若'细雨梦回鸡塞远，小楼吹彻玉笙寒'尤为高妙。"

【校】：

①都，通行本作"能"。

【集评】

《新刻李于鳞先生批评注释草堂诗馀隽》：上有思故国之深情，下有付流水之多愁。　又：不堪回首处，便是愁多春少。　又："细雨梦回鸡塞远，小楼吹彻玉笙寒"尤为高妙。

（托名）杨慎《评点草堂诗馀》：比《浪淘沙》词较宛转蕴藉。　又：此词想亦是归朝后所作。

《重刻类编草堂诗馀评林》："一江春水向东流"之句，山谷尝称美之。

《新刻注释草堂诗馀评林》卷三：山谷羡后主此词，荆公云："未若'细雨梦回鸡塞远，小楼吹彻玉笙寒'尤为高妙。"

沈际飞《草堂诗馀·正集》：词家以山喻愁，以水喻愁，皆人情。"落红万点愁如海""一江春水向东流"，以水喻也。方回云"试问闲愁知几许，一川烟草，满城风絮，梅子黄时雨"，兼花木喻愁之多，更新特。

蝶恋花 感怀①

秦少游

钟送黄昏鸡报晓。昏晓相催，<small>杜：阴阳割昏晓。</small>世事何时了。<small>韩诗：莫将世事忱身事。</small>万古千愁人自老。<small>李诗：与尔同销万古愁。</small>春来依旧生芳草。　　○忙处人多闲处少。闲处光阴，几个人知道。独上小楼云杳杳。天涯一点青山小。<small>坡诗：青山一发是中原。</small>

【校】

①就题目据杨金本补。

【集评】

《新刻李于鳞先生批评注释草堂诗馀隽》：说出一段大块劳生，无非醒人及时行乐耳。　又：人因愁感，莫把光阴忙里过。　又：一包□□态物情，令人毛骨悚然，所谓信口说来，头头理会。

（托名）杨慎《评点草堂诗馀》：语多有点醒人处。

《重刻类编草堂诗馀评林》："万苦千愁人自老"，此杯之深处曷能尽？"春来依旧生芳草"，此怀而又生依旧如此，此感之至矣。

《新刻注释草堂诗馀评林》卷三：用口头话平平铺叙，自有一种闲雅，包括世态人情殆尽。

沈际飞《草堂诗馀·正集》：朱颜绿发变为鸡皮老人，感慨能不系之？占多许他步，开多许眼光，词之得致亦在此。

临江仙 <small>新增</small>

夜登小阁忆吴中^①旧游

陈去非　简斋

　　忆昔午桥桥上饮,坐中多是豪英。长沟流月去无声。<small>杜:</small><small>月涌大江流。</small>杏花疏影里,吹笛到天明。　　○二十馀年成一梦,此身虽在堪惊。闲登小阁望新晴。古今多少事,渔唱起三更。

　　《苕溪渔隐》云:去非旧有诗云:"风流丘壑真吾事,筹策庙堂非所知。"其后登政府,无所建明,卒如其言。《九日》词云:"九日登临有故常,随晴随雨一传觞。"用退之《淮西碑》"欲事故常"之语。如忆吴中旧游《临江仙》一阕,清苑奇丽,《简斋词集》推此词最优。

【校】

　　①吴中,通行本作"洛中"。上引苕溪语,黄昇《中兴以来绝妙词选》卷一皆作"吴中"。考《宋史·陈与义传》、宋张嵲《紫微集》卷三十五《陈公资政墓志铭》,陈去非青少年时未有吴中行事,且"午桥"在洛阳,即唐裴度所筑绿野堂,故当以"洛中"为是。白敦仁《陈与义集校笺》页八六八已辨之。

【集评】

　　张綖《草堂诗馀别录》:简斋此词豪放而不至于肆,蕴藉而不流于弱,高古而不失于朴,感慨而不过于伤。其意度所在,如独立于千仞之冈,高视万物之表,视区区弄粉吹朱之子,微乎藐矣。惟赵松雪《浪淘沙》一词颇近之,今人罕见,附录于此(略)。

　　《新刻李于鳞先生批评注释草堂诗馀隽》:上是花间闻笛有感,下是古往今来深慨。　又:流月去无声,语入神。　又:百年浑是梦,何不委去留?

又："天地无情吾辈老，江山有限古人休"，亦吊古伤今之意。

（托名）杨慎《评点草堂诗馀》：语意超，笔力排奡。可摩坡仙之垒。
又：巧句。（"长沟流月"句）　又：结语与东坡九日词"酒阑不必看茱萸，俯仰人间今古"同意。

《新刻注释草堂诗馀评林》卷四：古诗："天地无情吾辈老，江山有限古人休。"亦吊古伤今之意。

沈际飞《草堂诗馀·正集》：意思超越，腕力排奡，可摩坡仙之垒。
又："流月无声"，巧语也；"吹笛天明"，爽语也；"渔唱三更"，冷语也。功业则歉，文章自优。

《补续全蜀艺文志》卷四十五"志余·诗话四·附诗馀"：陈去非，蜀之青神人，陈季常之孙也，徙居河南。宋南渡后，又居建业。诗为高宗所简注，而词亦佳。语意超绝，笔力排奡，识者谓其可摩坡仙之垒，非溢美云。《草堂》词惟载"忆昔午桥"一首。其闽中《渔家傲》云："今日山头云欲举，青蛟翠凤移时舞。行到石桥闻细雨，听还住，风吹过溪西去。　我欲寻诗宽久旅，桃花落尽春无数。渺渺篮舆穿翠楚，悠然处，高林忽送黄鹂语。"又《虞美人》云："吟诗日日待春风，及至桃花开后却匆匆。"又《点绛唇》云："愁无那，短歌谁和，风动梨花朵。"又《南柯子》云："阑干三面看晴空，背插浮图千尺、冷烟中。"皆绝似坡仙语。（出《词品》）

春从天上来 <small>新增</small>

吴彦高　米元章之婿

海角飘零。叹汉苑秦宫，坠露飞萤。梦里天上，金屋银屏。<small>见前注。</small>歌吹竞举青冥。问当时遗谱，有绝艺、鼓瑟湘灵。<small>杜甫《酬高蜀州》诗：鼓瑟至今悲帝子。注：湘妃，尧之女，故曰帝子。传言湘灵鼓瑟。馀见词后词话。</small>促哀弹，似林莺呖呖，山溜泠泠。

○梨园太平乐府，《长恨歌》：梨园弟子白发新，椒房阿监青娥老。醉儿度春风，鬓发星星。见前注。舞彻中原，尘飞沧海，风雪万里龙庭。写胡笳幽怨，人憔悴、不似丹青。酒微醒。一轩凉月，灯火青荧。

彦高序云：会宁府遇老姬，善鼓瑟，自言梨园旧籍。因有感而赋此。后三山郑中卿尝从张贵谟使虏，亦闻房中有歌之者。

【集评】

《新刻李于鳞先生批评注释草堂诗馀隽》：上叙其有鼓瑟绝艺，下述其有胡笳幽怨。　又：此湘妃以证善鼓瑟典实，所托蔡文姬以自况其使虏闻歌事？　又：此词诚有感旧，中所用典俱是身自历涉，情景逼真。

（托名）杨慎《评点草堂诗馀》：悲壮。

《重刻类编草堂诗馀评林》：以秦汉兴亡入论，立意高古。

《新刻注释草堂诗馀评林》卷三：吴自叙云："会宁府遇老姬，善鼓瑟，自言梨园旧籍，因有感而赋此。后三山郑中卿尝从张贵谟使虏，亦闻房中有歌之者。"

沈际飞《草堂诗馀·正集》：妙绘。　又：素女鼓瑟，哀不自胜。破为二十五弦，老姬此时当破为几弦？○白居易《明君咏》："愁苦辛勤憔悴尽，如今都似画图中。"似不似，总入情。

警悟

青玉案

人生南北如岐路。《列·说符篇》：杨朱见岐路而泣之，谓其可以南，可以北也。世事悠悠等风絮。造化小儿无定据。《唐（书）·杜审言列传》：甚为造化小儿相苦。翻来覆去。杜诗：翻手作云覆手雨。倒横直竖。眼见都如许。　　○伊周功业何须慕。不学渊明便归去。见前注。坎止流行随所寓。见前东坡《哨遍》词。玉堂金马，王维《长王赋》①：历金门步玉堂有日矣。竹篱茅舍，总是无心处。

【校】：

①今《王维集》不见此文。

【集评】

张綖《草堂诗馀别录》：凡警悟之词，只是以隐逸为高，此词"坎止流行随所寓。玉堂金马，竹篱茅舍，总是无心处"，所见极得圣贤素位而行、不愿乎外之意。舜之饭糗菇草，若将终身；衿衣鼓琴，若固有之。守此家法，则于出处之际，复何累乎身心？噫！此意知者稀矣。

（托名）杨慎《评点草堂诗馀》：道学语，足以警世。

《新刻注释草堂诗馀评林》卷四：言言见道，不为尘网所束缚者，昊公人品可想矣。

沈际飞《草堂诗馀·正集》：世情自变，吾心自常，是不徒听天俟命，实实于学问中得力者。

西江月 新增

朱希真

世事短如春梦，岑参诗：枕上片时春梦中。人情薄似秋云。杜：天际秋云薄。不须计较苦劳心。万事元来有命。　○幸遇三杯酒美，况逢一朵花新。片时欢笑且相亲。明日阴晴未定。此即及时行乐之意。

黄玉林云：希真又有一阕云："日日深杯酒满，朝朝小圃花开。自歌自舞自开怀。且喜无拘无碍。　青史几番春梦，红尘多少奇才。不须计较与安排。领取而今见在。"此二词，辞浅意深，可以言世之役役于非望之福者。

【集评】

杨慎《词品》：朱希真，名敦儒，博物洽闻，东都名士也。天资旷远，有神仙风致。其《西江月》二首，词浅意深，可以警世之役役于非望之福者，《草堂》入选矣。其《相见欢》云："东风吹又江梅。橘花开。旧日吴王宫殿、长青苔。　　今古事，英雄泪，老相催。常恨夕阳西下、晚潮回。"《鹧鸪天》云："检尽历头冬又残。爱他风雪耐他寒。拖条竹杖家家酒，上个篮舆处处山。　　添老大，转痴顽。谢天教我老年闲。道人还了鸳鸯债，纸帐梅花醉梦间。"其《水龙吟》末云："奇谋报国，可怜无用，尘昏白羽。铁锁横江，锦帆冲浪，孙郎良苦。"亦可知其为人矣。

《新刻李于鳞先生批评注释草堂诗馀隽》：上有居家俟命之主识见，下无行佞侥幸之心情。　又：既知委运自天，固宜其及时行乐也。　又：此乐天知命之言，可为昏夜乞哀以求富贵利达者戒。

（托名）杨慎《评点草堂诗馀》：言近而旨远，不必求其深婉。

《重刻类编草堂诗馀评林》：辞浅意深，真可以儆世者。

《新刻注释草堂诗馀评林》卷五：此乐天知命之言，可为昏夜乞哀以求富贵利达者戒。

沈际飞《草堂诗馀·正集》：二词一意，是病热中清凉散，毋忽其浅率。

满庭芳 感怀①

苏东坡

蜗角虚名，蝇头微利，算来着甚干忙。事皆前定，谁弱又谁强。且趁闲身未老，《诗话》云：未老得闲方是闲。尽教我、些子疏狂。百年里，浑教是醉，三万六千场。《襄阳歌》：百年三万六千日，一日须倾三百杯。　　○思量。能几许，忧愁风雨，一半相妨。又何须，抵死说短论长。幸对清风皓月，苔茵展、云幕高张。江南好，千钟美酒，一曲满庭芳。

按:诗僧号晦庵者,亦有一词名《满江红》云:"扰扰劳生,待足何时是足。据见定,随家丰俭,便堪龟缩。得意浓时休进步,须防世事多翻覆。枉教人,白了少年头,空碌碌。　谁不愿,黄金屋。谁不爱,千种粟。奈五行、不是这般题目。枉使心机空计较,儿孙自有儿孙福。又不须、采药访蓬莱,但寡欲。"此词亦是达观之见,俗以此曲与坡词作对刊碑刻云。

【校】

①题目据杨金本补。

【集评】

《新刻李于鳞先生批评注释草堂诗馀隽》:上言分足而无事奔忙,下言识高而不心争竞。　又:"百年浑是醉",还是梦醒语。　又:千钟一曲,世事不着一点矣。　又:细嚼此词,胸次广大,识见高明,居易俟命,而不役于蜗名蝇利间矣,诚是出谜入悟。

(托名)杨慎《评点草堂诗馀》:先生此词,专为唤醒世上梦人,故不作一深语。

《重刻类编草堂诗馀评林》:诵此一篇,自然心胸广阔,自得风流慷慨,其意迭出云岑。

《新刻注释草堂诗馀评林》卷四:细嚼此词,绎其义,自然胸次广大,识见高明,居易俟命,而不役于蜗名蝇利间矣。

沈际飞《草堂诗馀·正集》:日读一过,身世都忘。　又:坡老此篇专在唤醒俗人,故不着一深语。

诸茂卿《道山清话》卷八:《满江红》词云:"扰扰劳生,待足后、何时是足……惟寡欲。"此晦庵僧所作也,世传为朱文公作,盖同号之误云。出《草堂诗馀》。

八声甘州 送参寥子

苏东坡

有情风万里、《选》:春风太多情。卷潮来,无情送潮归。问钱塘江上,西河浦口,几度斜晖。不用思量今古,俯仰昔人非。谁似东坡老,白首忘机。 ○记取西湖西畔,正暮山好处,空翠烟霏。韩诗:出入高下穷烟霏。算诗人相得,如我与君稀。约他年、东还海道,愿谢公雅志莫相违。西州路,不应回首,为我沾衣。注见《苕溪词话》详载。

《苕溪渔隐》云:《晋书》:谢安虽受朝寄,然东山之志始末不渝,每形于言色。及镇新城,尽室而行。造泛海之装,欲须经略粗定,自海道还东。雅志未就,遂遇疾笃,还都寻薨。羊昙为安所爱重,安薨后,辍乐弥年,行不由西州路。尝因大醉,不觉至州门,左右白曰:"此西州门也。"昙悲感,以马策扣扉,诵曹子建诗曰:"生存华屋处,零落归山丘。"因恸哭而去。东坡用此故事。若世俗之论,必以为成谶矣。然其词石刻后东坡题云"元祐六年三月六日"。余以东坡年谱考之,元祐四年知杭州,六年召为翰林学士承旨。则此词盖此时作也,自后复守颍徙扬,入长礼曹,出师定武,至绍圣元年方南迁岭表,建中靖国元年北归,至常乃薨,凡十一载。则世俗"成谶"之论,果足信耶?

【集评】

张綖《草堂诗馀别录》:结句"西州路,不应回首,为我沾衣",昔人谓坡作此语,疑若不祥,后历十一载乃薨,世俗所谓成谶者,竟不足信。愚谓非也,凡言谶者,谓其无心而先见之者也,若坡翁此语,自是有心为之,乃高人旷达之怀,不可以言谶。刘伶尝荷锸自随,曰"死便埋我",岂真然耶?公在海外示侄诗云"嗟予潦倒无归日",与韩文公蓝关示侄(孙)湘诗云"好收吾

357

骨瘴江边"，皆若不祥，而二公生还无恙。贾谊《鵩(鸟)赋》云："野鸟入室，主人将去。"谊后自长沙迁梁傅，亦几十载，哭梁王坠马始卒。然则祸福在人，虽恶鸟之兆，亦不足信也。

《新刻李于鳞先生批评注释草堂诗馀隽》：上自鸣其老来之机，下同订以缔好雅志。　又：世既与汝相忘，独有古友谊可盟耳。　又：坡公之文，独抒机括，超超垂册，而诗词亦潇洒出尘，俱有仙风道骨隐在言中。

(托名)杨慎《评点草堂诗馀》：此《六州歌头》之一，本鼓吹曲也，音悲壮，使人慷慨。唐人西边六州，故名。宋人大祀大恤皆用此。

《新刻注释草堂诗馀评林》卷四：坡公之词轻清消(当作"潇")洒，如莲花出池，亭亭净植，无半点尘俗气。

沈际飞《草堂诗馀·正集》：伸纸书之，亭亭无染，青莲出池。

庆寿

喜迁莺 丞相生日　新增

康伯可

腊残春早。正帘幕护寒，楼台清晓。宝运当千，佳辰余五，嵩岳诞生元老。《诗》：嵩高维岳，峻极于天。维岳降神，生甫及申。维申及甫，维周之翰。帝遣卓安宗社，人仰雍容廊庙。尽总道、是文章孔孟，勋庸周召。　　○师表。方眷遇，鱼水君臣，须信从来少。《蜀志》：先主之有孔明，如鱼之有水。玉带金鱼，朱颜绿鬓，占断世间荣耀。篆刻鼎彝将遍，整顿乾坤都了。《洗兵马行》：整顿乾坤济时了。愿岁岁、见柳梢青浅，梅英红小。

按：此词语意尽佳，惜皆媚灶之语，盖为桧相作耳。

【集评】

《新刻李于鳞先生批评注释草堂诗馀隽》：上叙帝诞下圣贤之身，下叙眉寿占岁华之久。　又：以古圣贤称道。　又：介甫未免有附权过誉。又：天日沉沦，安有旋转之勋？　又：此词语意尽佳，惜皆媚灶之语，盖为桧相作耳，君子不可以言取人。

（托名）杨慎《评点草堂诗馀》：腊残，此词乃寿秦桧者，陋哉！

《重刻类编草堂诗馀评林》：按康与之此词，语意尽佳，惜皆媚灶之语，尽为桧相作耳。

《新刻注释草堂诗馀评林》卷三：按康与之此词，语意尽佳，惜此媚灶之语，盖为桧相作耳。

沈际飞《草堂诗馀·正集》：媚灶语，那得佳？佳亦不足齿。　又：羞人。（尽总道，是文章孔孟，勋庸周召）　又：秦桧"篆刻鼎彝"竹，今人云思德政碑样。（占断世间荣耀）

梁桥《冰川诗式》卷二"诗馀"：诗馀，即香奁、玉台之体，言闺阁之情，乃艳词也。作者虽多，要之，贵发乎性情，止乎礼义。今于《草堂诗馀》中录数首以为法式。《喜迁莺·丞相上寿》（康伯可）（下引原词，略）

水龙吟 寿韩南涧　新增

辛幼安

渡江天马南来，几人真是经纶手。长安父老，新亭风景，可怜依旧。见前集内注。夷甫诸人，神州沉陆，几曾回首。算平戎万里，功名本是，真儒事，君知否。　　○况有文章山斗。《韩愈传》：其言行文章，学者仰之如太山北斗。对桐阴、满庭清昼。当年堕地，而今试看，风云奔走。绿野风烟，裴度有绿野堂。平泉草木，李德裕有平泉，宴游之地。东山歌酒。谢安有东山之胜。待他年、整顿乾坤事了，为先生寿。

【集评】

张綖《草堂诗馀别录》：稼轩此词为韩南涧寿，可谓高笔。尝谓词有二体:巧思者贵精工,宏才者尚豪放。人或不能兼,若幼安"罗帐灯昏,哽咽梦中语""怨春不语。算只有殷勤、画檐蛛网,尽日惹飞絮"之类,绸缪情语,少游无以过。若"君莫舞。君不见,玉环飞燕皆尘土""座中豪气,看君一饮千古"及此词之类,高怀跌宕,则又东坡之流亚也。

《新刻李于鳞先生批评注释草堂诗馀隽》:上期以万里封侯之志,下期以决胜庙堂之猷。　又:能经文,岂不能纬武乎?　又:拟以裴度、李德裕、谢安为寿,是祝其出将入相之略。　又:公又吟云"万事云烟忽过,一身蒲柳先衰。而今何事最相宜,宜醉宜游宜睡",词意极超脱。

(托名)杨慎《评点草堂诗馀》:所谓直抵黄龙府,与诸君痛饮耳。

《重刻类编草堂诗馀评林》:夷甫,介甫之弟。　又:公理宗朝奉身勇退,以家事付儿郎,作《西江月》词云:"万事云烟忽过,一身蒲柳先衰。而今何事最相宜,宜醉宜游宜睡。"词意似此,有适闲之趣。

《新刻注释草堂诗馀评林》卷四:公理宗朝致政隐退,以家事付儿郎,作《西江月》词云:"万事云烟忽过,一身蒲柳先衰。而今何事最相宜,宜醉宜游宜睡。"词意极超脱。

沈际飞《草堂诗馀·正集》:《指迷》云:"寿词尽言富贵则尘俗,尽言功名则谀佞,尽言神仙则迂诞。言功名而慨叹寓之寿词中,合踞上座。"　又:寿今日,反曰寿他年,盖欲其竖功立名,与夫功成名遂身退,又寓规讽。

千秋岁 寿史致道　新添

塞垣秋草。又报平安好。韩诗:新竹报平安[1]。樽俎上,英雄表。金汤生气象,珠玉霏谭笑。杜诗:清谈玉露繁。又李白诗[2]:咳唾[3]落九天,随风生珠玉。春近也,梅花得似人难老。　　○莫惜金樽倒。凤诏看看到。留不住,江东小。从容帷幄去,《张良传》:运筹帷幄之中,决胜千里之外。整顿乾坤了。见前注。千百岁,从今尽是中书考。《唐书》:郭子仪身任天下[4]安危者四十馀年,金中书令考二十四。富贵寿考，哀荣终始。

【校】

①今《韩愈文集》不见此诗句。

②李白诗，三字原无，据下引文并依体例增。

③咳唾，原作"效摇"，据李白《妾薄命》诗改。

④天下，原作"外"，意义不明，据新旧《唐书·郭子仪传》臆改。

【集评】

《新刻李于鳞先生批评注释草堂诗馀隽》：上奉平安寿，更老于梅花；下转乾坤荣，还考乎凤诏。　又：樽俎英雄，隐为令公千载不朽勋名而发。又：祝寿之词，人皆以松鹤立意，此以郭汾阳富贵寿考结之，尤新巧可佳。

（托名）杨慎《评点草堂诗馀》：献寿词不妨富贵。

《重刻类编草堂诗馀评林》：祝寿之词，人皆以松柏椿龄龟鹤立意，此以郭汾阳富贵结之，寿考荣华，人不能说到此。

《新刻注释草堂诗馀评林》卷六：祝寿之词，人皆以松鹤立意，此以郭汾阳富贵寿考结之，犹新巧。

沈际飞《草堂诗馀·正集》：伟丽。　又：梅花似人，句法妙。　又：闵刻"抹凤""诏书"二句，谓其近俚，使并汾阳等事不用，又非寿词实况。句子老辣，固异俗乎？

自述

蓦山溪 新增

宋谦父　壶山

壶山居士，未老心先懒。爱学道人家，办竹几、蒲团茗椀。青山可买，小结屋三间。开一径，俯青溪，修竹栽教满。　○客来便请，随分家常饭。若肯小留连，更薄酒、三杯两

361

盏。吟诗度曲，风月任招呼，身外事，_{杜：莫思身外无穷事，且尽生}_{前有限杯。}不关心，自有天公管。

【集评】

《新刻李于鳞先生批评注释草堂诗馀隽》：上是素位中乾坤自小，下是自得时今古两忘。　又："未老"二句道出一生心性。　又：好客之极，兼觉有忘机高趣。　又：贫可安也，道可乐也，朋可来也，不知可不愠也，自是超超玄箸。

（托名）杨慎《评点草堂诗馀》：自是快活人，说得快活话。

《重刻类编草堂诗馀评林》：如此安贫乐道，有无入不自得之趣。

《新刻注释草堂诗馀评林》卷四：有此安贫乐道，有无入而不自得之趣。

沈际飞《草堂诗馀·正集》：待老而懒，谁人不然？宋君之高在首一句。又：心胸到此快活自由，文字亦快活自由矣。

饮馔器用

咏茶

品令

黄鲁直

凤舞团团饼。恨分破、教孤令。金渠体净。只轮慢碾，玉尘光莹。汤响松风，早减二分酒病。_{《蛮瓯志》：刘禹锡正病酒，}_{乃馈菊苗斋换白乐天六班茶二囊以醒酒。}　　○味浓香永。醉乡路、成佳境。_{古诗：管束骚人入醉乡。顾恺之：渐入佳境。}恰如灯下、故人万里，归来对影。口不能言，心下快活自省。

《苕溪渔隐》云：鲁直诸茶词，余谓《品令》一词最佳，能道人所不能言，尤在结尾三四句。

【集评】

《新刻李于鳞先生批评注释草堂诗馀隽》：上言其可减酒中之病，下言其可省心下之言。　又："汤响松风"，解醒妙剂。　又：醉乡成佳境，何等惺惺趣。　又：陆羽曾著《茶经》二篇，因见鄙于李季卿，更名《毁茶论》。玩黄生《品令》，犹早醒而不寐矣。

（托名）杨慎《评点草堂诗馀》：山谷咏茶词，俱说到酒后景事，乃至杜康、陆羽作，不得两种人。　又："下"此转语，"影"出更奇。（"恰如灯下"句）

《新刻注释草堂诗馀评林》卷四：昔陆羽著《茶经》二篇，时李季卿宣慰江南，召之，羽野服挈具而入，李公心鄙之，取钱酬煎茶博士，羽自愧，更著《毁茶论》。

沈际飞《草堂诗馀·正集》：古茶作团饼碾屑，今用叶茶。瀹茶须以声为辨。李南金诗："听得松风并涧水，急呼缥色绿瓷杯。"罗景纶复补以一诗云："松风桧雨到来初，急引铜瓶离竹炉。"云汤老则苦，声如松风，不宜遽瀹，移瓶去火，少待沸止而瀹之，方为合节，南金未道。读黄词，宜知罗语。○东坡见鲁直赠晁无咎《小龙团》诗曰："黄九恁地，怎待不穷？"我见此词，则曰："彼固乐此，不为疲也。"茗溪又云："能言人所不能言，尤在结尾三四句。"　又：高旷孤渺，即"灯火乱，使君还"语也，非纱帽气。

阮郎归

歌停檀板舞停鸾。高阳饮兴阑。晋山简每至高阳习家池，饮，大醉而归。兽烟喷尽玉壶干。香分小凤团。杨大年《谈苑》：贡茶凡十品，曰龙茶、凤团、京诞。龙茶以贡乘舆及赐执政、亲王、长主，馀皇族、学士、将帅皆得凤茶。　　○云浪浅，露珠圆。捧瓯春笋寒。春笋，佳人指也。绛纱笼下跃金鞍。杜诗：花边立马簇[①]金鞍。归时人倚栏。

《古今词话》云：观者叹服。此词八句状八景，音律一同，殊不散乱。人争宝之，刻之琬琰，挂于堂室之间也。愚观《山谷集》有一曲咏煎茶，亦名《阮郎归》云："烹茶留客驻金鞍，月斜窗外山。见郎容易别郎难，有人愁远山。　归去后，忆前欢。画屏金博山。一杯春霞莫留残，与郎留玉山。"并附于此。

【校】

①簌，原作"跃"，据《杜诗详注》卷十一《严公仲夏枉驾草堂兼携酒馔》诗改。

【集评】

陈耀文《花草粹编》卷四：黄山谷《阮郎归》"歌停檀板舞停鸾"，《诗馀》旧本以前词话东坡状八景入此下，诸刻因之，误。

《新刻李于鳞先生批评注释草堂诗馀隽》：上咏茶味，清芬可掬；下咏茶怀，旷达无边。　又：□景论，烹茗经，殊尽契悟天真。　又：其烹茶有调度，其酌茶有风韵，即卢仝七碗当一口吸去。

《重刻类编草堂诗馀评林》：此词，乃山谷之得意者。

《新刻注释草堂诗馀评林》卷三：罗景纶《瀹茶》诗："松风桧雨到来初，急引陶瓶离竹炉。待得声闻俱寂后，一瓶春雪胜醍醐。"此法不可不知，盖汤嫩则味甘，汤老则味苦矣。

沈际飞《草堂诗馀·正集》：山谷多茶词，如"馀清搅夜眠""兔揭金丝宝碗，松风蟹眼新汤"，悉臻妙境，不独此调及《品令》为佳。

醉落魄

红牙板歇。韶声断、六么初彻。小槽酒滴真珠竭。李贺：小槽酒滴真珠红。紫玉瓯圆，浅浪泛春雪。　　　○香芽嫩蕊清心骨。醉中襟量与天阔。李白：醉与天地同量。夜阑似觉归仙阙。走马章台，踏碎满街月。秦有章华台。《前汉书》：
张敞尝①走马章台街下。

【校】
①前汉书张敞尝，原作"前"，据《汉书·张敞传》补足六字。
【集评】
《新刻李于鳞先生批评注释草堂诗馀隽》：上欲扫雪烹茶之意，下欲煮
茗解酲之思。 又：其咏茶风味悠长，与玉川子之歌同意。 又："静坐欲
烹桥上雪，请君共试社前春"，亦与醉茶篇共咏，不减卢生佳趣。

《重刻类编草堂诗馀评林》：《六么》，曲名也。此词言茶之味更甚于酒，
与玉川子之歌，又是一般风味。

《新刻注释草堂诗馀评林》卷四：《六幺》，曲名也。此词言茶之味美于
酒，与玉川子之歌同意。

沈际飞《草堂诗馀·正集》：即后主词"待踏马蹄清夜月"，其不羁在个
"碎"字。

咏酒

鹧鸪天 劝酒

晏叔原

彩袖殷勤捧玉钟。当年拚却醉颜红。唐诗：衰颜酒惜红。舞
低杨柳楼心月，歌尽桃花扇底风。 ○从别后，忆相逢。
几回魂梦与君同。今宵剩把银缸照，犹恐相逢是梦中。

《雪浪斋日记》：晏叔原此词云"舞低杨柳楼心月，歌尽桃花扇底风"，此
等句不愧六朝宫掖体。

赵德麟《侯鲭录》：晁无咎云："叔原不蹈袭人语而风调闲雅，自是一家，

如'舞低杨柳楼心月，歌尽桃花扇底风'，自可知此人不生于三家村中也。"

【集评】

《新刻李于鳞先生批评注释草堂诗馀隽》：上言歌舞以尽酒怀，下是相逢犹恐非真。　又："舞低""歌尽""相逢""梦中"，何等迫真。　又：独抒心得，不袭人口吻，赵氏品叔原，于此词窥见矣。

（托名）杨慎《评点草堂诗馀》：唐诗"乍见翻疑梦，相悲各问年"即此意。（"今宵"句）　又：工而艳，不让六朝。（"舞低"句）

《新刻注释草堂诗馀评林》卷四：晁氏谓叔原不袭人语，自成一家，议论最当。

沈际飞《草堂诗馀·正集》：美秀，不愧六朝宫掖体。　又：惊喜俨然。

浣溪沙

堤上游人逐画船。拍堤春水四垂天。韩：海气昏昏水拍天。绿杨楼外出秋千。　　○白发戴花君莫笑，六么催拍盏频传。《六么》，曲名。人生何处似樽前。

《侯鲭录》云：欧阳永叔《浣溪沙》云："堤上游人逐画船。拍堤春水四垂天。绿杨楼外出秋千。"此等语句，要皆绝妙，只一"出"字是后人着意道不到处。黄鲁直云："东坡居士曲，世所见者几百首，或谓于音律小不谐。此词横放杰出，自是曲子中缚不住者。"①

【校】：

①校者按：此处引黄庭坚语句，乃评东坡词，非欧阳修词，放此处不妥，似有错简。

【集评】

《新刻李于鳞先生批评注释草堂诗馀隽》：上是春游之景最胜，下是传杯之乐宜先。　又：乘春行乐，万事无如杯在手矣。　又：胸次别具乾坤，便是高人乐境。

（托名）杨慎《评点草堂诗馀》：不惟调句宛藻，而造理甚微，足唤醒人。

《新刻注释草堂诗馀评林》卷三：高人胸次，超脱随在，皆乐境，于此可见矣。

沈际飞《草堂诗馀·正集》：一"出"字，亦后人着意道不到处。　又：达人之言。（人生何处似樽前）

西江月 劝酒

黄山谷

断送一生唯有，破除万事无过。韩文公诗。远山横黛蘸秋波。远山、横黛，眉也。秋波，眼也。不饮傍人笑我。　○花病等闲瘦弱，春愁没处遮拦。杯行到手莫留残。韩文公诗：杯行到君莫停手。古词：饮尽莫留残。不道月斜人散。

《后山诗话》云：此词用韩文公《遣兴》诗"断送一生唯有酒"，又《赠郑兵曹》诗"破除万事无过酒"。才去一字，遂为切对，而语益峻。又云"杯行到手莫留残，不道月斜人散"，谓思相离之忧，则不得不尽饮。若一改为"留连"，遂使两句文义相失，故并论之。

【集评】

张綖《草堂诗馀别录》：此词用退之诗句作歇后语，绝妙。或怪之，以为虽奇，无此体，不知唐郑五以此入相。唐彦谦诗："耳闻明主提三尺，眼见愚民盗一抔。"古诗"何以解忧，惟有杜康"。其来远矣。

《新刻李于鳞先生批评注释草堂诗馀隽》：上是酒不可以不饮，下又是饮不可以不劝意。　又：酒字藏在不言中，有味。劝字亦寓于意中，令人自释。　又：饮酒怀，劝酒情，俱见于此词。

（托名）杨慎《评点草堂诗馀》：如此，岂得不饮？元亮诸人有见。　又：古人谓与其有身后名，不如生前一杯酒。柳耆卿词"明朝酒醒何处？杨柳岸，晓风残月"，与此意同。　又：歇后语，工而奇。　又：名理之谈。（"断送一生"句）

《重刻类编草堂诗馀评林》：辞语俊雅，正见观酒之意。

《新刻注释草堂诗馀评林》卷三：本旨劝酒，而通篇不露本来面目，造凤楼手也。

沈际飞《草堂诗馀·正集》：用昌黎诗两句，每句去下"酒"字，便成绝对。又："莫留残"，未忧其相离，则不得不尽饮，改为"留连"，上下文义俱失。　又：此老戒酒，乃复深于酒。

咏笛

水龙吟

苏东坡

楚山修竹如云，异材秀出千林表。龙须半剪，凤膺微涨，玉肌匀绕。愚溪云：笛制，取良竿，首存一节，节间留纤枝，剪而束之。节以下若膺处，则微涨，而全体皆须白净。此三句形容尽矣。木落淮南，雨晴云梦，月明风袅。状景物。自中郎不见，蔡邕为中郎将。邕初避难江南，宿于柯亭之馆，以竹为椽。邕仰而眄之曰：此良竹也。取以为笛，奇声独绝，传至于今。桓伊去后，见月类《念奴娇》词下注。知辜负、秋多少。　〇闻道岭南太守，后堂深、绿珠娇小。绿珠，石崇家妾，素善吹笛。绮窗学弄，《梁州》初遍，《霓裳》未了。《杨贵妃外传》：《梁州》乃开元间西梁州所献之曲也，其词则贵妃为之。天宝间，罗公远侍明皇中秋宴，公远奏曰：陛下能从臣游乎？命取桂枝杖向空掷之，为大桥，色如白金。上同行数十里，至大成阙，公远曰：此月宫也。仙女百，素衣飘然，舞于广庭中。上问：此为何曲？曰：《霓裳羽衣曲》也。上密记其声节。及回，即谕伶人象其音调，制为霓裳羽衣之曲。初遍，谓如今乐府诸大曲，凡数十解，于颠前则有排偏，颠后则有延遍。初遍岂非排遍之首解。嚼徵含宫,泛商流羽,宋玉《对楚王问》:引商刻角,杂以流徵,国中属和者,不过数人也。一声云杪。《古今诗话》:长笛一声人倚楼。为使君洗尽,蛮风瘴雨,作霜天晓。

【集评】

杨慎《词品》:岭南太守闾丘公显致仕,居姑苏,东坡每过,必留连。坡尝言:"过姑苏,不游虎丘,不谒闾丘,乃二欠事。"其重之如此。一日,出其后房佐酒,有懿卿者善吹笛,坡作《水龙吟》赠之,"楚山修竹如云"是也,词见《草堂诗馀》,而不知其事,故著之。

《新刻李于鳞先生批评注释草堂诗馀隽》:上咏凌云之材未遇知己,下咏闻钧天之声堪破俗情。 又:不遇中郎,桓伊终非林下朽株。 又:以二人娇羞,弄出《梁州》《霓裳》之调,文君情。 又:初言笛之材难识,继言笛之声易度,旨绿珠声调,迥出人间音响,正为使君消俗瘴矣。

沈际飞《草堂诗馀·正集》:笛制,取良竿,首存一节,节间留纤叶,剪而束之。节以下若膺处则微涨,而全体皆须白净。"龙须"三句善状。○五十馀字,堪与马《赋》并传,修语清远,马似不逮。○用许故事,不为事用。○结岭南太守上,妙。 又:按:岭南太守闾邱公显致仕,居姑苏,坡每过,必留连。常言:"不游虎邱,不谒闾邱,乃二欠事。"一日出其后房善吹笛者懿卿佐酒,坡作此赠之。 又:一云赠赵晦之吹笛侍儿。

醉落魄 咏佳人吹笛

张子野

云轻柳弱。内家髻子新梳掠。生香真色人难学。横管孤吹,月淡天垂幕。 ○朱唇浅破樱桃萼。方干《赠美人》:朱唇深浅破①樱桃。倚楼人在栏干角。夜寒指冷罗衣薄。声入霜林,簌簌惊梅落。杜牧《笛》诗:梅花落处响穿云②。

苕溪渔隐云：《乐府杂录》云："笛者，羌乐也。"古曲有《折杨柳》《落梅花》，故杜少陵有诗："故园杨柳今摇落，何得愁中曲尽生。"此皆言《折杨柳》曲也。《复斋漫录》言："古曲有《落梅花》，非谓'吹笛则梅落'，诗人用事，不悟其失。"余以为不然。盖诗人有因笛中有《落梅花》曲，故言吹笛则梅落，其理甚通，用事殊未为失。且如角声中有大小《梅花》曲，初不言"落"，诗人尚犹如此用之，故秦太虚和黄决曹云"月落参横画角哀，暗香消尽梅花老"者是也。古今诗词用"吹笛则梅落"者甚众，若以为失，则《落梅花》之曲，何为笛中独有之？决不虚设也。如张子野此词"萩萩惊梅落"。《摭遗》载《梅花》诗："南枝向暖北枝寒，一种春风有两般。一仗高楼莫吹笛，大家留取倚栏干。"晁次膺填入《水龙吟》词云："最是关情处，高楼上、一声羌管。仗何人说与，争取倚栏看。"孙济师《落梅》词云："一声羌管吹呜咽，玉溪半夜梅翻雪。"泛观古今诗词用事，一律可见复斋之妄辨也。

【校】

　　①破，方干《玄英集》卷六、《全唐诗》卷六百五十二作"假"，《锦绣万花谷》前集卷十七作"缀"。

　　②笛诗，指杜牧《寄澧州张舍人笛》诗，原句为"落梅飘处响穿云"。校者按：古笛曲中有《梅花落》。

【集评】

　　《新刻李于鳞先生批评注释草堂诗馀隽》：上言国色天色迥出人间女子，下言破桃落梅恍似天上神仙。　　又：貌与花月争娇，而声声落梅花，何有哉？　　又：秀色赏目，清声赏耳，即解语之花，引箫之凤，更何多逊神姿哉？

　　(托名)杨慎《评点草堂诗馀》：古人诗词咏笛多用梅花落事，如此用法，便新警。

　　《重刻类编草堂诗馀评林》："生香真色"，形容极美者也。

　　《新刻注释草堂诗馀评林》卷六："生香真色"，形容极美者也。

　　沈际飞《草堂诗馀·正集》："香生色真"，真佳人如是。　　又："浅破樱桃"，非佳人无此吹，且"萼"字、"角"字，景状欲细。

咏筝

菩萨蛮

哀筝一弄湘江曲。声声写尽湘波绿。<small>柳子厚《渔翁》诗：渔翁夜傍西岩宿，晓汲湘江燃楚竹。日高烟暖①不见人，欸乃一声山水绿。</small>纤指十三弦。细将幽恨传。　　○当筵秋水慢，<small>白乐天诗：双眸剪秋水。</small>玉柱斜飞雁。<small>雁，筝雁也。筝柱斜列，参差如雁飞也。僧贯休诗：刻成筝柱雁相挨。</small>弹到断肠时，<small>杜甫诗：谁家巧作断肠声。</small>春山眉黛低。<small>注见前。</small>

【校】
①日高烟暖，今通行本均作"烟销日出"。
【集评】
(托名)杨慎《评点草堂诗馀》：子野咏筝二词，《生查子》差胜，此亦不妨并美，此亦不妨并美。
《重刻类编草堂诗馀评林》：此词与前更高一步，若有弹筝之声。
沈际飞《草堂诗馀·正集》："断肠"二句俊极，与"一一春莺语"并美。

生查子

含羞整翠鬟，得意频相顾。雁柱十三弦，一一春莺语。
○娇云容易飞，梦断知何处。<small>柳诗：一声梦断楚江曲。</small>深院销黄昏，阵阵芭蕉雨。<small>魏野诗：黄昏微雨堪惆怅。古诗：共听芭蕉雨。</small>

【集评】

张绂《草堂诗馀别录》：此子野听筝词也，首二句写意甚佳，"雁柱"以下形容，曲尽其妙。韩退之《听颖师（弹）琴》云："昵昵儿女语，恩怨相尔汝。划然变轩昂，猛士赴敌场。浮云柳絮无根蒂，天地阔远随飞扬。喧啾百鸟群，忽见孤凤凰。跻攀分寸不可上，失势一落千丈强。"李颀《听董大胡笳》："空山百鸟散还合，万里浮云阴且晴。嘶酸雏雁失群后，断绝胡儿恋母声……幽音变调忽飘洒，长风吹林雨堕瓦。迸泉飒飒飞木末，野鹿呦呦走堂下。"白乐天《琵琶行》："银瓶忽破水浆迸，铁骑突出刀枪鸣。"李义山《锦瑟》云："庄生晓梦迷蝴蝶，望帝春心托杜鹃。沧海月明珠有泪，蓝田玉暖日生烟。"刘长卿《听笛》云："静听关山闻一叫，三湘月色悲猿啸。又吹杨柳激繁音，千里春色伤人心。"古人于音乐各诣其妙如此，不然，何以见流水高山之赏音耶？类附于此。

《新刻李于鳞先生批评注释草堂诗馀隽》：上言得意春莺语可人，下言黄昏芭蕉两情恼人。　又：以莺声拟筝声，□□在飞□暮雨中，此景描得迫切。

(托名)杨慎《评点草堂诗馀》："榭"似宜作"谢"，言消息未来梨花谢，尚未至。　又：蕉雨最不可听。

《重刻类编草堂诗馀评林》：此咏美人弹筝之词，重在"雁柱十三弦"，"一一春莺语"上见之，极工。

《新刻注释草堂诗馀评林》卷四：莺语百转，而弹筝似之，其工见矣。

沈际飞《草堂诗馀·正集》："雁柱"二句摩弹筝神。　又："锁"字入此处工甚。

渔舟

满庭芳

红蓼花繁，黄芦叶乱，夜深玉露初零。霁天空阔，云淡楚江清。独棹孤蓬小艇，悠然过、烟渚沙汀。金钩细，丝纶慢卷，牵动一潭星。《列·汤问篇》：以独茧丝为网，芒针为钩，荆筱为竿，剖粒为饵，引盈车之鱼于百仞之渊。　　　　〇时时，横短笛、清风皓月，相与忘形。任人笑生涯，泛梗飘萍。杜：烂醉是生涯。《选》：飘萍浮①而蓬转。饮罢不妨醉卧，尘劳事、有耳谁听。江风静，日高未起，《茶歌》：日高丈五睡正浓。枕上酒微醒。

【校】

【集评】

《重刻类编草堂诗馀评林》：以秋景即事，叙秋夜之思，意味悠然。又：尽得潇洒风流之句，不干荣辱，嚣嚣然有自足之意。

《新刻注释草堂诗馀评林》卷五：值秋宵之景，驾一叶扁舟于凫渚鸥汀之中，消（当作"潇"）酒脱尘，有嚣嚣然自得之意。

沈际飞《草堂诗馀·正集》：说渔者之丽奇，可惊筵座。　又：笑傲自得，诚不如酒。

花柳禽鸟

梅花

花犯 新增

周美成

粉墙低，梅花照眼，依然旧风味。杜诗：花枝照眼句还成。林逋诗：堪笑胡雏亦风味，解将声调角中吹。露痕轻缀。疑净洗铅华，无限佳丽。王介甫梅诗：不御铅华知国色。去年胜赏曾孤倚。冰盘共宴喜。更可惜、雪中高树，香篝熏素被。杜诗：雪树元同色。熏被事详见前注。　　○今年对花最匆匆，相逢似有恨，依依愁悴。凝望久，青苔上、旋看飞坠。相将见、脆圆荐酒，人正在、空江烟浪里。但梦想、一枝潇洒，黄昏斜照水。林逋诗：疏影横斜水清浅，暗香浮动月黄昏。

　　《玉林词选》云：此只咏梅花，而纡徐反复，道尽三年间事。昔人谓好诗圆美流转如弹丸。余于此词亦云。

　　愚谓此为梅词第一。

【集评】

　　《新刻李于鳞先生批评注释草堂诗馀隽》：上观梅而追忆旧想之景色无方，下思人而远望长江之梦寐相隔。　又：露痕轻缀，雪中高树，写景逼真。又：疏梅浅水弄黄昏，正是故人驰神处。　又：机轴圆转，组织无痕，一片锦心绣口，端不减天孙妙手，宜占花魁矣。

　　《重刻类编草堂诗馀评林》：此咏梅词第一。

　　《新刻注释草堂诗馀评林》卷六：态随意出，辞遂机生，天孙手织不是过也。昔人谓梅词以此为冠，诚然也。

　　沈际飞《草堂诗馀·正集》：只咏梅，而纡徐往复，了三年间事，故足珍贵。"愁悴"句，梅花传心。　又：辉光旋转。

绛都春　早梅　新增

　　寒阴渐晓。报驿使探春，南枝开早。陆凯寄梅事，见前注。坡词注：大庾岭上梅花，南枝已落，北枝方开，寒暖之候异也。粉蕊弄香，芳脸凝酥琼枝小。林和靖诗：蕊讶粉绡裁太碎，蒂凝红蜡缀初干。雪天分外精神好。向白玉堂前应到。化工不管，朱门闭也，暗传音耗。薛维翰诗：白玉堂前一树梅，今朝忽见数枝开。儿家门户重重

374

闭,春色何因得入来。　　　○轻渺。盈盈笑靥,称娇面、爱学宫妆新巧。几度醉吟,独倚栏干,宫妆、倚栏二事并见前注。黄昏后,月笼疏影横斜照。更莫待、单于吹老。便须折取归来,胆瓶顿放了。

【集评】

《新刻李于鳞先生批评注释草堂诗馀隽》:上言梅花有斗雪缀玉之精神,下言梅花有笼用横窗之芳姿。　又:早梅妍媚,雪玉比洁。　又:更看影弄黄昏处,尤堪把玩。　又:自其初开时芳姿莫比,至疏影斜照,犹见巧媚,恍似一梅图。

《重刻类编草堂诗馀评林》:词意清朗,诵之敬服。

《新刻注释草堂诗馀评林》卷六:此等词华,如良金出冶,煅炼精神;良璧出璞,追琢温润。李贺诗"羌笛奏落梅",故云。

沈际飞《草堂诗馀·正集》:此等词华,似良金出冶,锻炼精神;良璧出璞,追琢温(后当脱"润"字)。　又:意油然。一云少味,非。

孤鸾 早梅

天然标格。是小萼堆红,芳姿凝白。淡伫新妆,浅点寿阳宫额。见前注。东君想留厚意,倩年年、与传消息。昨夜前村雪里,有一枝先折。僧齐己诗:前村深雪里,昨夜一枝开。　　　○念故人、何处水云隔。纵驿使相逢,难寄春色。见前注。试问丹青手,是怎生描得。晓来一番雨过,更那堪、数声羌笛。归去和羹未晚,劝行人休摘。

【集评】

《新刻李于鳞先生批评注释草堂诗馀隽》:上咏红日交映,先报春信;下有调羹之志，只恐声落尘埃。　又：东风初到，梅信先传。　又：难寄难横，和羹鼎鼐之才也。　又：苦被东风着意催，初无心事占春魁。年年为报南枝信，不许群芳作伴开。

（托名）杨慎《评点草堂诗馀》：未见爽人处。

《重刻类编草堂诗馀评林》：用僧齐己"前村深雪里，昨夜一枝开"之句，俱见早梅。

《新刻注释草堂诗馀评林》卷六：古诗："苦被东风着意催，初无心事占春魁。年年为报南枝信，不许群芳作伴开。"可为此评。

沈际飞《草堂诗馀·正集》：佳处在笔笔画梅。　又：全类《玉烛新》梅花词，后类刘方叔"重闻塞管何害，得到和羹，才明底蕴"句。又"莫待单于吹老，便须折取归来"，"寄驿人遥，和羹心在，谁为攀折"，顺反之殊。

玉烛新 梅花①

溪源新蜡后。见数朵江梅，剪裁初就。晕酥砌玉芳英嫩，故把春心轻漏。前村昨夜，见前注。想弄月、黄昏时候。孤岸峭、疏影横斜，浓香暗沾襟袖。　○尊前赋与多才，问岭外风光，故人知否。寿阳谩斗。宋武帝女寿阳公主，人日卧于含章檐下，梅花落其额上，成五出之花，拂之不去，三日洗之乃落。宫女奇之，竞效为梅花妆。终不似，照水一枝清瘦。岑参《梅花》诗：数枝清瘦出疏篱。风娇雨秀。好乱插、繁花盈首。杜诗：安得健步移远梅，乱插繁花向晴昊。须信道、羌管无情，看看又奏。李贺诗：羌笛奏落梅。

按：孙济师有落梅词《菩萨蛮》云："一声羌笛吹呜咽，玉溪半夜梅翻雪。江月正茫茫，断桥流水香。　含章春欲暮，落日千山雨。一点着枝酸，吴姬先齿寒。"亦是用羌笛奏《落梅》之事，今并附见于此。

①题目据杨金本补。

【集评】

《新刻李于鳞先生批评注释草堂诗馀隽》：上品红梅，有疏影度窗之神思；而下寄语岭客，有清声映水之境界。　又：漏春心，亦宜在黄昏时候。又：赋多才，向故人吹着梅花，树树生矣。　又："众芳摇落独鲜妍，占断风情向小园。疏影梅斜水清浅，暗香浮动月黄昏"，当与此并传。

（托名）杨慎《评点草堂诗馀》：一语为梅花传神。

《重刻类编草堂诗馀评林》：宋林和靖"疏影梅斜水清浅，暗香浮动月黄昏"之句番（即"翻"）来。　又：李贺有"羌笛奏落梅"之句。

《新刻注释草堂诗馀评林》卷六：林逋诗："众芳摇落独鲜妍，占断风情向小园。疏影横斜水清浅，暗香浮动月黄昏。"可为此评。

沈际飞《草堂诗馀·正集》：语岂不佳？久习成套。（晕酥砌玉芳英嫩，故把春心轻漏）　又：全是一团梅花精灵。　又：寿阳宫主犹不似，誉梅极矣，爱梅极矣。

蓦山溪 梅花①

曹元宠

洗妆真态，唐诗:雨洗宫梅一样妆。不假铅华御。唐诗:洗出铅华见玉肌。竹外一枝斜，和靖诗:竹外一枝斜更好。想佳人、天寒日暮。杜诗:天寒翠袖薄，日暮倚修竹。黄昏院落，无处着清香，风细细，雪垂垂，何况江头路。　　○月边疏影，梦到销魂处。结子欲黄时，又须作、廉纤细雨。见前夏词注。孤芳一世，供断有情愁，消瘦损，唐诗:冰肌消瘦为谁愁。东阳也，试问花知否。

【校】
①题目据杨金本补。

《新刻李于鳞先生批评注释草堂诗馀隽》：上拟佳人之度如梅花之清雅，下拟梅花之态如佳人之冷淡。　又：清香暗度黄昏，此情实难为言，花为雨瘦，花不自知。　又：白玉为肤冰为魂，耿耿独与参黄昏。其国色天香，方之佳人幽趣如何？

（托名）杨慎《评点草堂诗馀》："竹外一枝斜"，乃用东坡"竹外一枝斜更好"之句，徽宗时禁苏学，元宠近幸之臣暗用苏，所谓掩耳盗铃耳。噫！奸臣丑正直，徒为劳耳。

《重刻类编草堂诗馀评林》：言梅之精神，不假妆饰，自有清香。"想佳人"一句，喻之相似于此。"孤芳一世"句，又以佳人情愁、清瘦比之，乃以古人以花喻佳人之体。

《新刻注释草堂诗馀评林》卷六：坡公诗："罗浮山下梅花村，白玉为骨冰为魂。纷纷初疑月桂树，耿耿独与参黄昏。"亦言其国色天香，可方佳人也。

沈际飞《草堂诗馀·正集》：微思远致，愧粘题装饰者。　又："结子"处又添一景。○"否"字原与"路"字同押。　又：结句自清俊脱尘，用修泥，闽音呼"否"为"府"，而并结句落韵，不强人意，富于才，贫于学，是偏见也。又：按"竹外一枝斜"，用东坡"竹外一枝斜更好"之句。徽宗时，禁苏学，元宠又近幸之臣，而暗用苏句，所谓掩耳盗铃者。噫！奸臣丑正恶直，徒为劳尔。

西江月 梅花①

苏子瞻

玉骨那愁瘴雾，《梅圣俞集·梅诗》：玉骨绡裳韵太孤，天教飞雪伴清癯。冰肌自有仙风。海仙时遣探芳丛。倒挂绿毛么凤。南海有珍禽名倒挂子，绿毛，如鹦鹉而小。　○素面翻嫌粉涴，洗妆不褪唇红。高情已逐晓云空。不与梨花同梦。

《冷斋夜话》：东坡在惠州作梅花词，时侍儿名朝云者新亡，其寓意盖为朝云作也。

苕溪渔隐:《王直方诗话》载晁以道云:"说之初见东坡词,便知道此老须过海。只为古今人不曾道到此,须罚教去。"此言鄙俚,近于忌人之长,幸人之祸,直方无识,载之《诗话》,宁不畏人之讥诮乎?

《高斋诗话》:"高情已逐晓云空,不与梨花同梦。"后见王昌龄《梅诗》:"落落寞寞路不分,梦中唤作梨花云。"方知坡老用此诗也。

【校】
①题目据杨金本补。

【集评】
《新刻李于鳞先生批评注释草堂诗馀隽》:前段叙梅有天上仙翁之骨气,后段品梅有世外佳人之丰姿。　又:起二语对仗□□。　又:素质淡妆,更色色倾人。　又:"玉骨""冰肌"何须"粉浇""唇红"?若教解语,应倾国,任是无情亦动人。

(托名)杨慎《评点草堂诗馀》:古今梅花词,此为第一。　又:么凤,似鹦鹉而小,其矢亦青,土人蓄之帐中。

《重刻类编草堂诗馀评林》:坡老有(当作"此")词,有感而作。

《新刻注释草堂诗馀评林》卷六:袁丰之宅后有梅花数株,开时张幕敌风,曰:"冰姿玉骨,世外佳人,但恨无倾城之笑耳。"

沈际飞《草堂诗馀·正集》:不必有所指,即咏梅绝佳。○晁以道云:"初见坡词,便知道坡须过海。只为古今人不曾道到此,须罚教去。"苕溪渔隐言以道忌口,予谓其实乃深喜之。

汉宫春 梅花①

晁叔用

潇洒江梅,向竹梢深处,横两三枝。东君也不爱惜,雪压风欺。无情燕子,怕春寒、轻失佳期。惟是有、南来归雁,年年长见开时。《选·秋风辞》:草木黄落兮雁南归。　　○清浅小溪如练,谢朓诗:澄江静如练。问玉堂何似,茅舍疏篱。伤心故人去后,冷落新诗。微云淡月,对孤芳、分付他谁。空自倚,清香未减,风流不在人知。

《苕溪渔隐》云:此词用玉堂事,乃引用薛维翰"白玉堂前一树梅"诗事。或云宫苑之玉堂,非也。又云曾端伯编《乐府雅词》以此词为李汉老作,非也,乃晁叔用作,政和间以献蔡攸。是时朝廷方兴大晟府,蔡攸携此词呈其父,云今日于乐府中得一人。京览其词,喜之,即除大晟府丞。

【校】

①题目据杨金本补。

【集评】

《新刻李于鳞先生批评注释草堂诗馀隽》:上言压雪欺风佳期见归雁,下言微云淡月孤芳胜玉堂。　　又:风梅不见故人之思。　　又:思故人托思梅花之咏。　　又:此词咏梅不让"暗香""疏影"之句,所谓湘妃瑟、秦女箫,自是动人音律。

《新刻注释草堂诗馀评林》卷六:此词咏梅不让"暗香""疏影"之句,所谓湘妃瑟、秦女箫,自是动人音律。

沈际飞《草堂诗馀·正集》:一篇远思,如食江瑶柱,别自旨人。　　又:"玉堂"乃引用薛维翰"白玉堂前一树梅"诗事,有云宫苑玉堂,误矣。

梨花

水龙吟 新添

周美成

素肌应怯馀寒,艳阳占尽青芜地。樊川照日,灵关遮路,残红敛避。传火楼台,妒花风雨,僧祖可诗:未须风雨勒梨花。长

门深闭。亚帘栊半湿，一枝在手，偏勾引得，黄昏泪。　　　○
别有风前月底。布繁英、满园歌吹。乐天诗：惯听梨园歌管声①。
朱铅退尽，潘妃却酒，昭君乍起。雪浪翻空，粉裳缟夜，韩愈诗：
风揉雨练雪羞比，波浪翻空杳无涘。王介甫诗：积李兮缟衣。不成春意。
恨玉容不见，琼英谩好，与何人比。《长恨歌》：玉容寂寞泪阑干。谈
助元有女名琼英，幼以香屑杂食啖之，长而肌香，名曰香儿。

【校】

①惯听梨园歌管声，原作"惟听梨园歌吹发"，据《白氏长庆集》卷三《新
丰折臂翁》诗改。

【集评】

《新刻李于鳞先生批评注释草堂诗馀隽》：上言花容泪雨之态，下言花
颜翻雪之姿。　又：亦是"雨打梨花深闭门"。　又：雪里梨花闻玉容，凡花
莫与比素。　又："一枝带雨冰肌冷，几树含风雪色娇。"此诗可咏此词。

《重刻类编草堂诗馀评林》：喻梨花清洁之姿，群花无比，诗人所咏"一
枝带雨冰肌冷，几树含（当作"冷"）风雪色新"之句，形容殆尽。　又：引潘
妃、昭君喻花，谓花残有若家人之退颜不及宠。

《新刻注释草堂诗馀评林》卷三：喻梨花清洁之姿，群花无比，诗人所咏
"一枝带雨冰肌冷，几树含风雪色新"之句，最为切当。

沈际飞《草堂诗馀·正集》："残红敛避"四字神动。　又：心力强人。
又：但拟得个明白。

荷花

念奴娇

僧仲殊

水枫叶下，乍湖光清浅，凉生商素。西帝宸游罗翠盖，西

帝谓白帝也。杜：天高白帝秋。拥出三千宫女。白居易诗：怨女三千放出宫。绛彩娇春，铅华掩昼，占断鸳鸯浦。歌声摇曳，浣沙人在何处。　　○别岸孤袅一枝，广寒宫殿，冷落栖愁苦。雪艳冰肌羞淡泊，偷把胭脂匀注。媚脸笼霞，芳心泣露，不肯为云雨。金波影里，《前·天文志》：月穆穆以金波。为谁长恁凝伫。

【集评】

《新刻李于鳞先生批评注释草堂诗馀隽》：先模新荷出水娇姿堪挹，后写暗香度人芳心转艳。　又：娇春掩昼，写景如活。　又：妆媚脸芳心，恍是广寒女。　又："散清香，浮小叶，带雨乘风，张盖制衣"之句并见。此词一意翻成，自得标格。

（托名）杨慎《评点草堂诗馀》：亦自适语，无佳处。

《重刻类编草堂诗馀评林》："散清香，浮水叶，带雨乘风，张盖制衣"之句并在此词意翻成，自得标致。

《新刻注释草堂诗馀评林》卷五："散清香、浮小叶，带雨乘风，张盖制衣"之句，并见此词，一意翻成，自得标格。

沈际飞《草堂诗馀·正集》：所拥了然，且不留滞于物。　又：婉于说情，妙。　又：却晓此老根尘未尽。

桂花

金菊对芙蓉

花则一名，种分三色，嫩红妖白娇黄。《尔雅》：桂木，桂树，一名木犀，花淡白，其淡红者谓之丹桂，黄花者能著子。正清秋佳景，雨霁风凉。韩诗：时秋积雨霁，新凉入郊墟。郊墟十里飘兰麝，潇洒处、旖旎非常。自然风韵，开时不惹，蝶乱蜂狂。谢无逸《咏木犀》诗：西风扫尽狂蜂蝶，独伴天边桂子香。　　○携酒独揖蟾光。问花神何属，离兑中央。引骚人乘兴，广赋诗章。几多才子争攀折，嫦娥道、三种清香。状元红是，黄为榜眼，白探花郎。

【集评】

《新刻李于鳞先生批评注释草堂诗馀隽》：上是景布三秋，香飘十里；下是才子赋诗，姮娥品第。　又：点缀秋光，宛然一幅画图。　又：攀桂间嫦娥，自是少年登科。　又：点缀秋光，恍若菊吐东篱，映水芙蓉，一段神情又在广寒宫对语来。

（托名）杨慎《评点草堂诗馀》：此等三家村学究话，如何入词选？

《重刻类编草堂诗馀评林》：正得古人"香飘十里、景布三秋"之句。又："一枝拟向姮娥乞，管取花神不点头"，正是此语。

《新刻注释草堂诗馀评林》卷五：正得古人"香飘十里、景布三秋"句意。又："一枝拟问姮娥乞，管取花神为点头"，正似此语。

沈际飞《草堂诗馀·正集》：离兑中央，强凑。　又：愁病人所不堪，而偏宜咄咄怪事，恶道至此，作三千粉黛，一片云头，伎俩安在乎？

落花

六丑

周美成

正单衣试酒，怅客里、光阴虚掷。刘宾客诗：遥羡光阴不虚掷。愿春暂留，春归如过翼。一去无迹。杜甫诗：林墟过翼稀。为问家何在，夜来风雨，送①楚宫倾国。李延年歌：北方有佳人，绝世而独立。一笑倾人城，再笑倾人国。温庭筠诗：夜来风雨送残花。钗钿堕处遗香泽。杜诗：神女花钿落。乱点桃蹊，轻翻柳陌。刘宾客诗：桃蹊柳陌好经过。多情更谁追惜。但蜂媒蝶使，时叩窗槅。

○东园岑寂。《池亭》诗：岑寂东园可散愁。渐蒙笼暗碧。《文选》：绿罗结高林，蒙笼盖一丘。静绕珍丛底，成叹息。长条故惹行客。似牵衣待话，别情无极。残英小、强簪巾帻。应璩[2]诗：醉酒巾帻落。终不似一朵，钗头颤袅，向人欹侧。漂流处、莫趁潮汐。陈充《落花》诗：终寻流水送漂流。王介甫诗：百年沧州自朝夕。恐断红[3]、尚有相思字，何由见得。事见《摭遗》。见五卷[4]详注乌衣国事。

【校】：

①送，今通行本作"葬"。

②应璩，"璩"字原缺，据《太平御览》卷三百六十四引应璩诗补。

③红，原作"鸿"，据《详注周美成词片玉集》改。

④此处"五卷"，指《详注周美成词片玉集》第五卷。

【集评】

《重刻类编草堂诗馀评林》：词意自有落花形状，凋零狼籍，舞红坠粉，香销色褪，随风着雨，积翠堆红，残华败枝，随水沾泥之状尽见之矣，此外更无馀味。

沈际飞《草堂诗馀·正集》：摆开言意。○芳香泥人。○真爱花者，一花将萼，移枕携仆睡其下，以观花之由微至盛、至落、至于葬地而后已，善哉！○"长条"有似"残英"，不似眨眼，即知雄心必尽，况"漂流"一段节起新枝，枝发奇萼，长调不可得矣。

杨花

水龙吟

章质夫

燕忙莺懒芳残，正堤上、柳花飘坠。轻飞点画，青林谁道[1]，全无才思。闲趁游丝，杜：落絮游丝别有情。静临深院，日长门闭。傍珠帘散漫，垂垂欲下，依前被、风扶起。谢道韫诗：未若②柳絮因风起。 ○兰帐玉人睡觉，怪春衣、雪沾琼缀。绣床渐满，香球无数，才圆却碎。时见蜂儿，仰粘轻粉，柳诗：仰蜂粘落絮。鱼吞池水。望章台路杳，韩翃寄柳氏诗：章台柳，章台柳，昔日青青今在否。纵有长条似旧垂，也应有③折他人手。金鞍游荡，有盈盈泪。

《玉林词话》云：质夫"傍珠帘散漫"数语，形容尽之矣。

【校】：

①"谁道"二字据黄昇《绝妙词选》补。

②未若，二字衍，乃谢道韫回答其叔父语，非诗中词语。

③有，今通行本作"攀"字。

【集评】

张綖《草堂诗馀别录》：质夫建功戎马，亦人豪也。此词咏柳花，形容曲尽，工于铅椠之士万不能及，东坡复书云："柳花词妙绝，使来者何以措词？"然坡翁和"闭"字："萦损柔肠，困酣娇眼，欲开还闭。"和"水"字："春色三分，二分尘土，一分流水。"殆若禁体诗，然亦可谓绝妙矣，何谓无措词乎？刘叔安："前度桃花，去年人面，重门深闭。"虽不咏杨花，亦佳。

《新刻李于鳞先生批评注释草堂诗馀隽》：上写杨花有随风之态，下望章台有折柳之思。 又：咏柳絮随风如画景。 又：思□隔人远，如泣如诉。 又：杨花散飞轻盈，乘风带雨，滚地扑人。糁径穿帘，轻薄悠飏之态，尽于词内见之。

（托名）杨慎《评点草堂诗馀》：质夫词，工手；坡老词，仙手。

《重刻类编草堂诗馀评林》：散乱轻盈，乘风带雨，滚地扑人，糁径穿帘，轻薄悠扬之态，尽于词内见之。

《新刻注释草堂诗馀评林》卷三：此言杨花散乱轻盈，乘风带雨，滚地扑人，糁径穿帘，轻薄悠扬之态，尽于词内见之。 又：《玉林词话》云："质夫'傍珠帘散漫'语形容尽之矣。"

沈际飞《草堂诗馀·正集》："傍珠帘"数语悉杨花意态，东坡所和虽高，各不相高。《曲洧旧闻》云质夫有织绣工夫，晁叔用云："东坡如毛嫱、西施，净洗却面，与天下妇女斗好，质夫岂可比？"诗人议论不公。○"风扶起"，又有云"费尽东风扶不起"，都欲活。

梁桥《冰川诗式》卷二"诗馀"：诗馀，即香奁、玉台之体，言闺阁之情，乃艳词也。作者虽多，要之，贵发乎性情，止乎礼义。今于《草堂诗馀》中录数首以为法式。《水龙吟·咏杨花》（章质夫）（下引原词，略）

水龙吟 和章质夫韵

东坡

似花还似飞花，<small>白居易诗：花非花，雾非雾。</small>也无人惜从教坠。抛家傍路，思量却是，无情有思。<small>韩退之诗：杨花榆荚无情思，惟解漫天作雪飞。</small>萦损柔肠，困酣娇眼，欲开还闭。梦随风万里，寻郎去处，又还被、莺呼起。　○不恨此花飞尽，恨西园、落红难缀。<small>见前注。曹子建：清夜游西园。</small>晓来雨过，遗踪何在，一池萍碎。<small>公旧注云：杨花落水为浮萍。验之果然。</small>春色三分，二分尘土，一分流水。<small>叶道卿《贺圣朝》郊词：三分春色，一分愁闷，二分风雨。</small>细看来，不是杨花点点，是离人泪。

《曲洧旧闻》云：章质夫《水龙吟》咏杨花，其命意用事，清丽可喜。东坡和之，若豪放不入律吕，徐而视之，声韵谐婉，便觉质夫词有织绣工夫。故晁叔用云："东坡如毛嫱西施，尽洗却面，与天下妇人斗好，质夫岂可比耶？"

【集评】

《新刻李于鳞先生批评注释草堂诗馀隽》：上是柳底莺声，惊起相思梦；下是春暮花残，添来离别泪。　又：啼时惊妾梦，不得到辽西。　又：杨花点点垂风下，那堪离人泪眼看。　又：如虢国夫人不施粉黛，而一段天姿自是倾城。

（托名）杨慎《评点草堂诗馀》：坡公词潇洒出尘，胜质夫千倍。

《重刻类编草堂诗馀评林》：《曲洧旧闻》云："章质夫《水龙吟》咏杨花，其命意用事，清洒可爱。"

《新刻注释草堂诗馀评林》卷三：古诗："轻飞不假风，轻落不委地。撩乱惹晴空，废（当作"发"）人无限思。"可为此评。

沈际飞《草堂诗馀·正集》：思锋没石。　又："随风万里寻郎"，悉杨花神魂。　又：使以将军铁板来唱"大江东去"，必至江波鼎沸，若此词更进柳妙处一尘矣。〇读他文字，精灵尚在文字里面，坡老只见精灵，不见文字。

柳

兰陵王

柳阴直。烟里丝丝弄碧。隋堤上、曾见几番，拂水飘绵送行色。登临望故国。冯衍云：望秦晋之故国。谁惜①京华倦客。杜诗：旅食京华春。长亭路，年去岁来，应折柔条过千尺。

〇闲寻旧踪迹。又酒趁哀弦，灯照离席。杜：哀弦绕白雪。梨花榆火催寒食。愁一箭风快，半篙波暖。欧阳询诗：急风吹缓箭。坡诗：愁中半篙水。回头迢递便数驿。望人在天北。　　〇凄恻。江淹《别赋》：行子肠断，百感凄恻。恨堆积。渐别浦萦回，津堠岑寂。斜阳冉冉春无极。念月榭携手，露桥吹②笛。沉思前事，似梦里，泪暗滴。

【校】：

①惜，通行本作"识"。

②吹，通行本作"闻"。

【集评】

《新刻李于鳞先生批评注释草堂诗馀隽》：上折柳中亭意，中分袂长途情，下追思往事泪。　又：丝丝能系别离情，景真情切，咫尺天涯各一方，伤哉。　又：追思往事，益添新泪痕。　又：一段恳切一段悲，是以眼前景写心中事。

《重刻类编草堂诗馀评林》：古人所谓"丝丝能系别离情"，正见此词语。

《新刻注释草堂诗馀评林》卷三：古人所谓"丝丝能系别离情"，正此意。又：追思往事，维以不永怀。

际飞《草堂诗馀·正集》：快匀。　又："闲寻旧迹"以下不沾题，而宜为别怀，无抑塞。　又：淡宕有情。

草

点绛唇

林和靖

金谷年年，郑谷《草》诗：金谷园应没。乱生春树谁为主。馀花落处。《选·诗》：鸟散馀花落。满地和烟雨。罗邺《草》诗：不似萋萋南浦见，晚来烟雨正①相和。　〇又是离歌，杜诗：乱离还奏乐，飘泊且听歌。一阕长亭暮。王孙去，萋萋无数。南北东西路。见前注。

《诗话总龟》云：林和靖不特工于诗，尤工于词。如作《点绛唇》乃咏草耳，终篇不出一"草"字。

【校】

①正，《全唐诗》卷六百五十四作"半"。

【集评】

张綖《草堂诗馀别录》：张子野《过和靖宅》诗云："湖山隐后家空在，烟雨词亡草自青。"直以此词概其生平之作，《梅花》诸诗更不论也。子野长于调，故特惜之。

《新刻李于鳞先生批评注释草堂诗馀隽》：上借落花以为芳草侣，下借离歌以为青草愁。　又：眼前草俱是心上，化工语。　又：窗草不除，自有一种生意在，玩之。

（托名）杨慎《评点草堂诗馀》：妙在通篇不见一"草"字，且甚感慨。

《重刻类编草堂诗馀评林》：满地和烟雨，见其佳趣极高。

《新刻注释草堂诗馀评林》卷三：昔周茂叔窗前草不除，与自家意思一般，见道之言也。

沈际飞《草堂诗馀·正集》：终篇不出一"草"字，更得所以咏草之情。

咏燕

双双燕 新添

史邦卿

过春社了，王介甫诗：*处处定知秋后别，年年长向社前逢。*度帘幕中间，去年尘冷。差池欲住，《诗》：*燕燕于飞，下上其音。差池其羽。*试入旧巢相并。还相雕梁藻井。又软语、商量不定。飘然快拂花梢，翠尾分开红影。　〇芳径。芹泥雨润。郑谷诗：*落花径里得泥香①。*爱贴地争飞，竞夸轻俊。红楼归晚，看足柳昏花暝。应自栖香正稳，便忘了、天涯芳信。愁损翠黛双蛾，日日画栏独凭。

《玉林词话》云："姜尧章极称赏'柳昏花暝'之句，形容双燕亦曲尽其妙矣。"

389

①香,原作"忙",据郑谷《云台编》卷中、《文苑英华》卷三百二十九郑谷《燕》诗改。

【集评】

《新刻李于鳞先生批评注释草堂诗馀隽》:上是紫燕寻旧垒语,下是双飞触人情绪。 又:入旧巢,相雕梁,燕子图也。 又:日日凭栏,又是题外解意。 又:形容燕子栖檐入幕,轻飞巧语,掠水衔泥,其态度尽之矣。

(托名)杨慎《评点草堂诗馀》:史邦卿词奇秀清逸,有李长吉之韵,能融情景于一家,会句意于两得者。 又:形容想象,极是轻婉纤软。

《重刻类编草堂诗馀评林》:古诗云:"唯有旧巢燕,主人贫亦归。" 又:此词形容燕子栖檐入幕,轻飞巧语,掠水衔泥,其态度尽之矣。

《新刻注释草堂诗馀评林》卷三:此词形容燕子栖檐入幕,轻飞巧语,掠水衔泥,其态度尽之矣。 又:《玉林词话》云:"姜尧章极称赏'柳昏花瞑'之句,形容双燕,亦曲尽其妙矣。"

沈际飞《草堂诗馀·正集》:"欲"字、"试"字、"还"字、"又"字,入妙。还相"相"字,星相之"相"。

咏莺

黄莺儿 <small>新添</small>

柳耆卿

园林晴昼春谁主。暖律潜催,<small>杜诗:东君回暖律。</small>幽谷暄和,黄鹂翩翩,乍迁芳树。<small>《伐木》诗:伐木丁丁,鸟鸣嘤嘤。出自幽谷,迁于乔木。</small>观露湿、缕金衣,<small>《开元遗事》:明皇每于禁苑中见黄莺,呼为金衣公子。</small>叶映如簧语。<small>《诗》:巧言如簧。</small>晓来枝上绵蛮,似

390

把芳心、深意低诉。　　○无据。乍出暖烟来，又趁游蜂去。恣狂踪迹，两两相呼，黄昏雾吟风舞。当上苑柳浓时，别馆花深处。此际海燕偏饶，都把韶光与。

【集评】

《新刻李于鳞先生批评注释草堂诗馀隽》：上咏出新声之巧，下咏乘风轻翔之度。　　又：衣缕金衣谁如？种种典实。　　又："柳浓时""花深处"，曲尽春光。　　又：莺之鸣，今求其友声；莺之飞矣，相彼春阴。步步是莺中事实，最见咏，非空为赞赏乃尔。

《重刻类编草堂诗馀评林》：此见迁乔处。

《新刻注释草堂诗馀评林》卷三：《说文》："黄莺，仓庚也，一名商庚，一名鹒黄，又名黄袍，齐唤搏黍，楚人谓楚雀。"唐明皇呼为金衣公子。《月令》云："仓庚鸣则蚕生。"

沈际飞《草堂诗馀·正集》："春谁主"一作"谁为主"。　　又：莺之动静，始终具在。　　又："无据"二字没要紧。　　又：风烟雾露，迁出来去，话语吟呼，迭来取厌。　　又：以燕结，可可。"终朝"作"黄昏"，误。

杜鹃

满江红 新添

康伯可

恼杀行人，东风里、为谁啼血。《尔雅》：杜鹃，名怨鸟，夜啼达旦，血滴草木间，凡鸣皆北向。正青春未老，流莺方歇。蝴蝶枕前颠倒梦，杏花枝上朦胧月。问天涯、何事苦关情，思离别。

○声一唤，肠千结。闽岭外，江南陌。正长堤杨柳，翠条堪折。镇日叮咛千百遍，只将一句频说。道不如归去不如归，伤情切。范希文诗：夜入翠烟啼，昼寻芳树飞。春山无限好，犹道不如归。

【集评】

《新刻李于鳞先生批评注释草堂诗馀隽》：上是触景有离别之思，下是远途有归去之望。 又："颠倒梦""朦胧月"，此景与谁言。 又："不如归去"，催人鸟语最难听。 又：一唤千结，"杜鹃啼遍满江红，尽是离人眼中血"，此词之谓也。

《重刻类编草堂诗馀评林》：此一段（指下片）咏之犹听其声，令人安得不伤情乎？

《新刻注释草堂诗馀评林》卷三：梅圣俞《禽言》："不如归去，春山云暮。万木兮参天（当作"云"），蜀天兮何处。人言有翼可归兮，岂忍空啼向高树。"

沈际飞《草堂诗馀·正集》：开异口。（恼杀行人东风里） 又：二语新脆。

孤鸿

卜算子

苏子瞻

缺月挂疏桐，漏断人初静。时见幽人独往来，缥缈孤鸿影。 ○惊起却回头，杜牧诗：惊起暮天沙上雁。有恨无人省。拣尽寒枝不肯栖，枫落吴江冷。崔信明诗：枫落吴江冷。

山谷云：东坡道人在黄州作此词，语意高妙，似非吃烟火人语。自非胸中有万卷书，笔下无一点尘俗气，孰能至此？

《苕溪渔隐》曰："拣尽寒枝不肯栖"之句，或云鸿雁未尝栖宿树枝，惟在田野苇丛间。或改作"寒芦",亦是。但此词本咏夜景,至换头但只说"鸿"。正如《贺新郎》词"乳燕飞华屋",本咏夏景,至换头只说"榴花"。盖作文之法,语意到处即为之,不可限以绳墨。

铜阳居士云:"缺月"刺明微也,"漏断"暗时也,"幽人"不得志也,"独往来"无助也,"惊鸿"贤人不安也,"回首"爱君不忘也,"无人省"君不察也,"拣尽寒枝不肯栖"不偷安于高位也,"寂寞吴江冷"非所安也。此与《考槃》诗相似。

【集评】

张綖《草堂诗馀别录》:"拣尽寒枝不肯栖",苕溪谓鸿雁未尝栖树枝,欲改"寒枝"为"寒庐"。大方家寓意之作,正不必如此论。(言)"庐",独不可言"枝"耶? 李太白《鸣雁行》"一一衔芦枝"是也,苕溪无益之辩类如此。

《新刻李于鳞先生批评注释草堂诗馀隽》:上以鸿影与人影俱寂起,下有时举时集无人省到。 又:鸿举缥渺,寒枝莫栖,见几之审。 又:闻鸟盖能色举翔集,此吴江冷鸿,何异山果雌雉,人可不如鸟乎?

(托名)杨慎《评点草堂诗馀》:以下皆说鸿,词家别是一格。

《新刻注释草堂诗馀评林》卷五:山谷老评之当矣,又何赘焉?

沈际飞《草堂诗馀·正集》:或以鸿雁未尝栖宿树枝,欲改做"寒芦"。夫拣尽则不栖枝矣,子瞻不误也。 又:通篇无一点尘俗气。 又:《耆旧续闻》云:"赵右史亲见东坡此词墨迹,是'寂寞沙洲冷'。" 又:宋儒解传时事,已成恶评,"枫落"句又崔信明诗,与篇中不相应,作"吴江冷",非。

附录

附录一 《草堂诗馀》序跋汇编

叶盛《书草堂诗馀后》：《草堂诗馀》前集八卷，后集八卷，此则书坊本，前后集上下四卷，始周美成《水龙吟》，终苏东坡《卜算子》，有脱板，较之别板字稍大者，则此本阙七十四首，疑此是续刊节本，然又有别本所无者，因录补遗一卷于后。盛幼时先叔父家见此书，手之不置，先叔父见之，斥曰："童子未读书，何得用此？"即夺而藏之。先是，先叔父尝一日对客，坐读仕孝《劝善书》，盛时垂髫，还自塾中，旁立侍，叔父初不知盛之稍有知也。他日，复对客，偶及《劝善书》，取检未得，盛即请曰在第几卷第几板。果然，由是以颖异见称，期勉甚至也。呜呼！言犹在耳，今三十年矣，碌碌无成，其于先生长者期待之意，何如哉！(《菉竹堂集》卷七)

张綖《草堂诗馀别录》卷首语：歌咏以养性情，故声歌之词有不得而废者。诗馀者，唐宋以来之慢调，吴文节公于《文章辨体》亦有取焉。虽亦艳歌之声，比之今曲犹为古雅，故君子尚之。当时集本亦多，唯《草堂诗馀》流行于世，其间复猥杂不粹。今观老先生朱笔点取，皆平和高丽之调，诚可则而可歌。复命愚生再校，辄敢尽其愚见，因于各词下漫注数语。略见去取之意，别为一录呈上，倘有可取进教，幸甚。嘉靖戊戌五月十三日录上。

陈宗谟《草堂诗馀序》：《草堂诗馀》，诗之馀也。说者疵其慢要俚俗，流连光景，故其弊也，致使语言颠复，首尾混淆。西渠子曰："诗讫三百，是后流为二十有四：赋、颂、铭、赞、文、诔、箴、诗、行、咏、吟、题、怨、叹、章、篇、操、引、谣、讴、歌、曲、词、调，皆其六义之馀，而古人作之，岂赘也耶？《南陔》《白华》《华黍》，有声无词，音之至也。周汉而下，古乐府补乐歌，节以调应，词以乐定，题号虽不同，所以宣畅其一唱而三叹，诗馀、乐府，盖相为表里者也。卜子夏云：'虽小道，必有可观。'其在兹乎？"吕峰子偕其外君子仙洲，方将极意于诗者也，因予言，遂录以序之，梓而达诸天下也。时嘉靖十七年戊戌仲冬月哉生明，南京国子监监丞陈宗谟书。

　　李谨《新刊古今名贤草堂诗馀引》：南津子曰："诗自三百篇而降，气运相沿，屡观其变，其道已不纯古。衰颓至于唐季，而诗馀之变渐盛，至宋则又极焉。其体裁则繁，音节则轻，辞则近亵，而妍巧混，论敦厚之意，存者寡矣。嗟呼！其去古也，讵不遐哉？"予政暇，尝阅集中虽多名流，以诗道盛，未妙过，故不能高振而乐习之。若太白，挺天纵之才，抱大雅之叹，为唐宗贤，而有《忆秦娥》《菩萨蛮》二曲，深可怪也。较之曲，盖亦非齐驱矣。客有闻者曰："信斯言也，曷以传耶？"曰："求据步于正室，当引辔于康衢，弗传，固宜也。"然而按作者之遣，考时风之弊，其庶几可以兴欤？故刻而传，是为引。嘉靖己酉仲秋望日，赐进士第文林郎知歙县事四会南津子李谨书。

　　刘时济《新刊古今名贤草堂诗馀词话跋》：幽人览翠汀洲，驰情云岳，故秘思之抽，鸭（疑为"畅"）悉所怀，而川驰云飞之变，亦各鸣其逸志也。曜翁风日流丽，霁晚孤吹之评，岂肆喙乎？昔称豪士卑冠盖，诱松桂，每寓迭咏中，故历辞藻，可以涵性情，离嚣俗，襟怀迈庸，峥峨迭兴，诗之裨益多矣。唐宋名豪冠秦、苏，率散质，诗馀载亦富，虽不能祛讥步春，获美雄浑，然肖翘缤纷，变眩曲尽，谓词人之冠也亦宜。故复刻之，以资后学三馀之暇。物多厄于不遇，《草堂诗馀》，古佳制也，数十年来，蹈袭旧刻，类多模糊剥落，阅者凭意认字，付之想象，不便者久之，其死于不遇也。得李南津公倡新董正，二三同志相与竟成之，昔之厄，而今之遇，犹诸美珠在涸，濯以清泉而自明矣，阅者其毋得珠忘泉。白峰刘时济谨识。

　　何良俊《类选笺释草堂诗馀序》：顾子汝所刻《草堂诗馀》成，问序于东海何良俊。何良俊曰："夫诗馀者，古乐府之流别，而后世歌曲之滥觞也。爰自上古鸿荒之世，礼教未兴，而乐音已具。盖乐者，由人心生者也。方其淳和未散，下有元声，则凡里巷歌谣之辞，不假绳削，而自应宫徵即成。周列国之风皆可被之管弦是也。迨周政迹熄，继以强秦暴悍，由是诗亡而乐阙。汉兴，《郊祀》《房中》之外，别有《铙歌辞》，如《雉子班》《朱鹭》《芳树》

《临高台》等篇。其他苏、李虽创为五言诗，当时非无继作者，然不闻领于乐官，则乐与诗分为二，明矣。魏晋以来，曹子建《怨歌行》七解，为晋曲所奏，他如横吹、相和、平调、清调、清商、楚调诸曲，六朝并用之。陈隋作者犹拟乐府歌辞，体物缘情，属咏虽工，声律戾矣。唐太宗以文教开国，又玄宗与宁王辈皆审音，海内清宴，歌曲繁兴，一时如李太白《清平调》、王维《郁轮袍》及王昌龄、王之涣诸人，略占小词，率为伎人传习，可谓极盛。迨天宝末，民多怨思，遂无复贞观、开元之旧矣。宋初，因李太白《忆秦娥》《菩萨蛮》二词以渐创制，至周待制领大晟府乐，比切声调，十二律各有篇目，柳屯田加增至二百馀调，一时文士复相拟作，而诗馀为极盛。然作者既多，中间不无昧于音节，如苏长公者，人犹以铁绰板唱'大江东去'讥之，他复何言耶？由是诗馀复不行。而金、元人始为歌曲，盖北人之曲以九宫统之，九宫之外，有道宫、高平、般涉三调，总一十二调，南人之歌亦有南九宫，然南歌或多与丝竹不叶，岂所谓土气偏诐、钟律不得调平者耶？总而核之，则诗亡而后有乐府，乐府阙而后有诗馀，诗馀废而后有歌曲，大抵创自盛朝，废于叔世，元声在则为法省而易谐，人气乖则用法严而难叶，兹盖其兴革之大较也。然乐府以曒径扬厉为工，诗馀以婉丽流畅为美，即《草堂诗馀》所载，如周清真、张子野、秦少游、晏叔原诸人之作，柔情曼声，摹写殆尽，正辞家所谓当行、所谓本色者也，第恐曹、刘不肯为之耳。假使曹、刘降格为之，又讵必能远过之耶？是以后人即其旧词稍加檃栝，便成名曲，至今歌之，犹耸心动听。呜呼！是可不谓工哉！余家有宋人诗馀六十余种，求其精绝者，要皆不出此编矣。顾子，上海名家，家富诗书，代传礼乐。尊公东川先生博物洽闻，著称朝列，诸子清修好学，绰有门风，故伯、叔并以能诗供奉清朝。仲、季将渐以贤科起矣。是编乃其家藏宋刻本，比世所行本多七十馀调，是不可以不传。今圣天子建中兴之治，文章之盛，几与两汉同风，独声律之学，识者不无歉焉。然是编于声律家，其可少哉？他日天翊昌运，笃生异人，为圣天子制功成之乐，上探元声，下采众说，是编或大有裨焉，观者勿谓其文句之工，但足以备歌之用，为宾燕之娱耳也。嘉靖庚戌七月既望东海何良俊撰。"（《类选笺释草堂诗馀》）

杨慎《草堂词选叙》：诗词同工而异曲，共源而分派。在六朝，若陶弘景之《寒夜怨》、梁武帝之《江南弄》、陆琼之《饮酒乐》、隋炀帝之《望江南》，填词之体已具矣。若唐人之七言律，即填词之《瑞鹧鸪》也。七言律之仄韵，即填词之《玉楼春》也。若韦应物之《三台曲》《调笑令》，刘禹锡之《竹枝词》《浪淘沙》，新韵迭出。孟蜀之《花间》、南唐之《兰畹》，则其体大备矣，岂非共源同工乎？然诗圣如杜子美，而填词若太白之《忆秦娥》《菩萨蛮》者，集中绝无。宋人如秦少游、辛稼轩，词极工矣，而诗殊不强人意。疑若独艺然者，岂非异曲分派之说乎？昔宋人选填词曰《草堂诗馀》，其曰"草堂"者，太白诗名《草堂集》，见《郑樵书目》。太白本蜀人，而草堂在蜀，怀故国之意也。曰"诗馀"者，《忆秦娥》《菩萨蛮》二首为诗之馀，而百代词曲之祖也。今士林多传其书，而昧其名。故于余所著《词品》首著之云。嘉靖辛亥仲春花朝，洞天真逸杨慎叙。

杨金《重刻草堂诗馀序》：古太师陈民风以考俗，而里巷之歌谣皆得以昭华于异代。说者谓有章曲者曰歌，无章曲曰谣，而注韩诗者亦云，是以考之，则曲调非后来之变也。《击壤》其滥觞乎？至《阳春》，则其流演矣，君子谓风雅同出而异用，是故豳风不亦雅，而大小雅之变则曰风，非无雅也。雅不用而风存也，风变而为骚赋，入汉魏则流为五言。五言，其唐体之祖乎？盖再变而曲调成，犹黄钟之再统变而有子声，变半声之入调焉耳，非有出于乐之外也。诗馀，曲而尽，婉而成章，其调成而曲备者乎？好古者可以考风而知化矣。唐多逸，宋多典，亦多词人，学士之所操弄，而爱君忧国之意，又每托于妇人女子之词，则其不能自已之情，真有足以感动人者，其志亦可采矣。其大约皆本诗之六义，岂曰取其辞而已乎？间有艳辞，亦并存之，尽其变也。变极则反，反而正，不有待于时耶？夫声诗，古乐之馀耳，诗馀，又其支流也。若溯流穷源，以求所谓考中宣风者，则不在诗馀之例。旧集分为上下卷，今仍之，刻于睦之郡斋。时嘉靖甲寅春日当涂杨金识。

来行学《刻草堂诗馀袖珍自序》：经宫纬羽，艳只字于色飞；角绿斗红，紫片辞而魂绝。是以《云谣》黄泽，响遏清风；宝鼎芝房，价高《白雪》。乐府争传《杨柳》《大堤》之句，大晟曾填"鱼游春水"之腔。娱耳陶匏，并收金石；玩目黼黻，谁问玄黄。则有文姬墨卿，殢柔条于韶景；亦写离怀愁绪，悲落叶于劲秋。"云破月来花弄影"郎中，扣靡将命；"红杏枝头春意闹"尚书，倒屣屏呼。少长河阳，由来能舞；兄弟协律，生小学歌。箜篌非关曹植之章，琵琶何待石崇之曲。若乃皱水梦回，焉取君臣嘲谑；荷香桂子，那知金亮投鞭。《诗馀》一编，汇连千首。织绡制锦，非唯芍药之花；凤律鸾歌，宁止蒲萄之树。向来剞劂，不无雌黄，邺架可登，奚囊未便。于是五松主人燃脂暝缮，弄墨晨书，新定鲁鱼，前仍甲乙。珠帘以玳瑁为押，玉树用珊瑚作枝。永对玩于床帷，长披拭乎纤手。因使诗盟酒社，月夕花朝，马上频开玉函，枕畔轻摇檀拍。肘悬丹检，豪哲聊供捧腹之欢；帐锁红楼，婵娟更唱莲舟之引。辛丑午日，西陵来行学颜叔书。

叶向高《新锓李太史注释草堂诗馀旁训评林·草堂诗馀引》：尝谓诗言志也，自古骚人墨士，莫不感时起兴，触景而赋之诗，若春有芳草之游，夏有绿荷之赏，秋有黄花之饮，冬有白雪之味，皆其事也。少游秦公、耆卿柳公辈，非一人，其长短之调，四时之辞，本各随时而赋，足以畅幽怀，写衷曲，至悠然也。但刻者多失其类，散乱混淆，遂失作者之意。今九我李先生留心此集，考古校证，以春景汇分三卷，其夏、秋、冬各一焉，各加注释，编为一帙，名曰《注释草堂诗馀》，而付之剞劂氏。予展读之，其分类明，注释旁训详，评论当，后之有志于学词者，先之图谱，以审其韵，后之评释以绎（笔者按：五字原书残破，据南图藏本补，序末八字同）其义，则不患无所助云。台山叶向高撰。（按：此书为万历庚子即 1600 年梓行者）

《新锓订正评注便读草堂诗馀·引首》：尝谓天运有四时：曰春，曰夏，曰秋，曰冬。而古之文人墨士莫不感时起兴，观物兴心，对景赋诗焉。若春有芳草之游，夏有绿荷之赏，秋有黄花之饮，冬有白雪之咏，皆其事也。少游秦公、耆卿梅（尝作"柳"）公辈非一人，其长短调四时之辞本各随时而赋焉。但后世剞劂者多失其类，散乱混淆，遂使作者之意不明矣，良可惜哉！吾年友李君梧芳业暇时，分门取类，仍加评释，付诸梓而行之天下。予展举读之,其分类也明,其评论也当,后之有志于学词者先之图谱以审其韵,后之评释以绎其义,则不患学加之无其助云。时万历壬寅岁孟冬月吉旦乔山书舍梓。(《新锓订正评注便读草堂诗馀》卷首)

胡桂芳《类编草堂诗馀序》:曩余为司马郎,多暇日,尝取《草堂诗馀》分类校之,令善书者录成一帙。自是每行役,必置油壁中,有会心处,即凭轼观焉。绎妙词于目接,咏好景于坐驰,飘飘然若出风尘之表矣。携持既久,渐以脱落,谋锓诸梓。黄生作霖、崔生畴来、朱生完,岭南所称博雅地,畀之重校,订讹补逸,列为三卷。既竣,请于余曰:"诗之为义大矣,缘情体物,必本王泽,系民风,非是者,君子无取焉。诗馀词多轻艳,何所爱而传之也?"余曰:"非然。夫自大雅既湮,众制蔚起,如骚、如赋、如诗、如乐府,纷纶瑰玮,何可殚述?口虽去古未远,而含思蓄韵,或至忘荃,贵纸传都,亦已充栋,在学者闭户自精而已,岂游情之致乎?若顾子(汝)所辑《诗馀》约二百调,大率指咏时物,发抒性怀,平居讽诵,可以自乐,而尤宜于行迈,故足取也。抑余闻之,凡诗之作,由心而发,夫人之心,岂不贵于适乎?天之适人以时,地之适人以境,人之自适以情。情适,而时与境皆适已。诗馀诸调或雅或俗,虽非一体,要皆随时与境逞其才情,发为歌咏,丽词方吐,逸韵旋生,有得于县解而合乎天倪者。尔乃状景物之清佳,纪山川之名胜,叙时事之变迁,揣人情之欣戚。或寓箴规于赞颂,或志警悟于登临,自足启灵扃而祛俗障。即古陈诗观风者或所必采,间有音类巴歈,词涉郑卫,质之风雅,盖亦思无邪之旨也已夫,安得而訾之?且余驱驰原隰,俯仰乾坤,遇天气嘉,地形胜,众庶说,草木茂,禽鸟翔,未尝不跃然有怀。徐操是编览之,则见其摹写之工,音律之巧,若先得我心之同者,是以终日把玩而不能释也。然此一诗馀也,高言之,则谓其天机独得,依永和声,可以被管弦而谐丝竹。卑言之,则谓其绮靡渐滋,浇淳散朴,只以悦流俗而道淫哇,皆非余所敢知。余所知者,惟在行役之时,登车而后无所事事,对景牵思,摘辞绘境,则是编为有助焉尔。若其始而校之也,惟以便翻阅,今而属子重校也,将以备遗忘,岂谓是可该六义之要而追三代之风乎?"于是三生唯唯,曰闻命矣。乃以授梓,而诠次余言于简端。万历丁未季春谷旦,广东布政使司管右布政事、左布政使金溪胡桂芳书于爱树堂。

黄作霖《类编草堂诗馀跋》：金溪胡公捻辖逾年，山海告宁，百废俱举。铃阁之暇，辄进诸生商确文艺，间出所编《诗馀》，令相厘正之，受而卒业。则景物缕分，短长鳞次，因门附类，端绪不淆，视昔请刻，体裁独当，而一宗顾汝所选，金、元靡习，悉摈而不收，此编一出，长安之纸价复高矣。因请付之剞劂，公许而序之，且嘱霖跋其左方。霖不文，乌能供笔札之役，附青云于不朽哉！窃观诗馀之制始于李供奉两词，学士大夫争相摹劾，遂为词林嚆矢，其世既远，其调益繁，而《花间》《金荃》诸集以次代兴，牦毛不翅矣。总之，掞露裁云，扬葩舒藻，传意纨素之间，振响宫商之内，令读者飘然有凌云想，可不谓工乎？或者犹谓柔情曼态，壮夫不为，第不考音比律，即乐府，无当于世，又何宣金石、被管弦之冀也？勾吴王大司寇尝于《卮言》论次之，固知公所以表章斯词，将与乐府并存，四海之内，宁无同好者？□其元声，发其天籁，大雅不难复焉。兹固公意，亦王司寇所论次意也。万历丁未莫春番禺门人黄作霖谨跋。

《新刻注释草堂诗馀评林序》：旧籍坊本虽伙，其字画舛讹，词语脱漏，读者憾焉。今九我李先生留心此集，考古校证，但以春景之词汇分三卷，其夏、秋、冬各一卷焉，使诸览习，不繁不厌，订其释注，新其词评，焕然在目，书林徐君见而悦之，请梓以广其传。今圣天子建隆兴之治，文士之盛，几与商、周同风。独声律之学，识者不无歉焉。然是编于声律家其可少哉？他日圣天子制功之乐，上探元声，下采众说，是编或大有裨于后学，观者勿谓其文句之工，但足以备歌曲之用，为宾燕之娱耳也。（此书为万历戊申即1608年刊本）

陈仁锡《类选笺释草堂诗馀叙》：诗者，馀也。无馀，无诗。诗曷馀哉？东海何子曰："诗馀者，古乐府之流别，而后世歌曲之滥觞也。元声在，则为法省而易谐，气乖则用法严而难叶。"余读而韪之。及又曰："诗亡而后有乐府，乐府阙而后有诗馀，诗馀废而后有歌曲。"由斯以谈，成周列国为一盛，而暴秦乐阙为一衰。汉兴，《郊祀》《房中》《铙鼓》暨苏、李为一盛，而魏、晋、六朝、秦、隋为一衰。太宗以下，李白、王维、昌龄辈为一盛，而天宝为一衰。宋有十二律，篇目增至二百馀调，为一盛，而金、元为一衰。其盛也，涂巷被弦管，出汤火，扬清讴，甚则太、玄、宁王，天子审音，《清平》《郁轮袍》相继作，而《忆秦娥》《菩萨蛮》二词遂开周待制、柳屯田领乐创调之繁。其衰也，如秦如玄，主暴民愁，律吕道绝。乃若子建《怨歌》七解，暨横吹和平诸调，六代、陈、隋并用之。而金、元歌曲，激响千代，可谓歌曲亡诗馀、诗馀亡乐府、乐府亡诗耶？则是荡然无馀，其何诗之有？人亦有言有能不能，余谓审音不尔，夫声音之道，一叶而知天下秋，岂栉比哉？凡诗皆馀，凡馀皆诗，余与陈、钱二先生重订行世，余何知诗，盖言其馀而已矣。甲寅中秋古吴陈仁锡书于尧峰之青莎坞。(《类选笺释草堂诗馀》)

钱允治《类选笺释国朝诗馀序》：词者，诗之馀也。曲，又词之馀也。李太白有《草堂集》，载《忆秦娥》《菩萨蛮》二调，为千古词家鼻祖，故宋人有《草堂诗馀》云。若其分类笺释，则起于胜国人所为，大都如《六家文选》，必引某句出某于某人，未免牵合附会，殊为东坡所厌。今兹集一遵旧本，旁求博采，汇萃本朝名人所制，绩于二集之后，凡若干卷，然什百之一，尚多遗亡也。与陈明卿孝廉稍为注释，略加标记，然亦什百之一，尚多挂漏也。窃意汉人之文，晋人之字，唐人之诗，宋人之词，金、元人之曲，各擅所能，各造其极，不相为用。纵学窥二酉，才擅三才，不能兼盛。词至于宋，无论欧、晁、苏、黄，即方外闺阁，罔不消魂惊魄，流丽动人。如唐人一代之诗，七岁女子亦复成篇，何哉？时有所至，天地圆声，不发于此，则发于彼，正使曹、刘降格，必不能为，时乎？势乎？不可勉强者也。我朝悉屏诗赋以经术程士，不回于俗，间多染指，非不斐然，求其专工称丽，千万之一耳。国初诸老，犁眉、龙门尚沿宋季风流，体制不谬。迨乎成弘以来，李何辈出，又耻不屑为。其后骚坛之士试为拈弄，才为句掩，趣因理湮，体段虽存，鲜称当行。正嘉而后，稍稍复旧，而弇州山人挺秀振响，所作最多，杂之欧、晁、苏、黄，几不能辩。又何耶？天运流转，天才骏发，天地奇才，不终诎于腐烂之程序，必透露于藻缋之虞章，时乎？势乎？不可勉强者也。然词者，诗之馀也。词兴而诗亡,诗非亡也,事理填塞、情景两伤者也。曲者,词之馀也。曲盛而词泯,词非泯也,雕琢太过、旨趣反蚀者也。诗降而词,筋骨尽露,去汉、魏乐府千里矣。词降而曲,略无蕴藉,即欧、苏所不屑为。而情至之语,令明人一唱三叹,此无他,世变江河,不可复挽者也。嗟乎!有一代之兴,必有一代之制。而我朝监于二代,郁郁之文炳焕宇内,即填词小技,逐出宋元而上,几欲篡其位,兹非国家文运之隆、人才之盛,何以致是哉?兹因太末翁元泰强为汇萃,而见闻不广,收录艰难,且时日局迫,引用乖方,未免顾此失彼,遗漏挂误,讵能媲美《草堂》《花间》词选诸集?又愧嘲风咏月,无补世教。然因词以审音,因音以知律,因律以识乐,引商刻羽,铿锵鼓舞,推之郊庙朝廷之上,未必无助云尔。知音君子尚赖是救是正,可也。万历甲寅季秋既、望吴郡钱允治撰。(《类选笺释国朝诗馀》)

钱允治《合刻类编笺释草堂诗馀序》:先刻《草堂诗馀》,无如云间顾汝所家藏宋本为佳,继坊间有分类注释本,又有昆陵区湖外史《续集》本,咸鬻于书肆,而于国朝未遑也。惟注释本脱落谬误,至不可句。太末翁元泰见而病之,博求诸刻,愈多愈缪,乃倩余任校雠之役,又命余搜葺国朝名人之作,并昆陵《续集》尽加注释,凡三编焉。刻既成,复请序其事。余于末编稍吐绪余,僭书其上矣,兹又何言哉?惟是见闻不广,遗漏尚多,愿吾海内君子悯其阔落,出所珍藏,并付翁氏,以类添入,或更为一卷,庶几雕绘满眼,云锦烂然,诧为大全,不亦美乎?若夫诗之名馀,堂之名草,已具前言,兹不再续。万历甲寅长至日老生钱允治撰。

秦士奇《草堂诗馀序》:夫诗亡而馀骚赋,骚赋变而馀乐府,乐府缺而馀词曲。粤古之乐章、乐歌、乐曲皆出于雅正,即《昔昔盐》《夜夜曲》,已乖词名。自隋唐以来,声诗间为长短句,如《穆护砂》《阿鸦回》《鹌烂堆》等曲,至新曲《楚妃》《踏歌》《风华》,必溯六朝。唐则有《尊前》《花间》而成调,至集名《兰畹》《金荃》,取其逆风闻熏芳而弱也。则词宁为大雅罪人,必不尚豪爽磊落明矣。迄宋崇宁立大晟府,命周美成诸人讨论古音,少得存者。由此八十四调之声稍传,后增演慢、曲、引、近,为三犯、四犯,领乐创调之繁,有六十四家词，至二百馀调，其间可歌可诵，如李、晏、柳七、秦七、"云破月来花弄影"郎中、"红杏枝头春意闹"尚书，闺彦若易安居士，词之正也。至温、韦艳而促，黄九精而新。长公骚而壮，幼安辨而奇，又词之变体也。至高竹屋、姜白石、史梅溪、吴梦窗诸人，格调迥出清新。故词流于唐而盛于宋。乃选填词曰《草堂诗馀》，而杨用修以青莲诗名《草堂集》，诗馀者，青莲《忆秦娥》《菩萨蛮》二首为开山词祖。殊不知词不始于唐，如陶弘景之《寒夜怨》、梁武帝之《江南弄》、陆琼之《饮酒乐》、隋炀帝之《望江南》，六朝君臣颂酒赓色，务裁艳语，宛转僝僽，蔚发词华，又开青莲之先。若唐玄宗所称"牡丹带露真珠颗"。《菩萨蛮》一曲，又不知谁氏所为，则又《花间集》之先声已。然《花间》皆小语致巧，犹伤促碎，至《草堂》以绵丽取妍六朝，故以宋人为诗之馀，至金、元渐流为歌曲。若我明如刘伯温、杨用修、吴纯叔、文征仲、王元美兄弟辈，激响千代，移宫换羽，蝉缓而就之，诗若荡然无馀，而不知即馀亦诗也。自三百而后，凡诗皆馀也。既谓骚赋为诗之馀，乐府为骚赋之馀，填词为乐府之馀，声歌为填词之馀，递属而下，至声歌，亦诗之馀；转属而上，亦诗而馀。声歌，即以声歌填词乐府，谓凡馀皆诗，可也。然历朝近代皆有一种古隽不可磨灭处，余故商之沈天羽氏，以正、续两集并我明朝新集，为之正次订舛，抉微撷芳，先识古今体制雅俗，脱出宿生尘腐气，大约取其命意远、造语鲜、炼字响、用字便，典丽清圆，一一粘出，至于别集，则历朝近代中所逸，辞意颖拔，风韵秀上，骚不雄，丽不险，质不率，工不刻，天然无雕饰，且语不经人道，皆如新脱手，读之使人神越色飞，令斗字逞侠者退舍。大约词婉变而近情，燕呢莺吭，宠柳娇花，原为本色，但屏浮艳，不邻郑卫为佳。至离情则销魂肠断，其辞多哀，但调感怆于南浦、渭阳之外。咏节叙要，措辞精碎，见时节风物、聚会晏乐景况。然率俚，岂可歌于坐花醉月之间？若咏物，恐摹写稍远，又恐体认太真，要收纵联密、用事合题为妙。又难于寿辞，说富贵近俗，功名近谀，神仙近于阔虚诞，总此三意，而无松椿龟鹤字为佳。人知词难于长调，而不知难于令曲，一句一字闲不得，亦一句一字著不得，即淡语、浅语、恒语，极不易工，末句要留有余不尽意思，如近代《绝妙词选》，名公调脍，多以此为射雕手。余才不甚颖，浩癖于词章，亦知词平仄断句皆有定数，但不能断韇枯毫、句敲字推，故耽二十年，未见其进,不知诗,乌知诗馀? 余特言其余,海内词人韵士,得毋以击缶韶外为不足观也耶? 东鲁尼山樵秦士奇书于玉峰署中。(沈际飞《草堂诗馀四集》本)

沈际飞《序草堂诗馀四集》:说者曰:"周人制为乐章,汉世则有乐府,晋、宋之际有古乐府,与汉人之乐府不可同日语也。再变而为隋、唐、五代之乐歌,又变而为宋、元之长短句,愈降愈下矣。"此以风气贬词者也。或曰:"曰风、曰雅、曰颂,三代之音;曰歌、曰吟、曰行、曰操、曰辞、曰曲、曰谣、曰谚,两汉之音;曰律、曰排律、曰绝句,唐人之音。诗至于唐而格备,至于绝而体穷。宋不得不变而之词,元不得不变而之曲。"此以体裁贬词者也。或曰:"风雅本歌舞之具,汉不能歌风雅,则为乐府歌之。风雅但可作格而不可言调。唐用绝句为歌,则乐府但可为格,而不可言调。由兹而下,诗变为词,词变为曲,代代如之,盖古今之音大半不相通,则什九失其调。"以此音义言词,而为词解嘲者也。而不知词吸三唐以前之液,孕胜国以后之胎,斟量推按,有为古歌谣辞者焉,有为骚赋乐府者焉,有为五七言古者焉,有为近体歌行者焉,有为五七言律者焉,有为五七言绝者焉。而元人之曲,则大都吞剥之。故说者又曰:"通乎词者,言诗则真诗,言曲则真曲。"斯为平等观欤,而又有似文者焉,有似论者焉,有似序、记者焉,有似箴、颂者焉。于戏! 文章殆莫备于是矣。非体备也,情至也。情生文,文生情,何文非情? 而以参差不齐之句,写郁勃难状之情,则尤至也。彼琼玉高寒,量移有地;花钿残醉,释褐白天。甚而桂子荷香,流播金人,动念投鞭,一时治忽因之。甚而远方女子,读淮海词,亦解脍炙,继之以死,非针石芥珀之投,曷缘至是? 虽其镂镂脂粉,意专闺檐,安在乎好色而不淫。而我师尼氏删国风,逮《仲子》《狡童》之作,则不忍抹去,曰:"人之情,至男女乃极。"未有不笃于男女之情,而君臣、父子、兄弟、朋友间反有钟吾情者。况借美人以喻君,借佳人以喻友,其旨远,其讽微。仅仅如欧阳舍人所云"叶叶花笺,文抽丽锦;纤纤玉指,拍按香檀。不无清绝之词,用助娇娆之态"而已哉! 或又曰:"辛稼轩以诗词谒蔡光,蔡云:'子之诗,未也,当以词名。'"马鹤窗与陆清溪皆出菊庄之门,而清溪深得诗律,鹤窗得词调,诗与词几不可强同。而杨用修亦曰："诗圣如子美，不作填词；宋人如秦、辛，词极工矣，而诗不强人意。"则不见夫李白之《忆秦娥》《菩萨蛮》，王建之《调笑令》，白居易之《忆江南》，昔日以为诗而非词，今日以为词而非诗。读者自作歧观，而作之者夫何歧乎？故诗馀之传，非传诗也，传情也。传其纵古横今，体莫备于斯也。余之津津焉评之而订之，释且广之，情所不自已也。嵇康曰："著书妨人作乐耳。"其然？岂其然？吴门鸥客沈际飞天羽父自题。（沈际飞《草堂诗馀四集》本）

沈瓒《草堂诗馀四集跋》：古诗三千篇有奇，删十而存一，非圣于诗者能之乎？终不举翼《易》之笔以评诗，其故何也？古诗之变为五七言古风，为近体，为长短句，变愈甚，评者滋多，其故又何也？譬之两间烟云川岳，以至林莽飞走之属，无不有象有情，绘者以三寸管收之尺幅间，能令观者即其象，会其精。复有人焉从旁而指其用意用笔之妙，将觐者跃然，别有悟入，而绘者亦默默，意为之消。有友张连叔氏精绘事，能以数百尺绢绘四时风雨晦明之状为一巨卷，而过脉处了无痕迹。一时出所绘示吾家天羽，天羽从旁指其用意用笔之妙，余为跃然，连叔亦默默首肯，以为得心之同。夫古诗如虞廷之绘日月星辰，山龙藻火，朴而雅，玩之而弗尽，当以不评评之；下此如唐、宋、元名家之画，不评固无减，评之而趣乃益露。诗馀以参差顿挫为奇，殆米颠父子及近日陈白阳笔，院画之外，别有一种机法，若其近而远、澹而隽、艳而真，又与近体以上相似，以评评之，固无不可。吾家天羽夙具灵心慧眼，以评连叔画者评诗馀，又何所不可？东山秦明府莅昆，从臾是举，俾公海内薄书之余，不辍吟咏，是诚仙令也哉！余喜绘事而不知诗，窃以评绘者评诗，夫亦曰以古诗还古诗，以近体还近体，以诗馀还诗馀。评与不评，听人自会，评者之旨有当于观者可知，设观者之见更有加于评者，评者亦俯首听焉。鹿城沈瓒馨孺氏书。（沈际飞《草堂诗馀四集》本）

沈际飞《草堂诗馀四集·凡例》：

一、铨异：调有定名，即有定格，其字数多寡，平仄韵脚较然，中有参差不同者。一曰衬字，文义偶不联畅，用一二字衬之。密按其音节虚实间，正文自在。如南北剧"这"字、"那"字、"却"字之类，从来词本即无分别，不可不知。一曰宫调,所谓黄钟宫、仙吕宫、无射宫、中吕宫、正宫、仙吕调、歇指调、高平调、大石调、小石调、正平调、越调、商调也。词有名同,而所入之宫调异,字数多寡亦因之异者。如北剧黄钟《水仙子》与双调《水仙子》异,南剧越调过曲《小桃红》与正宫过曲《小桃红》异之类。一曰体制,唐人长短句皆小令耳,后演为中调,为长调,一名而有小令,复有中调,有长调,或系之以犯、以近、以慢别之,如南北剧名犯、名赚、名破之类。又有字数多寡同,而所入之宫调异,名亦因之异者,如《玉楼春》与《木兰花》同,而以《木兰花》歌之,即入大石调之类。又有名异而字数多寡则同,如《蝶恋花》一名《凤栖梧》《鹊踏枝》,如《念奴娇》一名《百字令》《酹江月》《大江东去》之类,不能殚述。

二、比同:词中名字本乐府,然而去乐府远矣;南北剧中之名又多本填词,然而去填词远矣。今按南北剧与填词同者:如《青杏儿》即北剧小石调,《忆王孙》即北剧仙吕调,《生查子》《虞美人》《一剪梅》《满江红》《意难忘》《步蟾宫》《满路花》《恋芳春》《点绛唇》《天仙子》《传言玉女》《绛都春》《卜算子》《唐多令》《鹧鸪天》《鹊桥仙》《忆秦娥》《高阳台》《二郎神》《谒金门》《海棠春》《秋蕊香》《梅花引》《风入松》《浪淘沙》《燕归梁》《破阵子》《行香子》《青玉案》《齐天乐》《尾犯》《满庭芳》《烛影摇红》《念奴娇》《喜迁莺》《捣练子》《剔银灯》《祝英台近》《东风第一枝》《真珠帘》《花心动》《宝鼎现》《夜行船》《霜天晓角》,皆南剧引子。《柳梢青》《贺圣朝》《醉春风》《红林檎近》《蓦山溪》《桂枝香》《沁园春》《声声慢》《八声甘州》《永遇乐》《贺新郎》《解连环》《集贤宾》《哨遍》,皆南剧慢词。外此,鲜有相同者。

三、疏名:调名必有所取。如《蝶恋花》取梁元帝句"翻阶蛱蝶恋花情",《满庭芳》取吴融句"满庭芳草易黄昏",《点绛唇》取江淹句"明珠点绛唇",《鹧鸪天》取郑嵎句"家在鹧鸪天",《踏莎行》取韩翃句"踏莎行草过春溪",《西江月》取魏万句"只今惟有西江月",《惜馀春》取太白赋,《浣溪沙》取少陵诗,《潇湘逢故人》取柳浑诗,《青玉案》取《四愁诗》。《菩萨蛮》,西域妇髻也。《苏幕遮》,西域妇帽也。《尉迟杯》,敬德饮酒,必用大杯也。《兰陵王入阵图》,必先歌其勇也。《生查子》,"查"古"槎"字,张骞事也。其他或取篇首之字名之,或取篇中之字雅者名之,如《大江东去》《如梦令》《人月圆》

《疏帘淡月》之类，可以意推。

四、研韵：上古有韵无书，至五七言体成而有诗韵，至元人乐府出而有曲韵。诗韵严而理琐，在词当并其独用为通用者綦多，曲韵近矣。然以上支纸置分作支思韵，下支纸置分作齐微韵，上麻马祃分作家麻韵，下麻马祃分作车遮韵，而入声隶之平上去三声，则曲韵不可以为词韵矣。钱塘胡文焕有《文会堂词韵》，似乎开眼，乃平上去三声用曲韵，入声用诗韵，居然大盲，世不复考，将词韵不亡于有，可惊叹也，愿另为一编正之。

五、分帙：《正集》裁自顾汝所手，此道当家，不容轻为去取，其附见诸词并鳞次其中。《续集》视顾选尤精约，悉仍其旧。《别集》则余攒为排缵，自宋溯之，而五代而唐而隋；自宋沿之，而辽而金而元，博综《花间》《樽前》《花庵选》、宋元名家词，以及稗官逸史，卷凡四，词凡若干首。《新集》钱功父始为之，恨功父搜求未广，到手即收，故玉石杂陈，竽瑟互进。兹删其什之五，补其什之七，其于操戈功父，不至于续尾顾公。

六、著品：评语，前未有也，近闽中墨本、吴兴朱本有之，非喑呓，则隔搔，见者呕哕。兹集精加批剥，旁通仙释，曲畅性情，其灵慧新特之句用○，尔雅流丽之句用；鲜奇警策之字用◎，冷异巉削之字用；鄙拙肤陋字句用丨，复用·读句，以便览者不嚼嚅于开卷，心良苦矣。

七、证故：注释不晓创之何人，而金陵本、闽中本、浙中、吴中本，辗转相袭，依样葫芦，显者复说，僻者阙如，大可喷饭。今细细查注，微显阐幽，不复不脱，间有援引非伦，亦如郭向注《庄》意，言之外别有新趣耳。

八、刊误：一句讹则一篇累，一字讹则一句累。同时才人腐毫八股业，皇及填词？即留心骚赋，高者工诗，其次制曲。《诗馀》正、续本帝虎亥豕，讹谬滋兴，谁与讲订？钱功父新编讹以传讹，差落颠倒，甚而调名亦混，如王元美《西江月》混入《少年游》、苏景元《踏莎行》混入《木兰花》、王止仲《踏莎行》混入《水龙吟》，徐山淑《霜天晓角》六调混为三调，杨用修《莺啼序》一调割为二调。尤可笑者，《金字经》《水仙子》《天净沙》《一枝花》《折桂令》《梁州序》皆以北曲混入，今兹考订正文，附注讹字，次其前后，芟其混入，可谓犁然。若夫名氏影借，本色难晦，故物宜还，并政之。

九、定谱：维扬张世文作《诗馀图谱》七卷，每调前具图，后系词于宫调，失传之目为之规规而矩矩，诚功臣也。但查卷中一调先后重出，一名有中调、长调，而合为一调，舛误非一。钱塘谢元瑞更为十二卷，未见厘剔。吴江徐伯曾以圈剔，黑白易淆，而直书平仄，标题则乖。且一调分为数体，体缘何殊？《花间》诸词未有定体，而派入体中，其见地在世文下矣。古歙程明善因之刻《啸余谱》，于天瑞兄弟也。余则以一调为主，参差者明注字数多寡，庶定格自在，神明推人，即此是谱，不烦更览图谱矣。

一○、俟哲：是刻历时一载，翻阅数番，衡古推今，心血欲槁。所歉者，古人之词，随烟月以淹逝；今人之词，方云霞其蔚蒸。如升庵《填词选格》《词林万选》《词选增奇》《填词玉屑》《诗馀补遗》《古今词英》《百琲明珠》等书已不复见，矧宋元遗本，其跑蠹覆瓿者不知几何矣。又如我明宋潜溪、解大绅、王阳明、王守溪、于廷益、何大复、唐荆川、杨椒山、莫廷韩、梅禹金、汤海若、黄贞父、汤嘉宾、骆象先、钟伯敬、丘毛伯、陶石篑、屠赤水、王百穀、袁中郎诸公，集中无词。而陈眉公、张侗初、李本宁、冯具区、王永启、钱受之、邹臣虎、韩求仲、顾邻初、王季重、董玄宰、谭友夏、赵凡夫诸公尚未有集，坐井窥管，自分不免。有同志者，不妨惠教，以嗣续编。

一一、诚翻：坊人嗜利，更惜费，翻刻之弊所由始也。迩来评告追版，而急于窃其实，巧于掩其名，如《诗馀》旧本，按字数多寡编次，今以春、夏、秋、冬编次矣。至本意送别、题情、咏物诸词，尽不可以时序论，必硬入时序中，不妥莫甚。太末翁少蘧氏，志趋风雅，敦恳兹集，捐重赀精镌行世。吾惧夫后来市肆，有以春、夏、秋、冬故局刻之者，不然，以四集合编，稍增损评注刻之者，而能逃乎翻之一字乎？夫抹倒阅者一片苦心为不仁，罟吞刻者十分生计为不义，讵嘿嘿而已也。先此布告。古香岑天羽居士言。（沈际飞《草堂诗馀四集》本）

毛晋《跋草堂诗馀》：宋元间词林选本几届百指，惟《草堂》一编飞驰，几百年来，凡歌栏酒榭丝而竹者，无不拊髀雀跃。及至寒窗腐儒，挑灯闲看，亦未尝欠伸鱼睨，不知何以动人一至此也。其命名之意，杨升庵谓本之李青莲"箫声咽""平林漠漠烟如织"二词，然非欤？若名调淆讹，姓氏影借，先辈已详辨之矣。（《词苑英华》之《草堂诗馀》）

宋泽元《草堂诗馀序》：予年十五，肄业刘镜河太守郡斋，得见吴门沈天羽评释《草堂诗馀》一帙，分正、续、别、新四集。维时童子无知，尚不谙读书之法，惟颇爱其评骘精当，注释审密，曾手录正集小令一卷，视为枕中秘久矣。三十年来，觅购此书，杳不可得，乃深悔曩时之未能悉付抄胥也。考之《四库提要》云："《草堂诗馀》四卷，旧传南宋人所编。前明顾从敬刊行，多附以当时词话。"盖沈氏即就顾本加以评释耳。此外又有陈眉公评本者，亦名《草堂诗馀》，取唐、五代、宋、金、元、明人之作，拉杂收之，与顾本不啻判若淄渑，名同而实则异。客岁仲秋，于坊间得杨升庵先生朱批本，为吴兴闵映璧所刻，大为愉快。唯析为五卷，而词话注释，一概芟去，与《提要》所载顾本迥异，然犹是宋人编选原书也。因念此书散佚殆尽，非及时阐布，恐从此遂成《广陵散》矣。于是雠订数过，亟付手民。其词句与他本互异，及于本词事有关涉者，随笔记识，得百馀条，弃之可惜，因附渑于各词之后。挂一漏万之讥，知所不免。他日续有所闻，当增列于卷末，第未知于顾本所载词话有当于什一否耳。博学君子，幸有以教我。光绪丁亥人日，山阴宋泽元叙于忏花庵。

王鹏运跋：右《草堂诗馀》二卷，明嘉靖戊戌刻本。按近人论词，以字数多寡分长、中、短调，谓始于《草堂》，颇为识者所訾。此本钞自四明天一阁，分类编列，与毛、闵诸刻体例迥殊，始知以字数为次者，乃明人羼乱之本，非本然也。末附词话，虽征引未能博洽，亦颇足资发明。唯题号凌杂，注解芜陋，是其一病。以足征《草堂》真本，且世少流传，遂附入所刻词中，原钞讹夺，几不可读。与李莼客校雠再四，方付手民。刻成后，王邃父监仓又为审定姓名之阙误者，差为完善矣。其《秋霁》一阕，题为陈后主作，万红友《词律》云："陈后主于数百年前先为此调，而句调多学浩然，岂非奇事。"因削之云。光绪丙申冬日，修板事竣，识其大略如此。临桂王鹏运记。(《四印斋所刻词》)

吴昌绶《草堂诗馀跋》：世传《草堂诗馀》，异本最多。《四库提要》云："旧传南宋人所编。王楙《野客丛书》作于庆元间，已引《草堂诗馀》张仲宗

《满江红》词证'蝶粉蜂黄'之语。则此书在庆元以前。"按:《直斋书录解题》:"《草堂诗馀》二卷,书坊编集者。"此见于著录之始。惟其出坊肆人手,故命名不伦,所采亦多芜杂。取便时俗,流传浸广,宋刻今不可见,缪艺风先生与昌绶先后收得明洪武壬申遵正书堂刊本,题"增修笺注妙选群英草堂诗馀"。前后集各分上下卷。半叶十三行,行大字二十三,小字二十九、三十不等。前有"类选群英诗馀总目"。前集春景、夏景、秋景、冬景四类,后集节序、天文、地理、人物、人事、饮馔器用、花禽七类,子目六十有六。句下注故实,后附词话。各类中多有"新增"或"新添"字。标题亦曰"增修"。盖非宋时二卷之旧,在今日已为古本。日本狩野博士有元至正癸未庐陵泰宇书堂刊本,后集与洪武本同。惟前集每半叶十二行,注语行款小异。版已剜敝,中多缺叶。癸未至壬申仅五十年,泰宇、遵正同是江西坊肆。盖先有十二行本,岁久版损,遂以十三行本之后集合印,转不如洪武本为完善也。昌绶又有嘉靖间安肃荆聚春山所刻大字本,半叶九行,行大小均十八字,亦从此出。天一阁旧藏嘉靖戊戌闽沙太学生陈钟秀校刊二卷本,南京国子监丞陈宗谟序,题"精选名贤词话草堂诗馀",分时令、节序、怀古、人物、人事、杂录六类。次序不同,注亦有异。其目录题"重刊草堂诗馀"。虽经屡乱,尚未尽失其真。至嘉靖庚戌,上海顾从敬刻《类编草堂诗馀》四卷,题"武陵山人编次,开云逸史校正",以小令、中调、长调分编,间采词话,是为别本之始。何良俊序称从敬家藏宋刻,较世所行本多七十馀调。明系依托。自此本行而旧本遂微。如万历间上元昆石山人本四卷,则用顾刻增注故实。金溪胡桂芳本三卷,则用顾刻,改分时令、名胜、花卉、禽鸟、宫闱、人事、杂录七类。吴郡沈际飞本六卷则用顾刻,加以评注。又附别集、续集、新集。汲古阁《词苑英华》本则用顾刻,删去词话。此类尚多,要皆自顾本出也。光绪间,王给谏鹏运始刻陈钟秀本,于顾刻分调之谬,辩之甚晰,特犹未睹元明旧帙。四百年来相沿之陋,今乃为之别白,因略疏源流如左。

江藩《增修笺注妙选群英草堂诗馀》题跋:是本不分小令、中调、长调,乃《草堂诗馀》之原本也。世传《类编草堂诗馀》,不知何人所分,古人书籍,往往为庸人俗子所乱,殊为可恨。(吴昌绶按:江氏此说最确,当是明初旧本)

413

附录二 《草堂诗馀》总论

周瑛《词学筌蹄序》：词家者流，出于古乐府，乐府语质而意远。词至宋，纤丽极矣。今考之词，盖皆桑间濮上之音也。吁！可以观世矣。《草堂》旧所编，以事为主，诸调散入事下。此编以调为主，诸事并入调下，且逐调为之谱，圜者平声，方者侧声，使学者按谱填词，自道其意中事，则此其筌蹄也。凡为调一百七十九，为词三百五十三，厘为八卷。编录之者，托蜀府教授蒋华质夫；考正之者，则蜀士徐楠山也。弘治甲寅翠渠病叟莆田周瑛书。

林俊《词学筌蹄序》：（前略）词始于汉，盛于魏晋隋唐，而又盛于宋，即所谓白雪体者。或以事名调，或以时名调，或以遇名调，或以人名调，或以句名调，被管弦，按歌板，法不得以己意损增。词日多而调日广，若《古今词话》《玉林词选》《草堂诗馀》所载，雄豪壮浪，绮丽而绚藻，要之。去郑卫之音、女真之曲者无几。幸第出大家，言造意命，词竟弗爽于正……旧编以事为主，词系事下，平侧长短未易以读。蜀藩方伯吾乡同先生翠渠，以调为主，事并调下，调为谱，圜者为平声，方者侧声，读以小圈，以便便览，以付蜀府教授蒋华质夫编录，蜀士徐楠山甫考正，调凡若干，词凡若干，厘为八卷。后学程度较胜旧本，名曰《词学筌蹄》，阅而序之如此。弘治九年岁在丙辰，见素子莆田林俊书。

祝允明（1460—1527）**《祝子罪知录》卷四**：又曰：今所谓词者，或呼为南词，或为慢词，或长短句、新乐府、诗馀，近代词曲，名亦不定，妙亦不传。盖其制兴于唐，妙亦息于唐，源发于汉乐府，波渐李氏，于时知音俊，遂能用律而度为之，可弦可管。其初作于明皇、太白，则与时之盛唐齐出，岂谓粗浅于诗哉！全唐之世，存见无几，今惟《金奁》《花间集》《尊前》三书可略见之，馀固本少编集，今日旧书又稀，益罕得闻。然自其后，五代宋初，世称文弊，

414

而词学无降。宋自一二辈外，浅薄辽远，无复前规，唯一时号文宗诗家，竟不能步骤前辈一迹。及其愈后愈变，遂至顽嚣粗戆，细屑破碎，傀浮褊躁，丑怪千状。至如驵侩之隐语，哗讼之诡诈，屠沽之骂詈，凶盗之椎搏，鬼魅之啸哭，市瓦纨袴之乳□，蜇蚓蛙鸦之聒噪，可厌可恶之极，而难乎复耳。顾世之资性相近者，转溺爱之，遂令贩鬻之徒，不能刻布《筌》《花》等编，而妄聚宋人冗屑之物，如《草堂诗馀》《翰墨全书》之类，盈耳遮目，无计祛除。大概唐人无不精神妙绝，青莲圣者，飞卿诸贤继之，及诸南唐西蜀等流，固是浊世之佳公子。（下略）

陈霆（约1477－1550）《渚山堂词话序》：始，余著词话，谓词起于唐，盖本诸玉林之说。至其以李白《菩萨蛮》为百代词曲之祖，以今考之，殆非也。隋炀帝筑西苑，凿五湖，上环十六院，帝尝泛舟湖中，作《望江南》诸阕，令宫人倚声为棹歌。《望江南》列今乐府，以是又疑南词起于隋。然亦非也。北齐兰陵王长恭及周战而胜，于军中作《兰陵王》曲歌之，今乐府《兰陵王》是也。然则南词始于南北朝。转入隋而著，至唐宋昉制耳。在昔《花庵词选》《古今词话》等，要皆论词之成书，今全本亡矣，至见于《草堂》之笺者，着馀一二，观者无得焉。是道也，某少而习授，老而未置。（下略）

陈霆《渚山堂词话》卷三：江东陈铎大声尝和《草堂诗馀》，几及其半，辄复刊布江湖间。论者谓其以一人之心力而欲追袭群贤之华妙，徒负不自量之讥。盖前辈和唐音者复胥以此，故为大力所不许，大声复冒此禁，何也？

陈霆《渚山堂词话》卷六：南词虽起于唐，然作者尚少。至宋诸名公多务之，由是极盛且佳。元人虽有作其音调，语意已不及宋。我朝则骚人墨客多务此，间有知者，十中之一二耳。宋词载《草堂诗馀》中，盖篇篇奇丽，字字俊逸，高处不减于唐五字句。

杨慎《词品》：洪觉范咏梅《点绛唇》词云："流水泠泠，断桥斜路梅枝亚。雪花飞下，浑似江南画。白璧青钱，欲买春无价。春归也，风吹平野，一点香随马。"梅词如此清俊,亦仅有者,惜未入《草堂》之选。

杨慎《词品》:范元实,范祖禹之子,秦少游婿也。学诗于山谷,作《诗眼》一书。为人凝重,尝在歌舞之席,终日不言,妓有问之云:"公亦解词曲否?"笑答云:"吾乃'山抹微云'女婿也。"可见当时盛唱此词,《草堂诗馀》亦有范元实词。

周复俊《全蜀艺文志》卷二十五"诗馀"引语:宋人谓之填词,实诗之余也,今所行《草堂诗馀》是也。或问:"'诗馀'何以系于'草堂'也?"曰:"按梁简文帝《草堂传》云:汝南周颙昔经在蜀,以蜀草堂寺林壑可怀,乃于钟山雷次宗学馆立寺,因名草堂,亦号山茨,谓草为茨,亦述蜀语地名,别有蚕茨,是其旁证也。李太白客游于外,有怀故乡,故以'草堂'名其诗集。'诗馀'之系于'草堂',指太白也。太白作二词,为百代词曲之祖,则今之填词,非草堂之诗馀而何?"俊此选《蜀志》之词,以太白二阕为首云。

唐顺之《唐荆川文集》卷七十三:按《歌曲源流》云:自古音乐废后,郑卫夷狄之声杂然并出,至唐开元、天宝中,熏然成俗,于时才士始依乐工按拍之声,被之以词,其句之长短各随曲而度,于是古昔声依永之理愈失矣。又按致堂胡先生曰:"近世歌曲以曲尽人情而得名,故文章豪放之士鲜不寓意于此,随亦自扫其迹,曰此谑浪游戏而已。唐人为之者众。至柳耆卿,乃掩众制而尽其妙,笃好者以为不可复加。及眉山苏氏出,一洗绮罗香泽之态,摆脱绸缪宛转之度,使人登高望远,举首高歌,而逸怀浩气超乎尘埃之表矣。"窃尝因而思之,凡文词之有韵者,皆可歌也。第时有升降,故言有雅俗,调有古今尔。昔在童稚时,获侍先生长者,见其酒酣兴发,多依腔填词以歌之,歌毕,顾谓幼稚者曰:"此宋代慢词也。当时大儒皆所不废,今间见《草堂诗馀》。自元世套数诸曲盛行,斯音日微矣。"迨余既长,奔播南北,乡邑前辈零落殆尽,所谓填词慢调者,今无复闻矣。好古之士于此亦可以观世变之不一云。

张綖《草堂诗馀后集别录》：岳武穆《小重山》"昨夜寒蛩不住鸣"。《精忠录》载岳武穆二词，皆佳作，浙本《草堂》词附录于后，然今人但盛传《满江红》而遗《小重山》。"怒发于后"之词，固足以见忠愤激烈之气，律依永之道，微似非体，不若《小重山》之托物寓怀，悠然有余味，得风人讽咏之义焉。

邵经邦《弘艺录》卷首《艺苑玄机》：《草堂诗馀》注只是将字面相像的辇上。

王世贞《弇州山人四部稿》卷一百五十二《艺苑卮言》：《花间》以小语致巧，世说靡也。《草堂》以丽字取妍，六朝隃也。即词号称诗馀，然而诗人不为也。何者？其婉娈而近情也，足以移情而夺嗜。其柔靡而近俗也，诗单缓而就之，而不知其下也。之诗而词，非词也；之词而诗，非诗也。言其业，李氏、晏氏父子、耆卿、子野、美成、少游、易安，至矣，词之正宗也。温、韦艳而促，黄九精而刻，长公丽而壮，幼安辨而奇，又其次也，词之变体也。词兴而乐府亡矣，曲兴而词亡矣，非乐府与词之亡，其调亡也。

王世贞《弇州山人续稿》卷四十二《梁伯龙古乐府序》：凡有韵之言可以谐管弦者，皆乐府也。风雅熄而铙歌鼓吹兴，其听者犹恐卧，而燕、魏、齐、梁之调作；丝不尽谐肉，而绝句所由宣；绝句之宛转不能长，而《花间》《草堂》之峭倩（当"蒨"）著；《花间》《草堂》不入耳，而北声劲；北声不驻耳，而南音出。自伯龙之为南音，苟不至于不毛，其儇竖游女皆能习而咏之，而伯龙意不怿，曰："是焉足以名我？"今夫古乐府之与今词本末迥然别矣，其音发于籁，而辞缘于情，古未有二也。

《续文献通考》卷一百七十六引王圻语：《草堂诗馀》，集古名人词调。

陈文烛《二酉阁续集》卷一《花草新编序》：此亡友胡汝忠词选也，命名以花草，盖本《花间集》《草堂诗馀》所从出云。夫词自开元以逮至正，凡诸家所咏歌与翰墨所遗留，大都具备，乃分派而择之精，会通而收之广，同宫而不必合，异拍而不必分。因人而重言，取艺而略类，其汝忠所究心者与？拔奇花于玄圃，拾瑶草于艺林，俾修词者永式焉。

姚舜牧《来恩堂草》卷三《题花间集》：《花间集》乃大蜀广政年间卫尉少卿字弘基者所集，载在唐欧阳炯者甚详，与《草堂诗馀》并传。顾《草堂诗馀》刻广而传之者众，《花间集》似少有闻也，然读其词，率多小令，乃纤纤而刺人骨，翩翩而令人舞，靡靡而使人忘倦，岂声音之感人自有不可废者哉？三百变而骚赋，骚赋变而古乐府，古乐府变而词，词变而曲，抑时使然也。虽欲使还为古，何可得也？况郑声之淫，卫音之荡，齐音之敖辟骄志，即古亦有不能挽者，奈之何其责于辞？读其辞以愉快吾心，不溺其辞以持正吾志，斯两得之矣。《花间》也、《草堂》也，即古三百之遗也。吾老矣，偶览此帙，而把玩焉，知其亦可传也，遂书以题其首。

任良幹《词林万选序》：升庵太史公家藏有唐宋五百家词，颇为全备，暇日取其尤绮练者四卷，名曰《词林万选》，皆《草堂诗馀》之所未收者也。间出以示走，走骤而阅之，依绿水，泛芙蓉，不足为其丽也。茹九畹之灵芝，咽三危之瑞露，不足为其甘也。分织女之机丝，秉鲛人之绡杼，不足为其巧也。盖经流水之听，受运风之斤者矣。遂假录一本，好事者多快见之，故刻之郡斋，以传同好云。时嘉靖癸卯季春吉，奉政大夫守楚雄府桂林任良幹书。

李维桢《大泌山房集》卷一百二十七《南曲全谱题辞》：自乐府、诗馀递变而为杂剧，为戏文，而南北体遂分。北多弦唱，词不甚繁。南曲则所谓丝不如竹，竹不如肉；所谓其声嘽以缓，和以柔；所谓吴音妖浮者，套出累数十，须尽日申旦方竟。后进好事，竞为新奇，有借有犯，而糅杂乖越多矣。沈光禄伯英辑陈、白两家九宫十三调谱，以南人度曲小令合者为《南曲全谱》，而永新龙太学仲房稍补缀而版行之，以视余，余于此殊未通晓。昔宋武帝不解音聲，殷仲文言屡听自然解，曰正以解则好之，故不习。余每持此论自恕，独异夫大江以西儒者薄视艺文，况《花间》《草堂》出雕虫小技之下，

岂所屑意?(下略)

汤显祖《评点花间集序》:(前略)《花间集》久失其传,正德初杨用修游昭觉寺,寺故孟氏宣华宫故址,始得其本,行于南方。《诗馀》流遍人间,枣梨充栋,而讥评赏鉴之者亦复称是,不若留心《花间》者之寥寥也。余于《牡丹亭》、二梦之暇,结习不忘,试取而点次之,评骘之,期世之有志风雅者,与《诗馀》互赏,而唐调之反而乐府、而骚赋、而三百篇也,诗其不亡也夫!诗其不亡也夫!万历乙卯春日,清远道人汤显祖题于玉茗堂。

无瑕道人《评点花间集序》:余自幼读经读史,至仁人孝子有被谗谤者,为之扼腕,辄欲手刃之而后称快焉。乃戊申秋,梁溪肆毒,爰及于余。余是以废举业,忘寝食,不复欲居人间世矣,搢绅同袍力解之弗得。忽一友出袖中二小书授余曰:"且暮玩阅之,吟咏之,牢骚不平之气庶几稍什其一二。"余视之,则杨升庵、汤海若两先生所批选《草堂诗馀》《花间集》也,于是散发披襟,遍历吴、楚、闽、粤间,登山涉水,临风对月,靡不以此二书相校雠。始知宇宙之精英,人情之机巧,包括殆尽,而可兴可观、可群可怨,宁独在风雅乎?嗟嗟!风雅而下,一变为排律,再变为乐府、为弹词,若元人之《会真》《琵琶》《幽闺》《绣襦》,非乐府中所称脍炙人口者?然亦不过撫拾二书之余绪云尔,乌足羡哉!乌足羡哉!时万历岁庚申菊月,若上无瑕道人书于贝锦斋中。

赵南星(1550-1627)《赵忠毅公诗文集》卷七《刻花草粹编序》:天地间皆文也,散于星辰、风雨、雷电、山川、草木、鸟兽、虫鱼,而人耳得之成声,目得之成色,思之于心,宣之于口,书之于笔。其高者以为三百篇,其次以为汉魏,其次以为唐人之诗,又其次以为宋词、元曲,皆有兴会极则知其解者。元曲犹三百篇也,而况其上者乎?世所传《花间集》《草堂诗馀》,朗陵陈晦伯少之乃取野史小说所载以增益之,名曰《花草粹编》,即未可尽,然亦可谓富矣。余司理汝南,时数过晦伯,晦伯颓然长者,平生惟读书,日辨色起,手一编,至暮即寝不烛。专纂辑钩考,不甚著作,绝不诗。酒肠甚大,遇敌辄呼巨觥,不为令,又不喜歌曲,是以所取词不必工,且有出韵者。今年夏,余浏览一过,稍有所点定。吴昌期见而典焉,曰是刻诸朗陵未广也,请余序,将令其子贞复之江南翻刻之,余辄书以付之。今林下多读书者,或亦有涉乎此以消永日云尔。

　　胡应麟(1551—1602)**《少室山房笔丛》卷四十一"庄岳委谈下"**:世所盛行宋元词曲,咸以昉于唐末,然实陈、隋始之。盖齐、梁月露之体,矜华角丽,固已兆端。至陈、隋二主,并富才情,俱涵声色。所为长短歌行,率宋人词中语也。炀之《春江》《玉树》等篇尤近,至《望江南》诸阕,唐、宋、元人沿袭至今,词曲滥觞,实始斯际。自文皇以鸿裁硕藻拨六朝余习而力反之,子昂、太白相望并兴,逮少陵氏作,出经入史,划绝淫靡,有唐三百年之诗遂屹然羽翼商、周,驱驾汉、魏,藉令非数君子砥柱其间,则《花间》《草堂》将踵接于武德、开元之世,讵宋、元而后显哉?盖六朝、五代一也,障其澜而上,则诗盛而为唐,袭其流而下,则词盛而为宋。余因是知陈、李、少陵厥功于艺苑甚伟,而欧阳、王、苏、黄、秦诸君子弗能弗为三叹而致惜也。宋诸君自秦外不称当行,然扶衰反正之责在焉,而亦属意斯道,故他无讥也。

　　胡应麟《少室山房笔丛》卷四十一"庄岳委谈下":近时左袒《琵琶》者,或至品王、关上,余以《琵琶》虽极天工人巧,终是传奇一家语。当今家喻户习,故易于动人。异时俗尚悬殊,戏剧一变,后世徒据纸上,以文义摸索之,不几于齐东、下里乎?《西厢》虽饶本色,然才情逸发处,自是卢、骆艳歌,温、韦丽句,恐将来永传,竟在彼不在此。金董解元,世几不闻,而《花间》《草堂》人口脍炙,是其验也。或谓戏曲无可废理,夫唐、宋优伶所习,今绝不省何状元,北戏自《西厢》外,亦殊少传者矣。

　　胡应麟《少室山房笔丛》卷四十一"庄岳委谈下":自《花间》《草堂》之流也,而极于《西厢》《琵琶》;自《玄怪》《树萱》之流也,而极于《剪灯》《秉烛》。然《西厢》《琵琶》虽词最下伎俩,在厥体中要为绝倒,若今所传《新》《余》二话,则鄙陋之甚者也。

顾起元《说略》卷十一"律支"：古乐府为时人所拟者，稍举其略……其它尚不可胜纪，此其尤著者也。若唐世乐歌雅盛，第长孙无忌《倾杯乐》，玄宗《霓裳羽衣曲》《荔枝香》，梨园《法曲》《凉州》《甘州》《伊州》为最有声，若《花间》《草堂》所载，抑又烦矣。

陈耀文《花草粹编叙》：夫填词者，古乐府流也。自昔选次者众矣。唐则有《花间集》，宋则《草堂诗馀》。诗盛于唐而衰于晚叶，至夫词调独妙绝无伦。然世之《草堂》盛行，而《花间》不显，固知宣情易感，含思难谐者矣。余自牵拙多暇，尝欲铨粹二集，以备一代典章，顾以纪辑《天中》，因循有未果者。嗣以漂泊东南，纳交友淮阴吴生承恩、姑苏吴生岫，皆耽乐艺文，藏书甚富。余每得之假阅，辄随笔记录之所附载，翰墨之所遗留，上溯开元，下讫宋末，曲调不载于旧刻者，元词间亦与焉。其义例以世次为后先，以短长为小大，为卷一十有二，计词三千二百八十馀首，丽则兼收，不无有乖于大雅。文房取玩，略窥前辈之典型。邑侯太初谓《天中》百卷，未便刻成，此帙无多，宜先付梓。余重违其意，渔猎剪耘，殆逾二纪，敝帚亦不忍遂弃者。所愧顾曲远谢于周郎，酸咸或爽于众口，贻之词垣，庶期寄于取材云。是刻也，繇《花间》《草堂》而起，故以《花草》名编。岁万历癸未冬日之吉。

徐𤊷《徐氏笔精》卷二"诗原·词话"：宋人选诗馀，名曰《草堂》，杨用修强为之解曰："李白有《草堂集》，诗馀中有《忆秦娥》《菩萨蛮》二阕，为百代词曲之祖，故名《草堂》。"殊牵合附会。今世此书盛行，人人传诵，然知其说者盖寡矣。胡元瑞称博洽，亦未释然于此。

曹学佺《蜀中广记》卷一百四"诗话记第四"：唐人长短句，诗之馀也。始于李太白，太白以"草堂"名集，故谓之《草堂诗馀》。

顾梧芳(存一居士)《尊前集引》：尝慨古乐之不复也，将非华声不振，金

421

趋夷习，展转失真而无已耶？何则，循流溯源，虽钧天犹可想象……近体造端梁、陈、更唐天宝、开元，其格始纯，又况填词之精工哉！若玄宗之《好时光》、李太白之《菩萨蛮》、张志和之《渔父》、韦应物之《三台》，音婉旨远，妙绝千古。他如王、杜、刘、白，卓然名家，下逮唐末群彦若干人，联其所制，为上、下二卷，名曰《尊前集》，梓传同好。先是唐有《花间集》及宋人《草堂诗馀》行，而《尊前集》鲜有闻者，久之，不幸金、元僭据神州，中区污染北鄙风气，由是曲度盛而词调微。目今南北乐部，若丝、若竹、若肉，畴脱夷习，宁非诸华之耻乎？余以为额定机轴，画一成章，是以谓之填词，纵乏古乐府自然浑厚，往往婉丽相承，比物连类，谐畅中节，未改唐音，尚有风人雅致。非如曲家假饰乱真，千妍万态，不越倡优行径。盖其失在于宣和已还，方厥初新翻小令，犹为警策，渐绎中调，既已费辞；奈何殚曳蚕丝，牵押长调。遂俾览听未半，孰不思睡？固无怪乎左词有曲也。余素爱《花间集》胜《草堂诗馀》，欲播传之。囊岁客于吴兴，茅氏兼有附补，而余斯编第有类焉。呜呼！曲词诚小伎，一升一降，俗尚音形，可以观时，娱情燕会，兰熏虎变，实籍名世，作者权与尔已。噫！是可易与不知者道哉！万历壬午春三月既望，书于来凰轩。

王骥德《曲律》卷二"论须读书第十三"：词曲虽小道哉，然非多读书以博其见闻，发其旨趣，终非大雅。须自《国风》《离骚》、古乐府及汉、魏、六朝、三唐诸诗，下迨《花间》《草堂》诸词，金元杂剧诸曲，又至古今诸部类书，俱博搜精采，蓄之胸中，于抽毫时掇取其神情标韵，写之律吕，令声乐自肥肠满脑中流出，自然纵横赅洽，与剿袭口耳者不同。胜国诸贤及实甫、则诚辈，皆读书人，其下笔有许多典故，许多好语衬副，所以其制作千古不磨。至卖弄学问，堆垛陈腐，以吓三家村人，又是种种恶道。古云："作诗原是读书人，不用书中一个字。"吾于词曲亦云。

王骥德《曲律》卷二：宋词见《草堂诗馀》者，往往妙绝而歌法不传，殊遗恨。予客燕日，亦尝即其词为各谱今调，凡百馀曲，刻见《八方诸馆乐府》。

王骥德《古杂剧序》：后三百篇而有楚之骚也，后骚而有汉之五言也，后五言而有唐之律也，后律而有宋之词也，后词而有元之曲也，代擅其至也，亦代相降也。至曲而降，斯极矣。然三百篇之有尼父也，骚之有紫阳也，五言之有《选》也，律之有高棅氏诸家也，词之有《草堂》也，非恃传者，恃传之者也，而独元之曲类多散逸，而世不尽见。……是编也，即未竟大全，顾典刑具在，庶几吾孔氏存饩羊意耳。玉阳仙史序。

周燠宗《词品序》：乐府者，三百篇之变也。汉兴，唐山夫人、李协律、马卿、枚叔为最胜，然皆用之于郊庙，盖犹有姬公考父之遗风焉。至东京当涂之世，逐臣怨子，骚人悲士，如《董逃》《上留》诸篇，一弹三叹，则多慨慷激楚之音矣。靡极于六代，而李唐振之，然自李杜之外，止能工五七言，而乐府则衰。青莲《草堂集》复载诗馀，有《菩萨蛮》《忆秦娥》，则又乐府之变焉。长短成调，参差和律，如唐季《花间集》所录，则皆《草堂》之滥觞也。迨于欧、苏、秦、黄，而诗馀翕然称盛。柳三变、周美成能作婉变语，辛弃疾、岳珂能为悲壮语，此其选也。及北风日竞，关、白、马、郑变词为曲，而瞿宗吉、聂大年尚存饩羊，然佳者亦不数得也。国朝人文方盛，锦窠老人、康对山、王渼陂辈皆操北音，祝希哲、唐子畏皆操南音，歌曲腾而词学则弗废矣。升庵先生慨然思而存之，于是上迄六朝，下迨国初，搜剔剪截，穿引包笼，撰述编级，为《词品》四卷，稗官正史所未见之人，《花间》《草堂》所未载之笔，莫不粲然毕备，使读者知词学焉。抑予于是而又有感也。三百篇之诗，房中朝庙协以丝竹，汉魏之际，歌工止能歌四篇，至遏江止传一篇，而歌旋以亡。唐之梨园坊曲，所歌如《清平调》，及小说所载，王之涣"黄河远上"之句，皆绝句耳，而乐府之声又废。故虽传，雅如升庵先生止能存其辞，不能考其声之若何也。予家旧藏此书，丹铅纷杂，云出自先生之笔，予不忍其不行也，因校锓之，以公之雅人，必有能嗜而读之者，则亦先生之志也。万历戊午季春，汝南周燠宗书。

姚希孟《响玉集》卷之余《媚幽阁诗馀小序》："杨柳岸、晓风残月"与"大江东去"总为词人极致,然毕竟"杨柳"为本色,"大江"为别调也。盖《花间》《草堂》为中晚诗家镂冰刻玉、绵脂腻粉之余响,与壮夫弹铗、烈士击壶何啻河汉?且创为之者出于《望江南》,本大雅罪人,岂可令慨慷激射入于幽咽旖旎之中哉?若然,则吾辈铜筋铁骨、冰棱霜干,奈何作此闺阁语、儿女情?而宋、元迄今,端品雅流每喜为幽闲鼓吹,盖钟情者竞为纤丽,而适情者爱其闲远。夫取境闲而托寄远,正三百篇之遗教也。(下略)

俞彦《爰园词话》:周长卿元语曰:"选《草堂》词者,如《昭明文选》,但入选面目都相似,不入者非无佳词,便觉有伥气。"此语良然。选《草堂》者,小令、中调,吾无间然。长调亦微有出入,非惟作者难,选者亦难耳。

张应遴《海虞文苑》卷二十三"近代词曲":窃尝思之,凡文辞之有韵者皆可歌也,第时有升降,故言有雅俗,调有古今尔。昔在童稚时,获侍先生长者,见其酒酣兴发,多依腔填词以歌之。歌毕,顾谓幼稚者曰:"此宋代漫词也。"当时大儒皆所不废,今间见《草堂诗馀》,自元世套数诸曲盛行,斯音日微矣。迨予既长,奔播南北,乡邑前辈零落殆尽,所谓填词漫调者,今无复闻矣。庸辑唐宋以下辞意近于古雅者,附诸外集之后,《竹枝》《杨柳》亦不弃焉,好古之士于此亦可以观世变之不一云。

毛晋《跋竹斋诗馀》:《草堂诗馀》若干卷,向来艳惊人目,每秘一册,便称词林大观,不知抹倒几许骚人。即如次仲、几叔辈,不乏"宠柳娇花""燕航莺吭"等语,何愧大晟上座耶?《草堂》集竟不载一篇,真堪太息。余随得本之先后,次第付梨,凡经商纬羽之士,幸兼撷焉。(《宋名家词》)

毛晋《跋芦川词》:仲宗别号芦川居士,三山人,平生忠义自矢,不屑与奸佞同朝,飘然挂冠。绍兴辛酉胡澹庵上书乞斩秦桧被谪,作《贺新郎》一阕送之,坐是与作诗王民瞻同除名,兹集以此词压卷,其旨微矣。人称其长于悲愤,及读《花庵》《草堂》所选,又极挺妩秀之致,真堪与片玉、白石并垂不朽。(下略)(《宋名家词》)

毛晋《跋尊前集》：雍熙间，有集唐末五代诸家词，命名《家晏》，为其可以侑觞也。又有名《尊前集》者，殆亦类此。惜其本皆不传。嘉禾顾梧芳氏采录名篇，厘为二卷，仍其旧名。虽不堪与《花间》《草堂》颉颃，亦能一洗绮罗香泽之态矣。此本予得之闽中郭圣仆，圣仆酷好予家诸刻，必欲一字不遗而后快。癸酉中秋后一日，予访之南都南关外，鹰门无人，惟檐前白鹦鹉学人语，呼客到已耳。老屋二间，不蔽风日，几榻间彝鼎盘缶，皆三代间物，其最珍玩者，一折角汉研，因顾其斋曰"汉研"。出异香佳茗作供，剧谈竟日，临别赠予二书，兹编及《剪绡集》也。又赠予二画：一淡墨水仙，一秋林高岫，盖其爱姬李陀奴、朱玉耶笔也。惜其无嗣，今墓楬已森，二姬各有所归，二书予安忍秘诸？（《词苑英华》之《尊前集》）

毛晋《跋花庵词选》：据玉林序中称，曾端伯所编，乃《乐府雅词》，所谓涉谐谑则去之者也，又称《复雅》一集，乃陈氏所谓鲷阳居士所编，不著姓名者也。二书惜未之见，而兹编独存，岿然鲁灵光矣。先辈云《草堂》刻本多误字及失名者，赖此可证，所选或一首、或数十首，多寡不伦。每一家缀数语纪其始末，铨次微寓轩轾，盖可作词史云。（《词苑英华》之《花庵词选》）

毛晋《跋词林万选》：予向慕用修先生《词林万选》，不得一见。金沙于季鸾贻予一帙，前有任良幹序，不啻咽三危之露而聆秋竹积雪之曲矣。但据序云，皆《草堂》所未收者，盖未必然。其间或名或字，或别号或署衔，却有不衫不履之致。……仍是用修传镂，至于姓氏之逸，谱调之淆，悉注之本题之下，□□诸季鸾，得毋笑余强作解事耶？急梓。（《词苑英华》之《词林万选》）

许全胤《古今词选小引》：词者，诗之馀也。古今女诗多矣，何以独选词？曰："诗有选，词未有选也。即《草堂》所选，亦一斑耳。"词何以独详宋？曰："唐人工诗而不工词，元人变词为曲，词又滥觞矣。宋学士大夫，人人娴词，于是风流之所熏酿，笄黛多以词鸣，如李易安、孙夫人之流，咏其得意

425

语，令少游、子瞻遇之而左次。故尔时女子之擅场名家者，凌厉苏、黄、秦、柳而为词正宗，良非偶也。"国朝专工帖括，冠进贤者，未必能词，况女子乎？唯杨用修夫人黄氏诗词清新，与其君子寸力所敌，赓相唱和，足易安所不能得之赵明诚，而孙夫人所不能得之郑文者也，亦希觏矣。梁小玉在烟花籍中，而文笔无脂粉气，著述浩富，自诧如董狐，无乃野狐精乎？噫！宇宙寥廓，岂无有负奇幽闺而姓名不扬者？余聊以耳目睹记，录若干首，亦吉光片羽云，读者无以管窥见嘲。温陵高阳生许全胤题。

陶汝鼐《荣木堂合集》卷三《陈长公选刻名家诗馀序》：诗馀肇于唐，推太白两词为祖。然当时绝句佳者辄入梨园，一语入情，动人魂魄，不特《清平调》奏之天上矣。至于宋文章之士竞为之，则创为格调，殊体分曹，一代争鸣，互矜绝唱，大家如范希文、欧阳永叔、王介甫并有传篇。然子瞻调甚高，尚恨韵少不叶，乃知歌曲之妙，所谓寻变入节者，非伶伦不解也。若宋词林选集，则《花间》《草堂》而后种种矣。不幸而滥觞元曲，概称艳词，风雅宗工比于郑卫而厌为之，亦安能尽诗之变也哉！

王庭《王介人传》：阅平生所作诗馀，（介人）谓仅述《花间》《草堂》二种耳，诸体多未备。（按：王翃字介人）

《续修四库全书总目提要·蓼斋词》：雯与陈子龙齐名，其小令仍袭明风，宗主《花》《草》。《南乡子》云……词虽未尽工整，而气韵和雅，似有宋贤遗意。清初之词，改变风气，由渐而积，此可留意者也。

朱庸斋《分春馆词话》卷三：清初诸家，如李雯、吴伟业、宋征舆辈，所为皆诗人之词，以词为诗之馀，摹拟《花间》《草堂》冶艳之调，故成就不高。

毛奇龄《西河集》卷四十七《倚玉词序》：予乡曩时有创为西蜀、南唐之音者，华亭蒋大鸿也。其法宗《花间》，而人之为《草堂》者却而不进。

426

郭麐《灵芬馆词话》卷二：国初浙西词人辈出，嘉善曹顾庵尔堪与吴中尤西堂侗齐名。西堂《百末词》，自以为《花间》《草堂》之馀。顾庵颇为雅洁，《念奴娇》一阕，殊有竹山风调。

曹尔堪《百岁词序》：而扁舟过从，商榷《花间》《草堂》之胜事者，吴门独吾悔庵耳。

《百名家词钞》引王士禛语：百末诸调，不蹈《花间》《草堂》一字，而有追魂沥魄之妙。

王初桐《小嫏嬛词话》卷三：尤悔庵（尤侗）艳才奔轶，以《百末词》名词，不离《草堂》结习。其词俳调居多，雅音绝少。曹顾庵云："悔庵词流丽圆转，至其感慨诙谐，流转酒楼邮壁，又天然之妙。"

《续修四库全书总目提要·百末词》：其名"百末"者，自识云："汉人以百花百草末造酒，号'百末酒'。予所作，亦《花间》《草堂》之末也，故以名之。"此可知其为词之旨趣矣。内无深沉之旨，外求艳丽之容，喜弄笔端，纤浮不重，而侈谈《花》《草》，明清间词，比比皆是。侗之所作，匪特失其精神，并丧其形貌，较之别家，益为下矣。其慢词剑拔弩张，叫嚣喧嚷，无迦陵之力而欲方轨齐驱，是亦难矣。

尤侗《西堂杂俎三集》卷三《蝶庵词序》：吾友陈子其年工于填词，有一千馀首。予笑语之曰："古人无是也，使子为之不已，则《花间》《草堂》塞破张公、善卷二洞矣。"然不独陈子，阳羡诸子无不群起为之，于是史子云臣（史惟圆）《蝶庵词》出亦不下数百首，命予序之。

史可程《文瀫初编》卷七《十峰草堂诗馀序》：词之《草堂》集，犹诗之《古唐苑》也。邓林一枝，瑶圃片玉，耳学者不冥思遐览，旁搜博采，内以窥其蕴奥，外以廓其疆宇，偶得寸珠，遂题琼海，未知汉大，自诩夜郎，尊乐府而诎倚声，昵房帏而逖郊庙，至谓宋元颓江河之运，诗馀堕花鸟之囿，有今不逮古之叹。吁！过矣。余尝流览词林，盱衡作者，如诰如铭，亦骚亦雅，兼备众美，各崇坛坫，往往而是。夫岂仅斗叶俪花，遂侈工巧，镂云琢月，枉骋情思，如老伶官之伧语乎？胜国无论矣，即以近今言之，词坛鼓吹，南北竞爽，煌煌乎家握灵蛇，人怀隋璧，而础日钱子则固巍然一斗岳也。钱子（指钱肃润）嗜古著书，谭经乐道，早矢皋夔之愿，遭时不偶，乃折而修河汾之业，龙门将相，壁府文章，士之归之者莫不拱手曰："础日先生，人伦之冠冕也。"其制举义、古文词，金县都市，字织鸡林，匪伊朝夕矣。兹读其诗馀若干首，编珠贯玉，刻羽流商，鞭挞辛、苏，爬梳秦、柳，其于新道，可谓启蚕丛之路而问夔伶之鼎者矣。夫饫禁脔者不哜藜藿，聆韶濩者不忕巴里。由《草堂》以搜词统，由词统以溯乐府，则本末条贯，了如指掌，而后读钱子之集，式歌且舞，一唱而三叹也已。

《棠村词话》引龚鼎孳语：棠村旖旎纤靡，宛似《花间》；其芊绵俊爽，则又《草堂》之丽句也。洵当排黄轶秦，驾周凌柳，电发以仆《香严词》并行，糠秕谬扬，窃有子鱼龙尾之叹。

《棠村词话》引宋实颖语：晏元献清词丽句，上逼李唐，一时贤士大夫如范仲淹、欧阳永叔辈皆出其门，遂道为《草堂》巨工。今苍岩先生勋业文章，光耀史册，而间为小词亦复瞻丽，庶几元献堪比拟，若韦庄、冯延巳之流，瞠乎后矣。

《棠村词话》引曹鉴平语：今人睹工致绮靡者，辄曰《花间》致语；览婉变流动者，《草堂》丽句。虽刻画摹拟，犹去一尘，以神韵未到耳。今试置棠村诸作杂《花》《草》间，尚能复辨否？

宗元鼎《扶荔词记》：康熙庚戌春，余读书于芜城道院，评阅丁药园仪部（丁澎）《扶荔词》三卷，曰："美哉斯词，庶不愧扶荔之名乎！"……是愈出愈妍，后人驾前人之上，真可谓山间明月，凤管秋声，凄楚回环，伤情欲尽。其视《花间》《草堂》唐宋诸词人,不啻奴卢橘而婢黄柑,舆葡萄而隶答沓,此武皇宫中草木,不止一本,而必以扶荔为名,无惑乎天宝妃子独爱红尘一骑也。以此词授双鬟执红牙板,倚雕栏,作曼声,命余定其品格,其殆骨细肌柔,恰似当年十八娘乎?(《扶荔词》附)

徐釚《百名家词钞》引:今人为诗,多规摹放翁、遗山,即小词亦必舍南唐、北宋而问金元矣。江湖日下,为之太息。今观先生(指张锡怿)诸阕,芊绵婉丽中,有排空兀奡之致。辛、柳、苏、黄,合为一家。固知金钟玉镛之才,虽阑入《花间》《草堂》,犹不忘正始元音也。

毛奇龄《西河集》卷三十八《鸡园词序》:往予与华亭蒋生搜讨唐词,谓小词者,实词所自始。而或曰否。夫词以具体,则曰词,则曼体不可少也夫,是故《花间》《草堂》各不相掩。其后迦陵陈君偏欲取南渡以后、元明以前,与竹垞朱君作《乐府补遗》诸倡和,而词体遂变。

《百名家词钞》引丁澎语:丹崖(指江尚质)以笃行君子,博搜群籍,于诗古文词,无不究其指归,又复极意《花间》《草堂》,沉湎《金荃》《兰畹》,销尖新于香艳,化幽媚于清真,当推倚声第一能手。

吴绮《林蕙堂全集》卷五《孙汲山〈山啸词〉序》:予与孙子汲山(孙继登)论交者三十六年,赋别者一十七载……泊乎旧事空花,故人小草,十年冰雪,频消京洛之魂;两地山川,再执河梁之手。询其近况,示以新篇,爰开古锦之囊,尽出明珠之箧。格传长庆,已堪元、白齐驱;律协大晟,尤喜秦、黄再见。或体物而尽态,或即景以妍情,或慷慨于欢场,或缠绵于别绪,莫不匀笺意满,振笔情飞。自有鸾凤之音,响传山半;羞作鹦鹉之语,词寄篱间。得《兰畹》之微,何论柳家第七;穷《草堂》之变,宁言李氏成三。遂使吴下群贤,同为刮目;邺中诸子,并极赏心。

王士禄《炊闻词自序》:……因取《花间》《尊前》《草堂》诸体,稍规模为之，日少即一二，多或六七，漫然随意，都无约限，既检积稿，遂逾百篇，因录而存之，识时日焉。

徐釚《南州草堂集》卷二十八《柳村词跋》：冶湄(指梁允植)独能于侘傺杂沓中肆应旁出，意气激发，或马上，或舆中，口吟手披，诗文累累成帙，间作乐章小令，亦复骀宕妩媚，闯入《花间》《草堂》之奥，真足以傲秦七、黄九而媲美坡仙、白傅矣。斯诚异人也哉。

高佑釲《湖海楼词序》：词始于唐，衍于五代，盛于宋，沿于元，而榛芜于明。明词佳者不数家，馀悉踵《草堂》之习，鄙俚亵狎，风雅荡然矣。文章气运，有剥必复。吾友朱子锡鬯(朱彝尊)出而振兴斯道。俞子右吉、周子青士、彭子羡门、沈子山子、融欲、扬九、李子武曾、分虎，共阐宗风。

《百名家词钞》引聂先语：世之论词之多宗《草堂》一选。先生(指朱彝尊)博搜群集，以辑《词综》，尽收唐、宋、金、元妙句。玉峰谓其一洗《草堂》之陋，而倚声者知其所宗矣。《载酒词》句琢字炼，归于醇雅，深得白石、梅溪之精髓，学者当洗涤肠胃，读之以新耳目。

冯金伯《词苑萃编》卷八引沈皞日语：竹垞(指朱彝尊)博搜唐、宋、金、元人集以辑《词综》，一洗草堂之陋。其词句琢字炼，归于醇雅。虽起白石、梅溪诸家为之，无以过也。

《小嬭嬛词话》卷三引查慎行语：竹垞乐府跌荡清新，一扫《花庵》《草堂》之旧，填词家至与白石、玉田并称，竹垞亦自以为无愧。

张其锦《梅边吹笛谱目录跋》引凌廷堪语：词，诗之馀也，昉于唐，沿于五代，具于北宋，盛于南宋，衰于元，亡于明。……我朝斯道复兴，若严苏友、李秋锦、彭羡门、曹升六、李畊客、陈其年、宋牧仲、丁飞涛、沈南渟、徐电发诸公，率皆雅正，上宗南宋，然风气初开，音律不无小乖，词意微带豪艳，不脱《草堂》前明习染。惟朱竹垞氏,专以玉田为模楷,品在众人上。至厉太鸿出,而琢句炼字,含宫咀商,净洗铅华,力除俳鄙,清空绝俗,直欲上摩高、史之垒矣。又必以律调为先,词藻次之。昔屯田、清真、白石、梦窗诸君,皆深于律吕,能自制新声者。其用前人旧谱,皆恪守不敢失,况其下乎?

　　郭麐《灵芬馆词话》:本朝词人,以竹垞为至,一废《草堂》之陋,首阐白石之风。《词综》一书,鉴别精审,殆无遗憾。其所自为,则才力既富,采择又精,佐以积学,运以灵思,直欲平视《花间》,奴隶周、柳。姜、张诸子,神韵相同,至于字之典雅,出语之浑成,非其比也。

　　沈祥龙《论词随笔》:词选自《花间》《草堂》后,周氏《绝妙好词》选择最精当。朱竹垞《宋元词综》搜罗美备,亦称善本,然欲学词,仍须博观诸家全集,以穷其变,而约以取之,斯能集古人之所长矣。

　　陈廷焯《云韶集》卷十五:竹垞辑《词综》一书,洗《花间》《草堂》之陋,一以雅正为宗,千载后古乐不致泯没者,皆先生力也。

　　蒋兆兰《词说》:清初诸公,犹不免守《花间》《草堂》之陋,小令竞趋侧艳,慢词多效苏、辛。竹垞大雅闳达,辞而辟之,词体为之一正。嘉庆初,茗柯、宛邻,溯流穷源,跻之风雅,独辟门径,而词学以尊。周止庵穷正变,分家数,为学人导先路,而词学始有系统,有归宿。吴门七子,守词律,订词韵,于是偭规错矩者,不敢自肆于法度之外。故以清代词学而论,诚有如外人所谓逐渐改良者。以故清季词人,如前所论列诸家,色色皆精,蔚然称盛,殆亦时会使然。

　　《百名家词钞》引彭孙遹语:《草堂》景胜于情,《花间》情浮于景。能兼之者,惟我苍水,《金荃》《兰畹》,浪得名耳。

　　徐釚《南州草堂集》卷二十一《词觏序》:词至今日而极盛,亦至今日而极衰。盖古者里巷讴谣,皆被管弦,南唐、北宋以来,凡所见于《花间》《草堂》者,莫不别其源流,严其声格,若圭景龠黍之纤毫,无以易也。故其时之作者,代不数十人,人不数十阕,按其音节,传于乐部,如周美成所为大晟乐正者,咸是物也。自姜白石辈间为自度曲,于是作者纷然。金元以后,遂不复能谱旧词矣。传至今日,放失益滋,染指者愈多,则舛谬者愈甚。余故以为极衰也。

陈廷焯《白雨斋词话》卷三:毛会侯(指毛际可)《浣雪词》,刻翠裁红,务求新颖,丁飞涛之流亚也,总不免染《花间》《草堂》陋习。

邹祗谟《远志斋词衷》:盖闻之弇州曰:"《花间》者,《世说》之靡也;《草堂》者,《文选》之变也。"而余以为不然。《花间》句雕字琢,调成未谐,句无不致,是昌谷之靡也。《草堂》音协调流,句或未研,体无不秀,是西昆之变也。至所云字必色飞,语必魂绝,则美出自然,诚非缘借矣。

任绳隗《学文堂诗馀序》:其(指陈玉璂)《学文堂集》数十万言,中有填词若干卷。搴英撷实,殆逼《花间》《草堂》而上之。在椒峰视之,固其馀也。在人视之,亦椒峰之馀也。

徐釚《菊庄词话》引徐士俊语:自吾家《玉台》一序后,几令琉璃研匣,翡翠笔休,为千古词人挥洒不尽。兹披《菊庄词》一卷,更赏翰墨流香,乃知《草堂》之草岁岁吹青,《花间》之花年年逞艳,后来者居上,奚必沾沾南唐、北宋耶?

丁澎《菊庄词序》:今来游武林,出其(指徐釚)《菊庄词》若干阕,读之,便娟芊丽,已轶《花间》《草堂》而上,称"贵轻婉而戒浮腻",其在兹乎!(《菊庄词》)

曹贞吉《锦瑟词话》:长调最忌芜蔓。蛟门(指汪懋麟)《莺啼序》诸什,严整简劲,直以龙门笔意作《草堂》致语,大奇。

尤侗《西堂杂俎》三集卷三《问鹍词序》:于欧冶遇之矣。抑有喻焉:昔欧冶子之铸剑也,薛烛相之,拂其华如芙蓉始生,观其文如列星之芒,观其光如水之溢于塘,观其色涣然如冰释见日之光,所谓纯钩者也。剑既有之,词亦宜然。故以《玉台》为锋,《香奁》为锷,《金荃》为脊,《兰畹》为镡,绕以《花间》,带以《草堂》,此欧冶子之词也。予善相词,亦为薛烛矣。

严绳孙《成容若遗稿序》:至于(纳兰性德)乐府小词,以为近骚人之遗,尤尝好为之。故当其合作,飘忽要眇,虽列之《花间》《草堂》,左清真而右屯田,亦足以自名其家矣。嗟呼! 天之生才,而或夺之年,如贾傅之奇气卓识,度越今古无论。

毛际可《今词初集跋》:近世词学之盛,颉颃古人,然其卑者,掇拾《花间》《草堂》数卷之书,便以骚坛自命,每叹江河日下。今梁汾、容若两君权衡是选,主于铲削浮艳,舒写性灵,采四方名作,积成卷轴,遂为本朝三十年填词之准的。

李慈铭《越缦堂读书记·集部·词曲类》:余尝论作词之道,固另有一种婉丽软媚之致,必性情近者始足语此,然亦须书卷富,才力厚。《草堂》骫骳,元明浅陋,岂彼之人皆性情拙钝? 国朝谭词推朱、陈两家,伽陵病在熟,竹垞病在陈,顾伽陵胜于竹垞者,笔意灵也。馀子不足数。求与伽陵鼎峙者,其容若及金风亭长乎!

《百名家词钞》引聂先之语:论词既不贵《草堂》靡曼之章,尤最忌刻意翻案,过为尖纤之习。荔轩(指曹寅)词选声辨韵,自有新裁,嚼字调音,自多妙咏。髯公所谓"井花汲处,都吟柳永之章;纨帕贻来,半织元稹之曲",请以移增荔轩。

朱彝尊《秋屏词钞题辞》:《花间》《尊前》而后,言词者多主曾端伯所录《乐府雅词》。今江淮以北称倚声者辄曰"雅词"。甚矣,词之当合乎雅矣。自《草堂》选本行,不善学者流而俗不可医。读吴贯勉《秋屏词》,尽洗铅华,独存本色,居然高竹屋、范石湖遗音,此有井饮处所必歌也。

徐士俊《岸舫词序》:吾得山阴宋子长白(宋俊)《岸舫诗馀》而读之,或缭绕如春云,或皎洁若秋月,其神采焕发,不徒以艳冶为工。夫江山花鸟,原足供人采择而有余况。宋子生千岩万壑间,所谓山阴道上行,已是应接不暇,兼之南北舟车游览无尽。燃脂弄墨,古锦生香。宜其所为词置之《花间》《草堂》《兰畹》中,不啻花花自相对,叶叶自相当者矣。

毛奇龄《西河集》卷四十七《倚玉词序》:故予乡曩时有创为西蜀、南唐之音者,华亭蒋大鸿也,其法宗《花间》,而人之为《草堂》者却而不进。有创为德祐、景炎之音者,禾中朱竹垞也。竹垞客予郡,觅予郡之景炎处士所称菊山唐珏、苹洲周密、后村仇远辈而效其倡和,相率为愬急逼剥之词,而人卒局步而不敢前,迄于今又三十年矣。杜陵梅中以风雅之宗,领袖篇什,乃出予乡《倚玉词》属予一言。夫《倚玉词》,许君又文(许尚质)之所为作也。乡人为词者凤称雪舫,而又文接踵而兴,标新领隽,萃《草堂》之精而一轨于正,有近晚唐者,亦有类德祐、景炎者,要之,皆大晟之声也。越中乏词宗,而前有华亭,后有禾中,今得梅中而三之,宋人之词于是有真面目矣。予老去不能为词,居钱湖之滨,而目盼西陵,所谓青骢油壁者,皆惘惘若隔世矣。观又文之词,细辁车回,小蛮人去,虽逮老犹想见之。

孔传铎《红萼轩词小引》:诗当工后,移我性情;文入妙来,沁人肝腑。顾此上乘之事,岂伊浅识所能。惟是《花间》《草堂》,差觉每窥涯涘;不揣巴人下里,居然学步邯郸。(《红萼轩词》)

陈于王《红萼轩词序》:己巳秋,予游广陵,访吴园次先生别业,名归鸿。柴烧笋煮珍珠菜,留余晚饭,饮于桐阴下,与之论词。先生云:"词须上脱

《香奁》,下不落元曲,乃称作手。"《草堂》《花间》,词之正法也。兰陵邹讦士、董文友常论词谓小调不学《花间》,则当学欧、晏、秦、黄。《花间》绮琢处于诗为靡,而于词则如古锦,纹理自有,黯然异色。欧、晏蕴藉,秦、黄生动,一唱三叹,总以不尽为佳。近日娄东吴梅村,秀水朱竹垞,阳羡陈迦陵,梁溪严荪友、顾梁汾、天石,武进邹讦士、董文友,山左王贻上、西樵,倚声填词,可歌可咏,皆得《花间》《草堂》三昧者。(《红蓼轩词》)

谢章铤《赌棋山庄词话续编》卷三:《栩园词弃稿》四卷,武进陈秋田聂恒撰。顾梁汾曰:"国初辇毂诸公,尊前酒边,借长短句以吐其胸中。始而微有寄托,久则务为谐畅。香岭倦圃,领袖一时。唯时戴笠故交,担簦才子,并与燕游之席,各传酬和之篇。而吴越操觚家闻风竞起,选者作者,妍媸杂陈。渔洋之数载广陵,实为斯道总持,二三同学,功亦难泯。最后吾友容若,其门地才华,直越晏小山而上之。欲尽招海内词人,毕出其奇,远方骎骎,渐有应者。而天夺之年,未几辄风流云散。渔洋复位高望重,绝口不谈。于是向之言词者,悉去而言诗古文辞,回视《花间》《草堂》,顿如雕虫之见耻于壮夫矣。虽云盛极必衰,风会使然,然亦颇怪习俗移人,凉燠之态,浸淫而入于风雅,为可太息。"(《答秋田求词序书》)此一则于康熙初词场风气言之最晰。虽然,是岂独词与诗文哉。即词派中之盛衰,亦如是矣。昔陈大樽以温、李为宗,自吴梅村以逮王阮亭,翕然从之,当其时无人不晚唐。至朱竹垞以姜、史为的,自李武曾以逮厉樊榭,群然和之,当其时亦无人不南宋。迨其后,樊榭之说盛行,又得大力者负之以趋,宗风大畅,诸派尽微,而东坡词诗、稼轩词论,肮脏激扬之调,尤为世所诟病。即秋田论词绝句亦云:"敢言豪气全无与,诗论天然非所宜。千古风流归蕴藉,此中安用莽男儿。"而秋田之词,则正病恹恹无气耳。意既凡近,笔复平实,复不能鼓荡以真气,而自谓似密而疏,似近而远,其信然乎。……求其清宕若此者,不数觏也。

纪迈宜《俭重堂诗馀自序》:余少时与四兄可亭读书于集园之易简堂,同学为诗,取有唐诸家之诗编次而甲乙之,选录成帙以便讽诵。因亦取《花间》《草堂》以及《草堂》之续集、后集精选为一卷，朝夕披阅，用以自娱。夫诗之道贵乎温厚、和平、空灵、澹远、雄浑、悲壮，而词则取乎纤巧、绮靡，其体制不同，故人谓作词有碍于诗。予虽略一涉笔，旋即置之，不多缔构也。后岁辛未，有长华之游，于所经古迹颇多吟咏，归途恐辞意近重沓，遂变体为长短句，得数十首。又数载，随任昆阳，遇周君次峰，好填词，与之唱和，复得数十首，合之少时所作，共成一卷。（《俭重堂诗馀》）

纪迈宜《俭重堂诗馀跋》：余少习为诗，即并读《花间》《草堂》诸集，以体近轻靡弗学也。及获读陈其年先生集，不胜激赏，以为词至此，笔端变化，不可端倪可作。太史公伯夷、游侠等传，读即间作闺房旖旎之语，亦莫不有一段英雄抑塞、拔剑砍地之意流露行间，诚风雅之变调，骚人之极则也。吟讽之余亦偶一涉笔。后检讨集读本失去，遂弃不复作者几四十年矣。今秋客潼将归，架头捡得吴梅村先生集，取阅中有词一卷，怅触曩怀，适咏瓶菊，戏拈一阕，因念长途寂寞，非觅句无以消遣旅怀，而途中所经古迹来时业见之吟咏，难于复赘，乃变为长短句以补前所遗之意，或互相发明，共得三十首附之卷末。此不过如候虫吟秋，聊以自适其性而已，于词中三昧无当也，今专家之见，其将伦父我乎？虽然，余老矣，不能为红牙象板女郎赋"晓风残月"也。（《俭重堂诗馀》）

陈撰《秋林琴雅序》：词于诗同源而殊体，风骚五七字之外，另有此境而精微诣极。惟南渡德祐、景炎间，斯为特绝。吾杭若姜白石、张玉田、周草窗、史梅溪、仇山村诸君所作皆是也。自是以还，正不乏人，而审音之善，二百馀年来几成辍响。近称西泠词派，或踪迹《花间》，或问津《草堂》，星繁绮合，可谓极盛。乃缘情体物，终惜其体制之未工。独吾友樊榭先生起而遥应之，清真雅正，超然神解，如金石之有声而玉之声清越，如草木之有花而兰之味芬芳。登培嵝以揽崇山，涉潢圩以观大泽，致使白石诸君，如透水月华，波摇不散。吴越间多词宗，吾以为叔田之后无饮酒矣。樊榭天才轶举，靡不治习，而志尚高远，泊于荣禄。其与予同寓广陵时，当日斜花外必相约为倚声，往往予未及脱稿而樊榭点笔已就，予辄为之罢去。（《秋林琴雅》）

冯金伯《词苑萃编》卷八引陈皋语：国初以来，江左言词者，无不以迦陵为宗，家娴户习，一时称盛，然犹有《草堂》之馀。自浙西六家词出，瓣香南宋，另开生面。于是四方承学之士，从风附响，知所指归。

冯金伯《词苑草编》卷八引吴陈琰语：词有四声、五音、均拍、轻重、清浊之别，其为之也较难于诗。予友莲坡，才思超俊，履险能夷。其新制抽妍骋秘，宫协律谐，且尽洗《草堂》《花间》之余习，而出之以雅正，洵乎能为其难矣。

储国钧《小眠斋词序》：余少喜填词，窃谓诗词歌曲，各有体制。风流婉约，情致缠绵，此词之体制也，则小山、少游、美成诸君子其人矣。降自南宋，虽不乏名家，要以梅溪为最。既得交史子位存（指史承谦），相与上下其议论，意见悉与余合。夫自《花间》《草堂》之集盛行，而词之弊已极，明三百年直谓之无词可也。我朝诸前辈起而振兴之，真面目始出。顾或者恐后生复蹈故辙，于是标白石为第一，以刻削峭洁为贵，不善学之，竞为涩体，务安难字。卒之抄撮堆砌，其音节顿挫之妙荡然。欲洗《花间》陋习，反堕浙西成派，谓非矫枉之过欤？因思与位存殚精毕虑，究极源流，定其指归，使天下咸正其趋。（《小眠斋词》）

阮元《揅经室集·三集》卷五《王竹所词序》：词人之作小令，以五代十国为宗，守其派者有晏氏父子、欧阳公、张先、秦观、贺铸、毛滂诸人；慢曲以清真、白石为宗，沿其流者有吴文英、张炎、卢祖皋、高观国、王沂孙、周密、蒋捷、陈允衡诸人。自宋元以来，传染《草堂》结习，而《花间集》《乐府雅词》《绝妙好词》诸书之遗意莫或窥寻，无怪乎词学之不振也。王子竹所深于词，三十年前即以之名大江南北。兹复手自删订，扫去骫骳从俗之作，其所存者，小令则寓稼纤于简厚，慢曲乃如溪流逆风，波纹自行，而冷光翠色，一望演漾不可尽，盖于四声二十八调中独得唐宋人精髓，深于此者，乃知其为必传也。

吴翌凤《曼香词序》：谢家团扇，惯画秋云；白氏青衫，曾黏铅泪。望柴桑之故里，路绝三千；类鸥夷之浮家，岁经二十。吟骚郢国，难招屈、宋之魂；赋雪梁园，莫问邹、枚之斋。滕阁则粉图尽矣，鹤楼则玉笛阒如。以此萧寥，助余感慨。追忆绮年之结习，曾从白社以联吟。跌宕多情，婆娑善舞。陆放翁之庵内，积稿恒多；玉田生之山中，倚声尤数。……再续梦窗之旧谱，一洗《草堂》之陋音。岁月既长，卷帙遂衍。叠笺细写，准谱横吹。大抵文生于情，不觉哀多于乐矣。呜呼，旧时明月，曾照梅花；今日春风，空留燕子。锦筝席上，难酬顾曲之人；梅雨江南，谁和断肠之句？（《曼香词》）

《续修四库全书总目提要·微波词》：是编……大都轻倩浅薄，虽时有俊语，终非本色，偶见丽辞，远违《花》《草》……（钱）枚与杨芳灿、袁通、杨夔生诸人相往还，毋怪其词学之不深也。

蒋兆兰《词说》：清初诸公，犹不免守《花间》《草堂》之陋，小令竞趋侧艳，慢词多效苏、辛。竹垞大雅阔达，辞而辟之，词体为之一正。嘉庆初，茗柯、宛邻，溯流穷源，跻之风雅，独辟门径，而词学以尊。周止庵穷正变，分家数，为学人导先路，而词学始有系统，有归宿。吴门七子，守词律，订词韵，于是偭规错矩者，不敢自肆于法度之外。故以清代词学而论，诚有如外人所谓逐渐改良者。以故清季词人，如前所论列诸家，色色皆精，蔚然称盛，殆亦时会使然。

张鉴《冬青馆乙集》卷五《灵芬馆词序》：昔枫江渔父为《词苑丛谈》一书，余览之而惑焉。夫流品别则文教衰，摘句图而诗学蔽。《花间》淫缛，争价一字之奇；《草堂》噍杀，矜惜片言之巧。乖道谬典，鲜能通圆。是以耆卿骞翮于津门，邦彦厉响于照碧，词至北宋而一变。石帚、玉田，理定而摛藻；梅溪、竹山，情密而引辞，词至南宋而又一变。

吴骞《莲子居词钞序》：兄子衡照于乐章夙有深嗜，凡（当作"集"）古今

438

名家之作曰《莲子居词钞》，予循览各调并观厥命而知用意之所在，殆欲先致其愁苦之功而后即夫欢愉之境也欤？且夫莲之为物也，生于淤泥而底出于清泉之上。风凄露沐，月明花开，抱洁净之性，纤尘不能滓，是以含贞葆素与夫仙真佛子之流，莫不爱尚。而三闾大夫且欲制以为衣，集而为裳，其品何如哉？从来数填词家咸推姜尧章，清新俊逸，几与秦七、黄九相颉颃，宗之者若张辑、卢祖皋、史达祖诸人，皆能自拔于流俗，一洗《花间》《草堂》之陈言，得非用心有独苦乎？（《愚谷文存》）

焦循《雕菰集》卷十八《董晋卿绵雅词跋》：词之有《花间》《尊前》，犹诗之有汉魏六朝也；其北宋则初、盛也，其南宋则中、晚也。盖乐府之义，至唐季而绝，遂遁而归于词。南宋之词渐远于词矣，又遁而归于曲，故元、明有曲而无词。盖诗亡而词作，词亡而曲作，诗无性情，既亡之诗也；词无性情，既亡之词也；曲无性情，既亡之曲也。拾枯骨而被以文绣，张朽革而绩以丹青，且刺刺曰："吾恶夫人之有性情。"但为此枯骨朽革，不亦灾怪矣乎？三百篇无非性情，所以可兴、可怨、可观、可群，至宋人始疑其淫奔也而删之。论词而欲舍《花间》《尊前》，不犹王柏之徒欲举《桑中》《鹑奔》之篇一举而去之乎？

朱和羲《万竹楼词自叙》：道光乙酉春，予游学云间，偶于书肆中得《草堂诗馀》一册。吟咏一周，爱不忍释。但觉花柳怡情，风月遣兴，览物而动，感人甚深。于是始知有词学之道，依谱填腔，奉为圭臬。戊戌岁，谒姚春木丈于茸城，越六载谒戈顺卿丈于山塘，纵谈律吕，细论渊源。则知向之所奉为圭臬者，见其小而未见其大也，见其浅而未见其深也。（《万竹楼词》）

附录三 《草堂诗馀》载录总汇

陈振孙《直斋书录解题》:《草堂诗馀》二卷……皆坊间编集者。

杨士奇(1366－1444)《文渊阁书目》卷十"诗词":《草堂诗馀》一部一册,阙。

《行人司重刻书目》"文部五":《草堂诗馀》四本。

钱溥(1439年进士)《秘阁书目》:《草堂诗馀》一。

叶盛(1420－1474)《菉竹堂书目》:《草堂诗馀》一册。

叶盛《菉竹堂集》卷七《书草堂诗馀后》:《草堂诗馀》前集八卷,后集八卷,此则书坊本,前后集上下四卷,始周美成《水龙吟》,终苏东坡《卜算子》,有脱板,较之别板字稍大者,则此本阙七十四首,疑此是续刊节本,然又有别本所无者,因录补遗一卷于后。

杨慎(1488－1559)《词品》:《草堂诗馀》"朦胧澹月云来去",齐人李冠之词,今传其词而隐其名矣。冠又有《六州歌头》道刘项事,慷慨悲壮,今亦不传。

杨慎《词品》:韩驹,字子苍,蜀山仙井人,今井研县也。其中秋《念奴娇》"海天向晚"一首,亚于东坡之作,《草堂》已选。雪词《昭君怨》云:"昨日樵村渔浦,今日琼川银渚。山色卷帘看,老峰峦。锦帐美人贪睡,不觉天花剪水。惊问是杨花,是芦花。"

杨慎《词品》:高观国,字宾王,号竹屋。词名《竹屋痴语》,陈造为序,称其与史邦卿皆秦、周之词,所作要是不经人道语,其妙处,少游、美成亦未及也。旧本《草堂诗馀》选其《玉蝴蝶》一首,书坊翻刻欲省费,潜去之。予家藏有旧本,今录于此,以补遗略焉。(下略)

杨慎《升庵外集·列书目》(节录):《词林万选》《百琲明珠》《填词选格》《古今词英》《词选增奇》《填词玉屑》《词苑增奇》《草堂诗馀补遗》《词品》《词品拾遗》。

杨慎《升庵先生文集》卷六十:观乐生爱收古书,尝言古书有一种古香可爱。余谓此言未矣,古书无讹字,转刻转讹,莫可考证。余于滇南见故家收《唐诗纪事》抄本甚多，近见杭州刻本，则十分去其九矣，刻《陶渊明集》遗《季札赞》。《草堂诗馀》旧本，书坊射利，欲速售，减去九十馀首，兼多讹字，余抄为拾遗辩误一卷……小词如周美成"懵懵坊曲人家"，坊曲，妓女所居，俗改"曲"作"陌"。张仲宗词"东风如许恶"，俗改"如许"作"妒花"，平仄亦失贴。孙夫人词"日边消息空沉沉"，俗改"日"作"耳"。东坡"玉如纤手嗅梅花"，俗改"玉如"作"玉奴"，其余不可胜数也。书所以贵旧本者，可以订讹，不独古香可爱而已。

张綖(1513年举人)《草堂诗馀后集别录》：岳武穆《小重山》"昨夜寒蛩不住鸣"。《精忠录》载岳武穆二词，皆佳作，浙本《草堂》词附录于后，然今人但盛传《满江红》而遗《小重山》。"怒发于后"之词，固足以见忠愤激烈之气，律依永之道，微似非体，不若《小重山》之托物寓怀，悠然有余味，得风人讽咏之义焉。

晁瑮(1507—1560)《晁氏宝文堂书目·诗词》：《增广笺注名贤草堂诗馀》，宋刻。又："乐府(类)"：《草堂诗馀》。

朱睦㮮(1518～1587)《万卷堂书目》卷四：《草堂诗馀》四卷，顾从敬。《名儒草堂诗馀》二卷。

周弘祖(1559年进士)《古今书刻》"上编"：《草堂诗馀》，松江府，又徽州府，又扬州府，又临江府，又建宁府书坊。

高儒《百川书志》卷六"歌词"：《草堂诗馀》四卷。《通考》云：书坊所编，各有注释引证，皆五代及宋人之作也，分五十九题，凡四百阕。

赵用贤(1571年进士)《赵定宇书目》"小说书"：《草堂诗馀续》四本。

焦竑(1540—1620)《玉林丛语》卷一"文学"：明兴，称博学饶著述者，无如用修，所撰有……《草堂诗馀补遗》。

陈第(1541—1617)《世善堂藏书目录》卷下：《草堂诗馀》七卷。

董其昌(1555—1636)《筠轩清秘录》卷上：《草堂诗馀》《草堂诗馀续》《元(人)草堂诗馀》。

陈继儒(1558—1639)《白石樵真稿》卷十七《跋王文肃公帖》：太原王文肃公解相印归，绝不与宾从子孙谈立朝事迹。手自移花接果，翻古帖，摹书数行。此册乃少年写香艳词，摘《草堂》《花间》殆遍，书法遒迈，俱从《黄庭》

发脉来。王烟客购得之，焚香展玩，吴光启更锼石传于人间。正如宋璟铁石心肠作《梅花赋》，大有风味。乃知苏、黄好弄小词，亦此意也。

祁承爜(1563—1628)《澹生堂藏书目》卷十二"余集类·艳诗附词曲"：《草堂诗馀》二册，六卷。《正续草堂诗馀》三集，六册，十三卷。

《澹生堂书目》卷四：《草堂诗馀》四卷，顾从教(敬)。

赵琦美(1563—1624)《脉望馆书目》"词类·集"：《续草堂诗馀》一本。胡元任《草堂诗馀》一本。《草堂诗馀续集》四本。

《玄赏斋书目》：《草堂诗馀》。

王骥德(？—1623)《新校注古本西厢记》"引证书目"：《金荃集》词附，《花间集》《草堂诗馀》《词品》《词林万选》。

徐𤊽《徐氏家藏书目》卷五"集部·词调类"：《草堂诗馀》四卷，《续草堂诗馀》二卷。

徐𤊽《红雨楼书目》：《草堂诗馀》四卷，《续》二卷。

张丑(1577—1643)《清河书画舫》卷十二上"祝允明"：锡山华氏宝藏希哲小楷《草堂诗馀》全部，师钟元常。履吉真书《尚书》《毛诗》全本，师王逸少。足称双璧，而希哲尤沉着痛快。又闻陆氏藏希哲小楷《北西厢》及《琵琶记》，书法机精，未及见之。

张丑《真迹日录》卷五：皇明书家所录册子有吴原博手钞《东坡志林》《穆天子传》《鬻子山》《鬼谷子》《墨子》等帙，不下千百纸。其后则祝希哲小楷《妙蛾子三近斋稿》《夷坚丁志》三卷、《草堂诗馀》《云林先生续集》，草书《碧鸡漫录》……皆一时墨池鸿实，好事家所当亟购者也。

何宇度《益部谈资》卷中：杨用修著述之富，古今罕俦。予所见，已刻者二十九种……未见已刻者三十九种……闻未刻者尚有七十一种……《草堂诗馀补遗》……《古今词英》《填词玉屑》……总之一百四十种。

刘若愚(1584—？)《酌中志》卷十八：《草堂诗馀》二本，一百九十叶。

毛晋(1599—1659)《跋逃禅词》：补之，清江人，世所传江西墨梅，即其人也。其诗文亦不多见，向有补之词行世，或谓是晁补之，谬矣。无论字句之舛讹，章次之颠倒，即调名如《一斛珠》误作《品令》，《相见欢》误作《乌夜啼》之类，亦不可条举，今悉一一厘正。但散花庵词客一无选录，谓其多献寿之章，无丽情之句耶？《草堂》集止载"痴牛骏女"一调，又逸其名，后人妄注毛东堂，可恨坊本无据，反令人疑《香奁》之或凝或偓云。（《宋名家词》）

毛晋《跋断肠词》：淑真诗集脍炙海内久矣，其诗馀仅见二阕于《草堂》集，又见一阕于十大曲中，何落落如晨星也。既获《断肠词》一卷，凡十有六调，幸睹全豹矣。先辈拈出《元夕》诗词，以为白璧微瑕，惜哉。（《诗词雄俎》之《漱玉词》）

黄虞稷（1626－1692）《增订千顷堂书目》：顾从敬《草堂诗馀类编》四卷。又：沈际飞《草堂诗馀》正、续、新三集十二卷。

钱曾（1629－1701）《虞山钱遵王藏书目录汇编》：《草堂诗馀》四卷。《述》词：《草堂诗馀》四本，《续草堂诗馀》二卷。

《中国善本书提要》：《类选笺释草堂诗馀》六卷、《续选》二卷、《国朝诗馀》五卷，十二册（北大），明万历间刻本。九行，行二十字。原题："上海顾从敬类选，云间陈继儒重较，吴郡陈仁锡参订。"《续选》题："长洲钱允治笺释，同邑陈仁锡校阅。"《国朝诗馀》题："长洲钱允治功甫编，同邑陈仁锡明卿释。"钱允治序云："先刻《草堂诗馀》，无如云间顾汝所家藏宋本为佳。继坊间有分类注释本，又有毗陵长湖外史《续集》本，咸鬻于书肆，而于国朝未遑也。惟注释本脱落谬误，至不可句。太末翁元泰见而病之，乃倩余任校雠之役，又命余搜葺国朝名人之作，并毗陵《续集》尽加注释，凡三编焉。"余前见沈际飞本，今又见此本，始知此本为沈本所从出。沈本于《续集》题"毗陵长湖外史类辑"，盖依旧本所改也。卷内有"无竟先生独志堂物"印记。陈仁锡序［万历四十二年（1614）］、钱允治序［万历四十二年（1614）］、何良俊序［嘉靖二十九年（1550）］（以上正集）；陈仁锡序［万历四十二年（1614）］（续集）、钱允治序［万历四十二年（1614）］（《国朝诗馀》）。

季振宜（1630－?）《季沧苇书目》：《类选群英诗馀》二本。

姚际恒（1647－约1715）《好古堂书目》：《草堂诗馀》四集，明沈际飞。正集二卷、续集二卷、别集四卷、新集五卷，八本。

张廷玉（1672－1755）等《明史·艺文志》：沈际飞《草堂诗馀》十二卷。

钱大昕（1728－1804）《元史·艺文志补》：《群英诗馀》。

《四库全书总目》：《类编草堂诗馀》四卷（通行本），不著编者名氏，旧传南宋人所编。考王楙《野客丛书》作于庆元间，已引《草堂诗馀》张仲宗《满江红》词证"蝶粉蜂黄"之语，则此书在庆元以前矣。词家小令、中调、长调之分，自此书始。后来词谱，依其字数以为定式，未免稍拘，故为万树《词律》所讥。然填词家终不废其名，则亦倚声之格律也。朱彝尊作《词综》，称《草堂》选词可谓无目。其诟之甚至。今观所录，虽未免杂而不纯，不及《花间》诸集之精善，然利钝互陈，瑕瑜不掩，名章俊句，亦错出其间，一概诋排，亦未为公论。此本为明杭州顾从敬所刊，前有嘉靖戊戌何良俊序，称从敬家藏宋刻，较世所行本多七十馀调。其刻在汲古阁本之前。又诸词之后，多附以当时词话，汲古阁本皆无之。考所引黄昇《花庵词选》、周密《绝妙好词》，均在宋末，知为后来所附入，非其原本。然采摭尚不猥滥，亦颇足以资考证，故仍并存焉。

《四库简明目录标注》：《类编草堂诗馀》四卷，明嘉靖庚戌刊本、万历甲寅刊本、《词苑英华》本、明刊朱评本。韩氏有元刊本。

沈复粲（乾嘉时人）《鸣野山房书目》：《类编草堂诗馀》四卷，云间顾从敬辑。又：《草堂诗馀》正六卷、续二卷、别四卷、新五卷，云间顾从敬辑。

孙星衍（1753－1818）《孙氏祠堂书目》：《类编草堂诗馀》四卷，题武陵逸史编。明顾氏刊本。又：《草堂诗馀》正集五卷、别集四卷、续集二卷、新集四卷，明沈际飞编。

孙星衍《平津馆鉴藏书籍记》：《类编草堂诗馀》四卷，明版。题武陵逸史编次，开云山农校正，有嘉靖庚戌何良俊序，称顾子汝所刻，是编乃其家藏宋刻本，比世所行本多七十馀调。附以词话，为汲古阁本所无。每叶廿行，行十九字。

范邦甸《天一阁书目》：《草堂诗馀》二卷，绵纸钞本，不著撰人名氏。

《天一阁书目》：《类编草堂诗馀》四卷，不著撰人名氏，首列武陵逸史编次，开云山农校正。又：《类编草堂诗馀》一卷，刊本，明武陵顾从敬编次，高阳韩俞臣校正，嘉靖庚辰东海何良俊序。又：《类选笺释草堂诗馀》四卷，刊本，明顾从敬选，陈继儒重校，万历甲寅长洲陈元素序。

丁丙（1832－1899）《善本书室藏书志》：《类编草堂诗馀》四卷，明嘉靖刊本，赤堇山人藏书。武林逸史编次，开云山农校正。不著编辑姓名。书名见于王楙《野客丛书》，则编在庆元以前。词分小令、中调、长调，实始此集。虽不及花庵持择之精，然名章秀语时时得宝，亦可称词山之五岳矣。前有嘉靖庚戌何良俊序，云顾子汝家藏宋刻本，比世所行本多七十馀调，是不可以不传。《四库》著录者即属此本，有"高阳氏""槐荣堂""赤堇山人"三印。

丁立中《八千卷楼书目》：《草堂诗馀》正集六卷、新集五卷、别集四卷、续集二卷，明顾从敬、沈际飞编，明刊本。

冯贞群《鄞范氏天一阁书目内编》(1935年)：《类编草堂诗馀》四卷，明顾从敬编。明嘉靖庚戌重刻宋本，比世所行多七十馀调。存卷一。又：《类编笺释续选草堂诗馀》二卷，明钱允治笺释，陈仁锡校阅，有朱笔圈点，明刻本。

耿文光(1862年举人)《万卷精华楼藏书记》：《类编草堂诗馀》四卷，明杭州顾从敬家藏宋本重刊以行。前有嘉靖庚戌何良俊序。词家小令、中调、长调三分自此书始。又：《草堂诗馀》正集六卷、新集五卷、别集四卷、续集二卷，明沈际飞撰，明本。前有陈仁锡、秦士奇序、沈氏自序。正集本顾从敬所选，天羽重加订正。秦士奇序曰：沈天羽氏以正、续两集并我明新集为之正次订舛，别集则历朝近代中所逸。例曰：正集裁自顾汝所手；续集题长湖外史，视顾选尤精约，悉仍其旧；别集则余所为；新集钱功父始为之，搜求未广，玉石杂陈，兹删其十之五，补其十之七，考订正文，附注讹字，次其前后，芟其混入。

王国维《读〈草堂诗馀〉记》：《新刊古今名贤草堂诗馀》，此疑宋旧题，四卷。前有嘉靖已酉李谨序。序后有总目。卷一标题下有"皇明进士知歙县事四会南津李谨纂辑、歙县教谕秀州曾丙校次、歙丞饶余刘时济梓行"三行。卷四末有刘时济跋。李序及总目标题下均有"三衢童子山刊行"一行。宣统已酉，得于京师。按《草堂诗馀》行世者以毛氏《词苑英华》本为广，次则沈际飞本，次则乌程闵氏朱墨本。近四印斋刻天一阁旧钞明嘉靖间闽沙太学生陈钟秀校刊本，世已惊为秘籍。余所见此书别本独多。一嘉靖庚戌顾从敬刊本，一嘉靖末安肃荆聚刊本，一万历李廷机刊本，一嘉靖已酉李谨刊本，即此本也。荆聚本在唐风楼罗氏，馀三本都在敝箧。综而观之，可分为二类：一分调编次者，以顾从敬本为首，李廷机，闵□□（映璧）、沈际飞、毛晋诸本祖之。一分类编次者，此本与陈钟秀本、荆聚本皆是。然此三本又自不同。陈钟秀本二卷，而此本与荆聚本则俱四卷。陈本分时令、节序、怀古、人物、人事、杂咏六类，而此本则首天时，次地理，次人物，次人事，次器用，次花鸟，亦为六类。次第亦复不同。陈本故有注，王氏重刊时已删去大半。荆聚本亦有注，讹脱殊甚。唯此本正文注文首尾完具。故分调编次之本，以顾本为最善。分类编次之本，当以此本为最善矣。（《庚辛之间读书记》）

赵万里《明嘉靖本类编草堂诗馀四卷提要》：题武陵逸史编次，开云山农校正。首有嘉靖庚戌何良俊序，略云：顾子汝上海名家，家富诗书，是编乃其家藏宋刻本，比世所行本多七十馀调。是此本亦自旧本出。顾以小令、中调、长调编次，与分类本绝殊，然必先有分类本而后有分调本，其证凡三：此本每词必有一题，校以本集往往不合，细考之则此本之题，如春景、夏景、秋景、冬景、春恨、春闺、立春、元宵之属，皆分类本六大目之子目，是分调时必据分类本，故以其子目冠于词上，其证一。古乐府及元明剧曲之佳者，其撰人姓名多不能确知，宋词亦然。故分类本于词之撰人不能详者，辄空缺不注，黄大舆《梅苑》、曾慥《乐府雅词拾遗》亦如之。而分调时不明斯例，悉以前一阕所记撰人当之，于是宋世名家词，凭空又添出赝作若干首，而明以后人无摘其谬者，以讹传讹，实此书作之始。如分类本前集上《浣溪沙》"水涨鱼天拍柳桥"一阕，与周邦彦《渡江云》衔接，分调时以为周作，毛子晋补辑《片玉词》据以录入，即其例矣。然有时亦应分别观之，如《满庭芳》"晓色云开"一阕，确系秦少游词，分类本脱注前人二字，此本以为秦作，固无可疑也。其证二。分类本以时令、天文、地理、人物等类标目，与周邦彦《片玉词》、赵长卿《惜香乐府》略同，盖所以取便歌者，至此本以小令、中调、长调为次，于他书无征，自应后于分类本，其证三。自分调本行而分类本渐微，嘉靖后所刻《草堂诗馀》，如李廷机本、闵映璧本、《词苑英华》本，皆直接间接自此本出。即钱允治、卓人月、潘游龙、蒋景祁辈所著书，亦无不标小令、中调、长调之目，故欲考词集之分调本，不得不溯此本为第一矣。

赵万里《元刻元印本增修笺注妙选草堂诗馀题记》：半叶十三行，行大二十二字,小二十九字。黑口,左右双阑。首总目,分春景、夏景、秋景、冬景、节序、天文、地理、人物、人事、饮馔、器用、花禽十二类,而不记调名。目后有"至正辛卯孟夏双璧陈氏刊行"牌子。案:《草堂诗馀》分类编次本,旧刻传世者颇不乏:一至正癸未庐陵泰宇书堂刊本,仅存前半,日本狩野直喜氏藏;一洪武壬申遵正书堂刻本,吴县曹元忠检书于内阁大库得之,以贻杭县吴昌绶,刊入双照楼影刻宋元人词,其本行款与此本同,盖即据此本重雕者;一嘉靖戊戌闽沙太学生陈钟秀刻本,天一阁藏书,四印斋刻本从之出,分时令、节序、怀古、人物、人事、杂咏六类。虽经后人羼乱,未尽失真;一嘉靖己酉李谨刻本,首天时,次地理,次人物,次人事,次器用,次花鸟,亦非元本之旧,见观堂先生《庚辛之间读书记》;一嘉靖间安肃荆聚刻本;一即此本,卷首有"季沧苇藏书"一印。《延令书目》载《类选群英诗馀》二本,即此书也。此本前、后集前又各具细目,题"妙选笺注群英诗馀"。次行低五格有"建安古梅何士信君实编选"一行,则各本所无也。

王重民《中国善本书提要》:《精选名贤词话草堂诗馀》二卷,四册(北图)。明嘉靖间刻本,十行,二十二字。卷内题"闽沙太学生陈钟秀校刊"。按此本编次与何士信本不同,笺注亦较何本简略;然两相比较,知必删节何本注语而成者。陈宗谟序(嘉靖十七年,1538)。

又:《草堂诗馀》正集六卷、续集二卷、别集四卷、新集五卷,四册,美国国会图书馆藏。明末刻本,九行行十九字。正集题"云间顾从敬类选,吴郡沈际飞评正",续集题"毗陵长湖外史类编,姑苏天羽居士评笺",别集题"娄城沈际飞评选,东鲁秦士奇订定",新集题"吴郡沈际飞评选,钱允治原编"……卷内有"吴子琴藏阅书""鹅湖渔逸"等印记。

又:《增修笺注妙选群英草堂诗馀》前集二卷、后集二卷,四册(北图),元至正间刻本,十三行,大二十三,小三十字不等,原题"建安古梅何士信君实编选"。按士信事迹无考,亦不详何时人。旧本多不著编选人姓氏,《提要》以王楙《野客丛书》已引是书,谓当辑成于庆元以前。今此本注明"新添"者七十六首,则已非原本之旧。不知士信为庆元以前原编者姓氏,抑为后来增修者姓氏?卷内笺注亦不知为士信所加,抑出于另一人之手?然新添之词亦有注,则笺注当为后人所加矣。总目之末有"至正辛卯孟夏双璧

447

陈氏刊行"牌记,卷内有"沈明卿印""茂苑沈禹文氏""季振宜藏书""听雨楼""韩氏藏书""玉雨堂印"等印记。《标注》云"韩氏有元刊本",即指此本也。

又:《增修笺注妙选群英草堂诗馀》前集二卷,一册(北图),影钞元至正间刻本,十二行,大二十三,小三十字不等。前本"何士信编选"一行题于目录叶内,此本无目录,故不著何士信名。然词话笺注,均一一相同,即此本亦士信编选本矣。总目之末有"至正癸未新刊庐陵泰宇书堂"牌记,前于前本者八年,可见此本在元代流行之广。吴昌绶《松邻遗集》卷二有《景明洪武遵正书堂草堂诗馀前后集跋》,顷欲重阅未获其书。又《四部丛刊》影印明安肃荆聚校刊本,内容并与此相同,则明代传刻犹盛,惜并不著何士信名,此双璧陈氏刊本独为可贵也。

又:《草堂诗馀》五卷,五册(国会)。明朱墨印本,八行,行十八字。原题"西蜀升庵杨慎评点,吴兴文仲闵映璧校订"。按:编次实与顾从敬本相同,盖刻升庵批点于顾本上也。杨慎序。

郑振铎《跋嘉靖本篆文阳春白雪》:近在杭州石渠阁得残本《阳春白雪》二册……此本篆文一卷,凡六十八号(即六十八页)……书名别作《篆诗馀》。

图书在版编目（CIP）数据

草堂诗馀：汇校汇注汇评／（宋）杨万里编著．
—武汉：崇文书局，2017.8
ISBN 978-7-5403-4559-4

Ⅰ．①草…
Ⅱ．①杨…
Ⅲ．①宋词—选集
Ⅳ．① I222.844

中国版本图书馆 CIP 数据核字（2017）第 187194 号

草堂诗馀【汇校汇注汇评】

责任编辑　薛绪勒
责任校对　李城湘
封面设计　范海鹏
责任印制　田伟根

出版发行　长江出版传媒｜崇文书局
地　　址　武汉市雄楚大街 268 号 C 座 11 层
电　　话　(027)87293001　邮政编码　430070
印　　刷　中印南方印刷有限公司
开　　本　880mm×1230mm　　1/32
印　　张　15.75
字　　数　350 千字
版　　次　2017 年 8 月第 1 版
印　　次　2017 年 8 月第 1 次印刷
定　　价　56.00 元
（如发现印装质量问题，影响阅读，请与承印厂调换）